中国中篇小说
年度佳作
2016

ZHONGGUO
ZHONGPIANXIAOSHUO
NIANDUJIAZUO

贺绍俊
主 编

HESHAOJUN
ZHUBIAN

山东人民出版社
全国百佳图书出版单位 国家一级出版社

图书在版编目（CIP）数据

中国中篇小说年度佳作2016 / 贺绍俊主编 .-- 济南：
山东人民出版社，2017.3
ISBN 978-7-209-10372-5

Ⅰ．①中… Ⅱ．①贺… Ⅲ．①中篇小说－小说
集－中国－当代 Ⅳ．① I247.5

中国版本图书馆 CIP 数据核字 (2017) 第 006403 号

中国中篇小说年度佳作 2016

贺绍俊　主编

主管部门　山东出版传媒股份有限公司
出版发行　山东人民出版社
社　　址　济南市胜利大街 39 号
邮　　编　250001
电　　话　总编室（0531）82098914
　　　　　市场部（0531）82098027
网　　址　http://sd-book.com.cn
印　　装　山东新华印务有限责任公司
经　　销　新华书店

规　　格　16 开（170mm×240mm）
印　　张　19
字　　数　347 千字
版　　次　2017 年 3 月第 1 版
印　　次　2017 年 3 月第 1 次
I S B N　978-7-209-10372-5
定　　价　38.00 元

如有印装质量问题，请与出版社总编室联系调换。

目录

小包袱

葛水平

一

单冬花一天里几乎要两次穿过一个叫煤灰坡的菜市场，嘈杂、闹腾，人声鼎沸，特别能抓住她的孤独。

这样的时刻，大多是黄昏，夕阳的余晖斜斜地照着，暝色弥漫，恰似彼时的心境，落寞、寡合，把一天心意阑珊的情绪送到菜市场，看人讨价还价，看人闲侃，两个来回，这一天就算过踏实了。

一直以来，单冬花觉得北京生活既幸福又快活，住了一个冬天，闲时坐在床前细思量，也都是有限的。老天不见太阳，烟云尽过眼底，举目远眺，楼挨着楼，影影绰绰，看一会儿头就沉了。人不见太阳是很容易生长恩怨是非的。老家的那些光照、星星、山林、白云，人看着看着，难过就化开了。城市里楼道里见了相互陌生着，一副脸，什么内容都没有，只是身体躲让一下。小区里有健身设备，有时候单冬花下楼去绕着小区溜一圈，看人家健身，人家做人家的，走在小区连一句话都碰不见，人都显得很匆忙的样子。小区外是个巷子，叫煤灰坡菜市场，有两行菜摊，摊主是几个脏兮兮的农民兄弟，单冬花喜欢去和他们拉拉话，方言不一，有些话也听不大懂，可她就喜欢那大声大气的打问声儿。

儿媳金平见了很不高兴，拉下脸说："我最讨厌他们，乡下人和城里人的脏都混合在他们身上了。"

单冬花喜欢，也只有从他们身上才闻得见一点儿泥土香。

没有人买菜的时候他们就坐在三轮车上打盹儿，打盹儿多好，忙忙碌碌的世界里打盹儿。单冬花就想到了乡下，靠在墙根下，纯净细碎的阳光照过来，几个老人排排坐在一起打盹儿，阳光都舍不得吵醒他们。一个冬天住下来让单冬花很失望，说是来过冬，其实是来坐监。儿子张孝德像传达指示似的要求单冬花尽量待在屋子里，并对着媳妇举着指头和单冬花讲日常的约法几章，比如：菜市场那地方不可去，买菜什么的要去超市；不和陌生人交谈，一是方言不一叫人笑话，二是太近乎了叫人小看乡下人；没见过的人不能和人家套面熟；再比如不能给任何人开门，就怕坏人趁着家里没人欺瞒老太太。儿媳金平是医生，绝不允许单冬花随地坐和随便跟乡下人聊天。

单冬花想逛逛菜市场，简直是偷着摸着，就像贼见不得光似的。

人一老就被子女绑架了，不能按自己的意愿行事，老矛盾，拗不过儿子，血亲着、筋连着，都是为了好。好什么呀，一进入冬天日子就分外难熬。有的时候因为思想开小差，想起了乡下的什么人事转移了目光，有时候回到屋子当下的空里，便觉得屋子是一个笼子，心坠得难受。村子里的那些人事老是在眼前晃着，当下，一个冬天里的单冬花却只能抓住一些乡村的回忆。

张孝德在机关上班，儿媳在医院，孙子上大学不回家，只有夜晚儿子和儿媳才会回家，听他们唠叨一天发生的事情，两人都显得怨气十足。通常，张孝德总是一边玩手机一边听金平讲一天医院里发生的事情，对着单冬花，张孝德没有声音，甚至话都少说。单冬花感觉儿子是一个内向、乖巧、听话又十分依恋儿媳的人。曾经的儿子不是这个脾气，世事颠倒了，女人占了上风。单冬花在厨房里做晚饭，有些忧伤，一辈子她都没有活在男人的管制下，清心寡欲的日子过惯了，年老时被儿子管住了。儿子管自己也算是福气吧，可儿媳指挥着儿子团团转，她有些看不惯，可也只能装进肚子里。偶尔晃一眼客厅看到儿媳，儿媳坐在一张高脚凳上，一只手拿着手机，一只手捧着玻璃杯子，喝着一杯果茶，晃荡着两只脚，不时地抬脚指着儿子叫他拿一块点心过来。那双活泛的脚，单冬花睁眼看着。儿子果然就给人家拿了，尿脬打人，臊气难忍，略显尴尬，单冬花故意装着眼瞎了，可心里的气胀得和气球似的。单冬花硬忍住难过，想着乡下，快回老屋里一个人时好好哭上两嗓子，哭他个痛快。

七九河开，八九雁来。

乡下强大的吸引力，从这个时候敞开了。城市是个胃，再不回家，就要把单冬花消化了。

二

单冬花开始整理她随身携带的小包袱，包袱有枕头那么大，针头线脑都装在里面，包袱皮是一个旧格子方头巾，包袱的外边用一根布带子扎扎实实地捆绑着，像一个小型炸药包。儿子张孝德常笑话她的小包袱，说里头不一定都装着针头线脑，一定还有什么秘密宝贝，不然为何无论是到弟弟家住，还是到北京住，神秘的小包袱都一直不离她身，就像美国总统身后的保镖随身携带的那个小黑匣子一样，显得那样神秘、重要，好像只要轻轻一按，地球就要爆炸一样。单冬花笑一笑，不言语，不错眼看那小包袱，半晌，又勾下头凑近去看，把包袱拿起来转到别处，东拉西扯说一大堆吃呀喝呀穿呀的话。张孝德发现这个小包袱跟随单冬花五个年头了，来京过冬也五个年头了，母亲每次都抱着它，如母亲的晚生子，生怕有人抢了去。

女儿张小梅从乡下来接母亲回家，瞅着一个傍晚单冬花去和菜市场卖菜的乡下人告别，张小梅悄悄打开了包袱。包袱里包着包裹，打开发现里面是一个一个信封，都是当年儿子在外当兵和工作时的信封，信封上缠着红红绿绿的线，缠绕得严实。信封里装了内容，内容有厚有薄。张小梅猜是放了钱。这么多年来，两个儿子在外工作过年过节没少给母亲钱，那些钱她几次提议说存进信用社，可母亲说没几个钱，放信用社不安全。看包裹里的信封不少，如果都是，就按早年的小面值，她估摸着得上万了。张小梅小心翼翼地按照原样包好包裹，压在枕头下，觉得看不出什么破绽了，便拿起电话给张孝德说母亲包袱里的钱。

张小梅神秘地说："妈的包裹里放了钱，有多少不知道，早年没有大面值票子，看捆着的信封有四五十个。"

张孝德说："姐，你没事闲的，妈每天看她的包裹，你动了她准知道。"

张小梅说："知道就知道。年前你小外甥娶媳妇，姐有个存折不到期不想动，知道妈有存钱，问她借，她说：'没有，哪来的钱，你两个弟弟不容易，给两个零花钱都叫吃药了。'都是一个娘的肚子里出来，她就偏你和二弟。重男轻女！"

天快麻黑的时候单冬花回来了，进了屋门，发现屋子里黑着灯，沙发上张小梅坐着似一个轮廓。电视没开，单冬花瞅了闺女一眼，心无端恍惚了一下，接着直奔自己的卧室，拉开灯，她发现枕头动过了。掀起枕头发现包袱动过了，打开包裹发现信封没动。她明白是闺女张小梅动了。单冬花不喜欢闺女，再孝顺的闺女也是人家屋里的媳妇。何况二流子女婿她就不喜欢，不是正经人家的人，劳动人不像劳动样，长年做些偷鸡摸狗的事，不下力，跑毛蛋。庄户人家的腿插进土里知道自己是泥腿子，他不是，整天和行脚僧一样，一会儿河东，一会儿河西，一会儿跑到了北京，一会儿又移驾河南，一直闲不住，张口南腔北调，说是做买卖，不见钱往来，俩外甥的工作还是张孝德给找下的。单冬花一时还不想揭穿闺女的把戏。她知道闺女是心焦包袱里的钱，可包袱里的钱不心焦她。

单冬花无事样走进卫生间抹把脸，照着镜子用水抿了抿头上几根稀疏的头发，佯装洗了尘，一身轻松样走进了厨房。

张小梅隔着厨房墙说："他们不回来吃饭，就咱俩。"

单冬花在厨房里答："咱俩也长了嘴，也得吃。"

张小梅想顶撞两句，难掩激动，也隐隐担忧张孝德回来骂自己。隔着一堵墙，脸上绽露出怨恨，想着那钱都该给了自己。两个弟弟都有工作，唯独自己在乡下，抓钱不容易，母亲没有花钱的地方，日常生活又能花几个钱？钱在包裹里发霉了。

单冬花做饭中间，张小梅也不想进厨房帮手。单冬花忍着那口气做好饭要闺女来吃，坐到餐桌上看着冒着热气的饭，张小梅突然就来气。人在吃上是最自私的，生怕自己少吃一口。单冬花突然觉得闺女的吃相很难看，吃相亮了自己的护身符，挑挑拣拣一盘菜，下作样。

单冬花忍不住了，说："这不是在乡下的屋子里，人要有个吃相。"

一只飞蛾舞扰在饭桌上空，旋来旋去，还挑衅般朝手上落。张小梅扔下筷子，双手一拍，蛾子不见了。但是并没有打死。也真是奇怪，你不动弹，蛾子就在眼前头，你要打它，它又连踪影都找不见了。这样，张小梅对蛾子的仇恨更深了，站起来追着打，粗笨的身子在逼仄的餐厅里歪来倒去。单冬花难过得手没处放，起身端了碗，离开，走进了客厅。一个女人在家庭的地位，什么叫举重若轻，什么叫行方思圆，先是要懂得一个"镇"字。不说话就是镇。单冬花咽不下饭，做母亲的也有偏袒儿女的时候，她不想偏袒张小梅，偏偏压不住心口的跳动，几次想张嘴，却似言又无，端碗又放下，头脑出乎意料地清醒了，不能挑明，闺女算计包袱里那点钱呢，越在我眼前晃越无视她。这当口张小梅斜睨了母亲一眼，母亲的脸蜡黄蜡黄，像黄杨木芯，像色调深重的秋天。

那只飞蛾到底没有打着。张小梅说："妈，你咋躲客厅里了。一碗饭还是一碗饭，咋不动筷子？"

单冬花不接茬。看着是个便宜，捡起来就上当，闺女满脑子都是那小包袱，不答话，就想把闺女动包袱的事丢开，怕一说话点捻子，引到包袱上。

单冬花不吭声，张小梅反倒真不知该说什么，该做什么。她端了碗也过来坐在了沙发上。单冬花的心一直往下沉，头重如山，不由得往坏处想，有一天闺女会偷拿我包袱里的信封。这时张小梅似乎又看见了那只蛾子在飞，又着急似的起身。单冬花又想说，真要是力气没处放，下楼把单杠去。还是不能说，有问无答，母女俩的饭一下就吃闷了。

单冬花不是不疼闺女，自己身上掉下来的肉，是不喜欢闺女那算计样。每次见面都是一堆杂七杂八的事，全都离不开钱。趁着单冬花转身的工夫都要翻一下枕头、床铺下，有三块五块的便顺手牵羊入了自己的口袋。张小梅说，手头倒不开，妈，借俩，倒开了就还。每次拿了钱都不见还，不光是钱啦，家中的牙膏、洗衣粉、香皂、罐头饼干什么的，手软软地伸过去，紧一下，拿上就往包包里放。每次见闺女连叹息的机会都没有，每一次见面心里都酸酸的，又没有合适的话发作，由着她拿。这是北京，不是乡下，这儿子的屋子里还住着儿媳，儿媳是城里人，张小梅的乡下人做派叫人家笑话乡下人不懂礼貌，不守规矩，这样的事情结果是叫儿子张孝德受气，在城里人面前得端得正正的，乡下人不能没有威信。倒好，趁着我不好说，你就要惦记我包袱里的东西了。

光阴过得真叫快，单冬花开始整理乡下的往事，乡下的日子是刀子刻下来的，疼也罢，甜也罢，都在骨头上留下了记号。她开始想着乡下那些还活着的一起下苦的人，岁月苦熬，年年都有早走的人，遗在这世上的人都是亲人哪。想着见了他们该说啥，说啥都得有件礼物，就算大东西不带，小礼物也该有件。张孝德知道母亲的心事，其实也是回乡前必做的一件事。这件事通常都由金平陪单冬花逛超市来解决，也算是给母亲的一份安慰。

小包袱放在床上没来得及往枕头下压，在单冬花关上房门的刹那，想返回去的念头就打消了，一是怕儿媳妇埋怨自己事多，二呢，觉得张孝德在家。一早她打开包袱数了，一共四十五个信封，这个数字早已烂熟在心。两日后返乡的车票钱她要出，超市买下回乡的礼物钱她要出。要花的钱已经备好了一个信封，走之前给了儿媳，剩下的应该是整数。好记。儿子给的钱就要花在正途上，叫子女知道自己不是一个没用的人，也有钱花呢，钱对她这把年纪的人来说没用。

张小梅看着她们关上门时，迫不及待冲进母亲住的房间，她把小包袱取出来三下五除二就打开了。这个包袱对于张小梅来说是一个心事，老在她的腔子里长着，像是长着石头长着铁。她喊了声："弟啊，你过来看妈的包袱。"

张孝德看到打开的包袱觉得姐姐有点过分了。张小梅不管不顾地继续说："妈这么大年纪了，她不说，但不能咱不知，我当着你的面看这个包袱，知道是啥有啥，也有个数，免得乡下那些四下里的邻居眼里长了心。妈是文盲，不保证不叫人家顺走她的包袱。"

张小梅扯着脖子说话的样子让张孝德想起来从前的日子。小时候遇事叫人欺负，都是姐姐横在中间。姐姐横着脖子骂对方的样子就像现在的样子一样。这么多年来，母亲和姐姐之间其实存在着某种隔膜，不厚却很有韧性。张孝德不知道该如何消除它，并且觉得有能力消除它的是姐姐而不是母亲。事实也确是如此，比如当下这件事，姐姐就不该动母亲的小包袱。

念头一闪而已，他也就原谅了姐姐乡下人的小心眼。

人一旦离开乡村，就有可能成了另外一个人，原本乡村的壳虽然一直背着，可壳下的自己却是努力想甩掉背上的壳，实现一种表层化生存，小心翼翼地浮在生活上面，决意不去管生活下面是什么。忘情于生活的细枝末节，研究如何营养自己更有利于健康，如何修剪指甲使手指看起来修长；经常性地出去吃饭，耗费许多时间和各种各样的人交往。饭桌上讲讲当下社会的政治格局，讲讲那些要提拔了的人背后的故事，一个人的职务比这个人名字还重要，其实也都是偶然停留，没有以后，交情仅够加个微信，点个赞。可这些东西很让人上瘾，大把的时间被浪费了，每一次都觉得认识了一两个有用的人很重要，饭局安排得值，扯风扯雨后回家看见孤独的母亲，又开始内疚，一个冬天里连陪母亲说话的机会都找不出，一个冬天就过去了。

看着姐姐的样子，很快张孝德就释然了，至少他从现实的世界里明白了，人生并不是一件很严重的事，用不着摆出时刻准备安慰什么人的样子。许多原以为泾渭分明的事，其实界限原来不甚分明，走着走着就混淆在一起了，就成了一种习惯。许多原以为必然如此，不容置疑的东西，其实只是一念之差或一时兴起。他开始原谅姐姐的一时兴起，如同原谅自己一样。看着姐姐打开母亲的小包袱，看见包袱里边有用小毛巾、旧布块、塑料纸，里三层外三层地包着的一个小包包，打开小包包里又有四十多个信封。信封都是自己早年当兵后给家里写信用的牛皮纸信封，封面的字迹还清清楚楚，邮票也完好如初。张孝德也稀罕地捏捏那些信封里装着的厚薄不一的东西。至于里边是什么，姐姐猜是钱，张孝德认为不一定都是，母亲没有这么多钱，还应该有他和弟弟工作后往家里写的信。张小梅想拆一个看看里面然后照原样缠好。张孝德也同意，真要拆时，发现信封上密密麻麻地捆绑着的丝线就像一件手工活，不仅拆起来困难，而且照原样恢复会更困难，显然母亲是用心做过记号的。

张孝德说："姐姐，不拆了。真要拆开了，等于是知道了妈的秘密，妈会不高兴。"

张小梅数着那信封突然就说："孝德，你说我拿走一个妈会不会不知道？"

张孝德瞪大了眼睛说："妈是文盲，可她识数。"

不看那小包袱了，没意思，张孝德开始玩微信，一条一条看，有认为可亲近一下的人就送个赞，转发几条只看标题好玩的微信，又觉得母亲的小包袱该拍个照，点击相机开关拍沙发上摊开的包袱和包袱里的信封，然后开始秀图。姐姐是怎么收拾起母亲的小包袱的他忘了，母亲是怎么回来的他也忘了。他把拍下的图发到群里并写下了一段话："深刻的亲情是不能被浅薄的快乐填满的，一想到城市生活背后的空洞无物，我就惶恐不安，看看母亲的小包袱，让我想起了童年和成长、对母亲的感情，我好痛恨自己不能用语言表达对母亲的爱意。"

　　微信发出去了。很快就有人点赞，接着有人跟帖："母爱是伟大的。""那信封里装着的是什么？钱吗？还是信？""你肯定不会在母亲节给母亲送花，母亲是天下儿子的攒钱机器。钱是什么东西？哪个儿子会在母亲需要你的鲜血时，毫不犹豫伸出胳膊？"他回这条微信："如果要我的血，我一定会犹豫，犹豫的结果肯定是伸出胳膊，但我就是做不到毫不犹豫。"又有人跟帖："明明已经注定了，还要装模作样犹豫一番，似乎经过了深思熟虑，其实什么也没想，选的还是一开始就认定了的事。"这下有意思了。微信群里一个人问："假如出现二难选择，你是先救母亲还是先救老婆？"有人替他回答："肯定是母亲，母亲只有一个，媳妇有若干丈母娘养着。"他回答说："选择其实是很可笑的，永远只能选择其中的一种，永远无法知道选择另一种情况会是如何，无法重来就无法比较，所以，我不选择。"因为这个群里也有他的媳妇金平。这时候金平发过来一个愤怒的表情。群里的人开始互相将军了。

　　微信就是这样，在一些无关紧要可有可无的问题上，尽可以口若悬河，绘声绘色，一旦真正企图表达什么时就肯定找不着一句合适话，完全是不用动脑子的快乐。金平发来图片，张孝德看到拍下的图片中有十几双线袜子。金平说："陪婆婆逛超市，婆婆与单纯的农民又不一样，她买的东西叫人奇怪无比。"张孝德回复："谢谢老婆！咱们的妈妈像土疙瘩那般质朴，她惦记她的乡邻就像我惦记老婆一样质朴。"这样的聊天会持续很久，让当下的张小梅以为弟弟很忙很忙。

　　张小梅收拾包袱，似乎在想包袱没有解开时的样子，张小梅思忖事情时有母亲的神态。张孝德说："姐，抬一下头。"小梅抬起头的瞬间，一张照片摄入了手机，他同时不忘放进微信群，并写下了一段话："姐姐一张布满沧桑的脸和脸前妈妈的小包袱，照片太有感觉了，两代女人，一个是母亲，一个是姐姐。犹记当年母亲凭着她瘦小的身躯，挑着水桶，每天天不亮就出发下河挑水，她为这个家，一刻也不停顿地操劳着，消耗着她的心血。"

　　姐姐也不容易啊，说到母亲重男轻女这方面，仔细想，母亲真有。姐姐长几岁，自己和弟弟孝勤哪里下过地，只一门心思读书。记得有一年姐姐领着自己和弟弟去供销社买作业本，姐姐盯着柜台上摆放着的漂亮花布，红底绿花，十分耀眼。以往供销社只卖蓝的、白的、红的和宝蓝布，很少卖这种花布。姐姐抚摸着花布，沉迷得很，就像刚才盯着包袱看的神态一样。

　　卖货的妇女说："叫你妈来给你扯点吧，做个袄罩子多好看，这布进得不多，是我走后门托了关系才弄到的。"

　　姐姐拉着自己和弟弟几乎是一路跑回家的。平常姐姐从来跑不过我们，可那天跑得飞快。一进门姐姐就哭了，边哭边央求母亲替她扯那花布。那一年父亲刚刚去世，家里的日子要往前走，都得算计着过，两个儿子要读书，哪有多余的钱给姐姐扯花布？母亲无奈地说："你咋这么不懂事呢，叫你去给弟弟们买作业本，你倒看上了花布，那是你穿的？等明年夏天上山采下药材好给你扯裙子。"姐姐说："不让我读书，还不叫我穿一件花布袄罩子，你看人家闺女们都穿戴得花红柳绿，我穿得黑不溜秋。"

母亲瞪着眼说："这天下营生是男人家的，是女人家的？你读书，你有那出息将来养家糊口？穿什么也成不了仙女，不露肉就行了。"

记忆中姐姐从来就没有穿过花布衣裳。

想到这里，张孝德掏出五百元人民币递给姐姐。"拿着，去买一件春天的外罩，穿戴像个样子。现在的社会吃穿都不愁，瞅你，还是穿得黑不溜秋。"

张小梅说："你接济我太多了，不拿，有多少都填补不满日子里的需要。"

张孝德说："叫你拿着你就拿着，金平和妈就要回来了。"

张小梅眼里噙着泪接过来装进口袋。

真正认识自己的子女，也是需要眼睛和头脑的。单冬花看着床上同一位置不同方格子布的包袱，知道闺女又动了。

明天就要离开儿子家了，不能把气留在这里，她忍着装了没事的样子解开包袱，让她大吃一惊的是一个信封居然被拆了。她装着不知，取出一个丝线捆绑着的信封，一定要给金平，一要付超市里的钱，二要付回家的路费。这也是每年临走前的必修课，不要她就急。金平推让了两下就把那信封扔到了茶几上，算是收下了。

黄昏降临的瞬间，金平开亮了客厅的灯。

金平突然说："我看到微信群里姐姐打开妈的包袱里，那一小捆一小捆的都是信封，是不是信封里都是钱呀？"

单冬花不知道什么是微信群，但是闺女打开自己的包袱了她听得一清二楚。张孝德摆手不叫金平再往下说。

单冬花说："我一辈子没出息，一分钱也没挣过，能有什么钱啊！"

一句话不置可否地绕开了话题。

三

当天晚饭，单冬花基本上是在半兴奋中度过的，明天就要起程坐火车回乡下了，一切的不快都要远去了。单冬花和张小梅各自收拾好自己的东西，有绳子捆的，有细线缠着的，整整齐齐地摆在地上。自己走后，儿子这一家除了白天上班，在家的生活就是由电视机和手机陪伴着无聊度过，她有些可怜儿子。每夜躺在被窝里想象村里发生的那些事，想象迷迷蒙蒙的夜晚在虫草之间来回走动的情景，想象泥地上那些植被和庄稼挣脱束缚成长的样子，心潮一阵阵涌起，总是一件很温暖很有美感的事。同时，伴随着明天离开儿子家，更多的是牵挂和担心，又要从乡下开始了。

晚饭后，单冬花进厨房和闺女合作一起包明天一早的饺子，母女俩无话，单冬花把注意力从厨房转移到了窗外。夜浓了，感觉天空比正月天高很多，看不见星星，能看见对面高楼上的格子窗户亮着灯。风扑打着玻璃，春天不能不起风，风不来天气就不暖。北京春天的风不少刮，和乡下的风相比，乡下的风是自生的，离人很近，就在自己家门前那棵老枣树下，起风的时候，树皮发青，风在枣树叶子长出处发出号叫，枣树的叶子就被叫醒了。风越过院墙，渐已成势，沿河的杨柳树最早开始变得烟蒙蒙一片鹅黄色，风叫醒了冻土。城里的风无根，乱刮，似乎永远也停留不到地面上，尘土被扬在半空，什么东西也想去敲击。过年才擦干净的玻璃，隔着一层细麻麻的土，风没有回落的意思。

玻璃上停留的风让单冬花有点不安，像是要发生什么事情，头发都干蓬着，她看了看案板上的面，估摸馅和面的最后比例。围裙带起了静电，张小梅佯装看不见，擀完最后的饺子皮，单冬花站着看着夜色里的那些灯光发呆。单冬花就想哭了，住哪儿都不如住乡下好，就怕乡下也不是自己的家了。人老了，做不了主了，老了真不好。儿子叫你来住，住够了女儿来叫你回，合理合情。只有单冬花知道，养大的儿女不是真疼你，是尽义务，合谋世上的道理来摆布一个老人剩下的日子。

张孝德探进头来说："妈，还没有包好吗？"

看着案板上摆成行的饺子，说着就举起手机拍照。张孝德说："有妈的孩子是个宝。"

这一下单冬花忍着的泪来了。抬一抬袖子抹了一下眼角，一张粲然的脸露给儿子。张孝德说："妈，哭啥，包完饺子你早睡。"

天黑着，客厅里的闹钟响了。凌晨三点整。其实单冬花躺下眯了一小会儿就醒了，睡不着，自从来城里过年，走时都睡不着。单冬花起身先下厨房煮饺子，闺女小梅也起了，洗漱，收拾地上的大包小包。

一家吃过饺子后，开始提着大包小包下楼，准备坐54路公共汽车到火车西站。单冬花紧紧地抱着她的小包袱，小梅和金平搀扶着她下了楼，向小区西侧的公共汽车站台走去。到达站台后，离第一趟车到达的时间还有十几分钟，为了化零为整，减少行李的数量，张孝德建议把小梅的一个小提包和母亲那个小包袱捆绑到一起。捆绑时，第一趟公交车徐徐开近了。夜色迷蒙，路灯朦胧，张孝德先架着单冬花上了车，小梅和金平提着大小包包也随后上了车。

上车后售票员说："老人家请坐好。"

单冬花说："闺女，坐稳当了坐稳当了。"

单冬花还想说什么，车上的人都耷拉着脑袋睡，售票员也把脸朝往别处，车身抖动着，夜色苍茫，一路滑过的街灯亮着，显得回答的声音很大。

张孝德小声说："妈，都睡觉呢。"

金平说："人家就是客气一下嘛，你还当真了。"

公交车行驶了四十分钟后到达火车西站。车门打开，一股湿气挤进来。天下着小雨，昨晚的风，原来是携着雨来。下车后开始清点行李，有些该安顿的客气话此时要说。

单冬花说："回吧，到了火车站，你姐就知道路线了，那边有你姐夫接站，不怕。春天的风沙大，上班记着关窗户。夏天放了暑假叫孙孙回去住几天，你们如果有时间也回去住几天，就当是你们城里人旅游，乡下的山水到了夏天可是好看呢。"

她的话被晾在一边，大家似乎在焦急地找什么。

单冬花说："把我的小包袱给我，拿惯了，手里空空的，总觉得少了什么。"

包袱不在了。

张小梅以为是单冬花拿着，单冬花以为是张小梅取着，全家人急得团团转。

张孝德说："我叫姐把包袱捆在一起，姐的提包呢？"

张小梅的提包在。

单冬花说："出门时我拿着，坐公交车时孝德说要和小梅的提包系在一起，我明明看见小梅从我手里接走了包袱。"

张小梅说："妈的包袱啥时候舍得叫旁人拿，我还有福气拿，我是真没见。"

金平指着孝德的手机调侃说："你没有拍下来吗？"

张孝德说："你不要无事生非。"

单冬花腿软得不由得要往地上坐，地上湿漉漉的。金平说，地上到处是全国各地的龌龊。张孝德和张小梅急忙架着单冬花。

张孝德说，我们冷静地回忆一下。一家人开始重复当时的细节。短暂的回忆后，孝德认为忘记把那个包袱带下车了。孝德立即在路边拦了一辆出租车，向54 路公共汽车的下一站追去。

车站上的行人多了，赶往各地的人匆匆从她们身边走过。单冬花抱着一线希望张望着往来的行人。

半个小时后，张孝德气喘吁吁地回来说，车上根本没有那个包袱，司机说，车从火车西站向岳家楼行驶中车没有停，若包袱放在车上是不会丢失的。全家人又开始回忆，摸索着开始理清一早出发到车站的每一个细节。最后张孝德做出了比较客观的判断："应该是我们急着上车时，没有将那包袱带上车，丢在了站台上。"

张孝德急忙打电话向马家堡派出所报案。电话响后接警的警察说，因为是自然丢失，没有当时的线索，所以这事不好确定是否是在马家堡的地界上丢失的，"你们留一个电话号码，如有人捡到后寻找失主，我们立即与你们联系。"也就是说，这件事情得等寻找失主的人出现。单冬花脸色煞白，嘴里喃喃着，菩萨保佑，有好人，有好人，这世上总归是好人多。

这时，小梅开始埋怨包袱的存在，包袱是眼睁睁着丢了，它可从来没有离开过妈的身子，怎么偏偏在离开的一段路上丢了，跟上鬼了。"包袱里有啥不能放我屋里，我替你保存，费心思走哪儿带哪儿，一辈子好强，临老了还好强，就怕我算计你的包袱，我才不稀罕呢，就算有万两黄金我也不稀罕。"

单冬花不说话，话在喉咙里哽着。从未见发过脾气的张孝德，听完这句话开始训斥小梅，"你少说一句少啥了？你每天都惦记着妈的包袱，还说不惦记。叫你拿一会儿你就丢了，你咋没丢了自己的提包，论年龄我该叫你姐，可你就是不成熟！"

五十多岁的小梅，还患有严重的脊椎侧弯病，行走极为困难，面对弟弟的训斥，既自责又难过，一时说不出话来。

金平一边安慰着大家，一边问单冬花："包袱里有多少值钱的东西？那信封里是信还是钱？"

单冬花说："是钱。不少，不少。"

张小梅忍不住又呛了一句："直接说有多少钱。"

单冬花只说不少，就是不愿意说出大概数字。

张孝德说："妈，你说个实数，都这时候了。"

单冬花嗫嚅着说："有一万多元，还有你弟媳妇给我买的金耳环。"单冬花看了一眼金平，怯怯的眼神怕伤害了什么。

张孝德说："包袱都丢了，还不说有多少钱，究竟是多少，一万多，多是多少？你说的数字不对，人家拾上也不会还给你。"

单冬花哭了。这是她这一辈子唯一一次当对着子女的面哭。她哽咽着说，有两万多。

张小梅接话："零头有多少？"

单冬花说："两万零八千六百多。"

一家人不说话了。谁也没想到单冬花的包袱里有这么多钱。小梅见过那信封，可没有多想信封里都是钱。

张孝德显得有些生气，同时又不相信母亲有那么多钱，又问母亲："您包里到底有多少啊？您哪有那么多钱啊！"

单冬花浑身颤抖，嘴唇哆嗦着说："儿啊，我二十多年积攒的钱都在里边，一分一厘省下的。多的一个信封里有五千元，少的有三百元，大大小小几十个信封，我也说不出个准确数目，只能说个某约（大概）。"

金平瞪了一眼张孝德。这么多年丈夫背着自己给了他妈这么多钱，也许不止这些呢。

单冬花读懂了金平眼神里的内容，忙说："也不全是孝德的钱，还有孝勤，还有我能爬得动山时，采摘连翘卖后攒下的钱。我不舍得花，攒着，身后有个底气，一辈子，我怎么好临老变得赤手空拳，有几个钱搂着，邻居不敢小看，子女不用嗔怪。"

单冬花非常满意自己大清早能够举重若轻地吐出这些话，这些本来不到说的时候。事情来了，不得不说。

围观的人多起来，广场路灯下所有人的脸都发着青白光，所有看见的人都张着嘴说话。嗡嗡的声音中似乎有希望冒出来。"赶紧去调那个站台附近的监控录像，或许能看清捡到包袱的人。""把你们的联系电话告诉附近的派出所、居委会，以便捡到包袱的人与你们联系。""老太太也是，这么老了自己还存钱，有钱不放银行，你说这年龄要钱有什么用啊。"金平突然对孝德说："发微信，快发微信，或许微信可以帮助我们。"

众口议论声此起彼伏。小梅突然想了起来，说："我的手机还放在那个包袱里边。整理包袱时想着妈的小包袱最重要，手机也最重要，顺手就塞进去了。"孝德问她是否开着机，小梅说开着呢。孝德急忙拨号，结果是关机。

微信群开始转发孝德关于母亲小包袱走失的微信。其实张孝德清楚，能遇到雷锋式的好人太走运了，几乎是不可能。只要捡到母亲包袱的人关掉包里的手机，就预示着他不可能把东西送还失主。

金平想尽快逃离。她已经好多年没有到过火车站了，蓬头垢面的人群中有的人嘴巴淡兮兮地说一些幸灾乐祸的话，真是受不了，这些乡下人像热沥青似的粘着城市的犄角旮旯儿，这是她最不喜欢的场面。不管婆婆包袱里放了多少钱，金平从来都不去多看一眼，她不喜欢那包袱的样子，什么年代了，老脑子，不认知社会。人要长高，要成熟，但并非成熟就一定是明白。有时肉体扩展了，年轮添加了，反而变得糊涂了，越活越老土。婆婆就是这样一个典型，这把年纪了，住在城里居然还牵挂着水灾旱情，同情在城市里彷徨的农民，更可笑的是，不舍得花钱，一辈子挽着藏钱的包袱东奔西颠，说出来真是可笑。

金平说："出了这事只能怪自己没有操心拿好，丢肯定是丢了，我去报案，能否找到是个未知，这是个教训，以后也反思一下。"

单冬花半天没有言语了，还有以后？

张孝德说："去哪里报案？"

金平说："54 路嘉园三里站。事发在那里。"

单冬花觉得自己变成了一个倾家荡产、一穷二白的人了，心恍惚着，就要到开车时间，包袱像是长了脚似的离开了自己。几十年都拿着，朝朝暮暮看着，说不见就不见。单冬花叫小梅打开自己的提包，看是不是顺手装提包里了。

小梅仿佛受到了莫大的侮辱。

"妈，你的包袱从来都不叫人动，丢了就是丢了，我的提包里没有你的包袱。"

人流拥挤着开始进站。虽然故作镇静，但单冬花知道腿上是一点儿力气都没有了，单薄的身子越发单薄得拉不动日子了。张孝德仿佛感受到了母亲此时此刻的痛苦程度，挽扶着在一旁反复安慰母亲，说："破财免灾，只要您健康长寿，比任何财产都值钱，更何况，如今的社会还是好人多，人们的日子也不像过去那样艰难，大都不在乎您这点钱，人家捡到后，一定会给咱送回来的。你们放心回家，不等火车到家就会有好消息，城里的派出所办案和乡下的不一样，他们神速着呢，就等好消息吧。"安顿她们坐好后给那边接站的姐夫打了电话，孝德又安顿了母亲，这才走下即将开动的火车。

火车放了三次气后开始徐徐驶出车站。玻璃窗户上闪着母亲和姐姐的脸，笑容勉强挂在脸上。走出火车站，张孝德突然清醒地明白母亲老了，她一生的脾气在子女和生活面前彻底垮了。这样的事情发生，该有一顿泼骂从天而下，反倒是姐姐顶撞了母亲，日子颠倒了，母亲下火车时怕是迈不动步了。

张孝德给金平打电话，想知道报案的结果。

电话那边金平问："走了？"

孝德说："走了。你报案了没有？"

金平说："又不是贼偷了、抢劫了，自己丢了，丢在哪儿都不知道，去报案？你以为我真去呀！"

孝德说："你很有腔调呵。"

金平做事有点出格了。不是自己的母亲，人情世故少了不说，居然还撒谎。对自己的妻子孝德是无奈的，其实，金平不屑和凡俗打交道的时候有她的气场，气场中心的孝德常常显得很猥琐，不具备反抗的力量。

张孝德走着看见了一家快餐店，他急需要坐进去。要了一份早餐：一碗皮蛋瘦肉粥，两根油条。他忘记了一早吃过母亲包好的饺子，粥和油条像刷锅水一样难吃，但他仍旧锲而不舍地尝试。脑子里一直幻出一个火车走远的声音，吃下去的动作似乎也非常机械。他不自觉地给弟弟孝勤打了电话，弟弟在新疆工作，此时或许还赖在床上。

"这么早，哥，出啥事了？"

"妈今天一早回老家了。往火车站的路上丢了她自己的小包袱。包袱里有钱。"

"妈自己拿着丢了？"

"不是。姐拿着。怕上下车不利索，叫姐拿着，不经意丢了。"

"包袱是妈的心肝。有多少？"

"有将近三万。"

半天，电话里传来一声闷音："妈有可能害下大病。"

这句话让张孝德有着战栗的恐惧。

四

单冬花在软卧车厢躺下的那一瞬间，她觉得自己已经看不清楚周围的颜色了，最为重要的是她不记得刚才的事，张口说第一句话就把五十年前的事情说成了昨天。

"你怎么没有把你两个弟弟抱到床上来？"

单冬花小心地看着进入软卧车厢的人，先是个子不高，身子很敦实，长方脸红扑扑的男人，只见他细长眼睛眯缝着，进车厢就笑，说话嗓门洪亮，透着实在。他看着单冬花大声说："老人家，我坐你脚头儿。"单冬花也笑，笑得难看，伸开的一双脚缩了回去。接着又进来一位学生娃，不打招呼，直接爬到了上铺。

男人指着小梅问："老人家，这是闺女还是媳妇？"

单冬花勉强答应了一声："闺女。"

男人说："闺女好，贴心。"

张小梅笑。单冬花突然很讨厌闺女的笑，转了一下身子脸朝着了墙。闺女和男人在她的身后说话，她不想听，尽量让自己进入一种沉思。闺女像蚊子一样的笑声毫无节制，单冬花被这笑声击倒了，好像自己做了什么十恶不赦的事一样。其实她一直在躲避周围，从一开始进入卧铺车厢，她努力不去想不去看，就因为躺着可以让眼睛朝上看，躺下的那一瞬间，她甚至惶惑地回忆起了以前，但意识很快就回到了当下。她开始迫使自己去冷静回忆刚才发生的事情——儿子坚持要闺女帮她拎着小包袱，碍于儿子的面子，自己假装很不在意地递给了闺女，一路上眼睛从没有离开那个包袱，只有一次，上车，儿子搀扶着她，她不能够拒绝搀扶，这是儿子表达他自己对母亲的疼爱，有五六分钟，视线断了。上车后和售票员说话，问答只有一个来回，包袱应该不在闺女手里，她看得清楚，虽然闺女坐在车尾，她想，上车前闺女合并提包，包袱一定是并在了闺女的提包里，没有多想。她没有想到的是，包袱不见的那一瞬间，包袱真的长了脚了。一定在某一个环节有人起了念了。在乡下的日子里，她常常坐车去另一个村庄看戏，小包袱不离身，谁照顾过她上下车？她手脚利索得很哪。在儿子面前她不能像从前那样对儿子说："讨厌，丢开手！"她是儿子的老娘，人一老，距离来了，隔膜来了，客气来了。五六分钟时间，包袱就不见了。长大了的儿女离心离肺，彼此知道计较，知道假模假样了。一下按捺不住情绪，单冬花坐了起来。

小梅的笑没能保持住，她看到母亲的脸拉得很长，不语不言，盯着地上的旅行箱看，她想母亲要说什么，但母亲没有话。

单冬花转过身盯着闺女的脸看，冷不丁冒出一句话："得了。"说完躺下了，像一个中年人一样利索。

张小梅高昂了一下头，这时，有人喊男人去打牌，男人站起来走出了车厢，疑惑地又回头张望了一下。张小梅干脆提起旅行箱放到了自己脚头，没多话，也躺到了铺上。母亲刚才说什么她没有听清，但她明显感觉到了母亲在怀疑什么。她懊恼地开始回忆一早的事，可想到那个包袱的时候，上车前等车的过程突然没有了记忆。想不透彻，哀哀地难过，心疼母亲，想和母亲多说说话，坐了起来，站到母亲跟前。单冬花凝视着虚空的眼睛突然合上了。张小梅坐到小桌前扭头望窗外，竟看到了满天的毛毛雨，火车哐当哐当的声音在脚下推动，一些风口的树，在秋天里凋零得早，在春天里新生得也早。天空的云团呼呼四散，一线阳光，扒着云缝射到远处的山头上。张小梅的心酸了一下，她一下明白了母亲对她的敌意，从来没有离过身的包袱被自己拿着时丢了。可那个包袱对自己来说有多么生疏。

单冬花闭着眼，小梅知道母亲睡不着，包袱丢了，天塌了。她喊了一声："妈。"

单冬花纹丝不动。

张小梅说："妈，包袱丢了，都怪我。我从来都不敢动，你常说，人一天有仨迷糊，我手里不常拿的东西我手生啊。"

"妈，你一直盯着我，可你咋就没有盯住我呢？一转眼就好过了旁人。"

"妈，我早和你说，存信用社，你不听。丢了，也不知哪个缺德的人捡了。"

单冬花睁开眼凶恶地说："你怎么也敢说短话？"

张小梅说："我说短话，我是咒捡到包袱的人，我咋不敢说短话？"

单冬花咧了一下嘴说："你啥不敢！"

张小梅瞪着眼睛看着单冬花："妈，你啥意思？就算我把你包袱弄丢了，就算！知道你心疼包袱里的钱，是你两个儿子过年过节孝敬你的，他们疼你，拿钱叫你花，拿钱买你对他们的牵挂，明知道你不花钱，你是攒给他们的，你最终是攒给他们的，你抱着你的包袱，抱着他们的疼，可你怎么就不想想，这么多年，我几乎是两天看你一次，洗洗涮涮，那点口粮地，春种秋收，哪一件事缺我了？伤风感冒，头疼脑热，是你闺女守着你啊，你不信任我，就算我丢了你的包袱，我一辈子做你闺女的好买不来你一个包袱？"

单冬花哆哆嗦嗦坐起来盯着张小梅说："你是往我心口上插刀！"

张小梅怎么能知道单冬花的难过。

单冬花三十一岁守寡，拉扯着三个孩子成长，一个女人的一辈子，那是在人眼皮底下活人的难熬啊。她还记得去年秋天张孝德回乡陪着她住了一个月，单冬花在院子里扫院，起伏之间张孝德："妈，六岁那年我记得你的辫子落在腿弯上，槐树那年有胳膊粗。"

单冬花怔了一下，掩饰什么地说："妈再都不能活回你六岁那年了。都要经过老，你是笑话妈老了。"

张孝德咧着嘴笑，满头白发的单冬花，太阳照过来，照出了单冬花粉红的头皮，曾经，头发盖着头皮，两条粗黑辫子匍匐在单冬花的脊背上。

记忆来得越发深了。

秋天庄稼黄熟了，六岁的张孝德坐在驴背的驮架上，他爸赶着驴，驴脊上的张孝德不安生，两条腿来回敲打着驴肚，把驴惹毛了挣脱了缰绳，张孝德被摔下来，驮架砸在了张孝德头上，他爸抱回张孝德，坐在院子里槐树下，那时候有个井辘轳闲置在那里，血把张孝德的布衫泅红了，单冬花站在槐树下，看见血的那一瞬间，眼一黑，天上的云彩旋起来，单冬花就不会说话了。那年单冬花三十一岁，张小梅十岁，张孝德六岁，张孝勤四岁。他爸看着单冬花的样子吼着："我死了你咋办，瞅你的样子，除了生娃你啥都不成！"

秋天，他爸在煤矿下窑，瓦斯爆炸被炸死了。

人被抬到村口那一刻，单冬花出奇地镇静。她身后三个娃，三个娃也都不哭。单冬花告诉孩子们："那棺材里躺着你爸，你爸是张家的男人，他管自己去享清闲去了。张家得出一个有本事的人，天下有本事的人是男人，在卵崖底村只有家里出了有本事的人才不叫人下看。我和你们的姐姐供你们弟兄俩念书，只要走出去一个人，前路就看得到光明。"

单冬花破天荒冷静地在跑过来看热闹的人前说下此话。单冬花的头昂着，面孔扬着，脸上留着怨恨，保持着乡下人认可灾难的冷静，里面有一种不可理喻的坚强和难过，她忍着不哭。她丢开孩子们，让他们拢住眼，自己趴在棺材上掀起单子看，她的汉子，一身的对襟青色涤卡布衫，一顶劳动呢八角帽，帽子和身上的衣裳都不是很合套，都是崭新的。只能怨他命不好，死了才赚了一身新。单冬花挪不开步，没有力气挪开，身后的家族议论着后事的全部细节，该怎么做有矿上人张罗。身后村庄里的女人们小心地看着单冬花，不敢大声唏嘘，却也不断地追忆着棺材里的人生前种种生活细节。感染之处，爱哭的老人禁不住流泪了。单冬花期待什么，哪怕有一句那样的话出现："剩下的孤儿寡母怎么过日子哟。"没有。矿上答应给张家一个顶替下矿的指标，单冬花听见公公在身后交涉，娃都小够不着年龄，叫小叔子去。

单冬花的屋子里除了少了汉子，什么也没有少，多的是三个子女三张嘴。老天连叹息的工夫都没有给单冬花留够，一场秋天的连阴雨后，院墙塌了，单冬花站在院子里护住三个娃，自己却闭上了双眼。村里人看见难过，一升米一碗面帮衬帮衬，总归不是长久的事。槐树就在院子里粗壮着往高里长，子女也往高里长，槐树喝水，子女吃粮。自己好养，养活子女难，一年到头屋里屋外，每天往身上沾的有两样东西：尘土和猪食。尘土拍拍就掉了，猪食洗了又溅上，衣裳哪敢多洗，布衣裳不耐磨啊。单冬花知道，这是命，命是什么，老天早安排好了的，谁都不能改变的。既然认命，单冬花就少在人前叹息，也不埋怨，她在老天给她画的框框里闹腾。三个孩子除了吃，还得穿衣，还得学习，学习和穿衣就得花钱，钱在腰里支撑着，硬气，才不会在人跟前低头。

单冬花找石匠在屋子里锻了石磨，她学着磨豆腐，用豆渣养猪，卖了猪可供养子女上学。天亮起床架驴磨豆腐，一头驴带着捂眼转磨道，磨慢慢悠悠转，磨眼里插着三两根筷子，豆子要三颗两颗均均匀匀下，灌豆子时勺子里几颗豆子加几多水，更是马虎不得。性急时，常使磨子打空，心粗的，豆子下得不均匀，这样磨出的浆粗，点出的豆腐不能炸素丸子，一落油锅就起沫。单冬花从来不放心别人掌勺，喜欢张孝德搭边手推——一是磨重，需要张孝德知道赚钱不易；二是驴从五更天开始劳作也累了；三是想叫世人看看寡妇是怎么带大了一个有出息的儿子。

那年月，学校不重视教育，张孝德学习也不好，单冬花觉得日子没有啥希望了。傍晚时分，月亮要升上来，单冬花坐在屋前的台阶下，人乏得骨头都碎了，就是不见瞌睡来。有时自己在院子里慢腾腾走，想一些事情，好好的，心酸得就想哭。背着人哭是她恢复体力的过程。三个孩子从外边跑进来，不知日子的深浅争抢一个果子，孩子不知道大人的苦楚，在院子里追逐打斗，那么欢实，吵闹着耍。一个女人带三个娃，一辈子的好日子叫娃们捎带了，千难万难大人能克服，娃过不去，娃的路长着呢，有人疼有人爱娃才能长好，人一辈子不就是为了娃吗！看着眼前的景，心里腾开了地方，累着也不觉得难过了。风吹日晒的光景，让年轻的单冬花面如重枣，四十不到，头发白了一半，皮肤跟榆树皮一样。她坐在月影里，压着声音，哭一会儿笑一会儿，人说，有苗不愁长，可到底能长出啥结果啊？

十七岁的张孝德当兵走了，是公社照顾她。单冬花看着长大的儿子，突然发现那个死去的人又活了。瘦条个子，小眼睛，身子精瘦如柴，新发放的军装架不住，两条腿晃荡着，眼睛却带着电看人，看得单冬花心里是七上八下的。儿子要当兵了，部队教育人，是好事呢，也许将来随着儿子的出头能过上好日子。单冬花的额头便也舒展了，流露出酸楚的幸福。熬到头了，心里想着要安顿张孝德啥话，又没有适合的话安顿，从包袱里取出卖豆腐的钱递给儿子，叫他装好了。张孝德不要，说部队都管。单冬花握钱的手颤抖着说，还是国家好啊！便安顿了一些成长的话。

单冬花说："当兵的人，抛头露脸，牵连人情，你见人了，首要的是嘴甜。人活在世上靠了嘴活，嘴是人的软刀子，千难万难，多张嘴问，难事就都化解了。你出门在外接受教育，要关心一起生活的人，当兵人吃公家饭，公家才是稳当的靠山，遇着不容易，吃苦受罪了，心里头都要欢欢喜喜的，不去埋汰他人。你不可和你爸一样，不管嘴，由着嘴伤人。在部队要学得腿勤快，皮实的人都喜爱。家里你不用操心了，有妈，有你姐，等你姐嫁个好人家，得了彩礼钱，你弟就能上高中了，这日子啊已经看见好苗头了。"

单冬花脸上难得有了笑容，虽然隐约带着一丝苦涩，笑容能来到脸上，那是咽了太多的苦水换来的。

二十一岁的张小梅看着母亲的笑容，她不能够确定自己能嫁个好人家，她心里有人了。说出那个人来母亲一定不会同意。自己迟早是别人的，乡下女子土里刨食吃，女子顶不下劳力，工分都是赚半个，还要梳头打扮，多一份花销，虽然亲骨头亲皮肉都是妈生的，可女子嫁人，那是要一次性把娘家的成本和利润算清，自己中意的那个二流子哪里有钱出这彩礼？有一次张小梅对二流子说没有进过城，二流子说跟我进城逛逛，管叫你世面大开。两个人避开村里人在公路上扯风扯雨站了半个钟头，拦下一辆拖拉机，爬上后拖挂算是进了一回城。走在高低错落的楼房中间，肚子饿得哇哇叫，二流子没有一点儿买饭的意思，张小梅不好意思说。进了一家小旅店，二流子上下瞅瞅，示意张小梅进去。二流子指着空着的上铺叫张小梅上去，二流子也爬了上去，抱住张小梅又搂又亲。听见外面有动静，二流子用被子盖住张小梅，他压在被子上。一个女孩儿进来了，看着上铺说："你登记了没有？"二流子不说话，呼噜声骤起。女孩儿问了几遍，见人睡得实，骂了一句："死猪。"反身甩上了门走了。二流子掀开被子匆匆破了张小梅的身子，饥饿没了，羞耻像一疙瘩热牛粪一样粘上了她。就一次她就怀孕了。

张孝德走的那年，张小梅年底嫁了二流子。提亲的日子是秋天，二流子不知在哪儿喝醉了，穿一身卡其布缝的深蓝色中山装，有些显小不合身，兜兜里别着一支钢笔，还戴了一顶里头垫了一圈报纸的蓝帽子，一条灰裤子看不出原先是什么颜色，脚上一双解放球鞋，手里提着两瓶汾酒两条大光烟，红着脸讪讪地来到了张家。进门不打招呼名正言顺坐在了张家的床沿上。他先是看羞红脸低头摆弄手指头的张小梅，接着看站在地上捡黄豆的单冬花，又瞅着清汤寡水的屋子看，酒和烟顺手放在了床上。还没有来得及说话，外面的热闹就来了，两个后生因为什么事情吵闹着走到了单冬花门前。一个抓着一个的领口喊："你借钱不还，你今儿不还钱，今儿就是你的忌日。"一个说："你弄死我，我早就不想活啦。你弄死我，只要你能活成人，我服你！"

村里人不知道发生了啥事，跟了声音都跑来看热闹，聚在门前指指点点，让单冬花无地自容。

二流子走出门，兜兜里掏出一包烟，二指一弹，弹出三支烟，自己抽一支，伸出烟盒要对方松手一人一支。打火机啪的一声伸过去问："借了多少钱，值得要一个人的命？"一个说："十块。"一个说："听听，哥，我的命就值十块钱。"二流子掏出十块钱递过去说："拿走。少在我丈母娘家门前闹事，今天是我定亲的日子，饶了你们，否则你俩的命都得喂猪。"

两个人不吵了。一个说："知道哥是能人，能把地方粮票换全国粮票。几天前我还见派出所所长往你嘴上按烟哩，公社书记的门你是一抬脚就进去了。"

一个说："哥，你叫我咋报答你，我这贱命给你了！"

二流子二指夹着烟不耐烦地指着二位说："走走走，我今天是心情好，放我不乐意时早撇下你们不管了，你们这点事坏了我的好日子，惊吓我丈母娘，惹得众乡亲看笑话！还在这里张着乌鸦嘴叫啥，还不快滚！"

二人抬脚就跑。单冬花莫名其妙地看着，但也知道是闺女惹下的事。没念过书的人真是好坏人都分不清了。她瞪着眼看张小梅，张小梅的脸煞白，没有半点主意，无助地看着二流子。张小梅原以为会有媒人来，哪知二流子自己来了。看着的村民都知道张家的闺女在外恋爱了，恋了个"能人"。

单冬花说："你招来的人，你愿意，你就自己做主，我不同意。嫁出去的闺女泼出门的水，人活脸树活皮，你就这样丢人现眼，把你弟弟保家卫国的脸都丢尽了！"

二流子掏出纸烟发给四下里看热闹的人，看见有抱小孩儿的妇女，变戏法般掏出糖递给孩子，捎带捏一下孩子的脸。一群大一些的孩子也跑了过来要糖，二流子说："一人一粒糖，好事要成双。"

抽烟的吃糖的也算是分享了张家闺女的好事。有人知道二流子是隔山那边东屿上公社的人，谁家的娃一时想不起来。单冬花觉得自己没脸在这世上见人了，反身快速走进家门，"哐当"上了门闩。

二流子反倒不在意，正中下怀。一手拉着六神无主的张小梅，一手放在裤兜上说："卵崖底的乡亲们，你们见证，小梅今天是我的妻了，我本来今天是拿了彩礼来定日子的，没想到两个泼皮搅了我的好事，我的丈母娘不想听我的解释就把我妻张小梅关在了门外，我无所谓，男人家脸皮厚，叫一个女人的脸往哪里放？你们都见证了啊！"突然从裤兜里掏出一沓钱晃着，乡下人哪里见过这么多的钱，觉得单冬花小家子气，有人就想上前劝说，单冬花不开门。二流子也不听劝，拉着张小梅的手往大路上走，一边走一边说："总有一天我抱着外孙回卵崖底来看你们。"等远离了人群，张小梅突然跪在了路中央开始哭，哭得站不起来，二流子也跪下重重地磕了仨头，拽起张小梅扬长而去。

单冬花攒钱是出了名的，一分一厘抠，零钱换整钱，两个儿子，修房盖屋娶妻，谁都帮不上忙，只有钱能帮上忙。嫁闺女反倒一分钱没有收，就这样叫一个泼皮活生生拉走了。单冬花不怨二流子，怨自己的闺女，缺心眼，没脑子！

五

当兵走的那年老屋的墙上糊着 1983 年的报纸，报纸的外面贴着"保家卫国"白底红字奖状，奖状的旁边是杨柳青的年画。窗台上放着一面圆镜子，镜子是 1963 年单冬花结婚时的嫁妆，上面有毛主席的军装肖像，下面是对称着的六朵向日葵。靠门的墙边有一口老柜，上面放着手掌大一个相框，是张孝德当兵时戴着红花的照片。儿子的照片成了单冬花的精神寄托，每年往来的信件，看后都保存到小包袱里，信件成了单冬花克服困难的力量。

儿子在外，家里没有亲戚人脉，出社会之后更要靠自己，没法靠关系，所以在外的人加倍比家里的人难。从儿子的信中，单冬花知道儿子一开始在部队上喂猪，把部队的猪当了自己的亲人，后来不喂猪了进了后勤，因为是乡下走出的兵，一旦受了部队上的教育，人就变得讲究忠贞，认定了自己的工作，从头到尾不生二心。部队中人情味特别浓，不分你我，新兵蛋子，互相帮助，勤勤恳恳的老实人总是会受到重视，这样，三年后张孝德又调往军区给领导当了生活秘书。张孝德后来复员到北京某房管所工作，通过关系把孝勤安排成援疆工人，又把姐姐家的哑巴闺女安排在省城一家福利院，并让她成了家，这一系列的改变让卵崖底人很是对寡妇单冬花刮目相看。

单冬花还记得当兵五年后的秋天，张孝德回乡探亲，到家时已是黄昏时分。卵崖底的人知道张孝德回乡了，都聚在张家的院子里，人们的兴奋程度就像是过年。毕竟是走了五年的人，单冬花看到儿子个子高了，人壮实了也白了，再看那张相片，觉得不一样。卵崖底的水土不养人，个个儿养得黑干细瘦，还是外头的水土养人啊，看人家孝德根本就看不出是卵崖底人。一轮皓月当空，人们发现单冬花粗糙的脸上有了水分，被月亮的光笼罩了一层神秘的笑容，笑容生动着过日子的不易和忧伤，卵崖底的人被什么东西感染了，大伙都齐齐开始同情单冬花的不易，三十一岁守寡到四十多岁，寡妇门前居然没有任何是非。培养出这么好的一个有出息的儿子，也算是命好之人啊。单冬花烧了热茶，村庄里的男人才发现这么多年来是第一次进张家。屋子还是早先那样没有添一件新家具，日子过得简朴。他们并不推辞，端碗时却轻手轻脚，喝茶只是站着，更不随便说什么，只是听张孝德说。轻里有一份敬。单冬花说，你们坐呀，怎么都不坐。所有人都不坐。喝完一碗又喝一碗，张孝德看到了母亲在卵崖底人心里有一种地位。

张孝德忍不住问起了姐姐，单冬花不语，张小梅是单冬花的一个痛点。有人应答："你姐嫁人了，过几天叫她回来看你。"也该走动走动了，这么多年哪有闺女不上门认娘的道理，再不认就忤逆不孝了。张孝德想知道姐姐嫁了什么人，到底发生了什么事。一股野风吹过来，呼啦一下吹乱了单冬花的头发，单冬花的习惯还是早先，用手往后捋了捋，这使张孝德猛然看到母亲头发的颜色已十分相似于斑驳的老墙，灰白而没有光泽。单冬花不说话，倔强着，背转身，母亲的样子让张孝德心中打鼓，但同时又有点儿意外的高兴。

谁知单冬花出其不意地说："嫁了个二流子。没脸回来。"

家丑不外扬，喝茶的人就都开始放下碗找借口告辞，单冬花也不留，女儿触痛了她的心。张孝德看留不住就一一和大家告辞。这时候张孝勤去乡里送豆腐回来了，人搭了黑，一进门一身风尘，看见张孝德，有几分不好意思。单冬花说："你弟弟也不念书了，不是供不起他念书，是他自己死活不想念，就在家和我一起磨豆腐。不是人才的命就安心做个受才！"

单冬花一心想供出一个读书人，能走出一个读书人是一个家族的脸面，可她没想到两个儿子都不好好念书。她这一辈子都是赌气在活着，家中能走出一个读书人构成了她生命和理想的明天，这是她心底藏着的一个夙愿。眼下她只能感叹自己命不好，生活磨砺使得她的悲凉已不放在脸上，说此事时单冬花平静中有几分刚强。

张孝德在家住的几天里听孝勤讲了姐姐的事，孝勤告诉张孝德，都说带走姐姐那天，二流子掏出的钱不是真钱，是一沓鬼洋，他就欺我们家没有男人，咱俩找他去，我就想打他一顿出下这几年的气。张孝德想不出姐夫的样子和做派。决定要回部队的前一天，张孝德借口和孝勤去送豆腐背着母亲去看姐姐。

兄弟俩打听着走进姐姐院子时被一个流里流气的人挡住了。三间石板房，参差不齐的院墙豁牙缺口，灰白的颜色是曾经刷过的石灰，一地的枯枝败叶。和周边砖土结构的四合院相比更远处立起了几幢全砖楼房，对比告诉了张孝德这户人家的穷困潦倒。屋子里姐姐在喊叫，不一会儿，一个孩子降临了。哇的一声啼哭，惊世骇俗，接生婆说，你曹家有后了，是个小子。这句话使得院子里那个流里流气的人也如同床上的姐姐一样，幸福得微微战栗。张小梅在屋里知道弟弟回来了，无声的泪流下来。张孝德听见屋子里的姐姐说："外甥像舅舅，我的儿将来会有大出息。"院子里流里流气的人握住张孝德的手，扭头吐了一口唾沫说："双喜临门，今儿我请我两个小舅子喝酒。"他哪里有钱买酒，不过是一句谎话。

见到姐夫，张孝德就有了某种直观认识，姐夫那一惊一乍的虚样，他明白了当初姐夫演的那出戏，这样的家庭娶妻是很困难的，他用一种卑鄙龌龊的手段把姐姐弄回家，生米做成熟饭了，说什么似乎都已经是多余。张小梅把屋外的人支走，和弟弟在屋子里说一些心里话，她知道母亲还怨恨她，就想有一天母亲能够原谅她，否则，和旁人一说起娘家人来，就有被妈抛弃的滋味，人前人后都挺不好受的。张小梅突然停下哭了，看着孝德说："你的话妈听。她一辈子重男轻女。"

张孝勤说："他是拿着鬼洋羞辱妈，你和他离婚，只有离婚妈才接纳你。"

张小梅说："人嘴里没好话，他那天拿着的上下是两张真钱，中间是纸。"

这句话叫孝德心里很难过。张孝德安慰姐姐不哭，月子里忌讳哭，容易伤身子。张小梅控制不住自己，一座山的背面是娘家，她已经五年没有回家了。看着弟弟她不能说自己看走眼了找了这样的男人，男人好坏是自己跟了人家的，娃也生了，只能放大他的好。还想着添补娘家呢，看来以后的日子全靠眼前的这两个弟弟了。说话间一个四岁的小女孩儿走进来，看见有陌生人在，怯怯地站在门口不言语。张孝德蹲下问："你叫什么名字？告诉舅舅。我是你舅舅，想要什么舅舅给你买。"

张小梅说："叫芬芬。大弟，她听不见，是个哑巴。"

时间对张孝德有点残酷，这个家，让他一下成熟了许多。他恼恨那个人，也不想知道他叫什么名字。姐姐一生的幸福就在他手里毁了，是姐姐心甘情愿被毁了。张孝德放下一些钱，又放下两身普通军装，明知道那个人穿了军装又要在世人面前吹牛，但是，因为姐姐他什么都不去想了。

张孝勤出门站在那个二流子面前捏紧拳头说："你敢欺负我姐姐，小心卸掉你一条胳膊！"

二流子"扑通"就跪下了，赌咒发誓说："让你姐说，我要是欺负过她我就不是人！我是能力有限，穷家过不了富日子，你们只要给了我能力，金銮殿大，只有你姐一人坐的分。我要是待她不好，我自己解决半截去见你们行不行？"

一个人都这样了，你想打他举不起手来，还能怎样。一只猫滚着地上的搪瓷碗咣当咣当响，村里看热闹的人都来了，芬芬倚着门，咬着手指，一脸惊恐的样子。张孝德不忍心再看，拉着孝勤落荒而逃。

张孝德去看姐姐是瞒着母亲的，其实走了一天的人瞒是瞒不住事的。单冬花对女儿当初的行为发过誓一辈子都不见，看着张孝德情绪低沉，她明白闺女的日子比她想象得还要糟糕。单冬花说："知道你去看你姐了，她日子过得可好？"

时间已经化解了单冬花的怨愤，跟前站着的两个儿子已经成人，生活教会了她松紧适度，快慢自如，艰难困苦都走过了，看开看不开，都已经无法找回当初。

张孝德便不捂什么，一五一十讲述了姐姐的现状。单冬花一句不插话坐在床上听，张孝德告诉母亲，姐姐这一辈子命该过好，可惜因为爸爸早逝，她是舍下自己照顾这个家，如今的结果也不能完全怨她。姐姐找不到好的结婚对象，多半受限于环境，她没有读过书，在看人上难免走极端。尽管如此，但姐姐对人性也不曾失望，老说那个人的好，怕我对那个人产生成见。姐姐用不带成见的心来面对生活，她说那个人虽然满嘴跑牙，但也是一个有意思的好人，他是掏心挖肺想对姐姐好，可惜穷日子限制了他。

单冬花回答："屁！"

张孝德看着母亲说："妈，你可能不知道，姐姐的大闺女是个哑巴。"

单冬花咬了咬牙说："外头人不摸底，我是已经见过了。我怎么不知道他是什么东西，睁眼说瞎话，偷鸡摸狗，人想不到的事他都做得出来。骗吃骗喝叫人打过好几回了，每次打了都完好无损，人说小梅的女婿经打，恢复快，这也叫好名声？没个人样，谁都瞧不起他，你不要叫他姐夫，小心污了你的嘴。那闺女哑到什么程度？可听得见人说话？"

张孝德说："听不见。长得好看，和洋娃娃似的。姐姐说他脾气好，骂他几句也不恼，也不还嘴。喜欢抛头露脸，虽然不下力气，但要是家境好有背景，说不定也算是乡里的一个人才呢。姐姐有一天领着娃回家了，妈千万要认下她，姐姐心里一直牵挂着妈呢。"

单冬花的泪一下就溢满了眼眶。她可怜那哑巴闺女，上天为啥不叫那个二流子变成哑巴，怎么偏偏就降到了还没来得及活人的娃娃身上。

娘俩儿不说话，看着窗外的槐树和枣树，秋风起了，成熟的枣儿被刮下来，有鸟啄食。娘俩儿共同回忆起了那些年孩子们在枣树下玩耍，刚放学回来的张孝德扔下书包跑出门，张小梅一下揪住了他："你不做作业往哪儿跑？妈磨豆腐，我来管你，不做完作业不能耍！"

张孝德说："去你的，你管我算老几？"

张小梅说："你不做作业，我就是老大！"

"啊呀！"单冬花叫了一声，"小梅，浆开了，忘记了退柴。"

恍惚又觉得不是从前了，下意识地说了一句从前日子里的话。眼前哪有女儿。

此时窗外老槐树上飞走的麻雀又飞了回来，舍不得眼皮下的那一树枣子。张孝德走出院子扬手撵树上的麻雀。

单冬花也起身走出去说："不撵了呀，叫它们吃，能吃几个枣子，肠胃加一起没有一颗豆粒大。"

张孝德看着单冬花走进西厢房，她似乎对姐姐以往的恨已经消解了一大半，这就是他善良勤劳的农民娘。

西厢房里，如今已经是用电磨豆腐了。豆香飘出来，顽固持久地弥漫在张孝德身体周围，是一股湿润感觉的香味，那香味催开了记忆的花，记忆被时间的铁锤夯实过多少遍，有生命从幼稚到成熟过程的痕迹。

"退柴！"

柴被从灶火拽出来扔到了屋外，一股青烟。姐姐先用锅盛一盆豆浆，点一勺浆水于其中，再用这带了浆水的豆浆一勺一勺点大锅里的，如此数回，豆浆一点儿一点儿清了，豆腐花一层一层地起了，待豆花凝成块，轻轻捞起，集于一个大大的竹筛子，用勺子挤压成形。这时候屋外早已经站满了人等着起豆腐。张孝德记账，豆腐一块一块被取走了。一眨眼，过去的景象已经模糊在大脑里，那些可都曾经接应过张孝德的呼吸呀，姐姐不在这个家了，这个家里还有姐姐曾经的记忆存在。

单冬花喊："孝德啊，在外吃呢，还是回屋里吃？"

儿子归队，娘亲的最后一餐饭似在从事一项艺术活动，那一声喊洋溢着一股爱意喜气。

张孝德说："妈，咱在院里枣树下吃。"

单冬花踮着小脚端着碗送出门，张孝德迎上去要接过来，单冬花不让，屋里只要是男人，饭菜就得女人来端。张孝德便坐回到枣树下的石桌上。四样小菜青绿红白，一碟儿凉拌黄瓜，一碟儿红萝卜丝，一碟儿葱油豆腐，一碟儿春天的腌香椿芽。饭是小米稠粥，粥里煮着红薯、黄豆。吸溜一口稠粥下咽，有如往返于红尘净土，闹市幽谷，便觉得两腋下有清气浸润，鼻息之间，胸腹之间，腻烦全消了。单冬花看着张孝德的吃相，活人的精儿魂儿梦儿根儿全来了，她想她该原谅那个不孝的女儿。

六

回到家里时金平不在，空空的家中到处是母亲和她的小包袱的影子。张孝德的心极度惶惑，想起了去年农历十月初一，他回家给父亲烧五十年纸，准备提前把母亲接到北京过冬。临走时，姐姐欲把母亲扶上汽车，但母亲迟迟不出门，一定要姐姐到门外等。张孝德从窗户玻璃上斜睨着看到母亲在炕头的那口从来没有上过锁的木箱里翻来覆去地找东西，好像一下没有找到，一脸的紧张。姐姐在院子里催促她，她也不急着出门。单冬花站在床边想什么，想着想着拍了一下头走到墙角的矮柜子前打开取出了什么才往外走。

卯崖底的人们看到单冬花怀里揣着一个小包袱出来了。张孝德知道那是母亲的宝贝啊，走哪儿都不离身，她已经准备好，恐怕是一时忘记放哪里了。单冬花在大家的搀扶下坐到了小车上，像抱着一个出生不久的婴儿一般，抱着她的小包袱不放。当天下午到达晋城，三天后，又坐火车来到北京。一路上，单冬花与那小包袱是形影不离，就是上厕所，也要带在身旁。坐困了，张孝德想替母亲拿一会儿包袱，单冬花都不让，说男人家粗心，给她弄丢了怎么办。一路上张孝德老是开玩笑想知道包袱里装了什么，单冬花就是不说。

到家后的第二天，母亲在整理她那小包袱时，看到张孝德过来，她就停了下来，用包袱皮盖住里边的东西，不想让张孝德看到。时间一长，只要母亲翻动她那小包袱，张孝德就自觉地回避开，并且要儿子和金平也一样回避，生怕母亲多心。一段时间后闲聊，张孝德问母亲攒了多少钱，单冬花笑着说："就你和弟弟逢年过节给寄的那点钱。就是那点钱，我还要补贴你姐，还要用于看病、打针、吃药。你说说能有几个钱？你不是算计你给的那几个钱吧？"

张孝德逗她说："就是算计你那钱呀，你把钱花了我还算计个啥。"

单冬花一辈子算计着给子女花钱，轮到自己反倒花一分钱都心疼。

自从张小梅拖儿带女上门，被单冬花认下后，张小梅的女儿芬芬就跟着单冬花过日子。每一次张小梅受二流子怂恿来看女儿时总是两手空空，单冬花边数落边收拾一些家里多余的吃喝叫她带走，张小梅回去后就和二流子吵架，张小梅的儿子虎子就在这样的吵架声中长大。有一次张孝德和张小梅长大的儿子虎子聊天，虎子说："小的时候，我害怕父母吵架，除了吵架他们平常不多说话。等我长大后，他们吵架成为我了解生活的一种途径。从他们的对话中，我听到了以前很多不知道的事情。"虎子说，"有一次爸爸没有钱花了，周边的村子里已经不好下手去借钱，结果鬼使神差跑到了卵崖底。他先是糊弄村里的人说他认识大领导，买农药买化肥小意思，他说认识商店里的采购，结果姥姥村里的人就筹钱要他买便宜货，村里的人满心欢喜地等着，他却拿着钱没影子了。秋天，卵崖底有人家说书，妈妈去看姥姥，结果被卵崖底人堵在了村口，不得法姥姥从家里取了钱还了欠债。爸爸再去卵崖底，好像这些事都没有发生过，见了人家还家长里短套近乎，人家冲着姥姥的面子不好说什么，他还说：'放别村的事情我早不管了，因为这是我丈母娘村里的事情，就跟我家的事情是一样的，就是为了你们村走后门的事情我把人家外村的人惹下了，人家去告我状，你们知道我有多费神费力，搭进去工夫不说，有时候事不由人，天王老子也只能干瞪眼。钱我是给他们了，你们不摸底，我敢在丈母娘的地盘上耍脾气，迟早要给你们弄，我不行还有我小舅子呢，我小舅子是北京人，二小舅子也当兵，那是谁的能耐，我小舅子的能耐。不缺你们那俩钱，你们不要下看我。'卵崖底人觉得我爸爸还好意思说这些，但似乎也构不成坏人，也没有人计较和纠缠他，可姥姥知道了就不依。爸爸居然回到姥姥屋子里顺手牵羊拿姥姥的东西出去顶账，姥姥一直防着爸爸，后来就防着妈妈了。"

过年时全家在饭店吃饭，张孝德特意给母亲点了燕窝，母亲很喜欢吃，说好吃。金平说，一碗要五百块呢，当然好吃。张孝德看见母亲拿勺子的手哆嗦，她看着张孝德说："你们真敢花钱，早知道我就不吃了。"

单冬花说："人狂没好事，狗狂挨砖头。人哪敢作贱钱，钱是长了腿脚的，你这样作贱它，它就要往人家门上走了。"

单冬花告诫张孝德，以后要节省，慢慢岁数大了，要有些积蓄应急。社会不是四平八稳，有捣乱人作怪，想兴风作浪时，受难的常是小老百姓，手头没有积蓄，乱来了，日子难时，国家大了，帮不上普通人，只能靠咱自己。单冬花这一辈子最羡慕的人是村里的小学老师，不仅因为人家有知识，还因为人家有国家给的工资，除了赞许之外，还有尊重在里面。记得第一次坐车到京城，单冬花把自己打扮得整整齐齐，仿佛要去参加一个重要的聚会。张孝德说，城里也是你的家，不必要从心里就想着这是儿子的家，随随便便就好。单冬花不这样认为，她不想叫城里人笑话，这是谁家的老婆子，瞅瞅那窝囊样，那不是给我丢脸，是给儿子丢脸啊。何况家里还有儿媳妇金平，人家怎么看，人家是城里人，穿衣吃饭都有讲究，不能因为是乡下人就叫人家原谅自己。单冬花疼钱爱钱可也不吝啬钱。亲戚邻居有个红白大事，只要告知，不管三十、五十的，单冬花都要表示一个心意。每年春节，单冬花还要给孙辈们每人五十元压岁钱。外甥、外甥女以及外孙女对她非常好，张孝德逗她让她多给一点儿，她笑着说："我一个没用的老人，他们不给我就行了，我还给他们？我这点钱还是你们给的，我不能拿你们的钱去充大方、做人情，给五十元就蛮不错了。"

每年的清明节前，单冬花总要给在外工作的两个儿打电话说："我昨晚又做梦了，梦见你们的死鬼爸，他不说话，泪在眼窝里转，是不是该给他烧纸钱了，可不能叫他缺吃少花啊。"农历十月一鬼节前，单冬花就提醒张小梅，该告诉你弟弟们了，天凉了，别人要笑话老张家没有后人了。单冬花早早把要烧的鬼洋准备好。因为两个在外工作的儿子根本就是纯粹的唯物主义者，而且是无神论者。他们不相信人死了以后，还会有这样的物质需求。单冬花认为，人死了是有灵魂的，存在于另一个世界，在那里，她可以和自己的丈夫重逢，继续他们中断了五十年的生活，另一个世界更需要她的孩子们的关怀和照顾。多烧一些纸钱，才好有更多的积蓄，那些不愁吃不愁花的人是因为有钱，有钱好啊，钱多了人少生是非，人世间谁愿意过没钱的日子呀。从另一个角度说，单冬花也是从子女们对待他们陌生的父亲的态度，来猜测百年后自己可能遇到的情形。

张孝德想起姐姐小梅说起的一件借钱事。有一次，张小梅家急需用钱，自己借不出就委托哑巴芬芬去借，单冬花对外孙女芬芬的疼爱在家族中没人能比，但是，单冬花从不表达自己的情感，不说过多的温情话，她常说的一句话"宁给个好心，别给个好脸"。由于从小就过早承担了家庭负担，单冬花几乎没有读过书，仅仅在当时农村的扫盲班学会识数，认识的狭隘使得单冬花不可能用复杂的语言和她的孩子们做情感上的交流，但这些并不妨碍孩子们感受母亲内心的感情。张小梅正是抓住了这一点。哑巴女儿比画着要借两百元。单冬花问做啥用，芬芬比画着买书。只要是读书的事单冬花常常不去多想。张小梅借了母亲两百元，一年后，张小梅还了单冬花两张新版一百元。单冬花扔在地上说那不是她的两百元，她的那两百元是蓝色的，票面大，纸质好，割耳朵。而张小梅还她的软塌塌的，还不起可以拖延时间，没必要拿假来充真。

这中间涉及村上一个故事。

秋天，留守在家的老人们收完玉茭，就有大卡车来收购。卵崖底后村有一个叫王清建的老人，秋天卖玉茭得了两千元，王清建豁牙露口沾着唾沫数钱的样子大伙还记得，那是劳动得来的钱唯，也是人老了能给孩子们添补家用不是废人的自信。过年孩子们都回来了，王清建拿出钱来讨好儿子，结果发现钱是假钱。报案两年了，抓捕不到人。乡下收购玉茭的往来车多，谁都没有记住车牌号。哑巴吃黄连，这事情生生叫王清建种下病了。这件事的最后，卵崖底村的人见了大票都认为假的多。张小梅只好换二十张十元小票，才算得到单冬花的认可。

去年单冬花八十大寿，之前张孝德问单冬花想要啥礼物。单冬花说，啥都不要，一家人聚在一起就好。可私下里她和芬芬比画着说想要一个金手镯。芬芬迅速把这个想法传递给了张孝德。生日聚餐时，张孝德要金平给单冬花把金手镯戴到手上。单冬花笑着问大家："我是不是老财迷？还管你们要东西，手老成这样戴啥都难看，其实我就是满足一下你们孝顺我的心哩。"

生日过后，单冬花把金镯子送给了金平。金平不解。单冬花说："你是有功劳的人，你为张家生了后代，计划生育政策把人口降下来了，可也把咱的传统降没有了。这金镯子不是要给你，是要给我未来张家的孙媳妇，我就怕我哪天来不及交代，闭眼一走，心事未了，我见了你死鬼爸，第一句话是要报喜，你爸也好知道我给了他张家孙孙礼物呀。"金平认为婆婆传统，这事要传出去会惹弟媳不高兴，弟媳养了两个女孩儿，女孩儿也是后代。单冬花说："长子长孙，皇帝家都偏心，我是小老百姓，我就认继承主业的人。"

张孝德越想越不自在了，母亲一辈子的钱都在里面，母亲不说真话是因为她老了啊，人一老就变得和孩子似的，会任性，跟这个世道争理，会觉得自己辛苦一辈子，老了没有用了，但是我还有钱，还能过年过节给孙辈发压岁钱，还能理直气壮说话。她常说的一句口头禅：我连累不了你们，我能够养活我自己，我够花了。那是因为她不用为钱的事情犯愁，她藏着钱就是藏着自己老年的尊严呢。

多少年贫苦生活煎熬，钱对于这个家来说简直太重要了。单冬花对生活没有多少要求，就怕没衣穿没饭吃。而要做到这一点就必须有钱。记得弟弟当年不上学又不想在农村待着，想要外出打工，想跟着村里的人一起出去。年底回家时，领队算账少算了二十块钱，母亲让弟弟去要，弟弟不去，说丢人。母亲自己去要，弟弟又拦着不让。母亲就一遍一遍自言自语，神经质地唠叨，她的表情凄苦，情态悲凉。后来领队人送来少算的钱，弟弟还埋怨母亲心眼小。母亲在电话里和张孝德据理力争说，二十块钱是你们小时候半年的学费，我要起早搭黑磨两个月豆腐才能赚得来。

回想母亲这些事情，张孝德就明白了为什么母亲不把那小包袱寄存在家里，或让姐姐为她保管。她不放心啊，若放在自己家里，一旦小偷入室行窃，那还了得？放姐姐家更不是上策，那二流子姐夫越老越不学好。放信用社也不好，包袱里是救急钱，一旦有个头痛脑热，急用钱时还得去信用社取。乡下的信用社存钱老是叫人存几年期，说利息高，你急用时他说期限不到。求人不如求己，实在搁不住和他们费嘴，还是随身带着，方便、放心、踏实。

去年，大年初一早晨，单冬花郑重其事地拿出一个信封，从信封里取出一沓钱对张孝德说："你买了房子，金平又做美容，花了不少钱，在北京花费太大，离开钱一天都没法活，这是三千块，给你补贴家用，另外五百块是给我孙孙的压岁钱。不是我偏心，孙孙的压岁钱就该比孙女的多十倍，这世界是男人的天下，我要是不力主把你送出山，你哪能有工作赚钱，哪能把你弟弟和姐姐的孩子们带出去？你们说我偏心，说我对你姐不好，多少好能满足那二流子的胃口？女人的眼窝浅，但妈的眼窝不浅。"

张孝德和金平当时坚决不要。单冬花说："这钱都是你们平常给我寄的，我平素也舍不得花，况且现在国家政策好，我每年还有一千多块低保，一千多块养老钱，足够平日开销了。你们寄给我的钱，我也是为你们暂时保管一下，等我不行了，再交给你们。"倒是孙孙高兴得喜滋滋的，把那五百元压岁钱接了过来。孙孙说："我虽然已二十五岁，但毕竟还在上学，所以奶奶给的压岁钱还是要拿的，那是奶奶对一个未来延续张家香火人的祝福啊！"

包袱丢了，任何多余的情感交流对单冬花来说都是陌生的。包袱里装着单冬花低下头走进去的岁月，那岁月里有她过日子的欢愉和秘密。张孝德在屋子里待不住了，他要去做一件事，或许对母亲来说是最好的结果。

七

天蒙蒙亮时，就有人起床了。车窗外闪过的田野上，寻不到早春的绿。远处除了一小片一小片的积雪，一概是枯草的黄色，有一种漫漶的苦涩。单冬花贴着玻璃看窗外，行驶中的火车被山地上的荒凉忽略了，无法感觉到真实速度，车停在高平站，卧铺车厢里只剩下了单冬花和张小梅母女俩。走道里的人开始洗漱吃东西，大家似乎因为起得过早以及一路颠簸，就快到终点了而兴奋，尽都灵醒着享受这一刻的热闹。

张小梅问母亲是否要喝水，单冬花不语。

突然单冬花转过身子说："就咱母女俩了，你说我的小包袱是不是你手迷糊了放进了你的旅行箱里？"

单冬花脸上一副沮丧的模样。话语中虽然带着求助的语气，但是也有不信任包含在里面。这样的表情和问话触痛了张小梅，内心有一股火气开始突突冒。母亲这句话意味着打开旅行箱时就撕破了亲情的脸。

　　张小梅提起箱子放到距离单冬花最近的地方。"你打。你是妈，啥事都由你先做！"

　　真要打开了未免残忍。闷闷的一阵子过后，单冬花说："我不碰你的东西。"

　　强烈的自尊取代了彼此动手的欲望。单冬花想让闺女说真话，但张小梅就是不说。

　　母女俩相对而坐，张小梅突然就觉得包袱丢了好，丢了省心。她之所以隐约地嫉恨母亲，是嫉恨母亲那没有节制没有理性的爱，谋杀了自己的前程。母亲对儿子的溺爱，造成了她对学业的懈怠，从而使她的前途一片暗淡。

　　张小梅突然醒悟了，母亲从来就没有想到那包袱是真丢了，而是一直怀疑是自己装到旅行箱里了，母亲的这种想法多么可笑！尖厉的声音已经顶在了喉咙处，就在要发作的当下，张小梅看到母亲那张苍白的脸在灯光下，呈现出一种病态的模样——疲惫、憔悴、枯皱、蜡黄，张小梅的心一下子软了，母亲眼睛里枝蔓一般的怀疑和不信任，她不能去阻挡，丢了的包袱已经丢了，由她去怀疑吧。

　　对峙过程中，单冬花别过脸不看张小梅，果然在她的预料之中，闺女不敢打开箱子。单冬花多么想这个女儿跟上那个二流子不要学坏，管了小管不了大，到底是吃谁家像谁家的人啊。

　　张小梅猛然倒下，用被子将全身蒙起来，单冬花看到埋在被子里的身体在微微地起伏。她在哭。单冬花心中一阵震动，哀哀地想，好过了那二流子，不用再说了，丢了的东西就让它永远丢了吧。当泪水顺着单冬花的脸颊滑下来时，她立刻有了一种勇气，她见了那个二流子时要把腰身挺得直直的。

　　火车在音乐声中缓慢地停下来。到站了。

　　单冬花自己穿好鞋，站起时有一阵晕眩，是一宿没合眼的结果。张小梅掀开被子提起地上的旅行包让单冬花先走，母女俩不说话，用身体示意，一前一后随着人流走向出站口。

　　从远处单冬花就看见了那个二流子，他吆喝着："便宜了，便宜了！大优惠，经济又实惠，过了这一时，就没了这好货，买了是享受，不买是后悔！"张小梅怯怯地看了一眼单冬花，单冬花装作没听见。一个保安走过去要撵他离开，他嚷着："接人哩，接我丈母娘和媳妇，我这是捎带咧。"他细着脖子冲着这边张望，蛇一样拧着脑袋。这才是丢包袱的罪魁祸首呀。

　　单冬花无法想象自己的闺女是如何和这样一个人共处的。二流子在笑，递给保安一支烟，人家挡了回去，他捏着烟嘴和驱赶自己的保安搭讪，脑袋往这边张望，看见了，跳高了往这边招手。张家怎么会出现这么一个男人呢！小梅啊小梅，你看那卵崖底的女娃，刚刚长成了桃红，水灵灵的时候，便要于村口上，在那唢呐声中，被好人家接了去；那卵崖底的男娃，懂得地里的活路了，肩上知道担了生活的苦重了，便立在村上，盼望着吹着唢呐娶回一个好女娃。一年四季里，卵崖底要送走和娶回来多少新人，自己养大的闺女扯着没皮没脸地哭，就那样叫那个二流子拽走了。闭眼睁眼，醒着梦着，什么时候我还敢去村口看人家娶亲，你把你妈吊在卵崖底人的嘴上，你可知跟上你，妈的头上落下多少笑话，你活得扎眼啊小梅！

二流子跑过来一边喊："找见了，找见了。"一边要搀扶单冬花。单冬花甩开他伸过来的胳膊。

二流子说："北京的警察就是有能耐，妈啊，你出门时丢了包袱，到家时就找见了。"

单冬花停下，很认真地看着他说："包袱呢？"

二流子说："包袱肯定回不来，包袱又没有长脚。不过，妈呀，钱回来了。"

单冬花说："我不信。你是哄鬼呢。"

张小梅说："你快把经过说说。"

二流子说："经过是你们经过的，我哪里知道经过？我只能告诉你们钱回来了。现在就在我口袋里，我准备和妈商量一下，看看能不能转借一年半载，我好买辆电动三轮车跑路。"

单冬花说："你把嘴张得大大的再说一遍！"

二流子缩了缩脑袋："不说了还不行。说错了还不行。"

单冬花要过二流子的电话要给张孝德打。二流子取出电话来说："我来拨。"电话响了一下，他就挂了。

张小梅说："怎么打着就挂了？"

二流子是怕浪费电话费，等孝德打过来。

张孝德为了不再让母亲因丢包袱的事而难过，他和弟弟商量立即打到家在晋城跑三轮的外甥虎子银行卡上一万五千元，并让外甥虎子告诉姥姥，他们通过警察，当天上午就找到了捡到包袱的人，要回了一万五千元，剩余的钱作为感谢费用送给了那个捡到包袱的好心人。张孝德再三叮嘱虎子，千万不可说漏嘴。哪知当时正好虎子的爹二流子在，一定要自己去做这件事。虎子不放心，从银行取出现金，本来说是要和二流子爹一起来车站接姥姥，但因有货要送怕耽误接站，就叫自己的二流子爹来接。虎子安顿二流子，把他姥姥接下火车后，第一时间告诉姥姥这个失而复得的"特大喜讯"。二流子取了钱心花怒放，放嘴上"噗噗噗"亲了几口，他需要演一出戏把这钱想法子弄到手，他太需要钱了。面对钱他没有别的出路，睁眼闭眼，脑子里老有幻觉，这钱该是自己的。

电话里，张孝德用另一个版本告诉母亲："都是我们自己不小心把包袱丢到了车上，被一个好心人捡到，他通过派出所找到了我们，包袱里的东西都完好着呢。"单冬花不信，说："包袱里的东西你都清点了？"

张孝德说："清点了，零票都换成整钱了。"

单冬花说："我那些信封里还有东西呀，千万不敢丢了，你可收拾好了？"

是什么东西呢？张孝德一时语塞了。他假装手机信号不好问："妈，听不清你说话呀，你说啥呢？我听见你的声音断断续续。你到底是想说啥呢？"

单冬花说："那信封里一多半不是钱，是你的信呀，是你当兵时寄来的信，我百年后是要带给你爸，也好叫你爸知道我是怎么养大他的两个儿呀。"

张孝德拿着手机无声流着泪应答："都在，妈，钱在信也在。"

单冬花开始是半信半疑。张孝德突然想起来自己拍过一张姐姐打开包袱后的照片，急忙把姐姐裁剪掉，发一张彩信到二流子的手机上。单冬花看着这张照片，照片里包袱打开，信封散落在包袱皮上。半天后单冬花感叹道："世上还是好人多啊！"

八

四月，田野已经泛青了，那些稚嫩的春草和草花破土而出，一场雨后——就算是风来，只要不那么鲁莽——被洗过的草花在田野上蓬勃得越发妖艳多姿。单冬花坐在自己的菜地里，空气里有清香袭人，地畔上的桃花杏花开了，山水便要柔软起来、明丽起来了。儿子张孝德在电话里说，秋天过后，要把她接到北京长住。单冬花不知道自己在这世上还有多少日子，离开就意味着再也看不见生活了一辈子的乡下了。不舍得，不能做主的恍惚感，从现在就已经开始了。和城市里比较，卵崖底矮矮的，山谷里有顺势而下的溪流，整齐的庄稼地里有粪堆稀稀拉拉撒开的印子，满山遍野铺着直戳戳的阳光，坐在土坎上，单冬花的回忆被引发又被切断，所能够想到的，是很害怕秋天离开家后自己一去不返。从前是儿子常回家，现在日子好过了，老人要跟着儿子走，一辈子从来没有认真看过这田野，季节一到，今生她注定是不属于这里了。她的眼神穿过山山脉脉，丈夫就埋在对面的凹地里，要离开世界的那一天，她一定要挽着自己的小包袱去，包袱里有她碌碌一生的不满和无奈。

山坡上数百只羊朝着一个方向缓缓移动，乍看过去一切都是静止的，像紧紧贴在地面上的图案，就好像看不见的四季微妙的变化，其实，时光都从身边溜走了。儿女大了，各自有所着落，过日子总让人伸不直腰，习惯了一种动作，再想改变有多么难，可谁能知道单冬花多么不想改变啊。她不想离开家，哪怕那个二流子再不争气，可那都是乡下的滋味。

远处有三轮车开过来，在辨认不清的田野和路中间朝着自己开过来。单冬花的心突然急速跳了起来，那是二流子开着啊，他哪里来的钱呢？车开到缓缓站起来的单冬花跟前，二流子从车上跳下来说："妈，我扶你上车，拉着你咱回卵崖底村绕一圈，我虽然不能和小舅子张孝德的两头平卧车比，但是和村里那些没用人比，我也握着方向盘呢。"

单冬花说："你哪里来的钱买它？"

二流子笑着，想到单冬花往日对自己不屑一顾的态度，就想和这个丈母娘开个玩笑。

"妈，人生无非是吃吃苦，受受罪，讲讲排场，丢丢人。我是丢人丢尽了，可排场还没有讲过啊。你只管上车，不管买车的事，我就想在卵崖底扳回我的名声来。"

单冬花脸上没有任何表情地说："人家的脖子上都长着脑袋，都知道有个脸面，就你横着脖子，不怕卵崖底人笑话。你告诉我车钱是从哪里来的？"

二流子说："你有儿女孝敬，难道我就没有儿女孝敬！"

听完话单冬花扭身就走。

二流子突然觉得钱就是一个人的底气，花钱讲排场，我现在是开着蹦蹦车，还穿着西装哩。哪有丈母娘瞧不起女婿三十年的事，怎么说也不能在她面前丢了一跺脚四面掉土的威风。单冬花在前面走，二流子在后面开着车慢慢跟着。二流子突然想到了丢包袱的事，丈母娘怀疑自己的闺女，闺女在丈母娘家得到啥了？既然怀疑，我就直接告诉她。

二流子冲着单冬花的背影说："我能买下这车，我还得感谢妈，没有妈，我买啥车，生米做成熟饭啦。"

单冬花站在了路中央，一下就转过身来："你也算人？你只能算一个活物！你把那信给我，就知道你们合谋来哄我。狼怎么不吃了你，吃了你舔干你的血泊。"

二流子见单冬花真生气了，说道："妈，你小农意识太重，你真相信啦？"

单冬花弯腰捡起地上去冬留下的干牛粪朝着二流子的脸扔了过去。二流子一边倒车掉头一边喊："我怎么就不能和你开个玩笑呢？你怎么就老是看不起我呢？我就想孝敬你一下，明知道在你张家连个脸熟都混不上，我偏偏屎壳郎变知了，自讨没趣。"

车跑远了话传过来："我也有十年河东十年河西哩！"

单冬花回家后第一件事就是给张孝德打电话，电话那头接起来时心反倒哆嗦了一下。"孝德呀，妈没事，就想告诉你，二流子是个不知饥饱的饿死鬼，越吃越饿，越饿越吃。都是他教坏了你姐，咱张家水不深，你可不能叫石头露出头顶呀。"

张孝德说："妈，发生啥事情了，没头没尾的一段话，他欺负你了？"

单冬花紧接着说："他哪敢欺负我，妈没事，就想给你打个电话。"

放下电话，单冬花望着屋外，看得景物朦胧了，一个佝偻着身躯的老人站在她的屋门口，身后的暮色同样朦胧了他，他看着单冬花说："秋口上你一走哇，能说话的人就又少了一个。"

老人闪过后说："那些果树上的熟果子，秋天连个糟害它们的娃娃都找不见了。"

天空下着雨，雨不大，雾霾很重，更没有电闪雷鸣，张孝德讨厌这不大不小的雨，它不利不爽，最挫伤人的锐意。翻阅微信时他看到了打开的小包袱照片，想着这件事情，觉得那个捡到包袱的人，哪怕光归还母亲保存了二十多年的信也好。想到这里，心头一热，就再次拨打大姐的手机号。让张孝德没有料到的是，电话竟然打通了，但没人接。

张孝德一阵狂喜，再打，电话那头传来的是外甥虎子的声音，他说刚才他在扛水泥，没听到电话。

张孝德说："你妈把电话给了你？"

虎子说："我妈说，这电话她这辈子都不用了。叫我换个号，我办号时发现卡上还有钱，等钱打完就不用了。大舅，我回头告诉你我的新号。你有事吗？"

张孝德说："没事。嗯，你不要和你妈说我打电话了。"

张孝德迟疑了一下又说："以后多孝敬你妈，她这一生不容易。"

张孝德看到窗玻璃上映着他的面孔，想哭，这张脸已经回不到童年。

他翻阅书柜找出一沓旧稿子，坐在书桌前，他在想，二十多年前给母亲写过的信里都是什么内容呢？那些内容他是彻底忘记了。

张孝德提笔写下一行字：妈，我在部队想家了。

接下来呢？文字还能在一个人的疼痛中生长么？

营救麦克黄

石一枫

一

与黄蔚妮的友谊，被颜小莉视为她来到北京之后最大的收获。

两人初见，是在一家广告公司的面试上。当时颜小莉大学毕业已经半年，因而失业的历史也长达半年。她揣着一张不高不低的文凭，仰着一副不美不丑的面孔，给二十多家单位投过不薄不厚的简历，也接受过七八次不咸不淡的约谈，但结果总是不声不响的拒绝，都没下文了。怎么过上一份不穷不富的日子就这样难？仅仅因为这里是北京吗？她为什么又偏偏非得留在北京呢？记得上学的时候，颜小莉对这地方也没什么好感啊，总是嫌这儿人多、吵，空气浑浊，一年中有一半儿的时间出门要戴口罩。如今倒好像一个和丈夫并不恩爱的女人即将被逐出家门，突然焕发出要做贞节烈女的热情了。

公司招聘的是"行政管理"。接到面试通知的时候，颜小莉的打算是，这次再不成功，就回西北老家去。有个表亲开了家制作亚克力的小工厂，附近两三个县的餐馆招牌都是他那儿出品的：正宗清真、百年老店，老王家老蒯家老魏家，此外还有肥硕得失真的牛和鸡。回去替亲戚管管账，也算学有所用，反正北京的房租是实在支撑不下去了，方便面更是吃得她每天胃里直泛酸水。所以颜小莉走进位于亮马河的那栋玻璃外墙写字楼时，心情几乎是悲壮的，大义凛然的。

仅仅十几分钟后，这点儿气焰就被干净利索地扑灭了。人力资源部的主管通知面试者，职位要求做了临时调整，硕士起步，重点大学优先，关键是还要能说法语，因为将来要和法国总部过来的高层打交道。不符合这些条件的应聘者呢，也不是完全没有出路，前台刚刚空出一个岗位来，有兴趣的话可以去试试。

屋子里登时空了大半。行政管理变成前台，坐办公室的变成迎客的，这何止是戏耍人，简直是存心侮辱人。更何况，做前台还有一个无法逾越的条件限制，那就是性别。离开的大多是身穿廉价西服的男生，而颜小莉的脚刚刚抬起来两寸，却一转念，又落了下去。她朝人力总监举了举手，问前台的招聘在哪儿举行。一个是行政与前台的区别，一个是北京与陕西关中小县城的区别，两相权衡，当然是后一种区别的意义更加重大。别管干什么，留下就行。也许她们西北人还真是像北京人所评价的那样，有点儿"轴"。

五分钟之后，身穿格子衬衫和灰毛衣的颜小莉坐在了隔壁那群香气逼人的大长腿、黑丝袜和硅胶胸垫中间。姑娘们看着颜小莉，一律是非我族类的眼神，身边的两个人还特地把屁股往一旁欠了欠，仿佛土里土气也是会传染的。这时颜小莉才意识到，刚才的决定可能又是一次失误，将要引发的是另外一种层面上的受辱。她忽然又觉得有点儿好笑：一个月薪四千块钱的工作，犯得着那么争奇斗艳吗？

但再想走却为时已晚，面试已经开始。每人轮番上去自我介绍，同时包括全方位的立体展示：举止、形体、化妆水平、普通话与港台腔英文单词的完美融合……轮到颜小莉时，她脑袋里一片杂乱的懵懂，耳朵嗡嗡作响，一句临场发挥的话也说不出来，最后只得面无表情地把简历念了一遍。别人一定都在窃笑，只盼着她把这个过场赶紧走完吧？颜小莉也希望如此。于是她加快了语速，却忙中出错地打了两个磕巴。

黄蔚妮就在这个时候走了进来，她大概刚开完了一个什么会，便走到这间屋里随便遛遛。颜小莉只觉得身边一亮，一条斑斓的丝巾从她的余光里滑了过去，丝巾上方是一张精致得像件瓷制工艺品的脸。有人欠身让座，黄蔚妮摆摆手把问好压了下去，就坐在了颜小莉身边的空椅子上，仿佛饶有兴致地看着她。刚好念完了，颜小莉吁了口气，脖子上挂着一层汗，痴愣愣地向那道磨砂玻璃门走去。

"你是经贸大学毕业的？"黄蔚妮在身后问她。

颜小莉定身回头，像没听懂对方的话。

"行了行了。"黄蔚妮笑了，"出去等着吧。"

本想出门之后就直接去买火车票的，但人家却让她"等着"，颜小莉只好和其他姑娘们一起坐到走廊里。从磨砂玻璃门的另一侧，传来高高低低的人声，黄蔚妮的略显沙哑的嗓音间或从几个男人的声音之中跳出来，说了什么却听不清楚。十几分钟过后，人力资源部的人就推门出来了。那人扫视一圈，目光落在颜小莉身上：

"你跟我来。"

颜小莉就这样获得了她的第一份工作。不要说是公司里的别人，就连她本人都觉得匪夷所思。很快她就听说，自己能留下，与黄蔚妮的意见有着直接关系。

人力资源部本来倾向于另外一个女孩，黄蔚妮却插了嘴，说颜小莉"不错"。别人发表异议，指出颜小莉的气质太拘谨了，不适合跟陌生人打交道，黄蔚妮却说拘谨的人都认真，将来不会出差错。别人又说颜小莉的长相不符合公司的形象，黄蔚妮反问，难道公司的形象就是锥子脸和硬挤出来的乳沟吗？又有人挑剔说，颜小莉的口音不是很标准，前后鼻音分不清楚，黄蔚妮就甩着一嘴京片子说，你们刚来北京的时候，有谁的嘴是利索的？总之争了几句。按说黄蔚妮这个销售部副总插手人事上的事儿，是有点儿越俎代庖的，但她手里正攥着几个大单子，又是外国老板跟前的红人儿，并且区区一个前台，也不是什么要紧的职位，众人也就哈哈一笑，遂了她的意。

进而又有嘴碎的人补充，以前那个前台就是个积极进取的大胸锥子脸，居然敢跟前来拜访黄蔚妮的男人打情骂俏，所以她这次力挺颜小莉，也是"一朝被蛇咬，十年怕井绳"的结果。

不管怎么样，在北京的茫茫人海里，在几乎走投无路的困境中，能有一个陌生人向你伸出援手，这是足以令人感激涕零的。况且援助颜小莉的黄蔚妮又是那样漂亮、干练、受人瞩目，于是那份感激里便不由自主地加进了崇拜的成分。人要有良心，要滴水之恩以涌泉相报，这个道理颜小莉是懂得的，尽管她也知道，自己的涌泉难以比得上黄蔚妮洒下来的一滴水。她能够做的，只有在一些小事情上尽力让黄蔚妮高兴。

每天早上，远远地看到黄蔚妮从电梯间拐出来，颜小莉都会走出前台，亲手为她拉开大门，而这是总经理一级的人物才享有的待遇。公司规定上班时间是不能接快递的，因此别人的东西送来了，颜小莉都会照章办事地挡回去，但只有黄蔚妮的，她会认真替她签收，下班的时候默默地递给她。颜小莉还总结出了黄蔚妮每周会有两天熬夜加班，于是次日早上，她就从楼下的星巴克买一杯拿铁，专门留给她。黄蔚妮是喝不惯那种加了过多的糖和奶的"办公室咖啡"的。

颜小莉不仅是公司的前台，还是黄蔚妮一个人的前台。其他同事提起前台的颜小莉时，也会半开玩笑半刻薄地说："不就是黄蔚妮的那个碎催嘛。"对于这个称号，颜小莉是坦然接受的。公司的重要人物中，有几个没有他们的"自己人"呢？总经理的自己人是办公室主任，财务总监的自己人是会计部的一个出纳，黄蔚妮的自己人就是她颜小莉。她甚至以此为荣。

更让颜小莉感动的是，黄蔚妮也有把她当成自己人的意思。最初是每天上下班碰面时，黄蔚妮会特地朝前台这边颔一下首，露出大而化之却又独具慧眼的微笑。渐渐地，当午饭没有应酬的时候，黄蔚妮就会招呼上颜小莉，一起到楼下的咖啡厅吃套餐，刷她的管理层福利卡。再后来，黄蔚妮周末还会叫颜小莉一起去逛街，带颜小莉见识了许多她敢看不敢试的大牌。

在交往中，颜小莉发现黄蔚妮也爱讲八卦、开无聊玩笑、看低智商的电影，而且尤其热衷于说前男友的坏话。"我第几个前任来着——"或者那些"可以公开的秘密"总是这样开头，然后就是罄竹难书的罪恶：小气，切牛排的动作像个木匠，号称"最爱阿什肯纳齐演绎的肖邦"手机里装的却全是流行歌曲，吃饭吧唧嘴……在黄蔚妮的率先垂范之下，颜小莉也只得声讨起了自己的唯一一个前男友，但却没法儿告诉黄蔚妮，他们分手仅仅是因为那男孩儿找到的工作在南京，而他负担不起每周见面的高铁车票。

"你们到底为什么掰了？"

"他也吧唧嘴……"颜小莉像交差似的说。

黄蔚妮登时同仇敌忾地亢奋起来："吧唧嘴太恶心了，谁都受不了，对不对？"

颜小莉跟着黄蔚妮大笑，好像她们能共同从吧唧嘴的臭男人那里虎口脱险，是一件惊险和值得庆幸的事情。有了这些琐碎的小愉悦，颜小莉也感到黄蔚妮这个人陡然真实了许多。黄蔚妮不仅是她的贵人，而且称得上是她的闺蜜了吧？假如颜小莉一定要高攀的话。

颜小莉还会不自觉地想：如果她也能活成黄蔚妮那样，该有多么美好啊。这个愿望，大概可以成为颜小莉留在北京之后的奋斗目标。

因此，当黄蔚妮突然找到颜小莉，动员她也来加入那支"救狗特攻队"时，颜小莉责无旁贷地答应了。

二

黄蔚妮的原话是这么说的："明天敢不敢跟我去趟昌平？"

当时是周五下午，颜小莉正在整理本周的访客单，准备交到上司那里去备案，而黄蔚妮突然出现，把一条纤瘦的胳膊架在了前台桌面上。听到对方这样问，颜小莉的答复是条件反射的"没问题，蔚妮姐"，然后才生出一点儿疑惑来。黄蔚妮并不喜欢郊游踏青，她消磨周末的地方，基本上不是"丽都"就是三里屯，怎么突然想起要去昌平了？昌平本身倒没什么，也是北京不可分割的一部分嘛，颜小莉租住的房子还在大兴呢。但黄蔚妮干吗偏偏又要加上一个"敢不敢"呢？

再回想一下，这两天的黄蔚妮的确有点异样。她在公司里仍然衣着鲜亮、处事干练，风风火火地和各路人等打着交道，但只要一闲下来，就往往会不由自主地出神发呆，两眼盯着空气中某个抽象的点，也不知道在想些什么。黄蔚妮仿佛陷入了一种引而不发的焦虑之中，别人没有发现，可颜小莉是看在眼里的。然而看在眼里却也不能主动关切，万一人家根本不打算跟她分享心事呢？那么说深了说浅了都不合适。在黄蔚妮和颜小莉的友谊中，主导权在谁手里是很明确的，被主导的那一方只有逢迎与配合的份儿。

而现在，既然黄蔚妮主动提出了邀请，颜小莉便可以追加一句了："咱们到那儿去干吗？"

黄蔚妮哑着嗓子说："麦克黄丢了，我得去救它。"

颜小莉像警报一样叫了出来："这么大的事儿您怎么不早说？"

麦克黄是一条六岁大的拉布拉多犬，雄性，毛色黄白相间，身高六十厘米，体重二十七千克。一般的狗类就像明治时期以前的日本人，是只有名字而没有姓氏的，乡下的就叫大黑二黑，城里的就叫妞妞皮皮，但麦克黄不同，它有名也有姓。它的名字是麦克，姓氏则随了黄蔚妮，并且姓和名的排列顺序符合西方惯例。仅从这一点就可以看出，黄蔚妮对于这只狗养得有多么上心。在颜小莉的记忆中，黄蔚妮聊天时提起"我们家麦克黄"的频率，甚至超过了她的任何一位前男友：

"我们家麦克黄不认识玻璃，每天都会在阳台门口撞两次头。"

"我们家麦克黄饱受左邻右舍的母狗青睐，但至今还是一个守身如玉的处男。"

"我们家麦克黄曾经获得社区叼飞盘大赛亚军，奖品是一只挂着铃铛的红项圈。"

谈起前男友的黄蔚妮是刻薄的，甚至是有点儿狠毒的，但谈起麦克黄的黄蔚妮就像拉布拉多犬一样"傻傻的，很可爱"。并且爱屋及乌，她愈发对所有的犬科动物都焕发出了似水柔情。就算公司里的事情忙得不可开交，但黄蔚妮仍然参加了一个以爱狗为主题的公益协会，那些人通过网络联系，定期去宠物医院给小狗义务看病、洗澡，为动物救助站里的流浪狗捐款，还眼泪汪汪地包场观看《忠犬八公》《我和马利》之类的电影。

"你要知道，在这个世界上，大部分的狗狗都生活在水深火热之中呢。"在露天咖啡馆的遮阳伞下，黄蔚妮认真地对蹲在一旁仰望着她的麦克黄说。

"所以麦克黄，你要珍惜现在的幸福生活，不要再把皮沙发给抓破了。"颜小莉附和道。同时她想，在这个世界上，大部分的人还都生活在水深火热之中呢。比如她自己，倒是也想找只皮沙发来抓一抓呢，可是抓破了赔得起吗？

然而上个周末，过惯了幸福生活、连抓破皮沙发也不会受到责备的麦克黄丢了。

丢失的过程也很简单，黄蔚妮正带着麦克黄在一楼阳台外的自家小院里玩儿，屋里的电话突然响了，她独自跑进去接，等到一个电话打完再出来，麦克黄就不见了。刚开始，黄蔚妮倒也不是很着急，因为类似的情况以前是发生过的，麦克黄很可能是被小区里孩子踢足球吸引，或者干脆看上了谁家的母狗，就狗急跳墙地跃过了篱笆。而它在外面遛上一圈儿，很快又会准确无误地找到家门。要知道，拉布拉多犬虽然长相憨厚，但却是狗里面智商最高的，就连当导盲犬都可以胜任。但这一次，黄蔚妮等了半个小时，一个小时，麦克黄仍然不见踪影。她这才慌了，没换睡衣就跑出去寻找，保安、邻居、小区门口收废品的人都问过了，但却没人能够提供一点儿线索。麦克黄在黄蔚妮的眼皮子底下人间蒸发了。

可想而知，这几天的黄蔚妮该有多么伤感，多么魂不守舍，但她还不能在人前表现出来。公司的一个项目正进行到关键阶段，作为销售环节的主要负责人，如果因为一条狗而耽误了工作，那造成的影响可就太恶劣了。就这么有苦难言地隐忍着，张贴出去的寻狗启事无人回应，接到报案的派出所也明确表示这事儿不大可能认真去管——人丢了还找不过来呢，更遑论狗？黄蔚妮几乎要崩溃了。直到昨天，她才收获了一点儿希望。爱狗协会里的一个朋友告诉她，刚刚得到"线报"，一批近期被盗的宠物犬正准备运往河北。据推测，麦克黄很可能就在其中。

"好好儿地待在小区里，怎么就丢了呢？而且任何人都没发现，明显是被狗贼喂了酒馒头，装进麻袋背出去了。那些家伙惯用这一招的。"那位朋友条理清晰地推断，"干这种勾当的人多数都有上线，就是收狗卖狗的狗贩子。我专门替你查过了，这些天里准备出货的狗贩子，只有老巢在昌平区的那一家。"

"如果是拉到宠物市场上去卖，那倒还好，假如狗贩子的下家是外地的狗肉馆呢？那可就……"另一位朋友不甘落后地分析道。

说得黄蔚妮一会儿心存侥幸，一会儿魂飞魄散。这时她就不是八面玲珑的销售部副总了，而是变回了一个六神无主的弱女子。最后，两位朋友一齐建议，发动协会的力量，大家一起到路上把运狗的卡车拦下来。劫法场，智取生辰纲，营救麦克黄。

听到这里，颜小莉有了疑问："既然您那些朋友消息那么灵通，都弄清楚狗有可能在谁手里了，那为什么不直接联系一下狗贩子，把麦克黄要回来呢？大不了花钱买也行啊，反正对方偷狗不也是为了挣钱吗？而钱对于你来说又是……"

"咳，你想得也太天真了，现在已经不是钱的事儿了。"黄蔚妮当初一定是问过类似问题的，这时却用朋友们那种无所不知的口气教育起颜小莉来了，"狗贩子是从来不敢把偷来的狗卖回给本主儿的，因为那样一来，不就等于承认自己的偷窃行为了吗？要知道，几乎所有狗主丢了狗之后，都会去派出所报案，而几乎所有被盗狗的价值都远远超过了刑事立案标准。那些人贼得很，才不敢冒这种风险呢。"

"原来是这样……"颜小莉嘟囔了一句，眼睛往下垂了一下。

黄蔚妮发现颜小莉目光游移，立刻不满地问道："喂，你该不是怕了吧？我可是把你当朋友，才找你陪我的。"

说实话，此时颜小莉的确是有几分犹豫的。她在网上看见过类似的报道：北京的爱狗人士联合起来，截下运狗的卡车，强行将狗放生，使它们免于遭受变成狗肉全席的命运。对于这种英勇行为，网民的评价分成两个极端：支持者热烈拥护，认为狗是人类的家庭成员，吃狗就相当于吃你的父母亲人；反对者嗤之以鼻，说这纯属是穷极无聊发神经，你那么喜欢狗，干脆跟狗过日子去好啦，还要父母亲人有个屁用。也不知为何，两派都爱把狗和父母亲人扯上关系。而相关政府部门的口径，则是公事公办地奉劝爱狗人士保持理智，不要行为过激，并且警告说，危害道路交通是犯法的。颜小莉为黄蔚妮收快递买咖啡拎购物袋都没问题，反正她有的是时间和力气，但涉及"犯法"这两个字，她一个外地人就必须得掂量掂量了。黄蔚妮在北京有房子有高薪，家里还有各种各样的社会关系，因此也就有了一股子对什么都"浑不凛"的劲头，仿佛捅出天大的娄子也兜得住。而颜小莉呢？她可是坐公交让人摸了大腿都不敢喊抓流氓的。

但黄蔚妮的要求，颜小莉又怎么能不答应呢？人家黄蔚妮都已经把她"当朋友"了啊。再说没有黄蔚妮，她能留在北京吗，能在外企前台的位置上站稳吗？

因此，颜小莉吁了一口气，模仿着黄蔚妮的北京人的腔调说："瞧您说的，我怕谁啊？这么刺激的事儿，平时还碰不着呢。"

三

直到第二天早上出门，颜小莉心里仍然咚咚打鼓。睡不踏实，反而醒得早，连昨天晚上设好的闹钟都没用上。她不到七点就坐上了地铁四号线，换乘倒车，一个小时后到达了国贸附近黄蔚妮家楼下。又等了十来分钟，黄蔚妮便开着她那辆雷克萨斯从地库里上来了。她拉开车门，递给颜小莉一块用保鲜膜包好的金枪鱼三明治。

周六早上不堵车，四环路空荡得铺张浪费。一路上，黄蔚妮都没怎么说话，眼睛倒是空洞地撑大了一圈儿，连太阳穴上的青筋都绷出来了。按照颜小莉的经验，每当黄蔚妮紧张的时候，都会是这种神色。而她这个陪同者所能做的，也只能是不多说多问，埋头吃自己的三明治就好。没一会儿，车子开到城北的一条国道入口附近，黄蔚妮却放慢了速度，将车靠到路边的应急车道上。颜小莉恰好吞下了最后一口动物蛋白和谷物纤维的混合物，这才抬起头来，瞥见路边已经排着五六辆车了。

颜小莉以前从未见过黄蔚妮在单位圈子以外的熟人。因此，当她跟随黄蔚妮下车走向其他人的时候，心情还有那么一点儿小忐忑和小自豪。路边的车有丰田大众，也有宝马奥迪，高高矮矮赤橙黄绿，好像在少见的蓝天底下挂了一串彩色灯笼。开车的人大多站在路面上，有男有女，岁数都挺年轻，面相最老的也不过三十五六岁。他们三三两两地聊着天，看见黄蔚妮，纷纷扬手和她打招呼。

黄蔚妮对大家敷衍了几个微笑，径直走到一辆奥迪车旁，和靠在后备厢上抽烟的男人聊起来。那人长得高、壮且皮肤细嫩，头顶氤氲着腾腾热气，又穿着一件米黄色的条绒休闲西装，因而看起来很像一只刚烤出炉的大号金砖面包。听黄蔚妮介绍，他叫尹珂东，在一家"级别相当高"的日报社当社会新闻部主任，关于麦克黄的线索，正是他提供的。而尹珂东只对颜小莉略一点头，就把她像一篇通稿一样放了过去，然后两眼主题鲜明、立场坚定地继续锁住黄蔚妮。他还极具新闻敏感性地观察到黄蔚妮"这两天又没睡好"，看来"真是落下心病了"。

继而话锋一转："你别担心，我已经让手下的记者打听清楚了，再过大约十五分钟，那辆卡车会从小汤山出发奔河北，咱们从这条路追过去，肯定能堵住他们……"

黄蔚妮打断他的喋喋不休："徐耀斌怎么还没来啊？都这个点儿了。"

尹珂东有点儿不自在地顿了顿，就势使了个皮里阳秋的笔法："人家是大忙人，这点儿小事未必放在心上。"

正说着，便有一辆橘红色的保时捷跑车轰鸣着，缓缓插进了车队中间，登时成了五彩灯笼之中最耀眼的那一枚。车窗摇下来，露出一个戴墨镜的黑瘦子，喊了一声："蔚妮！"如果说尹珂东像刚烤出炉的面包，那么这人就像一根炸过头的油条了。

黄蔚妮娉娉地走过去，纤细的手指像弹钢琴似的敲击着保时捷车顶："又换车了？"

"还没上牌儿就被你征用了。"那瘦子大概就是刚才说的徐耀斌了，他抬抬墨镜，向一旁的尹珂东打了个轻佻的招呼，又问黄蔚妮，"干脆坐我这辆吧？"

"你开车太猛，我怕得慌。"黄蔚妮指指颜小莉，"再说我的车也不能搁这儿啊，这位小朋友又不会开。"

颜小莉当真像小朋友一样吐了吐舌头，似乎是为连累了黄蔚妮不能乘坐保时捷而表示歉意。而这时，尹珂东已经露出了十二分的不耐烦："咱们是来救狗的，又不是来看车的，再不走就赶不上趟儿啦。"说完钻进他那辆奥迪，嘭地关上车门。

车队齐整地出发，在路上都打着双闪，如果被路人看到，多半会以为谁家正在办婚事。领头的是尹珂东那辆奥迪，徐耀斌的保时捷则在其他车之间来回穿插，既显摆车，又显摆车技。他还屡屡窜到黄蔚妮的车前，做出类似于牲口甩尾巴的动作，有两次因为车距太近，吓得颜小莉哇的一声。而一直紧绷着脸的黄蔚妮却终于有了些许笑意，她翘起嘴角，好像在纵容这男人胡闹。

片刻，黄蔚妮的电话响了，徐耀斌的声音传出来："尹珂东给我打电话了。"

"他跟你叨叨什么了？"

"让我安全驾驶，别瞎折腾。这人怎么跟个学校里的团委书记似的？"

"那你就开稳当点儿呗。人家说得对你就得听。"

徐耀斌"切"了一声："成，那我听你的。"

他挂了电话，保时捷却嗡的一声吼叫，声势浩大地从黄蔚妮的车旁超了过去，转眼开到了尹珂东的奥迪车旁，一打方向，别得奥迪车惊慌地往右一偏，看起来像打了个趔趄。接着，尹珂东气急败坏地连声按起了喇叭，而徐耀斌却又跑到了黄蔚妮的一侧，透过车窗做了个"V"字形的手势。

黄蔚妮故意不搭理他，但嘴角翘得更高了。这时候，就连颜小莉也看出了她和尹珂东、徐耀斌的关系，于是把话题引到了黄蔚妮爱听的路子上：

"蔚妮姐，你还是劝劝他们吧，别为了你真闹出车祸来。"

"我哪儿管得住他们啊。"黄蔚妮真真假假地叹口气，心情也终于舒展得能聊起前男友了，"就跟我不知第几个前任似的……有一次真跟人家打起来了。说起来都是三十多的人了，怎么那么幼稚。"

"这位徐……大哥是自己开公司的吧？"

"他？就一无业游民。"黄蔚妮说，"不过他们家是做房地产的，在北五环弄了个楼盘。"

正说着，黄蔚妮的电话又响了，这次是尹珂东。对于这个男人，黄蔚妮便拿出了安抚的语气："别生小徐的气啦，他那点儿小孩儿脾气你还不知道？大家都是朋友，都是来给我帮忙的……"

"我才懒得跟他一般见识。"尹珂东鼻子里哼了一声，"我是想提醒你，刚才我们那儿的记者打电话了，那辆卡车马上就要从下一个入口开上来了。一会儿行动的时候，你在后面跟着好了，千万要保持车距，别往前赶，那太危险。"

"谢谢啦，还是你细心——"黄蔚妮的上半句还在润物细无声，下半句却变成了尖叫，"别说了别说了，是不是那辆车！"

果然，道路右侧的匝道上，正有一辆车斗上加装了巨大铁笼子的卡车缓缓驶入。在北京的郊区，人们经常能够看到这样的卡车，车上往往载着几头牛、十几头猪或者几百只鸡鸭鹅——如同上法场之前还要游一游街，只可惜动物们喊不出"若干年后又是一只好牛（猪鸡鸭鹅）"之类的豪言壮语。而这辆车的铁笼子里关着的全是狗。有大大小小几十条，其中最多的是硕大的"金毛"和"哈士奇"，间或还有"古牧"和"牛头梗"这种少见的品种。狗们一律垂头丧气地耷拉着尾巴，还有的把脑袋伸出笼外，瞪着乌溜溜的眼睛，茫然地与后车的车灯对视。

颜小莉也情不自禁地喊起来："快，快，截住它！"

话音未落，徐耀斌的保时捷已经伴随着更加浩大的轰鸣声冲了出去。八汽缸涡轮增压发动机可真不是吃素的，一眨眼就窜到了卡车正前方几米远的地方，接着一个急刹车，逼得卡车咯吱一声停下。铁笼里的狗们被惯性拉扯得东倒西歪，挤成一团，但却没有一只张嘴叫出声来，好像奥斯维辛集中营里的囚犯，早已被折磨得纯然麻木了。

卡车司机是个二十多岁的小伙子，鼓鼓的圆脸，又剃了一个厚厚的锅盖头，看起来倒像农村年画上的胖娃娃。然而因为风吹日晒的缘故，这个胖娃娃的肤色斑驳杂乱，脖子上更是黑一道白一道的，尽是被汗水冲刷的泥印子。他从车窗里探出半个身子，操着一副破锣嗓子喊：

"你怎么开车呢你？"

徐耀斌已经从保时捷里跳了出来，缓缓地走向卡车。很显然，他还陶醉于刚才那记干净漂亮的拦截，因而一举一动都像美国电影里的硬汉一样注重造型。这条一米六五的硬汉摘下墨镜，挥舞着芦柴棒一般的瘦胳膊宣告："我们拦下你，为的是你车上那些狗。"

"狗招你惹你了？"胖小子问。

"这句话应该我问你才对：狗招你惹你了？"徐耀斌反问，"你们凭什么抓它们，卖它们，吃它们？"

"我又没抓没卖没吃，我就是个开车的。"

"开车也不行，拦的就是你这辆运狗的车。"

而两人对话之间，尹珂东已经率领随即跟上来的其他汽车摆好了阵势。他的奥迪和徐耀斌的保时捷并排，堵在了卡车的正前方；左右两侧各有一辆轿车和一辆SUV把守；黄蔚妮的雷克萨斯和一辆大众旅行车则紧紧贴在卡车的屁股后面，为的是防止卡车司机突然倒车逃跑。这个战术，想必是尹珂东事先交代好的。

接着，一辆轿车按起了喇叭，其他车辆立刻呼应。频率各异但一律高亢有力的鸣叫声在公路上空回荡，向茫然失措的胖小子施加压力。救狗别动队的成员们还纷纷摇下车窗，呼喊起了口号：

"放了那些狗！"

"狗狗是人类的朋友，狗狗是人类的亲人！"

"虐待动物没人性！"

在车声和人声的交错下，狗们也仿佛蓦然惊醒，争先恐后地哀号起来。大狗嘈嘈如急雨，小狗切切如私语，公狗要撒尿母狗也要撒尿，便有几股腥臊的黄水顺着卡车斗的凹痕和缝隙渗透出来了。

黄蔚妮一边拼命按着喇叭，一边招呼颜小莉："你帮我看看，麦克黄到底在不在这辆车上？"

颜小莉便瞪大了眼睛，在铁笼子里搜寻起来。然而狗们堆积在一起乱挤乱撞，就连哪只爪子是谁的也分不清，看得眼睛都酸了，也看不出个所以然来。而这时，尹珂东和几个性急的男司机已经跳出车来，冲到卡车车斗下方，试图把那只铁笼子的栅栏门拽开来了。尹珂东干得尤其积极，又高又壮的一具身子挂在拇指粗的钢筋上来回打摽悠儿。

胖小子急得连声喊："讲不讲理呀？没跟你们说我就是个开车的吗？有什么话找我们老板说去。"

"没那工夫！谁知道这些狗被你们运到外地是死是活。"

也许是占了场面上的优势，救狗的人们便过于托大了。他们只顾着对付笼子，却没想到这么一个束手无策的胖小子被逼急了也会犯浑。卡车突然重新发动，一阵颤抖，屁股喷出了两股黑烟，紧接着就往斜刺里窜了出去。这个情急之下的举动造成了两个后果：一是把试图攀上车斗的尹珂东甩了下来，一屁股坐在柏油马路上；二是卡车车头把徐耀斌那辆保时捷的后视镜刮得粉碎。也怪尹珂东和徐耀斌停车时没把路堵死，给对方留出了两米多的空间，胖小子就开着车，咣咣当当地绝尘而去了。

两个男人同时大喊大叫，一个是屁股疼，一个是心疼。随之而来的是巨大的愤怒：不只嘴硬，还敢逃跑？不只虐待狗，还敢伤人伤车？他知不知道到医院拍一张尾椎骨的核磁共振要花多少钱？知不知道保时捷换一块后视镜要花多少钱？关键是，这种顽抗到底铤而走险的态度实在令人无法忍受。必须得给他一个教训！尹珂东和徐耀斌不约而同地上了车，一脚油门踩到底，争先恐后地追了上去。

场面就此失控。以前看到电影里的飙车场面时，颜小莉只觉得那像一场游戏，此时被加速度紧紧地压在座椅靠背上，她才体会出现实和电影根本是两码事儿。黄蔚妮还不算是追赶得最奋不顾身的，她只是不远不近地跟着那辆卡车，但光看着前面的尹珂东和徐耀斌叫嚣腾突的架势，颜小莉的心脏就快要跳出来了。这两个男人简直像疯了一样，轮番奋不顾身地冲到卡车车头的前方，有两次几乎和卡车撞在一起，却怎么也无法把对方再次逼停。胖小子看来是横了心较上了劲，操纵着偌大一辆卡车东摇西晃，每每在围追堵截中夺路而出。而这可苦了后面那些狗，它们像碗里的豆子一样腾越着，滚动着，彼此撞击着，哀号声一阵高过一阵。

你追我赶了几千米，公路侧前方赫然出现了一个岔口，卡车猛打了把方向盘，一头扎了出去。救狗别动队的大部分车都被甩掉了，紧随其后的只剩下了尹珂东、徐耀斌和黄蔚妮。颜小莉别无选择地坐在黄蔚妮身边，紧紧抓住车厢里的把手，张大了嘴，却叫不出声来。

公路追逐转眼变成了山路追逐。这是一条在北京郊区常见的盘山道，路面颠簸而险峻，几乎仅容一辆车通过。不时有嶙峋突出的怪石在颜小莉眼前掠过，轮胎与地面之间的摩擦更是让她闻到了一股煳味儿。不知拐了几个弯，颜小莉就分不清东南西北了，她脑子里唯一清醒的念头，居然是勒令自己收紧括约肌，以免在黄蔚妮的雷克萨斯上尿了裤子。而随着身边黄蔚妮的一声"哎呀"，令颜小莉在此后的日子里追悔莫及的一幕发生了。

前方露出一个急而陡的转弯，卡车又刚刚被一块从山体里凸出的岩石挡住了视线，没来得及减速，眼看就要冲出路面，滑下山坡。幸亏那小胖子的驾驶技术还算过硬，他紧急踩了一脚刹车，让车身贴着一蓬半人高的蒿草转了个九十度的大弯，有惊无险地爬上了一段上坡路。这个激烈的驾驶动作也将狗们再次抛了起来，而铁笼子的栅栏门或许刚才就被尹珂东拽松了，因此有两只体型颇大的黄狗和三四条京巴、博美一类的小狗一齐破门而出，天女散花似的飞到山下去了。

黄蔚妮的惊叫正是为此而发的吧。但让颜小莉感到恐惧的，却是另一个状况。

她似乎看到，卡车在拐弯时，车斗的边角撞到了一个人。红衣服，个头不高，瘦瘦的，好像是个孩子。黄蔚妮的雷克萨斯飞快地跟过了那个转弯，而颜小莉扒着窗户回头再看时，路边却又空无一人了。

四

那场追逐到底是怎么结束的，颜小莉反而记不清楚了。好像是卡车翻过了山，慌里慌张地开上了一条正在施工的断路，这才不得不停了下来，束手就擒。尹珂东和徐耀斌围上来，自然又是一番大肆声讨，他们把开卡车的胖小子从驾驶室里拽下来，你一把我一把地推搡、拉扯着，这时也不说狗是人类的亲人了，而是一个要去医院，一个要修车，钱都得由胖小子出。

胖小子全然不见了开车时的莽撞，他的脸煞白，结结巴巴地说："你们要是不追我，我也不会跑啊。"

"还敢信口雌黄！"尹珂东声音雄浑地喊道，一张大脸因为激动，更加膨胀了，"你先跑我们才追的。"

胖小子又指向徐耀斌："他要不把我截下来，我还不会跑呢。"

"我把你截下来是要跟你讲理的，你干吗撞我的车？"徐耀斌也吼道。他的长相和身材不如尹珂东有威慑力，因而特地踮着脚跳了两跳。

"我都说了我就是个开车的了，后面那些狗不是我的，你们还非要为难我……你们讲不讲理啊？"胖小子说着，连哭腔都带出来了。

"得了得了，甭废话了，反正也造成事故了。"尹珂东似乎冷静了一点儿，瞥了瞥变成"一只耳"的保时捷，"咱们还是叫警察来处理吧。我们截你的车，该扣分扣分，该罚款罚款，我们认了。可你在停车的状态下撞坏了人家的后视镜，故意损坏他人财物，这个责任也推卸不掉——咱们都把驾驶证拿出来吧。"

说着，尹珂东首先掏出了驾照。徐耀斌点头称是，也一边掏证件，一边拿出手机就要打报警电话。而这时候，胖小子的神色就更慌张了，他破口而出：

"不能报警。"

"为什么不能报警？"尹珂东冷笑着盯住对方。

胖小子不说话，额头上冒出了豆大的汗珠。

尹珂东一针见血地指出："你没驾照，对不对？"

这话让胖小子突然崩溃了。他抱着脑袋，蹲到卡车轮子旁边，真的哭了起来，一边哭一边语无伦次地嘟囔："我开车开得好好儿的，谁也没招谁也没惹，你们干吗非要拦我啊……就为了那些狗吗？狗要活命人也得吃饭呀。"

尹珂东趁势施展出谈判技巧，他叉着腿站在胖小子头顶，居高临下地说："无照驾驶可是大事儿，又酿成了事故，起码够得上拘留的了——不过今天的情况确实有些特殊，我们看你又不容易，干脆这么着吧——警察我们不叫了，剐蹭的损失呢，也不让你赔了，但你车后面那些狗得归我们。你看怎么样？"

胖小子没接话，只是呜呜了两声。

尹珂东笑了："没有异议就是同意。耀斌，你也没意见吧？"

徐耀斌不满意地插嘴："我这可是新车……"

"将就将就吧。"尹珂东立刻打断他，"反正万把块钱的修车费用，对你来说也就是一顿饭钱。"

徐耀斌往黄蔚妮这边扫了一眼，只好大度地耸了耸肩膀，没再说话。

尹珂东的脸上堆起了一箭双雕的快意：既在黄蔚妮面前抢了头功，又顺带慷了徐耀斌之慨。这个成就让他忘掉了自己屁股上的隐隐作痛，跳上了卡车车斗，再度上演了徐耀斌没能演好的硬汉形象——迎风而立梗着脖子睥睨一切，掏出电话呼叫：

"动物保护中心吗？我们刚刚解救下来一批被盗的宠物狗，请求支援，请求支援！"

直到这时，颜小莉还坐在雷克萨斯的副驾驶上心惊肉跳，两只膝盖不停地哆嗦。而她旁边的黄蔚妮也脸色煞白，两手离开方向盘，撑在座椅上，十只鲜红的指甲恨不得掐进"阿尔卑斯头层小牛皮"里去。

颜小莉叫了她一声："蔚妮姐……"

黄蔚妮如梦方醒地感慨："刚才吓死我了，那么陡的路，那卡车司机还开得那么快，这不是浑蛋吗？"

尹珂东却在极具英雄气概地招呼黄蔚妮了："快来找麦克黄啊——是不是吓掉魂儿了？我早就让你别跟着了，女人开车就是不行。"

两人只好定了定神，一前一后跑到卡车旁边。黄蔚妮一边在铁笼里辨认，一边颤声呼唤道："麦克黄，麦克黄！"尹珂东和徐耀斌也凑了过来，一人捡了一根树枝，帮助黄蔚妮把"金毛"和"古牧"轰开，露出藏在狗群里的拉布拉多犬，同时你一言我一语：

"是不是这只？"

"我觉得这只像，麦克黄的脑门上不是有一块白吗？"

几个人团团乱转，只有颜小莉的心思不在狗上。她绕着卡车车斗，像要证实什么似的，用手指轻轻触碰着锈迹斑斑的铁皮。在车尾右侧，果然粘着一小团暗红色的液体，明显是血，血里混着几根狗毛。那么这究竟是人血还是狗血呢？颜小莉的心再次狂跳起来，只觉得两腿发软，站都要站不住了。

而从车斗的另一侧，一阵轻轻的抽泣声传了过来。颜小莉的眼睛穿过几条狗腿，看到黄蔚妮正捂着脸，肩膀一耸一耸的。他们已经辨认了两遍，仍然没有发现麦克黄的踪迹。被迫接受这样的事实，无疑让她失望到了极点，也接近崩溃的边缘了。

两个男人却还在如火如荼地抢着风头，轮番软言软语地安慰黄蔚妮。尤其是尹珂东，他仗着胸怀够宽大，还试图揽着黄蔚妮的肩膀，把她搂起来："没事的，没事的，这次找不着还有下次。麦克黄会等着你，我们也绝不会抛弃它……"

黄蔚妮一把甩开尹珂东的手："尹珂东，你提供的什么破情报！自己还没核实清楚就把我叫来，简直就像你们那家报纸一样不靠谱！"

尹珂东尴尬地搓起手来，徐耀斌倒快意地无声冷笑。至此，营救麦克黄的行动以失败告终。

那天晚上回到住处，颜小莉已经是人困马乏，累得连澡都没洗，就把自己拍在了床上。然而直到凌晨三点，连隔壁那对一到周末就熬夜上网的小情侣都没了声息，她仍然没有睡意。追车。急转弯。一个红色的瘦小身影。漫天乱飞的狗。车斗上的血迹。这些场景像一部剪辑极其混乱的电影，在她的脑子里无休无止地乱晃。

症结还是出在卡车那个惊险的九十度大转弯上。到底有没有撞到人？那一瞬间的镜头起码被颜小莉"重放"了几十次。在一些镜头中，路边是空空荡荡的，只有一蓬在尘土里摇曳的蒿草，但在另一些镜头中，蒿草丛中却明明站着一个孩子——不辨年龄，不辨男女，只记得轮廓是瘦的，颜色是红的。是不是她眼花了，或者出现了幻觉？但她的幻觉为什么不能是一群鸟、一棵树，而偏偏是一个人呢？

基于迷乱、慌张、无法确定是真是假的记忆，颜小莉却开始进行理性分析了：没撞到人倒还罢了，假如真的撞了人，将会产生什么后果？那孩子会死吗？他家里人或者其他目击者会报案吗？警察会不会顺藤摸瓜地追查到卡车司机，进而再找到尹珂东、徐耀斌、黄蔚妮以及自己头上？那个脏兮兮的胖小子没有驾照，人又是他的车撞的，看似要负主要责任，但他有个道理讲得也没错——你们不追我，我会跑吗？这么一来，当时在路上追逐的所有人，就都和一桩人命案件扯上关系了。就算颜小莉没有开车，她也是涉案人之一，并且"间接促成了案件发生"。她在电视里的法制节目中听到过类似的台词。

人命啊，想到这个字眼，颜小莉浑身打起寒战来。她飞快地把自己的头蒙进被子里，又咬紧牙关才没叫出声来。

一夜几乎没睡，起床之后自然是昏昏沉沉的。这天正好是周日，这套位于大兴黄村的三居室里，除了颜小莉之外空无一人。与她合租的室友们大概是出去踏青了，大家平时都忙得要命，每个礼拜就指着周末透口气呢。而他们所住的这片城乡接合部还保留着一块半干半湿的河滩，带张桌布和一篮子食物过去，不花钱也能消磨一天。窗外的天色有些阴沉，使得空旷的房间更显得静谧了，就连门外电梯的开门关门声和有人上下楼梯的脚步声都清晰可闻。这些声音又让颜小莉不由得心惊胆战。

窗外还有警车或者消防车驶过，当时颜小莉正坐在马桶上发呆，听见那尖厉的鸣笛，她本来呆滞的思绪立刻产生了无数联想。颜小莉捂着脸把头扎进双腿之间，终于被自己吓出眼泪来了。

她老实了二十多年，从来没跟父母顶过嘴，从来没逃过学校里的一节课，从来没让男朋友把手伸进内衣底下过，怎么一摊上事儿，就有可能是天大的事儿呢？

中午泡了方便面但也没吃两口，颜小莉看着一只油腻的碗，坐在她那间十平方米不到的朝北卧室里发呆。这时手机突然响了，是黄蔚妮。颜小莉迟疑了好一会儿，终于还是接听了。

"昨天累坏了也吓坏了吧？"黄蔚妮的口吻仿佛比往日更亲切。当然，是那种轻巧的、保持着俯视姿态的亲切。

"还好……"

"看你的脸色不好，还以为你晕车了呢。"

"我只是在挂念着——麦克黄。"

"我硬拉着你去，也是为难你了。我早就看出你这人……心眼儿很好，跟公司里那些两面三刀的家伙不一样。"黄蔚妮似乎叹了口气，又说，"不过拜托你，咱们去找狗的事儿，千万别告诉不相干的人，你知道，我手里的这个项目很重要，合作方也相当挑剔，公司的高层要求我全力以赴。这时候如果传出这种小插曲，谁知道又有什么人要站出来说怪话呢……"

"这个您放心。"颜小莉本想对黄蔚妮说，我也有件事儿想跟你谈一谈，但她咬了咬嘴唇，还是没说出口。

黄蔚妮却突然咯咯一笑，情绪转变之快，像被一只电灯开关操控着："还有个小事儿，我倒想听听你的看法呢。"

"您说。"

"尹珂东和徐耀斌这俩人怎么样？别深琢磨，只需要说你的第一感觉。"

"都挺好。"

"好在哪儿？"

"有钱……徐耀斌比尹珂东更有钱吧？"颜小莉的脑子里充满了嗡嗡响的杂音，连那两个男人到底谁是胖子谁是瘦子都记不清楚了。

"俗了，颜小莉你要这么想就俗了。"黄蔚妮嘴上奚落她，音调里却透出一股难以压抑的欢畅，"关于他们俩那点儿破事儿，我回头再跟你讲吧——昨天我没睡好，今天晚上还被总经理抓差，要去参加一个酒会，所以明天中午帮我买杯咖啡提提神吧，还是拿铁。"

黄蔚妮挂了电话，又把颜小莉抛回没着没落的空旷之中。看来黄蔚妮是没看见卡车撞到人的，没有看见虽然并不意味着没有发生，但在自己也尚未确定事实的情况下，却足以降低撞到人的概率。颜小莉像绕口令一样宽慰着自己。而且你看人家黄蔚妮是怎么活的，工作、狗、男人，三条战线同时作战但却都处理得轻车熟路游刃有余。难怪人家是黄蔚妮，而你只配当个颜小莉。

但颜小莉终究不是黄蔚妮，羡慕也没用，学也学不来。到了晚上，她又开始失眠了，白天已经从脑子里赶走的镜头，再次颠三倒四地浮现了出来。简直像个主打午夜恐怖片的电视台，你越怕什么它越要播什么。这一次的心理负担更加沉重，颜小莉只觉得脑子里面有根锈迹斑斑的锯子在来回拉扯着，再锯就要断了，却总也锯不断。

这件事必须得找人说说，哪怕是为了分担自己的压力也好。颜小莉做了这个决定，而她能找的人首先就是黄蔚妮。

五

第二天中午，颜小莉端着两杯咖啡，站在办公区等待黄蔚妮。已经过了午饭时间，黄蔚妮才从密闭的会议室里出来，化了淡妆的脸上带着一片愠色。她大概是又和设计部或者客服部的头头儿吵架了吧？这种事儿经常发生，但黄蔚妮有一项独门功夫，就是吵架挂相不挂心，转眼就能嘻嘻哈哈，嘻嘻哈哈完了马上又能接着吵。

果然，黄蔚妮从颜小莉手里接过咖啡，立刻眉开眼笑："还是你贴心，咱们的售后要是能做到你的一半儿，也就不会天天被客户追着骂了。"

这话是说给客服部的经理听的，那男人气鼓鼓地哼了一声，扭着水桶腰走开了。

颜小莉问黄蔚妮："您要不要吃点东西？现在咖啡厅还有咖喱饭。"

"不吃，让他们那些人气也气饱了，正好减肥。"

这也是黄蔚妮的独门功夫之一，越忙越不饿，越不吃精神头越旺盛。于是两人坐到休息区的沙发椅上，各自捧着塑料杯吮咖啡。

哪怕是给黄蔚妮添乱添堵，哪怕被黄蔚妮说成"脑子秀逗了"，昨天计划好的话该说还得说。毕竟，那有可能是人命关天的大事儿啊，凭什么憋在心里，由自己一个人承担。颜小莉这么鼓励、敦促着自己。

但说的时候又得讲究策略。一惊一乍地宣布"出人命了"，反而会让黄蔚妮觉得自己是在信口雌黄。于是还是从狗说起：

"那天救下来的狗，已经在动物保护中心了吧？"

"是啊。保护中心的车来的时候，你不是看见了吗？"黄蔚妮说。

"以后它们会被送到哪儿去？"

"能联系上主人的联系主人，联系不上的只好另找人家。"

"唉……可惜麦克黄不在车上。"颜小莉看了一眼黄蔚妮，略微加重了语气，"那些狗贩子也真可恶，偷了人家的狗还敢顽抗，还敢逃跑，而且居然还是无照驾驶——假如出了车祸可怎么办？"

黄蔚妮阴着脸没接话，看起来是又沉浸在对麦克黄的思念中了。

颜小莉又跟上一句："多险啊，万一要是车翻到了山下去，或者撞到了什么人……"

黄蔚妮拿眼睛挑了挑颜小莉："你别胡思乱想了——自己吓自己。早知道你这么胆儿小，那天就不该叫你去。"

"我不是胡思乱想！"颜小莉脱口而出，但又顿了一顿，声音急剧地衰弱下去，"蔚妮姐……有件事儿我不知该不该讲。"

"讲吧。都拐弯抹角说到这份儿上了，不讲不把你憋坏了？"黄蔚妮终于以认真的姿态面对颜小莉了。

"我亲眼看见……可能真撞到人了。"颜小莉的嘴巴反倒不利索了，刻意矫正了几个月的前后鼻音不分又暴露了出来，"当然，不是咱们的车撞的，更有可能是我看错了……你知道，我的眼神儿一向不太好的，连现代和本田的商标都认不清……"

她终于把在脑海中反复萦绕的那一幕描述了出来，尽管语无伦次，但一五一十。讲完之后，颜小莉的心情果然轻松了许多，看来天塌下来，就是得找个高个儿来一起分担。她咕咚一声，咽了口已经变冷的咖啡，眼巴巴地望着黄蔚妮。

黄蔚妮的反应却是毫无表情，但眼睛瞪得更大了，又在太阳穴上绷出了两条淡青色的血管。她和颜小莉对视片刻，平静地开口："你一定是看错了。"

"可我明明看到卡车拐弯的时候，有一件红衣服……"

"你怎么确定那是红衣服而不是红布条、红油漆、红塑料袋呢？"黄蔚妮说，"你说过你眼神不好的。"

颜小莉立刻积极地点起了头："是啊，那些山上的农民就是喜欢乱扔垃圾的。"

"所以说你就是自己吓自己嘛。"黄蔚妮更加笃定地说，"当时我也坐在车里，从我的角度看过去，可什么都没有发生——什么都没有。"

那天和黄蔚妮谈完，颜小莉一度有了如释重负的感觉。黄蔚妮都没有看到嘛，没看到就是没发生。她反复在心里强化着这个想法，并且尽力使自己像黄蔚妮一样平静、干练、自信。这个世界上的确会有意料之外的惨剧发生，但发生的地点都是电视新闻里那些正在打仗或者暴乱的动荡地区，或者是突然遭受到地震和海啸的灾区，再或者就是像颜小莉老家那种贫困荒凉之地——她记得，以前邻居家有个孩子，父母都出去打工了，爷爷奶奶又管不住，就任由他满世界地瞎跑瞎转，结果有一天从附近厂矿的煤堆上滚下来，被活活埋在里面了。而如今颜小莉已经留在了北京，在东三环最繁华的地区上班，接触的尽是如同从时尚杂志上剪下来的人物，身处这种环境中，她的生活理应变得光鲜明丽、稳固安宁，不是吗？

因此下班的时候，她的脚步重新变得轻快而有弹性，脸也仰了起来，璀璨地迎向地铁站外那片聚积了新一轮雾霾的灰蒙蒙的天空。回到三居室里的小北房，她还特地给自己叫了一份大号的红烧鸡腿饭，坐在电脑前一边看台湾综艺节目，一边响亮地吧唧着嘴，犒劳自己因茶饭不思而受了委屈的胃。跟黄蔚妮吃饭的时候，她是从来不敢吧唧嘴的，并且把吧唧嘴的罪恶转嫁到了前男友的身上，但黄蔚妮又怎么能了解，吃饭吧唧嘴其实是多么畅快，多么尽兴啊。

然而这样的好状态仅仅持续了几个小时。"那一幕"被从清醒的状态中驱逐了出去，却从梦里钻了出来。刚刚入睡不久，颜小莉就梦到自己回到了营救麦克黄的那天上午：刹车、转弯、摇晃的蒿草、漫天纷飞的狗、被车斗撞下山坡的一团红色。而这一次，她还清晰地看到那团红色就是一件化纤运动服，半新不旧，松松垮垮，衣领上方是一张充满惊惧的孩子的脸。

颜小莉噌地从床上坐起来，满身是汗，大口喘气，如同刚和什么人进行过一番殊死搏斗。黄蔚妮说没看见，就能等同于没发生吗？要知道，虽然当时两人都坐在车子的前排，但驾驶席和副驾驶席的视野不尽相同。再说黄蔚妮正在紧张地开车，因为山路的陡峭而自顾不暇，她凭什么那么斩钉截铁地替颜小莉的眼睛和记忆做主？

而一旦惊醒，就再也睡不着了。假如说麦克黄的丢失是黄蔚妮的心病，那么山上的那一幕就成了颜小莉的心病，并且她病得比黄蔚妮要深重得多。要想除去这块心病，光跟别人商量是不够的，颜小莉必须亲自做点儿什么。

第二天，颜小莉破天荒地请假了。她捏着鼻子给后勤部门的主管打了电话，谎称自己患上了严重的感冒。前台虽然是最微不足道的职位，但却是实打实的一个萝卜一个坑，上司自然满腔不乐意。于是颜小莉又抬出了黄蔚妮，说是没穿外套就去替"蔚妮姐"买咖啡才受了风寒。好说歹说，总算磨出了一天的假期，颜小莉出门坐上了一辆9字头的长途公交，再次去了昌平。

那天拦截卡车的路线倒还记得清楚，只是开到国道入口，公交车就要往另一个方向去了，附近又再找不着其他站牌，颜小莉只好一咬牙，花一百块钱雇了辆咣咣乱响的黑车，沿着国道一路向北行驶。她把头靠在车窗上，两眼死命辨认着每一条岔路，认错了一次又掉了两回头，这才终于拐上了卡车司机曾经夺路而逃的那条盘山道。

但还没往上开出多远，已经满嘴唠叨的黑车司机就停下了车，死活不肯再走了。他指指坑坑洼洼的山路，说路况太差，他那辆夏利本来就很旧了，硬开上去没准儿会散架。司机又说，这条路以前是从山里往外运石料的，现在早已废弃不用，一个小姑娘非要往这里去做什么。颜小莉只好付钱下车，徒步往山上走去。

那天坐车风驰电掣了几分钟，如今换成两只脚，却足足走了一个多小时。山景本身是称得上俊秀的：嶙峋瘦骨，长满了苍翠的松柏，不时有飞鸟和松鼠一类的动物在林间惊起，花岗岩被日晒雨淋成了近乎橙黄的颜色……但因为揣着一个噩梦，所以颜小莉也没心思驻足观望。她气喘吁吁地爬到一处突兀的弧形弯道，望见了路边的那一蓬蒿草。

没错，就是这里。颜小莉再次确认了一遍之后告诉自己。她壮着胆子走到道路外侧，看见下面是几米深的一道山沟。身边的蒿草中，有几株断了头，只剩下风干了汁液的草秆。该不会是有人落下去时情急之下拽断的吧？这个念头让颜小莉的心狂跳起来。而几秒钟之后，另一个发现更是让她眼前一黑。

那是一只白色的运动鞋，歪斜着躺在山沟深处的两块碎石之间。这么说来，除了那天追车的当事人之外，这地方的确是有过其他人出没的。在"一定要把事实弄清楚"的冲动下，颜小莉鼓足了气力，弯下腰，扒住岩石突出的棱角，一步一试探地往山坡底下爬过去。

这样的举动对于电视里的攀岩运动员来说算不了什么，但对于习惯了在前台后面一坐一整天的颜小莉而言，就是充满危险的挑战了。爬到一半，她忽然岔了气，肋骨下面一阵生疼，然后手一滑，像只掉下桌面的猫一样四肢乱挠着坠落在泥土地上。幸亏就势打了个滚，并没有听到咔嚓的骨头断裂声，但再挣扎着爬起来时，身上的衣服已经没有一处干净的了。

她顾不得许多，跑过去捡起那只鞋。国产品牌"361°"，30码，橡胶鞋底的花纹磨损严重。颜小莉记得自己八九岁的时候，也穿这个尺码的鞋，并且也是底儿都快磨破了家里才给买新的。为了早点儿换一双新鞋，她还在上学下学的路上故意用脚底摩擦地面，她妈妈发现了，就揪着她的辫子狠狠地掐她的脸。那么手里这只鞋的主人身上，究竟发生过什么呢？颜小莉抬头看了看头顶的公路，把自己的记忆加了进来，试图糅合成一幕完整的坠山过程，却只觉得慌乱不堪，整个儿心思都是空的。

就这么发了许久的呆，她才被一股回旋的山风吹醒。两人多高的土坡，是不可能再爬上去了，好在坡底还有一条弯弯曲曲的小径，通向刚才走过的那段公路。颜小莉忍着周身的酸疼，在杂草丛中缓缓地行走着。她想的是顺着公路找到山里的村镇，最好有个派出所什么的，那样就可以打听到最近有没有孩子受了伤。

但假如真有，而且恰恰是被车撞下来的呢？她敢承认自己也是事故的当事人之一吗？对于这个问题，颜小莉是不敢触及的。

回到公路上，拐过那个大弯，又往上走了十来分钟之后，颜小莉终于碰到了一个人。那是个三十多岁的农妇，黑而糙的脸，像被烟熏过的腊肉，背上背个竹筐，筐里半满不满地装了些酸枣。来的路上，颜小莉见过有人在路边摆摊卖这东西。

两人照面，似乎都是一惊。颜小莉随即意识到，那只旅游鞋还拿在自己的手上，而对面的女人正直勾勾地盯着它。

女人向她开了口，说的却是一嘴河南话："你做啥呢你？"

"什么也没做。"

"我问你拿俺家娃的鞋做啥？"

颜小莉脑袋里轰隆一声，痴了一般，把鞋递过去："捡的。"

女人接了鞋，往背后的筐里一扔，掉头就往山上走。颜小莉鼓了一口气，追上去："这鞋是你家孩子的？"

"对。"

"你家远吗……我刚才摔下去了，想洗洗手，最好能再给我口水喝。"

女人没说话，继续爬坡。颜小莉像吃了一瘪，脚步不由得畏缩地停下来。但还没落后多远，她便看见那女人转过身来：

"跟着。"

盘山道一路向上，不多久，又分了一个岔。往左走，就是那天卡车逃窜的方向，颜小莉知道那里是断路，而女人却背着筐走向了右边。复再前行两里，一圈低矮的院墙从路边的树丛里露了出来，院子里是两间红砖瓦房，看起来摇摇欲倒，房顶上盖着一块斑秃似的塑料布。

跟着女人进去，颜小莉见到了那个名叫郁彩彩的九岁女孩儿。

女孩儿躺在窝棚板的偏屋里，身下是一张用砖头和木板垫成的床。她瘦小的身体上到处是伤：额头上扎着一圈纱布，一边一块农村红的脸蛋上涂着大团的紫药水，右手虎口缝了几针，手指头上尽是凝结的血痂；最严重的是左腿，裹着厚厚的一层石膏，翘起来，挂在从房梁垂下来的布带上。虽然屋里光线昏暗，但颜小莉还是看清了女孩儿身上穿着一件暗红色的运动服，以及女孩儿有一双大而明亮的眼睛。

颜小莉正不知所措，农妇已经端了一盆水来，放在小院当中。颜小莉蹲下去，用力地搓洗自己的脸，仿佛如此就能遮住煞白的脸色。洗完了，一只搪瓷缸子便递了过来。她小口抿着热水，尽量不让嗓音打战，装作随意地和对方聊起来：

"孩子怎么受伤了？"

"让车撞了，滚到沟里了。"

"哪天的事儿？"

"上礼拜六。小人儿在家待不住，非要到山底下的学校参加课外活动，走到一半就碰上了车。那路平常是没车的，山那头修了隧道。摔下去腿就折了，动不了，号到晚上，才被赶羊的人听见了。"

"骨折了也没住院？"

"花不起那钱。外地人，又没单位，在北京没医保。"

"腿没大事儿吧？"

"打了钢钉接上了。但说膝盖也伤着了，有块小骨头碎了，得换个零件。一个羊拐子似的铁疙瘩，说是进口合金的，大概要三万块钱。我们哪有这钱？她爸以前是采石场的工人，给老板放炮炸山，后来政府把厂子封了，只能再找活计。上半年被一个山西的矿上雇了，说过去先干一段，等稳下来再接我们。"那女人的脸一直木讷着，但一说到自家的事情，就浮现出了苦楚的神色。她的每句话都很短，句子与句子之间留有很大的空隙，颜小莉每每以为她要说完了，下一句话却又突兀地蹦了出来。进而又说到了女孩儿的父亲干活儿辛苦而且危险，有两次碰上了哑炮，正想过去查看，突然就响了，幸亏人离得远才没有送命；还说到女孩儿在学校念书不怎么样，跟不上北京的课程，学校警告她说要取消她的借读资格；又说今年野酸枣倒是不少挂果，拿到国道边上卖给郊游的城里人，一斤可以赚上七八块钱，可这生意只有周末能做。

颜小莉又把话头转回女孩儿的腿上："如果那三万块钱的零件不换……会怎么样？"

"腿吃不住劲，就变成拐子了。"女人简洁地答道。

两人说话时，女孩儿就躺在门后静默地听着，不言不语。

颜小莉终于问出了那个最让她提心吊胆的问题："被车撞的时候，有没有看见车牌号什么的？"

"车开得太快，根本没看见。也报了警，可警察就说让等信儿。"

女人说完，院子里忽然安静下来。颜小莉本来觉得可以松一口气的，但她的心却反而悬了起来，同时感到一阵难以忍耐的酸楚。她下意识地将手伸到口袋里，上上下下地摸，最后只掏出两百来块现钱，一把塞进女人的手里："拿着给孩子买点儿吃的吧。"

"你这是干吗？"女人的声音高扬起来，"咱们又非亲非故……"

"我是孩子学校的老师。"颜小莉扯谎，"就是山下的镇上那所……"

女人念叨了几句，总算把钱接了，又抹了两把眼角。而这时，女孩儿的嗓音却清晰地传了出来："您是老师，我怎么从来没见过您？您教几年级？"

"我刚分配过来，也没见过你呢。"颜小莉答道，接着问了女孩儿的名字。

女人又进屋拎出暖壶来续水，颜小莉却已经趁着这个空当，恍恍惚惚地出了小院，顺着原路往国道的方向走回去。天已正午，阳光普照，松柏与杂草都闪耀着油脂一般的绿光，但这象在颜小莉看来，却是苍凉而凄楚的。以前在历史课本上学过，北京北部的山区自古以来就是战场，只要越过这道屏障，少数民族就可以畅通无阻地跃马中原，因而几次著名的惨烈鏖战都发生于此。现在，颜小莉的心里也打起了一场战争。

六

既然事实已经很清楚了，那么现在，纠结在颜小莉心里的问题也一目了然：那个"间接与她有关的责任"，负还是不负？不负当然可以，女孩儿和她的家人至今不知道撞人的汽车是哪儿来的、谁开的，因此她和所有参与追逐的人都是安全的。况且就算要负责任，她颜小莉负得起吗？工作不满一年，工资仅高于保安和清洁工，每月除去租房子和吃饭、坐车的花销，能省下几百块钱都是万幸。想想存折里那个上下波动却长期没有质的飞跃的四位数字，她所要考虑的就不只是趋利避害，还有量力而为了。

然而理智地想要"把这事儿翻过篇去"，颜小莉却发现自己根本做不到。新的场景又开始在她的脑海中反复回旋起来，这时就不是撞人的那一幕了，而是那女孩儿闪烁着一双大眼睛，挂着沉重的石膏，躺在阴暗的小平房里的样子。她叫郁彩彩，九岁，在山下的某所小学借读，上五年级，来北京已经三年了，从没去过天安门和王府井，最爱吃麦当劳的薯条但迄今只吃过两次，一次是跟她妈妈去昌平城区卖柴鸡蛋的时候，另一次是她爸出车带回来一包。这些信息都是她妈拉拉杂杂地告诉颜小莉的。一旦对某个人建立起了琐碎而生动的印象，你就没法觉得这人与自己无关。通过郁彩彩，颜小莉还一发而不可收地回忆起了自己小时候。在八九岁的年纪，她们是一样瘦，一样脸上挂着农村红，一样怯生生的沉默寡言。谁又知道十几年后的郁彩彩会不会变成另一个颜小莉呢？但她的腿如果真的拐了怎么办？颜小莉还听郁彩彩她妈妈提过一句，要给膝盖安装那个合金零件，是有时间期限的。如果两个月后损伤定了形，就算花多少钱也补救不回来了。

颜小莉不仅失眠，还开始了头疼。疼痛来无影去无踪，疼起来连气都喘不上来，同时眼前一片一片地冒金星，简直像在放礼花。好几次正在前台端坐着，她突然就弯下腰去，用指关节死死地顶住太阳穴，嘴里呜咽出来。路过的同事问她怎么了，她还得立刻挤出一脸笑，说自己在捡东西。

在这种情况下，颜小莉第一次深切地后悔起来。她想，如果那天没去参加营救麦克黄的行动就好了。说起来，她还和狗有仇呢。家乡那种小地方的狗和北京的狗可不一样，基本上都是其貌不扬的土狗，既脏又野，而且因为食物匮乏，往往焕发了狼的天性。记得上初中的时候，一天颜小莉骑自行车上学，突然从巷子里冲出一条黑狗，朝着她的小腿就是一口，血淋淋地扯下一块肉来。虽然被同学第一时间背到医院去打了针上了药，但伤口至今蜿蜒在她腿上，令她夏天也不敢光着腿穿裙子。既然如此，她为什么还要答应黄蔚妮？她知恩图报得还不够多吗？

干吗这种事儿也要上赶着掺和？

颜小莉，你贱啊你。

而所有的前思后想，又归结为一个决定：这件事情还得找黄蔚妮谈一谈。在北京，她只认识黄蔚妮一个人，对于颜小莉来说难如登天的事儿，对于黄蔚妮就变成了小菜一碟。她想起黄蔚妮向她展示过一块卡地亚"蓝气球"手表，光那东西就不止三万块钱呢。

但恰好在这个时期，颜小莉发现，黄蔚妮对自己的态度变了。数一数，她已经几天没和黄蔚妮说上话了？自从上次谈话之后，黄蔚妮上下班经过前台，就不再和颜小莉笑着打招呼了，而是径直昂首快步经过。她也不再找颜小莉一起吃饭，周末更不会打电话叫颜小莉出门了。就在今天，颜小莉买了黄蔚妮加班之后照常要喝的咖啡，等在销售部办公室门前想要送给她，黄蔚妮却朝外面瞥一眼，立刻就转身回去，再也没出来。

黄蔚妮烦她了？不把她当朋友了？还是因为她贸然说了有可能撞到人的事情，把黄蔚妮吓到了？颜小莉只觉得心里一寒。然而她终究无法像黄蔚妮对她视若无睹一样，对郁彩彩的那条左腿视若无睹。于是这天下班之后，颜小莉特地没走，像尊泥像似的站在前台后面，等候黄蔚妮。

管理层还在开会，已经过了八点钟。其间有人出来抽烟透气，还有外卖公司的人把十几份日式"定食"送进去。颜小莉饭也没吃，怕的是出去一趟再回来，黄蔚妮已经走了。就这么一直耗到了九点，门里的会议室终于轰然一响，总经理和几个高层人物簇拥着一个外国老头儿走了出来。颜小莉立刻溜了进去，远远地就看到黄蔚妮一边和人谈笑，一边吩咐销售部的人把做演示的电子投影系统关掉。

一歪头，黄蔚妮看见了颜小莉，但仍然没跟她说话，扭身往卫生间走去。颜小莉咬了咬嘴唇，埋头追上去，一边追，一边朝那个窈窕的背影喊道：

"蔚妮姐，蔚妮姐。"

几乎要追进卫生间，黄蔚妮才蓦然回过头来，脸上冷冷的："有事吗？"

"那天的事儿，我还想再和你说一下。"

"什么事儿？"

"救狗那天，卡车的确撞到人了。我还去过被撞的孩子家里，她叫郁彩彩，才九岁。如果您不相信我，我还可以带您也去看一下……"

"你别来烦我了好不好？"黄蔚妮的眉毛突然挑起来，声音尖厉地上扬，"什么狗啊狗的，你知不知道我现在在忙什么？知不知道这个项目对公司有多重要？知不知道我现在的每一分钟每一秒钟值多少钱？我有工夫管你那些破事儿吗？"

颜小莉哑口无言。这时，后勤部的负责人恰好从卫生间出来，立刻甩着一双湿手赶过来，呵斥颜小莉："你怎么回事儿？说闲话也得有时有响，知不知道现在是特殊时期？"

然后堆了笑安慰黄蔚妮："蔚妮，你别生气，回去好好休息，明天还有个会呢。"

"管好你手底下的人。"黄蔚妮撇下这句话，连卫生间也没上就走了。

上司又把颜小莉揪到办公室里好一通骂，说得她的眼泪没忍住，汨汨地流了出来。公司的业务部门拿后勤的人发邪火，这是再常见不过的事情了，销售副总指责一个前台，更是天经地义。以前还有别人对颜小莉做过更鄙夷、更欺负人的事情呢，她也都忍辱负重地扛了下来。但这次不一样，和她翻脸的是黄蔚妮啊。颜小莉只觉得心里堵得慌，一团愤懑像包在纸里的火一样燃烧、膨胀。她再也按捺不住，和上司拍了桌子：

"你不了解情况就别乱说好不好！"

上司愕然，随后暴跳起来："你还想不想干了？"

颜小莉却耸着肩膀，像只斗架的公鸡一样走了出去。次日上班的时候，她只等着上司来通知她收拾东西走人。事实上，她已经为自己的失态而后怕、后悔了。新一轮的大学毕业季行将结束，今年的就业形势更加严峻，听说就连海归都不好找工作了。如果失业的话，她一个被炒了鱿鱼的前台又能干什么去？她那点儿积蓄又够坐吃山空几个月的？

但一整天却都风平浪静。没人多看她一眼，大家继续把她等同于摆在公司门口的那几柱盆栽——还不是富贵妖娆的蝴蝶兰，而是其貌不扬的巴西木。又过了两天，颜小莉才听说，自己能够躲过这一劫，仍旧是多亏了黄蔚妮帮忙。上司本来是卖乖献好，向黄蔚妮表示，绝不让颜小莉留到下个月初的，没想到黄蔚妮淡淡地回了一句："人家小孩儿不是干得挺好的吗？比你以前挑的那几块料强多了。"还专门叮嘱，千万别拿那天晚上的事情小题大做，毕竟大家都在精神紧张的状态，都有责任。

这么说，黄蔚妮还是念及交情的。照理颜小莉应该感动，甚至应该再洒下两滴涌泉相报的热泪。但这次也不知是怎么回事，她只觉得心里怪怪的。异样的感觉如芒在背，如鲠在喉，如九岁女孩儿郁彩彩膝盖里的暗伤，看不见，却抹不掉。

心里的战争还在硝烟弥漫，颜小莉又想到了那天见到的两个男人，尹珂东和徐耀斌。

追击运狗的卡车时，除了黄蔚妮和她自己，在场的就是这两个人了。况且他们还是表现得最积极、最疯狂的，尤其在山路上，恨不得要把对手挤下悬崖方能后快。如果不是他们穷追不舍，卡车司机也就不会被迫以那么快的速度转弯，不会留意不到路边有人了吧？假如要负责任，尹珂东和徐耀斌比黄蔚妮还要难辞其咎。如此一想，颜小莉便再次燃起了希望，她掏出屏幕都磨花了的国产手机，划拉起电话本里的人名来。

只找到了尹珂东的。那天从昌平回到城里吃饭时，只有尹珂东还算活泛，并且和颜小莉互留了电话。而徐耀斌压根儿没理她，那副脸色，恨不得把她当成黄蔚妮家的小保姆了。趁着公司里的人都在忙，颜小莉躲进卫生间里，拉上隔扇，谨慎地按下了拨号键。

响了几声没通，片刻变成了"您所拨打的电话无人接听"，颜小莉只好挂了电话往外走。但才走到走廊，电话就响了起来，正是尹珂东的回拨。颜小莉赶紧冲回卫生间，重新把自己封闭在几张木板之间，像秘密接头一样"喂"了一声。

"小颜吧？有事儿吗？还是蔚妮有事儿找我？"尹珂东居然记得她。当然，这要拜智能手机发送名片的功能所赐。

颜小莉称对方为"尹主任"，首先为自己的冒昧表示道歉，然后又拿出了那天和黄蔚妮喝咖啡时的策略，试图从狗的事儿迂回到人的事儿上。她倒是好意，怕对方一时接受不了事实真相。

尹珂东却打断她："我刚开完一个会，又有几篇稿子要审，你还是有事儿说事儿吧。是不是狗找到了，要不就是狗死了？"

"跟狗没关系。"颜小莉吁了口气，尽量平静而郑重地把撞人的事情说了出来。

尹珂东果然沉默了，半晌才说："真的假的？我怎么没看见？"

"也许您正忙着开车，就没往路边瞧吧。但的确是真的，我还去了那女孩儿她们家……"

"你还去她们家了？"尹珂东低声叫了起来，"那你说什么了没有？"

"没有……"

"那还好。"尹珂东喘了口粗气，沉吟半晌，"这事儿是有点儿棘手。"

"所以我才来问您啊。"

"恐怕还得实地调查一下再说。"

尹珂东没有像黄蔚妮一样矢口否认并且置之不理，这就是一个好迹象。颜小莉立刻请他确定"实地调查"的时间。

当天又是周五，两人便约好了周六早上见。第二天，颜小莉乘地铁四号线，在宣武门换乘二号线前往崇文门外的幸福大街。北京几家有名的报社都在这一带。刚从地铁站出来，就在约定的路口看见了尹珂东的奥迪车。上车之后，尹珂东阴沉着脸，像是一只放冷了的金砖面包，嘴却不停不歇，反复询问着颜小莉所目睹的一切，就连她自己曾经坐的那辆黑车的司机是本地人还是外地人这样的细节都没有放过。这大概是新闻记者的职业习惯吧，颜小莉这样认为。

而半个多小时以后，当车越来越接近那天拐上山去的岔路口时，尹珂东突然闭了嘴。他往前伸着脖子，歪着脑袋，朝道路的斜上方一个劲儿地打量。颜小莉提醒他，路口开过了，尹珂东却不搭腔，掉头向南再掉头向北，又是那么伸着脖子歪着脑袋，把两千米长的一段国道巡视了一遍，才终于驶出主路，往山上驶去。这次上山，他就把车开得极其小心了，简直是走走停停，奥迪车在陡峭的山路上反复"坡起"，发动机发出嗡嗡的吼叫。

接近出事的弯道时，颜小莉说："就是那里。"

尹珂东却停下了车，揉了揉因为一直保持着鹅的姿态而酸痛的脖子说："不用看了。"

"被撞的那个女孩儿家就在上面不远……"

"我说不用看了。"尹珂东嗓音浑厚地说，"我已经确认过了。"

"您确认什么了？"颜小莉狐疑地扭过头去。

"从岔路口到山上，一路都没有摄像头。"尹珂东说，"也就是说，没人知道我们曾经追车追到这里，更没人看到那天的事故——假如你说的是实话。"

原来尹珂东所说的"实地调查"，指的是这个。那么他做得可真够缜密、真够专业的。颜小莉豁然睁大眼睛，惊诧地盯住了对面那张白白嫩嫩的胖脸："我说的当然是实话。"

"这可就不好说了。"

颜小莉的口气有了一丝恼怒："您的意思是我在骗您？我为什么要骗您？"

尹珂东却和蔼地笑了，他把一只胳膊搭在奥迪车的门框上，换了个更加舒服的坐姿，然后用一种循循善诱的口气对颜小莉讲解起来："小颜你别激动，我当然不是说你在骗我。我的意思是，一件事情到底有没有发生过，那是要由证据来决定的。警察办案得讲证据吧？没有证据不能乱抓人；对于我们做新闻的，证据就更重要，没影儿的消息胡乱发出去，惹出的乱子更大。我们甚至可以说，一件事如果没有确凿的证据支持，那么就相当于没发生过。你所说的那场车祸，其实就是这种情况。你硬说那天撞了人，但我怎么没看见啊？还有黄蔚妮和徐耀斌，他们怎么也没看见啊？可见主观证据本身就不够充分，更重要的是，客观的证据也不具备，那就是我刚才说的摄像头……"

"可那孩子断了一条腿呀，我亲眼见的，我亲耳听的……没钱治，孩子就残废了。"颜小莉打断他说。

听了这话，尹珂东似乎顿了一顿，能言善辩的嘴打起了磕巴。但他仍然像要把一篇发言稿念完似的，继续说道："小颜……你年纪还太小，社会经验不丰富，好多事儿你根本不懂。首先，有路就有车，这条路虽然偏僻一点儿，但来来往往的车恐怕也不止我们那几辆吧？天知道你说的那孩子是被哪一拨儿过路车撞到的。其次，就算跟我们有关，但直接撞到人的并不是我们之中的任何一辆车，而是那辆卡车，卡车司机才是第一责任人，可他现在人呢？没准儿早跑了！他才不会蠢到自投罗网的地步。再次，如果我们承认了跟那起事故有关系，给那孩子出了治腿的钱，谁知道那家人会不会接着再要损失费、补偿金，那可就不是几万块钱的事儿了，而是十几万，没准几十万，这不就把咱们讹上了吗？我是做新闻的，这种事儿我听得太多了……”

颜小莉的心凉了下去，比原先听到黄蔚妮的矢口否认还要心凉。她再次打断他：“你别说了。”然后拉开奥迪车的车门，跳下了车。

尹珂东往她这一侧探过来：“你要干吗去？”

“你自己走吧，我不想坐你的车。”

“你别太幼稚了好不好……”尹珂东的胖脸涨红了，眼神仍然躲着颜小莉，“你让我来不就是问我该怎么办的吗？现在问题已经解决了，你还有什么不满意的？”

颜小莉犯倔似的梗着脖子，侧过脸去不看他：“把徐耀斌的电话给我。”

“你要找他？行行，跟他说去也好，省得再来麻烦我……反正他有钱，高兴了随手就能甩给你几万。”尹珂东气哼哼地拉开汽车储物箱，拿出一张名片来，揉成一团扔过了窗户。

颜小莉弯腰捡起那团纸时，尹珂东的车子已经轰鸣一声，掉头往山下开去，扬起的尘土呛得她直咳嗽。她面无表情地展开名片，拿出手机，缓慢地拨了上面的号码。说实话，对于徐耀斌，她已经不再抱有什么希望了。那人给她的印象还不如尹珂东，更不如黄蔚妮，并且，谁知道他还记不记得自己这个人。

“谁啊？”徐耀斌的声音懒洋洋地传出来，周围还有嘈杂的音乐和喇叭鸣叫声。他大概在车里。

“徐先生，我们见过的。”颜小莉想了想，索性免去了自我介绍，径直问道：“一个多星期……确切地说是这个月的十号，星期六，您那辆保时捷的后视镜是不是被撞坏了？”

徐耀斌的声音警觉起来：“你什么意思？”

“我想告诉您的是，那天因为你们追车，还造成了另一起交通事故，有个小女孩儿被撞伤了，骨折，现在需要做手术……”

颜小莉像小学生背书一样，急切地交代着情况，但还没说到一半，就听见徐耀斌咯咯地笑起来。她只好停下来，想等徐耀斌笑完。

徐耀斌却兴致勃勃地问：“知道我想对你说什么吗？”

"什么？"

那男人欢快地、尖声尖气地骂着曾经在网络上风行一时的"三妈体"，随后咕咚一声，连电话都懒得挂断，就把手机扔到了一边。

他的车里有人问："怎么回事？"

"现在的骗子真够敬业的，编瞎话都编得有鼻子有眼。"徐耀斌的声音模模糊糊地传出来，"连我什么时候撞过车都知道。"

"那肯定是跟汽修厂的人串通好了的。"旁边那人说，"你开的是保时捷，对于骗子来说也是优质信息。"

"以后不去那家修车了。"

保时捷里的音乐声被陡然调高，震得电话另一头的颜小莉耳朵都疼了。她茫然地听了好一会儿那个名叫 Fifty Cents 的黑人满嘴脏话的说唱，才茫然地挂了电话，抬头望着远方空旷、苍凉的山景。

七

颜小莉沿着山体踽踽攀登。来了第三趟，路早已走熟了，心里想着哪里该有块岩石，哪里果然有块岩石，哪里该有丛酸枣树，哪里果然有丛酸枣树。至于那个急而陡，下面就是几米深的山沟的拐弯，更是还没望见就在心里估算出了距离。过了拐弯走上一条岔路，就是郁彩彩家孤零零的小院了。

走到院门口，颜小莉的心又揪了起来。她害怕看到女孩儿闪着一双大眼睛躺在小黑屋里的景象。然而来都来了，她无法过门不入。院子里还是那么寂静，郁彩彩她妈妈蹲在墙根的空地上，规整着一小堆蜂窝煤，背影像一只正在挖洞筑窝的穴居动物。煤大概是从山下的镇上买来的，这两年，北京的农村也推行了煤改气，但山上散落的人家仍是顾及不到的。颜小莉叫了一声"郁婶儿"，女人回过头来，绽开了一脸的笑：

"老师又来啦。"

"正好路过，顺便来看看。"

"您太费心，又没教我们家孩子那个班……"

颜小莉瞥见门口的水缸盖上，放着一堆吃食：苹果橘子，两箱牛奶，还有巴掌宽的一条五花肉。她便问："孩子她爸回来了？"

"哪有，还在山西呢。"郁彩彩她妈妈说，"来的是过去采石场的同事，说是跟着她爸干过两天。不过我也没见过。"

正说着，就从屋后走出一个人来。矮胖的身材，两手沾满了黑乎乎的煤渣，锅盖头下顶着一张被晒得斑驳陆离的娃娃脸。颜小莉一眼认出，是那天开运狗卡车的那个司机。

胖小子迎面撞见颜小莉，也怔住了。两人紧张地对视，像一对心怀鬼胎的人正在用眼神互相试探。

郁彩彩她妈妈的心情却比那天见时爽朗了许多，她打了盆水吆喝胖小子洗脸，又沏了一碗碎末儿状的花茶请颜小莉喝。他们懵懵懂懂地被这女人摆弄到屋里坐下，一个攥着毛巾，一个端着茶碗，连讪笑也挤不出来。

等到郁彩彩她妈妈又出去忙活了，颜小莉才对胖小子开口："你怎么来了？"

"你怎么来了？"对方反问她。

颜小莉又问："孩子的腿……你知道了？"

胖小子仍是反问："你也知道了？"

"那天就看到了。"

"……我也是。"

屋里复归沉默。郁彩彩她妈妈洗了几个苹果送进来，又往外走去，说中午要给他们做饭，烙葱花饼："家里半年也不来客，今天一气儿来了俩，我还占着手不能陪你们……你们聊，你们聊。"看着她去院外的一畦菜地里拔葱了，颜小莉才重新和那胖小子说起话来。她问对方叫什么。

"姓于，于刚，你就叫我小于得了。你呢？"胖小子说。

恐怕不是真名，颜小莉想。哪个无照驾驶的肇事司机会向目击者坦白姓名呢？但她又想起了尹珂东的分析：哪个肇事司机会蠢到自投罗网的份儿上呢？而这胖小子偏偏来了——只不过像她颜小莉一样隐瞒了身份罢了。

"我叫黄……莉。"颜小莉迟疑了一下，给了对方三分之一的真名。

两人互相点了点头，仿佛知道了对方的称谓，心里就能踏实一些。然后不知是谁提议，他们一起站起来，走到偏房外，隔着一道半掩的木门看郁彩彩。女孩儿睡着了，头发披散在脸上，更衬得面无血色，嘴唇发紫。一条断腿还挂在从房梁垂下的布条上，随着呼吸的颤动吱吱呀呀地打晃。她睡得倒踏实，但看的人却越发心思凌乱：膝盖损伤，合金零件，三万块钱，拐腿……颜小莉仿佛再次看到了小时候的自己，一个处境更惨、运气更差的自己。她的心里忽然有什么东西豁然开裂，扯着那个自称于刚的胖小子回到院里，四下张望两眼，压低了声音问：

"我折子上还有六千，你有多少？"

于刚木然地回答她："我没了。"

"真没了？你别骗人。"

"真没了。我骗你干吗，要有钱我早给他们了。"于刚像受了污辱似的，气呼呼地说，"上次丢了客户的狗，老板扣了我两个月的工资……就算没扣也没用，离三万差远了。"

这句该是实话吧。颜小莉懊丧地用鞋底蹭着地面。除了懊丧，她心底还涌出一股厌恶的情绪，厌恶自己只是个前台，厌恶对面这个连驾照都没有的卡车司机，厌恶女孩儿郁彩彩必须得走几里山路才能到学校去。归根结底，她在厌恶他们共同的特点，那就是穷。而有了一个"穷"字打底，所有的纯良的、善意的、温情脉脉的东西都变成了自欺欺人。塞给女孩儿家人的那两百块钱是自欺欺人，摆在门口的肉和水果是自欺欺人，就连颜小莉和这个自称于刚的胖小子在此处不期而遇，也是自欺欺人。

这时，于刚却带着三分宣泄七分自怜，对颜小莉打开了话匣子。他说自己是赤峰人，两年前从职高毕了业，就跟着堂叔出来跑长途，从内蒙古往秦皇岛拉煤。那活儿很苦，堂叔开夜车时爱犯困，一犯困就拿烟头烫自己的胳膊。为了能有个人替把手，他教会了于刚开车，路上碰到警察检查，两人就赶紧把座位换过来。然而从今年年初开始，拉煤的生意突然不好做了，煤矿减产，连窑主都有破产上吊的，于刚的堂叔便把车一卖，回家开了个小卖部，却把于刚推荐到北京的一个朋友那儿，在一个物流公司当装卸工。没过多久，物流公司的老板发现于刚车开得不错，便开始在司机人手短缺的时候给他派活儿。当然，因为他没有驾照，跑的都是"安全系数相对高"的短途。这么干了几趟，本来平安无事，可终于还是在替一个狗贩子送货时惹出了事端。

"早就想考个本儿的，可工资都没发下来，也没钱上驾校……你们把我拦住，我怕招来警察就慌了，慌了就只想赶紧跑，跑就不知怎么跑上了那条路……转弯的时候，我从后视镜里看见撞上了人，但更不敢停车……后来的几天，天天晚上做噩梦。今天壮着胆子来了一趟，找人一问，才知道真撞了，还是个孩子……可我眼睁睁地看着她那条腿，就是不敢承认自己就是那个混账司机，有几次话都冲到嘴边了，愣给硬生生地咽了回去……我是不是没用啊？"

于刚说着，伸出一双与娃娃脸很不相称的长满了茧子的大手，攥住颜小莉的肩膀摇晃起来。他一边摇晃，一边重复着，鼻涕先于眼泪流了出来：

"你说我是不是没用啊？"

颜小莉却一发狠，霍地挣脱了于刚的手，还推了他一个趔趄。然后她像负气一样，掉头就往外走。走出院门，正碰上郁彩彩她妈妈攥着一把小葱几根黄瓜进来，问："老师去哪儿？"她也不理，迎着无缘无故飞扬起来的尘土，直往山的更高处攀爬上去。她的步履飞快，喘着粗气，使得余光中的山石树木、日光云朵颠倒着混淆成了一团，像小时候在邻居家看过的万花筒。这时她心里的念头只剩下了逃跑：既然没有财力应付那三万块钱的手术费，也没有心力面对郁彩彩的那条残腿，不逃还能怎么样呢？还在人家家里假惺惺地赖着干吗？

人家黄蔚妮、尹珂东和徐耀斌能够高度理智、意志坚强，她颜小莉为什么不能？她之所以留在北京，不就是打定了主意要变成他们那样的人吗？

太阳透过一棵树投下的光影一晃，她才发现自己想逃却逃错了方向。本来应该往山下去的，怎么倒走了上坡路？真是昏了头了。颜小莉揉了一把脸，有些疲倦地转过身来，却看见于刚胖乎乎的身影。他一直不吭声地跟在颜小莉后面，这时才抬起胳膊，扬手向她打了个招呼。

于刚的脸色是尴尬的，或许还有一丝古怪的笑意夹在其中。他这么穷追不舍的，想要和颜小莉说些什么？是继续渲染自己的难处，求她千万不要把撞人的实情透露出去吗？或者干脆会威胁她,恐吓她,甚至在这荒无人烟之处把她灭了口？

无论是报纸上的法制新闻，还是电视上的警匪片，都有过这种熟悉的情节。颜小莉不禁心惊胆战起来，身上也发起了冷。真是一步错步步错，人要是昏了头，那就只能自认倒霉。

没想到，于刚的手臂挥动了几个来回，忽然指向了颜小莉身后，脸上的表情变得比颜小莉还要紧张："当心——"

颜小莉一凛，下意识地回过头去，看到一团毛茸茸的东西朝自己疾奔过来。那是一条狗，硕大而强壮，浑身的毛脏兮兮地打着绺。小时候被狗咬过的记忆立刻浮现了出来，颜小莉本能地尖叫了一声，但随即却发现那狗分外眼熟：一只成年的拉布拉多犬，黄白相间，目光友善，脖子上挂着一条红项圈。那是社区叼飞盘比赛亚军的奖品。

"麦克黄！"颜小莉叫道。

麦克黄一跃半人多高，亲热地伸出舌头，在颜小莉的手上舔了起来。

八

那个计划在颜小莉的脑海中迅速成形，但她犹豫着，没有立即付诸行动。

那天他们还是回到小院儿，在树荫下吃了葱花饼。于刚毕竟是个小伙子，人又胖，所以尽管愁眉苦脸，却不影响饭量。他一人吃了脸盆大的一张饼，仍然眼馋地盯着桌上所剩无几的两盘菜。郁彩彩她妈妈见状，忙叨着到鸡窝里去掏蛋，又把放凉了的饼端到饼铛子上去贴一贴。趁着这个空当，颜小莉用筷子敲了一下于刚面前缺了口的大海碗，指指在空地上奔跑撒欢儿的麦克黄，小声问：

"那天你把狗装上车的时候，有没有见过这一只？"

"狗都长一个样，我怎么记得清楚。"于刚摇头，但定睛看了两眼又说，"不过这只红项圈好像是见过的。老板还说这种狗一看就娇生惯养，如果不赶紧卖出去，没准儿会得病。"

那么麦克黄的来历大概是弄清楚了，它还真是像尹珂东所说的，被狗贩子抓走，装上了于刚的那辆卡车。颜小莉记得卡车拐弯的时候，把几只狗凌乱地甩出了铁笼，落到了山坡底下去，麦克黄必定是其中之一。而它不仅没有摔断脖子和腿，还能在山野里流浪了几天之后恰好出现在颜小莉面前，这不能不说是一个小小的奇迹。也许正如黄蔚妮所夸耀过的，拉布拉多犬就是聪明，无论是求生能力还是认人能力都比一般的狗强很多。

"你们就是为了它才拦我的车吗？"于刚突然又有点儿气呼呼的了，瞪了一眼麦克黄。

麦克黄对他也没有好声气，前腿伏地，低吼了两声。

颜小莉小口喝着水，"嗯"了一声没再说话。

这时，女孩儿郁彩彩睡醒了。她一眼看到麦克黄，喜欢得不得了，虽然下不了地，但还是一个劲儿地逗它，还把葱花饼掰成小块儿丢出门外。颜小莉记得，以前麦克黄是除了某个牌子的进口狗粮之外什么都不吃的，但如今尝过了挨饿的滋味，别说是油汪汪的烙饼了，就是馊了的残羹剩饭估计也吃得下去。它使出了空中接飞盘的技巧，上下雀跃着，每次都能将食物稳稳地接住。

郁彩彩她妈妈端着盘子出来，说了一声"糟践粮食"，又伤感起来："孩子跟着我们住在这个偏僻的地方，也没个玩伴，闷坏了，才会一大早往山下的学校跑……"

"那就把它在这儿留两天吧，反正是捡来的。"颜小莉说。

郁彩彩惊喜地问："真的？我能给它起个名字吗？"

"我都起好了，就叫麦克黄。"

"干吗叫这个？我本来想管它叫红脖子呢。"

"一看就是城里的狗，得起个洋气点的名字……我又姓黄。"

"那行，就跟老师的姓。"郁彩彩咯咯笑了，低头叫："麦克黄。"

麦克黄熟练地"汪汪"答应了两声。

颜小莉却突然放下筷子，站起来起身告辞。于刚正往一张饼里卷着鸡蛋，看到她要走，也只好声称自己还有事儿。郁彩彩她妈妈将他们送出好远，感激地叮嘱了几句"再来啊"，才慢慢地走回家去。留下两人愣神儿回望着，倒好像客人反过来要送主人似的。

于刚突然闷声问："狗你们不要了？"

"反正也不是我的狗。"

"那……咱们还来看孩子吗？"

"来，当然得来。"颜小莉回过神，不假思索地说。然后示意于刚掏出手机，要和他交换电话号码。

于刚紧张起来："你该不是要向警察举报我吧……我知道我错了，不该无照驾驶，更不该逃跑，可我不能坐牢……我爹岁数大了，我娘身体不好，他们还指望着我赡养呢。要不我赔钱吧，现在赔不起将来赔，找着工作以后每个月的工资先给郁彩彩寄一半……"

"就算你说到做到，可远水也解不了近渴，到时候孩子已经残废了。"颜小莉呵斥了他一声，随后声音却和缓了下来，"看来你还真是不懂法——你跑不也是因为我们追你吗？算起来大家都有责任，谁都不是清白的。把你举报了我也得跟着交罚款，而且还得丢工作，我为什么要举报你？"

"那你要我的电话干吗？"

"有事儿想让你帮忙，不过现在还不能告诉你。"颜小莉说完，抬头望了望连绵起伏的远山。她想，她应该和黄蔚妮再谈一次。

又是一轮工作日。头两天，颜小莉没有见到黄蔚妮。公司的项目进入了冲刺阶段，国外的大老板亲自督战，相关人员都被关进了郊区的一家酒店。到了第三天，听说合同签了，百十号人一齐松了口气。等到做项目的人回来，开香槟的开香槟，摆花的摆花，比过节还要热闹。颜小莉站在前台，不住地往办公区里面打量。

令颜小莉出乎意料的是，她还没去找黄蔚妮，黄蔚妮倒先来找她了。中午公司包了家"金钱豹"举办庆功宴，颜小莉正端了盘子在角落里默默地吃，就看见黄蔚妮一边接受着同事们或真心或酸溜溜的祝贺，一边迈着相当招摇的步子朝她走了过来。两人对视了一眼，颜小莉固然有些尴尬，毕竟已经有日子没见过黄蔚妮的笑脸了。黄蔚妮却春风满面，不由分说地坐在颜小莉的对面，以闺蜜的口吻娇嗔地抱怨：

"这两天累死了。"

"您应该多休息……"

"就是个劳碌命。"黄蔚妮耸了耸肩，突然朝颜小莉凑近了两寸，"你找过尹珂东了？"

黄蔚妮的态度竟然来了个一百八十度的转变，主动谈起那件事了。颜小莉惊奇地迎着对方的目光，点了点头。

黄蔚妮继续问："你还带他去了山上？"

"蔚妮姐，我不是成心要捣乱……"

"这个我相信。可你有没有想过，你那么做给我带来了多大的麻烦？麦克黄丢了，我心里本来就已经很难过了，公司的那个项目又忙得焦头烂额的。你倒好，不给我解忧，反而还净给我添乱。"黄蔚妮既撒娇又责怪地嘟起了嘴，"颜小莉，咱们不是朋友吗？我对你也还算不错啊。"

"这个我明白……"

"但你表现得可不像个明白人啊。"黄蔚妮轻叹了口气，忽然握住了颜小莉的手，声音是动情而且娇滴滴的，"算人家请你帮个忙，那件事儿就这么过去了行吗？我不希望它影响咱们俩的关系，也不希望它影响到你的我的还有别人的生活。"

颜小莉和黄蔚妮对视着。黄蔚妮的眼睛清澈活泼，眸子明亮，眼角没有鱼尾纹，今天带了蓝色的美瞳，配合着富有立体感的脸型，呈现出异域美女的风情。她有多大岁数了？对于这个问题，公司里流传着各种说法，有人说都快"奔四"了，有人说才二十五六。而黄蔚妮最让人佩服的本事，就是能用她那明星级别的保养和演技来掩饰年龄。在颜小莉看来，她有时干练冷酷得像个饱经沧桑的成人，有时又天真烂漫得像个未经世事的孩子，并且该干练冷酷的时候干练冷酷，该天真烂漫的时候天真烂漫，分寸时机拿捏得炉火纯青，分毫不差。这就叫"人精儿"，快成了精的人。

而现在的黄蔚妮处于哪一种状态呢？大概是两者之间的过渡环节吧。或者说，她想用天真烂漫来掩饰自己的干练冷酷。

但颜小莉却不能任由这场对话再被黄蔚妮主导了。时间有限，机会难得，她一定要把该说的都说清楚，否则黄蔚妮长袖善舞完了，心里受折磨的还是自己。

于是她突然问："到现在，您还确信自己什么都没看见吗？"

"看见什么？"

"就是救狗那天，在山路拐弯的地方……"

黄蔚妮却笑了，随即打起了机锋："这跟相信不相信没关系，也跟看见没看见没关系。"

"怎么可能没关系……就算你没看见，我可看见了！"负气的感觉又在颜小莉的心里翻涌起来，她平放在桌上的两手不自觉地攥成了拳头，几乎无法在这人来人往的环境中压抑住自己的声音，"不仅看见了，而且全都证实了！那可是一个活生生的孩子，才九岁，因为车祸，她的腿很可能会落下残疾……你们对狗都可以饱含深情，为什么对人却能漠不关心？蔚妮姐，这可就是良知的问题了。"

说出最后一句话的时候，颜小莉为自己的态度而心惊，但居然也有几分豪壮的快意。那么黄蔚妮会做何表示呢？她是会拍案而起，还是会以嘲弄的态度反唇相讥？在公司里，黄蔚妮的那张嘴可是从来没吃过亏的。但这一次，黄蔚妮却半天也没开口。她只是静默地看着颜小莉，忽然浮现出一丝苦笑来。接着，她站起来，对颜小莉说：

"到外面去吧……既然挑明了，那就索性说清楚。"

黄蔚妮说完起身就走，步履飞快。颜小莉的膝盖像条件反射，将身体弹了起来，跟随黄蔚妮走出了餐馆大厅。两人穿过曲折的走廊，来到一片空无一人的天台上。十层楼上的回旋气流立刻将她们裹挟了进去，耳边呼呼的尽是风声。

黄蔚妮一直走到水泥护栏边上，才突然转过身来，拢了拢凌乱的头发，对颜小莉重新开口："那天卡车撞人，我也看见了。"

颜小莉如同挨了一锤，脑袋里浩大地轰鸣一声。黄蔚妮看见了撞人这件事，她以前也有过隐隐的猜测，但无法确认，更没想到对方会毫不遮掩地对自己坦白——语调还是如此平静。

这反而令颜小莉措手不及了："既然看见了，那您为什么要装成什么事儿也没发生……哪怕和我再到山上去一趟也好啊。"

"去干吗？承认我们就是那起事故的罪魁祸首？你对我倒够大义凛然的。"黄蔚妮从鼻子里冷冷地哼了一声，"可听尹珂东说，你自己不也没承认吗？"

"那是因为我……没钱。但那些医疗费对你来说根本不是大数目，你一个包儿不都要两万多吗？"

黄蔚妮却像刚认识颜小莉一样，又仔细盯了她一眼："颜小莉，你是真傻还是假傻啊？"

"我不懂您的意思……"

"不懂没关系，我可以告诉你。你刚才不是提到了那个什么——良知吗？那好，咱们就说说良知。"黄蔚妮的脸完全阴了下来，彻底变成了那个干练冷酷的黄蔚妮，"颜小莉你得知道，良知这玩意儿也是有价码的，而且对于每个人来说，标价都不一样。对于你来说无非是几万块钱的事儿，但对于我来说，良知的价码就要高得多，已经不是区区一点儿医药费和赔偿金的问题了。我在外企干了十多年，换了几个公司，为了工作连婚都没结，一步步地从小业务员干到了副总监，完成这个项目之后马上就要升总监成为合伙人了——那么好，假如我如你所愿，在这个节骨眼站出来把这事儿扛了，而那家人又知道了我的背景我的身份，他们会不会要求我负担更多的责任？他们会不会到法院起诉我危险驾驶，到公安局举报我肇事逃逸，再到网上去诉苦，煽动一群好事之徒来人肉我？而你也知道，咱们这种外资公司，从来都是看重社会形象的，如果真闹到那一步，我的事业不就完了吗？这么高的价码我也负担不起啊。"

颜小莉无言以对。道理从黄蔚妮的嘴里讲出来，的确是情有可原、无可争议。

不仅对于她，对于尹珂东和徐耀斌也是如此——假如那两个男人也看到了车祸这一幕的话。都说光脚的不怕穿鞋的，但人一旦穿上了鞋，从此最怕的就是打赤脚了。颜小莉不得不承认，自己并不比黄蔚妮他们"有良知"到哪里去，她只是还没得到什么也就无法失去什么，因此尚未具备人家的深思熟虑与高度理性罢了。

那么，她打算理解黄蔚妮、体谅黄蔚妮了吗？就算黄蔚妮再有苦衷，比起马上就要落下永久残疾的郁彩彩来说，又算得了什么呢？黄蔚妮身上没有皮肉之苦，郁彩彩受的却是骨髓之痛。尽管没有黄蔚妮的话，颜小莉就得不到眼下这份工作，尽管黄蔚妮是颜小莉留在北京后交上的唯一一个朋友，但在黄蔚妮和郁彩彩之间，颜小莉只能选择后者。

她似乎无法控制自己。

于是颜小莉对黄蔚妮摇了摇头："蔚妮姐，再大的理也大不过天理，再重的事也重不过人命啊。"

黄蔚妮脸上的温度已经降到了冰点："颜小莉，你这人也太轴了。"

"不是我轴，是我实在看不下去……"

"看不下去的事儿多了，你还是先想想你自己吧。"黄蔚妮强挤出一丝笑来，"顺便再跟你透个底，这次项目做下来之后，公司的业务会发生很大变化，以前的总监将要派驻上海，销售部会由我来具体负责，并且还要补充新鲜血液——趁这个机会，我可以把你招进来……"

从前台变成销售，这可谓是一步登天。如果是在几天之前听到这个消息，颜小莉一定会感恩戴德得恨不得把自己的心肝儿都掏出来，热气腾腾地捧给黄蔚妮。但现在，她看着对面那张漂亮得像假人似的脸，却读出了另一种意味。黄蔚妮的笑容似乎是诚恳的，但同时又是胸有成竹的，她仿佛看穿了颜小莉：你想要的不就是这个吗？你装腔作势满嘴良知之类的大词儿，不就是等着我开出一个价码来吗？

颜小莉的嘴唇发抖："你收买我？"

"也可以这么理解。"黄蔚妮毫不避讳。

颜小莉脑袋发晕，一股饱受侮辱的悲愤涌了上来，转化成表情却是充满挑衅的鄙夷："黄蔚妮，我看不起你。"

也正是这句话，让黄蔚妮彻底丧失了冷静。她的整张脸都扭曲了，右手扬了起来，像风中干枯的树杈一样挥舞，仿佛随时会一巴掌抽在颜小莉脸上。但她最终没有打下来，只是用手指着颜小莉的鼻子说："看不起我？你有什么资格看不起我？别忘了，你的工作相当于是我给的，没有我，谁知道你在哪儿混着呢，没准儿都到燕莎桥底下站街去了！亏我还把你当朋友，你这时候倒跟我摆起谱儿来了！我算是看透你们这种人了，就是蹬鼻子上脸，要钱没钱要地位没地位，还特迷恋于站在道德的制高点上俯视别人——颜小莉你装什么大尾巴狼啊你？你配吗你？"

黄蔚妮的话音清脆急促，在颜小莉听来，犹如成串儿的玻璃器皿噼里啪啦地坠落、碎裂。至此，她终于和她感激的、崇拜的、想要变成对方那种人的黄蔚妮翻了脸，恩断义绝。但颜小莉却并不为此痛心，她只是忽然发现了一个事实：在黄蔚妮的眼里，"我们这种人"和"你们这种人"从来都是分得很清楚的，就像北京的昆玉河与她们家那条饱受污染的臭水沟一样，永远不可能合流。那么黄蔚妮当初帮助自己，除了培养一个听话的小跟班之外，或许也是为了通过施舍来满足她那高高在上的优越感吧？

"我不配……但我知道人要为自己的行为负责。"颜小莉噘嘴似的回答。

"那你自己去负责吧，你高尚你伟大行了吧？"黄蔚妮甩下颜小莉，回身就走，走了两步突然又转过头来，"但别以为你的话就是有用的。尹珂东已经保证路上没有摄像头了，所以即使你把事情全都抖出来，我们也不会承认那天追过卡车，更不会承认卡车撞到了人！徐耀斌家开的那个度假村会给我们做证，说我们那天上午去他们那儿烧烤了，动物保护中心的人也是尹珂东的朋友，他们不会告诉警察那车狗的信息是我们提供的——你想一个人跟我们所有人作对吗？先掂量掂量自己的斤两吧。"

敢情人家早就串通过了，而且做好了应付"最坏情况"的打算。另外，虽然黄蔚妮没说，但颜小莉这份前台的工作恐怕也干不了几天了吧。到了月底，那个本来就得罪过的上司一定会趾高气扬地来通知她走人。颜小莉听着黄蔚妮的高跟鞋声咯噔咯噔地消失在天台尽头，惨然笑了一声。"这可是你们逼我的，蔚妮姐，"颜小莉想，"你们把所有的路都堵死了，除了执行那个计划，我再也拿不出别的办法来了。"

颜小莉又回忆起女孩儿郁彩彩那张苍白的脸。她希望以此来激励自己把事情做得更绝一点儿，更理直气壮一点儿。

九

先看到那段视频的并不是黄蔚妮，而是她手下一个姓齐的销售代表。那人四十多岁，前两年刚在北京买了房，又被房贷压得透不过气来，头顶上的毛发都没剩几根了。人一旦压力过大，就会染上一些令人费解的癖好。老齐不抽烟不喝酒，专爱在网上看一些重口味的、暴力的内容，尤其以虐待动物的为主。什么"大皮鞋踩小白兔""微波炉烤猫""活剥水獭"，类似的东西塞满了老齐的网页收藏夹，只要手头没事，他就会打开偷偷看上两眼。

这种人当然遭到了以黄蔚妮为代表的动物保护主义者的集体排斥，但老齐却也振振有词："那些事儿又不是我干的，我就是批判地看看，这也不行吗？"而这天中午吃完饭，销售部的人都围在新任总监黄蔚妮的身边聊天，只有老齐偷偷溜到办公桌前，打开电脑，点开了一个链接。嗷嗷乱叫的声音立刻传了出来。

"你再看这些玩意儿的时候别出声行不行？"一个女孩抗议道，"午饭都快吐出来了。"

老齐倚老卖老地哼了一声，不情愿地插上耳机。然而没过一会儿，他嘀咕了一声："怎么看着那么眼熟啊？"

因为带了耳机，所以他的声音格外大。有一个胆子大点儿的女孩儿便好奇地凑了过来："你又看什么恶心东西呢？"

她在电脑前扫了一眼，立刻哇地大叫一声，然后转过头来："麦克黄……蔚妮姐，麦克黄！"

黄蔚妮跑到老齐的电脑前，脸色随即变得煞白。进而，她的两腿开始发抖，一屁股坐在了旁边的转椅上。

屏幕上是一只拉布拉多犬，浑身上下这一块儿那一块儿的污痕，只有脖子上的那条红项圈还算鲜亮。它的四条腿都被绑得结结实实，嘴上戴着专用的口罩，一只粗壮的、生满老茧的手从镜头外伸了进来，扯起一条狗腿，按在一张木板上，另一只手拿出一根又细又长的钉子，对准狗爪子。

所有人胆战心惊地屏住了呼吸。一个女孩儿说："别……别！"

当然没人听她的，几秒钟之后，一只锤子抡了下来。钉子穿透了狗爪子，钉进木板。

然后，又是第二根钉子，还是那只爪子。老齐也不知出于什么心态，这时突然拽下了耳机，于是麦克黄的哀鸣充满了整个办公室。黄蔚妮半张着嘴，急促地喘息起来。

屏幕上的酷刑仍在继续，开始钉另一只爪子了。看来那个没有露脸的、手臂粗壮的男人是想把它牢牢地钉在木板上，做成一只会叫会动，只是不会走的活标本。被钉了两根钉子的爪子果然紧贴着木板无法离开，脚趾缝里流出了殷红的血。

随着黄蔚妮一声抽泣，有人赶紧抓过鼠标关了视频。大家看见，这段视频名叫："令人发指！这样对待流浪狗惨无人道！"仿佛加上一个义正词严的标题，网站就可以放心大胆地用这种内容博取点击率了。

那天下午，黄蔚妮声称身体不舒服，连一个重要会议都没开就请假回家了。隔了一天，她才脸色憔悴地出现在公司，而同事们虽然围过来嘘寒问暖，但都带着一副讳莫如深的表情。尤其是那个老齐，讪讪地躲着黄蔚妮的眼神，但又好像有什么话不得不说。

等到黄蔚妮打开电脑，就瞒也瞒不住了。新的一条虐狗视频登上了她常用的那个邮箱网站的首页，题目是："活拔狗牙，人性何在？"

这段视频的主角还是麦克黄。它的四只爪子已经被钉死在了木板上，浑身的关节只剩下脖子可以扭动。仍然是那双粗壮的、长满老茧的手，夹着它的脑袋，硬掰开它的嘴，把一只锈迹斑斑的老虎钳子伸了进去。一扭两扭，伴随着咔吧一声脆响，一颗弯钩状的犬牙便淌着鲜血，活生生地被拔出来了。

麦克黄的眼泪，从它那小姑娘一般纯良的大眼睛里滚了出来，黄蔚妮的咖啡杯随之落在了地上。

接着，她猛地弯下腰对着废纸篓干呕了两声。当黄蔚妮抬起头来，精致的脸上已经挂满了眼泪以及其他别的什么汁液，她掏出手机，拨了个号码，当着办公室所有人的面吼叫起来：

"尹珂东吗？你一定要把那段视频的罪魁祸首找出来，我要把他千刀万剐！你再告诉徐耀斌，这件事儿你们俩谁办成了，我就陪谁睡觉！你们一天到晚死皮赖脸地跟我这儿起腻，为的不就是这个吗？"

然后她身体像没了骨头，缓缓地顺着办公椅滑了下去，嘴里已经开始胡言乱语了："麦克黄，妈妈来救你了……妈妈又自私又没用，所以才会把你丢了，落到坏人手里……"

见黄蔚妮简直要有精神失常的迹象，公司的人赶紧冲进她的办公室，掐人中的掐人中，灌凉水的灌凉水，还有人给大楼里的医务室打电话。一直折腾了一个上午，连隔壁办公室的外国人也惊动了。本着人道主义精神和狗道主义精神，老板当场给黄蔚妮放了长假，允许她"什么时候解决了自己的问题，什么时候再来上班"。

这相当于刚升了职就自动"靠边站"了。围绕着黄蔚妮的那十几张殷殷关切的面孔底下，谁知道藏着多少庆幸以及蠢蠢欲动的心思。

正是这一天，公司里还有一个不显眼的小人物提出了辞职，那就是颜小莉。

那两段令黄蔚妮魂飞魄散的虐狗视频当然和她有关，而且还是她和刚两人亲手拍摄，并上传到一个重口味论坛上的。麦克黄的哀鸣至今还在她的耳边回荡呢。把辞职信递到上司的办公桌上时，颜小莉紧张得像被人掐紧了脖子，连气都喘不上来了。她生怕被别人看出自己那双死鱼一般的眼睛里流露出的心虚和恐惧。然而没人在意她。颜小莉和黄蔚妮闹僵了的事实，身边的人都看得一清二楚，没有了唯一的靠山，谁都知道她待不长。自己走还算识相的，要是等到被撵走，那就丢人丢大了。

要收拾的东西不多，凌乱地塞进一只帆布书包，就算把位置腾了出来。走出公司坐电梯下楼的一路上，也没人跟她打招呼，甚至没人多看她一眼。颜小莉站在玻璃外墙大厦的门口，远远地看着黄蔚妮被人护送上了一个同事的车，这才走向大街，隐没在公交站牌底下南来北往熙熙攘攘的人群中。

她没回大兴的住处，而是换了两趟车，过了中午才赶到山上的小院儿。进了门，颜小莉把专门在路上买的一包吃食放在地上，和女孩儿的妈妈聊了两句，便进屋来看郁彩彩。郁彩彩仍然下不了地，但前两天刚被于刚背到医院做了复查，腿上的石膏换了层新的。她静静地躺在床上，脸上浮现出与年龄不相称的忧愁神色。

颜小莉捧起床头的课本，本想尽一尽"老师"的义务，女孩儿却突然问："麦克黄还好吧？"

"还好……"颜小莉把脸藏在书里，"上次领它走的时候，不是告诉过你，已经找到它的主人了吗？"

"北京那么大，怎么找到的？"

"上网啊。丢了狗的人肯定着急，我们在网上把消息一发布，人家自己就联系过来了。"

"可惜它吃不上我妈妈烙的葱花饼了。"

"人家那种狗，都是吃进口罐头的。"颜小莉不自然地笑了笑，"放心吧，它的日子过得可滋润了。"

女孩儿果然欣慰地点了点头，突然又问："我的腿会瘸吧？"

"你别听人瞎说。"

"医生说的。检查的时候，我听见他在催我妈，说再不做手术就耽误了。"

"你妈妈说什么？"

"我妈妈什么也没说。"

颜小莉摸了摸孩子的脸："耽误不了。一个小手术，一点儿也不疼。"

小屋门外的天空里，大团流云正被南风催赶着，朝山的另一边涌去。

这天回城的路上，被颜小莉调到最大音量的手机终于响了一声。是于刚发来的短信。出于谨慎，自从开始执行那个"计划"，她就要求对方只用短信跟自己联系了。于刚待的地方人多眼杂，他又是个响亮的破锣嗓子，保不准哪句话就泄露了行踪。

第一条短信的内容简介：他们找上我了。

颜小莉回信：怎么说的？

随后这条就要详细一些：刚开始威胁要报警，我说那你们就等着给狗收尸吧；然后他们主动提出要把狗赎回去，问怎么联系我，还问要多少钱。

颜小莉回道：把我给你买的那个新手机的号码告诉他们，别在网上聊了。

公交车绕着四环路，开到大兴，才一进门，短信就又响了。仍然是于刚：打电话了。

你没被听出来吧？颜小莉回信问道。

没有，我是捏着鼻子说话的。于刚说。

跟你说话的是那个女的吗？

是个男的，大粗嗓子。

果然是尹珂东。颜小莉的心沉了一沉：要是徐耀斌的话，或许更容易对付一点儿。但事到如今也顾不得许多了，她给于刚发短信：怎么说的？

没怎么说，就是谈价钱。我按照你交代的，要三万。他说贵，我说那就算了，我们杀狗。他说要再商量商量。

让他们商量去。颜小莉回道，他们肯定会答应的。

发完这条短信，颜小莉出门买了份快餐，细嚼慢咽地吃了，等到室友把卫生间空出来，又进去仔细洗了个澡。等一切忙活完，已经晚上九点多了。平常的这个点儿，她大都会歪在床上看看杂志，或者到客厅和大家一起追两期综艺节目。但今天，这些娱乐都无心进行了，她打开自己那台嗡嗡乱响的老款笔记本电脑，点开了最近一条虐狗的视频。

视频底下，已经跟了上千条留言，网民们的言辞何止是谴责，简直把做那种事的人的祖宗八代都骂遍了。还有人信誓旦旦地宣布，如果虐狗者被他们抓住，就要以其人之道还治其人之身，也施以钉手、拔牙等酷刑。进而又有人分析，这起虐狗事件的实施者一定比前些日子虐猫、虐兔子的那几个女人更加心理阴暗和变态，因为他们甚至不敢在网上露出真面目，这说明其目的不是为了宣泄情绪，而是折磨公众的神经。

这就有点儿过度阐释了，颜小莉针对的并不是什么虚无缥缈的"公众"，仅仅是黄蔚妮一个人而已。至于不露面，也是因为根本没那个必要——黄蔚妮或者尹珂东只要在网上查找出最先发布那两段视频的论坛以及登录账号，就可以和守候在城市中某个网吧里的于刚取得联系。随后的事态进展，果然和她所料想的一样，威胁、谈判、互相试探，并将最终以颜小莉这一方一口咬定绝不让步的那个价码成交。

手机上的时钟跳到了十一点，于刚又发来了短信：他们答应了，说明天就要见面，一手交钱，一手交狗。

颜小莉回他：让他们中午十二点到亮马桥东北角那幢写字楼的停车场地下三楼。

那地方离于刚所在的位置不远。黄蔚妮大概绞尽脑汁也猜想不到，麦克黄就关在她公司斜对面那幢老旧住宅楼的地下室里。而颜小莉之所以这样安排，是为了避免于刚带着狗上街赶路，碰巧被看过那段视频的人认出来。

二十分钟后，于刚发来了最后一条短信：你确定要这么干？

颜小莉回他：开弓没有回头箭。

然后她和衣躺在床上，枕戈待旦。那个计划虽然早在脑海中有过一闪念，但真走到这一步，还是让颜小莉有了不可思议的感觉。她甚至觉得生活是神奇的、疯狂的——短短的几天之中，她经历了"速度与激情"式的飙车，拒绝了一个让人眼馋的职位，眼下又摇身一变成了一个变态虐狗狂，一个勒索犯了——而且还是那种"有组织、有预谋"的犯罪分子。

这还得感谢麦克黄。如果不是它在恰好的时间出现在了恰好的地方，颜小莉实在不知道事情该怎么了局。假装什么都没发生过吗？她明白自己做不到。如果郁彩彩的腿就此残了，也许颜小莉一辈子剩下的时间都要伴随着噩梦度过。她还年轻，不想也不敢背负与一个孩子一生相关的心理包袱。那么豁出去了，向警察自首并举报那天救狗行动的所有参与者呢？假如那些人真像黄蔚妮所说的那样集体串供、矢口否认，那么在拖延和扯皮的过程中，背负责任的只剩下于刚这个身无分文的傻小子。把一个走投无路的人再往绝境里推一把，这种事儿颜小莉也做不出来。

但现在，颜小莉找到了一条在夹缝中突围的小径。虽然事情的面目变得邪恶而惨烈，并且闹到了满城风雨的地步，但她也只能走一步算一步。

那夜因为失眠，睡得很晚，第二天一睁眼，已经九点多钟了。颜小莉爬起来，草草吃了几口面包，在十一点之前到达了公司大楼。她进门之后拐进了安全出口，沿着逼仄、潮湿的楼梯连下三层，来到了那片处于大厦最底层的停车场。因为消防设施不达标，所以这里自打建成以来就没有投入使用，而接近正午时分，头顶的两层也不会有什么人停车或者开车出去，地点和时间都有利于悄无声息地完成她的计划。

颜小莉到了一会儿，于刚才背着一只塑料绳编织而成的大号麻袋出现了。他得趁着大厦的保安们去吃饭时绕过门岗，把麦克黄搬运进来。麻袋鼓胀胀的，不时耸动一下，可见是活物儿，但因为把嘴捆住了，所以叫不出声响来。麦克黄，你受委屈了。颜小莉无声地拍了拍它。

于刚从怀里掏出两只滑雪帽，分给颜小莉一只。两人带上，看着对方蒙住了整张脸只露出两只眼睛的模样，扑哧笑了。

"怎么跟电影里的银行劫匪似的……"

"也像绑架分子。"颜小莉说，"干什么事儿就得有什么样。"

然后，两个有模有样的反面角色一起抬起麻袋，将它搬到停车场角落的一根水泥柱子后面。从那里，可以看到整个停车场的概貌，同时不容易被别处的人发现。然后他们背靠着柱子坐下来，谁也不再说话。

长得像一个星期似的一个小时慢慢流逝。还差几分钟就到十二点的时候，脚步声在停车场里回荡起来。颜小莉侧头窥探一眼，看见一个高而胖的男人走在空空荡荡的水泥地上，一边走，一边掏出打火机点了支烟。火光照亮了尹珂东白白嫩嫩的脸，他的手上还拿着一只超市的购物塑料袋。

颜小莉捅捅于刚，后者从滑雪帽下发出深重的喘气声，霍地站了起来，从水泥柱后面绕了出去。

两个男人在阴暗的光线里逐渐接近，相隔不到两米时几乎一齐站住，相视而立。许多警匪片的结尾都是在这样俗套的环境、俗套的氛围中上演的，但正因为俗套，紧张的情绪才在各自的心中得到了加倍的渲染。尹珂东与于刚像头一次见面一样互相打量着，刺探着对方的眼神。

过了半晌，尹珂东才开口了："帽子这么厚，热不热啊？下次换丝袜吧。"

为了不暴露声音，于刚必须掐出一副假嗓子，这使他无法像对方一样通过废话来缓解情绪、增强气势："钱呢？"

尹珂东扬了扬手里的塑料袋："狗呢？"

"先看钱。"

尹珂东嗤笑一声，敞开袋口，露出方方正正的几叠百元大钞，复又紧紧攥住："把狗带过来吧。狗要是死了，你们一分钱也拿不到。"

于刚没再说话，转身走回水泥柱子后面。他朝颜小莉点了点头，单手拎起犹在无声耸动的麻袋，肩膀向右倾斜，颇为吃力地走回尹珂东所在的方位。

终于到最后一步了。只要交接完成，即可万事大吉。

停车场里忽然响彻一声哀鸣，是狗叫，凄凉而悲惨。难道口罩绑得不够紧，被麦克黄挣脱了吗？

随即，一个女人尖厉的声音传了出来："麦克黄！"

伴随着一人一狗的两声惨叫，颜小莉听到了更加浩大的声音：奔跑声、咒骂声、棍棒与地面的摩擦声……几条黑影从停车场的楼梯间蜂拥而出。领头的是徐耀斌，他挥舞着孱弱的瘦胳膊，在两名剃板寸戴金链子的壮硕男人的簇拥下勇猛无比、两眼放光地朝于刚扑过来。

颜小莉从水泥柱子后面跳出来，大喊："快跑！快跑！"

　　为时已晚。对方人多，又早早堵死了唯一通向地面的出口，跑是跑不掉的。先引蛇出洞再一网打尽，这样的战术也是尹珂东与徐耀斌他们早就有所计划的吧？颜小莉不得不绝望地承认，自始至终，她都身处在一个实力不对等的游戏之中。虽然她自以为戳到了对方的痛点，但不论是在财力、智力、人力，还是意志力方面，她和于刚"这种人"都处于绝对的下风。

　　场面混乱但又毫无悬念，于刚慌里慌张地东逃西窜了几个来回，轻易地被按倒在地。紧接着就是一顿气势汹汹的、充满了正义性的群殴。徐耀斌等人把他的脑袋牢牢地按在水泥地上，胳膊反剪到背后，令其动弹不得，同时用拳头捣他的肋骨，用皮鞋踢他的大腿，还用木棍对他施以杖刑。一边打，一边像喊劳动号子一样宣誓：

　　"虐待动物，天理不容！"

　　"没有人性，不配做人！"

　　"打死偷狗贼，打死勒索犯！"

　　"狗狗是人类的好朋友，是人类的亲人！"

　　颜小莉闭上眼，不忍再看像沙袋一样闷声不响的于刚。然后，她只觉得肩头一紧，两脚悬空，就那么蜷缩着，被人像捉小鸡一样从角落里拎了出来。

　　再睁开眼时，四周都是人腿。她歪在地上，看着一双纤细的、踩着高跟鞋的女人的脚从远处缓缓而来，步履轻盈，姿态优雅。不管是女侠、女王还是女神，都要选择最恰当的时刻登场，从而保证她的光芒童叟无欺地照耀每一个人。

　　人们给黄蔚妮让开了路，她低着头，面无表情地盯着头戴滑雪帽的颜小莉。一侧的于刚又挨了两脚，终于吭吭叽叽地哭出声来。

　　"这时候装起可怜来了，你想过被你们虐待的狗有多可怜吗？"徐耀斌作势又要抬腿。

　　"别打了。"黄蔚妮说。

　　"我就是气不过……麦克黄都被他们折磨成什么样了。"

　　"打人也解决不了问题。"黄蔚妮似乎有点烦躁地呵斥道。她的冷静让其他的人叹服：以暴制暴，这不就把我们这些爱狗人士的档次降低到和虐狗的人一样了吗？这就是情怀，这就是素养，这就是境界。

　　"那这事儿怎么办？把他们送公安局？"徐耀斌问。

　　一直在旁边深沉地冷笑的尹珂东突然开了口："公安局当然是要送的。不过我想，在报警之前，我们还有一件事要做，就是用手机把这两个人的真面目拍下来，也传到网上去。我们得让网民都知道，麦克黄被我们营救出来了，而且残害它的罪魁祸首也被绳之以法了……"

他的提议立刻得到了赞同，有几个人已经掏出了手机："对于这种人，就应该把他们曝光，让他们遗臭万年。"

于刚挣扎着扯住脸上的滑雪帽，哭得更响亮了。颜小莉却呆滞地昂着头，长久地与黄蔚妮对视着。她突然从黄蔚妮的眼里发现了某种极其复杂的、一言难尽的况味：愤怒、嘲讽、迷惑、伤感、心如死灰……

一只手抓住了她头上的滑雪帽，唰啦一声，真相大白。参加过第一次营救麦克黄的人全都愣住了。

黄蔚妮却丝毫没有惊讶的神色，她慢慢地蹲下来，一寸一寸地贴近颜小莉的脸，直到两人都可以清晰地看到对方眼珠中自己的投影，然后才说："我早就知道是你。"

颜小莉咬了咬牙，沉默不语。

黄蔚妮继续说："你辞职的时候我就猜到了。在公司楼下，你根本不敢看我的眼睛。也只有你才会挑选这样一个地方来让我们交钱。"

颜小莉仍不说话。

黄蔚妮的声音却突然嘶哑了，眼角几乎开裂，像要迸出血来。她一把攥住颜小莉的衣领，猛烈地摇晃着她叫道："你为什么要这么干？你只要直接告诉我麦克黄在你手上不就行了吗？不就是想要钱吗？我会给你的，要多少给多少！你干吗要虐待它？想通过这种事儿来折磨我吗？那我告诉你，颜小莉，你的目的达到了，现在你满意了吧！但麦克黄有什么错？它招谁惹谁了？它比你比我，比所有的人都要善良得多，你不也标榜过善良，标榜过爱心吗？现在瞧瞧你干的事儿，简直不是人，是魔鬼！"

黄蔚妮的表现把所有人都惊呆了，他们看着这个突然之间情绪失控不能自已的女人，居然比看到那两段虐狗录像的时候还要心惊胆战、手足无措。他们也不知道是应该上来安慰她，还是和她一起同仇敌忾地指责颜小莉。然而颜小莉的表情却越来越平静，越来越安宁，嘴角甚至滑出一抹近似于笑的表情来。

"她还挺得意……"不知是尹珂东还是徐耀斌嘟囔了一句，因为声音太低，所以连粗嗓子和细嗓子都难以辨别了。

颜小莉握住了攥在她领口上的黄蔚妮的手，轻轻一拉，那双手就松开了。她慢慢地站了起来，动作优雅，仪态端庄，像极了当初毫无预料地走到她身边的黄蔚妮。颜小莉想，黄蔚妮说得没错，如果只是想要钱，那么只要发两幅麦克黄的普通照片给她就能实现，那两段骇人听闻的虐狗视频的确是多此一举。她为什么要那么做呢？黄蔚妮感到无法理喻，但在颜小莉这里却不难理解，那就是：她突然涌起了强烈的惩罚欲望。她想要惩罚黄蔚妮，她认为自己有资格惩罚黄蔚妮，她感到通过惩罚黄蔚妮，就能够对女孩儿郁彩彩做出钱以外的、某种道德意义上的补偿。

但她的预想实现了吗？现在的颜小莉却感到茫然。或者说，她有什么权力决定该惩罚谁，该怎么惩罚？

好在事情已经接近收场了。

颜小莉走近刚才被于刚丢下的那只麻袋，蹲下来，有条不紊地解开了扎口的绳索。麻袋里的耸动更激烈了，像蛋里的新生命正要破壳而出，并伴随着一声比一声响亮的哀鸣。然后，绳索与麻袋一齐褪去，麦克黄露了出来。它陡然看见了光，仿佛有点不能适应，然后紧张地打量着围拢过来盯着它审视的那些认识的不认识的人。

最后，它看到了黄蔚妮，欢呼一声扑了上去，一头扎进她的怀里，摇头晃脑地嗅着她身上久别重逢的香味。

不仅是黄蔚妮，在场的所有人都看到，麦克黄毫发无损，全须全尾。

十

颜小莉沿着山路往下走。虽然刚下过了一场小雨，但脚下的土路并不泥泞，身边的树木也被冲刷得格外嫩绿，有些矮树的枝头还开出了一团一团无名的花。到这山上来了几次，颜小莉才第一次有心情看景色。

刚过去的那件事还在她心头回荡。她想起上午去看望郁彩彩的时候，女孩儿还专门问起了麦克黄："它现在好吗？"

"很好，好得不能再好。"颜小莉说。

"它回家以后会想我吗？"

"当然会。你也是它的朋友嘛。"

"但我们也只能把它送回去，对不对？"郁彩彩似乎有点忧郁，又问，"它的主人见到它，是不是很高兴？"

"感动得都快哭了……人家还说谢谢你。"

郁彩彩欣慰地笑了。而此时的颜小莉想起黄蔚妮，竟不知是一种什么样的感触了。就像黄蔚妮在地下三层停车场看着颜小莉时，同样百感交集。

视频里的那条狗当然是麦克黄，只不过它的爪子是被用双面胶粘在了木板上，钉子是从趾头缝之间钉进去的；从狗嘴里拔出来的当然也不是狗牙，而是颜小莉拆了自己的一串动物牙齿造型的塑料项链。这两个伎俩结合拍摄角度的变化，再搭配用番茄酱调成的鲜血，在电脑屏幕里就足以乱真了。而麦克黄的哀鸣也很配合——哪只狗被人摆弄来摆弄去，都会呜呜大叫。

其他人仍要把颜小莉他们扭送到公安局。虐狗是假，勒索是真，一样罪责难逃。

颜小莉垂头看着脚下，一副听凭发落的样子。

但她却听见黄蔚妮低沉地说："算了。"

"干吗算了？对这种吃里爬外的人就不能同情！"尹珂东插嘴，"再说我们好不容易才……"

黄蔚妮像没听见他的聒噪，继续对颜小莉说："你走吧，以后咱们谁也不认识谁。"

于刚已经捂着肚子爬起来，趁机拽了颜小莉一把。旁边的人被黄蔚妮这反常的神色举止慑住了，也痴痴愣愣地让出一条路来。

颜小莉和于刚往外没走多远，背后的黄蔚妮忽然又说了一句："这个拿着。"

颜小莉回头，一只塑料袋抛了过来，里面装的是那五万块钱。

这些钱，她在看望郁彩彩的时候，偷偷塞在女孩儿床头的小书桌抽屉里了。

走到那天出事的拐弯处，于刚在那里等她。两人也没再唏嘘，径直往山下走去。一会儿到了国道旁，颜小莉才问："你去哪儿？"

"回内蒙古。亲戚又帮我在锡林郭勒找了个工作，说是当司机，还能送我去考驾照。"于刚说，"你呢？"

"还在北京。明天有个招聘会。"

两人互相点了点头，就此各奔东西。颜小莉横穿过国道，很快就拦到一辆出租车，上车后一回头，马路对面的于刚也不见了。车子轻快地行驶了几分钟，道路便拥堵了起来，再往前蹭一段，便发现是一辆卡车占据了内侧车道，开得又慢，挡住了后车。出租司机嘟囔了一句"怎么碰上这么一面瓜"，然后也像别人那样小心翼翼地并线，从卡车的一侧超过去。

颜小莉清楚地看到，那辆卡车的车斗也被改造成了铁笼，笼子里面装的都是狗。那是一些毫无品种可言的菜狗，一个个蔫头耷脑的，却也不声不响，仿佛对即将到来的命运毫无怨色。这种狗就算被送到狗肉馆里去，八成也不会有人来救它们吧。

颜小莉凝神与其中一只黄白相间的狗遥相对望，竟感到那狗有些许言语想对她说。

流　年

杨　遥

一

你知道王菲吗？

就是那个与窦唯、谢霆锋、李亚鹏三个男人都有故事，声音清亮、出尘的王菲。

凌云飞知道王菲是在王家卫的《重庆森林》里。王菲饰演的杂食店店员阿菲一心向往着加州明媚的阳光，她爱上了梁朝伟饰演的失恋警察663，经过努力使663在她这里找到新的感情归宿，两人相约晚上在加州见面，当阿菲坐上大飞机真的飞往加利福尼亚时，663却去了"加州"酒吧等她。

那时，凌云飞在北方一座城市借调。总是布满雾霾像灌了铅似的灰色天空，面孔呆滞，身着蓝色、黑色衣服的灰色人群，水泥堆起来的灰色市政大楼，布满了磨得没有光泽的灰色台阶的黄色和绿色的痰痕，充满他的视野。他觉得生命一片黯淡。

D县到云城几十千米的距离，在凌云飞看来，几乎是世上最长的距离，几年了，他还是个借调人员。加利福尼亚那么远的地方，小店员阿菲怎么敢去，还真的去了呢？凌云飞羡慕阿菲对生活的这种勇气，他经常把碟片定格在叫阿菲的王菲身上，想象加利福尼亚的阳光是怎样的灿烂，然后喜欢上了王菲。

他开始收藏关于王菲的碟片。云城的每家CD店成了他的好去处。每次当他站在几个留着披肩直发、声音清脆的年轻学生中间翻捡CD时，透过塑料壳子，看见衬在盒子里面的王菲明艳的照片，总有种意外的欣喜。他把能找到的王菲演唱会和专辑的CD都买下。在那些灰暗的日子里，每当听起王菲的歌，他就能想起加利福尼亚的阳光，心情暂时明朗一下。

临近旧历的年底，照例是单位进人的时候。凌云飞的单位也进了人，与上年、上上年一样，不是他。

每年这个时候单位都去下边考核工作，这年也不例外。凌云飞随着带队的李副局长一行去了 K 县。晚饭后当地对口单位的领导带他们去唱歌。黑色的小轿车驶出县城，在黑夜中穿过一架铁路地下桥，正好有列火车驶过，咔嗒咔嗒的声音像放大的钟表指针的跳动。穿过桥，远方有了灯火，被更深的黑暗包围着。

进了 KTV 包厢，凌云飞忽然发现当地陪同人员中多了位瘦瘦的姑娘，嘴巴涂得鲜红。吃饭的时候，她并没有出现。当地领导介绍说："小倩，大学生村干部，借到县里帮忙的。"姑娘冲他们一笑，露出雪白而整齐的牙齿，她说："我叫小倩，欢迎领导们来视察指导工作。"说完之后，她鞠了个躬，露出一截雪白的脖颈。坐座位时，县里的领导让凌云飞他们往中间坐。凌云飞在领导们推让时，借口上卫生间。出来后，发现大家已经坐好。李局长坐在正中间，县里的领导坐在旁边，两边簇拥着其他人，小倩坐在门口的位置上。凌云飞不动声色地坐在她旁边。小倩欠欠屁股，把他往里让。凌云飞坐在门口倒数第二个位置上。

姑娘瘦小、扁平，像发育不良的高中生，鼻子上有几颗雀斑若隐若现，一笑就突显出来。她大概不知道自己这个小毛病，自顾自不停地笑。LED 光纤灯关了，闪灯照在人们脸上忽明忽暗，姑娘好像有些紧张，缩了缩身子。灯光闪到她脸上的时候，凌云飞首先看到的就是她鲜红的嘴唇。

先是凌云飞单位的李局唱，唱完科长唱，副科长唱……轮到凌云飞时，他说："不会唱，一唱歌嗓子就发痒。"对方继续让，凌云飞坚持说不会唱。几番过后，地方领导拿起话筒。他们唱的是《纤夫的爱》《敖包相会》《小白杨》……凌云飞吃饭时喝了几杯酒，听得昏昏欲睡。忽然，听见有个声音说："小倩来一首。""我唱首王菲的《红豆》。"是那个瘦瘦弱弱的村干部。凌云飞缩缩身子，努力把自己陷到两张沙发中间的那道缝隙中。他想，谁愿意表演就让谁表演吧。

"还没好好地感受 / 雪花绽放的气候"，一种空灵出尘的声音忽然在包间里飘荡起来，包厢里浑浊的酒味顿时好像减少了，有了些雪花清冽的味道。凌云飞不相信自己的耳朵，直起身子，看见瘦姑娘面朝屏幕，正闭着眼睛，深情地唱。当她唱到第一节中的"有时候，有时候"时，凌云飞有些担心，害怕下一句"我会相信一切有尽头"中的"一切"她唱不好。没想到姑娘唱到这儿时，声音稳稳地降了下去，缥缈但非常清晰。那一刹那，凌云飞感觉自己的半辈子完全袒露在姑娘的面前了，他吃惊地坐起来，挺直腰，定睛望着姑娘。她唱得很投入，唱得几乎和王菲一模一样，尤其是唱到"宁愿选择留恋不放手""等到风景都看透"这几句时，凌云飞感觉加州明媚、温暖的阳光大片地照了过来。

一曲唱完之后，掌声象征性地响了几下，不如刚才那几位唱完时热烈。凌云飞不知哪股劲儿来了，他大声喊："好！再来一首！"

　　他很少这样大声说话，尤其在领导面前。但那天，凌云飞管不住自己了。他喊完之后，隐隐约约有些后悔，但同时有了一种痛快的感觉。他望望姑娘，感觉她站在那里好像对自己笑了一下，他又脱口而出："再来一首！"旁边竟有人附和，他心里暗喜。姑娘就又开始唱。

　　凌云飞抓起酒瓶去敬酒。

　　那一晚，凌云飞不知道自己喝了多少酒。每次姑娘唱完，他都拿起酒瓶跑去给领导们敬酒，好腾出话筒来让姑娘继续唱歌。姑娘唱了五六首，清一色王菲的歌。凌云飞感觉神奇极了，在这么一个破地方，这么平常的女孩，居然能把王菲的歌唱得这么好。女孩把话筒交出去后，凌云飞端着酒杯坐在她身边。那么自然，连他自己也觉得奇怪。他把自己的手机、电话等联系方式都告诉了她。姑娘姓聂，喜欢唱歌，上了一个地方大学的音乐系，毕业之后连工作也找不到，只好考了村干部。聂小倩在说这些时，不时停下来笑笑，像想起了什么好玩的事情。

　　姑娘的生活简直是凌云飞的翻版，他讲起《重庆森林》里的阿菲。聂小倩马上接起话来，她也很喜欢王菲扮演的这个角色。他们两个一人一句讲里面的情节，都觉得当阿菲坐上大飞机真的飞往加利福尼亚时，663却去了"加州"酒吧等她这个情节好玩。说到加利福尼亚时，凌云飞觉得小倩脸上的雀斑亮了几亮。

　　第二天，凌云飞起了个大早。走了半条街道，找到一家音像店，没有开门。凌云飞狠命敲门，半晌，旁边出来一个人说："里面没人。"凌云飞问："老板在哪儿住着？"那人打了个哈欠，掏出手机拨电话。凌云飞等了十几分钟，老板才来。他买了所有能找到的与王菲有关的碟片。

　　吃完早饭，要离开K县的时候，送行的人里面没有聂小倩。凌云飞心里很失落。随后马上就想开了，这种场合，像吃饭一样，哪能轮到帮忙人员聂小倩出现呢？给聂小倩买的东西也没办法送给她了。

　　按照日程安排，凌云飞他们还得去另外三个县。凌云飞走到哪里，都会想起聂小倩。他期望聂小倩突然给他打个电话，哪怕发条短信也好！却一点儿消息也没有。他觉得自己有点好笑，他只是微不足道的借调人员，能帮她什么忙？他想自己要是市级单位的正式工作人员就好了，他顺着这个思路想了半天，不愿从里面出来。

　　三天时间，凌云飞心不在焉。

　　每到一处，县里都会送给他们资料和土特产。每个人的包里塞得满满当当的，小车的后备厢里快装满了。大家为了拿土特产，悄悄地把一些不重要的资料留在了宾馆。凌云飞带着的准备送给聂小倩的东西，是个累赘，主要是心里累。到了那个以养羊出名的山区县，要送他们每人一条羊毛毯。每个人又把自己的东西检查一遍，能不要的通通不要。车里坐人的每个缝隙都塞满了东西。好像找到了一个充分的理由，凌云飞拿出王菲的那些碟片，找到邮局，给聂小倩寄了过去。

回到市里，因为是年底，所以工作特别多。凌云飞忙得不可开交，对聂小倩的幻想慢慢就淡了。

凌云飞偶尔抬头望见外面灰色的天空时，还会想起那个夜晚。这个时候，他有点后悔当时的冲动，想自己要是没有给聂小倩寄东西就好了，留下的都是美好的回忆，寄唱片真是画蛇添足的一招。

新的一年开始了，凌云飞还像以前那样忙碌，把聂小倩的事渐渐淡忘了，凌云飞偶尔想起那次唱歌，自嘲地笑笑。聂小倩尽管不漂亮，又是个帮忙的村干部，但毕竟是个女的，歌又唱得好，也算稀缺资源吧？

凌云飞突然收到挂号信那天，是星期一。院子里的柳树绿了，草坪上一簇簇小草拱起土皮，也泛出了绿意。

信封里面夹着一张碟，地址是 K 县。凌云飞的心跳了起来，他知道聂小倩收到自己寄的碟了，这是她回的一样东西。他猜测这也是王菲的一张碟，内容是什么？想了半天，在纸上写了那天没有买到的王菲的几张专辑的名字。

打开信封，里面只有一张银白色的原始碟片，其他什么也没有。他又掏又抖，连一张纸条也没有。碟片崭新，光光的碟面映出了凌云飞的面孔。他看着这张空白碟片，看着碟片上自己模模糊糊的脸，心里有点失望。有人叫他有事，他就把碟片往抽屉里一塞，事后竟然忘了。

周五午饭后，凌云飞拉开抽屉找东西，又看到了这张碟片。他把这张碟塞进电脑。电脑刺刺地响了一会儿，突然冒出王菲的歌。他赶紧关掉声音，然后插上耳机，再把声音打开。里面是王菲的歌，但是都是聂小倩唱的。凌云飞激动起来，身体簌簌发抖。他一边听，一边迅速做出一个决定。

他跑到汽车站，订了到 K 县的车票。

最后一趟车是下午四点钟，以往这个时间凌云飞还在上班，现在不管了。买好票，返回单位，凌云飞坐在办公桌前，拿起书，根本读不进去。又拿起一张旧报纸，不小心撕烂了，于是他把撕烂的旧报纸一块块撕起来。撕碎，又慢慢往好拼凑。好不容易熬到快三点钟，听到楼道里有了上班来的人的脚步声，他关了手机，跑向汽车站。

汽车驶出市区后，密集的楼群和车辆不见了，大群的麻雀为了躲避车辆一起飞起，又一起落下。空旷的田野里，农民在拾玉米茬子，犁过的地平整得一眼能望到山边。山还没有返青，一丛丛耸立着，山脉隐隐。

过了三岔，出现许多拉煤的大车，时不时把路堵住。凌云飞把手心搓得发白，计算着时间，把这当成是对自己的考验。

到了 K 县，已经晚上九点多。北方的初春，和冬天一样冷和黑，整个县城漏着几点灯光，汽车站旁有几家小饭馆开着门，老板一家人边吃饭边看电视。凌云飞走过去之后，便听见落门板的声音。

凌云飞凭着记忆，寻找上次住的宾馆，有细小的雪沫子落下来。放下东西，他躺到床上给聂小倩打电话，拨了几个号码又停下，站起来走到窗前，拉开窗帘，看着外面，站了一分钟，他才又开始拨手机。电话响了五声，他打算挂掉时，有人接了起来。

"聂小倩吗？我是凌云飞。"凌云飞因为紧张，所以说话的声音有些发抖。"唔！"话筒里的声音有些怀疑，"凌云飞，你在哪儿？"凌云飞说："我在 K 城宾馆。""真的？"聂小倩问，"你和谁在一起？""就我一个人。""……我二十分钟就到！"对方挂了电话。

凌云飞激动起来，他在屋子里转了几圈，然后对着穿衣镜把衣服领口、袖口弄整齐。突然发现衣服上有饭粘子，赶忙用湿毛巾蘸着水擦掉。刚消停了坐到椅子上，马上想起什么，飞快地脱衣服，洗澡、梳头、刷牙，当他重新穿戴停当坐到椅子上时，才用了十分钟时间。凌云飞又烧了壶水，接着不住地看表，时间还不到。壶里的水噗噗响了，冒出热气。他看着水壶，有些水随着热气溢了出来。

忽然，外面传来脚步声，走到他门口停下来。凌云飞屏住呼吸，蹑手蹑脚地走到门口。听到对方把手指放到门上，敲门声还没有响起，他猛地把门打开。聂小倩好像被气流吸进来一样，一下子跌到他怀里。凌云飞用脚碰上门，牢牢抱住她。聂小倩身上带着寒气，头发湿漉漉的，散发着洗发水的清香，嘴巴涂得鲜红，透过厚厚的衣服，凌云飞感觉聂小倩的心咚咚跳得厉害，他的心也咚咚跳得厉害。

良久，凌云飞才放开聂小倩。路上凌云飞还千思万想怎样缩短和聂小倩的距离，没想到这样就解决了。

聂小倩羞红着脸望着他说："我刚才在洗头，你打电话时。"凌云飞说："我以为你忘了我！""傻货！"聂小倩说，"我以为你瞧不起我。"凌云飞心里一阵暖乎乎的热流涌过，他重复了一次聂小倩的话："我以为你瞧不起我。"他又要抱。聂小倩躲过，问："收到了吗？"凌云飞从包里取出那张碟，认真地说："这是我收到过的最珍贵的礼物。""傻货！好听吗？"聂小倩笑起来。"好听。"他说。

"还没好好地感受 / 雪花绽放的气候……"窗外下起了雪，雪花落在窗台上静静的，不一会儿外面就白了，像天要亮起来。暖气管道里的水在汩汩地流动，不紧不慢。聂小倩的歌声像从白色的世界飘进来的，凌云飞看到了加州的阳光。

聂小倩走时，外面已经白茫茫的。凌云飞要送，她不让送，凌云飞坚持要送。

出了宾馆院子，街上看不到人影，天和地被雪连在一起，路灯在纷纷扬扬的雪花里显得更暗了。凌云飞说："这个世界上要是只剩下咱们两个人多好！""傻货！"聂小倩忽然停住，踮起脚尖来在凌云飞的嘴唇上吻了吻，然后转身边跑边朝凌云飞摆手。凌云飞追了两步，见她使劲摆手，怕她摔倒，就停了下来。

他一直看着她直至消失，然后踩着她的脚印慢慢地往前走了一会儿。

二

从那之后，凌云飞开始了云城和 K 县之间的频繁奔波。为了省钱，他大多时候坐绿皮火车。车厢里一般人都很多，有时连坐票也买不到，凌云飞就站几个小时。周围是带着尼龙袋子进货的小商人，行李放在油漆桶中打工的小伙子，眉毛做得又粗又直的姑娘们，穿着校服戴着眼镜的学生，拿着装病历的袋子的老人们……汗酸、酒味、小孩儿呕吐的酸奶在车厢里发酵、弥漫。有几次凌云飞听到人们发牢骚，咒骂铁路上缺德，这么多人站着也不多加几节车皮！有时人们还自嘲着打赌，坐这趟车的人都是没办法的穷鬼，自己没钱，也寻不到地方给报销。凌云飞默默地听着他们的议论，微笑着看着树木、山岗匆匆落在后面。

凌云飞和聂小倩经常去一家偏僻的小饭馆吃面，吃完饭之后去 KTV，聂小倩一首接一首地给凌云飞唱歌，都是王菲的。凌云飞和聂小倩像阿菲和 663 一样，小心翼翼地谋划自己的未来，沉浸其中。凌云飞张开双臂，绕着茶几转圈，模仿飞机。聂小倩搂着他的腰，头紧紧贴着他的背，长长的头发像鸟的羽毛一样给凌云飞温暖、安全的感觉。他们商定，只要攒够了去加利福尼亚旅游的钱就结婚。

凌云飞以前每天盼年底，好在单位进人的时候把自己顺进去，或者即使进不去也把这漫长的一年画上句号。现在他每天盼周末，只要见到聂小倩他就感到幸福。

偶尔碰上单位加班，聂小倩便赶来云城和凌云飞相会。每次凌云飞都叮嘱她，火车挤，坐汽车。晚上回到出租屋，聂小倩已经做好饭等他回来，简单的两三样菜，却能驱走凌云飞的疲惫和因加班而带来的烦躁。这时凌云飞看到聂小倩鼻子上的雀斑都像闪亮的星星。

这期间，聂小倩不小心怀过一次孕。两人商量后，一致觉得做掉好，他们没有养孩子的条件。

两年后，两人攒够了去加利福尼亚的钱。凌云飞发愁怎样请假，毕竟要离开不算短的一段时间。老实告诉领导，显然不合适。找个什么样的理由？他想了好几个，又自己推翻。转眼间到了周末。

凌云飞坐在奔往 K 县的列车上，一路上想理由。下车的时候，他在漆成天蓝色的栅栏外一下子看到了聂小倩，她跳着，朝他招手，脸上露出有些诡异的笑容。凌云飞心里暗下决心，不管找什么理由，只要聂小倩确定了时间，他就马上走。

到了经常吃饭的那个小面馆，聂小倩把一个信封塞进他手里："一定要带好，不准丢了哦！"

"啥？"凌云飞边问边打开信封，看到银行卡。

"不，你收着。"聂小倩说。

"嗯？"凌云飞看着聂小倩。

"把你的一起取上，送给 XXX。"聂小倩平静地说。

凌云飞脑子转不过弯儿来。"不是说好攒够钱去加利福尼亚吗？"他说，把卡还给聂小倩。

聂小倩歪着脑袋问："这些年你最痛苦的事情是什么？"

凌云飞想了想，说："借调。"

"别人为啥能调进来？"

凌云飞不知道她什么意思。

聂小倩说："不就是因为钱？咱们以前没钱，现在有了，我不要你再受委屈了。"

凌云飞明白了，说："送礼？"

聂小倩点点头。

"我不同意。好不容易攒够钱，咱们去加利福尼亚！"

聂小倩说："加利福尼亚只要有钱啥时候都能去，借调不解决就始终是个大问题，我不想老是两地跑。"

听到这话，凌云飞打量着聂小倩。快到夏天了，她还穿着厚夹克，是去年买的不到百元的过季产品。她的脸不像单位那些女同事那样油光发亮，只有血红的嘴巴使她脸上有些亮色。他想起上个星期见面时，聂小倩脱了鞋，袜子居然露出脚指头。凌云飞要把它扔了，聂小倩舍不得，说补补还能穿。

凌云飞垂下头，艰难地咽口唾沫说："我要是调过去，你就不用上班了，好好唱歌！拜个专业的老师。"

年底，凌云飞的工作问题终于解决了。一鼓作气，又办了喜事。凌云飞和聂小倩决定在云城的城郊接合部租房子，反正云城也不大。聂小倩坚持要租那种农家小院里带炕的房子，她说有炕的房子住着舒服，冬天在锅里做饭就顺便烧了炕，屋子里暖和。凌云飞本来嫌这种房子生炉子、提水、倒垃圾麻烦，但他知道聂小倩想省钱，而且睡在炕上确实舒服，便同意了。

找了几天，他们看准一处。一对退休的老人，孩子都在外边，老人把五间正房辟出两间出租，大约四十平方米大，有锅有灶，家具基本齐全，关键是有炕。美中不足的是炕和锅中间没有用墙隔开，做饭时油烟会冒得满屋都是。让他们高兴的是，房租不贵，老两口想留一对正经人和他们做伴。房子后面还紧挨着十几亩梨树林，现在虽然光秃秃的，但到了春天，必定会开满洁白的花朵，在那里面练声、唱歌，不会吵到别人，还能欣赏美景。

相处几年，他们熟悉得连对方的脚指头缝有多宽都知道。新婚晚上，他们没有像寻常的新人那样兴奋，而是像终于坚持跑完了马拉松似的，累得瘫在床上，一动也不想动。

两人都睁大眼睛盯着天花板，屋子里安静得异常。良久，聂小倩问："这是咱们的家吗？""怎么不是？"凌云飞回答。"我怎么听见火车咣当响哩？""这儿也没有挨着火车站，你是幻觉。""这是幻觉？""傻货！"凌云飞说。聂小倩捣了凌云飞一拳头。

躺到半夜，聂小倩爬起来说："睡不着。"凌云飞也爬起来说："睡不着。"聂小倩说："咱们干点什么呢？"

她光着身子跳下地，抱来个盒子，把里面的东西通通倒出来，是两年多来两人每次来往的汽车票、火车票。凌云飞顿时眼圈红了。两人你一下我一下地把这些车票按照时间顺序一张张排起来，居然绕着炕围摆了一圈。看着这些车票，凌云飞仿佛看见一列列火车、汽车头尾相接排在一起，奋力往前跑。

凌云飞抬被子，忽然掀起来的风把几张票吹到地下。凌云飞赶忙去找，找来找去，有一张怎么也找不到。聂小倩也急了，帮着去找，奇怪的是那一张怎么也找不到。他们把时间排起来，少的那张正好是八月的一个周末。

"王菲和窦唯分手的那天。"聂小倩说。

凌云飞脸色变得苍白。"瞎说什么呢？"用劲儿把她往炕上推。

两人也许累了，这次躺下后没多久就睡着了。凌云飞梦见火车铁轨上挤满了一列列火车，每列火车的每个车厢里都坐着自己和聂小倩，两人中间却隔着其他密密麻麻的人，离得很远。两人都在拼命大喊，招呼车厢里的对方，可是对方听不到自己的声音。

凌云飞被聂小倩拍醒之后，身上都是汗。聂小倩问他："做噩梦了？"凌云飞摇摇头。聂小倩起床给他倒了杯白开水，看着凌云飞喝完之后，返回床上，把手和脚紧紧插进凌云飞身体的缝隙中。凌云飞想起自己第一次抱聂小倩时，恨不得把她融化在自己怀里。他又紧紧搂着她，在她耳边轻轻说："一定带你到加利福尼亚去！"凌云飞想，自己的工作调过来，收入会比以前增加些，两人不用两地跑，又能节省些开支，用不了两年，又能攒够一次去加州的钱。

聂小倩说："傻货！"

她又跳下地去，拿来一个夹子。凌云飞打开后，发现里面是两张去青岛的火车票。聂小倩笑吟吟地望着他说："青岛有阳光、大海，这个季节外地的游客估计也不会多，或许就咱们两个傻货。"凌云飞抱住聂小倩哭了。

度完蜜月，日子恢复正常。同样是写材料，但凌云飞的心情大不一样，以前好像是给别人打短工，现在却是种自留地。同事们仿佛也和他亲近了，现在他们才真正成了一家人。只要不离开单位，一辈子待的时间很长，甚至比与老婆待的时间都长。凌云飞下了班，不像以前那样急匆匆地回家。他喜欢在单位院子里随处转转，走的时候，在东北角的椅子上再坐一小会儿。如果正好有人问路，凌云飞热心地站起来给他指点。他是这个城市的一个主人，尽管是小城，但也是城市，一个市的中心呢！凌云飞甚至数清楚了院子里共有 28 种植物，池塘里有 107 条锦鲤。他想如果运气好点，五年就可以当一个科长，十年，凌云飞不敢想象，十年之后自己会怎样？

聂小倩听从凌云飞的劝告，在原单位请了假。这事不难，谁叫凌云飞在上级部门工作呢？他和县里的对口单位打了招呼，轻松得像打个哈欠就把聂小倩的假请了下来。凌云飞说："你好好唱歌，这么好的环境！"

凌云飞把聂小倩录的碟放到电脑里，经常装作随意地打开，居然好多人以为是王菲唱的。凌云飞很得意，但他憋住不说，他想假如所有的人都听不出这不是王菲唱的，聂小倩就成功了。为了检验准确，只要有人进了他的办公室，他一有机会就让对方听听这些碟。单位二三十号人，再加上县里、其他单位来办事的，没有一人指出这不是王菲唱的。凌云飞心里暗暗骄傲，他想这个单位、这个大院、这座城市最优秀的人才、最大的黑马就是聂小倩，有朝一日，人们会像喜欢王菲一样喜欢聂小倩。

凌云飞当然知道聂小倩光模仿王菲还不行，那样她只会被王菲的光环紧紧罩住，最多成为王菲这颗太阳下最美丽的向日葵，自己永远也成不了太阳。但是，事情得一步一步来。

那段日子，每天晚上凌云飞回了家，总要兴致勃勃地问聂小倩："今天练得怎么样？"聂小倩认真地回答："整整练了一天。"凌云飞说："唱给我听听。"聂小倩便开始唱。凌云飞全神贯注地听着，听完之后抱抱聂小倩，两人才收拾东西吃饭。

吃完饭，凌云飞经常会陪着聂小倩去屋子后面的梨园里散步。这时，梨树已经长出一簇一簇的花骨朵儿。月光下，聂小倩瘦瘦的，有种飘逸出尘的味道，仿佛是要飘到月宫里的嫦娥。每次凌云飞一想到这里就伸出胳膊把聂小倩的腰完全揽住。聂小倩问："干啥？"凌云飞回答："怕你飞走。""傻货！"聂小倩扭头朝他做个鬼脸。这样一说，凌云飞就放心了。

梨花盛开的时候，树林里更加漂亮了，经常可以看到年轻人去那里拍婚纱照。周末，家长领着小孩们去的更多。凌云飞在办公室想到聂小倩嗅着梨花的清香在练歌，心里就觉得美美的。

三

梨花落了又开，一年过去。凌云飞刚调进来时的满足感没有了，无休止的材料像不断涨潮的海水，把他淘得干干净净，凌云飞觉得自己像荒凉的海滩。他想起和聂小倩的那次看海。可怕的是往后的日子还是这样。让他不舒服的还有单位论资排辈，他虽然调进来了，但资历浅，比他年轻许多的人也对他指手画脚。但不管心里怎样不舒服，只要回了家看到聂小倩，听到王菲的歌，凌云飞的心情便好起来。

那天和平常的一天一样。吃完饭，凌云飞边换衣服边说："出去走走？"聂小倩一动不动地说："累得不行，要不你去吧？"凌云飞的动作停止了，这是他们两人认识以来第一次有了分歧。

大概过了三秒钟，凌云飞说："过几天花就落了。"聂小倩没有再说什么，打起精神换衣服。

到了梨树林，聂小倩无精打采，凌云飞问她到底怎么了。聂小倩摇摇头说"没啥"，但就是闷闷不乐。因为聂小倩没精神，所以凌云飞的情绪也低落了。走了几步，凌云飞说："累的话，咱们就回去吧。"聂小倩听了他的话，马上转身往回走。凌云飞望着聂小倩萧瑟的背影，情绪越来越低落，他不明白聂小倩到底怎么了。心里猜测着，不小心撞到梨树上，几朵花落下来，蔫巴巴的，花瓣已经发黄。

接下来的日子似乎和以往一样，但凌云飞总感觉有些不对头。有一天他回家后，发现隔壁房东的屋子里黑乎乎的。他问："房东呢？""去看他们孩子了。"凌云飞"哦"了一声，觉得自己找到了原因。

聂小倩突然说："哥，你陪陪我吧？"凌云飞马上浑身不自在，聂小倩称呼他"哥"？他问："我不是正在陪你吗？"聂小倩忽然流下泪来："咱们别老谈王菲，老说唱歌了，说点别的好吗？"凌云飞顿时愣住，说："你不是喜欢王菲吗？你不是喜欢唱歌吗？"聂小倩摇摇头："我感觉很累。"这是这些天她第二次说累了。凌云飞很吃惊，他想她是不是身体出问题了。每天待在家里什么也不干，怎么会感觉很累呢？

　　他握住她的手，柔声说："明天去医院检查下，看看哪里有毛病。"聂小倩摇摇头说："我想找份工作。"凌云飞急了："工作有啥好呢？我现在最烦的就是工作，每天看见那堆文字就恶心。"聂小倩叹口气，不再说什么。凌云飞搂着她的腰，聂小倩的头发堆在他胸前，他没有了往日那种温暖、踏实的感觉。他突然有种恐惧，万一聂小倩得了什么病，他怎么办？他紧紧搂住她，打量着，聂小倩只是瘦，有些忧郁，不像有病的样子。

　　第二天晚上，凌云飞回了家，发现聂小倩在窗户边呆呆地坐着，面前的窗玻璃上乱七八糟画了许多小人，他心里一阵发紧，挤出夸张的微笑问道："去医院检查了吗？"他害怕听到五雷轰顶的消息。

　　"检查了。我有了。"聂小倩说。

　　足足七八秒钟，凌云飞才反应过来，他一阵狂喜，掀开聂小倩的衣服，把耳朵贴在她肚子上，却什么也没有听到。

　　"刚有了，哪能听到什么呢？"

　　"你想他长大了做什么，音乐家？"

　　"别说了，好不好？"聂小倩忽然烦躁起来。

　　凌云飞觉得她是因为怀孕，所以情绪不稳定。他高兴地给家里打电话，告诉他们消息，然后手忙脚乱地做饭，把米下到锅里，又跑出去买回一只烧鸡。

　　饭后，聂小倩说太累，早早地躺在床上。凌云飞收拾完东西，也陪着她躺下。他们看着电视，凌云飞的手轻轻抚摸着聂小倩的肚子，感知着这个未知的生命。那天晚上，他们破天荒地没有谈论王菲，没有谈论唱歌。聂小倩的脸上浮现出了许久没出现的笑容，凌云飞认定她是要做妈妈了，开心。

　　聂小倩没有继续提找工作的事情，而是买回些毛线。新毛线散发着类似汽油的味道，凌云飞不明白为什么会有这样的味道。聂小倩开始给未来的孩子织衣服。冰冷纤长的毛衣针显得她的手白皙细长。凌云飞发觉自己从来没有注意过聂小倩的手，她除了唱歌，干别的怎样呢？凌云飞摇了摇脑袋，就像自己，假如不写材料，干别的工作，怎样呢？

　　第二天，他找来几本毛线编织的书，给聂小倩带回家。

　　几天时间，聂小倩织完了一件红色的上衣，又开始织一件绿色的。她似乎沉浸在织毛衣的快乐中，好几天没有唱歌了。凌云飞有些焦虑，聂小倩的长处就是唱歌，喜欢的也是唱歌，世界上没有比用自己喜欢的技艺谋生更好的事情了。他想自己得帮帮她，不能让她半途而废。

　　通过关系，凌云飞认识了市歌剧院的专业演员叶妮。叶妮是北京戏剧学院的毕业生，获过全国青年歌手大赛的金奖，在云城这个地方，每次演出，都会受到观众热烈的追捧。坊间传说，某位市领导对她特别青睐。凌云飞知道他们县有位铁矿老板非常喜欢叶妮，每次县里有活动，都请叶妮去助阵。叶妮呢？每请必到。有人说叶妮的金奖是这位老板捧出来的。但叶妮的歌确实唱得好，人们都说她是云城的头牌。

凌云飞让聂小倩跟着叶妮学唱歌。他想，叶妮不是云城的头牌吗？聂小倩只要超过叶妮，她不就成头牌了吗？然后成为省城的头牌，成为全国歌坛金字塔尖上的一位。

聂小倩第一次从叶妮那儿回来时，脸红扑扑的，手里提着几只大苹果和一束百合花。凌云飞问她感觉怎么样，聂小倩回答："确实有水平，不愧是名牌大学出来的，又有实战经验。她唱王菲的歌不如我唱得好，但她知道怎样更好地运气、发声。"聂小倩比画着，唱了几句。凌云飞感觉她的声音更纯净了，好像把以前不易发现的一些杂质过滤掉了。

可是聂小倩找过叶妮几次之后，热情慢慢地下去了，又拿起了毛线活儿。凌云飞问原因，聂小倩不说。他再问，聂小倩就急了。凌云飞担心她肚子里的孩子，不再追问，心里却暗暗着急。

聂小倩的肚子慢慢显出了轮廓，她的身子瘦，肚子一大像上面顶了口锅。凌云飞猜测他是男孩儿还是姑娘，不管是男孩儿还是姑娘，他希望将来比他们强。

秋天的时候，《星光大道》要来云城演出了。凌云飞所在的单位作为承办方之一，变得异常忙碌。他们在宾馆包了房间，连续几天加班到深夜。领导讲话已经修改了十八稿，还在继续改。开会前一天晚上的两点钟，稿子终于定下来了。领导为了犒劳他们，每人多给了他们一张票。凌云飞拿着两张票，夜宵也顾不上吃，兴高采烈地回了家，聂小倩在织东西。

凌云飞问："怎么还没睡？"聂小倩揉揉眼睛，打了个哈欠。凌云飞兴高采烈地掏出票，"看！"聂小倩接过来看了看，随手放在桌子上。凌云飞对聂小倩的随意感到不满，解释说："《星光大道》有现场互动，这或许是你的一个出头的机会呢！"聂小倩合上毛衣针，说："我不想当明星。"

凌云飞被噎了一下。他本来还想让聂小倩帮他热几口饭，但现在没兴致了，就脚也没洗，爬上床独自睡去。

第二天，凌云飞担心聂小倩不去，早早起来做了她喜欢吃的蛋羹。吃完饭他得去给领导送稿子，叮嘱聂小倩早点收拾好。凌云飞赶到会场时，整条街道车辆戒严了，外面围得人山人海，警察把着门，许多人根本不可能进去。凌云飞庆幸自己有两张票，座位也还凑合。

节目开始后，现场简直沸腾了，这个城市的人还是第一次观看《星光大道》

现场表演，很激动，不停地鼓掌。等到节目组带来的演员表演完，主持人宣布观众互动时，会场里忽然有几分安静。凌云飞猛地站起来，拉着聂小倩的胳膊说："她，她的歌唱得好。"

聂小倩被请上舞台。凌云飞看见她的头发梳得不是特别整齐，后面有几根翘了起来。裤子是旧的，屁股那儿已经磨得发光。他后悔没有给她买件新衣服。

主持人问聂小倩打算表演什么节目。聂小倩说唱歌。凌云飞看见聂小倩有些紧张，他想谁第一次站在《星光大道》的舞台上能不紧张呢？他屏住呼吸期待着这个非常重要的时刻。

"小背篓晃悠悠 / 笑声中妈妈把我背下了吊脚楼。"

凌云飞慌了，聂小倩怎么唱的不是王菲的歌呢，唱起了《小背篓》？台下安静了两三秒钟，马上笑声夹杂着掌声响了起来。凌云飞仔细看，挺着大肚子的聂小倩倒像背个小背篓。他的头嗡嗡响，接下来聂小倩唱的什么他根本听不进去。直到聂小倩被主持人送下舞台，凌云飞怒气冲冲地问："你为什么不唱王菲呢？"聂小倩说："王菲，王菲，老是王菲！宋祖英有啥不好呢？"当着周围这么多人的面，凌云飞不好跟她吵，心里叹息把一个好机会失去了。

回去之后，凌云飞还在闷闷不乐。聂小倩又拿起了毛衣针。凌云飞突然发作起来："织，织，让你织。"他跑出门外，一会儿买回一大袋子毛线，堆在聂小倩面前。聂小倩打开袋子，拉起一根线在手里慢慢捻了几下，又凑到光亮处看了半天，慢悠悠地说："不是纯毛的。"凌云飞顿时泄了气，一屁股坐在炕上，竟然"呵"的一声笑了。

过了几天，聂小倩忽然对凌云飞说："告诉你一个好消息。"

凌云飞问："什么好消息？"

聂小倩说："王菲和李亚鹏离婚了。"

第二天，凌云飞到单位打开电脑，网上铺天盖地都是王菲和李亚鹏离婚的消息。凌云飞感觉心里阵阵隐痛，无处发泄。他找到收藏王菲歌曲、电影的那个文件夹，刚要点开《重庆森林》，领导叫他。明天要参加书画活动，要他写个发言稿。

凌云飞一字一句地斟酌着领导讲话稿，心里想着王菲，修改到晚上十二点多，才定了稿。

走出单位大门，街灯的光像黄沙一样铺满马路，寂寞萧条。凌云飞走了好久，没有遇见一个人。凌云飞有种梦游的感觉，他怀疑王菲离婚的事情到底是不是真的。他避开主道，从巷子里走。忽然从一间酒吧里掉出个胖大的男人，紧接着急促的高跟鞋声音跟出来。男人在呕吐，高跟鞋返进去，出来时端着杯水。男人呕吐完，一把把纸杯打翻，水溅在女人脸上，她抬起头来擦拭，凌云飞发现穿高跟鞋的女人竟然是叶妮。胸前白花花的，凹下去的沟里，有块碧绿的翡翠，莹莹闪着光。

凌云飞打听到市里最好的录音棚，录了十几张聂小倩的歌，分别寄给他能找到的各大音乐公司和网站。

孩子出生了，是个姑娘。没有收到任何公司的回复。凌云飞听着孩子哇哇的哭声，整个世界仿佛就变成他眼前的这片哭声。很快，凌云飞知道，目前最需要的是聂小倩充足的奶水，还有尿布、卫生纸、痱子粉……那些漂亮的小毛衣、小毛裤、小鞋子大概得等到冬天才穿。

凌云飞给她起名叫晓晓，早点晓得事理，明白自己是普通家庭出生的小小众生中的一位。聂小倩没有反对。

四

聂小倩的母亲来照顾她坐月子。

晓晓只会躺在床上，肚子一抽一抽地哇哇大哭。聂小倩披着衣服坐在床上，身上冒着一团团热气，脸上洋溢着安静、幸福的表情。老太太脸上、手上满是老年斑，耳朵有点聋，和她说话需要大吼。凌云飞望着三代女人，看见自己已经不可避免地在老去的路上飞奔。他还在写材料，这活儿不像别的岗位上的工作，有人愿意接手。大家都躲得它远远的，只要一沾上，基本摆不脱，除了提拔或调离这个单位。

单位空出一个科长的位置。凌云飞和另一位同事都符合条件，两人暗暗使劲儿。凌云飞更忙了。每天不处理完手头的事情不回家，领导办公室的灯亮着也不回家。他还买来《新华字典》《现代汉语》和《历代皇帝奏章》，认真学习，力求使自己的材料写得更加完美。每次凌云飞拖着疲惫的身子走在回家的路上，想起孩子总有股力量。

他每天多绕两里远的路去给聂小倩买新鲜的土鸡蛋，买黄豆、猪脚给她催奶。他希望孩子长得健健康康。

满月过去，岳母有事回K县了。凌云飞这边没人。做饭，喂孩子，洗尿片，生火，倒垃圾，等等一大堆事情，都落在凌云飞和聂小倩身上。凌云飞白天得去上班，这些事情就落在聂小倩一个人身上。

晓晓有夜哭的毛病，每天晚上总要来那么几次。开始凌云飞听到哭声，赶忙爬起来帮忙。后来累得不行，有时便懒得动，迷迷糊糊又睡着了。睡梦中，只听到聂小倩在动来动去。

凌云飞单位领导的脾气很不好，人又很挑剔，一份材料总要不停地改来改去，还喜欢说些侮辱人的话。凌云飞暗暗忍着，一回家，累得坐到沙发上就不想起来。但他只要一说累，聂小倩就也说累。凌云飞知道带孩子不容易，他不愿争吵，为了孩子，再苦再累也值得。他喜欢孩子咿咿呀呀地叫，皱着小眉头哭，把他的手指拉进嘴里用劲咬，还有那带着奶腥味的尿。

有一天，凌云飞正用手量孩子的身高，孩子痒得咯咯笑，凌云飞也笑。聂小倩突然发火。她说："你不能干点别的吗？回了家来，不是挂念王菲，就是唠叨单位的破事，逗孩子玩。"

聂小倩说完突然哭起来。她几乎不发出一丁点声音，眼泪绵绵不绝地流出来，带着清鼻涕，滑过下巴，一串串掉在地上。凌云飞从来没有见过人这样哭，仿佛里面蕴含着数不尽的痛苦。聂小倩鼻子上的雀斑经过眼泪的浸泡，清晰起来，颗颗如豆。凌云飞拍拍她的肩膀，递过几张面巾纸，他想心里不痛快，哭哭会舒服些。聂小倩不接，肩膀一抖一抖地猛烈颤动。

孩子感受到这种压抑的气氛，瞪大眼睛惊恐地望着妈妈。凌云飞悄悄在孩子屁股上拧了一把，晓晓大声痛哭起来。聂小倩这才止住泪，赶忙去抱孩子。

孩子睡着之后，凌云飞也睡着了。睡梦中，他听见聂小倩在哭。他不知道是否是梦，不愿意醒来，害怕看到聂小倩真的在哭。

但被聂小倩用脚碰醒了。

聂小倩眼睛红红的，已经肿了，鼻尖上还挂着清鼻涕。凌云飞搂住她，吻了吻她的脸，一片冰凉。

聂小倩说："哥。"凌云飞打了一个冷战。他不知道怎么回事，特别害怕听到聂小倩叫他"哥"。"我闷。"她说。

凌云飞说："要不你参加个歌友会，或者随便什么活动，星期天我来带孩子。"聂小倩把手伸到凌云飞手掌中，用带着哭腔的声音说："我一点儿也不想唱歌了，没有那种心情。"凌云飞说："你整天一个人待在家里带孩子，确实闷。那你想干啥呢？"说这话时，他又在想聂小倩的长处只是唱歌，补充了一句。

聂小倩听了凌云飞的回答，叹口气，凌云飞感觉掌中聂小倩的手温快速地下降，很快变得像坨冰。他攥紧这只手，想把它温暖，可是聂小倩用劲儿把它抽出去，说："睡吧。"

一天，凌云飞回家后，发现聂小倩怪怪的，与平时不大一样。她在唱王菲的《心经》："观自在菩萨 / 行深般若波罗蜜多时 / 照见五蕴皆空……"

许久没有听到聂小倩唱歌了，唱得还是王菲的《心经》，凌云飞以为聂小倩的心情缓过来了，心里一阵高兴，顿时觉得心里轻松许多。他想起第一次在 K

县听聂小倩唱歌的快乐情景，那时他们两个像被挤到角落里的鱼，他给她喝彩后，她眼角有湿润的痕迹。

后来，他回家后便经常听到聂小倩在唱《心经》。开始凌云飞不以为然，可是听得多了，他心里有些恐慌，她除了这首歌，其他哪一首也不唱了。

凌云飞不知道该怎么办，想劝劝她，又怕干扰了她现在似乎好起来的心情。他便想，过上一段时期，她唱腻了，或许就不唱了。忽然他想到聂小倩这段时间给他怪怪的感觉是她不抹红嘴巴了。他记得以前问过聂小倩，嘴巴为什么涂那么红？她说自己太普通了，想增加点亮色。现在不抹红嘴巴，聂小倩的嘴显得有些苍白，整个人仿佛也少了颜色。

突然有一天，凌云飞发现聂小倩读佛经。凌云飞有些诧异，但觉得读读佛经不错，宗教有种奇异的力量，或许借助这种力量，可以让聂小倩心里舒服些。

慢慢地，家里在发生变化。先是墙上有了一幅观音菩萨的画像。几天后，画像前摆了只香炉。很快，香炉两边多了小碟和小瓶。再过几天，小瓶里插了两束花。凌云飞觉得这样摆着也挺好看，他想到借花献佛。有时上班前，他还在观音菩萨前拜一拜。后来，家里买来水果，聂小倩总要在碟里摆放几个，凌云飞觉得挺有意思。这些水果每次在腐烂之前被洗洗吃掉了，也和其他的没什么不同。

又过了一段时间，聂小倩开始念经。凌云飞觉得好笑，他想她能坚持几天呢？

这时孩子安静地在炕上躺着，房间里弥漫着香的味道，观音菩萨慈眉善目地望着他。凌云飞抱起孩子，拿起供在碟子里的苹果，边嚼边喂，他感觉这只苹果的味道似乎不一样，又说不清，可孩子挺爱吃，不一会儿父女俩把一个苹果吃完了。

孩子会爬了，会扭着肚子笑了。凌云飞感觉自己的责任也重了。他在单位表现得更加积极，一篇小稿，写完至少要改五六遍，连标点符号也不放过，最后还要认真再念几遍。

没想到聂小倩真的信佛了。凌云飞第一次看到聂小倩跪在观音菩萨面前，觉得眼前这个身躯里的人不是她。后来她每天都是这样，凌云飞每次看到都不舒服。而且聂小倩不吃荤了，做的饭菜越来越寡淡。她不唱歌了，还时不时地给他讲些因果轮回的事情，让他一起修行。凌云飞听着就烦，想起两人没结婚前谈论音乐、理想的日子，他不知道生活会变成这样。这个聂小倩根本不是他当初喜欢的那个聂小倩，可是她鼻子上的七八个雀斑明明白白地写着她是聂小倩。

聂小倩除了自己念经不说，还经常把佛经放在凌云飞的枕头边。凌云飞知道聂小倩的意思，但他一次也没有翻开过。他整天琢磨着怎样把材料写好，让领导满意。

不管凌云飞怎样努力，单位上的那个科长就是不给他。有聪明人说，领导不好平衡关系，虽然他工作辛苦，但是另一个人资历老。凌云飞这时盼望天上真有只眼，看清楚他这些年付出的努力。

凌云飞回了家，和聂小倩讲这件事。聂小倩沉默良久，问道："要那个科长干什么？"凌云飞本来有一大堆道理讲当上科长的好处，可是聂小倩这样问，他觉得一句也说不出来。他想起当初他们攒够钱，想去加利福尼亚时，聂小倩突然提出要把它拿来打点关系。这个聂小倩还是那个聂小倩吗？但他没有这样反击，而是问道："你整天念经是为了什么？""心里安宁。"凌云飞说："我弄个科长也是为了心里安宁，我不想让整天什么也不干的人爬到我头上，再对我指手画脚。"聂小倩说："觉得难受就别干了。""别干了？"凌云飞想不到聂小倩会提出这样的建议。他反问："不干了干什么？""放下就可以了，我们对你也没有太多的要求，怎样还养不活三张嘴？"聂小倩脸上的表情平静极了，像张画皮。凌云飞恼怒地说："说得轻巧。"

其实他在心烦痛苦的时候，也多次想过放下，可又想放下这个干啥呢？当时吃了那么多苦，千方百计调来，连加州也没有去，还不是为了现在？可是现在，他快乐吗？他突然想，要是当初待在D县，不往云城借调，就不会有这些痛苦的事情，也不会认识聂小倩，自己或许会过得舒服一些。

凌云飞继续写材料，聂小倩继续念经，他们变得像两条平行的轨道。

回了家，两人做饭，吃饭。收拾完东西，聂小倩坐在观音菩萨面前念经，凌云飞躺在床上逗孩子。屋后的那个梨树林，他们很久没有去过了。有时凌云飞看见人们在树林里拍照，觉得有些不可思议，那里有什么风景呢？

每当孩子冲着凌云飞天真地笑时，凌云飞想，自己小时候不就是这样吗，怎样过不是一辈子？他忽然有种认命的想法，自己活得太累了。

有一天，凌云飞走到门口，没有听到往日熟悉的念经声，静悄悄的，他有些不习惯。进了屋子，聂小倩和孩子都在炕上躺着，孩子睡熟了，聂小倩搂着她盯着天花板发呆。凌云飞心里顿时有种轻松的感觉，她终于不念经了，但马上又觉得很异样，一种说不出的感觉让他毛骨悚然。

他在屋子里张望了半天，发现水瓮边的地上有一大摊水。但那只是一摊水。凌云飞搞不清聂小倩为什么把一大摊水弄到地上。

他像往常那样动手做饭。其间，聂小倩没有说一句话。

饭好之后，凌云飞端上来。孩子忽然醒来了，开始哭。顿时，凌云飞感觉孩子不对劲。以往孩子哭的声音很高，隔得老远都能听见。今天面对面，哭起来却细声细气的，像小猫在叫。凌云飞抱起孩子，她穿的不是早上那身衣服。凌云飞观察她的鼻子、嘴，里面都没有堵上东西，但哭的声音明显不对劲。

凌云飞问："晓晓怎么了？"

"掉水瓮里了。"聂小倩低声回答。

凌云飞把孩子颠来倒去看了个遍，其他地方没有半点毛病，就是哭的声音非常细，像以前声音的千分之一。凌云飞茫然地听着这个细小的声音。

聂小倩说："报应。咱们当初不该把那个孩子做掉。"

"报应个屁！"凌云飞恨不得朝这张故作高深的脸上揍一拳，但他顾不上，抱起孩子匆匆忙忙去了医院。

医院检查半天，说晓晓声带受损了。医生说没啥好办法，或许随着年龄的增长，会慢慢恢复正常。

接下来，家里开始冷战。凌云飞每天下班就凑到孩子跟前，经常故意挠她一下，或者吓她一下，希望听到她响亮的声音。可是晓晓只是细细地回应。直到她会说话，还是细声细气的，没有丝毫恢复的迹象。

凌云飞每次听见这种声音就抓狂，晓晓没有好的出身也就罢了，连个正常人的声音也没有，他觉得对不起孩子。这时他看聂小倩的目光就非常冷。而聂小倩，还是不停地念经，丝毫没有接受教训的表现。凌云飞觉得她非常愚蠢，她大概以为念经能把晓晓念好。

有一天，凌云飞终于忍不住，他冲聂小倩怒喊道："你这样念有个屁用，当初好好带孩子就不会出事了。"聂小倩一脸平静地望着凌云飞说："你不懂。"凌云飞愤怒了，他想抓点什么扔在地上，弄出点声响。在屋里观察半天，他抓住自己的头发，用劲撞墙。

聂小倩看到凌云飞的样子，说："要不咱离了吧？""离了？晓晓这么小，又有这种毛病，多可怜！"凌云飞撞墙的动作停止了。

"孩子有孩子的福，咱们离了也可以好好疼爱晓晓。"聂小倩似乎经过了深思熟虑，她说："你是公务员，离了再找一个也容易。反正你也没有真正喜欢过我，你喜欢的是王菲，是歌。"

凌云飞说："王菲你不是也喜欢，歌你也爱唱，为什么不唱了？"聂小倩说："世事纷扰，总有因果，以前唱是因果，现在不唱也是因果。"

五

生活变成这样，让凌云飞措手不及。

有天，趁聂小倩不在，凌云飞翻了翻她念的经书，大吃一惊。《楞严经》《解深密经》《大般涅槃经》……凌云飞本来以为聂小倩只是念念《心经》《金刚经》

等这些时髦的经法，排解心中的烦忧和苦闷，没想到她已经深入到如此地步。更让他惊讶的是，晓晓也开始细声细气地背佛经了："观自在菩萨，行深般若波罗蜜多时，照见五蕴皆空……"

知道啥是五蕴皆空？这么小！

一天，凌云飞在晚饭后，对聂小倩说："你待在家里闷，可以出去找份工作。不想唱歌，可以干你的本职，当个幼儿园老师，或者做个售货员、收银员、业务员，即使去跳广场舞也比一个人待在家里念经好啊！"

聂小倩轻轻一笑，问道："你每天写那个材料有啥用呢？"凌云飞说："这能比？"聂小倩说："为啥不能比？"凌云飞说："写这些东西，咱们才有饭吃。"聂小倩说："我念经，为了以后。"凌云飞说："你以为我想写吗？不写没办法。"聂小倩说："不想写别写了。你不喜欢干的事情还每天干着，我喜欢的事情为啥不能干？"说完，她开始点油灯、上香，在草垫上跪下磕头，拜观音菩萨。轻轻的念经声像唐僧的紧箍咒，仿佛响彻天地间，让凌云飞心烦意乱。

有时凌云飞望着墙上的观音菩萨画像想，佛是来普度众生的，却为何破坏他的家庭？越想越觉得画上慈眉善目的佛像别有意味。

一个星期天，聂小倩说要出去。凌云飞没有多问去哪里，现在只要聂小倩不念经，做什么他都乐意。他说多带点钱。他希望聂小倩出去见到以往熟悉的生活，会有点改变。

家里剩下凌云飞和孩子，少了嗡嗡的念经声，耳根清净不少。凌云飞收拾房间，发现王菲的碟和聂小倩录的碟乱七八糟地堆在柜子上，落满灰尘，他伸手上去，留下几个触目惊心的指印。凌云飞伤感地擦拭着上面的灰尘，以前的生活一幕幕浮上心头，他越擦越伤心，一气之下，把它们都塞进了炉子里。塑料燃烧散发出的刺鼻味道立刻弥漫了整个房间。凌云飞嘿嘿地冷笑着想，曾经万分珍惜的东西，原来不过是几块烂塑料，发出的臭味儿和别的塑料没什么差别。他把墙上的观音菩萨像团在一起，与桌子上的香炉、碟子、瓶子一股脑儿塞进炉子里。观音像呼呼地烧起来，屋子里马上热乎乎的。这股热劲过后，香炉、碟子、瓶子不易燃烧，压住了火，屋里又凉下来。凌云飞加了炭，拉着晓晓说，咱们看电影去。

上午，电影院的放映室里人非常少，偌大的空间只有凌云飞、晓晓和另外一家三口，显得异常冷清。那一家三口边看边发出咻咻的笑声，小孩不断和母亲低声交谈，让凌云飞觉得更加冷清。他希望晓晓也发出快乐的笑声，可晓晓看这场电影有些吃力，许多地方看不懂，偶尔发出点笑声，也是细声细气的，让凌云飞更加难受。

电影看到一半，晓晓睡着了。凌云飞抱着她出来去了肯德基，里面的淘气堡马上吸引住晓晓。她细声细气地问："爸爸，我可以玩吗？"凌云飞赶紧帮她脱鞋。晓晓和另外几个小朋友很快就玩熟了，不住地发出细细的笑声。她对凌云飞说："爸爸，真好玩。"凌云飞说："以后爸爸每个星期都带你来玩。"

玩完之后，吃了肯德基，晓晓开始打哈欠。凌云飞背着她回家。

回了家，屋子里很冷。凌云飞揭开炉盖，发现火被压灭了。他把炉子里的东西掏出来，那些香炉、碟子、瓶子烧得乱七八糟，扭作一团。他把它们扔了，重新添柴，加炭，点火，屋子里又开始热起来。凌云飞搂着晓晓睡着了。

傍晚时分，聂小倩回来，脸上带着久违的欢乐笑容。凌云飞有些惊讶。聂小倩说："我皈依了。"说着拿出个绛紫色的小本。凌云飞怀疑地拿过来，一个像工作证那么大的东西，印着 XX 省佛教协会印制。翻开里面，赫然盖着佛教协会的皈依证监制章。聂小倩的一寸彩照旁边，写着法名"了然"，佛历 2550 年。凌云飞顿时心里空空的，像穿越到了另外一个世界。

一只虫子在屋子里嗡嗡飞着，明明是冬天。凌云飞拿起一本书朝它扔去，虫子没打着，书落在热水瓶上，轰的一声响，瓶胆炸了。晓晓被惊醒，细声细气喊妈妈。

聂小倩轻轻地拍着她。

凌云飞说："你信佛就信佛吧，为啥非要念经，非要吃素，非要皈依，拘泥于这么多的形式，多做好事善事不就得了？你看人家济公，'酒肉穿肠过，佛祖心中留'。"聂小倩说："我没有济公那本事，吃了鸽子肉，还能从嘴里再变出一只鸽子。你只知道济公说的前两句，不知道后面还有两句，'世人若学我，如同进魔道'。学佛并不是简单地做善事就好了，我学佛就是为了要明白。"

凌云飞望着聂小倩平静的面庞，嘿嘿地冷笑起来，自言自语道："明白。要明白什么呢？连怎样好好生活都不明白，追求什么歪门邪道。"

这时聂小倩发现房间里少了东西，她东张西望之后，四处翻找起来。然后，她紧紧盯着凌云飞问："你把它们放哪里去了？"凌云飞心里害怕起来，后悔把那些东西烧了。他说："需要的话，明天再去买。"聂小倩继续盯着他问："你把它们放哪里去了？"凌云飞握了握她的手说："我去做饭。"聂小倩用劲儿挣脱他的手，眼泪哗地流了下来。

凌云飞做好饭，聂小倩还在哭，凌云飞握了握她的手，一片冰凉，像冻僵了的小鱼。他把饭盛在碗里，放在她面前。她不吃，只是流泪。

晚上，她把铺盖搬到了另一间屋子，领走了晓晓。后来，房间里传来念经声。

凌云飞躺在炕上，看见贴过观音画像的墙上留下长方形的白印，像生活被生生揭去一块皮。

凌云飞开始喝酒。

以前他觉得喝酒费钱、浪费时间，喝多了还难受，伤身子，不明白为啥那么多人留恋酒桌。现在他明白了，酒是个好东西，喝多了可以让人忘掉忧愁和烦恼，包括自己。每次他喝多，走路摇摇摆摆像腾云驾雾，他不再怕马路上的车流和巷子里的流浪狗，这些玩意儿见了他通通躲开。他可以大喊大叫，放声歌唱，有一次他踩空掉进没盖的窨井里面，爬出来之后不仅没摔着，而且一点儿也不疼，这种感觉太爽了。

单位上平时人和人之间互相提防，现在一伙人坐在一起，喝上二两酒就可以称兄道弟，亲热起来，包括那些职位高的人。以往各个科室有了活儿总是推给他，现在与各位主任喝酒，本来属于他干的活儿他们居然安排给了别人。凌云飞觉得自己喝得太晚了。有几次他喝得太多，吐出胆汁，难受得恨不得去上吊，可第二天还是想再喝。

最让凌云飞高兴的是，回了家，他躺在炕上，恶心了吐下之后，聂小倩不得不拿着扫帚、簸箕过来给他打扫，而且还出现点担忧的神色，劝他少喝点儿。这时念经声停止了，总是弥漫着香烛味道的屋子里有了酒精味儿，聂小倩平静的脸上有了变化，像平静的水面被伸进手指头搅了搅。

凌云飞真的喜欢上了喝酒，他没有想到喜欢上一样东西竟然这么容易。

每天快到下班时，凌云飞就忙着组织酒局。有次凌云飞喝多了，在酒桌上大声骂起单位领导："XXX没能力没水平，只是手长。"唬得坐在旁边的人赶忙掩他的嘴。酒醒之后，凌云飞有些害怕。但几天后大家坐在一起，讲起凌云飞那天的失态，都很开心，还有人夸他是性情中人。

有一天，下边有个县里给凌云飞单位送了些羊肉，每人两斤。凌云飞在路上买了胡萝卜，兴高采烈地准备回家包饺子。走到门口时，听见念经声，一股恶念涌上心来。进门后，他冲着聂小倩说："你看这块羊肉怎么样？"

"嗯！"聂小倩说。

"我偷来的！"凌云飞说，"我走在街上，看见前面有个人的自行车架上夹着块肉，他大概喝了酒，车子骑得歪歪扭扭。我想和他开个玩笑，就把他的肉拿了下来，没想到他根本没发现。嘿嘿！"

聂小倩的脸马上变得刷白。"你偷？"她质问道。

凌云飞没想到聂小倩对"偷"这样敏感，有种踩住她尾巴的感觉。快意涌上来。他赖着脸说："这算不上偷吧，和他开个玩笑。"

聂小倩的泪掉下来。

凌云飞感觉自己的目的达到了，慢悠悠地说："骗你的。这是我们单位发的，每人两斤，不信你去问。"

聂小倩不相信，不理他，泪更多了。

凌云飞看着聂小倩流泪，没有像以前那样惊慌失措，而是有种开心的感觉。

第二天下班后，凌云飞又喝得醉醺醺，一扭一拐地往家里走。看见有一家饭店的山墙边靠近油烟机的地方挂着几只风干的鸭子。他想起昨晚自己说羊肉是偷来的时，聂小倩的怪样子，便蹭过去，顺手摘下一只。

回到家里，他故意提着鸭子在房间里晃来晃去。聂小倩的脸色一片苍白。

第二天。

第三天。

凌云飞每天回家路过这里都顺走一只鸭子，尽管第一次拿回去的还没有吃。他喜欢看聂小倩脸色苍白的样子。

第四次他再去拿的时候，有人在后面抱住他。"就是他，他偷了咱们的鸭子。"饭店里窜出好几个人，有个穿厨师衣服的男人脑袋特别小，梳着一条马尾辫。凌云飞冲他点点头，哈哈笑起来。一个耳光火辣辣地扇在他脸上，凌云飞继续笑着。拳头和脚板朝他身上落下来，凌云飞感觉到了疼，但他没有躲闪，他有种恨恨的快意，仿佛这些人打的不是他，而是聂小倩，是观音菩萨、佛祖。他呢？躲在一边偷笑，这些人揍得越狠，他越高兴。

当凌云飞鼻青脸肿地出现在聂小倩面前时，她怀里的晓晓细声细气地大哭起来，还喊叫着"爸爸，爸爸"。凌云飞知道这是女儿心疼他，顿时感觉今天这顿打挨得真值。他理直气壮地说："我偷鸭子被人发现了。"

聂小倩的脸色唰地由紧张变成愤怒，她瘫坐在炕上，像一块被拧干水的抹布，头低垂着，两条腿伸开，袜底干巴巴的，闪着纤维磨久了特有的那种亮光。

凌云飞为了继续刺激聂小倩，又重复一句："我偷鸭子被人发现了。"晓晓大声哭起来，哭得力不从心。凌云飞听着晓晓的哭声，心中的恨意又增加了。

六

凌云飞开始变本加厉地放纵自己，撒谎、喝酒、打架、骂人、偷东西。

有一天回家，凌云飞发现邻居门洞里的母猫拖着大腹便便的肚子，行动很迟缓。他扑上去抓住母猫。母猫大概嗅到了危险气息，死命挣扎，对他又抓又咬。它尖锐的牙齿和锋利的爪子没有使凌云飞放手，反而让他想到佛的慈眉善目的微笑。他紧紧捏着猫的后脖子，走到院里，用劲把它朝墙上摔去。猫哀鸣一声，落到地上，打了个滚，爬起来要跑。凌云飞追上去，再次抓起猫，使劲朝墙上摔去。

猫像一团烂泥从墙上滚下来，墙面留下一道触目的鲜红色血迹。猫躺在地上闭上眼睛，但它肚子里还在蠕动。房东两口子听见猫叫跑出来，看见死猫瞪大了惊恐的眼睛。聂小倩也出来了，像猫一样发出恐怖的尖叫。聂小倩的叫声鞭子似的抽在凌云飞身上，他上前一步，狠狠地一脚踩在猫肚子上，拧了几下，屎、尿、血和几团小肉块从它的肚子里流出来，蠕动停止了。凌云飞一脚把它踢飞。

凌云飞进了屋子，脱下皮鞋，认真地擦着上面的脏东西，他擦得格外认真，鞋带儿也不放过，连穿鞋带儿的每个窟窿眼儿也慢慢擦。聂小倩看着凌云飞，一句话也说不出来，身子簌簌发抖。凌云飞擦好之后，又用布子打，一次又一次，鞋变得油光发亮，仿佛沾染了生命的气息，活了起来。聂小倩开始打嗝，一个接一个，喝水、掐手指，捶胸、打喷嚏，怎么也止不住。

第二天，房东老太太找过来，要求他们搬家。凌云飞脖子一梗说："搬什么搬？时间还没到。"一脚端在对面的镜子上。凌云飞看见镜子里面的聂小倩碎成了无数碎片。她拉着老太太的手走出去，低声说："我劝劝他，不会再这样了。"老太太说："一开始见你们是正经人，正儿八经上班，才留下你们。"聂小倩拍拍她的肩膀，低声说："我们每个月加二十元钱。"

凌云飞发觉聂小倩不再提分手的事情了，而是更加努力地念经。他想再认真念又顶什么用，就像自己那么认真写材料。但很快，他发现聂小倩不光念经更勤奋了，还经常去医院和敬老院做义工，还拿上家里不用的一些东西送人。他想聂小倩真的走火入魔了，自己的日子过得这样紧巴，还接济别人。

聂小倩买来鱼、虾、猫、狗、乌龟等动物放生。晓晓很喜欢小动物，聂小倩买来它们，晓晓总想留下一只玩玩。起初，聂小倩满足孩子的愿望，让她养过小鱼、小乌龟。可是养了一段时间之后，它们无一例外地死了。看见它们死了，晓晓伤心地流泪。凌云飞怪腔怪调地说："看，又死了一只。行善积德，怪我杀猫，你们杀了多少？"聂小倩感到这些动物虽然不是她亲手杀的，但和她有极大关系，便任凭晓晓哭闹，家中再也不养任何小动物。

有一次，凌云飞喝了酒，在单位门口和保安吵架。李副局长看见之后把他拉走了。他喷着酒气对凌云飞说："我以前认为你是局长的人，有些冷淡你，现在看来他没有关照你的意思，我倒觉得你是个人才。要不你找局长谈谈，我也找他谈，解决你的科长问题。"

晚上，凌云飞提了两瓶五粮液去了局长家。他一进门，把酒放到桌子上，局长的脸就冷了，他说："小凌，你有啥事说就行了，千万别来这个。"凌云飞心里怯了一下，但想起李副局长的话，不就是"公事公办"嘛，就说："一点儿不值钱的东西，过来看看您。"局长好像生气了，突然声色俱厉地说："把东西拿走！要是这样，你以后就别进我家的门，也别希望在我手里办任何事。"凌云飞有点蒙了，酒放也不是，拿也不是，感觉身上很冷，低头看着脚下的木地板，地板光滑如镜，映照出他轻飘飘的影子。尴尬间，局长的老婆忽然出来了，她把酒塞到凌云飞手里说："小凌，千万别拿东西来我们家啊。该办的事，局长会帮你办的。"然后朝他身上稍稍使了点儿劲，凌云飞就不由自主地朝门口走了。

出了局长家的门，凌云飞才反应过来自己是被推出来的。要是以前，他肯定恨不得找个地缝钻进去，但是现在他没那么脆弱了，不就是"公事公办"吗？他冷静下来，很快想出一个办法。反正局长知道五粮液是他凌云飞的了，他也不再敲门了，他把两瓶五粮液放在局长家门口就走了。

第二天上班，什么事也没有，凌云飞暗中观察局长，也看不出任何端倪。五粮液被上下楼的人拿走了？凌云飞不排除有这个可能。过了两天，他狠了狠心，又买了两瓶五粮液，晚饭后放在了局长的家门口。

放到第三次的时候，凌云飞有点撑不住了，倒不是他怀疑这个计策的作用，而是心疼钱，两瓶五粮液就是他半个月的工资，四瓶就是一个月的工资。聂小倩不上班，全家就靠他的工资生活啊。好在送了三次以后，事情出现了转机。局里突然召开会议研究人事问题。局长带头说写材料的工作很重要很辛苦，凌云飞写了多年，组织应该考虑他，体现能者上、贤者上的精神。李副局长马上呼应，充分肯定了凌云飞的贡献。然后，凌云飞就做了科长。

凌云飞长长地舒了一口气。

凌云飞当上科长，应酬猛地多了。坐到酒桌上，经常被让到中间，左一个凌科长，右一个凌科长，人们亲热地称呼着他，敬他酒。许多人找他来办事，带着东西。

那次一群人喝了酒，去东方明珠唱歌。一排闪闪发亮的小姐，暧昧旋转的霓虹灯。凌云飞醉眼蒙眬。

忽然听到，"有时候，有时候 / 我会相信一切有尽头。""一切"两个字稳稳地降了下去，缥缈又清晰。

几年前的情景浮现出来，"有时候，有时候 / 我会相信一切有尽头"。又瘦又弱的聂小倩。鼻子上满是雀斑的聂小倩。正在县里帮忙的村干部聂小倩。

凌云飞冷笑一声甩甩头，怎么又想她呢？他端起酒杯，旁边的姑娘马上也端起酒杯，嘴唇凑过来，散发着脂粉的香味儿。"有时候，有时候 / 我会相信一切有尽头"，声音清晰地在包间里回荡。

凌云飞站起来，望着屏幕前拿着话筒、衣着暴露的姑娘，觉得还是幻觉。

"有时候，有时候 / 我会相信一切有尽头"。姑娘唱到"一切"时，声音稳稳地降了下去，缥缈但非常清晰。有多久没有听这首歌了？凌云飞想。

姑娘好像陶醉在歌里，闭着眼睛，唱得几乎和聂小倩一模一样，尤其是"宁愿选择留恋不放手""等到风景都看透"这几句，把握得好极了。凌云飞明白这是真的，他想起了《重庆森林》、阿菲、加利福尼亚的阳光和大海。

姑娘唱完之后，凌云飞坐在她旁边。看见姑娘脸上散布着一些不均匀的黑色的痘痘，他心里不禁咯噔一下，他想起聂小倩鼻子上的雀斑。

凌云飞问姑娘还会唱王菲的什么歌，姑娘点了《流年》。

"爱上一个天使的缺点 / 用一种魔鬼的语言 / 上帝在云端只眨了一眨眼 / 最后眉一皱头一点 / 爱上一个认真的消遣 / 用一朵花开的时间 / 你在我旁边只打了个照面 / 五月的晴天闪了电……"

"爱上一个天使的缺点"。除了聂小倩，凌云飞没有见过谁能把王菲的歌唱得这么好。

那天晚上，临分别时，凌云飞与姑娘互相留了电话。

姑娘居然也叫小倩。凌云飞听她这样说时，有些惊奇，哪能这么巧？他认为姑娘和娱乐场所中所有的女的一样，随便给自己取个名字，骗骗客人。当他脸上浮现出那种不相信不理解的微笑时，姑娘生气了，她掏出她的身份证让凌云飞看。

王小倩。明明白白。

凌云飞与王小倩开始约会。

王小倩很爱说话。她说她们家住在大山里，特别旱，家家户户都在院子里挖着旱井。一盆水，妈妈洗了脸她洗，她洗了爸爸洗，洗黑了也舍不得倒，放着继续洗手。喝的也是这里面的水。坡地上种满向日葵，到了秋天，漫山遍野的金色，像着了火。冬天，她和爸爸去城里卖瓜子，冬天真冷啊！王小倩说到这儿，缩着身子，表演那个冷。凌云飞不由得与她往紧靠了靠。王小倩说人们说她歌唱得好，出来唱歌能赚大钱，她就出来唱歌了。她唱一个月的歌，比她和爸爸卖一冬天的瓜子挣得都多。

凌云飞望着王小倩脸上的黑色痘痘，有些心疼，问她有何打算。

王小倩说："挣了钱回县城买间门面房，爸爸卖瓜子就不用再在野地里受冻了，还可以卖榛子、葡萄干、糖炒栗子……糖炒栗子你爱吃吗？"王小倩问，"听说可以益气血、养胃、补肾、健肝脾，还可以治疗腰腿酸疼，舒筋活络。可惜很贵。"她叹口气。

凌云飞说："我给你买。"

他拉着王小倩去了"栗子老人"店。一斤十二元。凌云飞说："来二斤。"王小倩说："半斤，多了吃不了。"

　　大概过了两个月，凌云飞对王小倩说帮她找了份工作。

　　王小倩眼睛一亮，问："一个月能挣多少钱？""两千。"凌云飞说出口之后，忽然发觉底气很不足，但他一个月的工资才三千出头，这已经是朋友尽了最大努力。"太少了，"姑娘有些惋惜地说，"我不能去，我得早点攒够钱买房子，我们那儿的冬天太冷了。"

　　当科长以来掌控大局的那种优越感顿时消失，凌云飞买了一包栗子塞进她手里。他问："你见过大海吗？"王小倩摇摇头。凌云飞问："你想过去加利福尼亚吗？"姑娘说："听名字是外国吧，太远了。"凌云飞笑了，这个姑娘是王小倩，不是阿菲，不是聂小倩，更不是王菲。

　　王小倩继续在东方明珠唱歌。凌云飞隔一段时间去一次。王小倩唱王菲的歌，两人聊天，或坐着发呆。

　　王小倩说："哥，你是好人，不像那些男人。我虽然为了挣钱，但是从心眼里瞧不起他们。"

　　凌云飞听王小倩叫他哥，与聂小倩叫他时的那种感觉完全不一样，他脸红了，想起在东方明珠第一次遇见王小倩时，醉醺醺的下流样子。从这之后，他对王小倩更规矩了，不越雷池一步，过头的玩笑话也不说。

　　有一天，凌云飞点了王小倩的钟，半个多小时她才过来。她一副没睡醒的样子，眼神茫然，黑色的痘痘好像更明显了。凌云飞心里有种不安。还没等他说话，她问："哥，你相信流年吗？"凌云飞想起自己这些年来走过的路，尤其是想到聂小倩，心头一痛。

　　王小倩拿起话筒，唱起了《流年》。

　　"爱上一个天使的缺点／用一种魔鬼的语言……懂事之前情动以后／长不过一天／留不住算不出流年／……那一年让一生改变……"

　　唱着唱着，王小倩的眼泪流下来。一种苍凉的东西堵在凌云飞心口，他想这是一位溺水的人，可偏偏自己也是一个溺水的人，看着对方越坠越深，却丝毫没有办法。

　　第二天，他不放心，又来东方明珠。老板说王小倩请假了。凌云飞拨她的电话，已经关机。凌云飞心里空空的。回了家，聂小倩在念经，晓晓也跟着念。凌云飞万念俱空，出去喝酒。

　　足足过了二十天，凌云飞才在东方明珠再次见到王小倩。她努力装出高兴的样子，但眼角的皱纹，厚厚的眼袋一下子暴露了她不好的近况。

　　凌云飞问："怎么这么多天不见你，发生啥事了？"王小倩扬起嘴角，要笑，却哭了。"爸爸的脚轧了。""啊！到底怎么回事？"王小倩"哇"地哭出来。

凌云飞慌了，赶紧给她递面巾纸。王小倩抽噎着说："爸爸再也不能在外面卖瓜子了。我要赶紧给他买房子。以后我啥也干，只要钱多，你别瞧不起我。"

凌云飞心里钝钝的，像失去了意识。王小倩说："这段时间每天晚上都做噩梦，头疼，睡不好觉。医生说内分泌失调，喝了几副中药，也不大管用。"凌云飞回过神来，望着王小倩哭花了的脸，想起有一段时间他经常做噩梦，聂小倩拿了一本佛经让他读，他没有读。

七

回家之后，凌云飞问聂小倩："我做噩梦后你让我读的佛经是哪一本？"聂小倩惊诧地望着他，拿出《地藏经》。

凌云飞把《地藏经》给了王小倩。

几天之后，他见到王小倩，问："管用不管用？"王小倩说："挺管用，自从念了这经书，噩梦做得少了。"凌云飞十分高兴，终于帮了王小倩一次忙。

王小倩有些难为情地说："哥，里面有些字我不认识，意思也不懂，你能教我吗？"凌云飞拿起书，帮她把不认识的字注上拼音，可有些句子他也不懂，便说下次见面告诉她。

回了家，凌云飞请教聂小倩。聂小倩很惊讶，用不相信的眼神瞧着他，然后高兴起来，认真地给他一一解释。

几天后，凌云飞把从聂小倩这儿得来的答案告诉了王小倩。王小倩一脸崇拜地望着他："哥，你真行！"凌云飞心里涌上一股从来没有过的成就感。

此后，《地藏经》成了王小倩、凌云飞、聂小倩三人之间交流的通道。王小倩把不懂的句子画出来告诉凌云飞，凌云飞回家请教聂小倩，聂小倩一字一句地解释给凌云飞，凌云飞记住了，再告诉王小倩。

有一次，聂小倩给凌云飞解释字句时，两人挨得很近，聂小倩的发丝擦在凌云飞脸上，他感觉痒痒的。他便想他们多久没有这样亲近过了？亲热更是很久以前的事情了。凌云飞观察聂小倩，她鼻子上的雀斑越来越明显，数量也多了，头顶上还出现几缕白发。内疚爬上凌云飞的心头，他想起他们待在小饭馆里谈论音乐、理想的日子，为什么就不去加州了呢？说好以后攒够钱再去呀！凌云飞想到这里便难受起来。

凌云飞每次给王小倩讲解完，她的眼睛总是亮晶晶的，看凌云飞的目光多了些崇拜。好几次她对凌云飞说："菩萨说得真对，'我不入地狱谁入地狱'，只有我在这里好好干，才可以让爸爸在有顶的店铺里卖瓜子。"她说坚定了自己这样做是对的之后，心里坦然了，噩梦越来越少。果然，凌云飞发现王小倩脸上的痘痘慢慢消下去，整个人变得光亮起来。但他难受，就好像看到溺水的人非但没有去救，反而推了她一把。

她的这种目光，让凌云飞有些惭愧。回到家里躺下后，时不时认真回想自己这几年的生活，发现看似在进步，其实一塌糊涂。他怀念起以前借调时辛苦但充满梦想的日子。他想，为什么非要逼着聂小倩干这干那，不让她念佛。她想念的时候让她念，不是就能让她快乐吗？要是自己支持她、鼓励她，多给她一些时间，或许自己不在家时她就把心思完全放在照顾孩子或者其他家务上，晓晓也就不会出事了。

凌云飞慢慢有了变化，对聂小倩念经不再抵触了。聂小倩念经时，他经常默默给她倒杯水。

他开始注意起自己的形象，买来白衬衫和藏蓝西服，每天把皮鞋擦得锃亮。

这个时候，凌云飞的一位小学同学去世了。是喝酒之后，回家感觉难受，睡下之后第二天就没有醒来。凌云飞去参加他的葬礼，见到同学的儿子，和晓晓差不多大，一句话也不说，搂着架棺材的凳腿哭。他的样子，让凌云飞难受极了。回家之后，他好多天不想喝酒。

渐渐地，凌云飞上下班喜欢走在阳光能够照到的明亮地方，以前从来没有注意到这能使他感到温暖和愉快。这时他发觉建筑的阴影和楼群的缝隙里，到处是垃圾和粪便，臭味扑鼻。而他走过的这些地方，烤红薯又香又糯；煎得黄黄的、热热的饼子散发着香味儿；散发传单的大学生围着长长的围巾，眼睛又黑又亮，脸上带着纯洁的笑容；卖菜的老太太把各种蔬菜洗得干干净净，每种植物散发着柔和的亮光……他们每天出现在凌云飞上下班回家的路上，看起来都挺高兴。公交车司机也循着这个线路每天不停地往返。从云城到 K 县的火车吐着白烟，每天往返。数不清的人每天都过得一样，凌云飞觉得自己似乎不该这么烦。

有一天回家路上，凌云飞看到马路中间有条黑色的小狗，右前腿大概被车轧断了。它提着这条伤腿，在马路中间蹦来蹦去，仓皇地躲避着来来往往的车辆，好几次被车辆卷进去，车辆过后，它又蹦出来。天空慢慢黑下来，它的动作越来越慢，眼睛却亮晶晶的。凌云飞冲进车流，抱起这条狗。狗没有挣扎，绝望的眼睛有了神采，感激地望着他，闭着的嘴"呜"地叫了声，伸出舌头舔了舔凌云飞的手。凌云飞感觉被舔的那只手暖暖的，好像有东西击中他的心脏。他抱着狗来到宠物医院，给它包扎好。

把狗带回家，晓晓惊喜地奔过来，把手中吃的一截火腿肠递给它。狗"呜"地叫一声，一口接过去，嚼几下，吞进肚子里。聂小倩走过来，望望狗，然后冲杯牛奶给它推过去。房间里传来呜呜呜呜舔食的声音。盆里的牛奶剩下底子时，狗舔食的动作更快了，最后伸长舌头，把剩下的几滴一舔而尽。

晓晓的眼睛有些湿润，她说："爸爸，咱们留下它吧？"聂小倩也用恳求的目光望着他。这种目光让凌云飞觉得很是温暖，他郑重其事地点了点头。晓晓笑了，聂小倩也笑了。

从那之后，凌云飞接连不断地把小动物带回家。很快家里有了三只残疾狗，七只流浪猫，院子里一下子热闹起来。凌云飞下班回来，经常看见聂小倩不是给这些小动物洗澡，就是喂它们吃东西，他惊讶她能抽出时间来陪它们。晓晓很快和它们成了朋友，给它们每一个都起了名字。有一天，凌云飞发现，一只白色的猫居然躺在一只黑狗的身上晒太阳。凌云飞注意它们之后，发现晚上睡觉它们也在一起，狗搂着猫。

凌云飞外出喝酒、应酬渐渐少了，有时星期天整天待在家里，门也不出，带晓晓，琢磨材料和佛经。有时他悟到好的想法，去和聂小倩交流，得到她的肯定后，居然有一种当时一起讨论音乐的感觉。

有一次，他在咖啡馆给王小倩讲解，一仰头看见窗外有个人影掠过，像极了聂小倩。他追出门去，人影不见了。凌云飞越想越觉得就是聂小倩，回到咖啡馆有些心神不定。王小倩看到他这个样子，问是谁。凌云飞给她讲了他和聂小倩的故事。王小倩问："你们现在有钱吗？"凌云飞愣了一下。王小倩说："有钱赶紧去加州看看呀！也许去一趟加州什么都好了。"

凌云飞心里一动，又开始在网上查阅加州的资料。

有一天，晚上回家后，凌云飞发觉晓晓十分开心。还没有等他询问，晓晓就说："爸爸，我今天真幸福。你看，我玩了淘气堡，吃了肯德基，看了电影，还喂了鸽子。"她一一数着时，凌云飞感觉阵阵心酸，想起以前答应晓晓每个星期带她出来玩一次，可是从来没有实行过。他说："爸爸以后一定经常带你去。"这时聂小倩冷不丁地说："确实应该多带孩子出去玩玩。"凌云飞听到聂小倩这句话，惊讶极了，她似乎从来没有这样说过。

凌云飞问："在哪儿喂鸽子呢？""广场上，"聂小倩说，"给晓晓买了两元钱的饲料。晓晓把饲料一撒，鸽子成群飞下来，有一只落在她的肩头上，吓得她尖叫起来。"晓晓说："人家是第一次玩嘛！"聂小倩："以后妈妈经常带你去。"晓晓高兴地拍起手来，说："妈妈真棒！"聂小倩说："晓晓去了肯德基，看见淘气堡，说你以前带她来过，玩了一个多小时，脸红通通的还说不累。""爸爸，真的不累。"晓晓说。"电影她也爱看，正好是动画片。""爸爸，那个电影可好看了，里面的松鼠太可爱了。"凌云飞想起自己小时候看电视，米老鼠、唐老鸭那可爱的样子，他说："你给爸爸讲讲，演了什么？"

第二天下班，凌云飞回家时特意从广场绕了一下。许多游客围在鸽舍前，凌云飞走过去，看到许多父母亲带着孩子喂鸽子，不时传来欢快的叫声。另一边，一群年轻男女手里拿着小红旗呼喊，顺着他们的声音抬起头来，对面大屏幕上王菲和谢霆锋在举行婚礼。凌云飞恍惚间以为自己看错了。欢呼声一浪高过一浪，确实是王菲。凌云飞想起《重庆森林》，想起穿过铁路地下桥那个 KTV，想起那个大雪飞舞的晚上。这时一架飞机从头顶飞过，天空留下一道长长的白色痕迹。

回到家里，晓晓扑过来抱住他的腿，说："爸爸你看，妈妈帮我买的。"凌云飞看到一只漂亮的小松鼠在笼子里窜来窜去。他说："真可爱。"

第二天，凌云飞回家时从宠物店买了大笼子、小木屋、小吊床、饮水器、食盘、转轮等一堆东西。回到家里，晓晓和聂小倩看到这堆东西都被吸引过来了。凌云飞说："咱们给它换个大笼子，松鼠就更自由，更开心了。"他开始组装这些东西，晓晓蹲在一边，耐心地给他递着东西，装到饮水器时，晓晓好奇地问："这是干什么的？""给松鼠喝水用的。"聂小倩忽然回答。凌云飞说："装上这个，小松鼠就可以自己凑上去喝水了。"晓晓笑了。

装好笼子，安上里面的东西，把小松鼠放进去，它一下就蹿到顶子上。晓晓瞧着它，歪了歪脑袋，把自己的毛绒小兔玩具塞进去，说："这下它就不闷了。"

晓晓的声音细细的，脖子上金黄色的绒毛在阳光下微微颤动，好像玻璃人儿。凌云飞以前从来没有发现她这么脆弱和孤单，忍不住抱起她来说："晓晓，以后你想要什么爸爸给你买，要不咱们现在就去看电影。"

晓晓捏了捏凌云飞的耳朵，怯生生地说："爸爸，咱们一家人一起去好吗？"凌云飞心里一阵酸楚流过，他们多长时间没有一块儿出去过了。他歪过头，看聂小倩。聂小倩点点头。

那天晚上的电影是《疯狂动物城》，当片中的小兔子朱迪离开兔窝镇，去追寻自己做警察的梦想时，晓晓激动起来，她说："这个故事妈妈给我讲过。"凌云飞张嘴就说："电影才上映。"聂小倩说："热映一段时间了。"凌云飞"哦"了一下，觉得自己缺失了什么。整场电影，晓晓不断地笑。电影真是好看，电影结束了，观众还不愿意离开，看着字幕，一直把片尾曲 "Try Everything" 听完。出了电影院，晓晓还在回味电影中有趣的镜头，她说："真好看，咱们明天再来看吧？"凌云飞和聂小倩对视了一眼，笑了。晓晓说："可以吗，爸爸？"凌云飞说："你问妈妈。"晓晓就说："妈妈，可以吗？"聂小倩说："你问爸爸。"

凌云飞突然想起了什么，说："晓晓，爸爸带你到美国去看好吗？"

晓晓说："美国？"

　　凌云飞说："带你到加利福尼亚州的迪士尼总部去看。"

　　聂小倩看了一眼凌云飞。

　　晓晓立刻说："妈妈，到迪士尼的总部去看电影可以吗？"

　　聂小倩说："下半年晓晓要上幼儿园了，咱们还得攒钱给晓晓上个好的幼儿园呢。"

　　凌云飞说："该有的会有的。"

　　晓晓说："妈妈，该有的会有的。"

　　九月份，晓晓上了幼儿园。聂小倩找了份在辅导班教音乐的工作，她又开始涂红嘴巴了。重新看到这么鲜艳的嘴巴，凌云飞有些不习惯，但几天过后，就觉得聂小倩还是涂上红嘴巴好看，精神。

　　接送孩子成了凌云飞和聂小倩生活中的大事。他们的生活一下子正常得不能再正常了。过去的一切好像一场梦，凌云飞时不时会发一会儿愣怔，聂小倩现在几乎不再念经了，就好像她有一天突然不想唱歌了一样。他很想问一下她，问个明白，但是又不敢，怕一不小心，发现现在的生活才真是梦，或者说聂小倩在做梦，那样会戳醒她。

　　半年后，墙上原来挂着观音菩萨画像的地方端端正正地贴了一张奖状，上下两行写着："凌晓晓，荣获'优秀儿童'称号。"奖状短，画像长，还漏出一些白色的痕迹。后来，一张张奖状贴上去，痕迹看不见了。

《收获》2016 年第 5 期

驯牛记

陈集益

耕田耕三亩哎，日晒皮肉乌哎……

——《耕田歌》

一

已经过了生育年龄的老老嬷终于要生了，我们都很高兴。那天晚上，四家人都派出了代表，去牛栏给老老嬷接生。破例的，还要给它熬制小米粥，是在我家灶台上熬的。因为其他几家不舍得拿出熬粥的柴，又怕我家在熬制过程中偷吃，所以两户人家的妇女留下来帮着母亲烧火。说是帮着烧火，其实就是站在灶台旁动动嘴皮子，净说些家长里短的事：谁家的男人跟谁家的女人好上啦，谁的儿子去岭上偷树被抓啦，某某屁股上长了一颗洋葱那么大的火焰疮啦。她们说话时压着声音，仿佛怕我听见，其实我一点儿都不想听。我很想到牛栏看看老老嬷生了没有，但是屋外秋风萧瑟，黑得像一口棺材，没有人带我去。我想，小米粥熬好了，她们总要挑着去喂牛的。我在离灶台不远的地方坐着等，看见灶膛里的火呼呼地往外蹿，锅里响着水快滚沸的吱吱声，我迷迷糊糊地睡着了。

也不知道过了多久，我听见哥哥回来了。他兴奋地说着："要生了，马上就生了，出来一条腿了，他们慌了，叫你们快去帮忙！"妇女们叽叽喳喳起来，仿佛大会堂里打仗的电影就要播映了，她们把热气腾腾的小米粥盛在两只水桶里，兑了几勺凉水，就要挑去牛栏帮老老嬷生小牛。我想跟着去，想象老老嬷身上凭空多出来一条腿，用力地踢蹬着这个用竹枝抽打它干活的世界。

可母亲说："牛栏里又脏又臭，还有蚊子没冻死，你跟哥哥上床睡觉去！"

我说："我不怕臭不怕蚊子叮！"并且说，"为什么能让哥哥去看，我就不允许？"

母亲说："你比哥哥小，外面天太黑了！"

我说："我不怕遇见鬼！"

母亲做出要赏我一个凿栗子的动作。那两个妇女没有等母亲就走了，一个打着手电筒，一个挑着小米粥。母亲又催我和哥哥上床睡觉，自己则高一脚低一脚地跑进黑暗里。我只好上床了。据哥哥描述，老老嬷生产小牛时很痛苦。"它拿牛角撞墙，哞哞地叫着，就像哭，又哭不出来，"哥哥说，"它都没有力气站立了，肚子一鼓一鼓的，两条腿哆嗦不止，它太老了，比村里所有牛都老，这回生完小牛就要死了。"

我说："小牛的腿是从老老嬷的屁股里生出来的吗？"

哥哥说："是的。牛屁股上流了很多血……"

于是那晚的梦就变成了一个血淋淋的梦，梦里有许许多多的牛漂浮在红色汪洋里挣扎，奄奄一息，哞哞地叫着。然后，那红色淹没了我，我的四肢就像被血浆粘住了那样，动弹不得，我在梦里憋得喘不出气来，等睁开眼睛，发现窗外已有了亮色，父亲躺在对面床上打着呼噜。他一定是半夜回来的。

老老嬷生下牛犊子了吗？它是不是已经死了？——没一会儿，母亲挑着两只空水桶进屋，浑身散发着又腥又酸的气味，就像碰翻了一瓶醋。母亲说："咳咳，老老嬷可怜，足足生了一晚上呢，快天亮时生下一头小公牛。那小牛刚生下来时，我们都以为死掉了呢，像从水底捞出来一样。结果怎么样呢？它躺在干草上一点儿一点儿地活了过来，先是两只耳朵抖了一下，接着嘴巴张了两张……奇怪啊，小牛的额头上有一块白斑，不过，漂亮极了。"

我和哥哥一骨碌爬起来。我们都想去看新生的小牛。

父亲也起床了，问母亲："老老嬷没有死吗？"

母亲说："没有死，还有一口气呢。"

父亲说："它要是生一头母的就好了。"

我插嘴说："公牛就不好吗？等它长大了，耕地的力气大着呢。"

父亲说："小孩子懂个屁，公牛不会生，老老嬷以后不会再生小牛了，我们家还是没有一头属于自己的牛。"

二

父亲一直不喜欢几户人家合养一头牛。

更何况，与我们家共同拥有老老嬷的，是怎样的三户人家呢？

轮到我家养牛时，母亲总是早早地叫醒我和哥哥，叫我们牵老老嬷去放牧，我们悉心照料它，让它吃得饱饱的。半个月后，等我家把老老嬷交到秉德老汉手中时，他总夸赞说，幸好这牛也分给了我们两家，不然都由着那两家养，早就没命了。话虽如此，秉德老汉还是把牛养瘦了。因为秉德老汉爱喝酒，一喝酒就醉。他家有四口人，不知何故，他儿子和孙女都不住在吴村，所以在他烂醉如泥的日子里，老老嬷只能悲哀地嚼几口垫栏的干草充饥。

再下一家是螳螂家。螳螂瘦瘦小小的，尖嘴鼓腮，眼睛滴溜溜地转。父亲说他满脑子都是贪小便宜的鬼主意，就连他肚子里的蛔虫都比别人的精，就像螳螂肚里的铁线虫，刀都切不断，弄不死。我问："螳螂的外号是不是就是这么来的？"父亲说："是的，这外号还是我给取的，螳螂像你这么大时，就精得像只猴。"父亲哈哈笑了。

可我讨厌的是螳螂家的那个女人。她爱骂人，不是骂螳螂没用、儿子不听话，就是骂世道不公，嫉妒别人。印象中容易生气的女人往往又黑又瘦，颧骨很高，她却不是，长得浑圆，白白胖胖，胸前的围裙兜里总能掏出零食，有时是一把葵花子、南瓜子、冬瓜子，有时是南瓜干、红薯干、咸萝卜，倚在别人家的门框上，"嚼舌头"。她家儿子也是这样，嘴里总是嚼着一点儿什么，我们去掏口袋，却什么都掏不出来。

她家大儿子叫阿卫，小儿子叫阿红，这两个家伙去放牛，比去山上拉屎的时间还短，他们也就是让老老嬷闻闻青草的味道，喝两口泉水，就回来了。老老嬷归他们家养的日子，终日饥肠辘辘的，牛屎也上身了，风干后的牛屎与牛毛结成龟裂的硬块，就像护着一件铠甲，刀枪不入。事实上不是这样。因为老老嬷还有另一户主人：兴国家。

兴国家虽然不像螳螂家那般不舍得给牛栏垫干稻草、不愿花气力去放牧什么的，但是兴国是个暴脾气，他打牛，仿佛牛是专供他打骂的奴隶，一不顺从，他就挥舞竹枝，简直无缘无故地打牛、虐待牛。这个兴国，长得五大三粗的，四肢的骨节要比别人的大两倍不说，发起狠来力气往往加倍，他打牛的时候老远都能听见竹枝擦着空气发出的呜呜声。

牛也是血肉之躯，挨了打，就挣脱缰绳拼命地跑。这一跑不要紧，等兴国追上了它，就会抽打得更凶狠。那身牛屎掉光了。牛身上不多一会儿就隆起鞭痕，有的鞭痕上血珠密布，然后流下来。兴国额头上青筋毕露，叫骂着："我让你逃，我让你逃！什么玩意儿，你竟然敢逃！"或者，"你还敢不？再逃砍断你一条腿！"

螳螂家的女人看到兴国打牛，心疼得看不下去了，跑到我家骂兴国"恶鬼投胎，总有一天老老嬷要被他打死""不得好报"。这话不知怎的就传到了兴国女人的耳朵里去，她就来我家败坏螳螂女人说："老老嬷是打不死的，牛皮是纸糊的吗，就怕饿死了。他们家五口人哪，一天只吃三两米，牛却做不到，牛要吃草的，吃得肚子鼓起来。我们家每天都让它撑得肚子齐背。"

母亲说："要是以后老老嬷还能生就好了。给我们每家生一头。"

兴国女人说："还生什么哟，换作人都五六十岁的年纪了。只怪分牛时阄儿抓得不好，抓到这样一头老老嬷，还跟螳螂一家分到一块儿。一粒粟气量的人家。"母亲不搭理。她又说："再说了，就算我家兴国打牛，那也是打在我家那部分牛肉上。他家能饿牛的肚，咋就不允许别人打牛的屁股？以后她再敢在背后说三道四，我非撕烂她的嘴，喂狗。"

母亲从不参与养牛引起的争端，不知道这些话是怎么传出去的，当传到螳螂女人耳朵里，她又来我们家说："她家才一天只吃三两米呢！兴国那么大的力气，晚上怎么没有把她压死呢！力气都省下来打牛了吧！你说说看，她还讲不讲理，谁说过她家那部分肉，就恰恰长在牛屁股、牛背那儿了？她家那部分肉，指不定长在牛蹄子上了呢，你让兴国抽牛蹄子去吧，怎么抽我们都不管！"

父亲因为生病，所以也常常在家里，他心情本来就不好，见两个女人没完没了地来找我母亲，就没好气地说："牛是我们四家共有的，轮到谁家养，养得怎么样，只能凭良心。牛也通人性呢！"那两个女人再也没有来过我家了，直到老老嬷生小牛的那个晚上，才一道出现在我家灶台旁，交头接耳，好得简直像一对孪生的姐妹。她们说："真没想到啊，老老嬷这么老了还能生，比我们这些女人强多了。看来我们还嫩着呢，还有男人喜欢，哈哈哈……"

三

老老嬷意料之外的生育，无疑使四户人家达成了和解，也看到了希望。尽管父亲嫌它是一头公的，无法做繁殖之用，但是想到老老嬷将来死后，至少有它做耕耙犁耙的接班人，就高高兴兴地带我去看小牛了。

此时，太阳像颗露珠，剔透、璀璨，牛栏外已经挤了不少人。我从大人们的腋窝下钻进去，看见木栅栏里有隐约发亮的东西，好比暗夜里的星辰。我知道那是牛的眼睛。颜色发猩红光的那一双是老老嬷的，扑闪扑闪的那一双是小牛犊的。我盯着昏暗中的光点看了好一会儿，才看清蜷卧在老牛前肢与脖颈间的它，它也好奇地看着木栅栏外的我们呢。

"这头小牛很妙的，你们看，它骨架不小，头长、面宽、颈中等，但是肩高，这样的小牛聪明，适合耕地的……"我听见大人们的议论，在头顶嗡嗡作响。有的说："老老嬷年轻时，就很会耕地的。聪明的牛懂得使巧劲，不慌不忙的，耕到了地角，会自己停下掉过头来，再曲里拐弯的田，也不会踩坏田埂。"有的说："聪明的牛，耕地不用使鞭子，你鼻子里哼一口气，它就懂你什么意思。你们看见过我家的展昭耕地吗？它耕起来，啧啧，那才叫一个帅……"

父亲开口了："你们说说，我家小牛额头上的那块白是怎么回事？我看是一个白色的旋儿，一种大气象呢！"父亲的口气暗暗地有些自豪。我这才明白，小牛的额头上果真长有一块白斑，有两枚硬币那么大，怪不得刚才看着总觉得有什么地方别扭呢。与此同时，我头顶那个声音正要展开展昭的故事呢，有些生气地说："哼，一撮白毛有什么说头？长在额头上丑死了，我看是凶兆吧。"父亲说："长在额头上才非同一般呢！我忘了谁的额头上也有一块白。"那个人说："还能是谁？不就是古戏里的奸臣、太监，白脸白面的。哪像我们家的展昭，你们看，一身金黄，健壮威武，正派角儿……"

"嗬，嗬！你敢把一头瘟牛叫成展昭，你信不信我这就去宰了它！"突如其来的一声怒吼，把挤在牛栏过道里的人们吓了一跳。只见一向蛮横的兴国，拨开一条道就要打开隔壁的木栅栏门——而那个人所说的展昭，就关在隔壁的木栅栏里，原来，所谓的展昭就是原生产队里人见人烦的"红骚牯"。

那个人说："喂喂，你想干什么？"

那个人的名字叫"糊工分"，据说他干活偷懒，一到田里就能神秘消失，等到收工就会出现。他有点理解不了，牛都分给个人了，为什么就不能改名。"我连我自己的名字都要改了呢，你管得着！"他说。

兴国说："你再改名也还是贱骨头一个！——你还敢咒我家的小牛是奸臣、太监吗？你敢咒，我就敢宰！"

糊工分说："哼，你们家的小牛还是我家的展昭配的种呢。"

兴国说："你给我闭嘴，就红骚牯也能配出这样好的牛犊子来？！"

糊工分说："千真万确，我亲眼所见。"

兴国说："你再敢说亲眼所见，我这就刺瞎你的眼！"

糊工分说："你有本事刺刺看！你以为现在还是整天被你们几个浑蛋欺压的年代啊。生产队分了好啊，以后有你们哭的时候……"

眼看着大人们莫名其妙地争起来，我有点害怕了。好在闹闹哄哄一阵子，糊工分牵着他的展昭出去放牧了，人群散去，牛栏里只剩下一些小孩儿，你一言我一语地继续着大人们刚才的话题。最后，也不知道是谁想到了小牛额头上的白斑，有些形似包青天额头上的月亮，于是它立刻就有了一个名字："包公"。一旦把它叫作"包公"，我们瞬时就对它肃然起敬了。

哥哥说："包公是历史上的大人物呢，我们一定要把包公养大，养壮，每天给它割草，每天给它换栏草。"

阿红说："我们一定要经常给它抓牛蜱虫，也不让虻蝇叮咬它。"

阿卫说："我们的包公——现在就有了一等一的侍卫了呢！如果糊工分的红骚牯真成了展昭的话……"

伟峰说："那是当然啦！我们现在就要教包公如何去斗角，等它长大了，把村里所有公牛都斗败，包公就成为大王啦！"伟峰是兴国的儿子，其实他自己就整天想着当大王。

可是，当我们拿一根棍子去拨弄包公，想把它捅得站起来时，才发现它多么孱弱！三番五次，站都站不起来，几次站起来踉踉跄跄，又倒下了。

它发出了"咩咩"的叫声，就像一只羊。

四

包公一度让人失望，因为它孱弱不堪。究其原因，可能是老老嬷缺少奶水，或者奶水里缺少营养。尽管我们喂它吃最嫩最鲜的草，它还是毛发干枯，病恹恹的。我们几个都不好意思叫它包公了，尤其和别人家的牛一起放牧的时候，有放牛娃说："你们家这头牛得鸡瘟了吧，去赤脚医生那里买点鸡瘟药，再用石灰在它身上撒撒。"阿卫、伟峰和哥哥没少为这样的侮辱跟人吵架。

有一天，我们终于得到了一个秘方，说是给牛喂生鸡蛋，早晚各两个，可以使牛变得强壮。我们就回家偷鸡蛋，偷别人家的鸡蛋，还上树掏鸟蛋，轮流着喂它。刚开始它吃不习惯，黏糊糊的蛋黄蛋清，想必像吞下一口浓痰，但是经过几次强迫，我们用一截削好的竹筒往它喉咙里灌，它就有些无奈地消化了。而后，一头牛就像雨后的一棵菌，生猛地茁壮起来，漂亮得像从年画上跃下来的鹿，在野草青青的滩地上一会儿疯跑，一会儿蹦跳。那突然的爆发往往没头没脑。

我们的包公就这样自由自在地长大了。

不知不觉，当老老嬷被人牵去耕地的时候，它亦步亦趋地跟在老老嬷身边，显得碍手碍脚了。大人们驱赶它，想的是如何多让老老嬷尽早耕完自家的地，所以呵斥它滚远点儿。它可能觉得委屈，不一会儿就去偷吃庄稼。大人们打了它，它竖起尾巴四处乱窜，似乎还无法忍受鞭子的抽打。这时往往是农忙时节，哪怕一个小孩儿也要给家里割稻，给打谷机前的大人递送稻禾，或者去山涧接取泉水什么的。现在包公半大不大的，耕地又使不上，却要占用有限的劳力去看住它，就越发不讨人喜了。

螳螂家牵老老嬷去耕地时，第一个把包公关在了牛栏里，其后这个做法得到了效仿。我们四家有个不成文的规定，就是老老嬷牵去耕地的日子，那一天都由耕地人家负责牛的温饱，不算在轮流养牛的日期里。这样，只要老老嬷被牵走去耕地，包公就被关在牛栏里——那是大集体时代遗留下来的牛栏屋，泥墙之内到处是成排的木栅栏，全村几十头牛曾经都关在这里。现在它们都在外面，只剩下它在黑暗逼仄的空间，挨饿，撞墙，孤愤地叫着。我不知道它后来的古怪脾气，是不是与此有关。总之等农忙结束，轮到我家来养牛时，我和哥哥赶着老老嬷和包公到溪滩上吃草，发现包公不再像以前那般欢蹦乱跳了。

哥哥回去说："包公被关坏了。"

父亲说："关坏也没办法。唉，我们家以后还得自己去买一头牛养养才好。"

尽管这样，但老老嬷还算矍铄，包公也还算健康。

到了又一年开春的时候，包公的额头两侧有了黑黑的硬块，到了夏天，硬块变成两只角，像破土而出的笋尖，看着扎眼。这时我们发现它已经长得有些威严，躯干宽宽的，肩峰鼓鼓的，目光炯炯，眉宇之上的那块白斑变得大了，就像一个白字贴在额头上。这时的它显得与众不同，但也郁郁寡欢，总爱抬头眺望远方，两只耳朵常常立着，一抖一抖……

夏收的日子，是人类与土地的又一次搏斗，我们抄着镰刀、锄头和扁担，逼着土地向我们交出口粮，土地则逼迫每户人家起早摸黑，汗水打湿衣裳。当土地被我们蚕食得遍体鳞伤，裸露的稻田里灌进了水，我们几家又要争着把老老嬷牵走耕田了。所有人都在忙着干活，当老老嬷机械而沉重地拉着身后的犁铧将板结的土层一片片掀开，没有人听到土地深处发出了轻微的呻吟，就像没有人想到又一次关在牛栏里的包公，它在哞哞地叫着。

包公终于用牛角将原本就颓败的土墙戳了一个窟窿，它逃出来了。我们这才意识到它的存在似的，几家人倾巢出动，于第二天中午在洪坛冈上找到了它。此刻，它正要往龙游县的深山里游荡而去。大人们拽住它的尾巴，揪住它的耳朵，回来时用一根绳子箍在它的脖颈上，怕它再次逃走。

螳螂说："这样下去，它迟早要逃走变成野牛。"

秉德老汉说："要不是将来想着让它出大力，这么大就可以阉掉了。"

兴国说："回去，我就给它穿上牛鼻绳。"

我父亲说："嗯。"

<h2 style="text-align:center">五</h2>

穿牛鼻绳的意义，就像一个人的成年礼。不过我当时可没想到这么好的比喻。

直到成年以后，我在书上看到世界各地形形色色的成年礼，印象最深的是加拿大洛基地区的印第安少年在成人仪式上须生吞一条活蜥蜴，望而生畏者即被取消成年资格；还有包括坦桑尼亚在内的一些非洲国家，少男少女在步入成年时要实施割礼。——我倒没有把穿牛鼻绳跟割礼手术相提并论，只是觉得在某一个地方，如果只有施行过割礼的人才被公认已步入成年，那是多么无可奈何的事。

给包公穿牛鼻绳的那天，四户人家照样派出了代表。绳子是用精选的、浸过油的苎麻搓成的，苎麻中间还掺了几根尼龙线。尼龙线是从我哥的钓鱼竿上扯下来的，为此哥哥有些气恼，不过我却有些高兴，因为他平时不允许我碰他的钓鱼竿。那是他唯一的私人财产。

那天，我们几个少年跟在大人后面向牛栏走去。我们的心里是紧张的，却也有一丝兴奋，希冀看到什么好戏似的。

栅栏门上的铁环取掉了，老老嬷被赶出来了。兴国、螳螂和我父亲，进到栅栏里面，包公可能意识到了危险，想窜到门外来，却发现门已关闭。它就迎着抓它牛角的人顶过去。栅栏里顿时忙乱起来，一会儿是牛将人逼到了角落，一会儿是人将牛逼到了角落。牛栏里到处闪现着猩红的眼睛，还有短促而粗重的叫声。最后突然安静了，包公的头部被兴国用半个身子和一个胳膊肘死死地摁抵在了栅栏上，牛嘴和牛鼻子刚好扣在了两根木头的隔档间。

兴国号起来："快，拿竹楔子来！扎进去！"

螳螂和我父亲满口袋地找："没有，没有！"

兴国说："我快坚持不住啦！"

包公的一双眼睛变得铜铃一般大，血红且发荧光，它的鼻孔里发出咻咻的粗气声，不屈的牛头偶尔扭动时，牛角磕到栅栏，木头发出嘎嘎的脆响，让人误以为整个牛栏要散架了……事实上不是这样，此时兴国把整个人的重量压在它的头部了，螳螂和我父亲把身体的大部分重量压在它的前半身了，它僵持着无助地瞪着我们。我们跑到牛栏外喊秉德老汉，他手中抓着老老嬷的牛鼻绳，唯恐它冲进去解救。

我们喊："竹楔子！竹楔子呢？"

秉德老汉把一个东西交给了我哥，我们跟着跑进牛栏，牛的头还扣在栅栏的隔挡上，哥哥不敢把那个东西往牛鼻子里塞，突然就从里面伸出来一双手，夺过楔子，向牛鼻孔戳去，牛鼻孔突然胀大了，但是还没有来得及戳穿，牛就一下子腾跃起来，把栅栏洞穿了，它从里面跳出来，吓得我们没命地往外跑。

我的腿软了，魂也差点儿丢了。等我跑到离牛栏几百米远的地方，才气喘吁吁地往回看，包公并没有追上来。我纳闷地走回去，才知道包公被大人们赶进了别人家的牛栏，此刻，大人们继续在制服它。它的头又一次被两根栅栏夹住了。螳螂正拿竹楔子狠狠地往它鼻孔里捅，捅了几次，又旋了几次，竹楔子就从右鼻孔进去，从左鼻孔出来了。钻出左鼻孔的那截楔子上有血，牛鼻被捅歪了，嘴角还有白沫，牛的整个上唇在发抖。

这会儿螳螂显得心灵手巧极了，他麻利地将绳子系在了竹楔子这头预先削好的一个缺口上，这样，绳子系住了竹楔子，竹楔子拽住了牛鼻子，一头几百斤重的牛就像被鱼钩钩住的鱼那样给拖上了岸。当螳螂他们扯着牛鼻绳把它从牛栏里牵出来的时候，它已经显得老实了，只是看到不远处，老老嬷在默默地看着它，它才一扭头不明所以地挣脱了几下，但是很快就被控制了。

兴国说："这下可好了，你还想逃吗？门也没有！"

螳螂说："你先把绳子拿着，我去洗一下手。"螳螂的手上都是血，包公的鼻孔里也还在滴着，竹楔子和半截牛鼻绳上也都是。

兴国说："这点血算什么，我浑身上下连头发上都是牛屎还没说脏呢！"

父亲也说："这家伙真是烈啊，我也是浑身牛屎，牙缝里还有牛毛，我们幸亏趁他没再大一些穿牛鼻绳，否则再过半年就吃不消它了。"

螳螂将手往裤子上擦了擦，而后说："牛就让孩子们牵着吧，我们回去找几根木头，牛栏还要修起来呢！"

父亲说："好。"

六

我们将包公牵到老老嬷跟前，老老嬷还是那么默默地看着，但是我发现它的一只眼睛下面，牛毛上有一条湿漉漉的痕迹，就像一条蚯蚓；它的两只耳朵，在包公看它的时候往前拢了拢，它拢着耳朵拢了好一会儿，接着它就转过头，默默地跟着秉德老汉往前走去了。

我们牵着包公跟在老老嬷后面。包公走得有些生硬，就像鼻子上的绳索挡住了它的视线。我们总担心它会扯断牛鼻绳，我们也走得很生硬。

秉德老汉说："走快点呀！又不是在戏台上做戏！"

我们说："包公它走不快呢！"

秉德老汉说："有了牛鼻绳不用怕它的，拽拽牛鼻绳。"

我们说："拽牛鼻绳它鼻子会很痛的！"

秉德老汉说："这点痛算什么。每头牛都要穿牛鼻绳的，生为牛还能当一辈子浪荡子呀，牛都是要走这一步的。穿了牛鼻绳，过些日子就能上牛轭耕田了呢。"

我们说："包公会听话吗？"

秉德老汉说："不听也得听，牛都是驯出来的。"顿了顿又问我："庆子，你爷爷从你姑姑家回来了吗？"

我说："没有。"

秉德老汉努努嘴，又朝我哥哥说："山子，等你爷爷一回来，你就告诉我。他是村里最厉害的驯牛高手呢，到时候咱俩一起配合他驯牛！"

哥哥说："好嘞！"哥哥答应得那么痛快，显然是因为秉德老汉只选择了他。他也确实长得最高，也显得懂事了，以至于其他几个孩子都有点嫉妒他了。秉德老汉不得不改口说："到时候，你们几个当然也要参与的，驯完牛你们负责给它洗澡，喂草，用热毛巾敷敷它的肩膀。不过驯牛时最好站远一点儿，牛会横冲直撞踩伤人的，那场面比穿牛鼻绳还激烈。"

我们"嗯嗯"答应着。秉德老汉接着说："驯牛是一件非常大的事情，以前还要给牛披红挂绿，放炮仗喝开犁酒呢。有灵性的动物都是人投的胎。以前都把牛当作家庭的一员来看待。牛驯得好，就听口令，犁地就快，人就轻松。可牛毕竟是牲畜，性子野着呢，哪能随便你使唤？驯牛的第一条，就是得磨磨它这种性子。可是也不能跟牛硬着来。驯牛是个很讲究的活儿……"

我们听得懵懵懂懂的，却有些向往起驯牛来了。一路上叽叽喳喳说着驯牛的话题，比如谁家的牛驯化时伤了人，用后腿差点把人的卵蛋踢碎了，谁家的牛驯化时拖着犁跑了一里地，直到犁散了架；与此同时，也有牛温顺、好调教，不但为主人耕地，还能卧下让小孩儿爬到它背上，当马骑，这会不会是某人上一世做了恶，这一世来世上赎罪了呢？诸如此类的驯牛故事，总是特别吸引人。我不禁想象起包公的来历，它上一世因为做错了什么，才被阎王爷投进畜道变成了牛？这么一想，我觉得包公挺可怜的，并且想象不久以后，包公将被大人们牵到地里，套上牛轭，如何被驯服，将来如何为我们几家耕地——凭它的骨架和力气，它一定会成为全村最好的耕牛，但愿能把上一世的罪愆赎清……

不过眼下它还仅仅穿了牛鼻绳而已，它连这个都没有适应。太阳被老天爷高高地吊在头顶晃荡时，我们来到了坑上坞山脚下，这里青草繁盛，老老嬷的肚子渐渐鼓起来了，包公的肚子却瘪瘪的。我们割嫩草尖喂它吃，它也不吃。它显得有些沮丧，就像一个人跌进了一口深井，在井里面爬不出来，而且已经疲惫不堪。

"它不会是绝食吧？"哥哥牵着牛去问秉德老汉，"它不吃东西怎么办？"秉德老汉盯着它看，看了一会儿，把绳子接过去，想将绳子盘在它的牛角上，但是牛角还太短，就缠绕在脖颈上。没有人牵着它，它才走到一边去吃草了，吃得很笨拙，样子难看。

秉德老汉说："你们都不要看着它吃，装作没看见。牛跟人一样有羞耻感。等到驯化的时候也一样，不要围着看。"

<h1 style="text-align:center">七</h1>

我不知道驯牛的历史起源于何时，但可以肯定吴村人驯牛的方法，是从我们的祖先那里继承的。我爷爷是从他的爷爷那里继承的，他的爷爷是从他的爷爷的爷爷那里继承的。现在，我们也想参与其中了，我们都有些盼着爷爷回家。只要他一回家，包公就能驯化成一头真正的耕牛了。但是爷爷迟迟没有回家，父亲捎去口信打听，得知爷爷生了一场病。爷爷说，等身上稍微有点力气，就赶回来。

在爷爷赶回来之前，兴国他们却跃跃欲试了。他们认为，他们也是懂得驯牛的，驯牛不就是教会牛听懂几个口令吗？他们认为，教上那么三五天，狠狠地抽它一顿鞭子，就能将包公调教出来。甚至吹牛说，等到收了晚稻，秋后需要牛翻地播种小麦、油菜时，包公就能派上用场了。

他们扛着牛轭和犁，雄赳赳地牵了包公去耕地的那天，秉德老汉赶来阻止，说再等等吧，等梓桐（我爷爷）回来吧。兴国说："老老嬷嬷耕地就像蜗牛爬，实在受够了！"螳螂说："牛驯得越早越好，不能再等了，再等下去，包公就要变成张飞了。"秉德老汉见他俩执意要去，便没有再反对。他跟在他们身后，喃喃自语，说以前驯牛是要如何如何择吉日，喝开犁酒的。兴国扭头瞪了他一眼，说你想喝酒就到代销店去喝，别跟在屁股后面叽叽歪歪的，扫兴。

秉德老汉走了，村里却跟了一些人来。

驯牛跟斗牛一样，一直是我们村的娱乐节目之一。

我们一行人来到了村外的晒谷场。这个季节，村前村后的土地都种上了庄稼，只有这块属于公家的晒谷场闲置着，已经被兴国他们预先圈了田埂，往里灌了一层水，当包公一脚踩上去，它的肩上就被套上牛轭了。

牛轭是用弯曲的硬杂木做成的，它的两头有铁圈连着铁链，铁链拽着后面的吊杆，吊杆中间有一个铁钩，钩在犁辕的一个"铁鼻子"上。犁呈"也"字形，我至今叫不出它全部构件相应的名称。

总之，牛被人套上牛轭，就要开始耕田了。站在包公左侧的是兴国，他负责攥住牛鼻绳，不让它乱跑，并要听从驾犁人的指挥，引导它怎么走。跟在后面扶着犁把驾犁的是螳螂，他除了负责驾犁外，还要把握犁铧的深浅，耕耘的节奏，并大声吆喝口令辅以竹枝抽打，强迫牛记牢："hou"是走起的意思，"wa"是站住的意思，"er er"是转弯的意思，"yu yu"是掉头的意思……

刚开始几分钟包公走得很轻快,四蹄溅起水花,样子有些潇洒——那是因为螳螂摁住犁把,还没有让犁铧吃进泥土里去。然后,螳螂就开始把犁把提起来了,随即插进泥土的犁铧上就有泥片翻卷出来了。我们就看见包公一点点儿地把头低下去,尾巴一点儿一点儿地硬了起来,它的鼻孔里喷出热气。此时它一定感觉到身后有一股力量开始拉扯它,将它往后拽,那力量如此强大,又如此尖利,就像一排牙齿咬住它的肩膀,一点点儿地咬进肉里去了。于是我们看到,它的背一点点儿地拱起来了,不一会儿,它就开始走不动了。

就在这时,伴随着"hou,hou!"的口令,螳螂手中的竹枝抽下来了。竹枝抽下来时,无疑,包公不仅感到疼,而且吓了一跳,它往前蹿了一下,但又被肩上的牛轭拉回去了,它踉跄了几下才重新站稳。它感到有些气恼,正要扭头看看,这时身后的竹枝又抽下来了,它依然感到疼,而且又一次不由自主地蹦跳了一下,当它落地时,肩上的牛轭不知怎么从肩上脱落了。它正想伺机逃跑,只感到鼻子紧了一下,就像被人捅了一刀,接着整个头就跟着疼痛往下坠,没一会儿牛轭就重新套在它的肩膀上,并且用草绳绑好了。

它就这样被迫往前走。当它试图停下来时,鼻上的绳子立刻就绷紧了,屁股上的皮肤立刻就涌起疼痛了。当它记不住口令,或者试图按自己的想法走,身后哇啦哇啦的吼叫就又一次响起了,屁股上的皮肤就又一次涨涌着疼痛了。几个来回之后,可能它逐渐意识到从此往后,它也要像母亲老老嬷那样被人奴役一生了,鞭子的抽打是少不了的,牛轭也将难以摆脱,它就开始有意地捣乱了。

八

第一天驯牛结束时,也就犁了三四张晒席那么大一块地。值得注意的是,包公的背部、臀部与腿部,鞭痕叠着鞭痕,破损程度好比撕了一层又一层、但又没有撕到最里层那张大字报的墙;而那个怒不可遏地往死里惩罚它的人,还没有等他走回家,有一只脚就肿得像只馒头那么鼓了。

有几个观看了驯牛过程的村里人在街上说:"兴国这个狗腿子,这回终于遇到对手啦!"人们说这事的口气中充满幸灾乐祸的味道。

与此同时,包公因为踩伤了兴国的脚,所以在它被赶回牛栏以后,伟峰带着一帮孩子对它实施了惩罚。他们用竹枝抽它,用石块掷它,用木棍戳它,还用盐水往它的鞭痕上洒。包公被大人们驯化一天,晚上还要被孩子们折磨,我和哥哥不准他们这样对待它,他们就对我们群起而攻之。我们被这帮小子摁倒在脏兮兮的牛栏过道里,一双双脚在身上又是踩又是踢的,我想说:"饶了我吧,我们做错什么啦……"可是一句都说不出来。我的嘴沾到了牛粪，连牙齿上都有了，我尝到一股浓郁得让人想吐的青草腐烂味儿……

幸好这时候秉德老汉走过来了，他喝得醉醺醺的，但还分得清善恶，他从一个孩子手中夺过一根竹枝，朝这些小浑蛋抽过去，孩子们逃跑了。秉德老汉冲着他们的背影骂了一通，牛栏里安静了。秉德老汉划亮一根火柴，将火光伸进木栅栏，当他看到包公身上的伤时，嘴唇哆哆嗦嗦，嘟囔了一声"人在做，天在看啊"，眼泪就吧嗒吧嗒地下来了。

秉德老汉过了一会儿才平静了些，说："他们可真不是人哪！对牛下得了毒手，对人也下得了。他们这样胡搞，把一头好端端的牛打坏了，牛就会跟人对着干，再接着驯就难了。驯牛讲究的是细心和耐心，你爷爷知道，该喊的时候喊，该骂的时候骂，还要知道什么时候该让它休息、吃草，让牛知道你尊重它。可是现在，你看看吧，这帮浑蛋……"

我和哥哥跟着秉德老汉，在他家菜地里拔了一些菜给牛吃，直到夜深才回家。第二天，我们还没走到村口，就看到不少人往晒谷场跑。这些人可能听说昨天的驯牛过程"很精彩"，所以都抱着看猴戏的心态跑来看驯牛。他们简直有些迫不及待。

从牛栏到晒谷场，包公是被几个壮汉像押送犯人一样押过去的。不用说，包公很清楚它今天的下场，它几次想跑掉，终究跑不掉。结果，当那几个壮汉要给它套上牛轭时，它简直像望见刑具那般害怕，到处躲，但终究没有躲掉。于是，它又被迫走在坎坷的犁路上了。

这一回，因为有了几个壮汉做帮手，螳螂和兴国显得信心十足。螳螂和一个叫磨刀六的分别走在牛的左右两侧，一人攥牛鼻绳，一人攥牛脖颈上的绳套，逼它沿着既定的路线往前走。兴国则一瘸一瘸地跟在后面，换作扶犁把、下口令的角色。兴国喊口令的时候，不但咬牙切齿，而且那竹枝每抽下去，呜呜声就会响起，随着啪的一声脆响，那个快要被抽烂的屁股都要抖一下……

有人看着心痒，说："兴国你就站在一边休息吧，让我来练两圈。"兴国说："我必须一次性将它驯服，以后让它听见我的声音就害怕。不然，我以后耕不了它。"那人觉得在理，就站在一边看。

这时的牛低眉顺眼，满脸忧愁与无奈，就像一个俘虏。兴国喊一声，它就走几步，当它走到要掉头的地方，就站住了，等着身后的兴国将犁铧从泥土中拔上来，再等着螳螂他们拽着它从左侧掉转身子。

这样不紧不慢地驯了将近一个时辰，跑来看热闹的人已经少了一半，很多人觉得上当了。他们不敢相信，昨天那么暴烈的包公，怎么一夜之间就变得像一个被阄了的太监？有人就学着兴国的口令喊起来了：

"hou，hou，他娘的！"

"wa，wa，他娘的！"

"er，er，他娘的！"

"yu，yu，他娘的！"

……

兴国喊口令时，爱捎带着那个多余的后缀词，每每听到都让人觉得滑稽，但是村里人并没有想到要笑，毕竟驯牛是一件非常严肃的事情。可是当有人模仿着喊时，就是另一回事了。

九

包公发飙了。就在有人忍不住笑起来，接着那笑传染给旁人，大家纷纷大笑起来的时候，包公突然站住了，接着就左冲右突，想要挣脱束缚。

"hou！hou！他娘的！hou！hou！他娘的！反了你的！"兴国有些慌了，一边挥舞竹枝，一边扯着嗓子怒吼。包公挨了打，并不往前拉犁，而是牵扯着铁链撞翻了两侧控制它的人。尽管这会儿牛鼻绳还被螳螂死死拽住，肩上的牛轭还没有甩掉，但它照样拖着身后横倒在地的犁，扯着拽住它牛鼻绳的人奔跑起来了。

晒谷场上顿时响起了妇女们的尖叫，孩子们的哭声，以及男人们"抓住牛鼻绳，拽住牛鼻绳"的怒吼。因为牛是朝着围观人群气势汹汹而来的，所以如果再不把它控制住，伤及无辜的事情就不可避免了。可是谁也没有想到，由于大伙过度依赖牛鼻绳对牛的控制，几个人就像拔河比赛一样拉拽牛鼻绳的时候，牛鼻绳把竹楔子从牛鼻孔里拽出来了，而且不光光是拽出来竹楔子这么简单，就连整个牛上唇都豁开了，痛得包公就像它小时候在溪滩上那样没头没脑地乱蹦乱跳起来，两条后腿扬起的泥浆土块噼噼啪啪抛得老远。

当它疯了一样朝着我们这边奔过来时，我看到它血红的眼睛，肩峰耸动。我突然想起秉德老汉的话，驯牛时是不能围观的，更何况几分钟前众人那肆无忌惮的大笑。所以当我看到脱离了牛鼻绳束缚的包公追上了逃跑的人群，看见许多人倒在地上，发出哭爹喊娘的声音时，有一种解恨的快感。但是当包公跑到围墙一角，以磨刀六为代表的几个壮汉，手拿竹枝、扁担、锄头、砍柴刀，试图将它包抄，并且制服它的时候，我有些害怕了。

我转身往村子里跑，我要去叫秉德老汉。

秉德老汉家有一股酒窖的味道。他躺在地上，又喝醉了。

我又撒腿往家里跑，对着父亲喊："要死人啦，要死人啦！"

其实我更担心包公被人打死了。

父亲身体欠佳，跑起来弯着腰，跑了几步就停下来喘息。

我说："快点呀，快点呀！"

父亲说："我快了有什么用，我这力气还能摁住它，将它捆回来吗？"

我说："牛撞死人，我们四家都要赔的。"

父亲一听，马上就站直身子跟着我跑了。当我们跑到晒谷场，刚才围困包公的那段围墙已经倒塌，晒谷场上空空荡荡，泥泞里到处是杂乱的脚印、鞋印、牛蹄印。莫名的沉寂中，天显得很蓝，阳光灿烂，不远处新翻的那些泥片上，有几只乌鸦跳来跳去，在刺眼的反射光里寻找蝼蛄。

父亲说："呸，呸！要倒霉啦！"

父亲特别忌讳乌鸦。我捡起几块土把它们轰走了。然后，我们就看到哥哥坐在一段还没有倒塌的围墙边上。父亲问他怎么一个人在这里，他说："包公被一些大人追着，跑到溪滩那边去了。"

父亲又问："你怎么在这儿呢？"

哥哥说："我肚子上的一根骨头被人踩断了。"

父亲吃了一惊，马上让哥哥撩起上衣。我看到哥哥瘦骨嶙峋的胸脯上，有一排鱼刺那样对称的肋骨，好比一个罩着人皮的笼子里关着一颗怦怦跳的心脏。父亲伸手捏住其中一根，手指像蚕吃桑叶一样移动，将哥哥的肋骨捏了一个遍，事实证明都没有断，但有两根受了一点儿伤，父亲捏着的时候，哥哥发出很大的叫唤声。

父亲说："幸好牛踩上来时，没有把整个重量压上，不然就真断了。"

哥哥说："踩我的不是牛，是人，是人。"听到这一句，我很想笑，又怕哥哥会跟着笑——他笑起来会很疼——我就没有笑起来。

父亲说："你回去贴伤湿膏吧。我和庆子去溪滩看看。如果牛真撞死人，我们家也要赔呢。要是那些浑蛋把牛整死了，我们家也有损失的。嘻，兴国和螳螂，就是不愿等你爷爷回来，这下不好收场了吧。"

哥哥说："我也要去。"

十

发生在包公身上的那件著名的伤人事件，是以兴国的拳头打在索赔者脸上，让对方流了很多鼻血结束的。一共有三个索赔者：一个被牛角尖捅破了屁股，屁股发了炎；一个跌伤了膝盖，幸好膝盖骨没有碎；一个得了尿不禁，身体里控制尿的开关失灵了。被兴国的拳头打中的就是尿不禁患者。他说他的病是看驯牛时吓出来的。被兴国打了后，他就不再到处说尿不禁了，而是鼻子里经常塞着一团棉花，扬言要联合另外两个受害者到乡里去告。但是这事不了了之。

村里人说："兴国这厮是一个欺软怕硬的主。别看他的拳头能对付村里人，却对付不了一头刚长角的牛。"

兴国虽然知道村里人在使用激将法，但是他还是忍不住把包公赶出来了。包公的鼻子黢掉了，穿不成牛鼻绳，现在只能在它的眼睛下方绑了一个绳套，类似用在马头上的辔头。尽管兴国总能找到几个狐朋狗友帮忙驯牛，但是牛绳套对牛的牵制远远不如牛鼻绳，加上包公对人有着与日俱增的仇恨，或者驯牛人对包公有着十分隐晦的畏惧心理，总之，兴国他们偷偷摸摸驯了几次都失败了。

面对不愿驯服，不想好好耕地的包公，屡驯屡挫、屡屡挂红的兴国他们几个一点儿办法都没有。有一天，兴国垂头丧气地走到我家，对父亲说："得令，当时糊工分说得一点儿没错，这牛的确是红骚牯配的种，不然不会这么皮，鞭抽不动，雷打不闻。这种牛越养大越麻烦，是个祸害，什么时候我们把它卖了吧！"父亲没有表态，只是说："其他两户你都问了再说。"

兴国说："我都问了的。螳螂没有问题，说到时候由他来跟牛贩子谈价格。秉德不同意，说把牛阉了，性子就软了。可我看，这种牛就算阉了也不会听话。目前就缺你一句话。"

父亲说："我爹说不定能把它驯起来呢。"

兴国"哼"了一声就走了。

过了几天，就有牛贩子闻讯来买包公。兴国嘻嘻笑着，在牛贩子身边绕来绕去。牛贩子个子不及他肩膀，但感觉他比兴国高。

牛贩子在牛栏里看了看包公，又把它赶到牛栏外，像一把揪住人的衣领那般，突然揪住牛绳套，把牛头提到与他眼睛齐平的地方，然后另一只手像钳子一样撬开了它的嘴，眼睛凑到牛嘴里去看了看。然后说："这牛当耕牛卖没人要，当肉牛卖吧。你们先好好养着，每天用水兑点尿素给它喝，牛肉长得快。"

兴国说："当肉牛论斤卖太亏了。这牛适合耕地呢，你看看它的骨架，再看看它的腿，还有这肩峰，多高。"

牛贩子说："主人都驯不成的牛，别人还能驯成吗？"

这时匆匆赶来的螳螂说："这可不一定呢，主人是因为舍不得打。"

牛贩子白了他一眼，说："不是这样吧，这牛鼻子都扯破了还舍不得？再说，牛的额头上这一撮粗硬的白毛，是败家相，谁会买去养在家里？"

螳螂说："你这做生意的就是会说话，硬把吉牛天相说成败家相。这是一轮皓月当空，你可知道包青天的额头上也有一个月亮？"

牛贩子拉了拉披在肩上的衣服，说："这哪里是一个月亮，就是一撮白毛，可惜长得不是地方。"

螳螂说："你买去把它染染黑，牵到牛市上卖，谁也不知。要不是这牛是四家人合养的，我早就这么干了。"

牛贩子说："做我们这一行的，靠的就是信誉。"说完就径直往来时的路走去。兴国一看势头不对，追上去问："再养几个月你来？"牛贩子伸出一根手指，说十个月，然后像被风吹走一样消失了。

兴国脸色铁青，抱怨螳螂说："你这么有能耐，我看你怎么牵到牛市上卖掉！"

螳螂回应说："如果一年内卖不掉，我牵去就是了，只要工钱少不了。"

兴国说："再养一年，你养吧，我可是一天都不想看见它，看见这贱牛就想抽它，恨不得宰了它。"

螳螂说："还会有人上门的。"

十一

后来再也没人来买过包公，我们也没有喂它吃尿素什么的。因为尿素贵着呢。这样，一头原本命运叵测的牛，就稀里糊涂地自由到了那年的深秋。

那年深秋跟往年的深秋一样，草大多枯了，落叶树红了，田野里的稻草垛星罗棋布，矮矮胖胖、敦敦实实的，它们面无表情地守望着秋风萧瑟的田野。田野就像一具枯瘦的尸体，板结的土层排列着整齐的稻茬儿，就像僵硬的躯干上没有了呼吸的毛孔。村里人为了让它再次活过来，必须把板结的田土重翻一遍，在上面种植适合冬季生长的作物。

这时候牛又派上用场了。老老嬷又被螳螂和兴国抢走了。当然秉德老汉也不示弱。这几乎是惯例了，只要一到需要耕地的季节，我家总是轮不到耕地。更可气的是，他们牵走老老嬷，晚上也不把它牵回牛栏了，说是包公老抢草料吃。其实是怕第二天老老嬷被别家抢走了。

以前，在包公还小的时候，谁家牵走老老嬷耕地，就捎带着养着包公，现在却不行了，怕它捣乱，必须由轮到养牛的那一户人家照常养它。也是巧，那些日子刚好轮到我们家养这母子俩——老老嬷既然被人牵走耕地了，那么就不用管它的温饱了，包公却需要我或哥哥去放牧或者喂草。

实话说，现在的包公越来越难养了，这也是我们几家都讨厌它的原因。不仅仅是因为它成了一个名副其实的"闲散人员"，光吃草不耕地，还因为自从它被驯化而不成以后，就变得更加乖张乃至暴戾了。回想几个月前，它与哥哥和我还那般亲昵，那时候我们还是小伙伴的关系，转眼之间，我和哥哥也有点怕它了。

它的恶名已经昭著，几乎每天都有人在议论：它如何难以驯化，如何追着人群踩踏，就连牛贩子来了都不敢买……说着说着，有人的想象力跨越了现实，说某某年在公社大院门口，被五花大绑立即执行枪决的那个"反革命"，额头上不也长着一撮白毛吗？这样的联想一旦展开，就再也收不住了。额头上有一撮白毛的死者被一个一个地唤醒了，他们有的是病死的，有的是上吊的，有的是冤死的——尤其是公社门口被当众枪决的那个，他那被子弹洞穿的魂魄一遍遍地安置在包公身上，使得所有人看待它的眼光变化了。

当我和哥哥赶着它穿过街道，总有妇女紧张起来，大声呼唤她的孩子赶快躲避。当我们赶着它经过一片墓地，就会不由自主地想到一个个额头上长白毛的鬼，在坟头上探头探脑，我们就使劲抽打它，逃一样离开。当我们终于把它赶到山上，和别人家的牛一起吃草，就会有人来把它赶开。偏偏有一头跟它同龄的小母牛看上了它，两头牛眉来眼去，吃着吃着就吃到一块儿去了。那头牛的主人对着我们大发雷霆，说包公是"反革命"投的胎，不能跟根正苗红的"穆桂英"凑在一起吃草。

哥哥说："'反革命'怎么啦？就算'反革命'也有权利在这个山上吃草！"

那个人说："我没有说不能在这个山上吃草，我只是说'反革命'不能和'穆桂英'在一起吃草。"

哥哥说："它们要凑到一起吃草，我管得着吗？"

那个人说："你管不着，我管！"说着就把包公赶走了，并且挑衅说："你家'反革命'的额头上明明写着一个冤字嘛！还不承认！"

哥哥捡起一块石头，朝他家小母牛砸去："去你的'穆桂英'，它肩膀上插着两面旗了吗？头上插两根雉鸡毛了吗？凭什么它就是'穆桂英'，包公就是'反革命'？哼！总有一天，我家包公会骑在它身上，让它知道究竟是什么货色，哈哈哈哈……"

"你——你放屁！"那个人冲上来和哥哥打架了。一听见打架的声音，其他放牛娃就都赶过来帮忙了。我和哥哥是打不过他们的，只好赶着包公灰溜溜地离开。哥哥朝他们喊："你们等着，我家包公迟早会把你们的牛通通打败！看你们还敢不敢说它是'反革命'！"

十二

包公以骁勇善战而名满吴村，不是一夜之间，而是两个星期。那些日子，哥哥联合阿卫、阿红、伟峰，一起赶着包公去和村里的放牛娃交战。其中包含人与人的交战，牛与牛的交战。一直想当大王的伟峰等这一天，显然等得很久了，他有些像电影里敢死队的队长，用一根红绸带捆扎在额头上，还把家里的一对双节棍都带上了。据说那是他习武的爷爷的遗物。

那帮欺负我和哥哥的浑蛋，一见这阵势，都不敢和我们打。伟峰两手甩着双节棍说："你们不敢打，都认怂了吗？"他们连屁都不敢放。伟峰说："如果人认怂，就把牛牵出来，斗角！"结果也没有人敢把牛牵出来。伟峰就发火了，骂了他们足足三分钟。然后，我们强行把其中一头公牛和包公赶到一块儿，堵住它们的退路，让它们嗅到对方的气息，看到对方的眼睛。当公牛看到公牛的眼睛，一般就决定战与不战了。

在我们眼里，公牛之间没有友谊，只有争斗。如果遇到有退缩的公牛，掉头想走，必须想方设法让它们的牛角碰到对方的牛角，一旦碰上了，不管之前想斗还是不想斗，都不会轻易认输，这是牛的天性。当然，也有牛角与牛角始终碰不上的情况，这时候就要用伟峰的双节棍偷偷地击打双方的牛角。牛感觉到击打，就以为是对方的牛角顶过来了，就会低头迎上去，不多时双方的牛角就真的顶在一起了。几个回合后，你就是想把它们赶开，也无法赶开了。

事实上，一旦激战开始，就没有人会去把它们赶开了。因为每个人都希望自己家的牛为荣誉而战，将牛赶开就是认输了。而我们的包公，因为是我们几家决定卖掉的，所以更不吝惜它的身体。一旦看见它有败势的可能，就狠狠地抽打它，逼它斗下去。加上它也确实好斗，其亢奋的状态完全与耕地时的萎靡相反，这样，它就把第一头与之交战的牛斗败了。那头牛跟它差不多大。

接下来的几天，它又连着斗败了三头牛：其中一头是老年公牛，它的角咔嚓一声断了；其中一头年纪比它稍大，它们斗了两个小时，最后被包公从侧面撞翻，爬起来后认输了；还有一头是没阉干净的阉牛，我们都叫它李莲英，它会装着逃跑，然后伺机偷袭，给你致命一击，包公险些被它捅穿下腹……

休养了几天后，包公又斗败了一头正值盛年的名叫黑岩的公牛，正因斗败了这头以稳健、力大著称的公牛，包公才名噪一时了。人们说，没想到包公耕田不行，斗角却天生厉害，小小年纪能斗败黑岩，你们一定给它吃太岁了吧！——我后来读书了才知道，太岁又称肉灵芝，传说是秦始皇苦苦找寻的长生不老药，乃古代帝王养生佳肴。我们这里曾经挖到过这种肉乎乎、蠢兮兮的东西，马上被当作"国宝"送到公社去了。

然而，就算包公服用了太岁，战胜了黑岩，它也不是吴村真正的"牛魔王"，因为它还没有与村里最凶恶、最霸道的红骚牯交战过。

也不知道红骚牯与包公是不是真有血缘关系，或者仅仅是毗邻而居的缘故，它们平时遇到从不斗角。当然，也称不上友好，只是相安无事罢了。可是那天中午，我和哥哥赶着包公回家，路上突然出现几个人跟我们说，红骚牯在前面等着包公斗角了，它会灭了它。果不其然，当我们赶着包公路过水碓，红骚牯从里面喘着粗气奔出来，径直朝包公冲过来了。也不知道那些人是怎么挑起红骚牯对包公的仇恨的，不光包公没有思想准备，就连我们也没有。惊慌之下，包公几下子就被红骚牯顶得连连后退，接着就额头顶着额头，牛角叉着牛角。

它们眼睛圆瞪，头都喜欢往低处使劲，前倾的姿势让牛前腿微屈，后腿发力，身上每一股肌肉都呈现出清晰的肌理。我简直被迷住了，心里为两头牛同时鼓劲。但是不一会儿，我就发现变成包公在前进、红骚牯在后退了，然后又变成相对静止的对峙状态。这样来来回回，两头牛的眼睛都变红了，牛的四蹄拼命地往地里蹬、刨。围观的人使劲地喊着："加油！加油！"牛出汗了，阳光暗淡，时间开始变慢，空气中充斥着淡淡的咸湿气，掺杂着牛粪的味儿。

奇怪的是，在两头牛斗得难解难分之时，牛肚子下都挂出了一根肠子一样的东西，有时缩回去，有时又挂下来。当我要研究它们的挂与缩，是否跟牛的进与退有关时，没想到势均力敌的红骚牯突然抽身，顺着回家的路狂奔起来了。包公失去了对手，紧追不舍，快要追上时，红骚牯一转身，两头牛又像刚才那样额头顶着额头，牛角叉着牛角了。看到两头牛继续斗，跟着奔跑的人们，有的吹起口哨，有的发出喊声："某某，快去叫你爷爷（奶奶／爸爸／妈妈／哥哥／弟弟……）来看斗牛——"

于是整个下午，吴村的街巷里都有人匆匆地奔跑着，他们的脚步声由远而近，最后都会聚在两头牛周围，终止于越来越高亢的呐喊声中。而斗得兴起的两头牛，它们的脚步也一直未停：它们从上麦畈的水碓门口斗起，斗到了树田赵阿娣家门口的田里，田里种有蔬菜，被呜啦呜啦的吼声以及大棍小棒赶走后，它们跑开了一段距离，又约好似的跑到学校操场上斗，那时候还没有放学，两头牛的角逐，尤其是看客们的喊叫，把几个胆小的女孩儿吓哭了，两头牛被赶来看热闹的大人再次赶走后，又开始狂奔，最终在金塘河的溪滩草坪上斗了起来，斗得飞沙走石，身上遍布伤痕，眼睛由红变绿，但是都没有一点儿想结束的意思。

当太阳西斜，糊工分从山上干活回来，听说他家展昭与我们家包公斗了几个小时不分胜负，他又气又急地从家里拿来一个浸了煤油的火把，把浓烟滚滚的火焰戳到牛的鼻子上去，两头牛这才气喘吁吁地你追我几步，我追你几步，被大人们分开了。但是它们还时不时地突然发力，冲破阻拦，斗上几下，就在那种闹哄哄的情形下，红骚牯将一只牛角扎进了猝不及防的包公的眼睛，包公踉跄一步，蹿跳了起来，接着就猛然倒地……

十三

后来我们知道，那一天红骚牯之所以斗志昂扬，与包公兵戎相见，是因为在包公到来之前，那些放牛娃轮番牵牛来与它斗，但是斗几下就马上分开，不让它斗过瘾，它这才憋着一股气，见谁灭谁。而它在争斗过程中的几次狂奔，并不是企图逃跑，而是为了歇一口气——久经沙场的牛，懂得控制争斗的节奏。

这一场生死决战，使得两头牛都成了吴村斗牛史上的新传奇，它们的故事注定要被口口相传，添油加醋，历久弥新，但是它们都为此付出了代价。尽管红骚牯战胜包公之后，威望如日中天，但细心的人还是会发现，那场决斗耗尽了它的精气神，它不仅显得暮气沉沉，而且走路微微打晃，人与牛都避之唯恐不及。它已然成了一个"孤佬"，等待它的将是活力萎缩，日渐衰微。

虽败犹荣的包公呢，虽然年纪轻轻就名垂青史，而且有着旺盛的精力，不怒自威，被村里人奉为真正意义上的"牛魔王"，但是被红骚牯戳破一只眼球后，它就成了一头怪里怪气的独眼牛，很久不能适应只看到世界的一个侧影，它不免沮丧暴躁，显得更加阴郁。它这个样子，不仅让人感到害怕，就连曾经钟情于它的小母牛也不愿让它靠近。它每回想献殷勤，肚子下挂出它的"肠子"，小母牛见势就跑，它追几步追不上，偏斜着头，牛嘴朝空气中咧了又咧，显得可怜兮兮。

兴国和螳螂一直为包公失去一只眼球而耿耿于怀。他们找过糊工分，要他赔偿三百块。糊工分说："讲什么笑话，钱是不可能赔的，一分都不赔。"兴国说："你是不是骨头又痒痒了想找打？"糊工分说："你去问问老一辈吧，自吴村建村以来，有没有人为牛斗角斗伤了一头赔过钱？"螳螂说："我们家的包公是因为你拿火把袒护红骚牯才受伤的。"糊工分说："我拿火把去把它们分开是不假，但是它们再次斗起来时我站得老远，可以找到证人的。如果你们觉得吃了亏，那就再次把它们拉到一块儿斗吧。要是你家的牛有本事，斗死展昭，我毫无怨言。"

兴国和螳螂倒不是没有想过再斗一次，但是他们发现两头牛在牛栏过道里迎面相遇，都默默地避着对方，就失去了信心。

"父子，毕竟是父子啊，它们肯定相认了。"

兴国和螳螂其实也怕它俩再斗起来。后来就把包公赶到糊工分家的菜地里，让包公把他家的一畦乌冬青吃得只剩下根，糊工分知道后也没有敢找他们算账。他们觉得糊工分低了头，这事也就过去了。问题是，这事过去了，包公少了一只眼球却一辈子都过不去，它那黑洞洞的眼窝里永远长不出一只新眼球来。作为独眼牛，包公将来走起犁路来很容易偏向，更何况在成为独眼牛之前它就没有把犁路走正过。于是我们四家经过一番商量，决定把包公当作肉牛卖掉。为此每户人家都拿出数斤尿素。

尿素是一种白色颗粒，用水兑稀了泼在干草上给它吃。牛有吃咸的喜好，我怀疑尿素也是咸的，所以它吃得满心欢喜，喂了几次就换了一身毛，油光光的像一个抹发油、穿西装的小伙子。

村里人说："这牛瞎了一只眼反而越活越滋润哩，割一块肉下来，肯定又嫩又鲜。"

有一天，几个大人又凑在一起商量说，如果那个牛贩子迟迟不来，就由螳螂和兴国牵去牛市上卖。没想到就连秉德老汉也同意这么做。毕竟，卖了这个闯祸的主，每户人家多少能分到一笔钱，再养下去牛也长不了多少分量，尿素也快喂光了。但现实却又把包公留下了。

我爷爷就是在这个时候从姑姑家回来的。就在螳螂和兴国兴致勃勃地打听汤溪牛市是哪天、罗埠牛市是哪天的日子里，他一个人挑着两蛇皮袋破破烂烂的东西，从我姑姑家回来了。他默默无语地走进我家，放好行李，然后在门槛上坐下歇息。

我母亲对爷爷回来很有意见，认为他在农忙时节净帮着女儿家干活，等到冬闲了又回来吃白饭了。不过母亲不敢当着爷爷的面这样说。更何况，她已经怀上我弟弟了，有些气不能生。母亲只是对父亲说："你爹回来了，你安排一点儿活儿给你爹做吧！"

父亲想来想去，想不出什么活儿让他做。此时是一年中最空闲的时候了，粮食已经进仓，冬季作物已经种下，离过年还早。倒是爷爷把包公赶回家来了。

爷爷说："趁天冷牛不出汗，陇上又有闲置的田地，我带着山子把牛驯出来。"

这个活儿无疑不在父亲的考虑之内，而且他担心牛会伤人，所以过了一会儿说："爹，这牛我们已经准备卖掉了。这是头比红骚牯还难养的牛，不要说你一个老头子，就连村里五六个壮劳力都制服不了它。几个月前，你回来驯还差不多。"

爷爷说："这么好的牛卖了可惜啊！"

父亲说："有什么可惜的。卖了分到钱，我想去买一头小牛养养。"

爷爷说："红骚牯当年就是我驯出来的。"

父亲说:"当年你有力气啊。"

爷爷沉默了,把包公关在屋后一间空置的柴棚里,喂给它一些干稻草。爷爷看着它吃,自己掏出一根竹根做的烟斗,蹲在一边抽旱烟。抽着抽着,爷爷的眼睛渐渐混浊了。爷爷说:"他们可真狠哪,把你整成这样。但愿还能把你驯回来。驯回来了,他们还会把你养着。如果驯不回来,就只好把你卖掉了。唉……"

爷爷的话,让我对包公也产生了一丝怜悯。

我说:"爷爷,你也带我驯包公吧!"

十四

爷爷之所以选择在陇上驯包公,是因为这里隐蔽,还有我们家的承包田。

爷爷快七十岁了,一张皱巴巴的皮附着在骨头上,两只眼睛深陷在皱褶里,他平时不爱说话,喜欢用鹰一样的眼睛盯着人看。

爷爷穿的衣服是用布纽扣从一边腋窝一下子扣到另一边腋窝下方的那种老式衣服,这种衣服好像是用一大片布缝起来的。裤子则好像是把两块裤片缝在一起,裤筒又宽又大,在裤子上端缝有一块白布作为裤腰,裤腰用一根红布条系住。这种裤子没有前开门,爷爷想要尿尿,得把裤腰带解开,尿尿时把裤腰带搭在脖子上。

那天,爷爷用一把锄头当扁担,挑着犁田的工具上山,一路上歇了好几次。等他到了陇上,就安排我们去砍来棘刺条,用棘刺条掺杂细竹丝编制成一个牛嘴套,套在牛的嘴巴上。他还用一根红布条,把牛的眼睛蒙起来了。那根红布条其实就是他的裤腰带,他用一根细软的藤蔓从腰间换下了它。

可能包公从小到大,还没有被人蒙过眼睛,尽管它现在只剩一只眼睛了,比正常的牛少一些视域,但是它照样不习惯两只眼睛都看不见东西。当爷爷的手一松开,它就箭一样射出去,在田里乱蹦乱窜。陇上的田大多是梯田,它一会儿就撞到梯田内侧的田坎,一会儿又跑到梯田的外侧,一脚踩空,从田埂上摔下去了。我和哥哥看它如此慌乱、恐惧,都担心它摔坏了,爷爷却阻止我们去牵制它,说是让它受点伤好,这样它就不敢再乱跑了。

包公跑了一阵,果真站住了,它的头扭来扭去,两只耳朵一只竖着,一只横着,或者相反。它好像在用耳朵辨别方向,然后朝着它认为正确的方向窜过去,接着就会再一次撞到田坎,或者摔下田埂。如此反反复复,它好像有点疯疯癫癫了,在红布条制造的黑暗里如同寻找潜在的出口一般,怒气冲冲而又徒劳地跑来跑去,看得我提心吊胆,手心出了冷汗。

爷爷这是要干什么？他为什么还不牵着包公学耕地——眼看大半个上午就要过去了，岂不浪费时间？但是看爷爷严肃的表情，我和哥哥都不敢说出来。爷爷身上有一种奇怪的、阴森森的威严，它很强大。不过哥哥可不像我这么怕爷爷，他先是摸摸肚子，假装跟我说肚子饿了，故意说得很大声，然后就可怜巴巴地问爷爷，我俩是不是可以先回去，吃了午饭再来。爷爷并不骂人，只是瞪了哥哥一眼，哥哥就不敢吭声了。

过了一会儿，哥哥说："爷爷，那我们去给牛割一些草回来吧。"

爷爷说："不用割。"

哥哥更摸不着头脑了，他把我拉到一边，悲哀地看着我。我撇撇嘴。沉默中，我们对爷爷都有了一丝成见。他就像一台只会下命令的机器，让人无法产生亲近感。我们就使使眼色，偷偷地溜到田沟边，抓起泥鳅来。冬天的田沟里没有水，在有出气孔的淤泥下往往藏着泥鳅。待到太阳当头，我和哥哥已经抓获了二三十条泥鳅，才发现一直坐在石头上抽旱烟的爷爷早已站起来，正牵着包公在田里走。

包公浑身是泥，样子很狼狈，脏得连头上那撮白毛都看不见了。它的脸、嘴、鼻都被牛鼻套上的棘刺扎破了，上面有一颗颗黏稠的血粒。但是它并不甘心，豁鼻孔里喘着粗气，还不时地做出挣脱的动作。爷爷就故意将它引向田的内侧后放手，再用竹枝抽它一下，它跑不了几步就会撞到田坎上，撞了几下就老实了。爷爷就重新牵着它走，走了几个来回，它的头就渐渐低下了。爷爷趁机给它绑上牛轭，把犁铧插进泥土里，然后说："山子，你来牵着它走吧。"

哥哥跑过去，接过连接牛嘴套的缰绳。爷爷说："你就站在牛的左侧拉着牛，只管笔直地往前走，你只管往前走，走到头站住不动，听到我的口令后再掉头。"

爷爷又叫上我，吩咐说："庆子，你就站在牛的右侧，跟着我们走，当牛往你这边走偏时，你就抽它一鞭子。"

我的心怦怦地跳个不停。我问："怎么样走才算走偏？"

爷爷说："牛犁田，走路是一侧脚深、一侧脚浅的。当有了犁路以后，它有一侧腿走在上一趟犁出来的犁沟子里，另一侧腿则要走在没有耕过的田土上。如果不是这样，方向就偏了。听明白了吗？"

我说："听明白了。"

爷爷说："都听明白了就好。你们从现在开始听我口令，我喊一声，你们也跟着喊一声。"

爷爷说着，就举起竹枝，啪的一声抽在包公的屁股上（爷爷总是先抽竹枝，再喊口令，让牛对疼痛的到来没有防备），只见包公的屁股扭了一下，然后四条腿就往前迈步了。我看见它身后有一片黑乎乎的泥，就像从刨子里冒出来的刨花一样翻卷过来，然后倒在犁铧一侧。

爷爷喊道："hou，hou！"

见我们忘了跟，爷爷又喊道："hou，hou！"

我和哥哥就跟着喊起来了："hou，hou——"

爷爷的声音短促、低沉，像一只豹子的怒吼。

我们的声音胆怯、生脆，像两只小公鸡学打鸣。

十五

我们差不多驯了一个冬季。

头一些日子，是最难熬的日子——尽管包公的嘴戴着带刺的牛嘴套，眼睛蒙上了红布条，而且被之前没头没脑的乱蹦乱窜折磨得筋疲力尽了，但当它的肩膀被牛轭咬上了重量时，它还是要反抗。它一会儿弓起背脊试图挣脱牛轭，一会儿左右乱拐，一会儿昂起头向后倒退，把犁弄歪。当这些动作都无法摆脱奴役，它就走走停停，任由竹枝抽打，如同一块石头……

爷爷最初驯包公的过程写起来就这么一段，事实上惊心动魄。我和哥哥都吓哭了。爷爷看到我们这么没出息，只好让我们站到一边，然后他一个人一手驾犁，一手抽打包公。包公可能感觉到左右两边少了约束它的人，脾气更大了，它恶意地使蛮劲，竟然跳起来，两条后腿狠狠地踢向爷爷。爷爷倒是镇定自若，始终紧握犁把使犁铧插在土中，有了犁铧的牵制，牛就无法跑出田外。而且，它越是胡闹越容易疲惫，越疲惫越容易安静下来。等安静下来，就会温顺许多。

的确，包公就是在一次次筋疲力尽之后才老老实实地耕了几圈田的。根据牛的智力，教它听懂口令、学会耕耘规则并不难，难的是它要服从。那一天，为了趁它不捣乱多驯它几个小时，我们没有回家吃午饭，包公配合着我们耕了两块梯田。可是等到山色迷离，爷爷把蒙在它眼睛上的布条解下来，它又是一阵乱蹦乱窜。好在接下来的任务是赶它回家，我和哥哥都身心放松了。

哥哥说："还是爷爷有办法，只用一天时间就把包公驯服了。"

我说："就怕它休息一夜，明天还不听话。"

哥哥说："放心吧，爷爷能制服它。"

我说："我还是害怕。"

不幸被我言中，第二天包公一出牛栏就不听使唤，它压根就不想再被赶到陇上，见到一条岔路就想跑，我们把它追回来，它就干脆跳进别人家的庄稼地里去。我们光是把它赶到陇上，就花了大半个上午。终于赶进待耕的田里，再想给它绑上牛轭、戴上牛嘴套，它就像囚犯望见刑具般，又蹦又跳地到处躲。最后，是秉德老汉的意外到来帮了我们的忙。他和爷爷费了九牛二虎之力，终于让包公就范了。

秉德老汉说："梓桐，还是你回来好啊，这下包公有救了。"

爷爷"呃"了一声。

秉德老汉说："你这个蒙眼睛的办法真是妙极了。这下，它像呆子一样了。"

爷爷又"呃呃"了两声。

秉德老汉说："我们开始吧！我在左侧拉拽，山子、庆子在右边赶。"

这一回爷爷没有"呃"一声，而是往地里吐一口唾沫，手中的竹枝遽然一抖，啪的一声又一天驯牛开始了。或者说：又一天的反抗开始了；又一天的鞭策开始了；又一天的较量开始了；又一天的胆战心惊开始了；又一天的又饥又乏开始了；又一天的坚持忍耐开始了……然后，这粗暴而险象环生的一天，结束在爷爷的一个口令里，筋疲力尽的秉德老汉、哥哥和我，以及包公都站住了。

可能在所有驯牛的口令里，牛对这个"wa，wa"的口令配合度最高了。不过，当爷爷把蒙住包公眼睛的布条解下来后，它照样一阵乱蹦乱窜，连尾巴都像小时候那样竖起来了。秉德老汉瘫在田埂上，有气无力地说："这孽障，驯了一天，怎么还这么野？"爷爷没有接秉德的话，他默默地把耕田工具用稻草盖好，转而对我和哥哥说："嗯，嗯，牛肚子还饿得不够，回去后只给喝水，不给喂草。记住了？"

秉德老汉抢着说："这事就包在我身上吧。"

或许，正是爷爷倡导的让牛饿肚子的方法，成就了包公的被驯化。或者说，包公后来能听从我们使唤，耕掉了陇上所有闲置的田地（我家的和别人家的），在很大程度上，与它无法忍受饥饿有关。我们知道在这之前，它并不害怕恐吓、牵制、抽打，也不屈服于红布条制造的黑暗，但是伴随疲惫与饥饿，它表现出了无奈、妥协与软弱。它在疲惫与饥饿甚或绝望的多重折磨下，慢慢习惯被命令，一点点儿接受人的指挥，最终丧失斗志，像一个迷路的孩子，哞哞地叫着。

十六

那是没有给包公喂草的第三天了，它已经饿得毛发黯淡，两腿哆嗦，脊背处因为胃囊空瘪而形销骨立，尤其髋骨下两个对称的凹槽，仿佛能盛下两碗水。我和哥哥赶它去陇上，它走路时蹄子老被石缝夹住，遇到岔口不是不想逃，而是没有逃的力气了。来到待耕的田里，它只是象征性地挣脱几下。如此一来，参与驯牛的人就放松多了，等到秉德老汉再来帮忙，我干脆就爬到山上摘野果吃。可是终究放心不下，等吃了几个快要烂在藤上的猕猴桃回来，果真看见包公躺在泥土里。

它这是要死了吗？我跑到田里，看见它的肚子一鼓一瘪，嘴里呼出微弱的苦涩的气，那只白多黑少的独眼里流露出乞怜的神情，豆大的泪珠滑过被棘刺扎破的脸，落进泥里。看到这一幕，我的心难受了几下，很想哭。

即便如此，爷爷也不允许它继续躺着休息，他大声呵斥它，用竹枝抽打它，见它还不起来，就和秉德老汉一人攥牛嘴套，一人拽牛尾巴，逼它站起来。爷爷怒不可遏地说："它必须站起来！一旦心软了这一次，它就会老耍赖，就永远驯不成它啦！"

我至今理解不了爷爷对包公的感情，源自爱还是恨。如果是爱，他为什么对包公这样残忍？如果是恨，为什么不同意兴国他们将它卖掉，干脆让它早点死？

爷爷饿了包公四天，包公奄奄一息，就连反刍都停止了，我和哥哥偷偷喂给它草，爷爷骂我们"净添乱"。——整个童年记忆里，爷爷是不允许我们做没有经过他同意的事情的。当天空落雨，我们去溪边钓鱼，爷爷把我们的钓鱼竿没收了，骂我们"知不知道会发洪水"。当我们爬上梯子，去捉墙洞里的麻雀，爷爷拿石块掷我们，叫我们快点下来。就连我们吃饭，筷子米粒掉到桌子底下，他也要瞪我们几眼。所以不管爷爷拿怎样的方法驯包公，我们都只能配合……

爷爷饿了包公五天，包公没有走到陇上就扑通一声跪着倒下了。我和哥哥有些慌张，求爷爷快给它喂草："它太可怜了，爷爷，它会饿死的，爷爷。"爷爷说："今天你们可以给它喂草了，它的四个胃都饿空了。但不要拿到这里来喂，而是拿到耕田的地方。"

我和哥哥就像两只小鸟，在山沟里扑棱棱地寻找适合牛吃的青草。毕竟冬天了，青草匮乏，我们割了好一会儿才割了一小捆送达陇上。这时爷爷和包公也到了。爷爷说："牛要套好牛轭后才能给它喂草。"

牛轭套好了。爷爷说："现在你们给它喂吧。"

我们把青草送到包公嘴边，包公的胃肯定饿坏了，吃草吃得很慢，似乎也不香，吃一会儿抬头看看我们，仿佛是疑惑，又仿佛是怨恨。

爷爷一声怒吼："快点吃！吃了干活！——不想干活，饿死你！"

爷爷一点儿也不像秉德老汉当初说的那样，懂得尊重牛，善待牛；相反，他比兴国对牛还要狠。这以后，每次耕田前爷爷都要给包公套好牛轭后再给它喂草。仿佛故意羞辱它：如果你想吃草，那就得乖乖地套上牛轭，老老实实地耕地。这个驯化方法经过多次强化，包公一到耕地的环境，便不自觉地把吃草与耕地两件事情联系在一起了。数天之后，包公就基本不反抗了。当我们割草给它吃时，它的眼里甚至流露出感激。

这时候，爷爷对包公终于变得耐心一些了，耕地时很少使用竹枝，中间还让它休息，若见到牛身上叮着蜱虫，就用草鞋拍下来踩死。但是，当包公在没有人跟在左右两侧牵引的情况下，仍不能把犁路走好时，爷爷翻脸比翻书还快。爷爷对牛发起怒来，就连我们都感到害怕。

爷爷说，一头合格的耕牛只要人一声喊，就会跑到田中央来配合人把牛轭戴上，耕地时头永远低着，无论风雨雷电、日头暴晒，都不偷奸耍滑。好的耕牛"不用扬鞭自奋蹄"。在爷爷眼里，包公现在仅仅是不反抗了，这是驯牛的第一步，与一头真正掌握耕田技术、忠于主人的耕牛比起来，还差得远。更何况，包公只有一只眼睛，原本能起牵制与指挥作用的牛鼻绳又是用系住牛嘴套上的缰绳代替的，对包公的驯化自然要多费一些周折，每一个动作都要反复矫正，直到完全正确。

十七

在那个冬季，我们几乎每天都跟着爷爷驯牛。

大山里的冬季特别冷。早上起来，石头、土坎、衰草、枯叶、瓦片上，都结有一层白霜，它要等到太阳出来后才融化。夏天的时候，太阳是从一座叫新屋前的矮山上出来的，可是到了冬天，它就从坑上坞的顶峰上出来了。那是一座海拔一千五百米的高山，太阳从它的背面爬上来，是九点钟以后的事了。此时我们早已踩着被冻坏的、踩上去会发出扑哧扑哧响的山路来到陇上。

我们的脸都皲裂了，手脚有冻疮，哥哥还受了一次伤。

哥哥之所以受伤是因为爷爷逼他学耕地。爷爷说："山子，你有十一岁了吧？也该学耕地了。连牛都要学耕地，你为何不趁现在也学学？我像你这么大的时候，早就学会耕地了。那时候，我们家有很多土地，山上树也很多……"

哥哥说："那时候不是现在。"

哥哥自然不愿意学。因为同样的日子，别的孩子都在家里玩，用烘火盆烤豆子、红薯吃，只有我俩要天天陪爷爷来陇上，这在旁人眼里是不得了的事情了，就连母亲都反对我俩跟着来。但是每天吃过早饭，爷爷就站在门口等着我们一起出发，我们终究不敢说出"不去了"这句话。

哥哥自然也不敢说"我不学"。

爷爷就训起哥哥来："你以为我乐意逼你？我还不是为了你们好。像我这个年纪，谁愿意大冷天出来驯牛？还不是看牛可怜，不把它驯起来，那些浑蛋会卖掉它，它就会被人杀了吃。而你们，将来总要成家立业、生儿育女的，为何不趁现在跟爷爷好好学耕田，爷爷老了，过了年就死了也说不定……"

哥哥嗫嚅道："爷爷！我以后，不会在家里种田的。"

爷爷一听就火了："你不在家里种田，那你要上哪儿去？！"

在爷爷的逼问下，哥哥再不敢说什么。过了一会儿，爷爷就把手中的缰绳交给他，让他站到驾犁的位置上……一切看起来都那么顺理成章：包公被驯服了，哥哥快要长大，需要学耕地的他真的赶着包公犁田了。学了没一会儿，爷爷就拿着竹枝，跟在包公和哥哥身后，不停地训诫着：

"犁田是这样犁的吗？嗯？犁出来的田深深浅浅，犁路间有地方漏犁了……"

"要让牛犁到田头，再把犁向后搬……现在干活是为自己干了，不要像在生产队……瞒得过我，瞒不过日后田里的庄稼。"

"嗯？你连这点苦都受不了啦？！——你别给我站着，走！"

爷爷的竹枝突然抽打在哥哥的腿肚子上，哥哥尖叫一声，跳了起来。可能是他的尖叫惊吓了包公吧，只见包公在哥哥松开犁把的瞬间健步如飞，哥哥赶不上，使劲拽住犁把，使得整张犁因为两股力的拉扯脱离了地面，悬在了牛屁股后面。

爷爷喊："把犁插到地里去！把犁插到地里去！"哥哥毕竟没有经验，当他把犁铧往地里插去的时候，犁铧扎伤了他的脚。他哀号起来……

包公撒野一般，拖着犁铧又跑了一段，然后它可能意识到自己犯错了，在田头上悬崖勒马。爷爷让我上去拽住包公的牛嘴套，自己则解下了红色裤腰带为哥哥包扎。哥哥一边喊疼，一边哭着："我说过不学耕田的，我就是不想学。为什么一定要让我学啊。我不是牛，我不要像牛一样活着！一天到晚干活……"

面对哥哥的哭诉，爷爷一言不发，临走了才说："上麦畈、一犁、后上坑，还有这陇上，以前都有我们家大片的田地啊，我们家祖祖辈辈省吃俭用，为了置地，我和你们的太爷爷哪样苦没吃过！……现在，我们终于有了自己的土地。可是，就这点地用得着我来逼你学耕田吗？我是指望你们——从小就学会吃苦，将来有一天，你们攒钱……"爷爷说着说着，老泪纵横了。

爷爷把哥哥背回家后，爷爷的眼睛还潮湿着，母亲却只看到哥哥脚上的伤，以为红腰带上的红全是血，母亲是无论如何都不同意爷爷再带着我们驯牛了。她挺着大肚子，喋喋不休，把爷爷农忙时在姑姑家帮忙，冬闲回来吃白饭之类的话也顺带着骂了。爷爷不做任何回应。

此后，爷爷就在我们起床前一个人赶着包公去陇上。

母亲说："得令，你跟你参说说，没事就给家里砍柴，牛又不是我们一家的。"

父亲说："你跟他说吧，我跟他说不会听。再说，他耕田有什么错？"

母亲说："他农忙时躲在外面帮女儿，回来了天天驯四家人的牛，不给家里干正经活，难道我还错了？"

父亲目光低垂着，说："那是他生病了，看病的钱，我们可一分都没出。"

母亲骂了一句"该进棺材的"，摔了一样东西，好几天不理父亲。母亲也不让我出去，让我陪着哥哥养伤。可是，奇怪的是，我陪着哥哥歇了几天，却发现待在家里度日如年，可能我已经习惯早出晚归，就连做梦都梦到和包公在一起，仿佛那是同甘共苦的岁月。我就又去陇上陪爷爷驯牛了。

而此时，包公经过一个冬季的训练，已经被爷爷调教得听话，懂规矩，任劳任怨，完全可以说是一头真正合格的耕牛了。

十八

爷爷终于结束了对包公的驯化，我们一起把它赶回牛栏后，就开始等待过年。那个年过得平淡，像一块没有加热的年糕，但是过完年家里就热闹了，因为弟弟出生了。在弟弟出生前，我们都不知道将要出生的是男孩儿。父母是希望生个女儿的。但是不管男孩儿女孩儿，家里多了一个小人儿，全家都显得忙乱。因为小人儿也需要吃喝拉撒啊。就是在这样的忙乱中，我们似乎忘记了大地复苏，季节更替，也忘记了包公。仿佛那是一个已经讲完的故事，是的，一个还算圆满的故事。

然而，谁也料想不到，我们会这么快地目睹包公的下场。就在那年春暖花开，又需要牛耕地的日子，老老嬷被螳螂家牵去耕地了，兴国等不及，就把包公赶到他家的田里去了。兴国在路上遇到我爷爷，还不高兴地说："梓桐叔，它都被你家霸占一个冬天了，你还想霸占到什么时候？也该轮到我们家耕了。"

爷爷自然说不出，包公由他驯好了，就不许别人家使用。爷爷只是担心，包公会被他重新耕坏了，希望他们能善待包公，耕田时讲究方法。因为根据他的经验，包公身上还有野性，有几项耕田技术还不娴熟，本想在接下来的日子里再做矫正的。兴国"嗯嗯"地答应着，事实上爷爷的话根本就没往他心里去，所以当他还像以前那般粗暴地对待包公的时候，完全没有意识到危险即将来临。

牛是认人的，能分辨人的好坏。牛耕田时就更认人。尤其刚刚驯化成功的耕牛，它暂时只认驯服它的人。一旦临时换了耕田人，它会不适应，如果再加上耕田方法不按驯化时的套路操作，它要么不走，要么对着干。兴国却一味地认为，包公跟他使性子，是不畏惧他，唯有加重对它的惩罚，才会让它变得俯首帖耳。于是第一天他和儿子伟峰就把包公的皮肉抽得重新隆起来了。

　　而且这两个该诅咒的家伙为了尽快耕地，不知从哪里学来一招驱使牛卖力的方法，于第二天用在了包公身上。那方法就是用盐水在牛耕田前淋刷牛的肩膀，盐水渗进长茧开裂的皮肉，牛会感觉刺痒难忍，这时套上牛轭，牛就会觉得解痒，就会越拉越卖力。结果一个上午兴国和伟峰驱使包公耕了很多地，等到吃中午饭时，兴国喜形于色地去取下包公肩上的牛轭——也不知道包公是因为不愿被他取下解痒的工具，还是醒悟到这一个上午的劳作是出于人类卑劣的手段，它就把头一低，突然冲着兴国顶了过去。

　　兴国被一下子顶在了牛头上，包公顶着他，绕田埂跑了一圈才将他扔下。兴国就像一只抽搐的田鼠，痛苦惨叫，满地打滚，他家人奔上去问他，才知道他的卵袋被牛角戳中了。最初大家都以为是卵袋里的睾丸碎掉了，就像打碎在碗里的蛋，有蛋清有蛋黄，他的女人为此哇哇大哭起来，担心这一辈子要守活寡。众人就七手八脚地想要把兴国抬到井下村去，要让"驼背"（一个会阉牛的赤脚医生）剪开他的卵袋看看里面到底碎了没有，碎了的话，看看能不能塞一颗羊睾丸进去顶替。但是躺在泥地里打滚的兴国双手捂住下阴，一味地哇哇叫着，拒绝他人的靠近。

　　后来，兴国的嘴里发出嗞嗞的呻吟，人蜷缩着，直流白汗，从附近赶来的人们一时帮不上忙，就都散去，回到自己田里去干活了。所以等到兴国腿间的疼痛稍稍缓和，人渐渐站起来之际，村里人都没有注意到他举起了放在田埂边的锄头，就像当年有人怒气冲冲地刨开祖坟似的向牛头刨了过去，牛一定察觉到空气中瞬间弥漫的仇恨，欲转身向前蹿去，但是锄头如此迅捷，一下子就落在了牛屁股上，再一下子就落在了牛后腿上，闪亮的锄头刃好比一道寒光，当即就断了它的一根脚筋……

　　这件事发生后，兴国一家一直瞒着，我们几家忙得要命，就连小孩儿也要卷起裤脚、戴着斗笠，帮着大人干活——所以都以为包公一直在他家耕地呢，直到有一天秉德老汉像寻找丢失的钱夹一样来到我家地里，见到我爷爷两腮一缩，就哭了。

　　"梓桐。"

　　"怎么啦？"

　　"包公，它被兴国废了。"

　　"废了？"

　　"嗯，废了。"

　　"阉了？"

　　"不是。"

爷爷怔住了，他没有继续问秉德老汉是怎么回事，而是把头偏向一边，一动不动地站了一会儿，秉德老汉要接着说什么，他才转过脸，叹一口气说："可惜了。"

秉德老汉附和说："谁说不是呢！是你和山子、庆子，忙了一个冬天。唉，多好的一头牛啊！还不是因为你……"

两个老人没有再说话。

十九

包公被牵去汤溪镇牛市上卖的那天，我们四家都派人去了牛栏。天阴沉沉的，时间还早，包公从牛栏里出来了，是螳螂拽着它的"辔头"没好脸色地牵出来的。包公的嘴豁着，瘸一条后腿，身上又结了一层鱼鳞般的牛粪，就像一个从桥洞里被人赶出来的乞丐。但是它没有乞求。它看人的眼神依然桀骜、阴郁，还有些凶气，或者仇恨，我分不清。

我多想靠近它，却又不敢。我在心里呼唤，包公啊，包公啊！内心顿时翻江倒海。一方面，因为它的变化，它的眼神。另一方面，因为它就要离开我们了。我知道，这将是永别。虽然我也知道，包公只不过是一头牛，是四户人家共有的，一头牲畜，它存在的意义只与耕田有关——如果耕不了田，它就会变成一堆待售的肉，而且，我们都是吃过牛肉的——但是，多么让人伤心啊，我在很长时间里是把它当作小伙伴看待的。不仅仅是我，哥哥、阿卫、阿红、伟峰，甚至村里别的小孩儿，自从老老嬷将它生下来，我们就喜欢看见它，和它凑在一块儿。

我们一度簇拥着它，在青草葱茏、自由自在的大地上放牧，就像真正的小伙伴那样用头顶它的额头，然后割最嫩的草给它吃，偷家里的鸡蛋，掏树上的鸟蛋，只为它健康成长。后来，它终于长大了，是的，它斗败了村里几乎所有的公牛，有叫黑岩的，有叫秦始皇的，有叫李莲英的，就连红骚牯都差一点儿输给它，我们多么骄傲！——它可是我们看着长大的包公啊！哪怕在爷爷的抽打下，我和哥哥牵制它前进、站立、拐弯、掉头……当我们救它的理由成为驯化它的帮凶时，我也没有把自己和它对立起来，因为我们同样要听命于爷爷的口令，也是被驯化的对象啊……

就在我这么胡思乱想、独自哀伤的时刻，突然有人急匆匆地跑来。原来是兴国从家里拿了一瓶墨水，他要把包公额头上的那撮白毛染黑。螳螂发了很大的火，骂道："都要卖掉了染个屁呀！好好的一头牛，都驯好了，可偏偏有人要害它！"螳螂的老婆也趁机叨叨着，她那张嘴你们也知道，毒得舌头上能甩刀。可是脾气暴躁的兴国，这一回低眉顺眼的，他走到一个堆满牛粪的角落，把墨水瓶扔了，然后他走回来，也斜了两眼包公，给螳螂以及在场的其他大人敬烟。

他皮笑肉不笑地说："这牛生得晦气，不是都说嘛，'反革命'投的胎，卖了好。卖了它，我们把钱分了，改善改善生活。你们等着瞧吧，我明天就把老老嬷赶到公牛的牛栏里过夜，说不定它还能生下一头活蹦乱跳的小牛犊来呢。到时候，小牛一出生就交给梓桐叔去驯养。你们说呢？"

这大概就是兴国对包公的忏悔吧。接着，螳螂就将兴国的烟夹在耳朵上，拽了拽手中的缰绳，牵着包公往村口的枫树湾走去了。包公不停地转过头来……

此时天色渐亮，但湿气依然很重，蜿蜒小路伸向枫树湾，枫树湾的古树，古树下奔涌的溪流，溪流两岸的田野，在一点儿一点儿地淡化着牛的背影。我似乎听到了晨雾中隐约传来了哞哞声，声音拖得很长，很长……那一定是包公发出来的。

我已经记不清是谁先哭了，在我和哥哥、阿卫、阿红、伟峰中间，我肯定不是第一个哭的，但是我清楚，我哭得时间最长。我回到家后，眼睛还红着。父亲猜我是因为包公，劝我："做牛耕田，做狗守门，牛迟早要被卖掉或者累死的！"

那以后很长时间，我都会想起包公，想象它的结局，或者回忆我们在一起的点点滴滴。每当这时候，我就躲在屋后关过它的柴棚，在遗留着它的臭烘烘的气味里啜泣——不仅仅是因为悲伤，其中也掺杂着成长的迷惘与恐惧——直到时间绵延而无情地推移，我一点儿一点儿地将它忘记。

然后有一天，老老嬷也被卖掉了。因为老老嬷再也生不出小牛，也没有了耕田的力气，所以四家人才决定将它卖给村里的屠夫——那个叫磨刀六的壮汉，宰了卖肉的。村里人都知道老牛的肉结实，炖起来香，有嚼头，所以老老嬷的肉还热气腾腾时，就被许多人买走了。我们家没有去买老老嬷的肉吃，但是它的皮由我父亲去向磨刀六折价买了来，做了一件坎肩和一家人的靴子。

家里从此没有了合养的牛，父亲一直计划着单独买一头，但是两次卖牛的钱都由于种种原因挪作他用，最后我们家养了一头猪。

《文学港》2016 年第 8 期

空色林澡屋

迟子建

去年花开时节，我率领着一支森林勘察小分队，自察卡杨北上，来到中国北部的乌玛山区。我们此行的目的，是对停伐五年后的乌玛山区的自然状况，做实地勘察。看看休养生息后的森林，野生动物是否多了，消失的溪流是否如闪电一样，依然给大地撕开最美丽的裂缝。

因为要穿越大片的无人区，风餐露宿，猛兽、不可预知的自然灾害、匮乏的野外生存经验，对我们来说都是一道道看不见的网，构成威胁。我们托当地林业局的同志，帮我们请了一位山民向导，并为他配备了一杆猎枪。

他叫关长河，戴一顶有帽遮的鹿皮小帽，个子矮矮的，罗圈腿，黝黑的扁平脸，塌鼻子，看人时喜欢眯起一只眼，眉毛疏淡得像田垄上长势不佳的禾苗，额头有两道深深的横纹，像并行的车轨，那额头就给人站台的感觉。但这样的站台，注定是空空荡荡的了。他不用嘴时，嘴唇也鱼嘴似的翕动着，好像在咀嚼空气。他牵来一匹鄂伦春马，驮运帐篷等物资。

进山第一天，他牵着马在前引路，不时嘟嘟囔囔地骂着什么，让人好生奇怪。晚上宿营时，我们才明白他嫌子弹配备多了，三十发——这分明是对他的枪法不信任嘛。他说非到万不得已，自己是不会动枪的。要是滥杀动物，乌玛山区的各路神仙，就会把他变成瘫子！

他带了一箱塑封的散装土酒，半斤装的。傍晚支起帐篷，燃起篝火，他就取出一袋，用牙齿在一角咬出豁口，将酒倒进一个漆面斑驳的搪瓷缸，随便倚着篝火附近的一棵树或是树桩（若倚着树桩，他头顶戳着一截黑黢黢的东西，便像旧时披枷戴锁的犯人了），耷拉着眼皮，十分享受地喝起酒来。他喜欢空口喝上小半缸，再凑过来吃饭。我们带了不少肉食罐头，他闻了总是蹙眉，宁愿吃他带的马鹿肉干，它们看上去像切断的棕绳，干硬干硬的，我们的牙齿对付不了，他却像嚼松脂油，毫不费力。我们带来的食物，他唯有对挂面情有独钟，他会把顺路采的野菜，水芹菜呀，柳蒿芽呀，或是蕨菜，在河中晃荡几下，算是洗了，也不用开水焯，更不用刀切，直接拌在面里。所以他碗里的面条总是绿白相间，像是一丛镶嵌着阳光的绿柳。

出发的第一周，我们发现几处落叶松林有被盗伐的迹象。树墩横切面现出的白茬，还是新鲜的。关长河告诉我们，所谓停伐，只是不大规模采伐了，林场的场长们，各踞山头，还是偷着砍木头，运出卖掉，以饱私囊。怕劣迹暴露而被追究责任，狡诈的林场主，将盗伐的林子放上一把火，烧个光秃秃，就说是雷击火引起的，瞒天过海。但是一周之后，当我们深入到密林深处，离公路铁路越来越遥远，连山间小路都难得一见的时候，我们如愿看到了繁茂的树，看到了在溪畔喝水的马鹿，看到了在柞木林中追赶山兔的野猪。我们还看到了硕大的野鸡——这森林中飘曳的彩虹，当它掠过树梢时，那泛着幽光的五彩翎毛，简直就是给绸缎庄做广告的，让人惊艳。

森林中最可怕的野兽不是狼和熊，毕竟遭遇它们的概率小，再说有关长河和他的猎枪护卫着。比野兽更凶猛的，是拂之不去的蚊子和小咬。尤其是不出太阳的日子，森林缺了阳光这味药，它们就猖狂起来了，抱团飞旋，跟着人走，将我们的脸叮咬得到处是包——它们恨我们侵入它们的领地吧，在我们的脸上埋下地雷。所以宿营的时候，我们总是先笼火熏蚊子，再支帐篷。我们还在篝火旁撒尿，不然裤带一解开，蚊子小咬有如发现了乐园，一拥而上。关长河对我们在篝火旁撒尿很鄙视，说火神会怪罪的。他不怕蚊子小咬，有时还伸出舌头，舔几只吃。晚上他独自睡一顶帐篷，月亮好的夜晚，我们起夜时，不止一次看见他酒后站在泛着幽蓝光泽的林中，朝着月亮张开双臂，手掌向上，像是要接住什么的样子。我们当中有人按捺不住好奇心，问他夜半那姿态是干吗。他说月亮太明亮了，怕是天也难容，万一月亮被推下来，他还能救它一命。不然月亮的脸破碎了，夜晚就没亮儿啦。他那郑重的语气，让人不敢发笑。

一路上，我们只吃了两次野味。一次是我们发现一只折断了翅膀的大雁，匍匐在沼泽地上，关长河说失去了天空的飞鸟，生不如死，开枪射杀了它，这也是他此行开的第一枪。当晚我们将大雁拔毛，烤了吃了。另一次是从猎人下的套中，获得一只死狍子。我们逢着它时，它的身子还没凉透，嗅觉灵敏的鹰隼闻风而动，盘桓在上空，准备饱餐一顿。关长河先是责骂给狍子下套的猎人，所选择的树下没青草，让被缚的狍子失去口粮，活活饿死，之后他低头念了几句咒语，掏出猎刀，熟练地肢解了狍子。那晚在营地的篝火旁，我们用吊锅煮狍子肉。关长河采了一把野韭菜，掺着盐切碎了，狍子肉蘸野韭菜的味道，美妙极了。关长河没少吃肉，也没少喝酒。我们问他，有老婆吗？他说老婆是天上的云，不能要。我们笑，又问他，有情人吗？他说情人是地上的霜，千万不能踏。我们笑翻了，问他是否真没碰过女人，他很认真地说，碰过，女人给我洗澡。我们问，是城里洗浴中心的小姐吗？他摇摇头，说给他洗澡的是个老太婆。我们只当他胡说，不再追问。

关长河第二次开枪，是因为行程的最后几天，一条狼总是在黄昏时，跟在我们身后。它的气息扰得鄂伦春马心烦意乱，走不稳路，一会儿吊锅从马背上掉下来了，一会儿盐袋落下来了，一会儿测量仪器又滑下来了，马背仿佛成了滑坡事故现场了，他不得不开枪吓跑狼。关长河不瞄准它，说是孤狼都有一肚子的心事，得留它一命。不过当晚到了营地后，他就自责要是带上弓箭就好了，它完全能吓退狼，不该浪费那颗子弹。他还赌气地冲他的马说，一队人跟着，狼又吃不了你，瞧你慌张的，真没出息啊！马摇晃了一下脑袋，屙下一堆圆鼓鼓的粪球，像是无数只愤怒的眼，在瞪着他。关长河无奈地笑了，拍着马屁股说，我一说你，你就拿这一招对付我啊！

我们走出森林的前夜，考察接近尾声了，大家都很感激关长河，白天时特意在一条小河上，用石头垒坝，憋了十几条半大不大的鱼，傍晚宿营时，燃起篝火烤鱼，轮番给他敬酒。关长河对鱼没什么兴趣，只吃了半条鲶鱼。他对酒倒是热情万丈，来者不拒。他对我们说，明天出了山，会看到一个只有三户人家的小驿站，那里有个澡屋，叫空色林，是个老太婆经营的，她一天只烧一锅水，给一人洗澡，而她给人洗澡不收钱，只收吃食。其实那锅的直径，少说也有半丈吧，一锅热水洗两人绰绰有余。但如果真是两个人去了，都想洗，另一个人就得等着，第二天再享受。

我们问关长河，你说的给你洗过澡的女人，就是她啦？

关长河眯起一只眼，点了点头。

她多大年纪了？

她开这澡屋，快二十年了吧。多少岁数，她不说，咱也不问，我估摸着，少说也有七十几了。她原来挺高的，现在一年比一年矮了，人一抽抽儿，就是老啦！

她只给男人洗澡吗？

关长河说，南来北往跑运输的，哪个不是男人？再说了，女人哪有男人风尘多！

那你是完全脱光了，让她洗的吗？

关长河翻了一下眼珠，反问一句，你们见过在水里穿裤衩的鱼吗？

我们大笑起来。

关长河说陪我们走了一路，分别之际，他没什么好送的，就送这个老婆子的故事给我们听。

我们知道这该是个很长的故事，纷纷起身。有给篝火添湿枝丫的（这样它能燃烧得长久些）；有去小解的（听精彩的故事，最怕憋尿）；还有加衣的（森林夜露浓重，月亮给加的衣服，毕竟太薄了）。我们为迎接关长河送的别致礼物，做好了准备。

在乌玛山区，冬天时老天是昏庸懒政的皇上，天门晏开早闭，几不理朝；夏天则改朝换代了，一派勤政之气，天门洞开，有点夜不闭户的意思。太阳落山了，西边天上，还浮游着丝丝缕缕的晚霞。它们是仙女们准备的金丝线吧，预备着缝补月亮。而那晚的月亮，确实缺了一角。

关长河故事的主人公，是一个女人，三个男人，和一条叫白蹄的狗。

这女人是旺河人，她来到乌玛山区时，还是个少妇。她带着儿子，投奔在翠岭林场的丈夫。那时乌玛山区刚开发，她男人是首批进驻的工人，带家属的男人少而又少。

他们的婚姻是父母包办的，男方并不想娶她。因为这男人生得俊朗，女人却很丑。她高个子，身材也匀称，就是脸面与常人不同。别人的鼻子，是脸颊的中界限，可她的鼻子，偏袒一方，致使左脸辽阔，右脸一派失地气象，狭窄逼仄。脸不对称，就给人扭曲之感，她不得不梳一缕长长的刘海，遮住半个左脸，削弱它的势力范围。但麻烦又来了，她的眼睛不歪不斜，这缕浓密的刘海，常让左眼失陷，使她看上去像是独眼女人。据说她丈夫只身来到艰苦的乌玛山区，就是想摆脱她。不料她跟过来，并在此扎根。

这女人在家属队干活，夏季种菜，冬天拉雪爬犁运粮油。她力气大，脾气好，乐于助人，所以人缘不错。女人们尤其喜欢她，因为所有的女人在她面前，都是美人了。她说话有个特点，但凡说到自己，不是以"我"或"俺"自称，而是"咱"，好像谁和她都是一体的。自打她来了翠岭林场，她男人就没气顺过，常给她找碴儿。她受了委屈无处哭诉，就在吃食上为难男人，做夹生饭，将菜炖得齁咸，把玉米饼子贴得跟石板一样坚硬，折磨得她男人胃痛，他怕坐下病，就收敛些。

她有两大嗜好，洗澡和喝酒。那时还没有水井，他们吃水靠的是河。春夏秋季倒好说，河水是活的，灌到桶里，担回就是。冬天河冻住了，就得用冰钎凿冰，将冰块装进麻袋背回家，像柴草那样堆在户外，随用随取。即便取水困难，她冬天照例每周洗一回澡。她一洗澡，她男人就挖苦她：你还能把自己给洗俊了？女人噙着泪花说，除了这张脸，你说咱身上哪点对不住你？也是，她夏季下河洗澡时，不止一个女人，看过她光着身子的样子。她肤色微黑，但皮肤细腻，双腿修长结实，腹部无赘肉，双乳坚挺，屁股圆润而微翘，的确是完美的身躯。只可惜造化弄人，把她的妙处都藏起来了，而把她最没风光的地方，一览无余地展现给了世人。有一次她喝多了酒，有个好事的妇女逗弄她，问她男人和她同房时，是不是得用布遮着她的脸？毫无城府的她"啊呀——"大叫了一声，瞪着乌溜溜的眼睛，说，你咋知道的？每回他都用枕巾蒙着咱的脸，好像咱是驴！他还想从后面来，咱一屁股把他顶到地上了，咱又不是狗，凭啥那样？这番话传遍了翠岭林场，爱开玩笑的男人见了她就说，跟咱睡吧，不蒙你的脸，让你当褥子在咱身下！她撩开那绺长刘海，扒开眼皮，露出白眼仁，龇着牙，做出狰狞的样子，气呼呼地说，你跟咱睡，那你得让你家女人预备着针线，好缝你被咱吓破的胆儿！

这个女人成了翠岭林场的名女人。她婚姻的解体，源于一个瞎眼的算命先生。

那是个夏天的傍晚，一个穿灰布褂的男人，一手拄棍儿，一手打着竹板，来到了翠岭林场。这儿的人，对这类走江湖的人并不陌生。劁猪的，算命的，磨刀的，打家具的，崩爆米花的，甚至是说媒的，在那个年代走村串镇，都能混上口饭。这算命的看来道行浅，他来的那晚，林场绝大多数人，都去附近的雪岭林场看露天电影去了，留在家里的没几个人。那女人没去看电影，是想趁着林场的人走空后，在月夜独享那条河流，把它当成自己的大澡盆，痛快地洗个澡。谁承想她洗完澡上岸，清清爽爽地回家时，在路上遇见了算命先生。他叫了多户门，都没打开，倒让一户人家的看家狗，给咬了一口。那女人遇见他时，他正坐在场部大松树下的石头上，用唾沫擦拭腿上的伤口。

那女人看他可怜，就把算命先生带回家，点燃蜡烛，帮他清理伤口。听他肚子饿得咕咕叫，还给他做了半锅疙瘩汤。算命先生感激不尽，坐在女人家窗下的矮脚方凳上，让她报上家人的生辰八字，给他们无偿算命。他舞动着手指，翻着眼珠，把她家人的命，掐算得天花乱坠。最离谱的是说她母亲，明明老人家过世了，可他说她能活到九十六岁。他还说歪鼻子的她花容月貌，十七岁时，就有三个男人争相娶她。女人苦笑一声，意味深长地说，看来你真是看不见啊。她知道这瞎眼先生为了糊口，只是顺情说好话。被算的命没了曲折，一派阳光灿烂，听着也没趣儿。她乏了，可看电影的人还没回来，她也没处打发这算命的，想着他两眼一抹黑，没甚威胁，就吹了蜡，瞎编了几个生辰八字报给他，由他胡说，自己悄悄去炕上歇着了。

她是在睡梦中被男人给揪起来的，他揪的是她遮脸的那绺刘海。男人带着儿子看完电影回到家，见屋里没亮儿，就打开了随身携带的手电筒。往炕上一照，发现她身边躺着个男人，他顿时火冒三丈，恨不得拿菜刀把他们一块儿剁了。男人唤儿子点起蜡烛，自己则挥舞着手电筒，朝向那算命的，把他打得嗷嗷叫。

那时候他们住的家属房是四家一幢，间壁墙不隔音，同样看电影归来的邻居们，听到他家闹得沸反盈天的，以为夫妻干仗，怕出人命，纷纷过来劝架，谁想到中间夹着一个瞎眼的算命先生呢！

男人骂女人，说她趁他和孩子不在家，和狗男人偷情。女人赌咒发誓地说没有，她不过是乏了，想眯一会儿，谁承想睡过去了。瞎子也说自己是被冤枉的，他根本没碰女人。他算着算着命，听见女人的呼噜声，便摸到炕上，也想歇歇。谁知一躺下就睡着了，他太累了。当事者都说没想睡，却睡过去了，愈发让男主人怒不可遏。他扔掉手电筒，从园田的豆角蔓间抽出一根柳条，当鞭子使，抽得那瞎子陀螺似的转圈，爹一声妈一声地惨叫。男人边打边骂，说他们蜡也不点，肯定干了不正经的事情！女人说，在一个瞎子面前，点蜡不是白费亮儿吗？咱还不是为了给家里省截蜡！女人还说，他一个瞎子，腿还让狗咬了，能干啥呀！男人瞪着眼珠说，他上面瞎，下面不瞎！他快活起来，哪还顾得上疼！男人不依不饶，打完瞎子，又打老婆，边打边说女人的身子是臭水沟了，他不能再碰了，当着众人的面，说要和她离婚。据当年在场的知情人回忆，这女人听到"离婚"二字，像下完蛋的母鸡似的，张着双臂，"咯咯咯——"地叫了半晌，然后跌坐在地上，凄凉地对她男人说，咱再丑，一铺炕也滚了十来年了，这事你都不信咱了，那就离吧。咱啥都不要，把儿子留下就行。没等男人说不可，孩子很干脆地表态，说他不跟妈妈，要随着爸爸。女人眼含热泪地看着儿子，说，你也嫌咱丑是吧？孩子不吭气，女人便对他们父子说，从此以后你走你们的阳关道，咱走咱的独木桥，两不相干。记着，有一天咱就是快饿死了冻死了，路过你们门口，咱也不会吃你一粒米，喝你一口热水！女人取了剪子，一低头，把那绺遮脸的刘海攥在手中，"咔嚓——"一声铰掉。她脸上的那面为丈夫而竖的旗帜，就此倒了。

他们离婚后，翠岭林场的人背后都议论，说那男人其实知道老婆是清白的，只不过他一直嫌弃她，而今找到一个好借口，趁此休掉了她而已。离了婚的女人，并未像人们想的那样离开翠岭林场，回她的老家去。林场边上，有一座筑路工人住过的废弃的小黄房子，她把行李搬进去，抹了墙泥，为房顶苫了油毡纸，将歪斜的门窗修正了，盘了炉子，开始新生活。她家里的家具炊具，大都是同情她的女人们送的。她们的同情心也很有限，把残次的东西送给她——豁了嘴的海碗，裂了纹的盘子，掉了掌儿的木椅，失了耳朵的耳锅。不过她也不介意，能凑合着使就行。她独立门户，有声有色地过起了日子。端午节时，她将门楣插上艾蒿和葫芦；元宵节时，她挂出火红的灯笼。人们以为除夕对她来说最难熬，这屋子会传出哭声，可是没有，她一个人照旧贴春联，放鞭炮，包饺子，喝酒。只是她思念儿子，常在林场学校的围栏外转悠，期待着课间休息时，能远远看一眼在操场上的儿子。

她哭没哭过呢？大家听见的只有一回。小孩子长个儿快，她发现儿子穿的棉裤，裤腿短了，她怕寒风吹着孩子的脚脖子，就拿着省下的棉花票和布票，去供销社买新棉花，扯了二尺蓝布，做了一条棉裤，天黑透时送到她以前的家。守夜的老狗仍认她为女主人，见了她热情地打转，闻裤脚。她没有敲门进去，而是把棉裤放在了柈子垛上，想着第二天早晨前夫出来抱柴生火，一看就明白是她做的，顺手拿进屋了。谁知那天深夜狂风暴雪，冻得瑟瑟发抖的老狗，跟她不见外吧，打起这条棉裤的主意。它蹿上柈子垛，把棉裤叼进窝，撕个稀烂，给自己絮了个暖暖和和的窝。女人观察了几天，见儿子没穿上自己做的棉裤，又见那条游荡的老狗，身上沾着白花花的棉絮，要把自己变成白狗的模样，她明白老狗糟蹋了她的心意。她回到自己的小黄房子后，放声大哭，路过的女人听见哭声，进来劝她，这才知道棉裤的事情，不由得跟着唏嘘。也就是这件事，让她前夫下决心远离她。他找到领导，说离异的夫妻在一个林场生活，都受煎熬，希望给他调到别处。那年冬天过后，女人的男人带着儿子和老狗，离开了翠岭林场。不久，传来了他再婚的消息。据说他娶了个离异的不能生养的女人，她模样周正，性情温顺，待孩子特别好，当亲生的养着。前夫和孩子过得好，这女人也不吃醋，时常跟人说，人这一辈子，跟谁不是过呢？人家找着了比咱好的人，该为人家高兴啊。只是她说这话时，眼神是凄凉的，语气是落寞的。

关长河讲完女人和第一个男人的故事时，抬眼望了望天。月亮刚好被一缕云遮了半个脸。他叹息一声说，你又不丑，咋也整绺刘海遮脸呢。我们笑了，抢着给他添酒，夸他会讲故事。我们指责那男人，还说那个不认亲娘的孩子是白眼狼。关长河抿了一口酒，说男人骂别人都理直气壮的，轮到自己时，也未必比那男人强。他问我们，你们说说，这么丑的女人，你们乐意跟她过一辈子吗？大家面面相觑，有人说可以给她做整形美容，把鼻子给拉回正路上来；有人说可以让她戴纱巾，朦胧的纱巾背后，哪有丑女人呢。关长河又抿了一口酒，将我们挨个瞟了一眼，说人可真是怪物啊，歪脖垂腰的杨柳，龇牙咧嘴的花儿，奇形怪状的石头，曲里拐弯的河，都说美，轮到人呢，就不一样了，可见人多是没良心的！他用一根桦树枝，捅了一下篝火。一簇火星飞旋而起，篝火上空立刻就有了星空的气象。

关长河的脸在火星的映衬下，就像一尊雕塑，庄严而华美。他知道我们对这故事入迷了，接着讲下去。

这女人与她生命中的第二个男人，是镜子牵的线。
女人因为貌丑，素来不照镜子，她家里也从不摆一块镜子。别的女人去供销社买东西，店员总会推荐摆上柜台的最新式样的镜子，而见到她，则有意识地用身子遮挡，免得她不快。

这男人是个跑船的汉子，靠青龙河吃饭的。有人说他是赫哲人，还有人说是达斡尔人，谁知道呢。

青龙河是乌玛山区最长的河流，支流多，流域广。每到开河时节，这人就驾着独木船，开始他的营生了。他的小船，是用整根松木砍凿而成的，长不过两丈，中间的舱口能容一人坐下，船两头起翘，像一条贴着水面飞的大鱼。这人把船叫威呼，他用威呼打鱼，也用它盛小百货，拿到沿岸的村屯去卖，兼做货郎，这一带的人因此叫他威呼郎。

威呼郎正当壮年，他中等个儿，黑瘦黑瘦的，刀条脸，头发微鬈，眼睛有点凹陷，一只鼻孔豁了，说是他年轻打鱼时，让鱼钩给挂烂的。威呼郎卖货时，会将小船停靠在岸边，挑担上岸。他去的大都是离岸不远的村屯，超过二三十里路的，他极少去。因为他的货好出手，所以沿岸转一两个村屯，基本就卖光了。

翠岭林场离青龙河有三十多里路，威呼郎只去过两回。第一回去是为了收取猎户手中的熊胆，女人那时还没来翠岭林场呢；第二回去是卖货，女人倒是来了，但那是采山时节，穿花衣服的人都在山里转（他们自是无缘见面），威呼郎的货无人搭理，几乎是整担挑回来的，所以他发誓不再去了。

威呼郎是怎么认识的女人呢？这事说来蹊跷。这女人的前夫不是离了婚，又娶了一个吗？虽说后妈待自己的孩子不错，但女人心里还是无限牵念，时常梦见他。如果梦里孩子欢蹦乱跳，面目洁净，穿的衣服不露肉，一派阳光，她醒来心情就很好。可有时她做的是噩梦，孩子让驴踢了，让马蜂蜇了，或是爬树摔了下来，她就闷闷不乐。

有一天夜里，她又做了噩梦。她梦见一个面目不清的女人，坐在幽蓝的山坳里，张着大嘴，"咔嚓咔嚓——"地啃着什么。她问你吃什么吃得这般香？女人头也不抬地说，兜兜的手指，比新拔出来的胡萝卜还脆生啊！女人醒来一身冷汗，她的儿子小名就叫兜兜。女人早饭也没吃，带着两个凉窝头，一块芥菜咸菜，就上路了。

女人去前夫所在的林场，要到青龙河中游的一个小镇乘船，她一路疾行，到了青龙河畔时，衬衫已被汗水打湿。合该他们有事，她沿着青龙河奔向船站时，威呼郎驾着小船飘忽而下。他见一个女人孤零零走在岸上，就朝她吆喝：哎，买点什么吗？见她不语，他拿出一面拳头般大的圆镜子，晃她，说这镜子是新出的样式，背面有牡丹喜鹊图，可以便宜卖给她。这女人看到镜子，就像看到千古仇人，停下脚步，怒气冲冲地说，你干脆骂咱得了，拿镜子寒碜咱，有你这么损人的吗？

威呼郎放下镜子，将小船划向岸边，终于看清了女人的脸，他非但没被吓着，反而夸她英气逼人，非一般女人可比。他说她的鼻子是匹谁也驯服不了的野马，想踏哪片疆土就踏哪片。女人哪有不爱听好话的？那条船和船上的人，在她眼里是此生见过的最美的水上风景了。威呼郎问她去哪儿，女人告诉了他。再问，去那儿干啥？她说儿子的后妈，把咱儿子的手指当胡萝卜啃着吃，她要去教训她！威呼郎先是骂那当后妈的蛇蝎心肠，之后靠岸，拉她上船，说要把她送到那儿，帮她收拾那人。女人上了船，等于踏上了一个漂泊的家。据说船行了一半，威呼郎跟女人仔细一聊，才明白她不过是做了一个关于儿子的噩梦。看着阳光下她丰满的胸部，看着她红通通的脸上那抹动人的忧伤，威呼郎动了心，他将船泊在一片茂盛的柳树丛，把女人拽上岸，抱她入怀，说他能终止她的噩梦。女人不知道，一个噩梦结束了，另一个噩梦却开始了。她依恋上威呼郎，开始跟着他在青龙河上跑船，打鱼，挑起货担上岸卖杂货，俨然是他老婆了。

但威呼郎有老婆孩子，不能娶她，所以女人只有半年跟着他。冰雪覆盖了大地，河水结冻了，威呼郎收船上岸回家，他们之间的鹊桥也就断了。

女人孤零零地回到翠岭林场时，总是带着女人们喜爱的货品：头绳、发卡、钩针、丝线、鞋垫、脖套、假领子、松紧带、梳子篦子等。这些货品，她得比供销社卖得便宜，且花色和质量要更胜一筹。女人们来她的小黄房子买东西时，爱问她威呼郎对她好不好。她总是平静地说，啥好不好的，他不嫌弃咱，咱就跟他在水上过半年日子呗。女人们说，既然他那么相中你，干脆让他跟老婆离了，娶你得了。她苦笑一声说，咱不能作那个孽，人家把男人半年的筋骨都给了咱！女人们便取笑她，问，啥是筋骨哇？她红了脸，说筋骨就是筋骨，你们懂啥！

最初几年，她归岸后脸颊是红润的，爱与人交往，眼睛弥散着淡淡的幸福，安然度着漫漫长冬，春节时独自守岁，把那小小的黄房子装扮得喜气洋洋。她恪守着与威呼郎之间的私下协定，从不去找他，他也不来。可自从她流掉和威呼郎的孩子后，她瘦了下来，眼里透出凄凉的神色了。

那年深秋她上岸后，看上去分外疲惫，走路拖沓，哈欠连天，说话声也低了下去。她说这一季鱼少，他们的网快把青龙河撒遍了，但收获平平，把她累坏了。她勉强撑持着，腌了一缸酸菜，溜了窗缝，便闭门不出了。女人们敲她的门来买小百货，看到的多半是她睡眼惺忪的模样。天冷了，雪来了，她馋酸的馋疯了。以前放在抽屉里的五盒山楂大药丸，被她翻出，吃个精光，她还把没腌透的酸菜，吃掉了大半缸。她发现腿肿了，肚子微微凸起，明白自己这是怀孕了。她不想给威呼郎找麻烦，开不出证明，不能名正言顺地去城里医院做流产，她只好自行解决。她家不缺烧的，可她扛起斧头，拉着雪爬犁进山了。她将斧头疯狂地抡向各色树墩，尤其是难砍的老榆树墩，将它们劈成柴拉回家，垛在院子里。第四天的时候，人们看见她步履沉重地拖着满满一爬犁劈柴回来了，她的刘海和睫毛挂满霜雪，眼里泪光闪烁。她身后的雪地上，除了两条爬犁的印痕，还有一道星星点点的血迹。她的院子里堆满了柴，而她失去了孩子。那个冬天她很少出门，过年也没挂灯笼，但她家的烟囱炊烟依旧，人们知道她还过着日子。

往年一进三月，她就盼春天了。屋顶积雪融化后，会传来滴水声，那是她最喜欢听的声音了。外出归来的人，若是告诉她，青龙河的积雪薄了，冰面有裂纹了，她就掩饰不住地笑，说咱的好日子要来了！可自打流产后，她就没那么盼春天了。那年开河后，威呼郎来接她，她见着他呜呜哭了，说，咱的孩子没了，你可害死咱了！委屈归委屈，她还是跟着他跑船去了，而且半年后回来，脚步又轻快了，面色又好看了。

他们就这样风风雨雨地又过了几年，直到有一天，威呼郎突发脑溢血，他们才彻底分开。疾病像一张看不见的网，把威呼郎打捞上岸。他保住了命，但是瘫在床上，再也不能到青龙河寻生计了，只能留在老婆孩子身边。这时女人才后悔，她捶着胸口跟人说，原来跟着不属于咱的人，咱最后想伺候人家都不行啊。

她大病一场后，人瘦了许多，头发也花白了许多。她出了趟远门，想把她和威呼郎一起生活的那条船弄回来。他发病时，船就近泊在青龙河中游的一个小村，拴在村边的一棵松树下。可她去了那儿，船却没影了。有人说它被人劈了烧火了。有人说孩子们好奇这船，把它推下水，它像一条大鱼，游向远方了。最让女人不能接受的说法是，船是被威呼郎的老婆给弄走了，说她取船的那天叼着烟袋，哼着小曲，穿一件银光闪烁的袍子，说她男人不能跑船了，威呼不能闲着，拿回家当马槽使。

女人没取回船，回来歇息一日，便带着干粮，问人借了匹马，进山去了。她转悠了两天，选中一棵粗壮挺直的松树，用弯把锯放倒，截取中断，让马给拖回来。那一年里，她家里不断传来斧凿声。转年春天，她做出一条小船。看来她没白跟威呼郎跑船，把他造船的技艺学来了。

这条船比一般的船要小许多，只能坐下一人。船头宽，有个横板；船尾尖，无桨无舱，看上去像一只小脚老太穿的鞋。她用这条怪里怪气的船做啥呢？洗澡。她把它横在小屋的中央，当成澡盆。人们说她这么做，是忘不掉威呼郎，她仍幻想着在他怀里。

她又过起了一个人的日子，开荒种地，饲养鸡鸭。她还学会了造肥皂，自己琢磨着，用碱、猪油，和各种花草熬制肥皂。有两种肥皂最为人们喜爱，一种是松露皂，一种是玫瑰皂。她在松露皂中，加了樟子松的松脂，这样做出的肥皂凝脂般细腻，淡黄色，像一片大好月色。而她在造玫瑰皂时，在寻常的制皂原料中，加了野玫瑰的浆汁，还兑了蜂蜜，这种玫瑰皂晶莹剔透，散发着香气，朝霞般鲜润。靠着这两种肥皂，她赚来了油盐酱醋的钱。因为她的肥皂有了声名，人们就此称她为皂娘了。

关长河讲到这儿，望了望升高的月亮。无云遮蔽，它的面庞是如此明净，月亮里好像也点着篝火，而且十分旺盛。关长河收回目光时，告诉我们，他躺倒的时候，常分不清天上人间。有时觉得大地是天空，绿草是云朵，花朵就是星星。而天空就是大地，太阳是做饭的大火炉，月亮是人住的屋子，星星是禾苗。我们当中有人开玩笑，说此刻的月亮更像茅屋。他不高兴了，霍地一下站起来，撂下喝酒的搪瓷缸，说把月亮当茅屋的人，满脑子的屎尿，不配听他的故事。我们赶紧说，月亮是美好的，它像他说的屋子，也像柴垛、粮仓、湖泊，最不济的，也该像皂娘用的澡盆吧。关长河这才不生气了。他转身撒了泡尿，去溪畔洗了手，回来后给马喂了块豆饼，这才舒坦地坐下，接着讲故事。

皂娘一天天老下去啦。人老了跟现在河老了一样，一年年显瘦喽！这时上头来了新令，各林场都不许采伐了，林场转产撤并，搞旅游开发和绿色种植了。城里在造一个模子的房子，就是那种长方形的棺材似的矮楼，把人往里赶。翠岭林场是撤并的林场之一，所有人要搬迁到青龙河下游的安东林业局去。人们大都喜欢去安东，那里有暖气，有煤气灶，不用烧柴取暖做饭了。而且它热闹呀，饭馆、旅社、网吧、书店、发廊、干洗房、珠宝店、点心铺子、农贸市场、服装店、鞋铺，只要有了钱，真是想要啥就有啥。可老人们过惯了山里的日子，就不愿意进城。但儿女们要走，他们只得跟着。城里没有菜园子，没有猪圈羊圈和鸡窝狗窝。那段日子，翠岭林场的家家户户，杀猪勒狗，宰鸡宰鹅，过大年似的日日开荤，吃得人满面油光。

皂娘住在林场边上，跟威呼郎跑了多年船，大家也不大把她当林场人看待了，所以她选择留下，就算是与她还有走动的女人，顶多劝说两句，说一个人留下除了寂寞，遇到难处谁来帮忙呢，不如随大流进城吧。皂娘说，人活着不就是受苦吗，咱没享福的命，不怕。女人们也就不管她了。林场的人搬空了，水电自然切断了。不过这对她没啥影响，她的小屋这么多年来，因为跟威呼郎跑船时错过了，始终没有通电和自来水。

她也不是一个人，她有个伴儿，就是白蹄。

翠岭林场的人搬迁前，不是对饲养的家畜大开杀戒吗？王喜山家有一条母狗，通身黑色，但四蹄雪白，所以名叫白蹄。它才两岁，却是林场里的名狗。

白蹄为什么有名呢？不是因为它漂亮，而是它四处捣乱，常做些惹人发笑的事情。

比如它跟着主人去参加婚礼，在典礼现场，竟然用嘴撩开新娘的花裙子，那理直气壮的样子，仿佛它是新郎。它知道自家的女主人哭时，喜欢拿块手绢擦泪，它在一个葬礼上，见棺材前挂孝的人哭得稀里哗啦的，手上却什么也没拿，就去人家的灶房，叼来一块脏兮兮的抹布，歪着脑袋，满怀同情地送到那泪流满面的人面前，让吊丧的人哭笑不得。

白蹄还爱管闲事，它一岁时看见公鸡掐架，就去拉架，试图分开它们，谁知两只公鸡把矛头转向它，一起掐它，倒弄得它鼻青脸肿。有一回它路过一户人家，透过栅栏的缝隙，看见这家的猪，趁主人都不在，在偷吃园田里的菠菜。它进不了门，想从栅栏钻入，可惜缝隙太小，心急火燎的它便用蹄子刨坑，试图将栅栏弄翻。结果猪主人回家，看见白蹄刨坑，非常生气，说，你咒我死啊，咋不在你家刨坑呢？操起一根木棒打它，让它滚回老窝。这一幕恰巧被邻人看见，说，你先别打白蹄，看看你家的猪在干啥呢？主人一望，知道白蹄是想阻止不良的猪，转而去教训猪。

白蹄受了冤枉也不长记性，有一回它跟着男主人去别人家打麻将，发现这家的猫在偷吃碗柜上的鱼，就去叼猫主人的裤脚。人家正摸得一手好牌，在兴头上，哪顾得上其他，踢开它照旧摸牌。白蹄一着急，蹿上牌桌，把牌给搅乱了，气得那人直说白蹄是主人带出的老千，专挖它墙脚的，两个男人还因此闹了不愉快。

最可笑的还不是这些，而是白蹄对性的无知。它一岁半时，见一只公狗骑在母狗身上，就冲上去，拽公狗的尾巴，试图把它拖下来。它也因此惹恼了其他狗吧，那以后它们见了白蹄都不理睬，尽管它常热情洋溢地奔向它们。

翠岭林场的场长有个开金矿的发小儿，钱没少挣，可却得了严重的抑郁症，整天琢磨自杀的事情。场长知道白蹄能给人带来快乐，跟王喜山商量了，给了他两箱高粱烧酒，带走白蹄，送与朋友逗乐。结果白蹄去了一周，就被送回来了。它不但没给那抑郁症患者带去快乐，反而带去了苦恼。它不会上楼里的洗手间，把屎尿遗在沙发床下；它见电视里的鬣狗围攻棕熊，便想助棕熊一臂之力，扑向画面，把电视机掀翻在地；它不习惯在阳台守夜，楼下一有汽车经过它就叫，搞得一家人彻夜难眠。那人本想把它送到狗肉馆，但见它一双骨碌碌的眼睛满怀好奇，还看不够这世界的样子，起了恻隐之心，亲自驾车把它送回。

人们因着搬迁而烹鸡煨鸭、蒸猪炖狗时，白蹄失踪了，王喜山知道它是畏惧死亡而逃走了。他其实并不舍得勒死它，想把它带进城，送给哪个单位做看门狗，这样还能时常看看它。可直到他离开，寻遍了白蹄可能去的地方，都没能找到它。

翠岭林场的人搬走后的第二天早晨，皂娘一推开门，就发现了白蹄。它趴在她家的窗根下，瘦得皮包骨了。那些天它去了哪儿，无人知晓。皂娘后来跟人说，估计它逃进了深山，因为发现它时，白蹄被蚊虫叮咬得眼睛和嘴巴都肿了，毛发里夹杂着松针。幸好那是秋天，山中还能寻到浆果和蘑菇，不然它早饿死了。

皂娘有了伴儿，就不寂寞了。她带着它拉柴，挑水，打鱼，采山，种田，制皂，形影不离。白蹄出落得愈发漂亮了，它个头高了，力气大了，毛发有光泽了。但它天真未改，依然做些可笑的事情。皂娘制酒，将用糯米做的酒曲子放在搪瓷盆里，摆在屋外晾晒。白蹄以为皂娘给它换了一个狗食盆，将酒曲子吃了，醉得它呼呼睡了一天。皂娘去小溪刷鞋，先将鞋子浸在水中，因为浸透了好刷。怕鞋子被水流冲走，皂娘在鞋窠里压上小石头。白蹄在水边看见鞋子不在主人手上，而是在水里，以为它们会漂走，便冲向小溪，把鞋子叼上岸，再把鞋窠的小石头悉数掏出，令皂娘无可奈何。

白蹄最让皂娘生气的事儿，是有一回她攀着梯子，去房顶晒干菜，没等她下来，它却给撤了梯子。那天皂娘上梯子时，白蹄正追逐菜圃中一只美丽的蝴蝶。蝴蝶飞向倭瓜花，它也奔向那里，把倭瓜花给打落了；蝴蝶飞向院子的窗户，它就扑向窗户。谁料蝴蝶一转身上了梯子，白蹄没头没脑地扑过去，蝴蝶飞了，梯子倒了。刚上了房顶的皂娘傻眼了，白蹄也傻眼了。皂娘骂它是条蠢狗，说它想害死主人。白蹄顾不得蝴蝶了，它后悔地叫着，用嘴叼，用爪挠，试图把梯子给竖起来。可它使出浑身解数，梯子还是死尸似的打横，没有起立的意思，白蹄快急疯了，在房根下围着梯子团团转。皂娘在房顶等了两个多钟头，看着梯子是扶不起来了，便脱下裤子，把它撕扯成宽布条，连接在一起，拴在烟囱上。可惜一条裤子接成的绳子，长度不够，皂娘拽着绳子向下滑时，绳子端头离地还有半丈，她只能撒手跳下来。皂娘毁了一条裤子不说，还伤了脚踝，所以她再用梯子时，就把白蹄拴上，免得愣头愣脑的它闯祸。

这个爱给人添乱的白蹄，有一年冬天，从山里给主人带回一个男人，这是皂娘生命中的第三个男人。

乌玛山区的冬天实在太漫长了。这样的日子对一个孤身女人来说，就像跟在身后的一条饿狼，难缠得很。皂娘在冬天就特别爱喝酒，酒能消磨长夜，还能省下劈柴。你喝得浑身燥热时，是不需要炉火的。

这天中午皂娘喝多了酒，特别想跟谁说说话。没人对话，她就唤白蹄进屋，让它坐在窗下。皂娘说，白蹄啊，你是个姑娘呀，这林场就剩你一条狗了，咱想把你许配给谁，难喽！要不等着开春了，咱领你去有人家的村子，相相亲去？你跟咱说说，你得意啥样的？喜欢长腿的还是短腿的？喜欢眼大的还是眼小的？喜欢黑色的还是白色的？喜欢爱翘尾巴的还是耷拉尾巴的？喜欢性子烈倔的还是温顺的？白蹄不语，它站起来，只是摇摇尾巴。先前皂娘把喝剩的半缸子酒，放在了窗台上。窗台矮矮的，白蹄摇尾巴时，把盛酒的缸子扫了下来。白蹄没回应皂娘，还弄洒了她的酒，皂娘好不扫兴，她用鸡毛掸子敲了一下它的狗头，赶它出门。

皂娘酣睡了一场，天将黑时来到院子。以往她一出屋门，白蹄就奔过来，叼她的裤脚。皂娘没见白蹄，以为它生气了，就召唤几声。未见动静，她就房前屋后地找，还是没踪影，皂娘慌了，她走到院外，看到柴垛后有一行新鲜的蹄印，指向山里，她赶紧进屋穿戴暖和了，沿着它留在雪地上的蹄印，一直寻到刀锋岭下。落日正红，皂娘终于看见了白蹄。它像个得胜的猎人，雄赳赳地走在前，身后跟着它的猎物，一个又矮又瘦的老头！他身穿黑袄黑裤，戴一顶狗皮帽子，衣帽都是簇新的，眉毛胡须被霜雪染白，但鼻头和嘴唇红通通的。他见着皂娘咧嘴乐了，将紧捏在棉手套里的一封信，递给皂娘，眼泪汪汪地说：你是尚天家的吧，有你家的信！

皂娘接过那封信，等于接过了他这个人。

他姓曲，家在离翠岭林场百里之遥的县城。老曲很不幸，他中年丧妻，一人拉扯大独子，未再娶妻。老曲干了大半辈子的邮递员，快退休时邮局裁员，他被迫买断工龄，提前回家。老曲整日郁闷，终于精神失常。他最爱倒腾街头的垃圾桶，只要翻出废信封，就如获至宝，也不管多脏，抓在手里，四处敲住户的门，要把信投给人家。老曲的儿子小曲无奈，只得给他买了一箱信封，装上裁好的废报纸，用胶水封上，再在收信人一栏，随便填上地址和姓名，由他去投。他把信拿到手里，发现没有邮票和邮戳，就跟儿子急了，说这些信来路不明，不能投。小曲无奈，只得买了邮票，又私刻了一枚邮戳，将信封贴上邮票，盖上邮戳，老曲这才满意地去投信了。老曲病后认人恍惚，但他还认得字。小曲编的名字，有的过于寻常，比如张亮、刘刚、王彩霞、刘桂芝之类的，因为那城里有叫这名字的人，所以信偶尔也能投出去。小城不大，老曲终日在街上游荡，很少有不熟识他的，所以老曲把信投给谁，谁都接着，表达谢意，老曲这天回家就很高兴，能多吃一碗饭。

小曲是孝子，待父甚好，可他媳妇却对一个疯癫的公公厌恶至极。小曲在刨花板厂下岗后，靠卖大碴粥赡养父亲，供儿子读大学。他凌晨四点钟就起来煮粥，这样早晨六点左右，能携着热气腾腾的大碴粥现身早市。小曲的媳妇是县公安局的勤杂工，岗位不起眼，挣得也不多，但因为在一个显赫的单位工作，总觉得自己比小曲高出一等，在家颐指气使。她挣的钱，都花在了自己身上。她追求时髦，讲究穿戴，上班时一件蓝袍子，下班后则花红柳绿的。小曲因为辛劳，头发过早地白了，腰也弯了。他媳妇倒是滋润，他们同岁，可她看上去小他一旬的样子。

这年夏天，小曲觉得身体不适，他消瘦、乏力、面色灰黄。有一天早晨他蹬着三轮车去卖大碴粥，晕倒在路上。他进当地医院做了初级检查，医生怀疑他得了胰腺癌，建议他尽快去大城市确诊。小曲没钱，只好求助于民间医生，用土法治疗。然而奇迹并未像他期待的那样出现，雪花飘舞的时候，他病情加重了，腹部疼痛难忍，别说卖粥了，连行走都困难了。小曲想着自己死后，媳妇能对儿子好（毕竟那是她身上掉下的肉），可对父亲，她是不会孝顺的。因为在他眼皮子底下，她还敢把剩饭剩菜端给父亲，从来不把父亲的衣服和家人的衣服放在洗衣机里混洗，说父亲身上有细菌。一旦家里缺钱了，她就骂小曲，说他把钱都给老东西买邮票贴信封了，老的和小的都是祸害精！

小曲不想让父亲在他死后过地狱般的日子，他想趁自己还能动弹，先送走父亲。他去棉活店，给老曲做了棉袄棉裤，又买了顶狗皮帽子和一双翻毛大头鞋。上路那天，小曲带着父亲，先去澡堂子泡澡。老曲满身风尘，难得洗回澡，那池温热的洗澡水，把他洗得婴儿似的，浑身红通通。父子俩在热气缭绕的澡堂子里，各自流泪。老曲是美哭的，小曲则是因为愧疚，多年来他忙于生计，很少带父亲来澡堂子了。洗完澡是近午时分了，小曲给父亲穿戴一新后，带他去了饭馆，点了老曲爱吃的酱猪蹄和红烧大鹅，还给他要了瓶好酒，让他畅快吃喝了一场，然后驾驶着一辆从朋友那儿借来的破吉普，载着父亲上路。

他们出了城，一路向西。小曲年轻时学会的开车，并无驾照。多年不摸车，他把车开得醉鬼似的，常常跑偏。好在往来的车辆少，错车时有惊无险。老曲喝了酒的缘故吧，一路上非常快活。看见车窗外的白桦树，就喊"娘子"，看见乌鸦就叫"剑客"。他还哼哼唧唧地唱歌，旋律滑稽，歌词只一句"儿子啊儿子——"听得小曲心痛。看着父亲满面天真的模样，他几乎要掉转车头，把父亲带回烟火人间。但他想自己不在后，父亲会流落街头，没人在意他的冷暖，小曲噙着泪花，加大油门，呼啸着向前。快到刀锋岭时，他停下车，将事先准备好的一封信交给父亲，说前方有片林子，叫空色林，那里有一户姓尚的人家，这封信是投给他家的。老曲下了车，鼓起眼睛，仔细看了看那封信。收信人地址一栏写的是乌玛山区空色林，收信人的名字是"尚天"，寄信人地址是老曲所生活的小城的邮局。老曲举着这封信，按儿子所指下了公路，乐颠颠地向深山走去。小曲跪下，对着父亲的背影，给他磕了三个响头，号啕大哭。

刀锋岭是乌玛山区著名的迷路岭。那座山岭高耸入云，像一把锋利的刀壁立着。从乌玛山区开发时起，无论是森林勘探队、伐木队，还是生产队、知青队，都有在此迷路的人员。人们说这座山岭是旋转的磨盘，经过它的人，变成了蒙眼的驴子，只能围着它转圈。据说飞鸟经过它上空，也会迷路，所以刀锋岭上空，鸟儿总是盘桓不休。因为它强大的威慑力，无论是打猎的、采药的，还是拉柴的，都不愿去那里，所以刀锋岭的植被未遭破坏，动植物丰富。人们常见狍子从里面没头没脑地跑出来，看见刀锋岭外的松鼠在断粮的时候，去那儿寻松子。

小曲遗弃了父亲，从刀锋岭回返时，有种杀人的感觉，浑身冰凉，手脚哆嗦。他满脑子是父亲最后的影像，他拿着一封信，那么坚信不疑地奔向深山。刀锋岭是不是有狼？想着父亲可能成为狼的大餐，小曲心慌气短，吉普车在他身下也就成了野马，难以驾驭，左冲右突，不走正道，在一个转弯处掉到沟里。事故不大，小曲只是胳膊擦破了皮，吉普车也只是轻微剐蹭。他试图将车从沟里弄出，可他开足马力，它却纹丝不动，仍赖在那里。小曲只得上了公路，求助过往车辆。隆冬时节，公路上极少有车辆经过。他在寒风中等了一个小时，才遇见两辆车。第一辆车是运煤卡车，司机停下车，问他有没有棕绳，可以帮他把车拖上来。小曲说没有，司机说他得赶路，撂下小曲走了。第二辆车是个轿车，车主远远看见一辆吉普车掉进沟里，不想惹麻烦，于是加大油门，呼啸着从招手的小曲身边急速掠过。小曲冻得瑟瑟发抖，觉得自己这是遭了报应，不如跟父亲一起死了算了。他没有朝回城的路走，而是奔向刀锋岭。想着父亲在那里，他的腿上有了力气。晚上八九点钟，他看见了远方公路的一处灯火，他犹疑地接近那座院落。一只狗汪汪叫着扑来，屋门随之打开了。小曲初见皂娘那张扭曲的脸，以为撞见了鬼，他想这是阎王爷派来收拾他的。谁承想进得屋里，见父亲坐在烛光闪烁的餐桌前，正吃着热气腾腾的汤面。老曲见着小曲，抽了一下鼻涕，打着饱嗝说：儿子，可算找着空色林的人家了！

皂娘从那封信和老人癫狂的精神状态上，知道他是遭遗弃了。至于被谁遗弃，她想收留了老人后，再做打探，谁知小曲当夜就现身了呢。老曲见着小曲说的第一句话，皂娘就一切都明白了。她并未急于谴责他，而是让他烤火，然后给他盛了一碗面，看着他吃完，这才对小曲说，再不济的，他是你爹，咱咋能干出这种事哩！小曲哭了，把心中的苦衷讲给她听。皂娘听了之后说，你怕他在你死后受罪，也不能把他往狼嘴里塞啊，要不是白蹄，你就再也见不着爹了！你放心吧，咱家白蹄把他带来了，他就跟咱有缘，不管你将来是死是活，你爹都是咱的人啦！咱会好好待他，不让他受罪。小曲感激涕零，跪下给皂娘磕头，叫了一声"妈——"。他告诉她，父亲做了大半辈子的邮递员，对信最有感情。只要他发病了，塞给他一封信，让他送信去，他就听话了。

小曲回城后，病情迅速恶化。腊月时他强撑着，租了辆车，最后一次探望父亲。

他送来了父亲留在家里的衣物，还有一纸箱假信件。小曲勉强过了年，正月一出，人就没了，从此以后，再也没人来探望老曲了。

皂娘收留了老曲，除了白蹄，又多了个伴儿了。那时乌玛山区东部发现了金矿，开矿的来了，再加上旅游开发，过往的车辆多了，常有车主在经过她的黄房子时，向她讨水喝。皂娘觉得这是好商机，便把家改造成小店。热茶、家常菜、自酿的烧酒，使她的小店热闹起来了。客人们进屋后，发现有一个船形澡盆，吃饱喝足了，不着急赶路的，就让她烧锅热水泡个澡，松快松快。皂娘年岁大了，男人们也不避讳她，常光着身子，唤她搓澡。皂娘看他们喜欢泡澡，就在屋子东南角，隔出间澡屋，将她打造的那个船形大澡盆搬进去。

从翠岭林场迁走的人，听说皂娘开了小店，赚着钱了，有两户眼热，也回来开起了客店。这样，这个本该荒疏下去的地方，因这三户人家，渐渐成了驿站。那两户人家抢了皂娘的生意，她也不恼，因为老曲拿着信在翠岭林场废弃的老房子转悠时，没敲开过任何家门，他们的归来，至少让老曲有了送信之所。为避免纷争，皂娘后来干脆不经营饭食了，专给客人洗澡，兼卖手工皂。她用榆木做了一块长方形的匾，将都柿果捣烂，用它靛蓝的浆汁，自上而下，写上"空色林澡屋"五个字，竖立在院外。从此以后，小曲信封上那个虚妄的地名，就有了人气了。

故事讲到这里，关长河再次起身，嚷着喂马。我们说，你先前不是喂过了吗？关长河说刚才是豆饼，现在得给它点草吃。我们说，马拴在草地上，它一低头不就吃草了吗？关长河"咳——"了一声，说你们懂啥？草里也有坏草。好草跟好人一样，不多，你得去找，好马得用好草养！关长河借着月亮光，去寻他说的好草了。大概半小时后，他回来了，身上果然携带着一股不寻常的草香。不过他湿了一只鞋子，原来他在溪边滑了一跤，一只脚掉进溪里了。他脱下那只湿鞋，放在篝火上，当咸鱼来烤，而它的确散发出咸鱼特有的味道。

不等我们催他，关长河就一边烤鞋，一边把故事讲下去。

皂娘给客人洗澡，总是带着老曲，而且无论白天黑夜，澡屋都得点根蜡烛，不然老曲会不安。

客人进了澡盆，先泡上个一二十分钟的，皂娘这才带老曲进去。为方便给客人服务，皂娘坐在澡盆旁的一只四脚矮凳上，老曲则与她平行着，坐在一把高背椅上。老曲手里攥着一块肥皂，目不转睛地盯着客人，像警察瞄着小偷。

皂娘给人洗澡，是从脚开始的。她让客人仰躺着，先洗正面。她会把客人的脚趾掰开，轻揉轻洗，好像每个脚趾都是花骨朵，得格外爱惜，不然就被碰落了，这时的她就是个花匠。洗过脚后，她变身为琴师了。她纤细苍老的十指，会将客人的腿认作竖琴，在上面轻轻弹拨，抖掉风尘。男人们腿间的私物（皂娘称之为"淘气包"），她也不避讳，她耐心而轻柔地清洗它们，就像对待婴儿一样。而洗到客人的胸腹部，她就像要为盛宴中的菜肴，找一张光亮的桌子来摆置，反反复复地擦拭，这时的皂娘就是厨娘了。洗过胸腹，她会拎起人的胳膊，把腋窝当鸡窝来打扫。有的人害痒，会哈哈笑起来。客人一笑，老曲也笑，"哗啦哗啦——"的洗澡声，也像是在没完没了地笑。而皂娘是不笑的，她洗过胳膊，会让客人翻身，俯卧澡盆，洗客人的反面——搓背。她先是灌溉农田似的，把温水撩到人的肩背上，然后从尾骨开始向上搓，手指如翻转的浪花，层层推进，一直到后脖颈，她不断重复这个动作，不断加力，清理陈年旧账似的，将脊背的尘垢一扫而光，让它成为朝霞映照的湖面，明媚鲜润。之后她洗他们的臀部，她苍老的手就像受伤的鹰，在努力爬过高山。待到攀至峰顶，她会擂鼓庆祝似的，朝着屁股，快意地"啪啪——"拍打几下，这也是让他们回转身的指令。

客人回到正面后，澡盆的水多半混浊了。这时皂娘会起身，端来一盆温热的清水，放在她坐的矮凳上，让客人侧身，而她屈身站着，为他们洗头。她洗头很费心思，先是揉捏太阳穴和耳朵，然后才浸湿头发，从老曲手里取过肥皂（也许是玫瑰皂，也许是松露皂，这得依据客人的喜好了），将头发均匀地打上肥皂，让头发与皂液先亲密接触着，将手移至眉毛，用指甲理顺它们，然后再修剪树木似的，仔细清理了胡须，这才去洗头发。此时的发丝经过皂液的滋润，非常好洗。皂娘洗头的时候，手会淹没在雪白的泡沫里。老曲看不见皂娘的手了，会紧张得跳起来，呜哇喊叫，急出泪来。皂娘就得抽出手，晃晃给他看。沾在皂娘手上的肥皂泡出水后，如绽放的爆竹，"噼啪——噼啪——"地破灭，老曲见皂娘的手在皂花开放后，完好无损，这才坐回去。皂娘洗完客人的头，会把洗头水泼掉，再往澡盆里加上几瓢热水，撒上晒干的野菊花瓣，丢下一条干爽的毛巾，让客人独自静默地再泡上一刻，出浴后自行擦干身体，然后她带着老曲，轻轻关上澡屋的门（如果是白天，她会先把蜡烛吹灭了），出去饮酒了。她每次给客人洗完澡，都要用一盅酒来慰劳自己。

起先来洗澡的客人们，出浴后会给皂娘留下三四十块钱，后来因为来的人多，价钱自动涨到五六十块了。皂娘带着老曲受羁绊，进城采买不容易，就跟客人说在山里花钱麻烦。有心的客人便问她想买啥，可以给她捎来。皂娘说人活着最要紧的是打点肚子，吃喝最重要了。皂娘的话传扬开来，客人们再去空色林澡屋，付给她的就是吃食了。鸡鸭鱼肉，烟酒糖茶，大米白面，腊肠豆干，挂面粉丝，瓜果梨桃，油盐酱醋，甚至姜葱蒜，真是要啥有啥。

老曲跟了皂娘，就是掉进福堆了。他胖了，气色好看了，说话声音也洪亮了。他一旦发病，皂娘就往他手里塞上一封信，让他去投。怕他走丢，她会让白蹄带着他。那两户回到林场开客店的人家，不知收了多少信。他们心疼皂娘，信攒了一沓后，又悄悄给她送回来。白蹄有时想撒欢儿，就不把老曲往客店带，而是领进山里。有窟窿的树桩，在老曲眼里就是邮筒吧，他会把信投进那里。皂娘是怎么发现这个秘密的呢？有一回她为了得到烧柴，扛着斧子去劈树桩，结果劈出一封信来。

皂娘知道老曲有时连人和邮筒都分不清了，对他更加体贴。白酒要给他温过，茶水绝不让他喝凉的。老曲喜欢吃带馅的东西，包子、饺子和馄饨，就是她家灶上的主角。过年时皂娘穿着一身旧衣裳，可她会在腊月带着老曲进城，给他买新衣新帽。她还会给他糊上一盏红灯笼，除夕夜往他衣兜里揣上花生、瓜子，让他提着灯笼出去转。

皂娘和老曲睡一铺炕，但不是一个被窝。因为老曲来后，她添置了一套铺盖，被褥枕头，一应俱全。他们洗澡时，总是老曲在先，皂娘在后。人们说起他们的事儿，无不哀叹，说要是时光倒流三十年多好啊，皂娘和老曲就能搂在一起睡了。

老曲闲下来时，爱摆弄皂娘的鼻子，他老想做英雄，把它拯救到正路上来。他揪着她的鼻子，执拗地搋向脸颊中央，就像牵一匹不听话的烈马。有好多次，鼻子仿佛是归于正位了，可他一松手，它又回根据地了，让他好不沮丧。皂娘常被他弄疼鼻子，也是烦了，又留起长刘海，遮着那半张脸，这样老曲就放过她的鼻子了。

又过了几年，皂娘把那绺长刘海再次铰掉了，不说你们也明白的，老曲死了！

他是怎么没的呢？说是那年夏天有个客人洗完澡，出了澡屋，掏出一个巴掌大的游戏机，边玩边喝茶。老曲凑过去，见好几只骷髅头在动，大叫一声"捉鬼"，之后一个跟头栽倒在地，瞪着一双惊恐的眼睛，走了。

皂娘把老曲埋葬在黄房子西侧的松林中，逢年过节，不忘带供品去看看他。每逢吃饺子，还习惯给他留一碗，搁在桌上。看着烛光下的饺子热气散尽，筷子没人碰，她会长叹一声，连喝几盅酒，把凉透的饺子吞掉，然后睡上一场。

皂娘依然给客人洗澡，不过带的不是老曲，而是白蹄了。她白天去澡屋，也不用点蜡了。白蹄坐在老曲坐过的地方（当然把他的高背椅揶开了），跟老曲一样机警地盯着客人，只是它手里不能攥着肥皂。谁要是在皂娘给洗胳膊时，手无意间触了女主人的脸，它就会汪汪叫着抗议。所以入了澡盆的男人，比老曲在世时还规矩，皂娘让怎样就怎样，不敢有丝毫不恭。

白蹄老了，但它生性难改，还是做些可笑的事情。

有一个客人洗完澡，做了个抽烟的动作，说要是在澡盆里抽上一支烟多恣啊。

白蹄跟皂娘出了澡屋后，就把桌上的半盒香烟叼起，放进澡盆。想想人抽烟得使火，它又去灶台，取了火柴送去。客人眯着眼享受时，听见白蹄"哈哧——哈哧——"进出不停，也没理会。待到他闻到烟丝的味道，睁开眼时，发现了澡盆里漂浮着的香烟和火柴。客人笑了，捞起它们，送到皂娘面前，说，你看那蠢狗干的好事。皂娘把白蹄吆喝过来，说，白蹄啊，你真是狗脑袋啊，烟丝、火柴进了水，等于是人绑着石头投了河，不是找死吗？看在你跟咱一样老了的分上，咱就不揍你啦。从此后皂娘把香烟搁在柜顶，把火柴放在调料架上，都是白蹄难够到的地方。不过半年以后，皂娘又把它们放回原位了，她老得胳膊抬不高，取香烟火柴太费劲了。

关于白蹄，流传着的最令人捧腹的一件事，是有一个客人吃饱了过来洗澡，洗到一半，放了一连串响屁，白蹄见澡盆"咕嘟嘟——"地冒出一串气泡，来了神了，以为气泡下面有鱼经过（它跟着主人去溪边时，皂娘指点给它冒气泡的水面下，有鱼活动，它因此练就了从水泡下捉鱼的本领），白蹄兴奋地奔向澡盆，张着大嘴准备逮鱼，被皂娘及时呵斥住。客人吓得双手捂住私物，生怕白蹄把他的宝贝当鱼给捕获了。

来空色林澡屋的，谁没点委屈呢。皂娘给他们洗澡时，那些委屈大的，算是找到了宣泄口，会痛快地哭上一场。泪水融入散发着他们体味的洗澡水，就像汇入了世俗生活的洪流，他们拔脚出浴时，轻松了许多。

有个病入膏肓的中年人，怕自己死了再也不见日月，觉也不睡了，昼夜望天，说要多汲取点日月的精华，不然在另一世，会堕入黑暗之中，精神快崩溃了。他听了空色林澡屋的神奇故事后，特意来此洗澡。他是白天来的，但皂娘知道他的事情后，等到天黑才给他洗。她也没点蜡，带着白蹄坐在黑暗中，手指撩着温润的水，就像浇灌久旱的荒山，从他的脚到头，每一寸肌肤都滋润到，揉捏到，爱抚到，让他的每个阻塞的毛孔，都打开天窗。她问他，感觉到黑了吗？客人说没有，他感觉全身心沐浴在光里。皂娘说，这就对了，要说黑，心待的地方是最黑的，可它不怕黑。它怎么不怕黑呢？它跳，咚咚咚咚，不停地跳，这样它住的黑屋子就亮了，光也出来了。你不用找光，只要你的心好好地跳，别缩，光就能找你。也怪，洗过澡，这人归于平静，把生死看淡，彻底放下，居然战胜病魔，幸存下来。他每到腊月，都会带着鸡鱼猪羊，给皂娘送来年礼。

皂娘上了岁数后，更加心疼白蹄，她想让它多陪自己几年，所以不吝惜把好吃的分给它一些。每晚睡前，不管多累，她都要蹒跚着走到院子，跟白蹄打声招呼：咱俩得好好的呀，明早不许不醒来！

皂娘最怕的就是自己先死，白蹄没了主人，谁还会收留一条垂暮的老狗呢？为此她跟那两户开客店的人家，努力地搞好关系。客人送来的东西吃不了，就分送给他们，只图万一她没了，他们能善待它。两户人家都表示，开客店剩饭剩菜多，养个白蹄不成问题。皂娘再嘱咐他们，万一白蹄做了错事，呵斥它几句就是了，老狗懂人话，千万别踢它，它老了，不经踹了。还有，万一它死了，别吃它的肉，把它埋了。客店主人都撇着嘴说，一条老狗，有啥吃头？埋，肯定埋！皂娘就安心了，回头再取几块她做的肥皂，给他们送去。

我记得很清楚，当我们还想听空色林澡屋的故事时，关长河抬眼看了下天，长叹一声，说，月亮也是个大澡盆，它用的是银河的水，要是此刻他能飞进月亮，让皂娘给洗个澡多美啊。他那语气和神态，好像皂娘在月宫烧好了一锅洗澡水，正候着他呢。我们意犹未尽，可关长河说，时候不早了，该睡了。他起身的时候，问我们要此行的向导费，说明天就出山了，夜里揣上钱，睡得踏实。我们没有犹豫，按照事先讲好的，把钱如数给他。他很认真地在月下点过钱，拉长声说"对数——"，跟我们挥挥手，然后指向星辰寥落的东方，有意无意地说，明早朝着那儿走，就能去空色林澡屋泡澡啦。

关长河睡下了，他睡在离马很近的地方，我们在他离开后争论的间隙，还听到过他的鼾声。由于空色林澡屋只收吃食，因此我们先是在篝火旁，把所剩无几的罐头、干肠和饼干搜罗到一起，然后讨论去空色林澡屋的人选，因为皂娘每天只给一人洗澡，而我们只是路过，不能久留，仅一人有这福气。开始时大家都沉默着，没有人主动说去，也没有人说放弃，而沉默总是风暴的前兆。

最先打破沉默的是小李，他从林业大学毕业才一年，这一路他刻意不刮胡子，留起长发，像个落魄的艺术家。也许是在大学熏陶的，他提出了一个 AA 制洗澡方案：五个人都下澡盆，分别洗头、胸脯、肚子、腿和脚。我们以为他在开玩笑，可他认真地说，既然大家都想洗，那么此分配最为合理，这样每个人都能进澡屋。他说如果大家同意他的方案，他有优先选择权，他要洗脚。因为皂娘给人洗澡，是从脚开始的，那时的洗澡水最干净，而他走了一路，脚疼得很，正需按揉。我们四个比小李年长的人，觉得他这是痴人说梦，异口同声地予以否决。接下来是对领导的话永远言听计从的小许提出的方案，他说应该领导洗。我是此行的队长，那就是说让我洗。其他人不吭声，我赶紧识时务地说，这可不能搞特权，再说五个人当中，有两位比我年长呢，他们应该有优先权。那两位分别年长我三岁和四岁的人，一个是老孟，一个是老薛。孟薛对望一眼，孟说应该抓阄儿，薛说拼酒量，把余下的酒喝光，谁没喝倒，就是谁的。老孟的好手气和老薛的好酒量，都是有名的，小李和小许，旗帜鲜明地反对。小李说，抓阄儿等于绕开了问题的实质，张扬中庸之道，应予摈弃。小许说，拼酒量是野蛮人的做法，极不人道。看大家争执不下，我说，皂娘愿意给风尘大的人洗澡，比一比谁的风尘大，谁就去洗。老薛呵呵笑着说，泥坑的猪风尘最大！我们大笑起来，那一刻的气氛是融洽的。最后大家依着我的思路，统一想法，就是敞开心扉，诉说各自的不快，比一比谁的委屈最深，磨难最大，辛酸最多，空色林澡屋就归谁享用。从我开始，按照围坐篝火的顺时针次序，依次开讲的是：老薛、老孟、小许、小李。

我先说。先说的好处是先声夺人，可把最刺目的痛楚当利剑亮出，让小痛楚在它面前被腰斩。我说，你们看到的我，不是我，而是非我。我自幼喜欢医学，可我那做教授的父亲，认定地球上最伟大的职业就是地质学家，他居然篡改了我的高考志愿，把我送入地质大学。我毕业参加工作后谈了一个女友，是中学音乐老师，可我母亲认为一个搞音乐的妻子，私生活会像五线谱一样混乱，私下约会她，愣说我有相恋多年的女友，两家早就会过亲家了，我爱的女友信以为真，一怒之下离开了我。最终我娶的老婆，你们也知道，是父母为我选的图书管理员。她太古板了，一点儿女人味都没有。我们过了二十几年，我等于在冰窖里活了二十多年哪！那个冷啊，不是一个正常男人过的日子。你们知道吗？我老婆健健康康的，可她说她活着就是为了等死。她厌世得厉害，华服美食，自然美景，音乐美术，男欢女爱，这些能使人愉悦的事物，她一概没兴趣。我让她去看心理医生，她反而说我有精神病。跟你们说真话吧，我受不了她，几年前与初恋女友联系上了。她还当音乐老师，就是日子过得不顺，她丈夫虐待她。为啥呢？不用说你们也猜得出来，她把初次给了我，她男人新婚之夜发现她不是处女，从此酗酒，每次醉酒打她，就逼问破了她处女身的元凶，声言要干掉这家伙。她怕说出我的名字，这男人真会提刀找上门来，所以一直跟他说我得了癌症，早死了！现在你们理解了吧，为什么我父母相继去世后，我的精神状态反而比以前好了？因为他们再也不能干涉我的生活了！你们说我这半辈子，活得苦不苦？

我以为自己的情感经历，泪迹斑斑，能引起大家的同情，谁料先是小李冷笑一声，说，队长看着挺聪明的，没想到是个窝囊废！谁让你当木偶啦？是你愿意啊，不是活该吗？两个人能过就过，不能过就散，你和音乐老师现在也可以重温旧梦呀，这算什么苦呀？接着老孟"哼——"了一声，说，你老婆再冷，这冷宫不是也给你孕育了个儿子吗？她要真是冰窟窿，啥种子能发芽啊？这一老一少，戗得我哑口无言。

接下来大倒苦水的是老薛。他像个说书人，清了清嗓子，拍了一下大腿，揉了把脸，说，你们看我这张跟黄土高坡一样的脸，就知道我遭过多少罪吧？我年轻时挖过煤，每天下井的感受你们知道吗？就跟被人抬进棺材一样，随时有被埋掉的危险。为脱离这地狱似的环境，我跟爹娘说，给我半年时间复习吧，让儿子能从地下升到地面，享受到阳光，不然这一生太黑暗了！我家那时穷成啥样呢？
房子是漏的，铺盖不够用，米缸常常是空的，肥皂和灯油都使不起，我要是不挖
煤，一家人可能会断顿！但爹娘听我这么说，还是咬牙同意了。我不分昼夜地复
习，也很争气，当年就考上了大学。我得感谢那时大学为贫困生设立的助学金，
没有它，我很难读下来。不瞒你们说，大学时我没添过一件衣裳，吃的是最差的
饭菜。大学毕业参加工作后，我挣的钱大都贴补老家的父母了，依然清贫。不怕
你们笑话，米面油盐、牙膏厕纸，甚至内裤袜子，无论什么，我都得精打细算，
买最便宜的。好在那时单位分了套小房子给我，我才娶上媳妇。就因为家庭条件
差，所以媒人给我介绍了四个对象，只有暖瓶厂的一个工人看上我。谁看上我，
谁就是我的福音书，我娶了她。接下来的故事你们也知道的，她生的是龙凤胎，
对别家而言，这是喜事，可对我们来说，抚养一双儿女成长，天天都得爬坡过日子。
后来，暖瓶厂关了，她下岗了，家中用度，全靠我一个人了。日子本来过得就难，
偏偏我娘得了癌症，把我仅存的一点儿钱，都烧到手术台上了，娘的命却没保住。
我爹受了刺激，高压天天都在二百徘徊，最终中风偏瘫，这样我只得把他接进城
伺候。妹妹嫁了人，按我们那里的风俗，女儿是可以不赡养老人的。你们想想吧，
一套四十平方米的屋子，老少三代挤在一起，是个什么景象！阳台就没晴朗过，
天天吊着洗的东西；为了省下买青菜的钱，我家冬天以腌菜为主，本来就不大的
厨房，摆满了酸菜缸、咸菜坛，没个好气味。队长嫌你爹娘干涉太多，给你改了
高考志愿，可他们给你留下了大房子，你再不痛快，也是在大房子里敞敞亮亮地
不痛快啊。我呢，伺候生病的老人，还得挣这俩孩子上大学的学费，就差卖血啦。
说真的，勘察结束，最伤心的就是我了，我不愿意回到城里那个小屋子啊！爹在
哼哼，媳妇苦巴着脸，我就像在垃圾堆旁找食儿的秃鹫，哪有什么尊严啊。我爱
喝两口酒，就想麻醉自己，可我就是醉不了，心里好像绷着根弦，千万不能倒下。
我一倒下，我家就相当于公司破产了。我愿意待在大自然里，这里随处可扎营，
我愿意住多大的屋子就住多大的，喝水不用交钱，烧饭不用交煤气费，太阳月亮
没有被雾霾遮蔽，昼夜都有灯使，电费也省了！老薛说到此时，声音颤抖，用手
蒙住脸。他是否哭了？那晚西去的月亮，也许比我们看得更清楚。

　　轮到老孟说话了，老孟先是对老薛说，不管怎么说，你还有爹可伺候着。爹
是什么？是太阳啊。有爹在，他就是再磨人，相当于乌云遮住了太阳，可背后还
是亮堂的呀。你们不知道，我是个遗腹子，爹连张相片都没留下，我不知道他长
啥样。我娘带我改嫁后，继父对我的狠，三天三夜也说不完啊！继父一打我，你
们知道我干啥？我就坐在镜子前，对着自己的脸，在作业本的背面画爹。我画完
一张，就偷偷给我娘看，我娘一摇头，我就知道画得不像。只是有一回，我拿着

画像给娘看，她一看就落泪了，我知道自己画对了，这张画像我一直留着，结婚后把它镶上，除夕在家里的香案上摆上相框，给爹磕头拜年。我长大后不止一次问娘，我爹咋死的？娘总是回一句，他寿路到了。直到我娘去世后，我小舅才对我说出实情。饥荒年代，我爹为了给怀孕的娘找吃的，惦记上了盘在村中井壁的一条蛇。他趁晚上井台空荡的时刻，腰间缠了绳子，带着自己用树杈做成的捕蛇器，去了水井。结果爹非但没捕到蛇，反倒让蛇咬了。爹中了蛇毒，挺了一天，就没气了。那条咬他的蛇，从井壁消失了。村里就这一口井，村里人说我爹碰那条蛇，触怒了神灵，从此喝这口井水的人都会遭殃，逼我家另打一口井，还不准爹落葬。村中几个瘦得皮包骨的汉子，把我爹抬到山坳，说是惩罚他，让他暴尸荒野，实则把他当成诱饵，打的是捕猎的主意。我小舅说闹饥荒那会儿，村里人把能吃的树都啃秃噜皮了，没啥吃的啦，动物也少，飞禽走兽极难见到。那几个男人在爹身上，设置了各种捕鸟和捕兽的夹子。那段时间，去爹的尸首旁等猎物的，接二连三。爹最终为村人猎获了七只乌鸦、两只鹰和一条狼，听说爹最后只剩下几根骨头。村人不能再用我爹做诱饵时，就撇下他回村了。我娘生下我后，去山坳寻爹的尸骨，可她一条骨头也没捡着。我小舅说捕获的猎物，让村中濒临死亡的人，活了下来。他们也感念我爹，给我娘分了半只乌鸦。若不是这半只乌鸦，我娘都没力气生下我。我不敢想爹的尸首做诱饵的情景。你们没发现吗？这三年来，我的头发掉了多半，自打我小舅跟我说了实情后，我整宿地睡不着，一闭眼就是乌鸦和老鹰的影子。所以你们明白了吗？这一路为啥我听见它们的叫声，就心烦意乱？唉，要是皂娘能给我洗回澡，把憋在心里的委屈洗淡一点儿，我也不枉在这青山绿水中走一回！

老孟的诉说，似乎打动了在场的每个人。因为大家以哀悼的姿态，低下头来。最终是老薛先抬起头来，叹息一声，对老孟说，毕竟都是过去的事了，现在你家过得多好哇，老婆有个好工作，儿子考上了北大，你家的日子，比这团篝火还红火，谁不羡慕啊。老孟说完，拍了一下小许的肩膀，示意该他说啦。

小许一张口，还是强调应该让领导洗。如果领导一定要让给手下人的话，谁身上的味儿最难闻，谁就去洗。老薛首先反对，说，你小子脚丫最臭，谁不知道？老孟也反对，说，别人都讲委屈，你不能绕过，绕过就等于刺探了别人的隐私，把自己深藏起来，这是叛徒的行为。小许被逼无奈，说他此生最大的委屈是入赘。他家在农村，在城里买不起房，只得娶了个有房的城里人。她老婆在京剧团做剧务，有演出的日子，他们就得分床睡。因为她爱舞台上扮相俊朗的小生，演出当晚回到家，她还痴迷着角色，看小许便百般地不顺眼，他就得给她个心理调整期，分居一两天，让她能够从虚幻的舞台，回到柴米油盐的日子。小许说，入赘的男人，就是做了战俘，终生不得翻身。

最后登场的是小李，他先声明他的委屈，不是他个人的，而是一代人的，所以他是在争取一代人洗澡的权利。小李说，不管你们有多大的委屈，你们都居有定所，毕业后组织给分配了工作，医疗有保障，手捧铁饭碗。我们这代人呢，赶上了高房价、高物价、高污染空气和水源的时代。像他这种毕业后能找到工作的，算是幸运的。很多大学生，毕业就等于失业了，成了啃老一族。他们蜗居在父母家中，被苍老的翅膀护卫着，怀揣简历，奔波在路上找工作，在夹缝中求生存，这样的青春岁月，就像在荒漠中跋涉，该是多大的委屈！小李说，以他为例，他一个月的工资三千六百块，去除每月房租一千两百块，伙食费一千块，水电、煤气费三百块，上网费、电话费两百块，看电影、日常生活用品等两三百块，再加上人情往来，真是属于月光一族了。即便贷款买房，五六万的低首付，对他们来说也是天文数字，更不要说成家生孩子了。他大学同学中，毕业后唯一一个结婚的，是个叫方超的人。方超在城里找不到工作，干脆回乡开了养鸭场。他父母说，早知道他回来养鸭，就不让他上大学了。方超找了个开鞋店的姑娘，日子过得挺踏实。小李说得兴味索然，我们也听得兴味索然。我对小李说，每个人都讲了各自隐秘的事情，你总得说出一桩，不然月亮都不饶你！小李哈哈笑了，指着滑向西天摇摇欲坠的月亮说，你瞧它困得都要回屋睡了，哪里还顾得上咱们这帮说委屈的傻瓜！一定要让我说一桩的话，我告诉你们，我的女友大学毕业去西北支教了，原想着等两年支教结束，她会回城和我团聚，可是三个月前她突然告诉我，她爱上了当地公安局的一个警察，打算留在那里了。她说，凡是支教期满主动留下的教师，当地政府会分给一套两居室的房子。我们好了三年，一想到我爱的女人，一生要经受大西北狂风的吹打，我就心痛！我们同居过，她喜欢吃黄瓜，身上总带着一股清香味儿，现在我夜里睡不着时，真是奇怪了，总能闻着黄瓜香味儿，真是让人伤心哪。小李说完，脸上浮现出奇怪的笑容。

那晚在场的人都道出了委屈，接下来就是品评谁的委屈可以下澡盆接受洗礼了。我们像是一群在婚宴上抢糖果的孩子，争得面红耳赤，互不相让。最后伤了和气，谁都没进帐篷，散开后各自展开睡袋睡下了。关长河的离开，我们毫无察觉。总之，早晨醒来，飞舞着阳光的松林里，关长河和他的马，就像昨夜天空的浮云，踪影皆无了。

我们在失去向导的情况下，向着东方，艰难地走出森林。出山后果然在公路旁见到一个小驿站，那里有两家客店，提供简单的吃食。我们分别向主人打听空色林澡屋，打听皂娘和白蹄，他们一脸迷惑，说不知道。我们不相信，返程途中，只要遇见乌玛山区的人，不管他是放马的、护林的、运煤的，还是采山的、种地的、打草的，都会问，空色林澡屋在哪儿？可是无一例外，他们都冲我们摇头。

我们的勘察任务完成得堪称完美，各项数据获取得非常翔实，可是我们离开乌玛山区回城后，无不垂头丧气的。老孟、老薛在单位见了我，都躲躲闪闪的。小许则变成了絮叨的老婆子，见了我一遍遍地解释，入赘其实对他来说不算啥委屈，他老婆待他挺温柔的。总之，大家都有说出秘密后那种难言的空虚和后悔。

有一天下午，小李来我办公室送关于乌玛山区水文方面的勘察报告，这是此行他负责的内容。我问他，与大西北的女友真的彻底断了吗？如果忘不了她，还是要去争取。因为在青春时代错过爱情，婚姻很容易坠入世俗的泥潭。小李眨着眼笑了，先拱手对我说领导对不起，接着告诉我他与女友间的悲催爱情故事，是被逼无奈，依照报纸上看到的一条消息，编排到自己身上的——他还没女友呢。

小李见我惊愕不已，说，其实关长河讲的故事，也未必真实，不然他为什么在说完空色林澡屋的故事后，不辞而别呢？因为他无法带我们抵达那里。小李还说，他也不大相信那天大家诉说的委屈。真正的委屈，不是那么轻易道得出来的。而能说出的委屈，因个人处境和地位的不同，自然也做了种种修饰或伪装。

小李的话令我动气，我将那份乌玛山区水文勘察报告甩在办公桌上，冲小李吼，你在怀疑老薛、老孟和我编瞎话？小李说，领导息怒，我不是不信任你们，我是不信任那晚的场景，它太像电影了！关长河是个好猎手，更是个高超的导演，他把我们往一个情境里赶，就像把猎物圈在他的围场里，他都不用举枪，我们个个中弹，和他故事中的人物，一起成了演员。

小李是什么时候离开的，我毫无察觉。我在办公室，从下午呆坐到黄昏，无论是敲门声还是电话铃声，一概不理。下班后，我给老婆打电话，谎称出差，告诉她晚上不回家了。我找了这座城市最偏僻的街巷的一家小酒馆，要了油焖河虾、酱焖酥鲫鱼和啤酒，自斟自饮。在小酒馆吃喝的，还有四个出苦力的人，他们显然是进城打工的农民，头发乱蓬蓬的，裤子上满是灰土，衣裳汗渍斑斑，脚下的绿胶鞋散发着臭烘烘的气味，但他们热情洋溢，高声说笑。他们点的菜比我口味重，麻辣螺蛳和红烧猪大肠是主菜，配菜是花生米和海带丝，一瓶老白干四人均分，一人一海碗米饭。他们连吃带喝，胃口极佳，杯盘碗盏，最终丝毫不剩，光可鉴人，好像刚从洗碗机中出来似的。他们结账，居然采用 AA 制，每人花费三十二元。他们离席时，其中一个人看了我一眼，说，兄弟，一个人喝酒多没意思呀。我顺势请他们喝啤酒，四人也没扭怩，一人要了一瓶，开瓶后对着瓶嘴，站着一口气喝光，然后快意地谢我。其中有两个人还说了祝福语，一个祝我买彩票中奖，一个祝我早日抱上孙子。

我学着那几个民工，把盘中的菜吃得光光的，酒也喝得一滴不剩，飘飘忽忽地走出酒馆。夜已深了，我去附近的一家快捷酒店登记住宿。一口黄牙的老板娘扫了我一眼，问，就你一个人住？我说是。她诡秘地一笑，压低声音说，我知道你们这些男人是来干啥的，我帮你联系小妹吧。你喜欢啥样的？我告诉她，我不喜欢小妹，我喜欢老婆子。有个老婆子叫皂娘，你要是能把她请来，给我洗回澡，我就付她五星级酒店的房费。老板娘把钥匙牌"啪——"的一声摔在柜台上，不再理睬我。

我拎着钥匙，沿着逼仄狭窄的楼梯进了鸽子笼似的房间，一头扑倒在床上。这时，手机铃响了，我很想在此时跟谁说说话，按了接听键。电话是一个男人打来的，他很客气地自报家门，说他姓郜，是乌玛山区林业局帮我们请向导的人，我们见过一面，下午他给我打过两个电话，我没接听，而他要说的事情紧急，所以占用我的休息时间再次打来了。老郜先问我关长河一路用了多少颗子弹？我想都没想，说了个"二"字。他迟疑一下，说，你说的是"二"，还是"十二"？我捋直舌头，强调是"二"。他微妙地叹息一声，又问，关长河的猎枪，是在与狼搏斗时损毁的吗？我霍地从床上坐起，说我不知情，因为出山前夜，他撇下我们，和他的马一起消失了。老郜沉吟一下，说关长河告诉他们，出山前夜勘察队在营地遭遇狼群袭击，他为了保护我们，独自与狼群奋战，猎枪废了，弃在山中，不能归还，而他总共用掉十二颗子弹，所以行程结束，他只还回了十八颗子弹。现在需要我们出具一份材料，证明这位向导，在我们勘察过程中协助我们完成了任务，猎枪是因保护我们而损毁的，子弹用掉了十二颗。因为猎枪是从派出所借的，不还回去，当地林业局会担责任，而关长河也会因此被视为持枪的危险分子。

我抓住这个机会，问他，你知道关长河的电话吗？我有事想跟他沟通一下。老郜说，关长河从来不用电话，想找他，得通过他人去寻，他常年在山中游荡。我又问，关长河有家吗？老郜说，他是个弃婴，当年被人扔在山上的鄂伦春营地，所以他是鄂伦春人带大的。至于他是汉人还是鄂伦春人，无人知晓。但从他的体貌特征来看，他应该有鄂伦春血统。他至今未婚。我又问老郜，你听说过空色林澡屋和皂娘的故事吗？老郜很干脆地说没有。末了他嘱咐我尽早把证明材料写好，加盖公章，用特快专递寄来，收件地址他随后用短信发送到我的手机上。我一边答应，一边乞求老郜，如果见到关长河，务必把我的电话给他，请他回个电话。老郜勉强地说，好吧。

为了给关长河写那份证明，我们勘察队一行五人又聚集到一起。我转达了老郜的话，希望大家充分发表意见，达成共识后出具证明。小许首先表态，他说，领导怎么办，我都没意见。老孟说，那晚没听见狼嗥，所以猎枪是在与狼搏斗时遭损毁这一条，写时要慎重。老薛也说，关长河显然是在撒谎，即便他遭遇了狼群，他有子弹，只要开枪，驱狼不是轻而易举吗？何至于把枪当长矛使，与狼短兵相接呢？老薛与老孟观点的不谋而合，至少冲淡了归来后，弥漫在大家之间的冷漠情绪。轮到小李，他爽快地说，当地让怎么写，就怎么写呗，毕竟关长河一路上为我们立下了汗马功劳。现在假证明满天飞，又不差这一张。小李还分析说，关长河当初嫌配给他的子弹多了，显然那时他还没有私吞子弹的想法，如果他说用掉了十二颗子弹，只有两种可能。一种可能是他后来改变了主意，想留下猎枪和子弹，所以提前离开我们，对当地林业局虚构了狼群的事情。另一种可能就是，这一切都是老郜策划的，关长河是他找来的向导，老郜想私藏猎枪和子弹，于是让关长河编瞎话。小李的后一种分析，令我们这些比他年长许多的人对他刮目相看，他的判断不是没有道理的。经过大家多方权衡，反复推敲，最终形成的证明材料中，关于猎枪和子弹的内容，用的是模棱两可的句子：我们在勘察途中几次遭遇野兽袭击，向导关长河用猎枪为我们解除险情，动用了相应数目的子弹。

我将出具的证明材料加盖公章，特快寄出。

三天后，我给老郜打了个电话，想问问他是否收到证明，再打听一下关长河。可我拨了几次电话，老郜始终不接听。直到下班时，他才简短地回复了一条短信：证明收悉，诚致谢意。

这样的回复，就是告别语。我知道通过他寻找关长河，是不可能的了。

我试图让生活回到正轨，或者说回到平庸中，可是当空色林澡屋的故事像一道奇异的闪电，照亮了人性最暗淡的角落后，我的整个生活就被它撕裂了。我在空洞的光阴中，能感受到它强烈的光明，不禁又寻着这光明而去。我把春节的休假，放在了乌玛山区。

这次没有任务在身，我谁也没找，就是一个轻松的背包客，一站一站地行进。越向北走，旅人越少。在路上折腾了两昼一夜，除夕夜我到了乌玛山区。那里正是漫天风雪的时候，连绵起伏的山峦披挂着白雪，看上去像无尽的白色毡房，很有烟火气的样子，而实则人烟寥落。越往乌玛山区深处走，寒流越强，景色也就越壮美。每到一处驿站，我都要打听空色林澡屋和关长河，很多人知道关长河，都说他很难找到，但没有人知道空色林澡屋。我每次离开有手机信号的驿站，都会把自己的电话号码留给驿站主人，请他们见到关长河后，让他给我回个电话。

我就这样搭乘各色车辆，与乌玛山区冬天特有的麻雀和乌鸦为伴，在茫茫山林中寻找了六天，经过了多个驿站，直到返程在即，也没有见关长河，更不要说空色林澡屋了。但我收获了辽阔的天空，清冽的空气，洁白的雪，满天的繁星和每家驿站灶上的热汤，它们胜过最璀璨的城市灯火和最丰盛的年夜饭，是我此生过得最知足的一个年。

离开乌玛山区的前夜，我在一家林场酒馆怅然饮酒，突然手机响了，我迫不及待地接了起来。听筒先是传来一阵风声，接着是一个人沉重的喘息，一个苍凉而熟悉的声音随之响起，我立刻听出，他就是我苦苦寻找的关长河！他劝诫我不要找皂娘和白蹄了，谁也找不着空色林澡屋的。我急切地问为什么，关长河沉吟一下，说其实当时他应该对我们说真话的，皂娘遭人举报，指控她在深山搞色情服务，去年深秋她带着白蹄，乘着那个大澡盆，从青龙河顺流而下，不知漂荡到哪里去了。我万分愤慨，说，一个老太婆怎么可能搞色情服务？关长河深深地叹息了一声，又说也有人告诉他，皂娘是因为洗不动澡了，所以她带着白蹄，去没人的远山修行了，她什么时候回空色林澡屋，那得像看流星从夜空划过一样，靠机缘了。也许很快，也许数年。我又问他，为什么提前一夜离开我们？你真的遭遇了狼群吗？猎枪和子弹还在你身上吗？关长河只回了一句：咱把那个带帽遮的鹿皮小帽给弄丢了。

我以为他以"咱"自称，会以皂娘的说话方式，跟我多聊一会儿，可他似乎厌倦了追问，不再言语。听筒最后传来的只是"呵呵——"的声音，像他的笑声，更像那一刻横贯天地的风声。我的眼前闪现出戴着鹿皮小帽的关长河，他顽皮起来像个少年。而当他眯起一只眼时，他就是在打量你了。

关长河挂断电话后，我赶紧回拨过去，可是无人接听。再拨，接电话的是我途经的某个驿站的主人了。他告诉我关长河今日黄昏路过此地，他告诉关长河，有人在找他和空色林澡屋，关长河说找空色林澡屋的人，一准是喜欢和星星一起过日子的人。驿站主人掏出手机，劝他给我回个电话，可他执意不肯。驿站主人为了促成通话，特意陪他喝酒。一瓶酒下肚，关长河面色和悦了，主动抓起手机，出门给我打电话。驿站主人说，关长河还回手机，在我们通话的时候，他已经骑着鄂伦春马，离开了驿站。

我谢过这个热心的驿站主人，出了酒馆，迎着冷风，仰望银河。银河在夜空正以长剑的姿态，洒下亘古的光明，傲然插在茫茫雪原上，期待它以英雄的名义命名它。

不管空色林澡屋是否真实存在，它都像离别之夜的林中月亮，让我在纷扰的尘世，触到它凄美而苍凉的吻。我只身从乌玛山区回城后，生怕自己有一天会因这样那样的原因淡忘了它，于是用七个夜晚，把这个故事记录下来。因为是复述，所以故事的情境和人物的对话，难免有语意的微妙差异；又因为一些当事人与我相熟，所以我将他们的真实姓名隐去了。其实真名和假名，如同故事中的青龙河与银河，并无本质区别。因为它们在同一个宇宙中，渡着相似的人。

一九四〇年的屠夫

胡学文

一

　　和往常一样，赵六踏着平板车给宫本一郎送猪大肠。迈出门，他想起来没带烟斗，又折回去。翠花显然没料到赵六去而复返，慌慌张张地把什么东西往怀里塞。赵六盯了翠花足有一分钟。翠花有些发毛，结巴着问，咋……了？她一说话，那几颗黄澄澄的金牙忽隐忽现。赵六没言语，抓了烟斗转身离开。

　　昨晚，赵六和翠花吵了半夜。翠花嫌赵六回家晚。当然，这只是由头，她生气是认为他干了别的。赵六说听书去了，翠花说去那儿找过，黑灯瞎火的。赵六"噢"了一声，她竟然跟踪他。翠花说漏了嘴，索性不再遮掩。是他逼她这么干的，她牛马一样伺候着他，他却背着她舔别的女人。翠花平日很怵赵六，但说到赵六的那些破事，她就像斗鸡一样。终于偃旗息鼓，赵六却再无睡意。杀猪的日子，赵六一般三点起床，昨晚两点就爬起来了。翠花一向睡得死，可只要赵六起身，她脑里的发条就跟着响了。他杀猪，她烧水；他煺猪毛，她打下手。两人谁也不说话，但配合默契。

　　虽然折返了一趟，但赵六比往日还是早了一些。赵六想着翠花的动作和神情，猜女人干了什么。她有秘密了。她竟然有秘密了。当然，她早就有过，只是那些秘密实在太简单。赵六不戳穿，并不等于他不知道。但那天早上，赵六却没琢磨出来。赵六也没当回事，翠花干不出什么的。就她那水桶腰，就她那冬瓜脸，能干出什么？

　　赵六后来回想，那天早上遇见铁匠或许不是碰巧。从肉铺到监狱约一个小时的路程，骑得快点儿，四十多分钟也就到了。但赵六出门早，他宁可在监狱门口等候着。这是因为宫本一郎喜欢新鲜的猪大肠，赵六须在宫本一郎用早餐前送到厨房。还有一个原因，赵六不想碰到熟人。即便偶尔碰到，他也是招呼一声便闪过去。但那天早上，铁匠喊住了他。铁匠问他带火没有，就这么着，赵六停了两分钟，也可能是三分钟。那包东西是离开铁匠后砸到脖颈的。赵六吓了一跳，四下巡视，但什么也没看到。他摸了摸，软软的一坨。他知道是什么了。赵六把平板车停在街角，一遍又一遍地擦拭，怕宫本一郎闻出来，又从前边的包子铺要了一舀子凉水。脖子是洗干净了，领子却湿透了。初春的抚顺，寒意尚浓，赵六缩着脖子，狼狈中带着几分鬼祟。

监狱在高尔山脚下，赵六虽然进出这里有一年多了，但每次看到这个灰塌塌的家伙，都有想尿的感觉。这座阴冷的建筑像一只巨大的黑熊，他虽然经常喂它，但说不准哪天就被拍扁了。如果不喂，恐怕早就进了它的肚子。

进大门后，赵六下意识地往左侧扫了几眼。夜里死去的人，多半被丢在这里，等赵六顺便运走。看到那里空空的，赵六暗暗松了口气。赵六把猪大肠送到厨房，对厨师老王点点头便出来了。他站在门廊处，点了一锅烟。他不能马上离开，宫本一郎吃过猪大肠，喜欢和赵六聊天。宫本一郎是监狱长官，赵六不过是个杀猪的，从哪方面说两人都扯不上关系。宫本一郎说他喜欢赵六这个中国朋友。赵六明白宫本一郎留他说话的用意——他怕赵六在猪大肠里下毒。其实赵六在院里候着就可以，那么高的墙，还有电丝网，他不可能逃出去。宫本一郎没有必要让赵六去他的寝室。事实上，宫本一郎不只请他进去，还确实聊着，而且多半是些很轻松的话题。赵六疑虑重重，比如，这个日本人为什么爱吃猪大肠，还必定要新鲜的？为什么每次杀了猪，要赵六必须马上送来？为什么他的眼睛里有种奇怪的东西？抚顺城有那么多杀猪的，他为什么看上了赵六？当然，赵六不敢问，尽管宫本一郎鼓励赵六，他什么都可以说。赵六怎么敢当真？

聊天，主要是宫本一郎说或者问。宫本一郎的中国话极其流利，有时还捎带着抚顺方言。问的也多是些平常的问题，近日的肉价如何，米好不好买，戏园里唱什么戏。那天早上，宫本一郎突然问赵六抚顺城哪家妓院最红火。赵六瞠目结舌。宫本一郎眯起了眼，你没嫖过吗？赵六难堪地摇摇头。宫本一郎问，为什么？没钱吗？赵六低声说不是。宫本一郎走过来，在赵六肩头拍了拍，说从下个月开始给他加钱。赵六忙说不用不用。宫本一郎摆摆手，赵六识趣地离开了。

离开监狱尚不足五十米，赵六被日本兵吆喝住。赵六正庆幸今天没死人，不料想法落空了。两个日本兵将尸体往地上一丢，掉头离去。尸体的灰囚服满是大片大片的红，显然是新伤，似乎依然有液体渗出。赵六搬的时候，发现是具女尸。赵六暗骂这帮天杀的，迅速将苫布盖在尸体上。

翠花只知赵六给宫本一郎送猪大肠，不知赵六还兼给抚顺监狱丢尸。赵六不告诉翠花，怕吓着她，也担心她不小心说出去。那样的话，就不只是猪肉卖不出去了，他明白的。

送猪大肠不是赵六的选择，丢尸更不是。原先是日本兵丢，那天据说是监狱的车坏了，赵六被临时抓差。谁料这个差事一来二去坐实了。所以即使不送猪大肠，赵六每天也得跑监狱一趟。

赵六丢过的尸体有几十具了。准确地说，不是丢，是都埋了。赵六的平板车总是备着工具。春夏尚好，冬天就极困难。有时只得潦草应付，待开春再去返工。

第一次拉尸时，赵六心里发毛，后背冷飕飕的，他不时地回头，仿佛那尸首会随时跳起来。后来就不怎么怕了，但嘴里依然念念叨叨的。他们肯定都是屈死的，可这不关他赵六的事，赵六替他们收尸是积德呢。他们如果算账，也应该找日本人才对。尸体有年龄大的，年龄小的，也有看不出年龄的。每个人的伤势不同，有轻有重。有一具女尸，几乎看不出受过伤，赵六猜不出她是怎么死的。最惨的一具两条胳膊和鼻子都没了，赵六掰了两截树枝做了假肢，鼻子呢，用半个野桃核代替。虽然凑合，但说起来也是全尸。赵六能做的也就是这些。

赵六是个屠夫，杀猪无数。翠花说赵六杀气重，每年阴历三十晚上，都让赵六系红腰带。她还供了观音塑像，早晚都拜。翠花认为她这么多年都没怀上孩子与赵六杀猪有关。赵六不信这些，抚顺城杀猪的多了，大老李的老婆生了五个带把的呢。当然，赵六不会拦着翠花，她爱咋折腾就咋折腾。他也盼着她的肚子鼓起来。再过一个年她就四十岁了。

自从应了监狱的破差，赵六开始相信了。因为这期间发生了许多奇奇怪怪的事。有一次，他在林间挖坑，周围的树上挤满了黑压压的麻雀，把树梢都压弯了。那景象很恐怖。还有一次，那是个面目全非的男尸，赵六将他往坑里放时，男尸突然睁开眼睛，问赵六，我在哪里？赵六魂飞魄散，战战兢兢地应了，男人却再没下文了。赵六等了好一会儿，试了试男人的鼻息，确认他已经断气。但男人的眼睛仍然瞪着。赵六乞求，老兄，这不关我的事，你要不让我埋，我再把你拉回去。男尸像有感应似的，竟然合上了眼睛。最不可思议的一次，他把平板车停在荒地，转身的一刹那，衣襟被拽住。赵六的头皮都要炸了，挣了两下竟然没挣脱。他没敢回头，颤声道，兄弟啊，这不关我的事，你饶了我吧。背后说，我饿。赵六连声道，我明白我明白，我给弄去，我给弄去。衣襟松脱，赵六跌滚着跑回城，买了五个烧饼。返回去，遍体鳞伤的男人却没了踪影，只有平板车孤零零地丢在那里。

赵六埋尸的地方是高尔山阴面的山脚及山脚下的林地和远处的荒地。这次，他把尸体拉到林地。林间的积雪已经融化，但土地仍硬邦邦的。赵六转了转，看到两棵山槐树之间有个凹陷。挖不了多深的，只能转暖再返工。

起先，赵六以为是错觉。浅浅的，近乎没有的呻吟声，连着数次后，赵六停下来支起耳朵。呼呼的风声，偶有松鸦的鸣叫，再无其他。挖了几下，那呻吟声又传过来。赵六直起腰，回头望着平板车。是女尸在呻吟。诡异的事虽然不是第一次碰到，但赵六的腿还是软了下去。过了好大一阵儿，他才慢慢挪至平板车前，小心地揭开尸体上的苫布。尸体脸色灰白，眼睛紧闭，嘴巴合着，焦黑的嘴唇上有宽窄不同的裂缝。

妹子，怨不得我，我只是个收尸的，你要不乐意，我把你拉回去就是。等了一会儿，没什么反应，他刚刚转身，尸体又发出呻吟声。

妹子，我知道你冤，可真怨不得我呀。

女尸没有任何回应。赵六想，或许自己的耳朵出问题了。这破差事把人的神经都搞乱套了。他再次转身，呻吟声又跟过来。

你是怕到那边没钱花吗？我替你备着呢。赵六从怀里掏出一沓冥币，说，都是你的，到那边想吃什么吃什么，想穿什么穿什么。

终于安静了。

呻吟声再次响起，赵六脑里一闪。他伸出手指，放到女人的鼻前。似乎有鼻息，又似乎没有。贴在胸前听了听，没听到什么。犹豫一下，他说，对不住了妹子。解第一粒纽扣，女人没什么反应，解第二粒，女人动了一下。很轻，但赵六感觉到了。女人没死。赵六立起身，往四周望望。是阴天的缘故吧，林间灰蒙蒙的。

赵六犯难了。女人没死就不能埋。送回监狱？那是鬼门关，和活埋她一样是造孽。拉回城里？把她送到哪儿呢？万一到城里她彻底死去，再往外运就极麻烦。无论是碰见日本人还是街坊邻居，都是他的麻烦。忽又想，或许女人是渴了饿了，她不想成为渴死鬼或饿死鬼。

赵六转身回城，弄了水，外加两个烧饼。返回的路上，他想，可能像那次一样，女人突然无影无踪。女人还在。原先在平板车上，此时躺在地上。

赵六掰开女人的嘴巴，喂了些水。女人猛一阵咳嗽，被呛的那种。她灰白的脸竟然有了一点儿颜色。女人确实没死。赵六惊喜万分，但很快眉头又皱起来。不能埋了，也不能送回监狱，绝不能。拿她怎么办呢？拉回家里？更不能。翠花和他拼命可不是小事。

许久，赵六抬起头。他终于想到一个地方。

二

傍晚时分，牡丹敲开宫本一郎的门。门虚掩着，根本无须敲，他在等她。但牡丹还是敲了几下。宫本一郎背对着她，说水已经放好了。牡丹没有回应，径直进了洗漱室。她不说话，因为他不需要她说。

牡丹虽然来过多次了，但对这个日本人没有任何了解，只知他是监狱的长官，不然也不会把她接到住所。牡丹不是回春楼的头牌，连二牌三牌都算不上，平日有客人挑选，她都排到最后。不知宫本一郎为什么单单看上她，难道他喜欢姿色平庸的女人？

半小时后，牡丹裹着浴巾走出来。宫本一郎仍背对她站着，似乎在思考什么问题。按程序，她默默躺到床上，用手绢盖住脸即可。但鬼使神差地，浴巾脱落了，也可能是脑里闪了一下，她想试试。她姿色平常，但肌肤嫩滑，身材曼妙。没什么目的，只想试试。试什么她自己也说不清楚，一切来得突然、迅速。

宫本一郎回过头，他一定有所觉察。赤裸的身体与赤裸的目光对撞。宫本一郎似乎受到了惊吓，身体晃了晃，又快速站直。

八嘎！

牡丹慌了，试图去捡落在脚踝的浴巾，宫本一郎已逼至近前。没看清刀是怎么到他手里的。

长……官。牡丹筛糠一样抖着。只要宫本一郎稍稍用力，她的命就没了。

宫本一郎杀气腾腾的。

长……长……饶……牡丹试图离冰冷的刀远一些，但脖颈被压着，她根本不能动，也不敢动。

对不起！宫本一郎忽然收起刀，并深深地躬下腰。

宫本一郎转变得太突然，牡丹有些愣。宫本一郎帮她捡起浴巾。

对不起，你受惊了。宫本一郎转过身。

牡丹战战兢兢地裹了自己，慢慢挪至床前。她平躺上去，抓起旁边的手绢盖在脸上。她一直这么做。他要求她这么做。不能再出差错，她才二十四岁，活着虽然艰难，但终归还是活着好。

等了好一会儿，宫本一郎才靠过来。牡丹虽然脸上盖着手绢，但她知道他在看她。他抓起她的一只手，抚摸良久，咕哝着什么。然后抓住她的脚，揉捏几下又松开。

宫本一郎和其他嫖客不同，对她的身体没有任何兴趣。他派人把她接过来，就是为了和她说话。其实是让她来听。他不需要她说，他说的是日本话，她也听不懂。偶尔只言片语的，她能猜个大概，回春楼有会说日本话的姐妹。

牡丹渐渐镇定下来。她不让自己乱想，又忍不住乱想。牡丹人这行不是一年两年了，见过形形色色的嫖客，但像宫本一郎这样的恐怕整个回春楼也没遇见过。如果是找个说话的，为什么不找别的姐妹，单单叫她？只是说话，为什么每次都让她一遍又一遍地洗？牡丹心里有太多疑惑。所有的疑惑只能存在心里，宫本一郎警告过她。

宫本一郎呜咽一声。极其短促。

牡丹知道宫本一郎哭了。他在极力忍着不发出声。第一次来时，听到宫本一郎呜咽，牡丹又惊又怕。在她的印象中，日本人烧杀抢掠，不会笑也不会哭。现在牡丹已经习惯了。这是个比女人还爱哭的日本男人。

片刻，叽里咕噜的日本话又飘过来。

你起来吧。宫本一郎仿佛元气大伤，气若游丝。

牡丹爬起来，去洗漱室穿了衣服。宫本一郎背对着她。他让她把桌上的钱拿走，牡丹照做，必须顺着他。

听到汽车发动的声音，宫本一郎转过脸。他大张着鼻孔，用力嗅着，试图把空气中她所有的气味全吸到肚里。再嗅不到了，他又趴到床上，将脸埋在绣着樱花的手绢里，手绢尚有她的余温和气息。此地此刻，这些属于他，他拥有这些。他任由这些气息融化分解。

电话响了。

宫本一郎皱皱眉。他讨厌电话，尤其夜里。但不能不接，不敢不接。只是没有白日那么迅速。

一个囚犯快死了。

宫本一郎没言语，他用沉默表达对属下的恼怒。监狱关押着两千多名犯人，死人有什么大惊小怪的？这个囚犯倒是有些特殊，是个青年学生，自杀未遂，离死没多远了。宫本一郎对这个学生有印象，容貌很清秀的一个青年。

还抢救吗？

还用问吗？不能让他死！

宫本一郎重重摔下电话，骂声浑蛋。再回到床上，什么也嗅不到了。她消逝得干干净净，无影无踪。宫本一郎说，对不起，我才是浑蛋。仿佛是他惊走了她，他重重抽自己一掌，然后坐到桌前，给远去的她写信。夜晚，他是属于她的。偶尔，电话会把他拉出来，但更多时候，他是另一个角色。

三

赵六虽然是个屠夫，但爱干净。鞋子干净，衣服也干净，杀猪前先把胡子刮干净。不骑平板车的时候，没有人会觉得他是个屠夫。赵六的围裙有好几套，杀猪一套，煺毛一套，剔肉一套。翠花没那么多讲究，只有一套围裙。当然，在赵六的影响下，她的围裙三五天就洗一次。若是和赵六吵架就不洗了，还故意对着赵六吃大蒜。赵六不吃蒜，自然怕闻味道。为恶心赵六，翠花不惜作践自己。

连续几个晚上，赵六都没出去。不出去，自然是守着翠花。翠花暗暗高兴，她清楚自己没什么资本拴住赵六，样貌平平，肚子也不争气，只能变着花样给赵六做好吃的。翠花认定赵六看戏听书不过是借口，他是借机和马裁缝约会。马裁缝是个寡妇，脸长得白，腰条窄，虽深居简出，不是招蜂引蝶的主，但男人往她跟前扑，她也不会往外赶。翠花虽没抓到赵六和马裁缝的证据，但就已有的蛛丝马迹，她咬定赵六和马裁缝有一腿。赵六和马裁缝喝过茶，马裁缝的女儿到京城上学，是赵六送到火车站……没一腿？鬼才信。翠花不放心赵六，却不能把赵六拴在家里。赵六总是有很多事，或者总是有很多借口，总是往外跑。翠花不怕赵六白天出去，白天鬼混也不大可能，夜晚就不同。夜晚就是给偷情的人预备的。所以太阳一落，翠花的心就悬起来。赵六晚上不出去了，翠花就感觉在过节。

第九个晚上，吃过晚饭，翠花把压在箱底的红棉袄穿上。红棉袄是和赵六成亲时的新装，平时不怎么穿，快二十年了，还是新的。她比过去胖了，棉袄有些紧。紧些更好，她现在就要这种效果。翠花让赵六今晚带她出去。赵六问她干什么，翠花容光焕发，甚至有些撒娇，说出去再告诉他。赵六上上下下打量她半天，又绕她转两圈，没言语。翠花说，我还没去过戏园子呢，你领我看场戏不行啊。赵六瞪大眼睛，似乎被她吓着了。翠花"嘿"一声，光你去了，让我也见个世面。半晌，赵六才摇头道，戏票得提前买，没票进不去的。翠花递过两张票，赵六看过，却拧了眉，问她从哪儿买的。翠花说，别管从哪儿，反正我买上了，不是假的吧？赵六叹口气，说票是没假，但现在这么乱，谁晚上还出门？日本人蛮横，日本人的子弹更蛮横，卖冰糖葫芦的老孙就因为笑一个日本兵滑倒，被日本兵白白射杀了。翠花不买账，问，你前阵子一趟趟往外跑，我跟你出去一趟就撞上日本兵了？赵六说，我一个男人，有什么意外说跑就跑，你能跑得动？翠花负气道，你是嫌我胖拖你后腿？放心，真碰上日本兵，你跑你的，别管我。赵六拧眉，你是看戏还是斗气？翠花声音也高了，我看戏，也斗气，咋了？你和别人一趟趟去看戏，领我去一趟也不行？赵六说，等日本人离开抚顺我领你去。翠花叫道，少废话，去，还是不去？赵六说，我说话你听不懂？翠花夺过戏票，几下撕碎，她的脸起先是紫的，现在煞白。赵六，我算看透你了，不喜欢我，干吗死皮赖脸地娶我？赵六弯腰捡起撕碎的戏票，说，撕了也比搭上命强。

翠花想和赵六狠吵一顿，赵六不接招，开始磨刀。磨刀磨得专注，翠花就忍了。待赵六把大大小小的刀磨完，翠花的火气不再乱窜了。他没带她去，但也没和马裁缝去。他说得倒也不假，兵荒马乱的，是不太安全。只是白白折腾半天，还穿了红棉袄。翠花仍憋着气。别人憋气肚子会胀，翠花憋气肚子发空。她就着大蒜吃下两个冷包子。她希望赵六能劝劝她，可是赵六哑着，头都不抬。于是她又加一个包子。

翠花没想到赵六主动钻她被窝。嫁给他的头几年，他还算主动，后来就淡了，都是她上赶他。倒不是她多贪恋，而是盼望肚子能结个果儿。翠花没姿色，但姿色也不能当饭吃，翠花认为拴不住赵六是她肚子不争气。肚子不争气，人就没底气，虽然这个摊儿是父亲留下的，成亲时赵六没出一文钱。

翠花欣喜若狂，她后悔吃了蒜，还吃了那么多。怕呛着赵六，她拼命憋着，实在憋不住了，侧过头大大地喘口气。赵六似乎没有嫌弃她，他没应付。翠花想起初婚的那个晚上，红棉袄没白穿呢。

翠花心满意足地睡了。

赵六轻轻地把她的胳膊拿开。赵六不急着睡，自从把那个女人藏起来，他的觉突然变少了。

早上，赵六从监狱回来，将平板车停在院里，拎了挂在墙上的账本，和翠花招呼一声，便离开肉铺。

翠花守钱守得紧，赵六花钱主要靠账本。肉铺的收入一小半是现钱，大半则是赊账，主要是那些餐馆。赵六把账册记得密密麻麻，翠花不识字，赵六糊弄她根本不费事。若是彻底哄她也没问题。他给宫本一郎送猪大肠，宫本一郎也给钱，如果他说没给，翠花绝不会找宫本一郎。他都给了翠花。

赵六先去了一品香，又去了抚顺铁锅炖。然后割了两斤肉，到六和斋买了两斤糕点。要账是个幌子，赵六的心思不在要账。马裁缝住在浑河南岸，得穿过大桥。赵六频频回头，倒不是怕翠花跟踪，而是担心什么东西飞到脑袋上。自从那天脖子上被扔了那一坨，赵六明白他给宫本一郎送猪大肠已经不是秘密了。可能乱扔东西，也可能插一把刀。

赵六原先爱听书。听书喝茶，那是天大的享受。自从认识了马裁缝，和她看过一次戏，赵六就迷上看戏了。赵六逛过窑子，曾和一个女人好过几个月，他背着翠花是干过事的，但和马裁缝之间什么也没有。他是喜欢她，她似乎也不讨厌他。和她坐坐，说会儿话，他就特别知足。她似乎能猜到他在想什么，说的话总是那么丝丝入扣。他心上若绾了疙瘩，那疙瘩便不知不觉地融化掉。她白净也干净，但赵六不是冲她这些去的。那么，他和她算什么？赵六说不好，反正不是野鸳鸯。绝不是。

距裁缝铺几百米远有家绸布店，赵六最后采买的是两块布。

这一阵子很忙吧？马裁缝把一杯热茶放到赵六面前，同时把湿毛巾递给赵六。赵六边擦手边说，胡乱忙，也不知忙些什么。

我等你好久了呢。马裁缝似乎在埋怨，却挂着笑。

赵六愣住。她的话带着那么一股味儿，从未有过的。

马裁缝说，你等着。过了一会儿，拎了一双皮鞋过来，说，正宗的俄罗斯货，你试试合适不。赵六有些迟疑。马裁缝说，记得我和你讲过的白俄女人吗？几天前搬到哈尔滨了，我给她做过衣服，没收她的钱。赵六试过，大小正好，明白不是白俄女人送的，送的哪有这么合适。赵六说，这鞋结实，够穿几年的。马裁缝笑笑，说，又不是铁鞋。

赵六喝着茶，琢磨着怎么开口。

马裁缝问，做什么衣服？

赵六心中一热，忙把布料递过去。

马裁缝翻翻，问，量尺寸了吗？

赵六斟酌着，也没量，就个大概吧。

马裁缝轻轻瞟了瞟赵六。不是给翠花做的，这个马裁缝懂。赵六想解释，又不知怎么说合适，就笑了笑。

马裁缝漫不经心地问赵六什么时候要。她刚接了活，可能得等几天。赵六说越快越好。

马裁缝"哦"一声，那你明天过来取吧。

赵六吃惊道，明天？

马裁缝说，我手快，别让你……她急着穿吧。

次日下午，赵六去马裁缝那儿还有些担心，但她已经讲过，他不去就是不信她。竟然真的做好了。她肯定熬了夜，眼睛泛着红。赵六知道说谢谢多余，夹了衣服就离开了。

赵六的肉铺在宁顺街，距宁北街不远，当然得绕着走，不能让翠花撞上。赵六买了一笼包子，两斤黄梨，拐过街角，顺手买了一串冰糖葫芦。其他东西还够女人用几天。

乔二两的房在宁北街的巷子里，门口有一棵老槐树。乔二两是酒厂的酿酒师傅，每天两顿酒，顿顿二两。他常到赵六的肉铺买猪蹄，赵六和他很说得来。日本人占领抚顺的前半个月，乔二两一家人搬回了山东，赵六替乔二两照看房子。想不到乔二两的房会派上这样的用场。

女人原本躺着，见赵六进来便坐起来，叫声大哥。她年龄不大，三十岁左右的样子。赵六没问她名字，什么都没问过，她也没问过他。闻到屋里淡淡的香味，赵六明白她用了雪花膏，他昨天买的。女人若主动抹雪花膏，就不用担心她寻短见了。他好不容易救了她，不能让她再寻短见。赵六有这样的担心，是因为她人活过来了，魂没活过来，双眼阴沉着，没有生气，醋泡过一样。

赵六把衣服丢给她，到院里抽了一锅烟。再进去，女人已经把衣服换上了。尺寸是他目测的，基本合身。赵六有这份本事。他买猪不用秤，都是目测估价。一头猪大约多重，能出多少肉，他估算得八九不离十。赵六说，别管喜欢不喜欢，穿这个出去，你就和别人一样了。女人说，谢谢，又让大哥花钱。赵六摆摆手，说，包子还热着，吃吧。女人却拿起糖葫芦，咬了几颗，欲递给赵六。赵六摇头，我从不吃那玩意儿。他又点上一锅烟，抽了几口，女人便咳嗽起来，赵六忙把烟锅扣在地上，踩灭。女人说，不用……哥。但她的脸因咳嗽涨得通红，连同那道伤痕，也鲜艳了许多。赵六想，再来时得给女人买块头巾。

累了你就躺着吧，你得把力气攒足了。赵六没有马上离开。他揣着话的。

女人似乎走神儿了，半晌才摇头道，我不累……哥要送我走吗？

赵六没料到女人这么直接，就不再绕，抚顺到沈阳有三趟火车，沈阳是大地方，到了沈阳，去哪儿都方便。

女人低声道，是该走了。

赵六忙说，现在不行，你这个样子，不可以的。再等几天……就是你有天大的事，也得再等几天。

女人就坐下了，我还不知道哥的名字。

赵六恍惚着，自己都忘记名字了。他们叫我赵六，你就叫我哥吧。听口音，你不是东北人？

女人点头，六哥，我老家在北平。

赵六"噢"一声，远着呢。那么远，怎么就被关到这儿了？赵六想问，终是压住。

女人说，监牢里哪儿的人都有，除了中国人还有朝鲜人。每天都有人被关进来。

赵六掏出烟斗，放在鼻底嗅了嗅。他不知道怎么接女人的话。过了一会儿才说，要走就彻底走掉，抚顺太不安全。

女人低声道，我知道。我不连累哥。

赵六的脸有些热。虽然是实话，但也过于露骨了。我不是那个意思。赵六实在不知再怎么说，低下头。

女人说，我知道，哥是好人。

赵六突然站起来，你歇着吧。

女人问赵六，下次来能不能买把短刀？

赵六错愕道，刀？

女人说，死也不能再死在日本人手里。

四

宫本一郎六点钟起床，一年四季，准时准点。他不设闹钟，脑袋自带发条。这是在大学里养成的习惯。宫本一郎爱好文学，却稀里糊涂地念了早稻田大学法学科。毕业后，在东京高级监狱看守部混了一年便不干了。他不喜欢监狱，他的志向是当作家。可……回想起来，宫本一郎整个人生都是稀里糊涂的。稀里糊涂地醉酒，稀里糊涂地入伍。冥冥中，似乎一直被命运引领，绕一大圈，又回到监狱。

宫本一郎先跑步，顺跑十圈，逆跑十圈。刚上任那一阵，他喜欢在监狱外跑。那时，典狱次佐岛田都派人跟着他。被袭击了一次，他就在监狱围墙内跑了。跑完步，宫本一郎冲个冷水澡，然后开始写诗。诗虽然没有信件多，但也积攒了厚厚一沓。

写诗是宫本一郎严守的秘密，不与任何人分享。嗜吃猪大肥不是秘密，想守也守不住，监狱上下差不多都知道。为什么有这样的嗜好，只有宫本自己清楚。几天不吃，人就没了筋骨。

宫本一郎从不当着旁人的面吃。不是害怕，更不是难为情。一盘臭烘烘的猪大肠吃下去，宫本一郎整个人就精神许多。他的心变得坚硬残忍，他的目光变得冷酷凶狠，肌肉也生长出柴棍，会变得竖直冷硬。他完全进入了典狱长的角色。独自吃猪大肠的过程，是身份转换的过程。当然，并不是每次转换都那么彻底。当他拿着长刀在某个重刑犯脸上比画时，能看到另一个宫本一郎躲在角落发抖。他在犯人的惨叫声中会听到另一个宫本一郎的呻吟。他既同情他又厌恶他。他在审讯犯人，也在惩罚另一个自己。那是另一个自己应该承受的。

那一天注定是不痛快的。宫本一郎嚼到一半，不由得皱了眉。他怔怔地看着盘里粉嘟嘟的那一堆，晃晃脑袋，又叉起一块。嚼了两下便吐出来。门外候着的厨师急步进来，虾米一样立在面前。宫本一郎问，怎么回事？厨师小心翼翼地问，味道不对吗？宫本一郎问，你加东西了？厨师脸色骤变，没有……啊……还是原来的做法。宫本一郎盯了他好一会儿，那个屠夫呢，叫他进来！

赵六个子不高，偏瘦，与厨师站在一起，整个小了一号。

宫本一郎指着盘子，问赵六，怎么和以前不一样，是猪大肠还是别的什么东西？

赵六又将身子往前探了探，目光匝了一圈，说，猪是早上杀的，送来的时候，大肠还有温气。长官，怎么个不一样？

宫本一郎说，你吃吃就知道了。喏，端起来。

赵六抓了一块塞进嘴巴。半生不熟，嚼得很艰难。终于咽进去，赵六努力摆出笑脸。没错呀，长官。

宫本一郎说，那你全吃掉吧。

赵六迟疑着，长官，我……

宫本一郎语气加重，但依然和颜悦色，吃吧。

赵六立着，一块一块地往嘴巴里塞。一盘猪大肠塞进去，赵六死的心都有。他狠狠地打个嗝，慌忙捂住嘴巴。

宫本一郎问，和原来一样吗？

赵六缩着脖子，长官，所有的猪大肠都给你送来了……哎呀，想起来了，一定是……

宫本一郎盯住赵六，嗯？

赵六看了一眼厨师，宫本一郎摆摆手，厨师退出去。赵六说，我洗过的，我家那口子大概以为我没洗，又洗了一遍。

宫本一郎没说话。这个屠夫在他手里握着，不敢绕着弯儿骂他。但赵六分明在骂他。他只配吃臭烘烘的东西，洗干净一点儿就不习惯了。

赵六不安地说，长官……

宫本一郎在赵六胸口戳了几下，赵六往后缩了缩。

宫本一郎问，明天能不能送过来？

赵六连连点头，一定一定，明天早早送过来。

宫本一郎道，今天我还饿着，都让你吃掉了。

赵六抽自己，我该死。

宫本一郎说，我饿到明天。

赵六欲言，宫本一郎制止他，你可以走了。

宫本一郎要做的事太多，不能与一个杀猪的费太多口舌，就算这小子绕着弯儿骂他。其实赵六说得没错，他只配吃臭烘烘的东西。他就是一团猪大肠。

宫本一郎当然不会饿着，但因为没吃猪大肠，整个人昏恹恹的。岛田进来，说已经把宋长杰押到审讯室。宫本一郎这才记起，上午要审问宋长杰。宋长杰是抚顺煤矿暴动的主谋。暴动造成两名警察死亡，三人受伤。那么大的暴乱，宋长杰一个人运作是不可能的。宋长杰咬定是自己一人所为。监狱可不仅仅是关押犯人，要审，要挖。宫本一郎的前任长谷英川就因为挖到重要情报升任哈尔滨刑事署署长。宫本一郎对升职没有太多欲望，当这个典狱长也是没有别的选择。他只想做个诗人，当然现在没有可能。既然当了典狱长，就不能被人嘲笑，不被嘲笑就必须有所作为。

宋长杰被关进来那天，宫本一郎在窗口瞥见他的背影。越是重刑犯，宫本一郎越不轻易见面，也不轻易审问。他只在岛田束手无策时出马。看到宋长杰，宫本一郎突然一愣。宋长杰有些面熟，似乎见过的。宫本一郎费劲儿地想了想，想不出来。岛田肯定多次用刑，宋长杰前胸、双臂焦黑焦黑的。用刑只对一部分犯人奏效，对另外一些人完全无用。需攻心。这其中的奥秘，岛田不会明白。至于用刑，宫本一郎也不是外行，吞下猪大肠，他什么事都干得出来。

宫本一郎让岛田和其他人出去，他一个人就够了。岛田似有些担心，小声道，别靠太近。宫本一郎无声地注视着岛田。岛田退出去。

宫本一郎看着宋长杰。宋长杰看着宫本一郎。

疼吗？宫本一郎手伸到一半又缩回来。

宋长杰目光上挑，冷冷一笑。

我们见过？

猪！

宫本一郎猛然一抖，而后古怪地笑笑，你说得没错，我就是猪。

宋长杰显然有些意外。

宫本一郎垂下头说，很多时候，我还不如一头猪。我父亲常这样骂我。我先前不明白他为什么这样骂我。后来我弄明白，他不是骂我。你知道为什么吗？

宋长杰茫然地看着宫本一郎。

这正是宫本一郎要的效果——让犯人失去防范意识。宫本一郎问宋长杰要不要听他和父亲的故事。宋长杰没有回应。宫本一郎说，我很少讲的，你不妨听听。狠毒不一定要在外表，有时恰恰相反，笑里藏刀更具迷惑性。当对手彻底放松时，突然捅出去，基本是一招致命。可能那天猪大肠没吃尽兴，宫本一郎没了精气神儿，脑子里乱糟糟的。他似乎忘了典狱长的身份，成了忧郁的诗人。起先还边讲边审视宋长杰，渐渐地，他的目光变得游离、伤感。

岛田进来，看到宫本一郎眼中有泪，顿时惊呆。

宫本一郎为掩饰失态，恶狠狠地问，有事吗？

岛田凑近宫本一郎，低低说着。

宫本一郎似乎受了重击，整个人都缩下去。

五

那两名日本警察进门时，赵六正和翠花干架。他骑在她身上，抢着拳头。这女人真是欠揍，他再三告诫她，别碰猪大肠，她手贱，害得他大早晨被那个日本人整蛊。更恼火的是，她竟然偷了他的戏票。他和马裁缝已经到了戏园门口，只得返回。狼狈透了。他质问翠花。翠花说看戏不安全，她把戏票烧了。她明白戏票不是给她预备的，故意气他。两人吵着吵着就动了手。

翠花叫，你打呀，打死我好娶那个寡妇。赵六干的是杀猪营生，却不凶悍，这么多年，和翠花吵过无数次，还没动过手。翠花也是瞅上赵六的软，所以吵得格外凶。

两名日本警察瞅着西洋景，笑得前仰后合。

赵六跳起来，哎哟，长官，让你们见笑了，我正收拾女人呢。赵六虽然已有不祥的预感，但还是摆出满脸媚笑。日本警察板起脸叫赵六跟他们走。去……去哪里？赵六越发毛了，莫非宫本一郎反悔了？日本警察不答，一左一右架着赵六。完了，赵六脑里滚过一阵轰鸣。他提出换换鞋。他想把马裁缝送他的鞋脱下来，顺便和翠花说几句话。日本警察面无表情，喝令赵六快走。

翠花也意识到了事态的严重性，号了一声，跌撞着扑过来，你们干吗抓他？她抱住赵六的腰，试图往后拽。赵六急了，叫她松手，翠花反抱得更紧。日本警察用枪托重重一戳，翠花捂着腰蹲下去了。

赵六被推到车上，回头瞅了瞅，没看到翠花，暗暗松口气。这个不识好歹的女人，要是再追出来，没准会吃枪子。腰上挨的那一下不轻，不然她会追出来。赵六已经顾不上想她，疑问像乌云一样挤满了脑子。

两名日本警察径直把赵六带到宫本一郎面前。赵六微微躬了腰，向宫本问好。果然猜得没错，是宫本一郎要抓他。宫本一郎从桌后起身，摇摇晃晃地走过来。确实，是摇晃着。他还打了个哈欠。赵六看到宫本一郎脸上的疲惫。宫本一郎拍拍赵六的肩，再次坐回椅子上。他又打了个哈欠——只是半个，他用拳头堵住嘴巴。

宫本一郎不说话，就那么怔怔地看着赵六。目光也不凶，甚至还有那么一点儿可怜，像饿到极点的野兽，看到从天而降的猎物，却没有吞咽的力气。宫本的虚弱，让赵六更加虚弱。有那么一会儿，宫本一郎的目光从赵六脸上移开。他似乎有些走神儿。

长……官……赵六费力地喊。再耗下去，不等宫本审问，赵六自己就垮了。死活给个痛快。赵六杀猪都是一刀毙命，有时猪都来不及哼一声。这是他的绝活。

宫本一郎皱了皱眉，显然赵六惊着了他。

知道我为什么找你来吗？宫本的声音不像他本人那么虚弱，虽然低，却硌人。我还饿着呢。

我该死！赵六狠狠抽自己一巴掌，我把那女人也揍了，长官，你的手下都看到了，他们去的时候，我正收拾她呢。长官要是不解气，我回去再揍她一顿。

宫本一郎摆摆手，算啦，饿一饿也好。饿过，才知道饱的好。

赵六说，那怎么行？我一定要揍她。赵六轻轻舒口气，似乎没什么大事，虚惊一场。

宫本一郎重声道，我说不要就不要！

赵六慌忙道，听长官的。长官让我咋样我就咋样。

宫本一郎点点头，你很忠诚，我会奖赏你。

赵六说，多谢长官，给长官效劳是应该的。赵六摸准了，日本佬也喜欢听顺溜话。

宫本一郎将话题一转，那些死囚你都拉到什么地方了？

赵六马上意识到宫本一郎抓他的真正目的。可丢尸是宫本让干的，有什么问题吗？他稍一顿，说，拉到高尔山后面。

宫本一郎问，埋掉了？

赵六揣摩着宫本的脸色，有的……埋了……你知道露在外面让人看见不好……有的……天冷地硬，就只好扔在那儿。长官，你让我埋，还是……

宫本一郎晃晃头，这不重要，你还记得具体地点吧？

赵六心中发紧，长官知道，不是一个两个，我记不住。

宫本一郎说，几天前，有个女囚犯，你一定记得。

赵六仰起头，生怕宫本一郎窥见他的慌乱，噢……是有一具，好像是女的……衣服都差不多，可能……我不怎么注意这些，应该……赵六知道麻烦来了，暗暗告诫自己沉住气，若被宫本一郎瞧破，命就没了。

埋在哪儿了？

这是宫本一郎设的圈套，就等他钻呢。赵六看着宫本一郎，心想不能再躲避他的目光。长官知道，这个季节地太硬，我挖不动，就随便丢了。

宫本一郎追问，丢到什么地方了？

赵六说，高尔山后面的树林里，没准……

哦……宫本一郎制止赵六，让赵六现在带他去。

赵六问，长官亲自去？还是我找着拉回来？

宫本一郎起身，别废话，走！

除了宫本一郎和岛田，还有六个监狱警察。这阵势，显然那个女人是重要犯人。可……她明明死了啊，不死日本人也不会扔到门口，宫本一郎找尸体干什么？若宫本一郎知道女人没死，还被他救了，后果赵六想都不用想。现在的问题是，宫本一郎确实要找她的尸体。赵六的脑子疯转着，琢磨着该怎么应答。

赵六使劲平抑着狂跳的心。走了一段，赵六指着前面枯死的树，就是那里。咦？咋就……赵六看着空空荡荡的坑，又看看宫本一郎，是在这里。

尸体呢？宫本一郎声音很重。

赵六做迷惑状，我也不知道啊……该不会让野兽吃掉了？

岛田拔出枪对准赵六的脑袋，你的撒谎！

没有，我不敢哄长官，是丢在这儿的。赵六浑身颤抖，声音也走了调。一半是装的，一半是害怕。

宫本一郎摇摇头，岛田收回枪。赵六连声道，谢谢长官谢谢长官。宫本一郎问，你没记错？再想想，是不是这个地方？赵六左右看看，说，不会记错的，我对这棵树有印象。宫本一郎说，你该清楚说谎的代价。赵六说，我不敢。长官对我这么好，我不会为一个死人胡说八道，若说假话，不用长官动手，让雷劈我！

几名警察扩大范围寻了一遭，天傍黑的时候，一干人才离开树林。宫本一郎在树林边站了好长一段时间。看来那个女人确实重要。可……再怎么重要，一具尸体能干什么？难道宫本一郎怀疑女人的死有诈？赵六的心像被烙了似的，几乎闻到焦煳味。

赵六安慰自己，他只是个丢尸的，女人死不死与他没关系，尸体找见找不见与他更没关系。丢尸也是他们逼他干的，无论怎样都怨不着他。宫本一郎怎么也得讲理吧。

直到被丢进那间牢房，赵六才意识到自己想得太简单。显然宫本一郎不相信他。那么，宫本一郎是要审讯他，还是一颗枪子了结了他？

约莫过了两个时辰，赵六陷入绝望的时候，宫本一郎进来了。赵六直跳起来，长官，我冤枉啊。宫本一郎昏恹恹的，像刚从床上爬起来，声音也是软的，与树林里的宫本判若两人。住得可好？赵六声调悲切，不好啊长官，我没犯罪，为什么关我？宫本一郎不接赵六的话，顺着自己的思路说，如果你愿意，可以长住下去。赵六带出哭音，我不住啊长官，让我回家吧。宫本一郎说，我带你转转，你就知道你住的这个地方还是不错的。

赵六跟在宫本一郎身后。穿过长廊，往左有条通道，通道尽头是向下的台阶。穿过铁门，是一间大屋。在屋角顺着台阶往下，又是一间屋子。比上面那间昏暗许多，也阴冷许多。不知是因为昏暗还是屋里的氛围，赵六瘆得头皮都发麻。待看清墙角架子上吊着的人，赵六差点叫出来。那个人被缚着双腕，脑袋耷拉着，想必死去多时了。宫本一郎咕哝了什么，一名警察从火盆抽出烙铁，拍到那个人的肩膀上。男人一声惨叫，赵六下意识地往后闪去。原来男人没死。他突然想起杀第一口猪时的情景。第一刀没捅死，猪挣脱了，穿过大街的猪似乎就是这么叫的。那声音能把房子撕裂。

要不要试一下？宫本一郎看着赵六。

赵六拼命夹着腿，不让自己瘫倒。长……官，我……没罪呀。

你想待在这儿还是上面？宫本一郎的笑里像是掺了沙子。赵六还没见过他这样。

赵六哆嗦着，上……上面吧。

宫本一郎又笑笑，你不傻。

返回长廊，宫本一郎突然回头问，想不想回家？

赵六猜不透宫本一郎的意思，赔着小心道，长官让我回我就回。

宫本一郎问，你的，没撒谎？

赵六发誓，有半句假话，长官劈了我。

宫本一郎说，我相信你。你要明白，我可以放你回去，也可以抓你回来，可以关到上面，也可以让你和那个人做伴。

赵六像鸡啄米一样点头，我明白我明白，谢谢长官。

宫本一郎似乎力气耗竭，好一阵虚喘。我一整天没怎么吃东西呢。

赵六抽自己，长官受罪了。

明天早点儿来。

我记住了。

走出监狱大门，赵六下意识地摸摸脑袋。

赶回家已经是后半夜了，翠花惶急地扑过来，上上下下摸索，好一阵才哭出声。赵六不敢耽误，推开她，赶紧烧水！翠花说，都惹出祸了，还送？赵六叫，别啰唆！翠花更急了，猪呢？猪在哪儿？赵六说，你烧水，我去借。

六

宫本一郎盯着森川孝平缺了半个耳朵的脸，恶狠狠地想，袭击者的枪法实在太臭，若再往里那么一点儿，森川孝平整个耳朵就成了灰。一个耳朵的脑袋，就是带着环儿的地雷。森川孝平整个人也像极了地雷，到哪儿都炸。宫本一郎第一次见他时就不喜欢他。此后的交往中，宫本一郎对他的厌恶与日俱增。森川孝平是抚顺警察局特务科长，级别比宫本一郎低，却有宫本一郎没有的特权。宫本一郎躲不开他。

宫本君在想什么？森川孝平的声音像极了干柴，硬，没有水分，即使是平平常常的话也让人不爽。

宫本一郎缩回目光，风筝。

森川孝平愕然，风筝？

宫本一郎说，这是放风筝的季节。

森川孝平的嘴角略略上挑，像是嘲讽，宫本君想家了？

宫本一郎摇头，不想，我家里没人了。

森川孝平说，都说宫本君是帝国的传奇人物，我很好奇，如果……可否说来听听？

宫本一郎问，你约我出来，就是为了这个？

森川孝平呵呵一笑，当然不是。请你吃鱼的嘛，开春鱼，很鲜的。在中国多年，我已经喜欢上他们的吃法。来过这里吗？

宫本一郎摇头。他很少到外面吃，对鱼也没兴趣。再新鲜的鱼都是味同嚼蜡。宫本一郎不相信森川孝平只是请他吃鱼。两人坐的位置是全鱼阁的二楼，对面是抚顺最大的妓院百乐春。

森川孝平从沸腾的铁锅里夹起鱼块，吃了几口忽然抬头，怎么，宫本君不吃吗？

宫本一郎说，中午吃多了，还不饿。

森川孝平略感失望，怎么不早说？那改日——

宫本一郎说，不必了吧，若是公务，直接去监狱找我。

森川孝平抹抹嘴巴，好吧，不浪费宫本君的时间了。有件事还是现在告诉你，我正在追捕那个叫赵娜的女人。

宫本一郎慢声道，她……已经死了！

森川孝平轻轻一笑，那是监狱的说法，既然死了，尸体在哪里？

宫本一郎说，监狱每天都在死人，从阿部源三郎任典狱长以来，处理死尸的办法就是丢掉。监狱只有死人记录，没有丢尸记载。而且，我昨天已经向警察局写了详细报告。

森川孝平点点头，我看到了你的报告，不过依然有疑问。见不到尸体，就不能证明她已经死了。不能证明她死了，就说明她有可能还活着。有一线希望也要把她找到。如果她是普通犯人，死活是一样的。但她很重要。

宫本一郎冷笑，既然是重要犯人，早干什么去了？

森川孝平说，很遗憾，关于她的真实身份，我们知道得太晚了。她真名叫陆小娜，之前还用过冯娜这个名字。就算知道得晚，你们也……这个损失太大了。

宫本一郎问，重要到什么程度？

森川孝平直视着宫本一郎，对不起，我只能向我的上司汇报。

宫本一郎沉默了。森川孝平果然不是请他吃鱼。森川孝平盯着典狱长的位置，上面却派了他。森川孝平根本不知，宫本一郎多么不喜欢这个位置。森川孝平心怀怨恨，公报私仇，动不动就给监狱制造麻烦。如果以前只是恶心宫本一郎，那么这次是要置他于死地的势头。如果那个女人真的很重要，如果她真的没死而且又被森川孝平找到，那么宫本一郎丢掉的久不仅是典狱长的职位了。

森川孝平说，她是帝国的敌人，必须找到她。她应该没有离开抚顺城。网已经撒出去，只是……希望监狱能够配合。

宫本一郎冷声道，你的意思是，监狱会阻拦你？

森川孝平说，我不是那个意思，宫本君明白的，拦也拦不住。我只是希望监狱正视自己的过失。

宫本一郎大声道，监狱没有过失，我更没有向你检讨的必要。你还没有这个资格。

森川孝平倒谦卑起来，对不起，宫本君别生气。

宫本一郎冷冷地说，如果没什么事，我失陪了。

森川孝平说，若我能抓住那个女人，宫本君在这里请我如何？

宫本一郎的目光在那张缺了半个耳朵的脸上停驻良久，随后一言不发地离开了。

深夜，宫本一郎被噩梦惊醒。他披着衣服坐到桌前，再次翻看赵娜的档案。档案里没有陆小娜、冯娜的任何记录。她入狱的罪名是张贴反日标语。若是重要人物，这个叫赵娜的女人不会犯这种低级错误，去街上张贴标语。若不是重要人物，森川孝平不会追着她不放。宫本一郎虽然讨厌他，但不得不说，森川孝平嗅觉灵敏，心狠手辣，是绝佳的特务。森川孝平受的嘉奖远比他多。倒不是担心森川孝平代替他当这个典狱长，他早就厌倦了。被一个自己厌恶的人踩倒，终究不甘心。何况，不仅是踩倒的问题，脑袋很可能搬家。他曾经万念俱灰，也打算一死了之。现在活着也如同行尸走肉。既然活过来了，就要带她离开。这是他滴血的心愿。如果森川孝平的推测不错，那么，他躲过此劫的办法只有一个，在森川孝平之前找到那个女人。

宫本一郎再无睡意。他想写诗，漫长的夜晚，不写作是很难度过的。写了两行，涂掉了，再写两行又涂掉。他闻到诗行的血腥气。诗是洁净的，怎么就浸了血腥气？宫本一郎愤怒了，撕碎稿纸，把笔折成数截。还不解恨，又丢到地上一阵猛踩。

清早，宫本一郎如往常一样打算顺跑十圈逆跑十圈，可七八圈之后就气喘吁吁，大汗淋漓。他不能放任自己，必须跑。数不清的蛾子在眼前飞舞，他只得停下。从院子到房间短短几十米，走了差不多十分钟。

他看着镜子里的自己，脸色惨白，双目通红。怨怒再次泛起，不同的是，夹杂着轻蔑和鄙视。他想在那惨白的脸皮上留点印记，抬起胳膊又落下去。

吞掉一大盘猪大肠后，宫本一郎的脸渐渐有了血色，流逝的东西慢慢回归身体。他成了另一个宫本一郎，是整座监狱的帝王。他们，包括屠夫赵六，绝不会明白，严格意义上讲，猪大肠不是他的食物。

宫本一郎召赵六起来，把带在身上已久的怀表送给赵六。这是离开日本时，带的唯一贵重的东西。宫本一郎用不着，他的脑袋就是一块钟表。赵六惊惧万分，连连推拒。宫本一郎不说话，就那么举着。赵六看到宫本一郎神色的细微变化，忙说，我收下我收下，谢谢长官。赵六依然疑虑重重，弄不明白宫本一郎的用意。宫本一郎自己也不明白。他虽然需要赵六的猪大肠，但也无须讨好赵六。

宫本一郎照例问了赵六一些问题，关于抚顺城的粮价，抚顺的传闻，赵六答得结结巴巴。宫本一郎当然有获知的渠道，并不指望这个中国屠夫讲出更有用的东西，每天从电话、电报里获取了太多有用的信息，有时他更希望听些没用的。

赵六小心翼翼地问，长官，还有别的事吗？

宫本一郎说，当然有，我带你去个地方。

车停在高尔山阴面的山脚下，宫本一郎和赵六步入树林。走了一段，宫本一郎问，知道为什么到这个地方来吗？赵六说，我脑袋笨，请长官……我能做什么，请长官吩咐。宫本一郎说，你猜猜，猜对我就放你回家，若猜错……宫本一郎抽出枪，晃一晃。我喜欢听子弹的呼啸声。赵六堆出满脸的笑，长官，你说笑的吧。宫本一郎正色道，不，我没说笑，你必须猜。赵六抹抹脑门，掏出宫本一郎送他的怀表，我不该要长官的东西。宫本一郎极干脆，错！将枪口对准赵六的脑门。赵六本能地一缩，长官饶命。宫本一郎说，再给你一次机会。赵六结巴道，是我……那个女人的尸体吗？宫本一郎收回枪，你并不笨，说吧，她在哪里？这里没有别人，只有你我，看在你送猪大肠的分上，我不杀你，但你必须说实话。赵六几乎拖着哭腔，长官，我说的句句是实话啊。宫本一郎眯起了眼，你没有，你的眼睛告诉了我，说吧，现在还来得及。赵六说，我发誓，有半句假话，你崩了我。宫本一郎再次把枪口对准赵六，这是你说的。赵六急叫，别……等等！宫本一郎微微一笑，想清楚了？赵六哆哆嗦嗦的，别正对着……我害怕。然后一点点儿扭过去。宫本一郎再次收回枪，在赵六肩上猛拍一掌，我信你一次。宫本一郎当然是吓唬他。杀了赵六就彻底断了线索，再说找谁给他送猪大肠？抚顺城虽然有的是屠夫，但他更相信赵六。赵六一连串地感激。宫本一郎说，我不会随便杀人的，不过要杀也很容易，比你杀一口猪还容易。赵六点头，我明白的，我绝不会骗长官。宫本一郎说，带我转转吧，我想知道你把人都丢到什么地方了。

宫本一郎跟在赵六身后。每到一个坑洼或一个略略凸起的土包前，赵六就会停下。监狱几乎每天都在死人，宫本一郎习以为常，死了就扔掉，没有谁来追查问责。现在随着赵六的指点，宫本一郎甚为惊异，这么多死去的人，都是监狱丢出来的？屠夫，这个词从脑海里跳出来，宫本一郎有些紧张地望望四周，生怕被窥破心思。是的，他就是屠夫，和赵六一样。不同的是，赵六杀猪，他杀人。

七

赵六发现自己被跟踪，是从馒头铺出来之后。赵六惊出一身冷汗，若晚发现一会儿，就拐到宁北街上了。他买了两斤豆馅包，一斤瓜子，还有半斤杏干，一块卤肉，都是给那个女人的。赵六被翠花跟踪过，转不到两遭就被他甩掉了。身后的尾巴却没有那么好甩——帽檐压得很低，窥不到脸，赵六能判断的只有性别，是个男人。赵六穿过大街，放慢步子。甩不掉就不甩，还得装作若无其事，不能表现出慌张。赵六猜不透身后这个人的来路，若是翠花找的人怎么都好说，翠花那个醋坛子不是没可能。如果是翠花找的倒也好，就怕不是。如果是宫本一郎的人……赵六猛地一缩。宫本一郎并没有真正相信他，送怀表也是迷惑他。宫本一郎的心眼儿够滑的。

赵六不知道那个女人的来历，到现在都不知道她叫什么名字。可以肯定的是，女人对日本人很重要，不然他们不会寻一个死去的人。或许，日本人已经怀疑，女人的死有问题。赵六不会把女人交出去，那等于往阎王爷手里送。甭管她什么来历，日本人关她说明她是正派人。当然，赵六也很明白，就算把女人交出去，他的脑袋也保不住。他的命已经和她拴在一起了。

路过铁匠铺，赵六顿了顿，还是走开。他想起那个清早扔到脖颈上的那团东西。很有可能是铁匠干的。铁匠的两个儿子都被日本人抓进煤矿，其中一个逃跑时被日本人的狼狗咬死了。铁匠打铁，每抡一锤都要骂人，都晓得他在骂日本人。铁匠仇视日本人，也恨给日本人做事的中国人。那个早上，赵六明白铁匠知道他在干什么。赵六想和铁匠唠唠，他和铁匠的两个儿子一样，也是被迫的，但又怕三句话不到，急脾气的铁匠给他一锤。

那个家伙还在身后。

去哪里呢？赵六的步子放缓了，心却急得要蹦出来。现在返回浑河北岸，回到肉铺，跟他的人就会落空，可赵六担心那个家伙闯到家中用枪抵着他审问——如果他是宫本一郎的人，完全有可能。如果没买卤肉，赵六能搪塞过去。可卤肉是个问题，抚顺城没有哪家肉铺到别处买肉。赵六能想到的问题，别人自然也会怀疑。

赵六早就想到马裁缝那儿去，又担心给马裁缝带来麻烦。她一个人住，遇上事连个帮忙的人都没有。但除了马裁缝那儿，他实在想不出还能去什么地方。所以，赵六心里打着鼓，腿却往马裁缝家迈。

马裁缝接过赵六的东西，哎哟一声，咋买这么多？我一个人哪儿吃得了？赵六笑了笑，你吃不了我帮你吃。马裁缝说，吃几天都够了，你咋帮？她的脸突然红了，掩饰地笑笑，想让我开包子铺呀。赵六说，这家豆包实诚，放了红枣呢。马裁缝说，正好昨日我买了瓶伏特加，你尝尝。赵六问，什么时候喜欢喝洋酒了？他知道马裁缝喜欢喝几口，漫长的夜晚，她都是靠喝酒打发吧？马裁缝说，都说伏特加烈，昨儿个喝了，也没烈到哪儿去。赵六说，这洋酒还是少喝，听说有后劲，喝醉且缓不过来呢。马裁缝半开玩笑道，不是怕我灌醉你吧？赵六听出她有嘲讽的意思，一句话浮上来又摁回去。赵六干笑几声，我放开喝，你还得出去买。马裁缝说，那咱正好比比。

赵六心跳加速。他和马裁缝来往已久，却不敢想别的。他只是个杀猪的，虽然穿得干净了点。以他的标准，马裁缝是花，不是草，草可以踩，花只能欣赏。她的举止她的做派，和赵六来往已经是屈就，赵六很清楚分寸。今儿是怎么了？先是被跟踪，现在……"桃花运"三个字冒出来，赵六不由得夹紧腿。

马裁缝切了卤肉，炒了一盘豆丝，另有一碟小咸菜。赵六当然和她喝过，她只喝两三盅，也从不劝他。喝酒更多是为了消磨时间，说话方便。今天不一样，马裁缝一口一杯，当真有和他较量的意思。赵六看到马裁缝温婉背后隐着的另一面。只是……赵六笑笑，你还真喝呀？马裁缝说，吓着你了？赵六老老实实地说，还真吓着我了。马裁缝说，你跑啊。赵六说，跑是不跑的，你不赶我我就陪你。马裁缝说，快喝吧，废话真多。赵六举杯，喝！

马裁缝给赵六倒酒，赵六抓过来，给两人满上。她喝了，他也喝了。突然就没话了。片刻，她突然笑起来。赵六问，笑什么？马裁缝说，你怎么吓得话都没了呢？她从来没有这么放肆地取笑过他。赵六做不解状，你不是嫌我话多吗？马裁缝说，我嫌你话多你就不说了？还真听话。赵六嘿嘿地笑。他有预感，今天，他和马裁缝会发生些什么。他是来和女人约会的，最好让跟踪的人知道。

嘿，走神儿了？马裁缝轻轻击了一下桌子。

赵六"啊"一声，慌忙道，没……没有啊。

马裁缝直视着赵六，你有心事。

赵六摇头否认。

马裁缝说，你还欠我一场戏呢。

赵六拍拍脑门，这记性，真是让狼掏了，我自罚一杯吧。

马裁缝问，你是不是觉得我挺不像我？

赵六说，没有啊。

马裁缝叹了口气，老安的闺女，就是巷口卖杂货的老安，昨天上吊了。她晚上给姨家送东西，回来遇见两个日本兵，也是该她倒霉。这日子看不到头儿呢，今儿活着，兴许明儿就有了祸事。裁缝铺的生意一天不如一天，说不准哪天就关门了。

赵六想安慰她，却不知怎么说。更不敢告诉她，祸事就在他身后。现在，跟踪的人可能还在外面候着。日本人占领抚顺，不少人跑了，赵六没跑，舍不得肉铺。再说他只是个屠夫，日本人还能不让他杀猪？万万没想到，他撞上爱吃猪大肠的宫本一郎，常常往监狱跑。不去监狱，就不会有丢尸这倒霉差事，自然也不会碰到那个女人。碰到就不能不救。赵六不知道接下来会发生什么。马裁缝的话没错，今儿活着，明儿不知就有什么事。

马裁缝突然说，想听曲不？我给你唱。

赵六响应得有些夸张，好呀，还不知道你会唱呢。

马裁缝说，我从小就喜欢唱，没唱出什么名堂，稀里糊涂成了裁缝。唱得不好，别吓跑你。

赵六"嘿"一声，你赶我我也不跑。这话有些过，纵然喝了酒也有些过。赵六悄悄瞄马裁缝，她似乎没有生气。

刚唱了一句，赵六正要喝彩，传来敲门声。马裁缝抱歉地笑笑，生意不好，却不得安生。赵六有些紧张，暗暗祈祷，千万别是跟踪的那个家伙。

听到翠花的声音，赵六顿时慌了。还没等赵六做出反应，翠花已经闯了进来。我就知道你们这对狗男女没干好事。赵六喝令她别乱来。翠花被妒火烘着，根本不听。她猛地掀了桌子，跳过去扑住马裁缝，又撕又打。马裁缝说，嫂子，你听我解释。翠花边撕边骂，裤带都解开了，还解释？解释呀，解释什么？翠花虽撞见过赵六和马裁缝，但从未像今天这样又打又闹的。赵六抓住翠花，让她放手。翠花骂，你个吃里爬外的东西，我就不！翠花稍一用力，翠花哎呀一声，马裁缝趁机躲开。她的衣服烂了，头发也乱了，很狼狈。赵六回头看她，恰好撞见她的目光，她的头发似乎被翠花揪掉了，稀稀拉拉的几根，却直戳进赵六心窝。赵六的心猛然缩紧，夹起翠花就走。

翠花边踢边骂。赵六不理她，夹得很紧。出了巷口，穿过两条街，上了大桥，翠花仍然骂骂咧咧的。声音渐渐弱下去，更像哀鸣。赵六放下她，你还有完没完？翠花的声音顿时提高，没完！你和她鬼混，我骂骂都不行？赵六说，你再……翠花接得飞快，你想咋？还把我丢河里啊？赵六怒声道，我和你一块儿跳！抓了翠花就往栏杆上攀。翠花甩开他，想死你自己死，我不陪葬。赵六说，好吧，纵身跳起。翠花死死抱住他。赵六硬硬地问，不闹了？翠花软下去，搞女人你还搞出理来了。赵六说，你别胡扯，我要是和她好，肯定先和你说明白，绝不偷偷摸摸。翠花问，什么意思？先休了我？赵六说，什么意思你自己想，还闹不闹了？不闹回家！

那个晚上，翠花赌气地吃下整头大蒜，又灌了一缸子冷水。赵六磨刀，她坐在不远的地方打嗝。赵六有些可怜她，若是搭茬儿，肯定又是一顿吵。忍着吧，她正等着呢。翠花这一闹，让赵六觉得很丢面子，冷静下来又觉得翠花帮了大忙。那个跟踪的人肯定看到了。赵六的秘密与女人有关。也许是赵六多虑了，那个跟踪的人原本就是翠花找的，不然翠花不会撞得那么巧。但赵六终是排除了翠花的可能。她没有那么深的心思，她宁可自己跟踪也不会找人。那么，跟踪他的人是怎么回事呢？

赵六虽然无法确认跟踪者的身份，但他基本可以确定，与那个女人有关。不能与那个女人见面了，若她被抓，他的命肯定不保。可是他不去，她就得饿着。她应该更知道危险，不会轻易露面，但……如果她实在没得吃呢？若她被日本人撞见，不要说他救了她，单就他说谎这一项，长三颗脑袋也不够日本人砍的。

赵六看看翠花，暗暗摇头。跟踪他，就可能跟踪翠花，再说一下两下也说不清楚，别吓着她。除了翠花，也只有找马裁缝帮忙。马裁缝有见识，知道分寸，这个忙应该能帮的。只是……赵六想起她的目光，她会帮他吗？

次日，赵六从监狱回来，将平板车停到门口，没进家就离开了。走了一段，再次发现有人跟踪。甩是肯定甩不掉的，索性不再甩。到了马裁缝所在的巷口，赵六又迟疑了。昨儿她被翠花撕扯，今天却求她帮忙，还是可能掉脑袋的忙，怎么说出口？况且，他和她毕竟互有好感，没有更深的交往，万一……人心隔肚皮。这么想挺对不住马裁缝，可兵荒马乱的年月，必须多长几个心眼。

先等等吧，好在上次带去的东西够女人吃几天。

八

那个夜晚似乎不属于宫本一郎。她早就躺在床上了。她在等他，在呼唤他。

宫本一郎不敢过去，不是怯懦，而是脑里有一把刀晃来晃去，这使他躁乱而恼怒。他不愿让她感知他的情绪，更怕他的躁乱和恼怒传给她。宫本一郎站在窗前，一面努力使自己平静，一面揪着已经花白的头发。要过去，必须过去，不能让她再等。若她离去，整个夜晚他将被孤独啃噬。

宫本一郎慢慢靠近，步履艰难，仿佛中了弹。他闻到樱花的香味，那是她身上散发出来的。他贪婪地吸着，迷醉中发出呓语。她没听到，他的声音藏在喉咙。不要，不要惊着她。轻些，再轻些。

电话突然叫起来。急切，刺耳，歇斯底里。她惊着了，尽管她盖着樱花手绢，他看不到她的脸，但他看到她明显地抽搐了一下。宫本一郎异常恼火，回头怒冲冲地瞪着电话。电话还在叫，声音更急。宫本一郎不理，任由刺耳的声音充斥整个房间。终于，电话哑了。宫本一郎恶狠狠地想，哑了好，最好死掉。不到一分钟又叫起来。宫本一郎打了个激灵，快步走过去。他似乎刚刚想起，电话是打给典狱长的。他不是诗人宫本一郎，是典狱长宫本一郎。

刚挂了电话，岛田敲门，宫本一郎说，我知道了。他穿了裤子，系了腰带，扣上钢箍一样的帽子，顿时变成另一个人。岛田欲说什么，宫本一郎步子迅疾，岛田紧紧跟着，终是没有开口。

穿过回廊，站到正门的亭下，宫本一郎突然立住。监狱四角岗楼的探照灯晃来晃去，怪异的感觉突如其来地罩住宫本一郎，他似乎掉进黑漆漆的井底，怎么努力都爬不上来。他本能地抓挠着，没碰到井壁，手却被烫着，猛地缩回来。若不是岛田的声音传来，宫本一郎会被恐惧击穿。

宫本一郎问，那个犯人是独自关着的吗？岛田说，根据森川孝平的意思，关在六号大牢。宫本一郎皱皱眉，问，你审过没有？岛田说，森川孝平吩咐过，这个人有些特殊，不让咱们动。宫本一郎嘲讽，你很听他的话哦。岛田欲言又止，宫本一郎冷声道，你想说什么？岛田道，森川孝平虽然级别不高，但他所在的特务科有特殊权力，和他顶，对长官、对监狱都不好。宫本一郎问，我和他顶了吗？岛田说，对不起，属下该死，是他……我也不喜欢他，不喜欢也得配合，以免他在警察局给监狱造谣。宫本一郎语气软下去，他什么时候到？岛田说，应该很快。

昨天下午，森川孝平亲自押来了一个犯人，是中年男性。一般警察局送来的犯人，都是判了刑的。这个人没判刑，没有个人的任何记录，也就是说没有档案。像这种临时关押的，先前也有过，但至少半月或者二十天。刚关起来就要提走的情形尚未有过，警察局的大院有临时牢房，森川孝平完全可以把人关在那里。森川孝平在下什么棋？会不会冲他来？宫本一郎飞快地转着脑子。

传来汽车的引擎声，岛田小声说，来了。

光线虽然不好，但宫本一郎明显感觉到森川孝平咄咄逼人的气势。宫本一郎问，现在就提还是进屋坐坐？森川孝平说，把人带到审讯室，连夜审。宫本一郎不解道，不是要提走吗？森川孝平说，临时接到命令，就地审讯。宫本一郎想挖苦，终是忍住。忍了吧，森川孝平正想找他的麻烦呢。

走到审讯室门口，森川孝平立住。对不住了，按上司的意思，这个人必须我单独审讯。宫本一郎抗议，你的意思是，我会泄露你们的情报？森川孝平阴阴地笑笑，我没那么说，事关机密，还请宫本君谅解。

宫本一郎止步。一个人闯到他家中生火做饭却让他一边儿晾着，明显是无视他的位置。可他又清楚必须妥协。岛田说得没错，特务科在整个抚顺城有特殊权力。

一个小时，也可能是两个小时。时钟似乎停摆了，时间漫长得可怕。宫本一郎不想再等。抚顺监狱的最高长官，倒成了把门站岗的。他让岛田候着，有消息马上汇报。

进屋，看到床上的女人，宫本一郎的脑袋突然短路了。愣怔了好一会儿，才想起她还在等他。仍然是那个姿势，仍然盖着脸。宫本一郎低声说，你起来吧。他转过身，听她穿衣服。哦，钱在桌上。门轻轻合上，宫本一郎跃到床上。他趴在她躺过的位置，想象中，他是趴在她身上的。他的脸埋进她的双乳，拼命地嗅着。什么都没有了，什么都嗅不到了。可是他不放弃，大张着嘴，像一头发情的雄性野兽。

后半夜，宫本一郎是在椅子上度过的。当然，他没给她写信。这不是写作的夜晚，他一个词也想不出来。他不再孤独，可等待比孤独更加难熬。有几次，宫本一郎想冲到审讯室，但终是喝令自己别乱动。既然忍了，就再忍忍。

天色放亮，森川孝平走进宫本一郎的办公室。森川孝平毫无倦意，如饱食后的饿狼，虽然饱了，但目光依然透着饥饿。宫本一郎向森川孝平身后的岛田望去，岛田和他一样，是傻子的表情。森川孝平大声问宫本一郎有没有酒。宫本一郎给他倒了半杯清酒，森川孝平一饮而尽，连声说，痛快，真够痛快。森川孝平也太放肆了，宫本一郎咬咬嘴唇，再次忍住。

森川孝平道，再来一杯。宫本一郎又给他倒上。森川孝平说，宫本君，你不陪我庆祝吗？宫本一郎便倒了一点儿，和森川孝平碰了碰。宫本一郎想，还是要有个态度。于是问森川孝平有什么收获。森川孝平朗声道，当然有收获，这份情报顶一个师的军力呢。宫本一郎说，祝贺，孝平君立大功了。一会儿押回警察局？森川孝平摆摆手，不用了，他已经死了。

宫本一郎语结。森川孝平说，他已经没有价值了。宫本一郎问尸体如何处理，森川孝平随便地说，按监狱的惯例，丢掉好了。

宫本一郎突然有了警觉，是因为森川孝平的态度，也可能是因为他的话。丢掉好了。丢掉好了？宫本一郎顿了顿说，还是带走好，犯人提供的情报是重要秘密，那么犯人的尸体也是秘密，应由特务科处理。森川孝平摇摇头，没必要了，现在要赶回局里汇报，后面的事就拜托宫本君了。

森川孝平走后，宫本一郎问岛田，尸体还在审讯室？岛田点点头。宫本一郎说，去看看。他起身又突然停住，不看了，丢门口吧。岛田问，这个人是不是由我去处理？宫本一郎说，不用，还是让那个杀猪的丢掉好了。

宫本一郎回想整个过程，越发疑虑重重。森川孝平在给监狱，也是给他宫本一郎设置圈套。如果他猜得没错，森川孝平所谓的犯人也许根本就没死。这在特务科是小事一桩。森川孝平的真正目的还是寻找那个女人。很可能，现在森川孝平的人已经埋伏在荒野。赵六丢尸的过程中若有陌生人到场，那正是森川孝平想要的。如果没有陌生人，尸体突然醒过来，赵六的举动就很重要了。若赵六放走这个人，那么他也有可能放走那个女人，她的尸体失踪就有了说法。赵六是个老实人，但他能做出什么样的事，宫本一郎并没有多少把握。现在的问题不是赵六做什么，而是赵六不能出任何问题。赵六出事，他宫本一郎肯定跟着倒霉。

要不要杀掉赵六？除掉赵六，森川孝平想从赵六这儿打开缺口就不可能了。但这同样会引起森川孝平的怀疑。而且，宫本一郎有点儿舍不得这个杀猪的。没有他的猪大肠，不要说对付森川孝平，就连这一个又一个可怕的日子他都挨不过去。他必须活着，有精气神儿地活着。依赖一个杀猪的，宫本一郎自己也感觉挺滑稽。

吃过猪大肠，宫本一郎重重打上一个嗝，然后把赵六喊进来。像过去一样，赵六躬着腰，小挪几步，站在合适的位置。宫本一郎虽然坐着，但赵六还是矮了几分。

长官，吃得还行吧？

宫本一郎竖起大拇指，我喜欢。

赵六松了口气，长官喜欢就好。

宫本一郎说，昨夜又死人了。

赵六说，我看到了。还……丢出去？

宫本一郎说，当然。

赵六问，您还有别的吩咐吗？

宫本一郎直视着赵六，好一会儿，你明白你的脑袋属于谁吗？

赵六说，我明白，长在我脖子上，但是属于长官您。

宫本一郎摇摇头，不，你忠心，脑袋自然是你的，如果我发现你有问题，你的脑袋就属于我，明白吗？

赵六说，明白。

宫本一郎说，我和你说过的任何话都要烂到肚子里，记住了？

赵六说，记住了。

宫本一郎说，这个人，唔，死了的这个人，一会儿你若发现他有活着的迹象，我是说，如果，你知道怎么处理吧？

赵六满脸惊恐，长官是说活过来？那不是诈尸吗？长官，别让我丢了，我害怕啊。

宫本一郎沉下脸，我是说如果……如果，明白吗？你怎么处理？

赵六说，我回来报告。

宫本一郎摇摇头，他跑了呢？

赵六问，那怎么办？

宫本一郎说，我相信你对帝国的忠诚，你要记住，我和你说过的每一句话，必须烂在肚子里。

宫本一郎站在窗前，看着赵六搬起尸体放到平板车上。宫本一郎的话奏效了，赵六捆了好几遭呢。若尸体复活，赵六一锹劈了他……不，还是送回来更好。宫本一郎冷冷一笑，好戏已经拉开序幕。

九

从警察局出来，宫本一郎没有直接回监狱。他让司机把车开到高尔山阴面的山脚，一个人爬到半山腰。天气转暖，山槐树开始冒芽，灰色的山林大地透着隐隐的绿。作为典狱长，春天和别的季节没有什么区别，但作为一个写诗的人，宫本一郎对春天还是格外向往的。当然，他来这儿不是为了觅诗。就在他脚下，埋着数不清的尸体。他没有诗情。

上级正式通知他，让他配合森川孝平寻找那个叫赵娜的女人。活要见人，死要见尸。宫本一郎以为挫败了森川孝平的阴谋，他会死心，没想到森川孝平有这么大的能量。其实应该想到的。宫本只是不甘受制于森川孝平。那个女人重要到什么程度，宫本一郎尚不清楚，但就上级的态度来看，那个女人肯定价值非凡。宫本一郎很清楚，若森川孝平抓到那个女人，是立功，而他抓到不过是将功补过，抓不到还会受处分。监狱死了人，典狱长不需要负任何责任，若是犯人没死，却被他当死人放跑了，就是严重渎职。若只是撤他的典狱长职位还好，他并不喜欢这个差使。他知道处罚不是撤职那么简单。必须在森川孝平之前找到她。如果她还活着的话——到现在，宫本一郎仍然怀疑——谁也甭想见到她，尸体也不行。就让森川孝平满世界找吧。宫本一郎的嘴角浮起一丝冷笑。

返回监狱，车还未停稳当，岛田就急匆匆地迎上来。

确切消息，赵六刚刚被森川孝平的人抓走了！宫本一郎的脸色瞬间惨白，返身上车，直奔警察局。绝对不能让森川孝平从赵六那儿获取任何信息。

警察局的审讯室里没有赵六。

宫本一郎直接去找森川孝平。

森川孝平倒是心平气和，宫本君这么急着找我，一定有要事吧？有赵娜的消息了？

宫本一郎坐下去，直视着他，你不能动赵六。

森川孝平一脸疑惑，赵六是谁？

宫本一郎说，他是个杀猪的。

森川孝平"哦"一声，我知道了，听说你喜欢吃他的猪大肠。赵娜的尸体也是他丢的对吧？怎么，他不见了？

宫本一郎说，你不能动他。

森川孝平做不解状，这与我有什么关系？

宫本一郎冷声道，别打哑谜了，在抚顺城，除了我，也只有你对他感兴趣。

森川孝平说，他不在审讯室？你把他领走就是。

宫本一郎说，不在。

森川孝平说，那就不是我的人干的。

宫本一郎清楚不能跟森川孝平来硬的。顿了顿说，现在还不是抓他的时候。

森川孝平倒也直白，他有重大嫌疑。

宫本一郎说，我审过了，他没那个胆量。

森川孝平不屑，是吗？宫本君对中国人如此了解？我倒要看看他是不是说了实话。他的嘴巴没有那么难撬吧。

宫本一郎大声道，你绝对不能动他！

森川孝平毫不示弱，宫本君这是警告我吗？怎么，就因为他给你送猪大肠？

宫本一郎说，我已经派人跟踪他，你抓了他会误我的事。

森川孝平嘲讽道，怎么，你还是怀疑他？

宫本一郎说，希望你放了他，有什么线索我会告知你。

森川孝平说，也许撬一撬他就招了。

宫本一郎知道撬一撬是什么意思，森川孝平的阴招实在太多。

宫本一郎强迫自己冷静，直视着森川孝平，我们的目的是找那个女人，如果那个女人对帝国很重要的话……赵六是唯一的线索，目前还不能动他。

森川孝平问，宫本君，你这是求我还是威胁我？

宫本一郎说，我为帝国的利益考虑。

森川孝平哼了哼，一个杀猪的，也配和帝国连在一起？

宫本一郎猛地立起，我已经说得清清楚楚，如果发生不可预料的事情，你要负全责！

等等！森川孝平朗声道，我相信宫本君对帝国的忠诚。

森川孝平是要放过赵六了。

宫本一郎直接把赵六送回家，安抚他别害怕，只是个误会。赵六对他来说很重要，从哪方面说都重要。

两天后的夜晚，女人如约而至。宫本一郎连着几天没好好和她说话了，写给她的信也是涂了又涂抹了又抹，往往写着写着脑子就短路了。宫本一郎很恼怒，不知自己出了什么问题，这些问题预示着什么。但他清楚肯定是有问题了。

那个夜晚，宫本一郎情绪尚好。她躺下去的时候，他读了几年前写给她的一首诗。他问她记得吗，她没回应。他说，你记得吧，那天下着小雨，我是在树下读的，就是那天我吻了你。整整三天我没舍得刷牙，我要让你的气息留在嘴里。想起你我就觉得我是世界上最幸福的男人。对不起，我是打算向你告别的，可一切来得太突然太快，中午接到命令，下午就上船离开了。对不起……

突然响起急促的敲门声。宫本一郎恼怒地回过头，脸上犹带着泪痕。他对她说，你不要怕，我去去就来。

门外竟然是森川孝平。

森川孝平神情严肃，宫本君不打算请我进去？宫本一郎道，这么晚了，有事吗？森川孝平说，当然有事喽，怎么，站在门口和你说？宫本一郎微微一斜，森川孝平侧身走进屋。那两名荷枪实弹的警察也要进，宫本一郎愤怒了，质问森川孝平，你这是干什么？来抓人吗？森川孝平轻轻一笑，确实是来抓人。宫本一郎怒道，你放肆！森川孝平说，宫本君息怒，我是奉命行事。宫本一郎伸出双手，那你抓吧，但是得告诉我为什么。森川孝平眯起双眼，宫本君误会了，我不是来抓你。宫本一郎愣住，那你……突然停住。

森川孝平踱到床边。

宫本一郎大叫，不，你不能碰她。欲扑过去，但那名警察抵住他。

森川孝平回头笑了笑，突然揪住女人的头发。

宫本一郎大怒，你别碰她。

森川孝平充耳不闻，粗暴地把女人拖到地上。女人簌簌抖着，如秋风中的树叶。

宫本一郎双目血红，你敢再动她，看我怎么……

森川孝平轻蔑地笑笑，你要怎样？猛地抽出刀抵在女人的脖子上。女人一声惨叫。

宫本一郎突然软下去，求你，放了她。

森川孝平说，宫本君，你太让人失望了。然后把女人的头往上提了提，你叫什么名字？

女人发出颤音，牡……丹。

森川孝平喝道，大声些！

女人说，牡丹。

森川孝平问，哪家妓院的？

女人答，回春楼。

森川孝平冲着宫本一郎说，听见了吗？她是回春楼的妓女，她叫牡丹。你再仔细看看这张脸，她不是你的樱子小姐。

宫本一郎绝望地叫道，不！

森川孝平说，作为帝国军人，整日沉迷女色，太不成体统了吧？

宫本一郎说，这是我的错，你放她走吧。她不过是个妓女，与她无关。

森川孝平说，她迷惑帝国的军人，就是帝国的敌人。突然用力，牡丹没来得及哼一声，脑袋便耷拉下去。血从脖子狂涌出来，像沸腾的水。

宫本一郎彻底傻掉。

两名警察把牡丹的尸体拖走后，宫本一郎仍呆呆地盯着地面。他不知森川孝平是什么时候离去的，森川孝平似乎还说了什么，也可能什么也没说。他就那么傻站着。好久好久，他像一堆沙子，慢慢地慢慢地滑散。

宫本一郎睡过去了，中间冷不丁地醒过来，没一会儿又睡过去。他似乎又回到过去，他看见了红房子，好多人在排队，还有他，那个胳膊上打着绷带的人就是他。一个士兵出来，又一个士兵进去。终于轮到宫本一郎。宫本一郎知道红房子，但他是第一次来。房间不大，只有一张床。宫本一郎有些愣，不是因为陈设简陋，是觉得哪里不对劲儿，可他有些糊涂，不明白究竟是什么让他不安。宫本一郎走过去，双手剧烈地抖着。终于如愿。只是他低着头，不敢看她的脸，虽然她盖着手绢。她突然轻轻呻吟一下，就是那轻轻的呻吟，宫本一郎突然想起来。他叫出她的名字，手绢从她脸上滑落。她的叫声更惨烈，是撕裂的声音。然后，她猛地捂住脸。宫本一郎木偶一样站着，他想问为什么，这是为什么啊，可是发不出音。外面的士兵狂躁地拍着门。宫本一郎拎了裤子往后退，一点儿，一点儿……

返身落荒而逃。

那天，宫本一郎在沟渠中被发现，已经奄奄一息。他本想自戕后再自杀，但剧烈的疼痛让他失去力气。一个月后，宫本一郎从医院出来，被派到后方。

十

号了一天的风，到了夜晚突然嘶哑了，但仍有一声没一声地呜咽着。

翠花有一样好，不生气的时候，基本是倒头就睡，梦里似乎在吃什么东西，过一会儿就咂吧一阵嘴。

赵六没有睡意。他又回想起白天的事，脑袋都要裂了，仍然一头雾水。

那具尸体还没拉到地方就呻吟了，赵六想着宫本一郎的话，不顾那个人的呼喊，是的，他简直是呼喊了，若不是赵六捆得牢，他就挣脱了。其实，赵六往车上抱的时候就发现不对。赵六明白宫本一郎在试探他。他不明白的是，既然是试探，为什么还暗示他？赵六不傻，听得出来。但又没那么精明，猜不透其中的弯弯绕。宫本一郎演的是哪一出？与他赵六无关？

他突然被抓，又很快被宫本一郎带出来。那么不是宫本一郎要抓他？抓他的人是谁？

赵六掐着脑门，究竟是怎么回事？怎么回事？

两天没去女人那儿，她怎么样了？她肯定知道危险，不会轻易出来。但……人总得吃饭啊。赵六脑子疯转，必须尽快把女人送走。可是他身后跟着人，没招儿啊。

赵六一筹莫展，点起烟一袋接一袋地抽。赵六抽的是佳木斯烟丝，又硬又辣。不知抽了多少，竟然把翠花熏醒了。

屋里烟雾蒙蒙，赵六隐在烟雾中。翠花迷迷糊糊地抱怨，别抽了，熏死人了。

赵六磕掉烟灰，重重地叹口气。

翠花坐起来，问赵六怎么了。

赵六终于撑不下去，都说了。事到如今，也只有跟翠花说了。

翠花彻底醒了，给监狱丢尸？多晦气啊。

赵六说，日本鬼子让我干，我敢不干？

翠花恨恨地说，破监狱，咱不去了。惹不起还躲不起？

赵六幽幽地叹了口气，往哪儿躲，听说日本人把半个中国都占了。

翠花说，不是还有没占的地儿吗？

赵六说，哪个人不想往没占的地儿躲？那不是说说的事儿。我又没别的本事，咱吃什么喝什么?

翠花说,你一个男人,怎么磨磨叽叽的。再说我攒了不少钱呢。翠花扯过贴胸小袄拍了拍,知道我干啥穿这么厚?这都是钱呀。难怪翠花有时鬼鬼祟祟的。翠花又指指自己的金牙,你以为我的牙真的不牢靠了?结实着呢。我拔了就是为了镶金的。需要用钱就拔一颗。咋样?饿不死你的。赵六突然不认识翠花了,愣愣的。

赵六想了想,翠花说得没错。如果逃,可能活,也可能遭遇不测。若留在抚顺,必定凶多吉少。离开抚顺,到一个陌生的地方,就没有人知道他给日本人送猪大肠、替日本人丢尸的事了,也不会再有人往他脖子上乱扔秽物。只是……到处兵荒马乱的,赵六不知道该逃到哪里,哪里也不安稳啊。

良久,赵六又摇摇头。

翠花问,咋?真吓破胆了?

赵六说,我身后总有人跟着,走不脱的。再说咱走了,那个女人咋办?丢给日本人就等于杀了她。甭管她是什么人,日本人抓她说明她是好人。

翠花急得跺脚,你脑袋进油了还是咋的?都这时候了还想那个女人?我重要还是那个女人重要?

赵六说,对我,你重要,对日本人,她重要。杀了半辈子猪,到了阎王爷那儿,不一定咋收拾我呢,再杀个人,还不把我往油锅里扔?

翠花恨恨地说,我就知道你这个德行。瞧你揽的这些破事!

赵六久久无语。和翠花说不明白的。不能丢下那个女人。到现在他都不清楚她叫什么。其实丢下她也是无奈,而且他已经救过她。可丢下她,无疑是往日本人怀里推她。救了她又害了她,等于没救。赵六杀了半辈子猪,绝对不想杀人,况且还是个女人。还有马裁缝,好久没见她了,说实在的,挺惦记她。赵六知道这当口还想马裁缝挺浑蛋的,自己都怕保不住呢。赵六突然有些伤感。

翠花推推赵六,你倒是说话啊,到底该怎么办?

赵六说,必须尽快把女人送走。送走女人,日本人跟踪或者抓我就都不怕。现在就是不知怎么把女人送走。我是不行,天天有人跟着。

翠花说,这还不好办?找铁匠大哥啊。

赵六摇头,不行的,你不知铁匠多恨我。

翠花戳赵六脑门,天天杀猪,你也成猪了。铁匠大哥恨你也是恨日本人。你和他说明白,这个女人是从日本人手里救的,他自然会帮你。

赵六还是有些迟疑,道理是这个道理,就是日本人天天跟着我,我去找铁匠,日本人就会怀疑铁匠。弄不好把铁匠也连累了。

翠花骂，真成猪了！你不会让铁匠把你骂出来啊？

赵六拍拍脑袋，这倒行，铁匠大哥脾气火爆，最适合演这出戏。不过……

翠花又有些急，不过什么？

赵六说，日本人肯定撒了网的。

翠花少有的冷静与清醒，喊！日本人才几个？中国这么多人，铁匠大哥肯定比你有办法。

尾　声

四月的风依然冷飕飕的，从高尔山下来，赵六系了棉衣扣子。然后回头望望，翠花，你歇着，我下个月再来看你。

这是 1952 年春天。赵六仍骑着平板车。不是先前那辆了，但和先前那辆一样咯咯吱吱的。赵六住在郊外，隔几天进城买些东西。城里变化很大，但赵六一刻也不想待在城里。他更愿意待在城外，这里安静，离高尔山也近。

郊外的房子稀稀拉拉的，最矮最小的那间是赵六的。一个人住，不需要大的，进门上炕，出门上街。平板车也不需要锁，偶尔失踪几天，赵六也不着急，过几天又会停到门口。

门外站了两个人，一男一女。赵六稍有些意外。他没有儿女，没有亲戚。曾经有个老婆，老婆也不在了。赵六也习惯了一个人生活。赵六问他们找谁，那个女的回过头，六哥，是我呀。

赵六越发愣了，散乱的目光慢慢聚到女人脸上。

女人说，六哥，你不认识我了？

赵六想起来了，是她，是那个女人！赵六想说什么，又不知说什么。他至今不知道她的名字，但记得她脸上的疤痕。

女人说，哥住得这么远，我找了老半天呢。嫂子呢？

十年前那个夜晚像噩梦一样闪出来。好半天，赵六才缓缓抬起胳膊，指了指高尔山。

义乌之囚

陈 河

一

杰生是昨天夜里一点半钟到达义乌城的。他一天前坐加拿大航空公司的班机从多伦多出发，下午四点到上海浦东机场之后，即坐机场五线到火车站，用护照买到一张卧铺票，晚上八点才坐上去义乌的火车。当走进卧铺房间时，看到下铺坐着一个非洲黑人女子。他和她打了招呼，随即爬到了自己的上铺位。从上面看下来，这个非洲女子的手臂像乌檀木一样光滑发亮。杰生和她交谈了起来，她会说简单的英语。她说自己是非洲中部一个叫纳布尼亚的部落的人，现在要去义乌。杰生说自己也是去义乌，问她去义乌做什么，她说自己是信使（messenger），说自己的部落被军阀包围了，十分危急，部落派她找人来解救他们。杰生听着，以为她在讲梦话，看她的样子也像在梦游一样。没多久，杰生听到她发出轻微的打呼噜的声音，这样他自己也迷迷糊糊地睡着了。在到达义乌之前，乘务员把即将下车的旅客叫醒。杰生和她又说了几句话，问她要住在什么地方，要不要和他一起坐车进城。她说不要了，她自己会安排，要去住一个名字叫"巧心"的宾馆。这样，杰生下火车后就坐出租车到了"花来香"宾馆，时间已是两点多钟。他在飞机上一点儿也没睡着，喝了酒也没用，人已疲倦到了极点，所以一进房间倒头便睡。

他醒来时，发现窗帘外面一片白亮，响着混杂的人声。这让他明白市场早已经开门了。他一看时钟，还不到七点钟，这里还保持着农民早起赶集的习性，像农贸市场，只是没有牲口的叫喊，只有人们在大声说话。他才睡了三个多小时，脑子昏沉沉的。但他还是决定马上起床，因为他心里堵得慌，在床上躺不住了。

杰生是个动作利索的人，不到十分钟，他就穿戴好了走出旅馆，只觉得外面阴冷潮湿，寒风刺骨。这一年是2004年，义乌市场很大一部分都还在稠州路一带，福田大市场尚在建设之中。杰生住的宾馆靠着江边，挨着宾馆的是几家卖皮鞋的商铺，夹杂着一家卖菜刀、剪刀之类的五金店。其间还有一家早餐店，很多家长带着穿校服的孩子到里面吃东西，可见附近有一所小学，能听到学校广播放的升旗歌曲。杰生进去买了稀饭和小笼包，他熟悉这里，以前来吃过，认得做馒头的还是那个老板，店里还是和以前一样脏。在吃早餐的时候，他心里还没想出接下来先去哪个地方。他只是觉得十分烦闷，每次回到义乌的第一天，他都会对接下来要做的事情感到心烦意乱。但他知道这是无法回避的，他必须打起精神来对付。

"好吧，就让我先去找那个做围巾生意的小青吧，看来她是知道很多事情的。"杰生对自己这么说，决定先去位于商场三楼的围巾帽子市场。

虽然好几年没来义乌了，但杰生还是没费力就找到了老市场的巨大建筑。这个看起来很简易的建筑十分庞大，它是个四方形的房子，每条边长有一公里，有四层高，外墙是简易的石灰墙，粉刷成发紫的蓝色，而屋顶上铺着的是钢架横梁加上玻璃纤维瓦。一层、二层是开放式的，店铺挨着店铺。但是三楼、四楼的内部结构很复杂，像是一个迷宫。这里就是围巾帽子类市场，里面布满了多个井字形的组合，一个套一个，有穿堂风在回旋，很冷，店铺里稍微聚集了一点儿热气，马上被冷风带走了。杰生在通道里绕着圈子，在一个个挂满围巾的店铺中间张望着。他看的不是那些围巾，而是在寻找一个人。

杰生现在要找的是那个卖围巾的小青。他还记得她的摊位号是H5068，但他发现这里的编号已经采用了一种新的系统，他已经无法按编号找到原来的那个店面，只得凭着记忆在楼道里寻找。在冷冽的穿堂风中，他努力唤起记忆里小青的形象：她齐额的刘海，明亮的眼睛，修长的身材。他只见过她几次，而且已经过了三年，记忆有些模糊，无法准确地在心里画出她的样子。时间还早，这里的商铺卷拉门还刚打开，店主们有的在洒扫，有的凑在一起讲八卦新闻，还有的凑在一起打牌。几个擦鞋的妇女坐在楼梯边等着客人，有小孩儿在打一种会发光的陀螺，还有些卖青菜豆腐的挑着担子在叫卖。当杰生在一个店门口稍一停留，在隔壁店里聊天的店主就飞快地跑回来，问要不要？这里的店主第一句话几乎都是这三个字："要不要？"杰生以前觉得好笑，客人还没进门看货，怎么会知道要不要呢？

杰生对义乌的历史是熟悉的，他知道这里的店主在几年之前都还是在地里干活的农民，而且很多是连小学都没读过的农村妇女。她们迎接客人时说的"要不要"这句话，其实和以前赶集时卖鸡蛋、卖芋头时说的话一个样。但也有例外的，这里的一个店主让他难以忘怀。三年前那一次他从楼下大堂里的日用杂货商区转到了楼上的围巾帽子商区之后，在拐角处看到一个店铺的外面陈列着一批色彩醒目、设计新颖的围巾。他只觉得眼前一亮，走近一看，那些围巾看起来质地还不错，像是羊毛的，底下有个商标"CASHMERE"，就是"开司米"的意思。杰生走进了摊位里面，看见里面的样品更多，有条纹的、方格的，还有仿造名牌的。他还发现这个摊位精心布置过，灯光和色彩都有点讲究。他正在看着，却听得后面有人问：要不要？还是那句可笑的话，他心里想。但是他回转头来，却发现说话的是个相貌秀丽、气质青春、打扮入时的青年女子。他心里一惊，觉得这个姑娘不大可能是刚刚从农田里出来的，听她的话音也是比较标准的普通话。那个女青年从一排围巾中显露出来。尽管第一句也是"要不要"这句话，但她后来介绍产品却十分得体和内行。她就是杰生现在要找的小青。

在这个冬日的早上，杰生从多伦多来到义乌商品城的顶楼，什么也没做，就一直在找这个叫小青的姑娘是有原因的。这个叫小青的女子当时让他觉得惊艳，后来一起吃过两次饭，在 KTV 唱过一次歌。在最后一次见面的那个晚上，他们一起喝了酒，情欲在心里升起，差一点儿他们就发生身体关系了，但最终杰生选择了退缩。这一退缩，让他们之间的温情荡然无存了。后来，他们就没有再见过面。杰生现在后悔的是，弟弟到义乌为他进货时，他不该介绍弟弟去找她。弟弟是个不会自制的人。从他后来收到的货来看，弟弟一定被她吸引住了，采购了大量她的围巾，质量大不如以前，价格又不便宜。弟弟在义乌出事之后，他父亲在讲述事件经过时一直提到弟弟和一个做围巾生意的女人关系密切，似乎他们有同居关系。杰生相信父亲讲的这个做围巾生意的女人就是小青。

弟弟是一个月前被杀的，他死在酒吧里的一场斗殴。那场斗殴后隔天早晨，一个扫大街的人在街角一排冬青树丛下面发现了弟弟的尸体。他是因腿部动脉被刺断，流血过多而死。看得出来，他是挣扎求生时，钻进了树丛。警察的调查报告称，弟弟和几个人在酒吧里时，有一群黑人袭击了他们，其他人逃走，弟弟却被刺中了。义乌的警察很重视这个案子，很快就破案，把杀人者抓到了。行刺者是一个在中国签证过期的非洲黑人，身无分文，据说现在已经被关押在广东的外事监狱。弟弟出事的时候，杰生正因为那一批假冒名牌的双肩包吃官司，处于担保假释状态。因为如果这个时候他回国去料理弟弟的事情，法院会认为他弃保逃跑，所以父亲没让杰生回国，他自己去义乌处理了后事。

杰生想起小时候的事。弟弟比他小三岁，小时候一直和他争东西吃，两个人经常会打斗。杰生十六岁到了纽约，寄居在舅舅家里。那是极其难受的几年。但是弟弟并不知道外面的苦难，一直觉得父亲偏向杰生让他出国，整天和父亲吵着也要出国。弟弟中学毕业就不读书了，成了问题少年，在东门一带打打杀杀，老是惹麻烦。杰生父亲是卖烧烤鹅的，每天起早贪黑在菜市场上。杰生那个时候一直在纽约打工，根本没有能力把弟弟带出来。好多年后他到了加拿大，结婚、生了孩子，开始自己做进口生意。起先是他自己回国到义乌进货，后来父亲想让弟弟帮他在国内进货，免得他飞来飞去花钱花时间，而且可以把弟弟带起来，等生意好了可以合伙，下一步也可以带他到国外去。父亲这个决定是个致命的错误。弟弟在义乌的两年多时间里，开销很大，几乎占到采购成本的百分之十，而且很多货物不对路，到了国外卖不出。弟弟以为杰生是华侨外商，钱挣得很多。其实杰生一直在投钱，把自己以前打工挣的钱全投进去了，还使了老婆娘家的钱。丈母娘用住房抵押了一笔贷款，把钱给杰生做生意本钱。弟弟被人杀了，不管情况怎么样，弟弟都是为他的生意送命的，所有的亲戚都会这么认为，连杰生的父母亲也是这样想的。因此，杰生在心里为弟弟的死背起了一个十字架。不过唯一让他稍觉安慰的是：弟弟还没有成家，没有妻室，这样至少没有连累他人。

杰生转了几圈，市场里的人慢慢多了起来。那些店铺开始忙着做生意。杰生想着一个月之前，弟弟还在这些摊位之间跑来跑去，现在却已经人间蒸发，没有人会记得他，不禁悲从中来。就在这个时候，他转到了一个通道的尽头，看到那里挂着几条看起来熟悉的开司米围巾。他认出这是小青的围巾店。他还记得一个标志，小青围巾店外面有个窗口可以看见中国银行大楼尖塔顶。他转头一看，果然看到了中国银行楼顶。于是他振作起精神，走进了店里面。

"要不要？"

杰生听到声音。那是一个中年男性，从铺子里的办公桌后面站起来。

"这里是小青的围巾店吗？"杰生问道。

"不是的。你要不要？"那人生硬地回答。

"我知道这里以前是小青的围巾店，她现在在哪里？"杰生坚持问。他急着要找到她，因为只有从她那里他才会了解到弟弟的事情。

"我不知道她在哪里。你到底要不要？我给你便宜一点儿。东西都是一样的。"

"你得告诉我她在哪里，我找她有事。"杰生坚持说。

"我说过我不知道。你这人真是很烦。"那人说着，不再理会杰生，坐到桌前开始摆扑克牌算命。

杰生感觉到这个人一定知道小青的下落，只是不愿说，几乎所有的义乌人都把信息看作神秘的财产，不肯和别人共享。于是杰生决定使点手段。他说：

"我是来找她赔偿的。我收到一批她发的货全部霉烂了。如果你不告诉我，那我就认你这个店铺。我马上去找工商管理局，让他们来找你赔偿。"

他这句话似乎产生了作用。那人在一张纸上写下了几个字，塞给了杰生。"你快走吧，到这个地方看看，也许她在那里。"他没好气地说。杰生看看纸条，上面写了个地点是：庐山街 45 弄 6 号。

杰生知道庐山街在市场斜对面，处于稠州路和篁园路之间的南侧。庐山街口有一个牌坊，上面写着"文胸内衣专业市场"，紧挨着的是卖袜子的街。他以前并不知道文胸是什么，以为是人工增大乳房之类的东西，在走进这条街之后才知所谓的文胸其实就是胸罩。这个市场除了庐山街外，还包括桂林街、漓江街和保联一街，里面的店面都是卖内衣的。杰生第一次进入庐山街时是加快脚步走过的，因为他觉得这里的店面如同女洗手间、女浴室一样有着性别倾向，男人在这里走不合适。但是后来他在这里进过几批女式内裤内衣，很好卖，之后脸皮也就越来越厚，自如地在这些店铺间走动了。

他仔细看着门牌，发现45弄6号不是在街上，而是在一条小弄堂里面。弄堂内停着一辆桑塔纳车。当他推开这个门牌的大门，发现里面是一个古式的院子，里面有天井、中堂，中堂上堆满了装满货物的纸箱，还挂着各式各样的围巾样品。原来她还卖围巾，并没有改成卖内衣内裤。院子里有几个人在干活，有几个本地工人，还有两个包着香葱一样头巾的印度人在用胶带枪打纸箱包。所有人都转头惊讶地看着杰生。

杰生说要找小青。他们都说小青现在不在。问他们她什么时候回来，都说不知道。再问她的手机号码，也说不知道。杰生知道他们一定有小青的号码，只是不肯说。他说那他就在中堂等她回来。他感觉到其中一个本地人偷偷在后面打电话，说的是义乌本地话。杰生感觉到他是在和小青说话。果然，那人出来问他是什么人。杰生说自己是加拿大来的杰生。那人又跑到后面去，说了一通话。一忽儿他出来让杰生等着，说小青还在很远的东阳，要两个小时后才能回来。他带杰生到一个房间里去休息，这里有电视和一张沙发，看来是专门给客人休息的。杰生打开了电视，靠在沙发上看起来。

兴许是赶路太累了，加上时差的关系，杰生一阵困意袭来，沉入很深的梦境。他做的是一个童年的梦，里面有蜻蜓、蝴蝶和很多羽毛。后来他被一些声音吵醒了，醒来时还不知自己身在何处，只是脸上挂满了睡觉时流出的口水。他赶紧擦干了口水，听到外边有人说话，是一个女人的声音，然后看到了一个女人走进来。一开始他还没反应过来她是谁，但很快认出是小青。她以前是长头发，现在剪短了。她冷冷地看着他，问他有什么事情。

"你不认识我啦？我是杰生，是杰林的哥哥。"杰生说，心里不是滋味。

"这个我知道，你以前买过我的围巾。你是来买围巾的吧？"小青还是那样冷淡。

"不是为了围巾，我是想找你打听一下我弟弟的事。"杰生说。

"这个事你不要找我，应该去找公安局了解。"

"是的，我会去那边了解的。我只是听说你是我弟弟的好朋友，所以才会来找你。我爸爸说弟弟死之前和他打电话时经常说起你。"杰生说。他看到这句话产生了作用，小青的眼圈一下子红了。

"那你怎么过了一个多月才来？你是他的亲哥哥吗？"小青说。

"是，我来迟了。弟弟出事的时候，我正吃官司，被关在警察局里。后来被保释出来，但那段时间失去了出入境的自由。直到上个星期那边的警察局才取消了对我的限制。"

"先吃饭吧。我这里还有客人。吃完饭再说话。"小青说。然后她到别的房间，招呼客人。

接下来，杰生被叫到了饭堂吃饭。这是老房子后面的一间厅堂，摆着一张大圆桌。令他奇怪的是，饭桌上坐着一个年纪很大的老奶奶。她的眼睛有白内障，在喝着一杯酒，吃相凶猛，像是一个年轻人带着老人面具。桌上摆着一个大火锅，烟雾水汽弥漫，对面看不到人，像过去的澡堂一样。和他同桌吃饭的有一个伊朗人，一个印度人，他们都会使用筷子。杰生坐下之后，小青也来了。她的身后跟着一个穿武警衣服的人，自我介绍是当地消防队 5 号分站队长。吃饭过程中大家都很安静，好像是在一场宗教仪式中。

二

吃过了饭，天已经很黑了。杰生又等了一会儿，小青终于把事情做好了。她告诉那个老奶奶要出门。小青是这老奶奶养大的，老奶奶的眼睛一直瞪着杰生。小青背起了包，带着一只小狗，和杰生一起走出来。她打开车门，小狗熟练地跳进去，坐到后排。当车子开出一段路，车里暖和了一点儿，车厢内就散发着小青身上的气息。杰生感到这种气息和弟弟的死亡事实混合在一起。

"真不好意思，给你添麻烦了。"杰生说，他这样说其实是想打破车内的沉默。

"不客气。应该的。我知道你心里很难过，我心里也一样。"小青说。

"我们现在去哪里？"杰生问，他看到车子已经开出了城外，过了一条河。

"去你弟弟租下的房子。他的房子已经付了半年的房租，还没到期。我有房子的钥匙。他留下的东西都在那边。"小青说。

这个时候车子转弯，进了一条小路。这路水泥路面已经铺好，可路灯和交通标志都还没做。车子在一座房子前的路边停下，借着这座三层高的楼房的一些窗户透出的亮光，能看到路基下面还是一片农田。小狗跳下了车，摇着尾巴兴奋地跟着小青。小青拿钥匙打开了楼下的门，小狗一头跑进去，往楼上跑，然后站在二楼一个门边叫了几下。小青把房门打开后，小狗钻了进来，没有叫，只是在每个房间里找来找去。

"它在找你弟弟。"小青说。

杰生打量着这所房子。这是一个一室一厅的小单元，是弟弟工作和居住的地方。墙角上还散乱着一些样品，桌子上有一部电话机，杰生在加拿大和弟弟通话就是通过这部电话机。杰生经常因为他进货东西不对路或者花销太大等事情在电话里和弟弟大声吵架。有一次他明显地听到了狗叫声，大概就是现在这条狗。杰生看到床上还有被子，厨房里有碗筷，他心里像灌了铅一样沉重。弟弟已经没有了，要不是因为他的生意，弟弟不会来这里的。现在弟弟死了，而他的生意也糟糕得像陷入一个泥潭。杰生坐在桌子前，看着桌上的那部电话，突然控制不住痛哭起来。他埋头哭了一阵，想起小青还在房间里，转头去看她，看到她也在那里流泪。

"他出事的那天，我刚好出差到广州了。"小青说着，"那天晚上我和广州的客户吃饭应酬，很吵，听不到手机响。吃完饭看手机时，看到一个小时前杰林给我来过电话，我打回去的时候没人接。后来知道他给我打电话时他已经被刺中了，正在树丛里。要是我接到了电话，也许可以马上找人去救他。他要是马上打110的话，救护车也会来救他。可是他只想到了我，可能已经太虚弱了，失血过多了，只能想起我一个人。现在想起来真悲伤。"

"这事说起来还得怪我。我现在很后悔让他到义乌来。他不是一个适合做生意的人。"杰生说。

"这个我同意。你弟弟是个可爱的小伙子，但不是一个适合做生意的人，他太意气用事。"小青说。

"这个我知道。他死得太年轻了，才二十八岁，人生还没真正开始。你能告诉我吗，他死前这段时间过得怎么样？"

"他并不喜欢眼前做的事。他一直说以后要到欧美国家去。他好像对指望你带他出去失去了信心，有段时间他跟我说起过准备找偷渡的蛇头带他出去。后来他还跟我说准备去非洲。"

"其实他对国外的情况一点儿也不了解，以为国外的生活像电影里一样精彩，地上都铺着黄金。他要是真到了国外会吃尽苦头的。我父亲因为让我出了国，觉得亏待了弟弟，所以就什么事都向着他。我父亲给他钱做了几桩生意，办托运部、开小酒馆、开网吧，结果都亏得干干净净。我一直觉得欠着他的情，虽然知道国外很辛苦，但还是惦记着想办法要带他出来。我从美国到了加拿大后开始做生意，开始的时候生意还蛮顺手的。我父亲为了让弟弟有事情做，说服我让他到义乌帮我进货，实际上从那个时候开始我的生意已出现麻烦。我前些日子还在想早点把弟弟弄到美国算了，就算让蛇头带他偷渡也行，可是没想到他突然就出事了。"

杰生和小青说了一阵子话。小青说自己还有些事情，要先回去。她把房子的钥匙交给他，让他在这里慢慢整理他弟弟的东西。从这里回城很方便，一出马路就有出租车。说完，她就先走了。

现在杰生独自待在这个屋子里，弟弟的气息充满了这个屋子。父亲在电话里交代他，要把弟弟使用过的碗和筷子带一副回来，这样他在阴间才有饭吃。还有弟弟穿过的衣裤也带一套回来，和碗筷一起放在他的墓穴里。杰生把父亲交代他收拾的东西都收进一个提包里，还收了弟弟穿过的一双运动鞋，他觉得弟弟在那个世界里需要穿鞋子走路。杰生还发现弟弟杂乱的抽屉里有一些非洲地图、黑木面具、硬币、几本关于黄金的书、一些印刷粗糙的图片和小册子。他没仔细看，但感到有点奇怪。他想起小青说的话，弟弟干吗对她说要去非洲？是准备绕道非洲去西方国家吗？弟弟为何是和黑人打架而死呢？他抽屉里怎么有这些关于非洲的东西呢？这些事情之间是否有某种联系？

从弟弟的住处回到城里，天已经很黑了。街道上所有的铺面都已关闭，只有马路上的垃圾和破报纸被风刮得在打着滚。风在加剧，把铺面的广告牌和塑料雨棚吹得嘎嘎作响。杰生想起了印度人拉米，上回拉米在多伦多遇见他时告诉过自己在义乌的电话号码。他试着给拉米打了电话，没想到马上接通了。拉米说了自己所在的位置，让他过去见见面。杰生看看时间，还不是很晚，就在稠州路上拦下了一辆出租车，前往拉米所在的印度人聚居区，一个叫"小小孟买"（Little Mumbai）的酒吧。

从宾王路拐到福田路，马路宽了，看起来像是到了另一个城市。街两边冷冷清清，明亮的路灯下不见行人。这条路的两边原来都是农田，几年之前，政府在这里征下几万亩的地，要建造一个世界上最大的小商品批发市场——福田商品城。在前面的地方，第一期的工程已经完工，一部分圣诞礼品、首饰、画框工艺等市场已经迁入新市场。杰生在出租车里能看到路边那些高高的吊塔、还搭着脚手架的庞大的建筑体。福田市场前方的汽配街附近有一个小街区，因为租金便宜，在义乌的印度人、巴基斯坦人和其他一些阿拉伯国家的人都聚居在这里。这里有了他们自己的宗教场所、出租屋、旅馆、酒吧、饭店甚至学校。"小小孟买"酒吧外面画着大象，有一个寺庙一样的屋顶，亮着几盏不是很讲究的霓虹灯。杰生走进来后，屋内浓烈的咖喱气味扑面而来，里面坐着一桌桌暗色皮肤的人，有几个穿印度衣裙的女人在做招待。杰生远远看见拉米坐在里面的桌子上。非常奇怪，虽然是在自己的国家里，但看到拉米却好像是在天涯异乡看到老朋友一样亲切。

"嗨！你看起来不错。"杰生对他说。他的确感到拉米比一年前精神了许多。

"这地方比多伦多好,我可以喝到天亮。"拉米说。他说得没错,在多伦多酒吧过了十二点就要关门,而且喝酒的客人还不能把酒带出店门继续喝。

杰生想起"9·11"那天,他正送货到拉米的货仓,在他的办公室看到电视里纽约世贸双子塔倒了下去。那次他看到拉米的脸上有真正的恐惧,而他当时心里多少还有点幸灾乐祸。那以后,生意就开始变得难做了,后来他才明白拉米的恐惧是有理由的。

杰生知道拉米早年在香港生活经商,挣了不少钱。20世纪80年代之前,中国大陆出口物资大多是通过香港转口出去的。拉米那个时候做的是中国纺织品出口代理,他卖得最多的国家是利比亚,还见过卡扎菲。到了90年代,中国大陆开始有了自己进出口的渠道,加上香港主权要回归,拉米的生意开始式微,便带着细软移民到了加拿大。杰生是在街头推销时在爱格灵顿街一个小杂货店里认识拉米的,拉米当时说自己很快就要进入批发行业,他的一个兄弟要把生意让给他。果然,不久之后他接手了一个三千多平的大货仓。在后来的几年时间里,杰生卖了大量的货物给拉米。拉米的销售渠道掌握在一个叫帕米的推销员手里,拉米脾气不好,最后和帕米闹翻了,生意也亏得一塌糊涂。拉米后来没有了货仓,只靠自己开着车推销点货物。这个时候他已经六十多岁了,受不了在街上推销货物的辛苦,人开始垮下去。杰生很久没有他的消息,但想不到这个家伙还是有办法的,到义乌做起了出口代理。他在香港生活过,对中国内地的事情略知一二,很快适应了义乌的环境。他传话给杰生说自己在义乌很快活、很自由,这里有很多印度朋友,还有很多女人可以搞。他说每天要喝一瓶威士忌才会去睡觉,看他今天喝酒的模样,这话不会有假。

"我为你感到难过。我听说你弟弟的事情了。你弟弟是个很酷的家伙,在义乌有很多朋友。没想到他会被人刺死。"拉米说。他的眼睛里有真心的悲哀,印度人的眼睛看起来特别真诚。

"我非常自责,不应该让他到义乌来。要是他不来义乌,就不会出这样的事情。有时候我会想到是我害死了他。我对他的了解和关心都不够。"杰生说,他的心情败坏,喝了一大口威士忌。

"你去过警察局吗?他们跟你说了些什么呢?那些人是怎么打死他的?"

"我还没去警察局,我刚刚到这里,我会去了解一些情况。事情有点儿蹊跷,我弟弟不是爱打架的人,怎么会和人动刀子呢?而且对方是非洲的黑人。"杰生说。

"你有没有见过查理?也许他知道些什么。"拉米说。

"谁?哪个查理?"杰生问,他像被什么蜇了一下,精神马上集中了起来。

"查理·杜,以前多伦多红龙公司的那个家伙。"拉米说。

"没有。我没有见过他。他不是早就不在多伦多了吗？我很多年没见过他了。你怎么突然提起了他的名字，让我很吃惊。"杰生说。

"他到义乌来了。你看，好多在多伦多做生意失败的人都跑到义乌来了。"拉米说。

"查理并不是因为生意失败才离开多伦多。他好像是故意把生意搞糟了，把家庭和生活都搞糟了，然后就离奇地失踪了。没想到他也到义乌来了。"杰生说。

"你弟弟死前的一段时间，经常和查理在一起，有的时候还到这个酒吧来喝酒。我远远看着他们，你弟弟对他就像一个弟子对待大师一样尊敬。"

"有这等事情？我和弟弟经常通电话，他从来没提起过和查理在一起。而且警察在调查和侦破我弟弟被害的案件时，也从来没提起过有查理这样一个人存在。"杰生说。

"我也没说他和你弟弟被杀有关系，只是觉得他也许知道些什么情况。反正那段时间他常和你弟弟在一起。"拉米说。

"我要见见他。他在什么地方？你有他的联系电话吗？或者地址？"

"我什么也没有。查理不固定出现在什么地方，也没有固定的生意。有时会很长时间都不在义乌。你找他不容易。不过，很多人知道查理的，你多问问店家，不少店家和他有来往的。"

"他在义乌干什么呢？"

"听说是给人家做代理，帮助人家组货。他在非洲打开了市场，在义乌很有势力，非洲这块市场大半都是他的了。听说他也在这里办工厂了。"拉米说。

"他开工厂？在什么地方？生产什么东西？"

"不知道做什么东西。听说工厂是在海边的什么地方。"拉米说。

杰生听到这句话的时候，突然心里有一股海鱼的腥臭味升了起来。这种气味在最近几个货柜里都有出现，他发现是从一种迷彩的双肩背包上散发出来的。他为了驱除这种气味下了很大的功夫，也为这种带气味的双肩包吃了官司。在拉米说到查理在海边开工厂的时候，他不知为何心里会涌出这种海鱼的腥臭味。他发现自己的梦魇中一直有查理的影子。查理的影子经过拉米的叙述，和非洲大陆的黑人产生了关系。而杰生脑海中弟弟出租屋里那些非洲地图、面具、炼金术书籍等东西，都在那海鱼的气味里漂浮起来。

三

这个晚上，杰生回到了花来香宾馆。脑子里一直在想拉米说的查理在义乌和弟弟很接近一事。

拉米称他为查理。大家都这么叫他，但杰生知道查理的真名叫杜子岩。他相信拉米所说的弟弟经常和查理在一起的话是真的，因为他说到弟弟和查理在一起时像对待大师那样恭敬。正是这句话，让杰生觉得拉米没骗他，因为他自己最初见到查理的时候，也是像一个学生对待大师一样战战兢兢。拉米的描述非常准确。

杰生还清楚地记得第一次见到查理时的情景，那个时候他还在多伦多皇后区金先生的批发货仓里做工人。有一天，他看见一男一女华人在货仓里面的货样中间看来看去，不出声响，还避开了金先生不快的目光。金先生是个上海人，在加拿大三十多年了，原先做小生意一直不挣钱，也就是这几年中国出口廉价商品之后，他的批发生意才好了起来。因为他很怕生意被人家学走，所以只接待有零售执照的买家，不让做批发的同行参观，对华人面孔的生人更是防贼一样警惕。当金先生看到这一男一女陌生华人在货仓里转悠时，心里便是一股怒气，脸也拉得很长。只是此时货仓里有几个犹太客人来批发东西，金先生得陪着客人说话，才没有去盘问这两人。

这两人一直在货仓里转悠是有原因的，他们在等着时机。当那几个犹太人带着货物走出门口，还没等金先生去理会这一男一女，他们自己便向金先生走过来了，向他说明他们是做进口的，想让金先生看看他们的样品。在获得金先生的同意之后，那个男的便到外边的车上取来样品箱子。

那一天，金先生一直是拉着脸对着他们，看着他们从样品箱里拿出一件件样品摆到桌上，他一直摆出不感兴趣的臭脸。而这个时候，杰生就站在不远的地方，看见了这两个人的模样。那个女的四十来岁，衣服穿得很简单，头发也很朴素，说话比较多，但听不出是哪里的口音。那个男的年纪略大一点儿，头发有点鬈，头大，下巴却是尖的。他的眼睛有点奇怪，有点像庙里的四大金刚，带着一点点儿的斗鸡眼。他们和金先生说了很久，最后金先生买了他们一些东西。金先生后来有了笑容，和他们说起话来。杰生这个时候听到他们说这些货物是从中国义乌采购过来的。

这些话并不是偶尔钻进了杰生的耳朵，而是他有意去仔细倾听的。为了听到这些话，他故意装作是在整理离金先生不远的一个货架上的东西，而实际上是为了听他们说话。杰生在这里做工的主要目的是在暗地里学生意。他留心搜集金先生的供货商和客户的信息，准备不久自己做进口生意。因此，当他看见这两个做进口生意的中国人时，想到自己很快也要走这一条路，心头怦怦跳动。

这一对男女就是查理夫妇。一个月之后，杰生对查理略有所知，知道了他是美国一所大学的酒店管理学博士，一年前来到了加拿大。他现在住在一个出租公寓里，开一辆有二十年车龄的老丰田厢式车。一个初夏上午，杰生又看到查理带着一个样品来见金先生。那是一种竹子编的汽车坐垫凉席。查理满头大汗，很激动，口沫乱飞，对金先生说这个产品如何如何好。金先生左看右看，没把握能否卖这个产品，就让他拿两箱子过来试试。第二天查理来了。他抱着一个巨大的纸箱子，用肩膀顶开门就进来了，而通常这样的重货都会用推车的。他的脸涨得通红，咬着牙齿，看起来异常有力，很难想象他是个有博士学位的人。他把箱子放在金先生指定的地方，用开箱刀割开纸箱，把里面的竹制坐垫展示出来。那竹片看起来有点象牙的光泽。

不知为何，杰生对这两箱竹垫特别在意，一直留心有没有人买它。两天过去了，一张竹垫都没有卖出去。第三天的时候，杭州人戴利维来了。每次戴利维到来的时候，金先生都会很欢迎，干活的伙计也会很开心，因为他总是会带来很多八卦消息。要是说起来，戴利维本身就是个八卦的话题。他原来是杭州一家工艺品进出口公司的，出国之前听一个老资格的科长说，在加拿大中文报纸报缝里有个叫刘贵章的人的电话号码，只要给他打个电话就可以把你接走。这个老科长说话无心，戴利维却牢记在心里了。五年前他随公司来多伦多做展览时，在唐人街买了一份《星岛日报》，果然在报缝里找到了一个叫刘贵章的人的联系电话和地址。那时他没办法打电话，只给那个地址写了封信，说自己要脱逃。他把旅馆的房间号留下，但用了化名赵联。第二天白天他在展馆，晚上回来时，旅馆前台告诉他，今天有个叫刘贵章的人打电话到他住的房间，要和一个叫赵联的人说话。戴利维知道联系上了，但又极度害怕。带队的领导嗅出了味道，知道有人要脱逃，当天晚上开会宣布明天要全体住到领事馆去。戴利维一听骨头都冷了，他知道一到领事馆，就等于进了中国领土。在那里，国安人员可以审讯他，甚至可以直接带他上回国的飞机，等待他的将是监狱生活。戴利维觉得现在只能赌一把了。他不动声色，装作没事一样。到了夜里，他离开房间，说去大厅里倒杯咖啡。他一离开房间，领队马上跟了过去。此时他已接近旅馆的门厅，他一个箭步窜出门厅，领队一把没拉住他的衣袖。他像兔子一样狂奔，一逃到街上，就知道没事了。这里有警察，领队不敢动粗了。领队只能改成笑脸，隔空喊他的名字：小戴，你回来，快回来！小戴只管大步前行，此时他已熟悉了唐人街的情况，知道用二十五分加元硬币可以打公用电话。他打通了刘贵章的电话，劈头就骂：浑蛋，你差点毁了我性命。刘贵章连连道歉，说自己给他打电话太鲁莽，很快就开车过来把他接走。刘贵章本来想拉他做些政治的勾当，可戴利维是个明白人，死活不干。他开始在央街登打士街一带倒卖手表，五块钱批发来，五十块钱卖给游客，很快有了点钱。如今他干的是盘购积压货的生意，把倒闭公司的积压货低价买来，再分类高价卖出去。

就是这个一身八卦的戴利维，知道多伦多杂货批发业的大量消息，每次来都会让人乐一阵子。今天他来了以后，在货仓里转了一圈，看到了竹垫子，就说，这是查理放在这里的吧？金先生说，没错，你怎么知道的？

"他这货几乎铺遍了所有的批发商，你隔壁的几家都放了。都不好卖。"

金先生一听，脸色都变了，因为当时查理说这一带只放他一家的。戴利维还说这竹垫有发霉的。金先生让杰生把上面几张拿出来，果然看到下面的几张有发霉点。金先生问杰生，卖出多少了？杰生说都没卖出。金先生就告诉杰生，打电话给查理，要他把东西拿回去。

戴利维接着说，你们知道查理一家在多伦多的故事吗？大家都说不知道。戴利维说，那我来讲讲。一听戴利维讲故事，大家就知道有八卦了，金先生转怒为喜，大家都有一种兴奋感。

戴利维说的是查理家族的故事。

"不知你们去过没有，在东区唐人街杰拉德街和卫斯理街的交界处，有一座双层的屋子。楼上是住家，楼下是铺面。听说这座房子有一百多年历史了，有大半时间都是空的，因为屋里老是闹鬼，是有名的 Hungting House（鬼屋），美国一档专门介绍鬼屋的电视频道都来拍过节目。但十多年前，有个大陆来的年长妇人租下了这个屋子，开起了杂货店。"

戴利维渲染气氛开始了故事，一下子把大家的胃口吊了起来。

他说老妇人开杂货店的时候身边还住着一个儿子。这个儿子是从美国过来的，在当地一个医院当外科手术医生，他的名字叫杜东盛。说起这个名字大家都有点熟悉，那时大陆新移民社团活动新闻中经常能听到这个名字。戴利维说自己见过他，他喜欢穿一套白西装，确是仪表堂堂，风流潇洒。杜东盛当时快四十了，可还是未婚。但是他有一个非常漂亮的女友朱朱，是多伦多皇后音乐学院一名在读的硕士生，小提琴拉得非常出色。杜东盛因为要和她同居，所以搬出了杰拉德街的杂货店，住到了湖滨一个高级出租公寓。前年夏天，人们发现朱朱突然失踪了。后来警察在湖滨的几个垃圾场发现了几个装着尸块的袋子，是朱朱的尸体。肢解的刀法非常高明，完全是一个熟悉人体肌肉骨骼结构的医生所为。警察推断杜东盛作案可能性最大，但是却找不到一点儿可以给他定罪的证据。戴利维说要是在国内，警察只要给嫌疑犯吃点苦头，就能招供。但杜东盛确是个行事严密的人，不仅没留证据，和警察的谈话也滴水不漏，让警察无机可乘。但是这边的警察一点儿也不着急，慢慢等着，用高科技的方法监视了他的所有行动。而杜东盛也知道这一点，一直没有上当。这样过了两年，今年春天化雪之后，有一天杜东盛接到一个医学会议的邀请，让他到尼亚加拉瀑布附近的一个小镇开一个学术会议。杜东盛这天出发了。这是他两年多来第一次去尼亚加拉镇。这一条路上布满了小湖泊，风景优美。他显得轻松，不时观察后视镜了解后面的车流情况。在过了圣卡瑟琳娜镇不久，他在一段僻静的路边停下了车。他走到湖边，这里有一片林地，非常寂静，不见人踪。他不慌不忙地掏出一个白色布包，里面似乎是些金属重器物。他一挥手把布包扔进了湖里面，看它沉下去。在他准备转身离开时，看到了对面原来空无一人的地方，突然出现一个钓鱼的人。这让他有点惊慌，赶紧离开了。这一天接下来的时间里，他都有点心神不宁。

果然，杜东盛这回中了警察的圈套。警察得知他要去尼亚加拉开医学会议之后，觉得他两年没出门，这回有可能会把作案工具顺路丢弃，所以派人在沿途几个有可能成为丢弃地点的小湖泊边潜伏监视。杜东盛丢了布包之后看到的突然出现的钓鱼人，正是皇家警察的一个密探。在杜东盛走了之后，立即有直升机盘旋在那个小湖上空，接着几十辆警察车辆开过来，潜水员下到湖底，把那个布包捞出来，里面是一整套锋利无比的手术刀具。经过刑事专家比对鉴定，朱朱尸块的切痕和这套手术刀具完全吻合。这样，警察有了指控他一级谋杀的证据，马上把他关了起来。现在已经被判终身监禁。

戴利维讲故事时听的人心都提到嗓子眼了，这时才松了一口气。金先生问道：你说了这么多，可是和查理有什么关系呢？

当然有关啦！这个杜东盛是查理的亲哥哥。杜东盛被判刑后，查理才从美国过来，现在他就在东唐人街的杰拉德街那个店里做生意，一边零售，一边进口。原来是这样！金先生倒吸一口冷气。毫无疑问，戴利维说的八卦故事给查理的形象蒙上了一层不祥的色彩。

第二天，查理接到了金先生的电话，过来把竹垫拿了回去。这一回，杰生帮了他一把，用推车把纸箱子运到门口，还帮他装到了车上。之前，查理只顾看着老板金先生，没有注意到杰生，这回好像才发现他似的。

"兄弟，你是刚来的吗？"查理问杰生。

"哪里啊，我一直在这里。你第一天来见金先生的时候我就看到你了。"杰生回答。

"干吗为这个小气鬼打工？你不想自己干进口吗？"查理说。

"是有这个想法，可是没有门路，不知怎么做。"杰生说。

"这个不难。你什么时候有空到我店里坐坐，我教你几招。"查理把自己在东区唐人街的地点告诉了他。杰生在戴利维的八卦中已经知道了这个店铺的位置。

杰生一直记得第一次去唐人街见查理的情景。他从戴利维嘴里听来的八卦让他对这个店铺有一种先入为主的恐慌感。尽管店铺里都点着灯，但他还是觉得这屋里阴沉沉的。他看到查理坐在店铺里面，像是一个泥胎的菩萨，看到有人进来也没反应。杰生自己转了一圈。在商店的前面部分，放着不少生活用品。还有一部分是礼品区，放着一些东方的工艺制品。但是在后面部分，放着的却是灯笼、佛像，还有香烛、纸钱，这说明以前查理老母亲卖的一部分货物是明器。他在货架中间转着，突然看见查理就站在一个关公像边上，吓了他一跳。

这个时候店里没有顾客，查理和杰生说起话来。

"听说你是美国毕业的酒店管理学博士，怎么会对义乌这种做小生意的地方感兴趣？"

"这话说起来很长。我是个老三届生，还没成年就遇上了'文化大革命'，到处串联。那个时候就是想闹革命，想到可以战斗的地方。我十五岁时和几个同学去了云南，加入了金三角的知青军队。我的青年时期就是在金三角丛林里度过的。我参加过很多次游击战，打死过人，也负过重伤，生过很严重的疟疾病。我就是在这样的环境下生活了八年，到'文革'结束才离开了那里，回城考上了大学，后来又来到了美国。你知道，我的心里面有一些很奇怪、很黑暗的念头，它们像种子一样，遇到了合适的条件就会膨胀发芽。多少年来，我一直觉得自己像是在烈日下行走，内心焦灼不安，像是一个没有贝壳的寄居蟹，裸着身体。我在美国得了严重的焦虑症，差点儿进了精神病院。"

查理一说起这些事就显得精神亢奋，眼神发直。杰生觉得他说得没错，他看起来的确有点精神病的症状。

"后来为了写博士论文，我来到了中国考察酒店业。我最初只是去广州、上海、香港这些大城市，这些地方并没有让我觉得有意思。可当我第一次踏上义乌的土地，我就发现自己的内心起了变化，好像在沙漠上行走的人进入了绿洲，感到清凉和舒适。你知道，以前我们读书时都说抗战时期的革命青年都向往着延安，不管那是不是真的，反正我到了义乌之后就像当年那些青年到了延安一样兴奋。多么美好的地方，你看那些商城和摊位都是从泥土里长出来的，那些原来种地的农民都变成了企业家，一个小小的县城突然成了世界的中心，全世界的人们都往这里跑，不管是美国、英国，还是非洲，做小生意的人都往义乌跑。当我站在义乌的街头，就觉得这里是世界的中心，一条条纽带从这里伸展而去。只有义乌这样一个和土地有着紧密联系的地方，才可以和世界上那些有真正生命活动的地方产生联系。到了义乌之后，我发现了自己的方向，我内心那块黑暗开始融化了。这里才是我心灵的故乡，是我精神的圣地。"

"你的意思是觉得义乌是做进口生意的好地方吗？"

"目前我想到的只是这样。自从我发现了自己内心和义乌的这种神秘的联系之后，我就离开了美国酒店管理业，开始从义乌进货，到多伦多销售。我母亲的这个店铺正好可以让我用来起步。我现在刚刚开始做，事情不是那么容易，我遇到了很多困难。最近我内心那种焦躁的感觉又来了，好像随时会爆炸一样。"查理说，他的脸上再次出现了一种疯狂的神色，但很快就消失了，恢复正常。

有一阵子，杰生听他说话，已经忘了戴利维说的他兄弟分尸朱朱的事情。但这回查理脸上露出的这种神情，让他又联想到了那件事。他们都是兄弟。

"看你说的样子，好像义乌对你来说重要的还不是做生意挣钱，而是别的方面的一些事情。"

"我现在还说不出来，我只是觉得在义乌有一条通向我梦境的路径。我前些日子看过一本书，里面写到了对一个失落的梦境的描述。一个失落的梦境可能在秘密的山峰上原封不动，被稻田埋没或者被淹在水下。它广阔无边，不仅是一些八角凉亭和通幽曲径、萤火虫、随风飘落的树叶，而是由河流山川、部落、省份和王国组成，这样一个梦境是错综复杂的，包括了过去和未来，在某种意义上还关系到银河之外的星云。"查理说着这些，完全沉浸在虚幻的想象中。

"你说的这些事情我无法理解。你是不是把义乌当成你过去的金三角了？"杰生说。

"从某种意义上说，义乌的确包含了我的过去、现在和将来。"

就在这个时候，店里进来了两个姑娘，是那种当地高中学生模样的白人。她们在店里东张西望转了一圈，眼睛不时瞅着查理。查理觉得她们有什么事，就转头问她们：

"May I help you？"（我可以帮你吗？）

"是的，我们想要买一种彩色铅笔，是迪士尼品牌的，米老鼠那种。"两个白人姑娘说。

"没有。我们这里不卖这些。谁告诉你们这里有这些的？"查理突然生起气来，脸色涨红地说。

"大叔别生气。是我们的一个好朋友告诉我们的，她以前在这里买过这种彩色铅笔，特别喜欢。过几天是她的生日，我们很想给她一个惊喜，在生日派对上送给她十二打这样的彩色铅笔，让她当礼物发给大家。"

面对着这两个可爱又性感的女孩儿，查理的怒气消了下去。他看起来有点犹豫，狐疑地看着她们。但最后他还是改变了主意，对她们说：

"你们等着，我去找找。"

查理进到后面的库房，一会儿出来，拿着一个内包装纸盒。他当着女孩儿的面把纸盒打开，里面的彩色铅笔真的印着迪士尼米老鼠的图案。

那女孩子在打开纸盒之后，两个人都发出快乐的惊叹。然后她们付了钱，拿到了收据。一个拿出了照相机对着纸盒连续拍了几张，另一个的脸色变了，对查理说：

"对不起，我们是多伦多迪士尼公司律师事务所的代表。你所贩卖的迪士尼彩色铅笔是冒牌的，已经侵犯了商标权益。这是我们律师事务所给你的信件，请你在指定的时间缴纳罚金三万加元。否则我们将提告法庭，控告你犯罪。"

查理一听，脸上的怒气上升。他后来说自己的怒气是对着自己来的，怎么会这样笨，中了小孩子的圈套。他当时就大骂起来：

"Get out here！"（滚出去！）

那两个女孩儿见状赶紧掉头跑了，要是晚跑一步，弄不好查理真的要对她们动粗。

查理坐在那里气得脸色发白。杰生得知了这件事的来由。大概一个月之前，有几名警察过来堵住他的店门，搜查了店铺，搜出几个冒牌的香奈儿、库奇的女包，他们要查理缴纳一大笔罚金给品牌公司的代理人。查理了解到那几名警察是在休班的时间被品牌公司雇用来搜查他的店铺的，并没有正式的搜查令。一个华人大律师得知详情后，愿意免费帮他打官司，控告品牌公司违法搜查他的店铺。眼看着他的官司就要赢了，没想到对方施了一计，用几个女孩子引他入套。这下对方有了新的证据，帮他的律师也没办法了。

自那以后，杰生没有再去他的店里，也不知这个官司是如何结束的（后来听说他还是被罚了一大笔钱，坐了一个星期监狱）。就在杰生即将淡忘查理的时候，查理突然变成了多伦多进口业的 Big Guy（大人物）。他成立了一个叫"大红龙"的进出口公司，在一个展览上，杰生看到了查理身穿高级西装，开着奔驰车，戴着墨镜，很是风光。据说那时他在海上走的货柜有几十个，每天都有三四个货柜到达。他租了市中心地段一万多平的货仓，雇用了几十个印巴人当推销员。那时只要是他进口的货物都非常好卖，他进的产品成了市场风向标。在查理生意最兴盛的时期，多伦多同行的人都叫他疯子查理（Crazy Charie）。杰生就是在这个形势下开始进口的，他完全是在查理的阴影之下的，生意起步非常艰难。有一天，他经过东区唐人街的时候，看见查理原来的店还开着。他进去一看，看到店里坐着一个白发的老妇人。起先他以为是查理的母亲，仔细看，想不到是查理的妻子。比起第一次在金先生货仓见到她时，她的样子变化很大，头发全白了，神情落寞。杰生通过和她交谈，得知她的儿子回中国东北老家读中学了。杰生好生奇怪，国内的人都千方百计地把孩子送到多伦多读书，而查理的孩子为何独自回东北老家读中学？还有，他老婆怎么会一头白发独自在看一个卖明器的小店？这和他风光的样子反差太大了，这可不是正常现象。

果然，过了不到两年，查理的大红龙公司就灰飞烟灭了。最初的那种繁荣很快过去，他的生意一落千丈变得很萧条，行业间还传出消息说查理的老婆疯了。有一天查理突然消失了，家里的人也跟着消失了。人们发现货仓里剩下的都是卖不出的垃圾货，推销员的工资拿不到，都来哄抢积压的货物。查理欠了很多个月的货仓房租、银行贷款、信用卡的透支、员工薪水，他留下的一份遗产就是他的几十个印巴人推销员都学会了做生意，在接下来的时间里成了多伦多市场的主角。他们知道通往义乌的路线，从义乌进货继续供应给多伦多市场。而查理从此没有再在多伦多露面。一个疯狂的茧孵化了，飞出一条恶龙，翻云覆雨了一阵，然后不见了踪影。

四

不知为何，查理在杰生的记忆里总有一种不愉快的感觉。在查理消失之后，杰生以为再也不会见到他了。但现在查理出现了，而且和他弟弟的死连在了一起，和那噩梦一样的双肩包的腥臭气息连在一起。为了查清弟弟死前的活动情况，他觉得应该找到查理和他谈谈。在这之前，他要先去一趟公安局。

第二天一早，杰生前往公安局刑警队。他向一个负责接待的女警员说明了自己是不久前的命案死者杰林的哥哥，想来了解一下弟弟的案情经过。那个女警员翻了翻卷宗，说这个案子已经结案了，没有什么东西可了解了。杰生说自己刚从外国赶过来，还给那女警员看了自己的加拿大护照。外籍华人的身份还是有点作用，女警员让他等等，拿着护照进里面和领导说话。她出来后，让他到隔壁的接待室等待，他弟弟案件的经办人员会过来和他见面。

一会儿，一个看起来很干练的警官带着一个助手过来见杰生。警官自我介绍姓杨，他问杰生有什么疑问需要解答。杰生说想看看弟弟命案的现场，想知道他最后是怎么死的。杨警官说这个可以做到，他现在就带杰生到案发现场看看。说着，他就让助手去开车。

警车一开到街上，就鸣起警笛闪起警灯，好像是去执行一个紧急任务一样，遇见红灯也无须停车。没多久，车子在一条小街边停下来。那个街角是一个酒吧，但是现在还贴着封条，处于停业状态。杨警官带着杰生走到酒吧背着街道的一面，这里有一排齐胸高的冬青树丛。杨警官指着冬青树丛，说他弟弟最后就死在这里。杰生盯着看，发现地上还隐约可见一个人形的白色喷漆印记。杨警官说这就是当时尸体的位置。

杨警官接着带他进入处于停业状态的酒吧里。酒吧屋内很凌乱，到处是破碎的酒杯和玻璃瓶，桌子椅子都被掀翻，杨警官说这就是那天打架的现场。他说这个酒吧是他的心头之患，自从去年这里开始成为黑人聚集的酒吧，这里就不断闹事，还成为贩卖毒品的窝点。义乌黑人治安管理是个新课题，难度很大。公安部对待黑人有专门外事纪律，警员又不懂黑人说的复杂的五花八门的语言。杨警官说义乌这一点儿警力很难管理和控制频发的黑人治安案件，而黑人的数量每年都在成倍增长着。他对杰生说，你弟弟真不应该到这样的地方来。

杰生看着凌乱的酒吧。因为他以前在纽约见过黑人社区的酒吧，所以能想象得出这个酒吧夜间营业时的情况。但是他无法想象弟弟会坐在这个酒吧里和黑人在一起，他根本不懂英语或其他外语，他怎么会在这里？

"案发的时候，我弟弟是坐在什么位置的？"杰生问。

"据我们所知，应该是在中间的那个地方。你弟弟和七八个黑人在一起喝酒。"

"我弟弟不会说英语，更不会其他外语，怎么和黑人交谈呢？是不是还有别的中国人和他一起？"杰生问。

"是的，当时的确还有两个中国人和你弟弟在一起。后来，有另外一群黑人冲进了酒吧，和你弟弟这一群人发生了冲突，开始打架。先是在酒吧里面打，后来打到了外面。你弟弟那帮人打不过，撤退了。但是你弟弟被刺伤，逃到了树丛里，结果失血过多，死在里面。他的伤口其实不大，但是刺到了腿动脉。"

"他要是早点有人救援，把伤口包扎起来止血，是不是可以活下去呢？"

"也许是的。可是你弟弟那帮人被打散了，也许是你弟弟被刺后钻到了树丛里，他们找不到他。你弟弟的运气不怎么好。"

"和我弟弟一起的那两个中国人你们后来找到了吗？"

"是的，找到了。经过调查，我们找不到他们有犯罪的证据。他们坚持说自己只是在酒吧里喝酒而已。因此他们最后都和案件洗清了关系。"

"那你们是怎么抓到刺死我弟弟的凶手的呢？"

"我们早已在酒吧周围装设了几个监视的摄像机，可以调摄像资料找案犯。可是这个难度实在很大，因为在摄像的资料里，酒吧里进出的黑人长相几乎全都一个模样，很难分辨。不过我们最后还是破了案，查出了那个刺死你弟弟的人。因为这种案件在我们这里还是第一次发生，我们不知道怎样去审判一个外国人，所以把这个犯人转到了广东的监狱。那里有很多外国人罪犯。"

"你能告诉我那两个和我弟弟在一起的中国人是谁，以及他们的联系方式吗？"

"恐怕不行。他们没有被起诉，他们的信息就有隐私保护权。我们不可以把他们的信息透露给第三方。"

"那我自己去找他们吧。我知道其中一个人是谁，是查理，在加拿大人们这样叫他。他的真名叫杜子岩。"杰生说。

"既然你知道他，那就好，义乌不大，你应该会找到的。"杨警官说，"我在调查中知道了他的一些事情，他会说流利的英语，黑人都叫他 Doctor Charie。他在义乌行踪不定，大部分时间是和黑人在一起。不过我得提醒你，你得小心一点儿，这个人身边的黑人脾气不大好。"

"谢谢你的提醒，不过我还不知道他在哪里呢。"杰生说。

这天中午，他离开了公安局。接下来的时间，他来到了老市场日用品区。他现在心里空空的，但有一条他是明白的，弟弟死了，他还活着，得把生意做下去，这一次来义乌不只是为了调查弟弟的事情，还要把供货的关系重新建立起来。

现在，他来到了老市场西侧楼梯口厕所附近，那浓重的气味自然让他联想到了张国珍，她的摊位是挨着厕所的。果然，他眼睛扫了一下，就看到了张国珍的摊位，她就坐在摊子后面。张国珍看见他，马上从摊位后跑出来问候，虽然几年没见，但她清楚地叫出他的名字。杰生有一种亲切感，如果义乌他算是还有个可以信赖的人的话，张国珍大概是唯一的一个。张国珍问候他近来可好，甚至还问候他的父亲身体如何。多年前杰生自己到义乌进货时，怕自己忙不过来，带了父亲来帮忙，这事张国珍都还记得。杰生看看张国珍摊位上的货物，大部分和以前的差不多，都是竹子的制品。这些竹子制品杰生一直在卖，最初卖得最好的是一种放在桌子上搁热锅的竹垫子。杰生想起最初大批要这些竹制品的有朝鲜人Jhon、意大利老家伙杰克、S&G的保罗，他们后来一直要这些货呢。现在想起来，张国珍的竹子制品大概是他的生意能立足下去的一个不起眼的重要部分。

"你弟弟出事之后，我一直觉得难过。他真是个帅哥，也很聪明。不过他和你很不一样。"国珍说，杰生听得出她的话里还是有点别的意思在里面。

"你经常能见到他吗？我一直交代他到你这里批发竹子制品，你的竹垫子一直好卖。"

"是啊，他来市场的时候，都会来这边看看，开一部分单子。只是他和你不一样，你以前每次都结算清楚，他要拖很长时间才结账。你看，这回他出事了，账都还没结。不过我倒不担心，知道你会来结的。"

"是吗？他还有货款没和你结？"杰生一惊，这种情况他之前都没想到。他以为是最后一批货的货款，数目不会太大。

"是啊。开始的时候还好，可后来越欠越多，还不停要货。我是怕不给他货了，前面的货款也拿不回来，结果就越欠越多。我总觉得你还会回来的，只是没办法联系到你。"张国珍把一个本子翻开，里面有一沓子货单，都有他弟弟的签字。

明细上写着半年前就开始欠了，共欠了十五万多人民币。

"奇怪啊，我可是每次货柜一出，就把货款汇给他的，还交代他要及时和摊位结清账目，怎么会欠这么多钱呢。"

"老板啊，我知道你弟弟不幸去世了，还向你要他欠下的钱有点不好意思。只是我们是小本生意，赚的是蝇头小利。这么一笔钱对我们来说可是大数目。"

"国珍，我不是赖账的意思，也不是不相信你。只是我没想到事情是这样，我一下子还不知道怎么办。你给我一点儿时间，让我想一想。"

"不着急，我不会给你压力。你慢慢来就是了。你是个好客人，我们都是老朋友了。"

从张国珍的摊位离开，杰生感到脸红，因为他觉得自己好像骗了人家一样。他从来不习惯拖欠人家的钱。他有点担心了，既然欠了张国珍的钱，那么一定也会欠其他摊位的钱。张国珍的产品是比较少的，不是主要的供应商，那么那些主要的摊位会不会欠得更多呢？因为这样想，所以他在市场里往前走时，就有点心神不宁的感觉。

现在他漫无目的地走入了工艺品市场摊位，这部分摊位面积较大，每个摊位是独立的隔间。他看到了橱窗里一些橙子大小的密封玻璃球，里面有三条彩色的小鱼在游动。他马上想起以前来过这里，因为第一次看见这个玻璃球时，他以为里面的鱼是假的塑料鱼，但仔细看发现是真的鱼。店家告诉他这个玻璃球在密封之前灌进了高压氧气，水里还有营养食物，可以供里面的鱼生活六个月。他问，那六个月之后呢？店家笑笑，意思是那就管不了那么多了。这个情景让他想起了人类登上火星之后如果回不来，大概就是和这些鱼一样的下场。他当时觉得这个产品新奇，但太残忍，就打消了进货的念头。他接着看到货架上的流沙画，在一个方形的玻璃密封框里面，装有彩色的沙子和一种油，沙子沉积在油的下面，像是山脉一样好看。当把玻璃框倒过来时，沙子压到了油液的上面，在重力作用下沙子会慢慢穿过油层下沉，这个过程中彩色沙子会显出很奇妙的状态，最后沉到底下形成新的图形。杰生当时喜欢这个产品，进过二十箱货，但并不是很好卖。他还在货架上看到了熟悉的八音盒，上面有会跳舞的人；还有包在玻璃球内的雪花飞舞的圣诞夜房子。他在这个展示厅里转着，突然看到一个员工和里面一个老板模样的人交头接耳。之后他便感到那老板眼睛的余光在跟着他走，让他不自在。他准备悄悄离开，转身时却见那老板模样的男人挡住他的去路，他的脸上带着微笑。

"先生你好。你那些流沙画还好卖吗？"

"老板真是好记性，我是三年前来过的，就这么一次，没想到你会记住。"杰生说。

"说真的，我没有记住你的人，只是记住了你的鞋子，你的鞋子很特别。"那人微笑着说。

杰生也笑了。他的鞋子是有点特别，是在国外的 Footlocker 店买的，是一种印第安人古老式样的鞋，鞋背中央有一条缝。杰生突然有点紧张，没想到义乌人的记性会那么好，能记住他几年之前穿过的鞋子。这样的话，如果弟弟欠了人家的钱，那么人家肯定都会认出他来的。好在这个老板什么也没说，只是寒暄了几句，请他在店里好好看看，也许会找到感兴趣的东西。

杰生本来已经准备离开这个店铺，但看那老板这么热情，就不好意思马上离开，于是在店里多看了几眼。就在这个时候，他发现了一样熟悉的产品，是一种带着宗教图像的玻璃镜面时钟。一个系列是基督教的，有许多种耶稣和玛利亚的图像，还有一个系列是穆斯林的寺庙和经文的图片。这两个系列的产品正是杰生上半年卖得最好的货物，卖了好几个货柜，原来弟弟是在这个店里采购的。本来，他应该和店老板谈谈这个产品，但是他的心里有一种恐慌，生怕弟弟欠人家的钱，所以他就不敢说了。正在这心神恍惚之时，他在交错的镜面中看到了火车卧铺车厢里遇见的那个非洲女人，她像黑檀木一样黑，一脸庄严的神色。杰生搞不清她在哪个位置，因为她虚晃的影子在环绕店铺的玻璃镜中形成了无数个影像。杰生想起她说过自己是带有紧急使命的信使，她怎么会在这里转悠呢？

杰生离开了这个工艺品店铺。现在他走在连接商场左右两翼的那一条长长的通道里，这里还是那样灯光昏暗、空气潮湿，有很多孩子穿着会闪光的冰鞋在滑行，让这通道里变得好看起来。从这里走出，正好就是手套市场了，前面几排都是卖白色纱线手套的。杰生没想到一走进这里，马上就看见了熟悉的摊位主人陈玉兰。做白手套生意的陈玉兰不知从哪里突然闪出，一见到他马上给他迎头痛击，问他要欠款。杰生还没明白她说的货款是怎么回事，她就开始发飙了，用最大的声音嘶喊起来：你还我钱，你还我钱！陈玉兰的嘶喊声引来了周围人的观看，人们都用一种仇视的眼光看着杰生。杰生这个时候感觉到就像在噩梦里一样。的确，他在前些日子的噩梦里常见到这样一个用力嘶喊的女人。他知道这个时候无法说话，赶紧转头离开了。还好做白手套生意的陈玉兰没有追赶过来。

从这个时候开始，杰生内心的不安开始浮现出来。这种不安随着一个具体的人物形象而浮上心际。那是几年前的一天，在宾王市场一个卖沙发坐垫的店铺里面，他的对面有一个看起来身体虚弱、上了年纪的人，他也在挑选着沙发垫子的样品。杰生已经忘了那人是怎么开始说起自己被囚禁的经历。他还能想起那人的面相，消瘦苍白，头发稀疏，声音软软的，他是个出生在美国的第三代广东华人。那人非常平静地说着自己的故事，他说自己已经在义乌做了十几年的生意，从义乌开埠他就来了。他的生意做得很大，义乌的厂家都争相给他发货，延期付款。他说自己的生意大了，都没仔细算账，但是有一天，他的麻烦来了，在美国的生意突然大亏，付不出义乌的货款。他当时还不知道后果，还到义乌来找老供货方商量。结果，他被囚禁了起来。他说自己被关在一个迷宫一样的屋子里，有人看守，在屋里行动自由，但是他是无法逃脱的。他每天都能听到市场里喧哗的声音。一年半的时间，他就在屋子里兜着圈子，直到半年前，他在美国的家人还清了他的欠款，他才获得了自由。那一天，杰生在这个摊位待了大概半个小时，一直在听他讲被囚禁的事情。从那之后，这个被囚禁的人的形象就进入了杰生的意识深处。现在，这个人的脸形从内心深处浮现出来，变成了一个面具一样的东西，一个象征囚禁的符号。

下午三点多，他转到了福田箱包新市场。这里是一个巨大的建筑，有气派的滚动式电梯，大理石的地面，暖和的中央空调。但是铺面实在太多，且每一个店的陈列都相似，他走了一大圈还是提不起兴趣进店里面看看。突然，他闻到了一种熟悉的气味，一种变了味的海鱼腥臭。气味很淡，几乎难以捕捉，市场里那么多的人大概不会注意到这轻微的气味。如果他没有特殊的记忆和恐惧，一定是捕捉不到这气味的。它像是从内心的意识里浮现出来似的，在他被杨警官带到弟弟死去的现场时，他内心里曾浮现过这种感觉。但是现在，他知道这气味不是心理的，而是空气里面真实飘荡着这一种气味的分子。这是他的噩梦的气味，一连串的厄运就是从这里开始的。

三个月前，那个货柜到达多伦多之后，柜门一开，立即有一种浓重的腥臭味跑出来，弥漫在货仓里。当时隔壁的绣花厂就有人过来抱怨受不了这种气味。待货物全卸下来，还是搞不清这气味是从哪里来的。直到把一批双肩包的纸箱打开时，才发现气味的源头在这里。这些双肩包都有内塑料袋包装，颜色很鲜艳，打着一个巨大的钩形耐克商标。这样的包怎么会有气味呢？看看里外都是全新的，干干净净的，不像被污染的样子。杰生后来明白，货柜在海轮上漂过太平洋时，是在烈日的暴晒之下，柜内的温度很高。因为这些包的材质有问题，是再生的人造革，所以在高温之下原材料的气味跑了出来。杰生的厄运从这气味中开始了。为了把这些带着气味的双肩包卖出去，他想尽办法，从沃尔玛买来了许多瓶纺织品清香剂，喷洒在包上，结果使得气味更加恶心。但这种双肩包设计新颖，而且是耐克品牌，卖起来没问题，很快都卖光了。这批货连续来了几次，引来了一个更大的麻烦。警察包围了杰生的货仓，进行全面搜查，查走了所有冒牌的货物，而且还控告他卖假名牌货。他被关了半个月，最后是交了十万加元才被担保出来。就在这个时候，他得到了弟弟被杀死的消息。好不容易等官司了结了，他才脱身来到义乌。

杰生在箱包区转了几圈，终于看到有一个店铺的墙上挂着几个双肩包，样子和颜色和他那一批货很像，但是没有耐克的商标。现在义乌也在反假冒，商店里不能展示冒牌的商品。但是杰生知道，还是有一些店家私底下做冒牌产品的生意。这时候一个胖胖的店主凑了过来，问：要不要？

杰生说他要这种双肩包，但是要有耐克商标的。店主把头摇得像拨浪鼓一样，说：不行不行，我们店不做冒牌货。但是当杰克假装离开，说自己去其他店里问问的时候，店主叫住了他。不知怎么的，杰生突然想起了那一回在查理的店里面那两个卧底的女孩儿引诱查理上钩的事情。而且，他有一种感觉，觉得眼前这个中年男人是戴了假面具的，拿掉面具之后的脸就是查理。

"客人别走，你好像以前进过这种双肩包的？"这个人低声说。他掏出了一包中华烟，递给了杰生一支。杰生已经戒烟五年了，但还是会想抽。他接过了烟，点上了。

"的确是这样。就在不久前我还进过这种包。这批货每五个一小捆，黑色两个，蓝色两个，灰色一个。耐克的标志是在拉链的上方。"杰生准确地描绘了那一批包的包装特征。那个人盯着杰生的眼睛看了一会儿，然后突然头一歪，使了个眼色，说：跟我来。

他转身往店铺里间走，进去后把门关上了。他按了一下开关，墙面上有个门开了，原来这里是有一个夹墙的。里面点着灯，但是还是显得黑暗，空气很闷，有汗味、霉味混在一起。杰生突然看见在屋子的一个角上坐着两个黑人，光着头，油黑的身体和昏暗的背景融在了一起，只有那特别白的眼白闪着亮光。店主人对他们做了个不要作声的手势，他们便低头了。杰生看到他们在一个女包上装着一个金属的商标，大概是香奈儿的。

店主打开了一个射灯，一面墙上的样品都被照亮了。现在杰生看到有几个绣着耐克商标的双肩包和他收到的那批货一模一样。

"是的，就是它们。"

"是谁帮你订的这批货？"

"是我的弟弟，他代表我长住在义乌。他叫杰林。"

"不认识，没听过这个名字。也许看到人会认识。"那人说。

"那就奇怪了，他怎么会有你这些包呢？这里还有别的店在经销这个厂家的包吗？"

"没有了，只有我一家。除非他是直接从那个厂家直接进的货。"

"你听说过一个月之前有个年轻人，在酒吧里打斗被人杀死的事吗？那个被打死的人就是我弟弟。你看看，这是他的照片，他是不是来过这里。"杰生把照片交给了那个人。

"不认识，真的不认识，我从来没见过他。"那人有点老花了，把照片放得远远的看着。从他的动作和表情来看，他说的是真话。但是杰生发现那两个黑人好像知道他在说什么，低声咬着耳朵。他便问他们：

"你认识他吗？"杰生把照片给他们看，用英语问道。

黑人接过照片，稍稍一看就说：

"Yes，Yes，I seen him before（是啊，我以前见过他）。"黑人说。

杰生还想和黑人说话，可店主示意黑人闭嘴。之后，他就带着杰生走到了前面的店铺。他看杰生不像是来订货的样子，就对他很冷淡，而且有一种防备态度。杰生知道再待下去也了解不到什么东西，就离开了这里。

五

下午，杰生拖着疲惫的步子回到了旅馆，由于时差，他困得要命，加上心情低落黯淡。他躺在床上，昏睡过去。即使在睡眠里，他也感到心里非常难受。不知过了多久，他被手机铃声吵醒，是小青打来的。

"嘿，你怎么样？前天晚上之后就没了你的消息。"小青说，她的声音里透着一丝关切。

"情况有点不好。我没有搞明白弟弟的事情，反而觉得自己正陷入一个大麻烦。"

"什么大麻烦？"小青说。

"我也说不清。反正我觉得好像是在一个黑暗的树林里一样，身后正尾随着一些野兽。我有点儿害怕了。"杰生没有说明自己的害怕是因为弟弟欠了大笔的货款，只是这样笼统地说道。

"没那么严重，没什么好害怕的。你等我，我去接你出来喝杯咖啡吧。十五分钟后你到旅馆门口等我。"

杰生赶紧从床上起来。他只觉得身上散发着一股臭气，满脸油腻，嘴里发苦，牙齿发臭。他赶紧去洗了一个澡刷了牙，然后穿上干净的衣服，跑到了旅馆门口。他觉得风很冷冽清新。一会儿，一辆红色的跑车开过来，在杰生的身边停住。杰生发现小青白天的车很普通，夜里开的车则是高级的好车。他打开门，坐了进去，车里有一股好闻的法国香水气味，能看见小青化过妆的脸在街灯变化的光线中时而明亮时而带着阴影。车子开得很快，杰生虽然大致熟悉义乌城的路，但很快就分不清方向，不知车往哪里开。不久，车停了下来，进入了一个庞大的建筑物里面，杰生明白，这里大概是一个夜总会之类的地方。

小青带着他走到一个相对幽静的角落坐下。桌子上的一个玻璃杯里点着一根小蜡烛，那柔和的烛光照出了小青脸部的轮廓，显得说不出来的漂亮。夜总会大厅中央地带有两组钢管，穿着比基尼的女郎正在扶着钢管表演。侍者端着盘子送来了两杯香槟酒。杰生隔着香槟的泡沫看着小青无比美丽的脸庞。尽管他正身处麻烦之中，但这一刹那他还是感到了一阵幸福。但他的这种幸福感很快就荡然无存了，因为他看到在不远处的桌子上坐着一个穿橄榄色军装的人，仔细一看，他就是前天在小青家的厅堂里围着圆桌一起吃饭的那个消防队军官。他好像一直在注视着这边，用眼睛的余光观察着。和他一起的是几个穿西装的人。

"你的脸色很不好，看起来在发愁。说说你这两天的事情吧。"小青说。

"我发现了一个很奇怪的事情，弟弟好像欠了很多账，他好像有个巨大的资金黑洞。我把每个货柜的钱都已经付给他了，他却没有付给摊位和厂家。我现在所知道的还很少，也不知道这个资金黑洞到底有多大。"

"在义乌，做货物代理的人有时欠摊位和厂家个把月的货款是有的。但是超过这个时间就不正常了。我和你弟弟虽然经常在一起，但是对于他的财务情况却不了解。只是经常听他说资金很紧。"

"我很奇怪，弟弟的这些钱都到哪里去了。听我父亲说，他来处理我弟弟的后事的时候，发现他只有几千块现金，银行里也只有一万多存款。这个很不正常，别说我已付清的货款钱，就是平时，我在他这里也有二十几万的周转金。现在都没有了。"

"你应该不会怀疑他的钱被我拿走了吧？"小青说。

"不会，我不会这样想。"杰生说。他说的是实话，他能感觉到小青很有钱，而且小青身上有一种非常诚实的气质。看她那富足的样子是不会用弟弟的钱的。

"我弟弟赌博吗？吸毒吗？"杰生问。

"这个我可以保证，他没有赌博，没有吸毒。"小青说。

"我这几天发现，我弟弟和一个叫查理的人来往密切。这个叫查理的人以前也在加拿大，我认识，是个想法和行为都很奇怪的人，对义乌有特别的狂热。他后来在多伦多破产，人也失踪了。可我现在知道他就在义乌活动，到处有他活动的痕迹，而我的弟弟正是紧紧地跟随着他。就在我弟弟被杀的那个晚上，弟弟是和他一起在酒吧喝酒的。我现在想，弟弟的资金问题是不是和查理有关系。"

"你说的是不是那个做非洲生意的人？"小青说。

"正是他，他的身边有很多非洲黑人。但是我却无法知道他在哪里，也不知道他的行踪。你知道他的情况吗？"

"我听你弟弟说起过他，也知道他很崇拜这个人。但是我并不知道他在什么地方。你是想找到他吗？"小青说。

"我也说不清。从内心来说，我对查理这个人有一种恐惧，如果在路上远远看见他的话，我的第一反应大概会是躲开不愿和他照面。但现在我想从他那里了解弟弟死前的情况，还有，我得搞清我弟弟的资金去向问题。我觉得应该找到他。"

"也许我可以打听一下他的情况。这个夜总会里有各个码头的人，有放高利贷的，有做私人侦探公司的，还有地下公安。我过去问问吧。"小青对杰生说，让他独自先坐一会儿。她起身往通道深处走去，杰生目送着她，看到那个消防警官也站了起来，陪着她往里走。

一会儿，一个戴着墨镜、脸色发灰的人走了过来。看得出这个人是吸白粉的。他坐下来，把眼镜一摘，他的眼神是温和友善的。

"你找的这个人我知道得很少。他的路线和我们不交叉的，他做的事情也和我们做的很不一样。他是一个奇怪的人，我们不喜欢这样的人，所以他进不了这个夜总会。而事实上，他根本不愿意到这边来。"

"你能说得具体一点儿吗？我不太明白你的意思。"杰生说，他往前挪了挪身子。

"我们义乌人无论做什么事情，有一件事都是一样的，都是为了赚钱。我想全世界做生意的人也都一样，赚了钱再投资赚更多的钱，有了钱可以过体面的生活。而他不是这样的，听说他在义乌也赚很多钱，做代理，开工厂，还有洗钱什么的勾当。但是他一直没有在义乌花钱，听说他到义乌时住的是五十多块钱一夜的宾馆。他搞到的钱全部都投到了非洲一个鸟不拉屎的丛林里。那里一定有很多猩猩，也许他讨了只母猩猩当老婆。"

"是吗？听起来像是个电影故事里的怪人。"杰生说。

"听说他在这里做过很多大胆的事情，我们都知道他是做冒牌货的大王。他就是靠这个挣了大钱。什么耐克啦、阿迪达斯啦、香奈儿、库切包他都做，而且他都能搞定海关运出去。还不止这些事，我最近听到消息，说他正在偷运一批军火到非洲某个地方去，那里正是他的地盘，是从缅甸那边起运的，有没有经过义乌我不知道。反正这个人是非常厉害的，义乌的黑人都叫他查理博士。我听说在国外的黑道上，那些被人叫作博士的人是特别厉害的。他和广州那边的帮派有关，能摆平很多事情。他的势力在非洲，义乌的黑人都聚集在他的门下。我们对他的世界不了解，不知道他的幕后背景，只知道他是一个国际性的人，很危险，很神秘，所以也都远离他。"

"你知道他平时在什么地方吗？"杰生问。

"这个不是很明白。他没有一个准确的地方，人家说他住五十块一夜的宾馆也只是传说而已。但是有一个地方应该是真的，他有一个生产基地，一个生产冒牌箱包的工厂，大概是在海边什么地方。但是没有人知道确切的地方。"

"那你见过他本人吗？"

"没有，我没有见过他。我们这里没有人见过他。也许有人见过，只是不会知道是他。因为这个人极其低调，见了他你也不会觉得他和别人有什么区别。"

这个人说完了话，戴上墨镜就起身沿着刚才过来的通道往里面走去。之后，小青走了回来。她刚才和别的人说了话，带了一些消息过来。

"我听到了一些不太好的事情，说你弟弟的确欠了摊位和厂家很多钱。这些钱零零星星的，加起来数字很大。"

"是啊，我也感觉是这样。我今天去了几个熟悉的摊位，好像都欠着钱，真不知道欠了多少。"

"你得小心，现在的摊位会委托讨债公司去追回欠款。讨债公司如果发现某个债主欠了很多摊位的钱，他们会下功夫去追讨的，甚至会用特殊的手段。所以你现在还是小心为好，不要公开在市场上露面，不要让熟悉你的人知道你在义乌，也不要让别人知道你是死去的杰林的哥哥。"小青说。

六

来义乌四天了。

如果说杰生最初像是进入一个黑暗的丛林什么也看不清的话，那么现在他的瞳孔应该已经张开了些，看清了环境，看见了身边的一些路径。他虽然感到欠债的危险在等着他，但是想继续调查的念头越来越强了。

他不再去熟人很多的商场看货，而是走到了春江路上。这里是一条街，店铺在路边，大部分是做皮带、帽子生意的店铺。他记得做棒球帽生意的黄历明的店开在这里。他好几年前进过黄历明的棒球帽子，上面绣着加拿大枫叶的图案。但是这几年，他没有进棒球帽了，因此觉得不会欠他的钱，可以去他店里看看。

当他离那家店还有几十米的时候，就看到小白脸黄历明坐在店里面。他这会儿大概闲着没事，看着马路，远远就认出了杰生，起身迎接。

"你很多年没有来义乌了吧？我一直都觉得纳闷，以为你不做生意了。"

"生意倒是还在做，只是我一直没来，是我的弟弟在这里给我代理组货了，所以我就没来义乌了。"

"有一次你们加拿大的查理到我店里来，我问他认不认识你，他说认识的。"

黄历明说。

"这是什么时候的事情？"杰生说。他的神经一下子绷紧了。他终于触摸到了查理在义乌的行踪，好像他发现了一只蜗牛在菜园里留下的一条丝带状的发亮的踪迹。

"好几年以前了。那时他常来我这里。现在他不来了，但和我有联系。"

"查理现在怎么样？"

"查理现在在这里生意做得很大，有专门的仓库，每天要出好几个货柜。他在我这里也经常有订单，你看，今天我就要给他发一百箱棒球帽，一个小时后我就要过去给他送货。"

"他在做哪里的生意？加拿大他已经没戏了。"

"非洲国家。他现在是有名的非洲王，几乎所有非洲黑人出的货柜都是他代理的。我见过他几回，他身边总是有一群群黑人。"

"我很奇怪，查理在加拿大的生意曾经做得很大很好。不知为什么突然败坏了下去，而他的家庭也毁坏了，他却跑到这里做非洲黑人的生意。"杰生说。

"这件事有点复杂。不过我大概知道其中的一些原因。早些年他还在加拿大的时候，有一回他拿来了一个图案，是格瓦拉的头像，要绣到一批棒球帽子上去。现在我知道这个头像叫格瓦拉，可那时我不知道，义乌人都管这个头像叫雷锋，因为和雷锋的一张标准像很像。查理说这是一个了不起的古巴英雄，是在玻利维亚打游击时被打死的，之前还去非洲的刚果打过仗。查理说，他最大的愿望不是做大生意，而是有一天像格瓦拉那样去干一件大事情。"

杰生想起以前在查理的店里面的确有很多切·格瓦拉的画像。

黄历明说大概在四年之前，有一天查理带着几个行李箱，来到他的店里。他说自己在加拿大的生意彻底破产了，说自己欠了很多债，再也回不去了。看他的样子很狼狈，衣裳不整，胡子拉碴，头发凌乱。但是神气里却不见那种破产落魄人的沮丧。他说自己现在无路可走，老家在东北，回去也无事可做，所以就准备先在义乌待下去。当时他还住在旅馆里。过了一些日子，他又来了，说自己要到非洲看看，他还把几只暂时用不到的箱子寄存在我的店里面。

一年之后，查理再次来到我的店里，来取那几只箱子。我差点把这些箱子扔掉了，因为他那么久没回来，我以为他不要了，后来在一个角落里找到了它们，里面已经住进了老鼠。我问他这一年去哪里了，他说自己一直在非洲。我虽然没出过国，但对非洲还是了解的，以前咱们国家不是帮助他们建设过坦赞铁路吗？因为我的一个姑父就是去建坦赞铁路的，最后得传染病死了，所以知道那是个可怕的地方。查理告诉我坦桑尼亚那些地方算是开发过的，他去的地方是非洲的黑暗之心，在最内陆的地方，那里的人们至今都不穿衣服，**部落之间还相互猎头。**他说自己在那个地方的部落里都开设了贸易点，深入到了村庄。**他和部落酋长结盟，最后还成了酋长们家里的常客。看这个家伙的样子，他在加拿大的破产是假的，他是把钱都卷来了，现在用到了非洲。他的样子变化很大，身上有被火烧过的疤痕，脸上被刀砍过，据说肩膀上有被子弹穿过的洞。**

你知道，以前义乌很少有非洲黑人来的，和非洲做生意的是一些已经在那边的中国人，也有些印度人。但在查理从非洲回来之后，带来了一批非洲人，他们直接来到商铺进货。最初他们只会说一句话：最低最低。意思是要你报最低最低的价格。黑人越来越多，非洲的市场也越来越大，黑帮的势力也加入了，争地盘打打杀杀的事情越来越多。查理这些年成了黑人的头领，很多事情都要他介入。他说除了用钱摆平事情，有时还得靠打架。听说上个月有一帮从广州过来的黑人和他的一帮人打起来了，结果打死了他手下一个小兄弟。

杰生没有说这个被打死的小兄弟正是自己的弟弟，只是在心里叹了一口气。他又一次听到了弟弟是在一场和查理有关的打斗中丧命的。接下来，黄历明说要去给查理送一批货，那边已经开始装货柜。杰生说也跟过去看看。

那个仓库在靠江边的江滨北路。黄历明说这个仓库前年发生过一次大爆炸，仓库被封了。后来是查理打通关系，把废弃的建筑改装成为出口非洲的专用仓库。当车子进门时，外面有保安检查核对。进来之后，仓库里面气味很浓，虽然是冬天，但里面还是闷热。这里有不少的黑人，但他们不是干活的，干活的都是中国人，在扛着箱子往货柜里面堆。在昏暗的光线中，这里像是中世纪贸易商船的码头。从这里，有一条纽带直接通到了非洲最心脏的地方。杰生看见一个黑人收到货之后往单子上画了一下，算是签字；还有一个黑人在一张张数钱给人家，他数钱的方法太笨太慢，收钱的人有点不耐烦；还有一个黑人在熟练地用筷子吃方便面。一个头上缠着布的黑人妇女带着几个黑人小孩儿住在仓库的一角，她正在给一个婴儿喂奶。如果周围有几棵香蕉树、杧果树的话，这里就成了赤道几内亚某个部落的一角了。这里是黑人的地盘，一切都是黑人在做主。但是杰生知道，他们背后有个人是查理，虽然查理自己并不在这里。杰生从黑暗的库房里看着外面阳光明亮的街道，再次看到火车上同一个卧铺车厢的非洲黑人女子正在走过，她的影子像蝴蝶一样飘动。

这天晚上，他独自在春江路口的温州饭店吃了他家乡的饭菜。吃完饭，他走着回旅馆，要经过商场门口的那一片空地。这里白天是停车点，是装卸散货的地点，也是人行道，还有的店家会把大件货物摆到这里卖。杰生吃饭前经过这里时，这里还很热闹，正在上演流行的家家乐节目，商场摆摊的一些家庭自娱自乐陆续上台表演。可这会儿台子还在，灯光全黑了，人也散光了，地上都是纸片，被冷风卷着在空中打转。这一切都让人觉得内心空虚，想尽快地离开这黑影幢幢的地方。杰生往前走，突然看见前面昏暗的路灯下有个女子站在一边，对他说：大哥帮个忙好吗？杰生一惊，问，什么事？她说自己到义乌来找一个朋友却没有找到，现在身上的钱都没有了，还没吃饭，问他能不能给她一点儿钱吃个晚饭。

杰生是个怕惹是生非的人，他知道路上这些要钱的人都是骗子，通常都是不搭理的。但是他看到眼前这个女子衣着整洁，梳着整齐的头发，脸孔也秀气，身上还背个双肩包，有学生范儿。虽然他知道她的话是编的，但觉得她这样要钱也辛苦，而且要求很低，只要一顿饭。于是他掏口袋，可口袋里只有五元零钱，其他都是一百元的。他掏了几下，也没找到更多零钱。他只得把五元钱给了那女子，那女子说了声谢谢就走开了。

杰生往前走了几步，总觉得自己给那女子的钱太少了，五块钱怎么也不够吃一顿饭啊！可是他又原谅自己，因为口袋没有零钱，总不能给她一百元吧？要不我就给她一百元吧？他突然想。要是她看到我给她一百元一定会高兴。也许，我应该叫她一起去吃饭，虽然我已经吃过了，但是陪她一起吃饭也是应该的啊，也许她还会讲讲她自己的身世。是啊，应该给她一百元才对，给她五元真是太少了，一定很伤人家的自尊心。

杰生转过身，决定去找那个女子，这个时候他已经走出了半条街。他加快了步子，沿着原路回来，一路张望。他觉得这个女子也许还在原来的地段继续向人家要钱。可是当他回到了原来的昏黑的路灯下，却不见一个人影，那女孩儿不知去哪里了。她也许是去火车站了？也许是去了一个快餐店？也许去睡觉了？她有地方住吗？天那么冷，她会住在桥洞吗？她会不会只要到了五块钱？要是她真的只有五块钱，今晚她可得饿肚子了。

杰生在黑暗中继续走着，转着头颈张望，内心里满是后悔。他潜意识里的东西现在都浮上了心头。要是刚才给了她一百元钱，可以和她一起去吃饭，其实还可以多给她一些。也许可以带她回旅馆，让她有个温暖的地方住，可以让她洗个热水澡。他要帮她脱衣服，然后，她一定会愿意和他做爱。

在黑暗中的冷风里，杰生像那个卖火柴的女孩儿一样做着美梦，卖火柴的女孩儿梦想着圣诞老人，杰生则渴望着那个路边骗钱的女子，只恨自己被她骗去的钱太少。在这样一个黑暗的街角里，他的性幻想如一面风帆被吹起来了，让他今晚要驶向那闪着月光的神奇海洋。

杰生回到房间之后，心情突然非常低落，什么也不想做，不脱衣服就仰躺在床上睡着了。他睡得很沉，但是被一阵电话声吵醒了。他知道这些电话是旅馆内的小姐打来的。他一直不接这些电话，以前都会把电话搁起来，免得吵。但今晚他不知怎的没搁起来，而且听到电话声就去接了。是一个细细的女孩儿声音，问他要不要按摩。他略微犹豫了一下，让她过半个小时后过来。

杰生迅速整理了一下凌乱的房间，把一些重要的东西放好了，然后去浴室里洗澡。他这次到义乌之后，因为弟弟的事情麻烦缠身，所以都没有碰过小姐。如果没有晚饭后在马路上遇见那个女子要钱的事，他一定不会让电话里的小姐过来的。但现在他需要小姐，不然今晚会过不去。他冲好了澡，然后穿着浴衣等着。

他看着手表，半个小时快要到了，他的心怦怦跳了起来。他提前到了门边，从猫眼里看着门外的动静。他很小心，害怕这个小姐会带着劫匪过来。他几年没来义乌，对这边的情况不太了解了。没多久，他看到走道里有个小姐从电梯出口处过来了，只有她一人。然后，听到了门铃丁零一声。他没有立即开门，不然人家会知道他躲在门后。他数了十下数字，这样大概是三秒钟，然后把门打开，让小姐进来，立即关上了门。他看到了小姐，心里不禁失望。这哪里是小姐，分明还是个小孩子。

他坐到沙发上，看着她。她在距他约两米的地方站着，也看着他。她很瘦，皮肤发黑，脸上的轮廓线条很深。她的头发以一种奇怪的样子高绾着，插着一朵令人注目的绢制大丽花，手上还挽着个小提包。她的神情倒不胆怯，固执而冷漠地看着杰生，问他：

"你是要我留下来还是要我走？"

"留下来吧，没叫你走啊。"杰生说。虽然他犹豫过想让她回去，但她这么一说，他倒不忍心了，这么一个半夜，不可以叫这么一个小姑娘来了，又让她走回去。女孩子听他这么一说，脸上绷紧的神情松了下来，露出了笑容。

"你刚才躲在门后，从猫眼里看我，是不是要搞阴谋？"女孩子说。

"我是害怕有坏人骗我。所以我要看清楚是什么人。"杰生说，奇怪她怎么会知道他躲在门后？

"你怎么还没有睡觉？是不是睡不着啊？"女孩子打量着房间四周，把小提包放在桌子上。

"我本来已经睡觉了，是你打电话吵醒我，还问我为什么睡不着。"

"那你为什么要让我等半个小时，你是不是在搞阴谋啊？"

"我刚才睡得昏头昏脑，起来洗个澡，我不想让你见到一个脏兮兮的人。"杰生觉得这个女孩子嘴里说出阴谋这样的词有点儿好玩。现在她就坐在他的边上，等待着他的动作。杰生感到她大概只有六七十斤重，那手像鸡爪一样，胳膊像树枝，大腿不如他的胳膊粗。她的脸型和神情都有点儿远方外族的味道。她的眼神很动人，一点儿也不胆怯，兴致勃勃。还有，她虽然瘦，但是她的胸却不是平的，在紧身内衣上方露着部分小而坚实的乳房。他觉得自己慢慢习惯这个女孩子了。

"你叫什么名字？"杰生问。

"这里的人都叫我'外星人'，因为我什么事情也不懂，好像外星球来的一样。你也这样叫我吧。真的名字不告诉你，告诉你也没用。"

"那你是哪里人？不要告诉我你的家在火星上。"

"我不会这样说的。我的家在温州平阳水头镇。"

"你是平阳水头人？看起来不太像啊。"杰生说，他去过这个地方，知道那里的人不是这个长相的，说话的口音也不是这样。

"我没骗你，我真的是那里的人。我妈妈是水头人，我爸爸是云南人。"

"我去过水头，那里是有名的风景区，两座山之间有一条美丽的小溪。但是后来当地人在溪水中硝制牛皮，把溪水污染了，臭气冲天。我不知道现在怎么样。"杰生说。但是女孩子对于这条溪水的污染问题没什么反应，显然她不关心这些事情。

"我住在镇上，现在镇上很热闹。我在那边有很多姐妹，我在那些女孩中可算是见过世面的大姐呢。那些有钱的老板对我很好，我把许多还在中学读书的小妹子介绍给他们玩。我当时想挣些钱，买一辆 QQ 车子开。"

"你说你爸爸是云南人，那是怎么回事？"

"我妈妈年轻的时候到云南那边做生意。平阳水头那个地方的人过去都是出去做生意的。我妈妈到了云南边境遇到了我爸爸，后来就留在了那里。我们那个地方挣不到大钱，只有运送和贩卖毒品。我爸爸妈妈干的就是这些事情。我还记得我妈妈在我很小的时候抱着我上街，把一包包白粉塞到我的衣服里面躲避检查。还有一次我看到了妈妈在街头被批斗，衣服被脱光，只戴着一个胸罩。可是我的爸爸五年前出了大事情，被判了二十年的刑。这样我和妈妈在那里待不下去了，只好回到了妈妈的老家水头镇。"

杰生听得入神，怪不得他觉得她像外族，也许她真的是傣族的，她的样子像只野孔雀。

"你现在还去云南吗？"

"我的祖母还在那边。我去年去看过她，她说要是我们有钱送给公安局的人，或许我爸爸可以提早放出来。所以我现在要多挣些钱，把我爸爸搞出来。"

"真是个懂事的孩子。"杰生说。

"你是哪里人啊？你住在哪里？"

"我是加拿大来的。"杰生如实说。

"好像听过这个国家的名字。你可以给我一点儿那边的钱吗？只要一点点儿，我想收集外国的钱，我已经收到了一点点儿了。"

"这个没问题。"杰生从口袋里翻出了一个两元的加拿大硬币给她。她看了半天，爱不释手的样子。杰生说这个就给你了。她显得很高兴，说：真的给我啊？你这不会是阴谋吧？

她突然想起了什么，说自己已经有了一些外国的钱，想让杰生看看是哪里的钱。杰生说可以。她说那些钱就在楼下她住的地方，她下去拿上来。杰生同意了。

没多久，她又上来了，把自己那一点点儿收藏给杰生看。杰生看到其中一张是印度尼西亚的纸币，面值数额五千盾，还有一张面值一千的意大利里拉。杰生知道这些面值很大的外币其实只抵几块钱人民币。他看到了一个熟悉的硬币，加拿大铜色的一元硬币。他便告诉女孩儿这也是加拿大的钱。

"怪不得听到加拿大的名字有点熟呢。上次给我这钱的人说过。"

"那人你还记得吗？是什么样子的？"杰生说。他突然有一种奇怪的感觉。

"他是个东北人，有点斗鸡眼，年纪比你大一些。后来我还遇见过他一次，是今年上半年，我还认得他。这一回，他又给了我一张钞票。是这张。"小姑娘指着一张纸币说。

杰生拿起这张纸币，上面印着一个穿元帅服的黑人头像。他试着拼上面的字母，是法语的，大致能拼出是非洲的国家。他一下子想到了，给她钱的这个人可能就是查理。

"你怎么啦？好像很奇怪的样子。"她说。

"我认识这个人。你知道这个人现在在哪里吗？"

"这个我可不知道。"

杰生再次感觉到了查理的存在。通过这个女孩子，他感觉到自己在追逐查理，查理在前面不慌不忙地走着，时隐时现，在他到达这个女孩子之前，查理已经给他留了一个记号，或者是一个暗号。

尽管这个女孩子像个小孩子，瘦得像麻雀，但是杰生感到她的性格是成熟的，她的乳房也结实饱满，让他觉得喜欢。他最后还是和她发生了性交。由于怕压坏了她，他让她在上面，看到她是屏住呼吸，一副认真工作的样子。而此时杰生的心里却不可遏制地想到了查理。

女孩子离开的时候，杰生在付过钱之后，又多给了她两百元。女孩子接过钱，没说谢谢，说：

"喂，你多给我钱是不是一个阴谋啊？"

七

次日，花来香宾馆的饭厅供应港式早茶。杰生今天起得比较晚，独自进餐。

餐厅里面比平时要嘈杂许多，有许多人好像在聚餐开会。上面有条横幅，写着"义乌台湾商会年联谊会"。看起来他们是刚刚改选了会长，有一派人显得很不服气，有一派则喜气洋洋。有一个人上去唱了一首《爱拼才会赢》，下面马上有人喝倒彩，还有人直接站起来指着他骂。后来有一个人——大概是被选下去的前会长——上去说话，并不是说些客气话，而是指责对方搞不光彩的拉票。很快局面失控，双方争吵扭打成一团。

杰生被眼前的这一幕闹剧所吸引，一时间忘记了连日来的烦心事。这个时候，他看到有两个人在他的桌子边上坐了下来。他以为是餐厅满座没空位，这两个人是来拼桌子的。他为此觉得有点不快，如果要拼桌子至少得征求他的同意。但是那两个人都没吱声，也没点菜，一声不响坐在那里，好像是在等待杰生结束吃饭。杰生觉得有点不自在起来，他匆匆吃完了早餐，想站起来走开。而这个时候，对面的那个人向他说话了：

"你是杰林的哥哥吧？"

"是啊，你怎么知道的呢？"杰生说。

"我们是杰林的朋友。我们想和你谈谈杰林的事情。"

"那好，我正想知道他的事情。"杰生说。

"我们在这里不方便说话，还是到一个清静的地方再说吧。"对方说。

杰生同意了。起身跟着他们下楼，路边停了一辆雪铁龙轿车，已有司机坐在上面。杰生上了车，车子就开动了。

车子沿着稠州路向前，越过了跨河的大桥，向城外的方向开去。因为杰生对义乌的地形略有了解，知道许多厂家办公室都设在城外，所以对于车子往城外开并不觉得意外。但是，车子开出了郊区的范围，路边都是一片农田了，车子还没有停下的意思，他有点不安起来。问边上的两个人，他们回答说马上就到了。这个时候，杰生觉得事情有点不对头，好像自己已经遇上了麻烦。

车子离开大路拐进了小路，又开了一程，然后在一个像废弃的工厂一样的地方停了下来。

"我们是讨债公司的。厂家和摊位收不到货款，只好委托我们来收。我们现在只是在办我们的公事。"那两个人对他说。

"你们想怎么样？"

"也没什么，我们只是想让你见一下我们的老总。现在我们得把你的眼睛蒙起来。"

杰生知道自己已经落入人家手中，不服从只会让对方有动粗的理由，于是就同意他们用黑布蒙住自己的眼睛。先前他预感这个时候会到来，但是没想到会这么快。

接下来的车程有将近半个小时。他的眼睛被黑布蒙着，一时变得漆黑一片。慢慢地，那个在沙发坐垫摊位遇见的义乌之囚的形象浮现在脑际，他的灰白的脸庞、柔弱的声音和勉强的笑容都活动了起来。他所描述的被囚禁两年的生活就摆在杰生的面前了。杰生逐渐认识到自己的处境有多糟糕。现在，他真是心乱如麻。

杰生被解开蒙眼的黑布时，看到自己是在一个 KTV 一样的地方。一切就像警匪电影里一样，一个光头的胖胖的人坐在沙发上和他说话。

"听说你是杰林的哥哥，从加拿大过来，欢迎你来义乌，我们一直在等着你过来。杰林出事了，我们都很难过。"

"你们和他有生意上的来往吗？"杰生问。

"是啊，生意上的来往。我知道杰林是给你收货出货的。你的生意做得很好，每个月都走那么多的货柜。"

"货出的是不少，可是好多货都不对路，积压的很多，钱都压在货上。"

"这个我们可以理解的，生意做得越大，资金会越紧张。不过，你们欠下的货款实在是太多了。你们欠了三十多个货柜的货款，总共有八十多万美金了。"

"你说什么？我欠了三十多个货柜的货款？欠了八十多万美金？你开玩笑吧？怎么可能？每次我收到出口货物的发票之后，都会马上把钱打过来，每一笔账都会及时清理。"杰生说。

"你的钱付给谁啦？付给了厂家和摊位吗？"

"付到了我弟弟这边，再由他付给供应方。"

"可是你弟弟并没有及时付给供应商啊。是的，最初的时候他是及时付款的。但从去年开始，他开始了延期付款。摊位和厂家觉得他的生意还可以，货出得还正常，量也比较大，就只好迁就了。可是他拖欠的时间越来越长了。他们都很担心，不想再给他供货，可是如果不供货给他，又怕收不回前面的货款。所以呢，他拖欠的货款越来越多。"

这个人说的话杰生前几天在张国珍那里已经听到过，看来弟弟的确欠了很多人的钱。杰生的脸色开始变得发白。

"你们准备把我怎么样？"他问道。

"这个问题问得好。"光头说。这年头黑社会的人也会用这个热门的外交辞令。"我们是专业的地下讨债公司，当然会有很多不同寻常的方法。通常我们都是用拘禁欠债人的办法，少则几天、几个星期，多则几个月，也有超过三年的。大部分的结果还好，钱财总没有生命重要，很多人懂这个，最后会还钱换回自由。当然也有个别不好的结局。你大概听说过，去年有个债主把欠债人装在一个铁笼子里，从百米高的大桥扔到了水库里面，最后捞出来时笼子里只剩下几条白骨。"

"听着，我真的不知道弟弟欠了这么多钱，也不知是真是假。而我现在根本还拿不出那么多数目的钱，就算你们把我关押起来也没办法。"杰生说。

"是啊，关押并不是一个好办法。不同的对象，我们会用不同的办法，而且我们也一直会用一些新办法。比如对你，我们就觉得最好不要用拘禁，因为这个事情成本很大，得给你吃喝，得有人看守，而且很危险，你要是有后台我们还得吃官司。你要是自杀了，弄不好我们还得偿命。所以我们用了别的办法，而且已经成功地实行了。"光头胖子说。

"你们准备用什么办法对待我？"杰生说。

"不是准备，而是已经完成了。你还记得这个姑娘吧？看看这张照片。"光头把一张照片给了杰生，是一个神情呆板的姑娘。杰生不认识她，但是觉得有点面熟。有点像昨天晚上在路上拦着他要点钱的那个姑娘。

"我不认识她。你干吗给我看这张照片？"杰生说。他有点紧张。

"真不认识啊？不会吧？昨天你给了她五块钱之后，又转过身来去找她。其实她那时离你不远，正在一个角落里看着你。"光头说，对他挤挤眼睛。

"你们在监视我？"杰生的脸涨红，怒气上升。

"不是监视，是我们安排的行动。"

"你们干吗要做这样的事情？"杰生说。

"是为了引导你进入我们的计划。我们已经暗中观察你几天，发现你冷冰冰的，对女人不感兴趣，这样我们的计划就无法实行。现在我们有学心理学的大学生做策划，你这样的对象得慢慢吊起你的性子。所以我们安排了一个看起来还算清纯的姑娘向你要点小钱，让你觉得她是个需要帮助而且有机可乘的女孩。这也是一次测试，当你回头来找她的时候，我们就觉得接下来的计划有可能实现。"

"那你们为什么又不让我找到她？"杰生说。

"当然不能，要是让你找到她，带她去吃饭，带她到旅馆里，那我们的计划就落空了。我们昨天夜里安排和你在一起的不是这个成熟的姑娘，而是这个小妹子。"光头说，把一张照片摆出来。杰生认出是昨夜那个给他看外币的女孩儿。她照片上的样子很漂亮，盘起的头发上戴的就是昨夜那朵红绢花。

"漂亮吧？很喜欢她是不是？虽然才十四岁，人很瘦很黑，像一只野性的小鸟，但云南人发育早。看你昨天夜里和她还是蛮开心的。"

"这也是你们安排的？她也是你们的人？"杰生问，他觉得自己正滑入深渊。

"当然是我们的安排。不过她不知道我们的计划，只是在做一次普通的接客。她做得很好，我们所有的目的都达到了。我们有所有的音像记录，还保留了你留有精液的避孕套。再跟你说一下，她还差三个月才十四岁，身份证复印件你要看看吗？你当然知道，在中国和未满十四岁的少女发生性关系就算强奸。"

"你们现在要我怎么样？"杰生说。

"你是聪明人，又是加拿大来的，所以我们就尽量选择了不让你吃苦头的计划。你现在要赶快把欠款还掉。在还清欠款之前，你是不能离开义乌的。你先跟我们住在一起，不要想逃跑。你要是逃跑，那么我们马上会把你和十四岁未成年女孩子性交的案件发到公安系统，我们有人，有足够的证据，这些事能做得很熟练。机场的禁飞名单里马上就会有你的名字，你是离不开的。还有，如果你不听话，我们还会把你和女孩子的录像给你的老婆，你大概不希望这件事发生。"

到了这个时候，杰生完全失去了心理防线，低下了头。他知道这下自己是遇上大麻烦了。

"所以，你现在就在这里住下去吧。等你把钱付清了，或者告诉我们你付钱的办法，我们会放你出来的。"

八

杰生在到达义乌的第七天，开始被监禁。

他被关的地方是一座四层楼房，这里地势很高，能望见远处的义乌城。

看守并不严格，他的囚禁生活基本上像是住旅馆，有个中年妇女会上来打扫卫生，并送来三餐的饭食。他被告诫不要下楼去，因为楼下是有带武器的看守人员的。屋里没有电视、电话，他的手机也被拿走了。有一天，他无意中掀开床单，看到床板上有一道道刻痕，每七条一组，有很多组。他明白这些刻痕一定是一个被囚禁在这里的人刻的。这些刻痕有八十多组，算下来有五六百天。这说明，这个人在这里被囚禁了一年半多。这个时间吻合了他遇见过的那个义乌之囚所说的被囚天数，莫非这就是那个人刻的？杰生一想起那张苍白的脸，不禁打了个寒战。

杰生苦思如何才能从目前的困境中摆脱出来。他知道那些人囚禁他是为了要钱，而不是想要他的命。只要付清了他们所声称的债务金额，他马上就可以获得自由。但是他一想到要付出这么多钱，马上心里有刀绞一般的痛。他知道如果要筹集这笔钱，不可能向父亲要，只能告诉自己的妻子。但是怎么开得了口呢？妻子娘家的房子抵押贷款他都还没还清呢。杰生甚至觉得，如果把妻子逼得再去筹钱，让家庭陷入贫穷，还不如自己被关在这里，哪怕是会死掉。他害怕贫穷超过害怕死亡。现在他想得最多的一个办法就是去找查理。他觉得弟弟的资金肯定是流到了查理那边去了。要是他能见到查理，也许有可能说服查理，把资金还给他。

杰生把这个主意说给囚禁他的人听。但是他们觉得这个主意不可靠，没有答应他，还是让他给自己家里人打电话筹钱。杰生不愿意，就这么僵持着。

杰生想着现在能帮助他的只有小青了。他把小青的电话号码告诉了囚禁他的人，让他们联系，但他们总说联系不上。杰生怀疑他们没说真话，觉得他们已经在联系了。他有几个晚上做了同样的梦，梦见有人敲他的窗门。他起来一看，窗外是那个消防队军官站在一个高架的消防云梯上，把他从窗户里接出来。那云梯收缩起来，让他下到了地面。然后他看到了小青，他们一起坐在一辆庞大的消防车驾驶室里向义乌开去。

几天之后的晚上，囚禁杰生的人上来和他说话，说他的朋友来见他，会带他离开这里。至于杰生以后的事情他的朋友会告诉他的。杰生下了楼，看见小青来接他，开车的正是那个消防队军官。

车子向义乌城里开去。小青告诉他，她和讨债公司的人达成协议，让他先出来去找查理。讨债公司答应给他在外面一个月的时间，如果这个时间还不了钱他们还向她要人。小青说这事也只能这样办，因为杰生弟弟的确欠了义乌摊位和厂家一大笔钱。小青说现在杰生不宜住在旅馆里，她安排他住到他弟弟原来租下的屋子。那屋子已经付过租金，现在还可以使用。小青带他到了这个屋子，杰生看到，自己原来在旅馆的东西都已经搬到了这里。屋里已经打扫过，冰箱里有食物，厨房用具齐全。小青吩咐他尽量少外出，他的安全应该没有问题。

当晚他睡在弟弟租下的屋子里。他到达义乌的第一天，小青就带他来过这个屋子。虽然他现在还是处于被小青担保的状态，讨债人还时刻可以让他回去，但毕竟他是在自由的空间里了。当太阳升起时他感到莫名的激动。

弟弟房间里有电视机。他看了一阵，很快就发现看不下去。他关掉电视机，呆坐在屋子里。这时他想起上一次小青带他来时，他看见过屋子里有些非洲的地图、面具、书本之类的东西。现在房子打扫过了，桌子上什么都没有了。他在屋子里找起来，后来在桌子下面的抽屉里发现了它们。

在这堆东西里面有两本中文书，一本是《黄金的矿脉分布》，是某科技出版社出的，还有一本是《黄金提炼技术》，是冶金出版社出的。这让杰生很不明白，弟弟怎么会有这种关于黄金的书？一堆印刷品中，除了很多鲜艳的外国杂志，还有一本印刷质量很差的地图册。杰生拿起来仔细看，这个地图的比例很小，里面能看到一条条小河流的支流，上面还有一些非洲村庄和人的图片。杰生看不懂上面的内容，猜想这大概是非洲某个小地方的地图册，杰林怎么会有它呢？有什么用呢？还有一本更奇怪的本子，像是一本工作手册，里面有一张张非常黝黑的黑人的照片。杰生慢慢翻着，他对于黑人的长相是能分得清的，在美国、加拿大他常和黑人打交道。他翻过了几张，突然看到一张熟悉的脸，她就是在火车卧铺上碰到的那个像黑檀木一样黑的非洲女子，后来在义乌城里也遇见过她几次。

这张照片让杰生突然想起那女子说自己是个 messenger（信使）。那样的话，弟弟这本手册里的黑人相册莫非是一本信使的相册，用来辨认信使的面貌？如果是这样，弟弟怎么会和他们发生关系呢？毫无疑问，一定是因为查理的关系。弟弟跟随着查理，已经成为他身边的一个人。杰生突然想到，如果是这样的话，那么这个黑人女信使说自己有紧急的任务要去见人，不可能是见弟弟这样的小人物，而是要见重要的人物，那么一定是去见查理了。这样的话，她一定知道查理在什么地方。

杰生还记得，那个黑女人在火车上说过自己住巧心宾馆。他前几天还在街上看见过她，所以他觉得可以去巧心宾馆找找她。但是他不敢贸然去找她，他戴了一顶帽子，尽量低着头，坐出租车到了巧心宾馆附近。他看到马路对面有个茶馆，就在茶馆里坐下来，张望着旅馆的门，等待着她的出现。这个宾馆住着不少黑人，进进出出很频繁。杰生聚精会神地观察着，他在当天就看到她走出了宾馆。杰生在后面悄悄尾随而去，她走出不远，在一个理发店里做了一下头发就回了宾馆。第二天下午，她再次出来，这次走得远一点儿，在文化宫那边的肯德基快餐店吃了一份汉堡餐，之后还是回到了宾馆。杰生一直等到天黑，也没见她再出来。

第三天一早，杰生又来到巧心宾馆对面的茶馆。这个时候，他看到她又出来了，手里拉着一个拉杆包，像是要出趟小门。她上了出租车，杰生马上叫了车尾随而去。车子开出不太远就停住了，杰生看见路边是宾王汽车站。

九

宾王车站紧靠着宾王纺织品市场。据说唐朝的骆宾王是这个地方的人，所以以他的名字给市场和车站命名。在义乌商场发展的最初阶段，客人须直接到市场提货，所以宾王车站客流很旺。现在义乌在城市周围建起了几个大车站，宾王车站只保留了几条省内的短途线路。

杰生看见黑人信使走进车站，看起来她对这里很熟。她没有去买票，而是径直走进了停车场，上了一辆开着门的大巴士。杰生看到那个巴士的车头挂着个牌子，写着义乌—白浦镇。他想都没想，一头钻进了车子，坐到了靠后的位子上。几分钟后，售票员上车售票，车上人不多，坐不满。很快，车子就开出了车站。

杰生将头靠在车窗上望着外边的景物，路边基本看不到农田，大部分是各种房子，只有小块的农田在房子的间隙一闪而过。除了高大的厂房，那些农宅也很高大，每个屋顶上都有一串糖葫芦似的不锈钢串珠，房子越大，串珠越大。这些串珠大概是避雷针。

车子开了五六个小时，在一个地方停下来，潮湿的空气中立即充满了浓重的海洋气息。司机说，到站了，都下车吧。车上的人一下车，都往小镇里面的方向走，车边有很多三轮车和残疾人的电动车在拉客。杰生的眼睛盯着在前面走的黑人女信使，看她拖着箱子走出车站。他回绝了所有拉客的人，跟在她身后往小镇走去。走出车站后，人流车流都少了。杰生看见路边有个黑人跨在一辆嘉陵牌摩托车上。女信使奔向他，他们拥抱了一下后，女信使坐上了后座，摩托车以飞快的速度狂奔而去。杰生还没反应过来，摩托车就消失在路的前方了。这时杰生的边上没有车可以搭乘，即使有那些三轮车、电动车也赶不上那飞驰的摩托车。杰生打消了跟踪的念头。他想，这个黑人小伙开摩托车来接人说明他是从不远的地方来的，这么小的地方应该能打听到的。于是他就继续步行往前走去。

他在小镇狭窄的街道上前行，路上有很多水洼坑，路边杂乱地停着车，许多摊位又搭着棚子占掉了路面的一部分，他只能在路中间走着。后面猛一声车喇叭，他紧急避开了，只见擦身而过的小皮卡上有一条巨大的鲨鱼。起先他以为这是一条假的鲨鱼，塑料做的，但是看到鲨鱼的皮随着车子的震动而抖动，血水从鱼鳃边流出，一群苍蝇在上面打转，才知是真鲨鱼。继续往前走，见运鲨鱼的车子多了起来，有几千斤重的大鲨鱼，也有一米多长的小鲨鱼。再往前走，他看到一个大门上挂着"环太平洋海产加工公司"的牌子，工人就在大门口的那块地上切割鲨鱼。杰生看到有一排木架子，晾晒着剥下来的鲨鱼皮。还有的铁丝上挂着切割下来的鲨鱼鳍。杰生知道鲨鱼鳍里面的软骨就是名贵的鱼翅。杰生和站在门口看门的保安聊了一会儿，得知这里是东部沿海有名的鲨鱼产品集散地。这里的鲨鱼商人会雇船在海上收购渔船捕到的鲨鱼，也有捕到鲨鱼的人主动送到这里收购。鲨鱼在这里被做成鱼皮、鱼翅，还有鱼肝油。

整个小镇在一群群黑色苍蝇的包围之下，散发着浓重的鱼腥臭味，让杰生无处藏身。他捂着鼻子穿过了小镇，在小镇的另一头，这里已经没有鲨鱼加工厂了。路边有一个小饭店，他走了进去，准备吃点东西。他叫了几样小菜和一瓶啤酒，心里在想，为何黑女信使到这么个地方？难道查理会在这里？然而直觉告诉他，他来对地方了，他已经接近了查理。他已经闻到了那种腥臭的海鱼气息，这气息躲藏在那双肩包里，在货柜里穿过了太平洋和北美大陆，到达了加拿大东海岸，最后散发出来。他的桌位对着窗门，窗门外是那条狭窄的道路，两车交会，然后慢慢擦肩而过。小镇只有这条道路，刚才那个黑人小伙的摩托车一定是沿着这条路开下去的。他把饭店老板叫过来，问他，这条路通到什么地方？老板说，这条路下去有一个废弃的码头，还有一个工厂，听说是外资工厂，是生产人造革制品的。听起来越来越对头了，查理的工厂和基地就在这个镇上，就在这条水泥路通下去的海边。现在，杰生已经接近了目标，他的心怦怦跳了起来。

他从饭店出来，向那辆摩托车开去的方向走。走了没多久，就看到海边有一个城堡一样的建筑群。越走近，看得越清楚。其中有几座高高的合成塔，还有冒着黄烟的烟囱。在工厂的门口，插着许多设计古怪的旗子。有两道铁门，外面还有一道铁丝网，里外站着好多个保安，有两个保安是黑人。

现在他已经到达查理城堡的大门前，只觉得心潮起伏难以平静。但这个时候他告诫自己冷静下来，他不敢肯定自己是不是真的找到了查理的工厂。他决定暂时不进去，先熟悉一下情况，明天再做计划。

他看到离这个城堡不远处的路边有一个小旅馆，于是决定先在那里住下来。他向登记的人说要一个能看到海景的房间，结果进房间后，发现这个房间正是观察城堡的最佳位置，能看到工厂全貌，还有背后的码头和大海。他想起刚才经过小镇时，有一个航海器材店，橱窗里有望远镜。于是他返回去，买了一个望远镜回来。整个下午，直到太阳下山，他一直在观察着工厂的地形和动静。

从小旅馆房间的窗口观察查理的工厂，能看到正面的建筑和厂区的一个操场。在望远镜的目镜里，大门的牌楼上除了奇异的旗帜，还装饰着羚羊的角、一圈骷髅头、弓箭和长矛，正中央还有一个人的浮雕塑像。这尊塑像像格瓦拉一样戴着贝雷帽，但是模样却很像查理，杰生觉得这个塑像一定是按照查理的面相塑成的。

第二天清晨，杰生早早拿着望远镜在窗户后面观察着，他想看到查理出现在他的眼前。七点的时候，他听到厂区响起了电铃声。很快，那操场上热闹起来。只见从主厂房边的宿舍楼里跑出来许多许多穿着绿色工作制服的工人，动作飞快地排成了一列列队伍。有个工头模样的人对着一排排队伍说了一通话，之后工人们排着队进入了工厂的厂房。

杰生没有在操场上看见查理。他开始有点焦急了。他觉得一直在这里看来看去解决不了问题，决定直接去找他试试看。他离开旅馆，走向了查理的工厂。走进大门的时候，保安问他要干什么，杰生说要见厂里的老板。保安对着对讲机说了些什么，一个秘书模样的人出来，问杰生有什么事。杰生说自己是从加拿大来的，有重要的事情要见一下查理。秘书说查理现在不能见客人，让杰生留下电话号码，明天告诉他情况。说着，就让他走。杰生还想赖着不走，伸头往铁门里面看，结果一个带着狼狗的黑人保安把他轰走了。

第二天，那个秘书真的给他打了电话，说查理要两个礼拜以后才能见他。杰生说自己有急事。对方说两个礼拜算是最快的，一般见面得安排到三个月之后。说完就挂了电话。

　　虽然被拒，但是杰生还是觉得有了进展，因为毕竟找到了查理，而且已经听到了他的消息。只是这个家伙藏在里面不愿见他，或者是做贼心虚，想拖延时间。现在就剩下最后一条路，杰生决定自行进入工厂，直接到办公室去找他。

　　他用望远镜观察了工厂周围的地形，看到工厂后面靠海边的地方布满了礁石。涨潮时礁石被淹没，可退潮时，礁石连到了一起。礁石区没有铁丝网，他可以从这里进入厂区，然后想办法找到查理的办公室，突然出现在他面前。这个念头虽然不那么光彩，但现在他只有这一招了。

　　在第二天退潮时，他攀越过一块块礁石，从海滩悄悄潜入了工厂的背后。这里有一个码头，有一条船在卸货，都是一些废弃的渔网，有很多工人在干活。借着附近一排绿化灌木丛，他猫着腰躲过了工人的视线慢慢接近厂房。他看到主建筑有个小门开着，就闪了进去。

　　进门就是一条铁制的楼梯，连接到了主要的车间。这条铁梯和车间内的化学合成设备连成一体，可以到达任何一个部位。杰生不能往后退，只有沿着这一条铁梯往高处走，越走越高。他到了穹顶位置，从上往下看到了那些从轮船上卸下来的旧渔网被填进一个巨大的粉碎机，粉碎后的旧渔网成了颗粒状从另一个出口喷出来，由输送带送到了合成反应锅炉。在他爬过这一道楼梯之后，看到了反应塔另一侧车间的工序。从那里有一条宽大的输送带在飞快地转动，已有平整的人造革坯布出来，经过了冷却水，冒出巨量的热蒸汽和臭气。流水线继续向前，再出来就是印着鲜艳图案和花纹的成品人造革布了。现在，杰生终于彻底明白他收到的双肩包带着一股海鱼腥味的原因了。

　　他继续向前，看到下方是缝包的车间。这里的工人都是女工，穿着军绿色的工作服，那些电动的缝纫机飞快地转动，缝好的裁片自动进入下一道流水线。当他继续往前走，视线稍远一点儿，就看见前面有个展示厅，有几个美女和摄影师正在给各种各样的背包拍广告。他再往前走，穿过了一个铁门，那里已经有三个保安在等着他。他被抓了起来。来审问他的正好是昨天那个秘书。他说自己有要事要马上见查理，所以才闯了进来。

　　他被关了三个小时后，有人进来了，给他松了绑，带他穿过一条走道，进入了一个庞大的房间。那人让他坐着不要动。他要见的查理很快就要接见他了。

　　杰生坐在房子中央的一张椅子上，一个玻璃台子上放着一杯水。房间很大，灯光昏暗，墙壁上都包着皮革，准确地说是色彩棕红的人造革。天花板很高，上面有星星一样的射灯照下来。他的头隐隐作痛，他不知查理会从哪个门进来，心里觉得紧张。

　　突然，有一面墙出现了光斑，慢慢亮了，原来是一个大电视屏幕。起先是一阵流沙一样的混沌，伴着嗞嗞作响的噪音。沙粒状的光点像是一个筛子，慢慢筛出一个图像来，逐渐地清晰，能看到是一个人形，模样像是查理。图像一下子清晰了起来，正是查理，他坐在一张椅子上，背后的景物是虚的，看不清楚，大概是树林和河流。他戴着一顶贝雷帽，穿着和切·格瓦拉一样的军服，肩上挎着一支冲锋枪。但是杰生觉得他的样子不像格瓦拉，倒是有点像本·拉登。视频里查理的背后有零星的枪声和迫击炮声。

"嗨，杰生，你现在怎么样？都好吗？"屏幕上的查理说。那声音是从杰生背后的麦克风里发出的，图像和声音有个时差，所以看起来和他的嘴形对不上，怪怪的。他的脸上长满了胡子，以前可不是这样的。

"查理，你装什么蒜？你躲在什么地方？是在墙后面吗？"

"呵呵，杰生，你的想象力不行。我这会儿离你远着呢。我在非洲中部尼罗河上游呢。"为了证实他的话，对准他的摄影机转动了镜头，画面上能看到他背后的一个长满香蕉树的村庄，一条奔涌的河流，几个黑人在对着镜头傻笑，还有一头水牛慢吞吞地走过去。"本来我准备两个礼拜后回来见你，可你看来很心急。听说你一直盯着我，到处找我的踪迹，所以只能这样见你了。"

"查理，你怎么会在这个地方？"

"大约半个月之前，一个非洲女信使来到义乌，找到了我，送来的是部落酋长的亲笔求援信。因为军阀包围了他们的地方，我们的贸易站和采金场受到了威胁。因为这个事情非常紧急，所以我马上飞往了非洲。如果我不去那里指挥，我们的军队就不会有战斗力和信心。我现在是在战斗的间隙，我遇到了前所未有的强大对手。刚刚打完的一战让我们这边死了很多人，对方也死了很多人。我们在大河边设下了埋伏，不让对方过河，对方的人被我们的重机枪射中，然后鳄鱼吃了他们的尸体。"

为了印证他的话，摄像镜头转过去，对准丛林拉近了焦距，画面上可见远处有燃烧的村庄，冒着烟雾。

"我不明白，你为什么在做这样的事情。"杰生说。他相信查理说的都是真的，因为这个女信使和他一起到达义乌，而他也是跟踪她才找到这里。

"我只有十分钟时间和你说话。我马上要出发去打仗了。你快说吧，找我有什么事情。"

"我这次是为了我弟弟的事情到义乌来。之前我并不知道你在义乌，但是我在弟弟的事情上发现你在这里。很多人告诉我弟弟在死之前跟你来往密切，我在警察局了解到弟弟出事前正和你一起在酒吧里。所以，我想见到你，想了解我弟弟的情况。"

"你想知道什么情况？是那天晚上的事情吗？我觉得你最好不要了解得那么详细，因为知道自己的亲人死亡的细节，会给自己增加折磨。但是既然你这么费心思来找我了解这件事，我总得告诉你一些事情。你弟弟是好样的，很勇敢。他是为自己的理想而死的，死得有意义。你不要太难过。"

"我看到你在义乌搞起了一个你自己的根据地，我的弟弟成了你忠实的信徒。"查理的话让杰生感到愤怒，但他尽量控制住自己。他知道不能激怒查理，因为接下来还要提弟弟的资金去向问题。他不敢贸然说弟弟的资金的事，得小心翼翼地去接近这个话题。

"根据地谈不上，但我的确在义乌这个地方扎下了根须。你不会知道，我内心里面有一块黑暗区，那种黑暗的程度是你无法理解的，它是一种有毒的会毁灭一切的物质。我不知道内心的黑暗是什么时候开始形成的，大概早年在金三角的时候就慢慢开始堆积了，它像恶性肿瘤一样潜伏在我的心底，让我总是觉得自己是个在悬崖底下见不到阳光的人。在我到义乌之后，我内心的黑暗开始慢慢稀释了，我渐渐看清了自己的路径，我发现义乌原来是一个奇异的迷宫，从这里可以找到自己失落的梦境。"

"很多年前在你的店里，我就听你说过义乌是个迷宫。后来，你的生意突然发达了起来，我知道是义乌的资金货源让你走对了路。但就像海市蜃楼一样，你的生意败坏了下去。多伦多的人都说你是故意把自己的生意毁掉的。"杰生说，他觉得自己平静了些。

"你说的一点儿没错。当我在唐人街那个店里面开始做生意的时候，老是觉得自己快要爆炸了。你知道，那个时候我的生意很小，连你的老板金先生都在欺负我，拿了两箱竹子坐垫又让我拿回去。你还记得那一次名牌商品律师派小姑娘让我上钩的事情吧？那个官司让我被罚款两万美金，还坐了一个星期的监狱。这件事让我受到很大刺激，反而成了一种催化剂，让我的生意突然就庞大起来了。一切事情顺利得无法想象，进什么货物都卖得掉，银行和商家争先恐后给我提供资金，很多人都称我是 Big Guy（大人物）。我那时都轻飘飘起来，以为自己已经功成名就。但突然有一天，我内心的那块黑暗又重新凝结了起来，让我失去了前进的动力。我变得焦躁不安，想破坏一切，家里的事情也搞得一团糟。儿子独自出走回国，老婆也疯了。我开始在黑暗中坠落了。之后，我的资金链断了，卖出去的货款收不回来。当那些欠我钱的人知道我的生意出现状况之后，他们更是Hold住我的钱不还，这些人就像在草原上空盘旋的秃鹫，早早就会发现一个目标的死亡气息。当我的公司彻底塌陷之后，我在多伦多待不下去了，就来到了义乌，把义乌当成了下半生的一个主要据点。这个时候我的心情反倒平静了下来，我觉得自己有了真正的自由。现在想想，我在多伦多的衰败真的是我故意造成的，目的就是让自己能够痛痛快快地回到义乌来。"

"可你现在并不在义乌，而是在非洲，你是怎么和非洲建立起关系的？"

"这事说来话长。我早年也是个读书人，有一天，我在芝加哥大学图书馆读到康拉德的《黑暗的心》，这本书让我知道在非洲最心脏的地方有一个最黑暗的地方，书里那个先驱者库尔兹最后死在这片黑暗中，而这样一种文明照不透的黑暗正和我内心的黑暗非常相似。还有一本书对我影响极深，那就是切·格瓦拉的《玻利维亚日记》。我读过这本书无数次，最初读的时候竟然号啕大哭，现在读还是会热泪盈眶。格瓦拉是我最崇拜的英雄，我曾经无数次到古巴去追寻切·格瓦拉的踪迹。格瓦拉在前往玻利维亚山地打游击之前，曾经去过刚果的金萨沙策划革命，但是最后失败了，被赶了出来。我从多伦多来到义乌之后，看到市场上经常有一些非洲来的黑人在转悠。他们是真正的非洲黑人，和北美的黑人完全不一样。我想起切·格瓦拉那次失败的非洲之旅，突然产生了前往非洲做一次调查的愿望。我一个人开车进入非洲之心纳布尼亚，经过几年的开发，我打通了义乌和非洲之心的通道。我现在有大批贸易领地，有好几个采金矿场，好几座出产红木的森林。我可以和军阀一起喝酒，可以打电话给外交部部长，可以买通议员立法，如果有足够的钱，甚至可以发动一场政变。我在尼罗河上游流域的部落间有着权威，每一个住在这里的人都尊敬我，把我看成神灵一样。如果有人对我不尊敬，那么到了晚上他家不是丢了一条牛，就是屋顶被石头砸开了。"

"你这个样子像是去闹革命，而不是像去做生意。"

"这个问题正是我苦恼的，我也说不清我到这里来是干什么，我只是在跟着我的 Intuition or Instinct（直觉、本能）。我是个金三角的知青，在热带丛林里产生了革命情结。到了国外，我更是在精神上追随着切·格瓦拉，一直渴望着回到丛林里去战斗。在抵达非洲之后，我的内心开始平静，我现在明白了，在我的灵魂里充满着原始的情感，渴望着声誉，追求着徒有其表的成就和权力，渴望在不为人知的地方干一番惊天动地的大事业。"

"听着，查理，我想和你说说我弟弟的事情。"杰生开始说出自己想说的事情，他是那么紧张，嘴唇都有点发抖了。"我没有责怪你的意思，我的弟弟跟随你是他的自由选择。但是他做了一件让我意想不到的事，他把我的货款弄得不知去向，欠了一大笔钱。现在，因为这笔钱，我已经被义乌的地下讨债公司控制了，他们随时可能毁了我。现在我所能想到的是，弟弟一定是把这些钱投到你的非洲事业上去了。但这笔钱不是他的，而是我的货款，他没有权力这样做。查理，你知道我在多伦多做点小生意有多么难，如果这笔钱是投到你这边了，还请你先还给我吧。"

　　"杰生，让我讲个故事来回答你的问题吧。切·格瓦拉在进入玻利维亚后，当地有一个华人参加了他的游击队，成了他的追随者。在切·格瓦拉的《玻利维亚日记》里面，切·格瓦拉称这个中国人为'契诺'，西班牙语，意思就是中国人。我后来千方百计地查到他姓谭，但名字却找不到。他是第三代华人移民，曾经是个富有的矿主。这个姓谭的华人跟随格瓦拉在玻利维亚的山地战斗了四十天，最后在过一条河的时候，被政府军的机关枪打死了。三年前我到古巴圣·克拉拉看望切·格瓦拉的墓地时，看到纪念广场底下的一面墙上点着长明灯，里面是一个个小小的墓穴，安葬着格瓦拉和他在玻利维亚一起战斗一起遇难的游击队员。我找到了写着'契诺'名字的那个中国人谭的墓穴。他把什么都给了切·格瓦拉，这就是一种事业。"

　　"查理，别跟我说这些了，我知道你的意思。我现在是遇上大麻烦了，我需要弟弟的那一笔钱，我知道弟弟是花不掉那么多钱的，一定是在你这里。"

　　"我和我的朋友们随时都愿意为了非洲事业而死去。对我们来说，钱财是沙子水泥，我们用它们来建设一个城堡。我们的钱财一旦加入了，就如浇筑混凝土一样粘固在大厦上，怎么也取不出了。看看我，我现在没有私人财产，我和妻子和儿子都不再有家庭关系，我不会有一分钱的私产留给他们。杰林的资金已经融入我们的非洲事业中。今天我们军事行动的每一发子弹、每一颗手榴弹都有杰林的一份贡献在里面。"

　　经过和查理的一番对话之后，杰生知道自己是在和一个狂人说话。这个人是一个有金三角革命后遗症的疯子；一个没有理性的狂热的格瓦拉模仿者；一个终身在悬崖底下的黑暗中行走的人。杰生心里产生疑惑：莫非他弟弟的身上也存在着这种可怕的黑暗吗？他一直在努力寻找查理，现在终于找到了，但他对自己能从查理这里找回资金已经不存希望。绝望在他心里升起。

　　"时间真快，你看，非洲的太阳下山了。"查理说着，背景正一片通红，"河马要回巢了，狮子要睡觉了。现在该是结束我们对话的时候了。我们的战斗已经开始，你听，那丛林的鼓声已经响起来了。"

　　杰生看到墙上的图像慢慢减弱，还原成先前那种宇宙沙尘的模样。在咝咝作响的电流声中，查理的图像正逐渐模糊，他开始令人恐怖地大笑起来，最终消失在一片白茫茫的电子光尘中。

《人民文学》2016 年第 10 期

风是沙的路

季栋梁

一

父亲的三周年到了，按老家的习俗要"过一下"。在老家，一个人去世后，一周年、三周年、五周年、十周年都要"过一下"。"过一下"就是请阴阳做法事念经超度。父亲七岁时就给人拉长工，受了一辈子苦，去世那天，还犁了一上午的地，一辈子哺育我们兄弟姐妹八个，个个成家立业，后继有人，一辈子连只鸟都没宰过，见鸡啄架狗争势还要劝开，他有什么需要超度的呢？但是，经不得不念，"过一下"是一种规矩，是一种礼节，更是一种仪式，人是需要仪式感的。细想想，"过一下"是有意义的，不可或缺，逝者的生前好友和四方乡亲都会来烧纸焚香，吃吃喝喝，念叨念叨亡人，这是一种无可替代的怀念，更是儿孙感恩敬意的一种延伸。"过一下"当然是在老家最好了，可是兄弟姐妹都像故乡撒进城里的一把豌豆，散落在城里打工，老家已是冰锅冷灶，连门锁都锈死了，不要说我家，整个村庄都空壳了。打电话和弟兄商量，他们说现在都在寺庙里念超度经，你在省城找家寺庙，日子定下了通知我们。寺庙也提供这种服务了，可谓与时俱进。

省城有几座寺庙，都是有历史有名头的。等我一处一处走过来才明白，如今在寺庙里念超度经已经成为一种风尚，很红火了，附近六座寺庙一年的日子都订出去了。"早就没日子了，一年前你就该来预订，就像饭店里订婚宴，剩两个月哪能订上。"一个扫地的僧人跟我说。念周年经只可以提前，不能推后，一时把我难住了。老婆说李生玉不是在龙影寺修行吗，找他想想办法。我一拍脑袋，嘿，咋把他给忘了。我试着打李生玉的手机，以前是关机，现在已成空号。老婆说他遁入空门，可不就成了空号，怕是连手机都不用了。我说，看来他遁得很深了。

老婆说，要是一时心血来潮，早该返俗了，这都三年了吧。

还没出小区，老婆打电话让我等等。老婆送来一个相框，相片上是1980年我、张啸、李春生、李生玉四人的合影。照片从老家的箱子里翻出后，我就翻拍放大重洗了，装好相框，一直说要送给每一个人，然而，好几年过去了，还都摆在家里。李生玉曾经问我要过这张照片，他解释说不是他不珍视这份友情，而是这些年净搬家了，照片不知遗失到哪里去了。

时光会篡改记忆，照片会还原记忆。我端详着照片。李生玉有一颗大方脑袋，他的后脑勺非常平整，有两个头拐子，这让他有一张典型的国字脸，整张脸完全可以用相面术语来形容：天庭饱满，地阁方圆，浓眉大眼，鼻直口方。这是月子里母亲操心让他睡得好。一个人头的形状长得如何，跟从出生到一岁时的睡觉姿势有很大关系，我们张王庄人说"后脑勺看娘"，就是这个意思。我们叫他正方体。在没有学到正方体之前，我们叫他方脑袋，或简称老方。今天我才发现，他的目光除了坚毅，还很幽深，仿佛一口古井。

二

1980年的高考，我们张王庄大队有十二人参加，无一人上榜。秋季开学去复读的只有我们四人，最接近录取分数线的是李生玉，差2分。那年降过一次录取分数线，却只降了1.5分，李生玉以0.5分之差落榜。0.5分，这是让人看到曙光的分数，胜利在招手啊。然而，正当我们头悬梁锥刺股，朝五晚一地拼搏的时候，李生玉却突然不复读了。这太意外了，不要说我和张啸、李春生困惑不解，整个草鞋镇中学都一片茫然。李生玉家里没出什么大事，没遭遇过不去的沟坎，和所有的父亲一样，他的父亲对他读书也寄予着光宗耀祖、更换门庭的厚望。紧接着他结婚了，而让我们更为震惊的是，老婆竟然是他的初中同桌黄金叶。黄金叶当然是个外号（要说黄金叶做个名字是不错的，可惜它做了一种烟的名字），她的名字叫黄金枝。之所以说震惊，是因为正是李生玉使得黄金枝连初中都没上完就回家了。

坏学生有两种：一种是常态化的，分分秒秒都在坏；一种是突发性的，用现在流行的话说是闪一下，出其不意的坏。前者的坏大家习以为常，常存警惕之心，往往达不到坏的最佳效果。后者的坏则让人防不胜防，常常收到意想不到的效果。李生玉属于后一种。比如：他走到你跟前突然放个大屁，然后踢你一脚，你攒好了屁等爷哩；他偷了一个医用针管，偷偷把水射到别人的裤裆里；他会突然大吼一声"跪下"，同学真就扑通跪下了，倒不是他的吼声如虎吼豹啸，而是他在吼出"跪下"的同时，脚已踢在你的腿弯处，你腿一软就像马失前蹄，不能不跪下。（不信你试试这一招，绝对会让一个人"臣服"。）黄金枝和李生玉是同桌，他们经常互相生事，黄金枝骂李生玉有一句很经典的话："老方头脑子里装的净是坏水。"

初二第一学期的一天下午上作文课，老师正在讲李生玉的作文（李生玉的作文写得好，老师经常当范文讲），就听见一声屁响，那声音真是有些大，把很多学生从迷迷糊糊中惊醒。（作文课都是连续两节，安排在下午，那是人最困倦的时辰，上课睡觉是常事。）李生玉站起来大叫一声："报告老师，黄金枝放了好臭的一个大屁。"同学们嗷嗷大叫起来。黄金枝就像爪子被牛踩了一蹄子的猫，"吱哇"一声号叫，头也不回跑出了校园，再也没有回到学校来。老家有句话：男娃放屁马背上夸，女娃放屁门背后杀。这么丢人的事，黄金枝还怎么念下去呢。屁确实是黄金枝放的，因为她睡着了，没压住，把自己都惊醒了。我们都觉得李生玉这次坏得过头了，尽管我们也都经常给女生使坏，但还没有把一个同学欺负得不念书了。李生玉也很内疚自责，说，谁能想到她这么不经要，她咋不哭闹抓我挠我，跟我赖呀，我们是同桌，只要她寻死觅活拼命赖我，谁都会认定屁是我故意放的，出她的洋相，哪个女娃敢公开放屁，还放得那么惊天动地？他说得没错，男生放屁谁不赖别人呢，经常故意憋一个屁贴近你等着大放出来互相抵赖。女娃也不是不放屁，不过她们是把屁悄无声息地放了，明事暗干，大家也都明白。我们都觉得黄金枝因为一个屁放弃念书太不值得了。

谁能想到他们竟然成了两口子。

李生玉为啥不复读了，又咋娶了黄金枝，这中间一定有故事，我们多么热切地希望知道真相，从学校回来我们就去他家，猪蹄蘸蒜，扎捆子，架土飞机，箍箍窑，老虎掏牙，我们经常整治人的酷刑都用上了，逼他老实交代，但他守口如瓶。腊月初十，李生玉结婚了。我们去耍新房，出各种难题逼他交代恋爱（那时候我们已经知道恋爱这个词了）过程。李生玉把脖子抻得长长地说打吧，一副死猪不怕开水烫的样子。我们就打，脖子都打红肿了，他就是不交代。1981年，我们张王庄包产到户，正月十五一过，李生玉就背着木匠工具跟他爹一道出门挣钱了。他家有祖传的木匠手艺，周边村寨和寺庙的木匠活都是他们家做的。我们还走在复读路上的那几年，寒暑假李生玉也回来，暑假收庄稼，寒假过年，我们继续拷问李生玉，我们说，娃都造出来了，还有啥不能说的。逼急了李生玉就看黄金枝，黄金枝就骂："不说话怕你那东西长住了，那么不值钱借给女人养娃去，要说，等我死了！"李生玉就守口如瓶了。

1984年，老天爷开眼，复读四年的我终于金榜题名了，考上了大学，张啸也考上了中专，李春生依然在复读。毕业后我分配到了县一中，学校安排我带复读班。连续三年，我带的两个班学生的语文平均成绩排进全省前二十名，第四年带出一个全省语文状元，我被省三中挖进省城。因为三中正在实施改扩建工程，教师单身宿舍楼拆除了，所以学校给补贴让我租房。这时候李生玉已经在省城打拼七八年了，他说那点补助在小区里只能租一张床铺，但在城中村却能租到十平方米的房子。他给我在锦绣找了一间房屋。锦绣的名字让人充满希望，其实它是个杂乱无章的城中村。

胃的记忆是最可靠的，一种幽暗的气味、一个相关的字词，就会勾起你对食物的记忆，口水连连，因此，我经常去黄金枝家吃老家饭。二米饭、酒饭、狗拉羊皮、摸鱼儿、浆水面、生余面、荞面粉坨、烫面饼、火烧……黄金枝做老家茶饭是很地道的，就是她腌的韭菜、泡的酸菜、油泼辣子也是老家味儿。开始时我一去，黄金枝就像在老家来客人一样，总要刻意做几样菜，我说你别搞得这么隆重啊，搞得我都不好意思了，你们咋吃我咋吃，就像在老家赶到饭口上了，添一双筷子的事。黄金枝说，也是，想到你那时候还没坏死，真恨不得把你剁了蒸包子。我说，黄金枝，你可别冤枉人，我那时候可是乖学生，没有欺负过你，哪像方脑袋。黄金枝说，呸，看把你乖的，你是蔫坏，方脑袋都是你教坏的。李生玉说，这话说得直击要害，他偷看女生胳肢窝的毛都是捂着眼睛从指缝里看。黄金枝说，呸，谁胳肢窝不长毛，有啥看的？我和李生玉嘎嘎地笑，黄金枝拧着李生玉的耳朵说，你这么一笑就往外冒坏水。李生玉说，那我不说了。黄金枝说，说！李生玉说，胳肢窝长毛了，那下面肯定就长毛了，毛这东西……黄金枝脸红了，说，呸，还说，你们是一个鬼背着送下的。

那时候我依旧会追问他们的原初，一追问李生玉就嘿嘿地笑，看得出他很想给我说说，黄金枝就会大喝一声：老方，你要说，等我死了！我终于分到了一套房，李生玉给我装修的，那是他不念书后我们相处得最长的一段时间，我们几乎天天在一起，我说你们到底是咋搞到一起的，娃都几个了，有啥磨不开的，说说嘛。黄金枝依旧大喝一声：老方，你要说，等我死了！

直到多年后的一天，李生玉给我打电话说，去看看老同学吧。我说，哪个老同学？他说，亲戚或余悲，他人亦已歌，多么残酷冷漠的人世啊。我猛然想起这天是黄金枝的忌日，时光如白驹过隙，转眼黄金枝已经离世一年了。

我们带了酒菜，坐在黄金枝的墓前，他摆好三个酒杯，斟好酒，给黄金枝奠了一杯，我们一人端一杯碰了，一饮而尽。

李生玉说："还记得她常说的那句话吗？"

我说："哪句话？"

他说："你们只要追问我们之间以前的事，她就大喝一声，老方，要说，等我死了。”

我说：“那是堵你的一句话。”

“知道她为啥不让说吗？要说有啥呢？娃都整出几个了，就那么回事，可她为啥那么忌讳？”他点了支烟插在黄金枝坟前的香炉里。

我说：“我记得黄金枝不抽烟。”

“偶尔抽一两根，她抽烟的姿势可优雅了。”他续了一根烟，深深吸一口，悠悠吐出说，“她憋着一口气啊，一辈子都憋着这口气，就是想在你们面前保持可怜的自尊。你和张啸考上了，消息传回来，她比我还痛苦，正收麦哩，她都不收了，跑回家炒了几个菜，还买了一瓶酒，给我敬酒说，把你的大学耽误了真是罪大哩，你没上大学太亏了。我说，我复读也不一定能考上，考试的事谁也说不清楚，考题的难易程度、发挥得正常与否、个人的精神状态，许多因素都会影响考试成绩，不是一加一就一定等于二。你说考试能说一加一就一定等于二？你第二年还差了二十几分，张啸比你分高，但最后的结果是你考上了大学，张啸才考了个中专。黄金枝坚信只要我复读，定然能考上大学。她一个劲地给我敬酒，说，你喝，喝醉吧。”

他揪了一撮芨草放在嘴里嚼，过了许久，说：“以后的日子里，我们一直和你们——主要是你——较着劲的，我们要改变命运，即使没考大学，也能实现我们做个城里人的梦想。直到那年你分房后，我不这么想了，我们凭啥跟你们较劲呢，你才进省城几年，随随便便就有了一套房，消消停停就成了城里人，张啸做了当官的女婿，就更不用说了，我们呢，黑明昼夜干了多少年，才买了半套房，我们多么辛苦，揽个活没白没夜的，你知道吗，我们曾经创下一周完成一百三十平方米房子装修的记录。可黄金枝不甘心，她太好强了。”

他攥了一把沙土，看沙土从指缝间流落，说：“唉，人太好强了不好，她这病就是干油漆活得的，她的油漆活干得上心、出彩，除了跟我干，别的师傅也争着抢着请她，整日泡在油漆里，回到家油漆味熏得几个孩子都躲着她，唉，那时候哪还管健康，也没健康的概念，你想能不得病吗？那么好强的一个人，你看就在这么个土堆下埋着，任何人最终都一无所有，所有路的尽头都是荒冢一座。”

一股风吹过来，很有劲，扬沙起尘，我们拉起衣服包着头，躲过风头，他说：“1980 年国庆节放假，我去看望大姑。你知道大姑嫁到了黄金枝他们大队，而且在一个庄子上。一进村庄，我看见山头上站着一个女子，穿着一件水红衫子，在风中一扬一扬的，在黄褐的山野里显得特别诱人，真的特别诱人。尽管那天的天气不好，灰白云布满天幕，风带起浮尘，天地间很不清爽。”从他的目光中泛出的光芒能看出往昔的兴奋。

　　"我往山头上爬去。快爬到山顶了，我才认出是黄金枝，我暗暗叫声坏了，屁事件后我也再没见过她，去大姑家我都是躲着她的。我想跑，真的，念书的时候你知道她很歪（凶）的，她会撕碎我的。可我又觉得跑了丢人，就硬着头皮爬上了山顶。她看了我一眼，目光投向远方。我说，不认识了？她说，烧成灰都认识你个老方。我说，那见了老同学也不打声招呼。她说，呸，还老同学哩，见都不想见你。话是这么说，但表情看不出恼怒，我心里坦然了一点儿，说，这么大的风，你蹲在山顶接风洗尘啊。她瞥了我一眼不说话。她脸上有一种悲伤，而且有流泪的痕迹。我说，你咋了，遇到啥事了？她不回答，就那么看着远方。我说，远方的远方还是山嘛，有啥看的。她说，我乐意。我说，一定遇上事了，说说嘛，就是帮不上忙，说出来也轻松点。她忽然说，还不都是因为你？我说，因为我？咋跟我扯上了。她又不说话了。我说，因为一……一个屁？那也不能全怨我，谁不放屁，放了屁不都互相抵赖嘛，你咋不赖我，再说屁是正常的流通。她说，恶心，你来我们大队做啥？我说，看你呀。她哼了一声，说，把你说得高尚的。我说，我不高尚，我卑鄙，真的，我真诚地给你道歉。她长叹了一口气。我说，遇到啥事了，说说，说不定我真能帮上你。她咬咬嘴唇说，我爹逼我嫁人。我说，这能算啥事，按说你这年龄也早该嫁人了，咱们这里十五六岁就嫁人的多了，你十八九了吧，咋能说逼你，要说你爹对你够意思了。她说，你当他是为了我吗？压着没嫁我就是想等我弟长大了，用我的彩礼给我弟娶媳妇。我说，这就没办法了，你看咱们这方圆的丫头哪个不是走这条路？她说，可……可我不喜欢那男的，年龄三十了不说，狐臭可重了，来我家一回，家里几天都是那味道，熏得人连饭都不想吃。我说，狐臭城里能割，一割就没了。她说，可他……他盯着我看，色眯眯的，他……他还把我堵在羊圈里，我给了他一脚，呸，肯定不是个好东西。我说，他是干啥的？她说，南山窑挖煤的煤客子。我就明白，南山窑，咱们叫大窑子，住着许多嫂子啥都不干，就是煤客子养活着哩，咱们有几个同学都在大窑子干那活，她肯定也知道。她说，再说我也不喜欢煤客子张狂，挣了点钱就摸不着天高地厚了，三沓崭新的十元票子连号码都没乱，往桌子上一蹾，那眼神张狂得就像他是多大的人物，拿那么新的钱做啥，不是辱没人吗，谁不知道挣那钱是拿命挣的，当他有多大本事。我说，这好办，不想嫁你寻死觅活呀，女的不都是这样，还要人教呀。她说，我寻死觅活，我爹也寻死觅活，不吃不喝的。她落泪了。

　　"我想想说，你谈一个对象，公开关系，那煤客子不就退回去了。她说，这样不行的，有钱人都狂着哩，看上人了定了亲，找的照样撬散了结亲哩。我说，你得张扬一些，搞得轰轰烈烈，那些有钱人在乎这哩。她说，又冒坏水哩，轰轰烈烈的，那不把我的名声也坏了？我说，又不是让你把生米做成熟饭，就是在人前表现得亲昵一些，大胆一些，再说现在也不是以前了，谈恋爱不算个啥事，有的成几个的谈呢，照样嫁个好对象，咋能说把名声坏了。她眯着眼睛看山，我说，你听我的，这样一定能把事搅黄了。她说，就是找人谈对象也来不及，他都回去请阴阳看日子了。我说，你就没相好的？她说，放屁，知道你就没安好心。我说，这不是想办法呢嘛。她说，队上就那几个男娃，都蔫头耷脑的。我说，找个同学谈嘛，你上学那时跟谁好？她翻我一眼说，谁像你们那些人，不跟你说了，你是去看你大姑吧，快去。她起身要走，我说，你跟我谈呀，我就是上天派来解救你的苦难的，也是来赎罪的。她噗地一笑说，呸，跟你谈，黄鼠狼给鸡拜年，害我还没害够？我还怕没出狼窝又掉进虎穴哩。我说，这不是帮你嘛，真的，咱们又是同学，传到那煤客子的耳朵里，他一想咱们在学校肯定就搞对象，绝对就不干了。她咬着嘴唇还在思考，我说，你听我的，一定能把事搅黄了。她盯着我，我说，今天就开始，我不说来看我大姑，就说来看你，同学嘛，人一听就往那方面想哩。她说，不把你学习耽误了？我说，耽误不了。她说，你不会是又害我吧。我说，我咋会害你。"

他又给黄金枝奠了一杯酒，说："我把给大姑拿的蛋糕、罐头拆开，说吃，这就更像了，咱们先造个声势出来。她说好，我家有煤客子提来的，我给你补上。我们吃着，她咯咯地笑着说，咋就像编故事哩，你脑袋里坏水就是多，不坏的人想不出这些鬼点子来，要说你这脑子，明年考个大学没问题。我说，你往我跟前靠靠，亲昵点。她说，跟你还是远着点。我说，你怕我做啥，你落难了，我再使坏还是不是人。她说，我爹这阵肯定急得跺脚抠手的。我说，他能看得见我们？她说，盯我盯得紧着哩，就像影子跟着我。我说，你爹要是追上来棒打鸳鸯就好了。她说，呸，谁跟你是鸳鸯。我说，你咋这么爱认真，就是个比喻嘛，你说你一个屁都认真，要是不认真这阵怕考上大学，对象怕也谈了好几个了。她说，呸，对象谈好几个了，我像你了。我说，你属骆驼的，老是呸呸呸地喷人。她说，我还想唾到你脸上哩，你害死人了，要不是你害我，我咋也念个高中毕业，我爹逼我我就跑了。我说，要不你唾我一脸吧。她说，高中谈恋爱的多不？我说，多，都是一对一对的，要不是想着考大学，怕娃都生下了。她踢了我一脚说，放屁，胆子吃大了，女的就那么不值钱？我说，真的，好多同学从初中就谈上了，高中加上复读多少年了，都是大小伙大姑娘了，有的真都……那啥了。她盯着我说，你呢？我说她们都嫌我坏，不跟我谈恋爱，唉，我很后悔自己把名声弄坏了，这不正往好里学呢嘛。她说，放屁，学校里就是你们这些坏怂招女娃喜欢哩。我说，那你喜欢过哪个坏怂？她站起身说，赶紧去看你大姑吧，人有病就想亲人。我说，没啥病，头疼脑热都当病害，躺在炕上哼哼唧唧等亲戚去看，老说我家嫌贫爱富，不待见她这个穷亲戚，我爹让我来是堵她的嘴哩。我几次拉她的手，她掐我，说，规矩点。

"一直坐到暮色从山根升起湮没了村庄，我们才往回走。去她家的路上，我说，你爹不会揍我吧。她说，他敢，我也不是好惹的，惹火了我啥事都做得出来，他巴结讨好我哩。进到院里，她提出蛋糕、饼干和挂面，我说，不用，我身上装了钱，去小卖部买。她对我使眼色，我就提了。她送我出来，我说，咋没见你爹？她咯咯一笑说，在墙背后盯着哩，你没看墙背后冒烟。我说，明天一早我来叫你。她叹息一声说，我们庄子上的人舌头长着哩，估计已经有闲话了，你回吧。我说，咋能回，声势要往大里造哩。到了大姑家，大姑问，你们啥时好上的？我说，你看到了？大姑说，两个人在梁顶上走了一下午，庄子上长眼睛的谁没看见？我知道我大姑这人嘴疯，正好借她的口传话，就说上初中就谈上了。大姑说，几年了我咋没发现，你来也没见找过她。我说，哪能让你看见了，你看见了还不早把我们的事坏了。大姑啧啧地说，把你们的事坏了，你懂事可够早的，看给你爹争气的，你说你要不谈恋爱，一门心思学习，还用得着复读，多少个0.5分都挣下了，赶紧断了，一门心思学习。我说，我喜欢她哩。大姑说，你长个猪脑袋，明年考上大学你就是城里人了，公家人了，把穷根拔了，找个她，再把根扎在土里，考上大学多洋气的姑娘都有，挑着拣着娶哩。我说，明年我不一定考上。大姑说，就差0.5分，一年三百多天，一天才摊多少，咋能考不上，都说你一定考上哩，那话咋说，人民群众的眼睛是雪亮的。我说，姑，我真喜欢她哩。大姑说，喜欢值几个钱，你爹你爷死活对你姑父看不上眼，我喜欢哩，硬拗成了，现在呢，连看都不愿多看一眼，喜欢就是一时的事。大姑给我做了半晚上的政治思想工作。

"第二天云淡风轻，天气好不爽朗，我去找她，几乎认不出她来。看得出她是刻意打扮了的，嘴唇红艳艳的，眉毛黑幽幽的，肯定用红纸抿了嘴唇，用火柴把画了眉毛，头发湿漉漉地披在肩上，阳光下一片晶莹。衣服也合身，胸是胸，腰是腰，腿是腿，屁股是屁股的，白衫红裤，白色运动鞋。昨日风吹土扬，她灰头土脸的，没啥感觉，这一打扮，明媚的阳光照得云白水亮的，说脱胎换骨一点儿也不过分。我恍惚了，这是那个老拿圆规扎我的一脸黄毛的丫头吗？她说，看你那个呆样。我说，你是那片黄金叶吗？她捣我一拳抿嘴笑着说，你坏死了。我说，你这弄得跟仙女一样，我配不上你了，待我收拾一番。我装着往手掌里吐唾沫抿头发，她脸红了，说，装样子呢，打扮打扮，你是男的嘛，粗粗拉拉的没人说啥。她把头往我胸前挨挨，悄声说，这衣服都是那煤客子买的。她爹捎着锹盯着我，眼里全是愤怒，我有些怯，她说，别怕，他不敢动你。他爹说，金枝，你咋就这么不懂事？她说我老同学大老远来看我，我就不能跟他说说话？他爹说，有啥话不能在家里说？她说，不能，得去梁上说。

"上了北梁坡。我说，你穿得这么好，咋坐？她掏出塑料袋递给我一个，我说，学校里谈恋爱也是这样，不过都是男的铺好女的坐。她踢了我一脚，我说，真的，男的都贱兮兮的，撅着屁股铺好，女的才坐哩。她说，你的意思是我贱了，说着又踢我一脚，我说，你昨天是属骆驼的，喷人，今天属驴的，踢人。我铺好塑料袋，说，请坐。她咯咯地笑了，说，请坐，肉麻死人了。她爹赶着羊尾随着我们，我说，亲昵点，咱们靠在一起。她说，才不上你的当呢，在学校上的当不少，偷偷把凳子挪掉，害我老坐到地上，还往板凳上放圈钉。我往她身边挤挤，她画了一条线，说，不能越线。我说，你当大地是课桌，在学校要不是你老画线，老拿圆规扎我，说不定咱们早就谈对象了，你放了屁我会勇敢地站起来说屁是我放的。她捏了拳头砸我，说，也不怕人家害羞，左一个屁右一个屁的。我抓住她的手一把把她扯到怀里，她挣扎着说，不行，这样名声就坏了。我说，这有啥，谈恋爱都这样。她说，我爹来了，我一掉头，她就挣脱了。"

李生玉眯着眼睛看着山野，黄的白的野菊花开满山坡，在风中像浪花一样如云翻卷。他说："也是这个季节，秋花开得正艳，草叶草秆霜煞后都红了，我们在山梁上走，她手里捏着一把野花，十八九岁正是一个女子最出彩的年龄啊，我爱上她了，我说，我们真的谈恋爱吧。她说，想占我便宜？我说，真的，我发誓，对毛主席发誓。她说，毛主席早逝世了。又说，明年考上大学，一封信把我吹了，受你那害。我说，就是考上大学，我也娶你。她撇撇嘴说，鬼才相信。她的担心不无道理，那两年咱们那里方圆考上学的不都把以前定下的亲退了。

"我们沿着山梁走，他爹在山头上盯着我们，就像一只盯着鸡的狐狸。山上有备战备荒时挖下的战壕，她跳下战壕说，下来，急急我爹。我跳下战壕时故意一跌，就把她搂在怀里，她挣扎但没挣脱，我盯着她的眼睛看，她把头低下去，我的脸去贴她的脸，她把脸挪开，说，真的不行，你规矩些。我用嘴硬把她的嘴堵上了，她紧闭着嘴，后来放弃了抵抗。吻了许久，她推开我说，没完没了了。她脸色桃红，目光躲着我说，你以前坏到啥程度了，没想到还是让你占了便宜，我爹咋不见了，不盯紧点。她很聪明，会给自己遮羞。我说，谈恋爱都是这样的，我就坏煤客子的名声，说那些家伙拿命换来钱就往女人身上砸，南窑住着许多女子啥都不干，全仗煤客子养活哩。当然这也不是假话。我说，你爹要是追着我们大张旗鼓地骂就好了。她说，他才不会大张旗鼓地骂，他还怕丢人哩。

"他爹没有追着我们骂，却在我大姑跟前又骂又闹的。大姑骂我说，你咋就这么不懂事？人家亲事都定了，宁拆十座庙，不毁一桩婚，你别坏了人家的亲事。我说，我们真的谈恋爱哩。我大姑火了，说，你的书念到狗肚子里去了，放下阳关大道不走，偏走这独木桥。我说，嗯，就是，我要娶她哩。我大姑不让我站了，让我回家。我说，你是啥亲戚，有赶亲戚回家的？怕把你家吃穷了，难怪没亲戚来看你。我姑就不能再说啥了。下午上了山顶，我说咱们还去战壕吧。她一撇嘴说，还想占我便宜？你回吧，不敢把念书误了。我说，你不想轰轰烈烈谈一场恋爱吗？她不说话，我说，我一定要把事搅黄了。她说，黄没黄也得等长舌头把话传过去，你下周再来吧，那时就有结果了。她把我送出村口，一直送到沟沿上。在一棵树下，我搂住她吻她，她没挣扎。"

我笑着说："她也不想挣扎吧。"

他捣我一拳嘿嘿地笑着说："她当然也想好好谈一回恋爱，你说谁不想好好谈一回恋爱？"

我们又碰了杯酒，他给黄金枝奠了一杯，说："第二周一到野蒿梁我就看见她了，她在等我。我说，有啥消息？她哭了，说，那煤客子送日子来了，下个月初二娶人，闲话他也听到了，把话说出来了，还吼我。我说，有钱就了不起，事还得往大里弄。她啜泣说，咋往大里弄？我看是搅不黄了，你回吧，我认命了，再闹下去，我嫁过去肯定受气，我看他也不是好脾气。我说，那就更不能嫁了，一辈子几十年光阴哩，眼看是个火坑往里跳？她不说话，只是哭。天黑了，她娘扯着脖子叫魂一样叫她，她要回，我说，让她多叫一阵。我搂着吻她，她说，我总觉得你不是真心跟我好，是想占我便宜。我生气了，说，你咋老说这话。她说，你就给人这印象嘛，还不让人说。

"大姑说，你死了心吧，你娶不起她，人家拿来三千块钱彩礼呢，崭新的票子，连号码都没乱，你爹怕连三百块都拿不出来。我说，有钱就了不起？大姑啧啧地说，看把你口气大的，考上大学再说这话也不迟哩。第二天吃过早饭，我去叫她，她说，你回吧。我扯着她就走。上了北梁坡，我们钻进战壕，我搂住她，她推开我说，我爹今儿肯定会发火哩，在院里追得鸡飞狗跳。我说，就是让他发火哩。我使劲箍她，她静静地待在我怀里，身子贴着身子，我脑子打了个闪就乱了，把持不住了，我把她按倒了，她叫起来，连抠带抓的，我疯了，哪管得了那么多……"

"等等，"我说，"那时候你们就打野战，前卫，讲细一点。"

他说："小心她，捏你一下，疼你一周。"

我说："她现在跳出来我也不怕。"

他说："你给奠一杯酒。"

我给黄金枝奠了一杯酒，也点了一根烟插在香炉里。

他说："老汉跳进战壕，狂甩着鞭子抽，哪能打得开，不要说鞭子，刀也砍不开了，老汉羞得自己跑开了。她狠狠咬了我一口，起身也跑了。就像做了个梦，清醒过来，我在山梁上坐了许久，事做下了不能一走了之呀，我去了她家，老汉给气坏了，嗷嗷大叫，像疯了一样，指头胖的柳木鞭杆都打断了几根，还是黄金枝从里屋扑出来说，你把他打死了我咋活？老汉长叹一声，对我说，叫你爹来。回家又挨了我爹一顿揍，吼我说，你把丢人当喝凉水呀，多少辈子没出过你这么个现世报，我没脸去。我爹还是去了，老汉说三千彩礼一分不能少，立马上齐，不然就报案，金枝的堂叔在公社里做事哩。我爹赔着笑脸说，就是把家刮了也只能凑千百块。我说，那两千我认了。老汉说，你认了，你一个学生娃拿啥认？我说，我不念书了，出去挣。就都沉默了，许久我爹说，不念书咋行？老师都说能考上哩。我爹这么说着，盯着老汉看，老汉长叹一声，说，书不能耽误了，我也不能落那个骂名，但事不能就这么了了，欠条你得给我打下。我爹说，欠条我打。老汉说，不是你打，是他打。我就打，老汉说，你得打糟蹋了我女儿，时间地点写明白了。黄金枝从里屋里撂出一句话来，说，有这么打欠条的？你让我把脸往哪里搁？老汉呸了一口，说，你还有脸，丢祖败姓的东西，有你说话的地方。老汉又说，这么打了你明年考上大学要是把金枝退了，我就拿着这欠条告你去。最后说定年底择日定亲，老汉说，事是丢人的事，不能传出去，扣的扣了，盖的盖了。"

我说："那你咋不复读了？"

他说："她怀孕了。"

我说："一次就怀上了？"

他说："那当然，我厉害吧。"

我说："一次就怀上了，咋像是电影电视里的情节，哄人吧。"

他嘿嘿一笑说："那事就一张纸，戳破了就也守不住，干柴烈火嘛。"

我说："还是打野战？"

他搠我一拳说："麦垛里，战壕里，塌窑里，窖子洞，嘿嘿，像偷情一样。"

他说："她不敢给家里人说，去学校找我，整个人都发抖，我说，我的种子咋就那么厉害，这就扎根了。她一把就抓烂了我的脸。我带她去刮宫，那时候严格得很，要结婚证明，哪像现在。我给我娘说了，我娘说，刮宫最伤身体，以后多数都怀不上。她哇哇地哭，我心里颇烦，干脆就结婚了。一结婚，她爹就催逼两千块钱，在生产队去哪里挣钱，只能跟我爹去城里揽活挣钱。"

三

随着城市大建设时代的到来，楼房如雨后春笋拔地而起，每间房子都需要装修，全民装修时代来临，祖传木匠手艺为李生玉进城干装修打下了基础。李生玉跟了一个师傅两年，掌握了装修的基本手艺，开始自己揽活，他把黄金枝带进城里学干油漆活——那时候装修油漆是装修的一道重要工序。

我踏进省城已是1992年，那时候李生玉在省城已打拼了七八年，日子过得可以说是风生水起。两个孩子已在省城上学。我除了常去他家吃老家饭，他还经常叫上我去下馆子。进了"老苏家常菜馆"，李生玉高跷二郎腿一坐，高叫一声："老板，点菜，老四样，两碗面，一瓶五梁山，两包阿诗玛。"老板拿来阿诗玛烟，李生玉扔给我一包烟说，装上抽，你让我我让你的麻烦。要知道这在当时对于我这样的人是很奢侈的了。他不时要餐巾纸，要牙签，还骂骂咧咧地说，你摆到桌子上，怕谁眼小夹走了，让人一遍一遍地要，抠抠掐掐的啥时候才能做大。吃完饭他叫一声：老板，签单。然后大笔一挥，签字有一种故做的潇洒。总之用现在的话说，他很有派。我说，你在馆子里都能签字了？他大大咧咧地说，这算啥，没关系啊，要不然我早办起公司了，有关系横行天下，没关系寸步难行，我迟早要办自己的公司。办公司，对我这样进城的泥腿子来说，无异于天方夜谭。

他隔三岔五地约我去歌舞厅唱歌跳舞，在当时这是前卫时尚生活的象征。《上海滩》《风往北吹》《海阔天空》《大海》《朋友》《水手》《一剪梅》《北国之春》《三套车》《情人》《吻别》《少年游》《黄土高坡》《陇上行》《一无所有》……一首接一首，歌厅里的歌他都会唱。他尤其爱唱崔健的《假行僧》，从唱声到动作都很到位，倘若他会弹吉他，不输崔健。他跳舞很投入，国标、伦巴、三步、四步……在舞池中就像个老油条，他随便请起一位女士来跳舞，请人的动作可谓潇洒。我唱歌还行，跳舞不行，连自己的脚都踩，更不要说随便请陌生女士起来跳舞了。

李春生去世那年，我给他打电话，他在广西，他们公司在广西揽了一家装修的活，想他挣钱不容易，我没告诉他实情，只说许久没联系，看他最近在忙什么。他回来后好一通埋怨，说，一起耍大的啊，走了咋都该送一程。我说，想着你远，来回折腾。他说，有多远？就是在美国也赶得回来，我就连个飞机也坐不起？我大张着嘴，我确实没想过他坐飞机赶葬礼。

我当然能感觉到他在我面前刻意表现出的虚荣与张扬。不过我并不在意，我是正经八百的公家人，在省城落了户，货真价实的省城居民，而且我不是花钱调到三中来的，是三中从县城挖来的。然而，我哪里能想到，李生玉已经把一家人的户口转成了城市户口，而且是省城户口，就是说他已经在省城把根扎下去了，这可是改变命运的标志性事件，意义不亚于我考上大学。这是多么让人震惊的事。

1988年，大儿子李学文七岁了，李生玉带他到城里读书，入学的时候城市给李生玉上了一课。"我以为学校就是念书的地方，可报名时，才知道把人丢大了，人家要户口，一听你是农村户口，就连话都不跟你说了。"即便是多少年后，跟我说这话时，他的脸还是红了。

和他一同搞装修的耿营说，上学没户口就是个花钱的事。可花钱也得有门路，李生玉去找小贾，小贾家的房子是他装修的。"不像许多人一旦开始装修就和你成了矛盾双方，装修完就成了冤家仇人，小贾很客气，笑脸相迎，每天还给管烟管啤酒，这样的客户你咋忍心不把活干好，这种人才是聪明人。装修完一年了，还请我喝过两次酒。"李生玉这样感慨道。小贾是艳阳小学的教导主任。小贾说得花钱，收了几个没户口的，都是花了钱的。李生玉花了钱，孩子入了学，他请小贾吃饭，小贾说小学还容易些，中学麻烦就大了，现在管得越来越严，钱越要越多，你花这冤枉钱，还不如把孩子的户口解决了，户口迟早得解决。李生玉说，说得容易，解决户口有多难呀。小贾说，正常渠道解决当然难了，但可以买呀，现在都买户口。李生玉说，户口也能买？小贾说，虽说国家禁止，但私下里都在买卖，我们学校许多学生的户口都是买的，给我们学校做展览墙的陈东，也是干装修的，你认识不？他孩子的户口就是买的。

李生玉找到陈东说，买户口也不通个气？陈东说，我哥买户口我才知道的，人家一再说不能乱说。贵得很，一口人就五千块，不过老钱这个人办事利索，钱交了户口就能办出来。一口人五千块，都买是不可能的，黄金枝说，咱们紧紧手，再借点，把三个儿子的户口买了。李生玉说，英子的户口不买了？黄金枝说，英子是个女娃，书念得好自己就解决了，念得不好嫁个城里人也就是城里人了。李生玉说，可……可英子大了咋给她说？要不老三的户口先不买，反正他最小，再说还有几年时间才上学，以后再买。黄金枝说，你听我的，先把三个儿子的户口买了，男娃费事，户口只要能买，以后手头宽裕就给她买了，女娃嘛。

李生玉买了烟酒提着，跟着陈东去钱贵生家。钱贵生是管锦绣这一片的警察，总背着一双手阴沉着一张脸从锦绣街上走过，李生玉倒是认得的，但不知道他家在哪里。到了钱贵生家门口，陈东说，我就不进去了。李生玉说，人家不认识我，怕话不好说。陈东说，别看老钱背着一双手阴沉着一张脸，没架子，好接触，不像个当官的，你就说你买户口，热情着哩，这事人家再三说要保密，我进去反倒不好。

李生玉进去，钱贵生竟说认得他，还递给他一根中华。人家是干部，这么平易近人，李生玉就觉得亲切，很感动。说了买户口的事，钱贵生应得很畅快，说，一个户口六千。李生玉嗫嚅半天，说，不是说一个户口五千吗？钱贵生说，谁给你说的？李生玉不敢说陈东，就说，街面上听人说的。钱贵生说，那是去年的价，今年风声紧。又说，看这形势明年管得更严，要买得抓紧。这时李生玉已经欠下不少债务，一个户口涨了一千块，买三个户口钱就有了个大缺口。黄金枝说，那就先买上两个吧。李生玉说，遇上老钱这么个好人不易，再说老钱说明年管得更严，我回家想想办法。黄金枝说，回家想想办法？他们不问你借就烧高香了。

李生玉也知道，不要说回家借这么多钱，就是百十块钱也未必有人借给他，在老家人看来，出门人是最容易学坏的，他几年没回家了，像一朵云无根地飘着，谁知道在外面干了些啥勾当？至于弟兄他也没指望，黄金枝进城后，他的地都是老大和老三分了种着，说是每年给他粮油，几年了一斤粮也没给过。回家想办法，他是要卖地，卖院落，卖羊，只要户口解决了，就等于在城里把根扎下去了，一切就都不是问题了。

回到家，李生玉原本想直接去找有钱的人家，可想想还是先跟弟兄们说明了。他知道他们没钱，就是有钱也都打着白落的主意，给他们说是不想在弟兄们之间落下话把儿。老大说，土地我和老三分了种，院落给我留下，学明（大侄儿）的亲事订下了，就等收拾院落往回拉扯（结婚），你迟回来个把月，我就把锁撬了把学明安顿进去，反正你们一家也不会回来了。李生玉说，我要现钱，一把清。老大说，不白落你的，亲兄弟明算账，老先人都是这么说的，价说好了我们给你打欠条压手印。他说，我急用钱哩。老大说，谁会欠下你的？手头一宽裕就给你清了。李生玉笑着说，那你们先把这几年种我的地说好的粮油给我清了，咱们再说土地和院落的事。老大说，这几年不是没收成嘛，天旱得黄土都起火哩，我们的苦都白下了。李生玉说，别说亏天的话，这几年老天爷没亏张王庄。两个人不说话，李生玉跳起来走了。他当然不能给弟兄们说实情，买户口要是传出去让人家查出来可就坏大事了。

村上除了几户在外面吃皇粮的手头有活钱，赵松年也有活钱。赵松年是老地主的长子。新中国成立时老地主把财宝埋在地下，土改斗地主起浮财水淹活埋的都没逼出来，政策转过来，守着老院子的赵松年就陆续挖出财宝来了，日子过得油乎乎的。这几年人们开始往城里扑，陆续有人卖地，多数地都让赵松年买去了。人都说赵松年想复辟。在那些年复辟可是大罪，但社会变了，复辟不复辟的没人管了。李生玉去找赵松年，赵松年说，地和庄院我都要了。谈好了价钱，赵松年就喊鹏程，哎，取纸笔来，给爷磨墨。李生玉知道赵松年要显摆自己是个老秀才，就说用钢笔写快，我还有急事哩。赵松年说，钢笔是你们用的，我用不了。李生玉说，毛笔你都用得了，钢笔用不了？赵松年得意地说，这话说对了，我会写毛笔字，为啥要用钢笔，写不了毛笔字的才用钢笔。李生玉在心里呸了一口，他很着急，他知道老大和老三会把山里放羊的爹找回来，卖地是典型的败家，爹肯定拦阻。赵松年摇头晃脑地写契约，老三就来了，说，爹叫你。李生玉只能出来。他们出了村，来到一个山坡，父子四个蹲下来，爹说，土地和院落咋能卖？你胡整啥？李生玉说，我急用钱哩。爹说，携家带口的在城里讨生活哪有那么容易，过不下去就回来。李生玉怕被纠缠，说，我在外面惹下点事。像头顶上响了个炸雷，爹霍地跳起来说，多……多大的事？你……你闯下啥祸了？李生玉不想给爹心里添负担，就说，事倒不大，有钱就能摆平。爹说那也不能卖地呀，把地卖了你就没根了，在空里飘着呀。李生玉烦躁地说，不说这些了，土地和院落我卖定了。

老大说，卖地那是你的权利，但这院落房子我们可都是出了力的，人人有份。李生玉说，少给我胡搅蛮缠，一人一处院落，谁的院落不是一家人一起拾掇的？老三说，那咱们就把话往丑里说，爹不是我一个人的爹，在我家过活着哩，你就不管咧？李生玉说，话要这么说，就把话挑明了说，分家时爹和娘的那一份都分给了你，这阵跟我们讨爹的赡养费，老大，你说是不是？老大说，你们两个说事，别把我往里扯。李生玉说，咋是把你往里扯，这是我们两个的事？你是孙悟空，从石头缝里蹦出来的？老大不说话，老三说，那爹要是得个大病，给看不看？你们就不管了？老大说，你胡搅个啥，说房子说地。爹叹口气走了。老三说，你这不孝的货，你是个野种啊……李生玉一个巴掌扇过去，老三扑上来两个人就扭打在一起，老大拉架，他当然偏向老三，李生玉吃了亏。弟兄三个人在黄土梁上玩缠得尘土飞扬，都像是从地里钻出来的土行孙，引得一村人倚门观望。李生玉回到家，爹从羊群中隔出八只羊来，老三说，你把爹给你放羊的工钱给了。爹说，走吧走吧。老三说，就是雇个长工也得给工钱。李生玉说，账要算那咱们就算清了，你把这几年种我地的承包费给我清了。老三说，给娘看病了，抬埋娘了，给爹吃药了。李生玉从羊里拉出一只羊说，这只羊够了吧。

跟赵松年签了契约，拿了钱，李生玉赶着羊走时，赵松年说，你赶着羊进城？李生玉说，去镇上卖羊。赵松年说，那羊我也买了。说了半天价，李生玉拿了钱出门时，赵松年嘿嘿一笑说，你们弟兄们打得挺欢的。李生玉眉毛一挑说，按辈分我该叫你叔，现在只能叫你天杀的，天杀的可不是我给你起的，是你一娘所生的弟兄和侄儿们骂出来的，笑话别人先想想自己，你挖出你爹的财宝独吞，你们动了宰猪刀子，这么快就忘了？要不是你爹拿命保下点家财，你啥都不是，吃屎都撵不上热的。在我跟前当本事显摆？也就是在咱张王庄，在外面就你那几个钱，还不够人家塞牙缝的，癞蛤蟆掉到井里了，看天沟子（屁股）大的一坨。走了两步李生玉又回头说，就你这德行还在人面前人五人六的，拿毛笔写字充文化人，啊呸。走到远处，他看到赵松年还站在那里没挪地方。

李生玉沿着闫河走，到鹰嘴湾，水潭照出了他满身尘土和满脸血渍的样子。

他把衣服扒下来洗了，又跳进水潭洗澡，浑身青一坨紫一块的，到处都疼。他落下泪来。小时候他们弟兄三个齐心协力，在庄子上谁人敢惹。洗完澡他躺在草地上，头枕着包睡去了，梦里依旧是小时候的情形。一阵狗咬把他惊醒，几只狗在河谷里追逐一只野兔。收回目光，他看到爹在给他翻晒衣服。爹说，你这一觉睡得够死的，衣服我都翻晒几遍了，出门在外咋能睡得这么死，一定要警醒着。他坐起来，爹说，不管遇了啥大事，要往好处想，往好处想心就宽了，人啊，最怕的是心里不宽，心里不宽就会事上加事。他说，爹，没事，你心里放宽。爹叹口气说，我心里咋能放宽。他笑笑说，那你还说让我心里放宽。爹说，城里路，石头街（gāi），没有票子吃不开。在城里不好过就回来，人活一世，几起几落地活哩，不丢人。他递给爹一根烟，爹的手抖得接不上火，他不能让爹寝食不安，就说，爹，我没遇事，我是要买城市户口。爹说，城市户口也能买上？他说，能买上，都找人说好了，要不然也不会卖地卖院落。爹说，那就该卖，这是大事。他说，爹你可一定要守住口，千万别给人说，国家不允许，偷偷摸摸的事。爹笑了，说，你还怕爹嘴不牢靠。爹掏出三块银圆说，拿着，现在一块过百了。这是爹抠抠掐掐攒下为自己死后壮地准备的。人死后在棺材下葬之前，要在坟坑里撒几个银圆，这叫壮地，寄寓后辈儿孙将来富有。他强忍着眼泪推回给爹，说，你留着。爹说，留着做啥，我还准备了些麻钱子，我死后你们再换上点钢镚儿，撒到坟坑就行了，就是个意思。他哽咽了，说，爹，这我不能拿。爹说，爹再帮不上你，拿着吧。他掏出二百块钱给爹，爹说，你正用钱哩，给我做啥？衣服干了，穿上赶紧走吧，别把车误过去。爹撵羊群去了，李生玉穿上衣服，抹了一把泪水，沿着闰河离开了村庄。后来李生玉买了十块银圆准备爹去世了给爹壮地，可是爹去世时他正在四川干装修，等赶回来父亲的头七都过了。上了猪头梁，李生玉坐下来看着村子，心里一阵慌乱，从此就和这张王庄没有一点儿关系了？他这样问自己。

回到省城，黄金枝问，脸上的疤是咋回事？李生玉说，走路急让树枝扫了一下。黄金枝说，说实话。李生玉说，我把房子、家院和土地、羊都卖了。黄金枝踢了李生玉一脚，说，这么大的事，你咋也得跟我商量商量，说卖就卖了，这不是断了后路嘛。李生玉说，从走出村庄的那一刻起，我就没想过回去，死了都不回去。黄金枝叹口气说，卖就卖了，好好说嘛，打个啥捶嘛。李生玉说，老人说恩人转夫妻，仇人转兄弟，这话实实的啊，就当我这辈子没兄弟。两个人算算，还是不够，能借到钱的都借过来了。李生玉说，不急，老二上学还有些时日哩。过了两个月，李生玉拿回一笔钱来，黄金枝问，哪来的钱？李生玉说，揽了个活儿，预付的工钱。黄金枝说，说实话。李生玉说，真的，我啥时候说过假话。黄金枝说，呸，你假话还少了？李生玉洗澡出来，黄金枝一把拉住李生玉的胳膊说，你急啥嘛，去卖血。李生玉嘿嘿一笑说没事，大夫说我血稠，经常抽抽血对身体有好处，买户口不易，遇上老钱这个好人更不易，早办早好。

到年底钱凑够了，交给了钱贵生，钱贵生说，只给三个孩子买户口？孩子不能做户主，得有个大人做户主。李生玉顿了半晌说，那就少买一个孩子的吧。钱贵生说，这样吧，看你们也不容易，想想办法，再交上三千，我给上面好好讲讲。一下少了三千，李生玉说，好，好，我这就去找钱。李生玉没有回家，直接去找老杜。老杜开着几家装修材料店，挣了钱给人放高利贷。老杜说，你是老顾客，我给你让一分钱的利。拿钱的时候，李生玉一咬牙多拿了六千，把女儿的户口也买了。把钱送给钱贵生，钱贵生给了他一张纸说，你把姓名、性别、民族、出生年月日写清楚。李生玉说，不需要回去开户籍证明？老钱说，打那麻烦做啥，一来回你开销也不小，开会研究时我解释一下就行了。他写了黄金枝的和四个孩子的，问，多长时间能办出来？钱贵生说，你急啥。李生玉说，明年孩子要上学。钱贵生说，那我让抓紧办了，不耽误孩子上学。李生玉回来跟黄金枝一说，黄金枝说，咋也该把你的先办了，你是一家之主。李生玉说，万一咱们再生一个，娃可以跟女方户口走。黄金枝说，还生，养活得了？把你能耐大的，要不是你胡整整出个老三，咱们哪有这么累。生了两个儿子，他们就不打算再生了。后来李生玉念叨想要个女儿，黄金枝说，我给你生一个女儿。就生了个女儿。他们做了避孕措施。黄金枝进城后，有一回李生玉看了黄色录像，晚上两个人龙翻凤卷把套子整掉了，黄金枝怀上了。在城里没人管计划生育，日子过得也不难，黄金枝又怕刮宫，也就生了。

两个月后户口办下来了，钱贵生拿着户口本儿在手上拍着说，不要给人说，现在查得很紧，说出事来自己兜着。李生玉说，看领导说的，这轻重我掂得来。户口本儿拿到手的那一刻，李生玉恍惚了，他狂掐自己一把，疼得自己大叫一声，自己还存在。钱贵生说，把户口本儿装好，别丢了，补起来麻烦得很。李生玉说，看领导说的，这哪能丢了。他又提了烟酒去谢钱贵生。

第二年秋天，老二李学武上学时，老师一看户口本就给报了名。李生玉心里踏实了，回到家带着一家人逛街买衣服，去公园划船，看电影，吃西餐，多年后跟我说起来的时候，李生玉说："晚上我和黄金枝说到了你和张啸。"

我说："边做爱边说的？"

李生玉哧哧地笑着说："对，你们两个挺壮阳的。"

英子学习很好，高一第一学期代表市上参加在北京举办的奥林匹克大赛，教委出钱坐飞机去，需要身份证。李生玉去办身份证，才知道他只是买了个户口本儿，黄金枝和几个孩子的户口并没落到城里。李生玉一时觉得天翻地覆，差点儿晕倒在派出所。警察还纠缠住不放，怀疑户口本儿是伪造的，对比着看了又看，认定户口本儿是真的，问，怎么办出来的？他只能实话实说，警察说，那是钱贵生的个人行为，他是偷着在户口本儿上盖了公章，城市户口那么容易办？做啥美梦呢？国家打击不知道？李生玉就跟派出所的人喊起来，警察比他还能喊，几句就把他吼了出来。李生玉恨得咬牙切齿，可他上哪里去寻仇呢？冤有头，债有主，钱贵生死了几年了，这些年他一直把这个吃人不眨眼的东西当恩人看待，每年都给拜年，死了他还出了大礼。李生玉找律师咨询能不能告，律师说，卖户口给你的人都不在了，你告谁？他说告派出所。律师说，告派出所一点儿胜算都没有。他说，可这公章就是派出所的，户口本儿是真的，钱贵生也是他们的人，他们就一点儿责任没有了？律师说，当然有责任，有大责任，管理不严，下属违法乱纪，怎么说都可以，可是这种事这两年揭露出来的很多，不是一个派出所一个人的事情，你告，往小里说是派出所，往大里说是公安局，再往大里说是司法，你能告赢吗？再说你告的目的是什么？国家禁止买卖户口，你买户口本身就违法，你要让他们赔偿你违法造成的损失？他一时茫然。

律师从电脑里搜了两份文件打出来，李生玉一看，一份是国务院办公厅的，一份是公安部的。律师拿笔画着横线念："户口管理是国家行政管理的重要组成部分，有严格的规定，以任何名义出卖城镇户口的做法都是错误的、违法的，这不仅严重违反了国家户口管理的有关法规、政策，造成极坏的社会影响，而且干扰了正常的政治经济生活秩序，引起人民群众的强烈不满。为维护国家户口管理法规、政策的严肃性，坚决制止公开出卖城镇户口的错误做法。""已经出卖城镇户口的地方，市、县政府和有关业务部门必须注销已出卖的户口，并在原常住户口所在地予以恢复，所收钱款一律清退。不得以各种理由等待观望和搞'下不为例'。"律师说，你们的户口正是打击乱办户口的那个时候办的，不要说你买了个假户口，就是买的是真的怕在清理中也被注销了。李生玉说，那我们的户口在哪里？不会成黑户了吧？律师说，你买户口的时候开转户证明了吗？李生玉说，没有，钱贵生说不用开。律师笑了，说，那你当时就该想到这户口是假的，没有转户证明怎么转户口？李生玉说，看他威风八面的，当他权力大，随便就能办了。律师说，既然户口没转出来，那就还在老家。

回到家，李生玉恼怒得上蹿下跳，黄金枝说，生那么大的气能咋样？把人气坏了不更吃亏，这社会上当受骗的少了？李生玉气得捶头说，花掉的钱都不说了，土地、院落都卖了，后路都断了，却买了个假东西，这跟头栽得太大了。黄金枝说，你这样想，这户口本儿这几年也给咱们省了不少钱哩，几个娃上学一看户口本儿就收了，不然得花多少钱。李生玉说，话能这样说，可事不是这么个事嘛。

黄金枝说，那你还想咋，你能咋？别想那么多了，赶紧带英子回去办身份证，别把英子学业上的事耽误了，这丫头咱们生得值，长脸哩。

李生玉还是气愤不过，一块儿搭工的老柳说，就是真的有啥用？我给儿子两口子买的户口倒是真的，想着有了孙子自然也就跟着上了户口，可孙子生下去上户口，人家说还得买，我跟人家争了半天才明白，买的户口就是只买了个户口，跟人家城里人是不一样的，连本本儿都跟人家不一样，人家是红皮的，咱是绿皮的。我说，那买户口有啥用？可谁会回答你呢？

四

读书改变命运，即使李生玉和黄金枝已经成为城里人，也依然对此深信不疑。在儿女念书上他们是尽心尽力。对大儿子李学文念书，李生玉是寄托了厚望，大儿从小学习就好，上了初中，尽管两个人一天忙得起五更睡半夜的，但对儿子学习的检查从未放松，大儿子每次拿回来成绩单，都是前三四名，这给了他们很大的安慰，两人经常奖励他，督促学习。初三第一学期，班主任传李生玉，李生玉去后才知道大儿子学习一塌糊涂。他说，我看每次拿回去的成绩单都在前五名。班主任说，不要说前五名，要在前二十名我都不叫你。李生玉说，那你早该叫我，到了初三才叫我。班主任说，你儿子说你是搞装修的，很忙，我也知道你们这些人只会挣钱，把儿子读书不当回事。李生玉给噎得说不出话来。班主任又说，今天叫你来是告诉你，如果你再不管，你儿子会被开除的，他自己不学也罢了，把其他学生也带坏了，还向同学诈钱收保护费。回到家，李生玉没有立马对大儿子施以暴力，他跟踪了三天，发现大儿子和一伙同学天天出入游戏厅。第四天他把大儿子堵在游戏厅，一拳就将儿子打晕过去，一杯水泼醒，又一顿拳头，说，老子瞎了眼，还指望你光宗耀祖哩。

李生玉不让大儿子上学了，他念书念到复读，对念书的事是明白的，已经初三了，再抓已经晚了。但每天他都揍大儿子，当着老二老三的面揍。大儿子交代，成绩单发下来，他就用剪刀把自己的那一条和前三四名的那一条剪下来，调换后用透明胶粘好，再到复印机上复印出来，好多同学都这么干。一连揍了大儿子一周，大儿子说，我好好念书。他说，晚了，老子不指望你了，老子还有两个儿子，为啥要指望你光宗耀祖呢，没看老子打你是打给他们看的吗，杀鸡骇猴，打黑牛惊黄牛，老师没给你讲过吗？你当老子是为了你。他每天把所有的木匠工具都装在一个大帆布包里，让大儿子背着。大儿子压得趔腰斜胯，跟他闹情绪，他说，这是你自己选的生活，怨谁呢？阳关大道你不走。我从给你爷背工具到给师傅背工具，背了十几年。

对于二儿子念书，李生玉没抱希望，他曾经给我说："念书倒是用功，可是脑子不灵光，装满了乱七八糟的问题，就像这个世界啥都是错的，比如说，二分之一加二分之一为什么不等于四分之二，而等于一，你给他说分子相加，分母不相加，他就问，为什么？你给他讲公式，他说，为什么要按照公式，公式是谁造出来的？都能把你气死再气活，我说你这是当科学家的料，可惜生错了地方。"

二儿子没考上高中，他花钱让他上了个职中，"啥职中嘛，那就是个大游戏厅，名正言顺地打了几年游戏。"他让二儿子跟着他干装修，二儿子死活不跟他干，要考驾照。学了驾照出来开出租车。

三儿子李学斌书念得一直在中游，高中考到了朝阳中学。朝阳中学原本是工厂子弟学校，三流中学，打架斗殴，学风不好。李生玉找到我，希望能转个学："也不要求像你们三中这样的名校，中等偏上的就行，我三个儿子，就剩下这一个希望了。"

我说："我办不了，你不知道，现在入一个好学校对于我这样的人来说难于上青天啊。"

他说："你不是名师吗？"

我说："名师顶个屁，转学入学这种事是肉食者的事。"

他挠着脑袋说："上朝阳高中，老三就一点儿希望都没有了，你就给想想办法，钱我花。"

我一拍脑袋说："你找长毛的呀。"

他说："谁？"

我笑笑说："你给我装？"

李生玉因为坏曾差点被开除。有一回，他跟我们说陈红玉下面长毛了。我们知道"下面"指的是哪里。我们都说他偷窥了。草鞋镇中学的厕所是乡村中学最普遍的那种厕所，除了半截遮雨棚，其余都是敞开的，是很容易偷窥的。青春少年，哪个不对异性的身体充满幻想而想偷窥呢？他嘲笑我们说，偷窥，我干那下流的事？跟你们一天混啥哟，除了盯着女娃的胸脯屁股流涎水，还知道啥，这脑子跟我不在一个档次上。我们说，你不偷窥咋知道？他说，她胳肢窝里长毛了，下面当然也长毛了，人身上除了眉毛，其余的毛发都是同年同月同日生的，这么浅显的道理都不懂？可不是嘛，我们怎么就没想到呢。从那以后，我们都盯着女同学的胳肢窝看。

学生的口哪能捂得住这样奇妙的秘密，"陈红玉下面长毛了"这话像风一样在校园刮，传到陈红玉的耳朵里，陈红玉哭闹到班主任办公室，之后她娘大闹学校。陈红玉的娘在草鞋镇开裁缝铺，闹起来那是见过世面的那种闹，她直扑校长办公室大闹，要校长开除李生玉。校长被闹腾得没办法，答应开除李生玉，第二日宣布决定时，开除变成了留校察看。在学校这样的闹法那就是双刃剑，"陈红玉下面长毛了"传扬得越发厉害，就像影子一样跟随着陈红玉。陈红玉在草鞋镇中学无法再念下去，转到县中去了。

陈红玉后来考上大学，分配在省城的一个部门工作，已经成了肉食者。我是在一个饭局上见到了陈红玉，她已经很能说了，而且荤素搭配，她问我，那个流氓呢？我当时蒙住了，说，谁？她说，就偷窥过我的那个。我笑着说，他根本没偷窥你。她说，那他咋知道我那啥？我故意说，啥？她拧我一把，说，你给我装。我笑着说，他看到你胳肢窝下长毛了。她脸红了一下，说，这家伙脑子挺邪门的，那时候谁知道腋毛还要剃。我笑笑说，现在剃干净了吧。她说，要不我脱光你看看。她嘎嘎地笑了，说，你们这群东西都不是好货，盯着女生看，那目光恨不得变成X光眼镜哩。我说，青春期嘛，人都一样，你们就不流氓？你们也想偷窥男生哩。她嘻嘻一笑说，那家伙现在干啥？我说，搞装修。她说，他没考上大学？我说，他后来不念了。她说，留校察看期间又偷窥被开除了？我说，他没有偷窥的毛病。她说，那为啥？我记得他学习挺好的，脑子又聪明，应该能考上的。

李生玉说："她现在混大了？"

我说："肉食者，办这事对她来说小菜一碟。"

他说："你这是站在烟洞口招手，把我往黑洞里带哩。"

我说："她人挺好的，还跟我说起过那事，她不在乎了，还揭起衣服来让我看了哩。"

他说："看那里？"

我说："嗯，刮得干干净净的。"

他狠狠捣了我一拳说："人急得嗓子冒烟哩，你还有心思开玩笑。"

我说："找她绝对给你办个好学校。"

他说："肉食者鄙，她未必见我啊。那事或许她不在乎了，可现在这身份差别太大了，官这些年我也见得多了，哪能把我们这号人看在眼里。"

我说："我们是同学关系，她现在见你会有一种显摆和示恩的心理。"

他拍着脑袋说："对，这话有道理，见我也算是衣锦还乡，衣锦还乡不就是为见熟人嘛。"

我给陈红玉打电话，陈红玉说："见面说，我做东，我订个地方给你发过去。"

当然我们先到了，等了好一会儿，陈红玉还不来，他说："肯定晃我们哩。"

"不会吧。"其实我也拿不准。

又过了一会儿，他说："算了，我们走吧，当官的都这德行，晃人连眼睛都不眨一下。"

我说："再等等。"

话音未落，陈红玉打来电话说马上就到。

他有些怯阵，我说："你上学时那骚劲哪去了？"

"要知道人家将来有这么大出息，我宁愿说我自己长毛了也不敢说她长毛了。"他噗地一笑，"我可真是上有老父老母下有妻子儿女，万一她把我抓了，你可要往外捞我啊。"

陈红玉风姿绰约地来了，说："不好意思，开了个会。"

跟进一个小伙子提着四瓶茅台，陈红玉说："先打开两瓶。"

小伙子打开，陈红玉说："好了，你去吧，两点钟来接我去开会。"

陈红玉先倒了三杯酒说："迟到了，我罚酒三杯。"

李生玉愣愣地看着，陈红玉说："又看我哪儿？"

李生玉脸红了，有些手足无措。

陈红玉用喝红酒的杯子倒了半杯白酒说："你害得我书都念不成，这是罚酒。"

李生玉抓起酒瓶加满酒杯说："这哪里是罚嘛，这么好的酒，是赏赐嘛。"

陈红玉就嘎嘎地笑了说："还挺会说话的，四瓶，不够再拿。"

陈红玉捣我一拳说："你当你就是个好东西？还不认罚？"

李生玉说："领导的眼睛比群众的眼睛还雪亮，他比我可坏多了。"

陈红玉给我也倒了大半杯，李生玉抓起酒瓶加满说："加满，我们那时候坏都是一起坏的，要说那话是我说的，传出去的是他。"

陈红玉只顾逼我们喝酒，不说事，李生玉心里装着事，我说："你先把事办了，我们才好放开喝，这心里装着事喝不进去，喝进去也是一喝就多，喝酒得看心情。"

陈红玉说："多大的事，这就办，二中，把儿子的姓名、分数发给我。"

二中名副其实，实力排名也是第二，李生玉眼里放光。

李生玉把信息发过去，陈红玉转发后打电话说："信息收到了？办了，别找理由，我让孩子直接找你，孩子的爹和我是四大铁的关系，哪一铁？猜去，你不是老爱瞎猜吗？"

挂了电话，李生玉倒了一杯酒，说："我敬你，你随意，我干了。"

陈红玉说："可怜天下父母心，为儿子嘛，不拦你。"

李生玉喝了个干净，还把杯子倒扣过来。

酒力让我们都自然了许多，也亲近了许多，陈红玉说："正方体，没叫错吧，我记得你的脑袋特方，现在好像没那时候方了。"

李生玉说："是这些年被夹的。"

陈红玉嘎嘎地笑着说："是歪门邪道夹的了？"

李生玉说："你太黄了。"

陈红玉说："我哪有你黄，你还没长胡子的时候就黄了。"

我说："这话太经典了，我喝一杯助兴。"

"你别借机喝茅台，这么好的酒。"李生玉很会说话了，他看我的目光我会意。

陈红玉说："喝，不够了再拿。"

李生玉说："让这社会夹的，这社会有许多门，我一进门就被夹一次。"

陈红玉说："要说我还得感谢你哩。"

李生玉说："感谢我？"

陈红玉说："那时候我一直喊着要到县城读书，可我爹妈心疼钱，对女娃念书不重视，我弟都转到县一中了，就是不给我转学，出了那事后我爹妈不打算让我念了，我就大闹天宫，寻死觅活的，爹妈没办法了，才花钱找人转学的。"

李生玉说："咱们那里重男轻女，没办法，现在还是这样。"

陈红玉长叹一声说："要说你们能到县城上高中，应届就能考上，那年考完我回来看过学校出的榜，要在草鞋镇中学读，我肯定考不上的，我喝三杯感谢酒。"

散场后陈红玉给了李生玉十条烟，说："本想让你抽抽中华啥的，想想还是这烟实惠。"

李生玉大为感叹，说："没想到还是挺念旧的一个人。"

我说："都多大年龄了，再不念旧就没时间了。"

李生玉说："其实她应该给我中华，这烟我自己抽得起。"

我说："中华你舍得抽？"

李生玉说："当然舍不得抽了。"

我说："那陈红玉想的是对的。"

李生玉说："我留着等公司办起来了抽呀。"

老三最终勉强考了个二本，毕业了考这考那的考不上。"就像个跳跳球，从这个公司跳到那个公司，跟打工有啥区别，还不如跟我干装修，可一提跟我干装修，他就一脸鄙夷的表情。唉，高不成低不就的，人就怕悬着，上不够天，下不落地。"这让李生玉非常失望，"你说大学生咋一下就这么不值钱了。"

倒是英子争气，考上了复旦大学，后来考上研究生，最终读到博士后，考进国字头科研部门，这大大地安慰了李生玉，有一段时间他常把女儿挂在嘴边，他说："时代不同了，男女都一样。"但从他的感叹中听得出，他还是希望儿子中有一个出类拔萃的。英子到哪儿都抱着书，李生玉有些担忧，"就知道念书，我担心她以后都不会过生活。"

我说："英子有英子的生活事业圈子，在那个圈子里她会生活得很好。"

他嘿嘿一笑说："对对，物以类聚，人以群分，女儿眼里没有咱们这种低智商的生活。"

五

办一家自己的公司是李生玉一直在努力实现的梦想。20 世纪 90 年代，公司不好办，手续繁杂，验资极严，他一直积聚着财力和人脉，进入新世纪了，公司还没办起来，这让他很受挫。2003 年，他不得不先考虑大儿子的婚事。大儿子谈了一个对象，处了两年多了。他按揭买了一套八十平方米的房子，办手续的时候儿子说，小戴说了没房子不结婚。李生玉说，这房子就是给你们买的呀。大儿子说，她的意思是这房子要以我的名义买。李生玉几乎气炸了，吼道，那你给她说，就说我说了，这城里有房子的多的是，让她去嫁吧，自己屁本事没一条，等吃等喝的，还心眼多得很。大儿子甩门走了。黄金枝说，这不一定是小戴的主意。李生玉说，给老子玩阴谋诡计，老子偏不让他得逞。黄金枝说，惹人家不高兴做啥，瞌睡迟早要打眼睛里过，反正得给买一套房。李生玉憋了几天，咽下了这口气让了步。然而，最终父子还是因为房子反目成仇。

给大儿子娶了媳妇，李生玉开始筹划办自己的公司，这当口政府出台政策，买房可以带户口，李生玉仰天长啸一声，说了一句话："吃屎都等不上热的啊。"他顾不上办公司的事了。十八岁以下的直系子女和老人户口都可以带，李生玉感叹真是好政策呀。他把相关政策研究又研究，决定把房子卖了，再买套房子，这样他、黄金枝和三儿子、女儿的城市户口就都解决了，好一点儿二儿子的户口也能一并解决了。二儿子虽已过了十八岁，但他可以想办法改户口。虽说这时候他也看明白了，户口于他们已经没有意义了，转城市户口不就是为了能安排工作、分房、看病报销、退休有工资等福利，可现在大学生都不包分配自谋职业了，满大街都是下岗职工，真正的城市户口都没有工作，有的下岗工人日子过得比他们还可怜，哪有工作给你，没有工作一切都没有。但是对二儿子、三儿子和女儿来说城市户口依然是重要的，许多单位招人都写明"本市户口"，而找对象时人家一听是农村户口，连个再见都不说，好像这农村户口就是龌龊、愚昧、贫穷、野蛮的同义词。

卖房再买房，房价上不吃亏，房子不出五年都是新房子，价钱都在涨，就是装修上会亏一点儿，因为准备着办公司，大儿子的房子只做了简装，买房者肯定看不上，不会好好掏钱。不过对于他来说装修是自己干的，也就是贴个材料钱，可这与把几口人的户口转成城市户口相比，实在是太合算了。倒腾房子是件非常麻烦的事，但只要能把户口落到城里了，麻烦再大也值得。问题的关键在于要解决二儿子、三儿子和女儿的户口问题，再买房只能以他的名字买房，这大儿子两口子肯定会有意见。不过他想他们会想通，他会保证不出三年给他们再买套房，到时把大儿子一家的户口也解决了。

李生玉满怀激情跟大儿子两口子去谈，大儿子两口子不同意。大儿子说，我媳妇怀孕了，眼看要坐月子，我们不想再瞎折腾了。李生玉说，这不影响坐月子呀，也不是瞎折腾。李生玉就给儿子讲，讲得舌干口燥，大儿子就一句话，反正这事不行。李生玉咬着牙说，我给你们立字据压手印，给你们一套房子，要是不兑现，你们到时候去告我们。大儿子说，反正这事不行。李生玉火了，跟大儿子喊了起来，你左一个反正，右一个反正，我是你爹，我啥时说话不算数？大儿子站起来要走，李生玉扑着要打大儿子，大儿子说，你打了我多少年还没打够？别半夜偷柿子老拣软的捏。大儿子媳妇干脆拉着行李箱回了娘家。黄金枝说，别看他脑袋没你大没你方，小算盘打得精明着哩。李生玉说，羞他八辈先人去，这叫精明？这叫自私。

尽管快气炸了，但李生玉也认了，不认又能咋样，人不为己，天诛地灭，老先人早就说过。然而真正把李生玉气炸了的是大儿子背着他神不知鬼不觉地把房子卖了，按揭买了一套新房，把自己一家三口的城市户口解决了。李生玉说，不带弟妹的户口，你把我和你娘的户口带上，把你啥地方占了？黄金枝说，把我们的户口带上不等于我们随了人家，成了人家的累赘？

李生玉打上大儿子门去，砸了几件东西，跟大儿子说，你记着，从今往后，你就是从墙缝里蹦出来的，再也别跟老子扯父子关系，你造下的儿子也别往我们跟前送，找人抓养去。这难不倒大儿子，大儿子把外母接来了。李生玉气坏了，甚至给我说：

"那就是个外人，不要说良心，连心都没有，以后他有事找你，你不要理会。"

三年后二儿子又该结婚了，李生玉按揭买了第二套房子，首付交了30%，他留下点钱，想办个公司。一方面是想实现自己的梦想，另一方面是这时候的装修市场人们不再信任个人，而是信任公司了，不办公司活不好揽，挂靠在人家公司，收入上吃亏不说，就成了打工的，心里不舒服，还要受人家的气，更不自由。买房时李生玉很作难，用自己的名字买，能把三儿子、女儿的户口解决了，那样的话二儿子肯定有意见。

　　李生玉先给二儿子做工作做了许多铺垫，讲了许多，最后说，房子就是给你买的，我们不会住，就是借你的房子解决你弟你妹的户口。二儿子嘿嘿一笑说，我们结婚了住进去还要掏租金吗？二儿子的话噎得李生玉差点憋过气去，他笑着说，这话说得真有水平，老子还不买了。

　　李生玉憋着一口气，决定办公司，黄金枝说，房价月月涨，看着的亏都吃？就以老二的名字买吧，老三反正也得给买房子，就是考不上，买了房户口照样能解决。李生玉说，不买了，不买了，他本事大了自己买去。黄金枝说，媳妇不给娶了？儿子就是账债，你这是跟谁赌气？

　　房子以二儿子的名字买了，带了他们的户口。老二还是把话说出来了，一是给老大的首付 50%，二是老人在他跟前。李生玉说，给老大付了 50%，几年前的 50% 跟现在的 30% 能比吗？你还算不清二分之一加二分之一为什么不等于四分之二而等于一啊。老人在你跟前，是在你跟前吃还是在你家睡？你倒是给老人花了一分还是二分？二儿子却说，爹，这几年也不是那几年呀，生活中的账可不像数学按公式算一成不变哩。李生玉结巴了，说，以……以后少叫老子爹。

　　给二儿子娶了媳妇，李生玉终于办了一家公司，实现了自己的梦想。因为资金有限，公司和人合开，取名"天天"。他给我解释"天天"寓意有多好，而且一提"天天"，人们就会想到毛主席语录"天天向上"，这意思更好。他还搞了个开业典礼，自己写了致辞，让我给他润色，我说："你以前的作文可是比我的好，老师经常当范文讲哩。"

　　他说："可我不是大学生，你是大学生呀。"

　　我看了致辞，说："不用润色，够好的了。"

　　他说："真心话？"

　　我说："真心话。"

　　他就笑了。看来他对自己写的致辞也是很满意的。

　　李生玉把自己武装了一下，西装革履，皮鞋锃亮，买了块表，换掉了以前手上的电子表，还戴上了一枚戒指，一个小包装了钱包、烟、钥匙和名片，不再屁股上甩一串钥匙。"哎呀，这些行头花了近一万，付款的时候心一揪一揪地疼啊。"李生玉这样跟我说。

　　庆典那天，气球、彩门、横幅、花篮、礼仪小姐，搞得挺有模样的，我说："不错，这么多公司都给你祝贺哩。"

　　他撇撇嘴说："大多数都不认得，挂谁的横幅是给谁做广告，谁不愿意让你挂。"

　　他志得意满地对我说："充分利用你的关系，揽来工程给你返点，比你补课要强得多，一个大工程就富了。"

他经常请客户吃饭，时常叫我去，一桌子都是这总那总这主任那处长的，非商即官，我不愿意参加，他说："撑个面子，咋说你现在也是名师嘛。"

我说："这算个啥，不值钱的。"

"话可不能这么说，谁不指望儿女成才，儿女大了还有孙子孙女，老师，尤其是名师，啥时候都是用得着的。"他还打电话让我关照这老总那领导的孩子学习，"多关心，给吃点偏饭，都是用得着的人，不会亏待你的，等我忙完好好谢谢你。"

我想他与这么多的老总拉上关系，生意应该不错的。

第二年他似乎更忙了，电话也少了，只给我说："揽了个工程，干下来能翻个身。"

直到十二月末的一天傍晚，他打电话约我出去喝酒。

那天天气非常糟糕，西北风携裹着沙尘暴，整座城市像地狱一样昏暗，能见度不足五十米，待在屋子里都感到呛，憋气，街上各种声音交响，铁皮广告牌"哐哐哐"的，就像马戏团的小丑胡乱敲着铁皮鼓热场子，行人裹得严严实实，分不清头脸，就像一个个魅影。我说，算了吧，这么糟糕的天气。他说，就在你们学校旁边，来吧，我一个人。

我去后，他倒了喝红酒的高脚杯两杯"金糜子酒"，我们一碰，他一口就干掉了大半杯，我说："少喝点，这又不是揽工程攻关，非得喝趴下了。"

他说："喝酒图醉哩，娶婆娘图睡哩。"

菜上来了，他也不吃菜，我感觉有些不对，说："你是不是遇上啥事了？"

他说："乌鸦嘴，没事就不能喝酒了。"

我问他："今年公司咋样？"

他说："就那样，喝酒，咱们好久没一起喝酒了。"

我判断是公司遇到了什么问题，几次扯起话头，他都避而不谈。两瓶酒喝完，他说回家。我去结账，他已经把账结了。他摇摇晃晃的，我拉住他说："我送你回家。"

他说："不用，我命大着哩，车都不撞我。"

我扯住他给黄金枝打电话，黄金枝说："麻烦你把他送回来吧。"

等了半天，才打上车，我们都成了土人，沙子沾满了我们的眼耳鼻舌。一进屋黄金枝就搀李生玉进厕所，说，抠着吐吐。李生玉不吐，说，吐起来太难受了。黄金枝把手指插进他口里挠，他"哇哇"地吐起来。我对黄金枝说："你别挠着让他吐，会把胃搞坏的。"

黄金枝说："这两年几乎都是这样过来的，胃已经坏了。"

李生玉躺在沙发上唱起来：

"我曾经问个不休，你何时跟我走，可你却总是笑我，一无所有。我要给你我的追求，还有我的自由，可你却总是笑我，一无所有，噢……"

黄金枝端出来两杯茶，说："别吼了，像驴叫。"

他继续唱："脚下的地在走，身边的水在流，可你却总是笑我，一无所有。为何你总笑个没够，为何我总要追求，难道在你面前，我永远是一无所有……"

唱完他说："崔健是个厉害人啊，他这首歌唱尽了我们这号人的一无所有啊。"

黄金枝烧了红豆稀饭，我们一人喝了一碗，李生玉好多了，开始给我讲他的公司。公司太小，什么资质都没有，只能挂靠大公司转包些活干，一年下来，效益很不理想，跟他合资的不干了，公司就成了他一个人的。

"干工程的揽不上工程，不干工程的手里攥着工程，几万块利润的活都是通过层层关系弄来的，有关系的直接拿了工程来卖，到处都得凭关系，盘根错节，人家一个电话能解决的事，咱们得经过多次烧香磕头，这个世界就是靠关系维持着啊，工商、税务、公安、消防、城管、物价……吃、拿、卡、要、玩，满汉全席，没有一个人是干净的，伺候不好，人家还不认你这个孙子，说天上掉下一块砖砸死十个人，九个都是总经理，这话不夸张，满大街都是总经理，都是像我这样的总经理，谁把你当老总待过，真正的总经理一个都砸不死，不是砖头长眼睛，是人家头顶有伞啊。我算是明白了，这世界上挣钱的只有两种人，一种是有权的人，一种是有钱的人，你说咱们有啥？"

今年他转包来一个工程，工程嘛，都是先垫资干，材料都是从装修材料市场赊来的，可活干完了要不上钱，跟着干活的工人一分钱工资都拿不着，都跟他急。八月工程扫尾，他就开始要账，才知道这家公司是个老赖，三五年能把账要来，就是幸运了。

"磕头作揖，像孙子一样下贱啊，我给人家下过跪，大半辈子人活下了，我从没这么下贱过，杀人的心都有啊，像武松那样，杀完人痛快地蘸着死人的血在墙上写'杀人者武松也'。"说到这里他狂拍着床沿。

我说："你认识的那些老总就没人能帮帮你？"

"都是些吃货，吃你的喝你的，不给你挖坑就不错了，我能揽到这个活就是一个老总给我挖的坑，都知道这家公司就是个老赖，有钱都不清账的主儿，但没人告诉我。"

眼看到年底了，都是逼债的人，他无路可走，就想卖掉二儿子名下的房子，先给那些装修工付一点儿，都等着钱回家过年，家里指望着哩。跟二儿子一谈，二儿子不同意，父子俩就喊起来，二儿子推了他一个跟头，黄金枝提了二儿子两口子的东西扔出门去，说，滚，从今儿起这房子我们收回住了，我们买的房不由我们了？现在不都兴儿子跟老子打官司吗，去告吧，我们等着法院来判。儿媳妇说，你当我们不敢告？黄金枝说，你们啥做不出来，看着你爹被逼上死路都不救，去告吧。老二两口子走了，李生玉说，不会出啥事吧。黄金枝说，把自己操心好，人家的命比你值钱，站在楼顶推都推不下去。可卖房要房主签字，房主是儿子，儿子当然不傻，也是知道这一点，一去没了消息。黄金枝找了修锁的把门锁换了。

我说："再想想办法。"

他说："该想的办法都想了，不是小钱，无路可走了。"

我说："你可别想不开。"

他嘿嘿一笑说："有啥想不开的，山重水复疑无路，柳暗花明又一村，交给时间，时间不会停止，会把啥事都弄得不是事。"

第二日沙尘暴转换成了扬沙天气，天幕昏黄，西北风越发来劲了，街道成了风道，塑料袋、纸片乱飞。我一直担心着李生玉，给黄金枝打电话，黄金枝说还睡着哩。到了办公室，陈老师开了个玩笑，我没接茬儿。陈老师说，咋了？我长叹一声，把事情讲了一遍。陈老师说，跟你关系很铁么？我说，从穿开裆裤到现在都在一起。陈老师说，那你手里掌握着那么多资源咋不用？我一拍脑袋猛然醒悟，是啊，我们学校的学生非富即贵，学生中有通天的哩，周亮，那是周市长的公子啊，校长耳提面命地交代要重点培养。我说，这样合适吗？陈老师说，有啥不合适的，别摆清高，现在都是互相利用关系，苏达为啥能转行，就是他带过副省长的儿子。我说，我确实不是清高，只是从没想过利用他们去办事。陈老师说，都偷偷地利用着哩，如果关系一般，这关系你可以留着办自己的事。我说，铁打的学校流水的学生，周亮明年就毕业了，说不定下届学生中会有书记、省长的儿子哩。陈老师说，别磨不开脸皮，你这名师身份管用着哩，就说是你表弟，不然人家可能推辞。下课后，我找来周亮。这孩子学习倒不错，还喜欢写作，因为我经常写点散文、诗在报刊上发，所以他对我有点崇拜。我嗫嚅半天把情况跟周亮说了，然后说要是为难，就算了。周亮说，我给我爸打电话，老师你放心，不是个啥事。听这口气，我忙给李生玉打电话，说，千万别乱走，别关电话，说不定那老板会给你钱。

下午李生玉就拿到了全额工程款。"真是快啊，难怪人把头削尖了要当官哩。"他给我打电话说："你咋是这号人，藏着这层关系，你的电话要再来迟点，我就爬上政府大楼楼顶了。"

年关到了，李生玉叫我吃饭，一下精神了，说把所有的账都清了，公司也注销掉了。"瞎子点灯白费蜡，这些年的积蓄基本赔进去了。"

李生玉掐着自己的脸皮往起提着说："你看这张被风沙打磨过、太阳炙烤过的粗糙而黝黑的脸，"他把手摊开，"你看看这双手，一个个关节粗大得像不像树的结疤，"他双手摩挲衣服发出"吱啦吱啦"的声响，"你听听它抚摸衣服的声音像不像用砂纸打木料的声音？"他忽然在自己的脸上狠抽一巴掌，"你说像，就你也是办公司的？"

我拉住他的手说："你这是干啥？"

他嘿嘿一笑说："这张脸让别人扇来扇去，还不许我自己扇扇？"

我说："哪有那么容易成功的。"

"你个二货，"他又扇了自己一巴掌，"人啊最怕的不是自己把自己不当回事，而是把自己太当回事了，记得高考完填志愿的时候班主任说过一句话，不要好高骛远，要根据自己的实际情况。其实啊，不光是填志愿，生活中也是这样。我还以为我有天大的本事，说白了咱就是从张王庄出来的一个小木匠，一个靠手艺讨生活的人，当什么李总？！"

喝完酒，他又拉我去唱歌，我说："唱什么歌，回家。"

他说："不行，你得陪我去，我特想吼一吼。"

我们去了"超劲KTV"，一直唱到晚上一点，他只唱一首歌，崔健的《假行僧》，一遍一遍，嗓子都哑了。

办公司大大伤了李生玉的元气，不仅是精神上的，也有肉体上的。第二年，他得了一场大病，心脏搭了两道桥，患上了高血压。人一下子老了，头发花白，皮松肉弛。"你看我老相都带上了，怕离鬼门关不远了。"他对我说。

六

三儿子上大四的时候，缓过阳气的李生玉按揭买了第三套房，一百零一平方米。大儿子、二儿子的房子都是八十平方米。"二十一平方米是给我们买的，唉，也就一间房。"天下老，随着小，李生玉延续了老家的传统，他和黄金枝打算跟老三过。"房子是以三儿子的名字买的，也算是巴结示好，一辈子看到头了，总得有个托老的依靠，人老了难活。"可是房子刚装修完，黄金枝就查出患上了癌症。

刚买了第三套房，背着房贷，李生玉几乎要崩溃了。他来找我，一是让我打听熟人有没有卖公费医疗的，二是借钱，三是问我附属医院有没有熟人。"大夫不是说可能就是说应该，一句实话都问不出来，找个熟人问个实话，病到啥程度了，能不能看好，能看好我卖房给看，要是看不好花那些冤枉钱做啥。"

那时候许多有公费医疗费的人会把一年积攒下来的医疗费打折卖掉。可才入五月，医疗费不到卖的时候，没联系上要卖的人。我也背着房贷，能有多少钱，对治疗癌症杯水车薪，我把卡给了他。附属医院的大夫我倒熟悉几个，我带他去见了大夫，大夫找到专家，专家说，根据诊断应该是晚期了，一般肺癌看好的概率很小，不过也有可能性。出了大夫办公室，李生玉说，又是应该可能，这等于没问嘛。我说，职业决定语言的表述，医生与病人的对话，关键话语都是以副词、虚词做修饰，不怕一万，只怕万一。

坐在天桥上，他眯着眼睛看夕阳，说："你们公家人得了癌症，国家包了给你们看哩。"

有一天黄金枝说，回吧，癌症就是个死病，就是把钱花光把人看死，当官的有权的得上都没办法，电视里演的那个总统得了癌症，多大的人物，不是也没救下嘛。李生玉说，你胡说啥，谁给你说是癌症？黄金枝说，我问大夫了，还瞒我？早说了让我心里有个准备，你让我糊里糊涂地死啊。李生玉嗷嗷大哭起来，说，大夫咋能这样，一再给他叮嘱不能告诉你，他咋能告诉你呀。黄金枝踢了他一脚，说，真是癌症，那你长个猪脑瓜，癌症能看好，住到医院花这钱？多少人把钱花光欠了一屁股债走了，看不明白呀。李生玉捶打着自己的脑袋，说，你不是说大夫告诉你了吗，你咋这样，老给我要阴谋诡计。黄金枝长叹一声说，人生自古谁无死，念了个初中，就记下这一句，回。李生玉说，看吧，把房卖了看。黄金枝说，明知道这病就是个死病，让我临死把房子背走？到那世我能安生？

黄金枝勉强支撑了一年就走了，临走对李生玉说，把我送回老家埋了。

"她是怕花墓地钱啊。"李生玉捶着自己的脑袋，"送回老家埋了，我死了就是孤坟了，这些狼心狗肺的东西，哪个是回去给她上坟的？"

李生玉在公墓里给黄金枝买了墓地。送葬的人陆续走了，我们坐在黄金枝的墓前。"还不到五十岁啊，正活人的时候，一点儿福都没享上啊。"李生玉的眼泪就像是用线串起来的，"我一直像攒钱一样努力在为我们攒着幸福，我设想过我们的老年生活，我们会在城市满足而安详地度过晚年，我们不再起早贪黑，我们每人有几身运动衣，不再是深黑的、藏蓝的、土灰的，而是雪白的、杏粉的、水红的、米黄的，我们有乒乓球拍、羽毛球拍、网球拍，我们会像城市的老人一样散步，每天在公园打打太极拳，做做操，跳跳舞，唱唱歌，扭扭秧歌，我们的皮肤不再僵硬粗糙，我们的手上会褪去疗甲，我们的指缝不再蓄满泥垢，我们的脸膛变得细腻光泽不再褐红，我们的身躯会慢慢舒展不再佝偻，我们一头飘逸的银发，在草地上捕蝶，在湖中泛舟，我们牵着孙儿孙女的手奔跑，后面是大大的风筝，我们跟着旅行团到处走，美国、欧洲、澳大利亚、迪拜、非洲，我们会吃到稀罕的食物，我们会坐在银色的沙滩上看那一望无际的水世界……我想忽然有一天我们就享受上了……现在这一切都灰飞烟灭了。"

黄金枝的三周年过了，李生玉给三儿子办了婚礼。第二年，他想着把刘晓霞娶过来。"在一起五个年头了，水到渠成的事。"在"东北大烩菜馆"，李生玉给我说。

李生玉是在黄金枝去世一周年后与刘晓霞好上的。刘晓霞的老公是煤业集团的职工，死于一次矿难。棚户区拆迁，刘晓霞搬进了新房，装修是"好家好装"公司干的。李生玉的公司转手后，挂靠着几家装修公司。那年"好家好装"公司进了一批胶，是假冒伪劣产品，公司承揽的一批活都出现了质量问题，投诉不断，公司只能上门维修。李生玉年龄大，手艺好，经常干替人擦屁股的活。

"返工的活是受气的活，客户会把所有的气撒到你身上，像对待阶级敌人。"和许多客户不同的是，刘晓霞反而很客气，又是给他泡茶，递烟，又是给他买啤酒，中午还做了饭请他喝酒。刘晓霞家的活他干了三天。"要是态度不好，半天就处理完了，这样的人你怎么会不给她尽心尽力地干呢？"

我说："你这是带有目的的拖延。"

"一看就是没男人的家嘛，"他嘿嘿一笑，"不过活要做得细致，也费时间哩。"

我说："下手费了不少心思吧？"

"没费多少心思，都是瞬间的事，"他抿嘴一笑，"也是缘分到了，恍惚了打了个激灵，就像跟黄金枝第一次在战壕里一样。"

我说："你能在老汉的围追堵截之中，冒着枪林弹雨，在战壕跟人家姑娘打野战，在人家家里那还不是如鱼得水，如虎归山。"

他捣了我一拳说："谁像你，就是个闷骚型的，从小学就暗恋，高中了还暗恋。"

"可是通情达理的一个人，还跟我去给黄金枝上了个坟，"他说，"她是个城里女人，虽然下岗了，但也有工资，比我小六岁，你说人家图咱的啥，咱有个啥？就图咱的人嘛。"

他深吸一口烟，吐出几个烟圈，说："我想办一下，日子都看好了，到时候你还得给我张罗，洋气点，早早把工作安排好，给我腾出时间来，别到时候让工作打扰了。你现在是干部了，一天日理万机哩。"

我说："给儿子都说了？"

"有啥说的，自己的事，我没想过靠那些狼心狗肺的东西，我们跟三儿子过，到时候跟三儿子说一声就行了。"他说，"三儿子像你一样，读过大学的，知书达礼，你说是不？"

一晃两个月过去了，日子眼看就要到了，不见他打电话。那天快下班时，我给他打电话说晚上一起吃饭，他说："你过来吧，我在街心公园老韩酱骨头馆。"

我到的时候，他在骨头馆门前街边的一张桌子旁坐着已经喝上了。

我说："怎么在外面？"

他说："外面有啥不好？！"

我说："天这么冷。"

他说："冷有啥不好？！"

我说："抬杠啊！"

他说："抬杠有啥不好？！"

又说："生活不就是跟人抬杠吗？！"

看他情绪糟糕，我想可能是遇到了问题，喝了杯酒，我问："咋回事？"

"还能咋回事，儿子们把我的后路给断了。"他跟我碰了一杯酒，"吱"地咂进嘴里说："我跟三儿子一提，你猜三儿子咋说？你和我娘住我没意见，但你要再娶人进来，休想！我傻眼了，咋会是这样？姑且不说对这件事的态度，咋说也是个大学生，该知书达礼不是？你说个'我不同意'也行，'休想'，这是给我摆架子呢。我还没说几句，他倒把我一通批判，接着叫了老大老二来给我做思想工作，给我摆鸿门宴，啊呀，那阵势你没见，你猜我想到了什么？我想到了那时候的批斗会，一群人揭批一个人，揭老底、批斗，就差扎捆子、坐飞机、唾我脸上了。"

一只流浪狗在脚前觅食，他飞起一脚，踢得那狗叫着奔向远处，狗却依旧对我们恋恋不舍。他抓起一块酱骨头，扔在地上，那狗鬼鬼祟祟地溜过来，他冲着狗"汪汪汪"叫，狗偏着脑袋看他。他把骨头踢到了狗嘴前，狗咬着骨头远遁而去。

"我说这是四方会谈吗，国际上只有六方会谈还没有四方会谈，把你妹从上海叫回来，咱们去你妈的坟上，来个六方会谈。大儿子说，你还有脸提我妈？我一个嘴巴就扇过去，说，老子咋不能提？二儿子说，你们瞒着我娘有多少年关系了？我又一个嘴巴扇过去。三儿子说，你咋这么不讲理，你文明一点儿好不好？我给了三儿子一个嘴巴，说，跟我讲理讲文明，中华文明中没有养老敬老？你的书念到狗肚子里去了？老子很无耻行了吧，老子没脸提黄金枝，你们有脸提黄金枝？黄金枝得了病，你们谁掏了一分钱？钱不钱的不说，有句话也行，谁提过一句送北京大医院治疗，也算你们把心尽到了，黄金枝坚持不治疗了，你们哪个坚持说过一句继续治疗的话。老子才多大年纪，你们哪个替老子想过，就知道一晚上自己搂着婆娘，老子也想有性生活，犯法了？"

他的泪水"啪嗒啪嗒"地落在桌上，他哽咽着说："我把话骂得这么难听这么明白，他们还不放过，说，你做事不能由着性子来，你们年龄大了，你有病我们给你看，天经地义的事，她有病我们给不给看？小病我们看，大病呢？人老了得病都是大病，我们管还是不管？你要是前面走了，她咋办？我们养着？我吼着说，老子不要说得病，就是死了也不要你们埋，我们今天把话说开了，从今往后断绝父子关系，今生今世咱们再无任何关系。你猜他们咋说，你不要跟我们抬杠，一说话就抬杠。我气笑了，可不就像抬杠嘛。"

那只狗啃完骨头，还不走，盯着我们，他跺着脚吼道："滚，盯着一家人吃呀，我是你爹还是你娘。"

我扔了一块骨头，狗衔着跑到远处去了。

"他们说，你们可以同居到老，以后各埋各的，结婚没这个必要，都多大的人了，还赶什么时髦。他们把同居用在我身上了，同居你知道曾经在我们来说是多么流氓的一个词，我的儿子们却用在了我身上。我说，不拿黄金枝做挡箭牌了？老子跟人家在一起五个年头了，人家图我的啥？不就图老了有个伴儿吗？不跟人家结婚，老子做不出来，你们坏良心的事已经做惯了，老子坏不下这良心，你们不要脸的事已经做惯了，老子这张老脸还得要。"他喝了杯酒忽然笑起来，"我说，既然你们不同意我娶进来，那只有我'嫁'过去了，她呢房子啥的都有，也说过这话，这你们同意不？三个人互相看看不说话。我说，你们到底同意不同意？说句话有这么难？老三你说。老三说，这我无权干涉。我说，老大老二你们呢？两个人说，这我们不管。我说，话都不会跟，你们应该跟着大学生说，这我无权干涉。我进了卫生间，提了满满一桶水出来，我说，你们三个垂着头做啥，话都说出来了还有啥不好意思。三个人抬起头，我一桶水就泼过去，把三个人淋成了落汤鸡。我说，虎狼之心掩藏不住了，滚，有多远滚多远。三个人走了，到门口我吼一声，站住，既然你们都来了，我今天把话挑明了说，老三，这房子是我的，你想住就跟我们一起住，你要不想跟我们住，那就趁早滚蛋，我劝你最好早早滚蛋，省得咱们低头不见抬头见的，眼里都扎刺，别让老子哪天把你赶出去。你猜我那三儿子咋说，这可由不得你，老大老二你都是给买了房的。我一口就呸过去，说，这你还知道啊，世上有不要脸的，还有你这么不要脸的，你把不要脸的药连纸包包都吃了，不要说我给他们买房有多后悔，生出你们来老子现在骨头都后悔黑了，你是我啥，我儿子吗？就当你是我儿子，法律规定老子必须给儿子买房子了？或许哪天老子就会把这套房子卖了，别以为房子在你名下就是你的，法律你不懂我讲给你，买这房的时候你大学还没毕业，按揭几年都是老子还房贷哩，这房子连一块砖都不是你的，到时候你就是个鬼耍水。你们两个也听着，老子哪天要是不高兴，就住到你们家去，再不高兴就把你们赶了，别当没你们啥事！还有，从今天起，你们每三个月给老子拿赡养费来。我把身份证拍出来说，给我当儿子哩，你们哪个知道老子多大了？看看，老子已经过六十了，按国家退休年龄老子超期服役，该你们养老子了，你们商量去，问问赡养老人的标准，多一分不要，少一分不行，每月给老子上供，不然老子不但要告你们，现在不是都这么打官司吗，老子还要把咱们一家的丑事贴到网上，让大家评说，让你们臭名远扬。别低估了老子的才华，老子的作文老师一直当范文来讲，高考只差了 0.5 分，那是 1980 年，录取率 8.4%，老三，你是 2006 年高考，录取率 56.8%，这么比老子那时候考的是研究生，现在考研究生的录取率也百分之几十哩。"

我说："你哪里过了六十，咱们同岁，五十才过。"

他说："我有两个身份证哩。"

我说："你怎么有两个身份证？"

他说："装修是个手艺活，以前人们不相信年轻人，信任年纪大些的，我就回家把身份证办大了十岁，那时候管得松嘛，送一只羊就办了。这几年传统装饰向现代装饰转变，人们又相信年轻人，加上装修市场一下子冒出那么多小公司，到处揽活，人们都不信个人了，信公司，其实呢，那些公司都是些皮包公司，活揽到手再招我们这些人去干，你不挂靠到公司揽不上活，公司一看身份证上年纪大了就嫌弃不要，即使招了你价钱上也大打折扣，你知道现在干啥的人都多，不愁招不上人。逼得没办法，我就回家去改身份证，可现在管得严了，说要找到局长才能改过来，还要有很特殊的理由，没办法，我又办了个假身份证，真作假时假亦真，世事就是这么无常。"

看见一个乞丐过来，他说："老板，再上一盘酱骨头。"

老板端上酱骨头来，他说："给他吧。"

乞丐接了骨头说："老板吉祥。"

他嘿嘿一笑说："我不吉祥你吉祥。"

乞丐端了盘子蹲在一边吃，他"吱"地又咂了一杯酒，说："这事啊都怪我自己，还是老家的老观念，在老家，儿子还光棍着老子先娶婆娘，这是要遭人耻笑的。刘晓霞给我打电话发短信，我只能应付着，我没脸去见刘晓霞。酒壮怂人胆，那天，我喝了点酒去见刘晓霞，敲开门，刘晓霞的儿女都在，他们把我拦在门外，那脸色难看的，冲我吼，滚，滚。刘晓霞从把在门口的两个儿子中间挤出头来说，你走吧，你三个儿子已经来过了。我知道这帮人说了啥话，这是断老子的后路啊。刘晓霞的儿女也是都打着一个主意——'嫁'，让她嫁过来，怕我'嫁'过去侵吞人家家产，老了还要人家养活，一句话，都把老人当祸害啊。

"断老子的后路，老子也不让你好过，我就跟三儿子两口子熬，我说，你们真是无耻啊，大学就教了你们这本事？你们为啥就不搬走呢？可人家就是脸皮厚啊，儿媳妇穿着内衣裤在屋里晃荡，躺在沙发上看电视，见了我动都不动弹一下。咋说我也是个老公公，这分明是不让咱住，往外赶咱呢。我装作看不见，两个人设计闹离婚，闹你闹，离婚跟老子有啥关系。我喝酒，天天喝得五迷三道地呼呼大睡，要不然我睡不着啊。"

两瓶酒没了，他又要酒，我说："好了，再要一瓶喝得了，我是一杯都不喝了。"

他还是要了一瓶，说："喝不完提回去喝。"

我说："你可千万别喝酒了，自己的身体状况还不知道，这么下去不要命，也会成酒傻子。"

"傻了好呀，再说不喝酒我就彻底傻了，"他说，"喝醉了好啊，啥都不想了，就跟这个世界都死了一样，那是一种解放，像全世界都末日了一样的一种解放。"

七

李生玉酗上了酒。一喝多就打电话，一说就没完没了，我挂了，他又打过来，说，你别烦，我不给你说给谁说？有两次他醉卧街头，让巡夜的警察碰上了，警察问他，他就说我的名字，半夜三更的我去领他，他说，我不找你找谁？人家都不理我啊。

大半夜的来电话，搞得我心慌半天。可我不敢关机，不敢拔掉电话线，我们年纪都大了，从内心来讲，我也确实怕他出事，已是知天命的年纪，如此酗酒等于自杀，何况他心脏有支架。

我实在被他骚扰得不行，一个周末，我叫他去了栖凤山脚下可采摘的农家乐，他的心打结了，我想从心理上疏导疏导他。我们采摘，晒太阳，还提供劳力，我们就挖了一块地。出了一身一身的汗，出完汗躺在阳光下真是舒坦啊。

我几次扯起话头，他说："废话太多，干活。"

吃饭的时候他要喝酒，我不给他上酒，他说："不喝酒吃什么饭。"

我说："你咋就变成了这样的人？"

他说："我成了啥样的人？"

我说："谁的生活都是一地鸡毛，只不过许多人会装，看不出来，你当人人都在天堂里。"

他说："这是你们文化人的说法啊，虽说不是人人在天堂里，但也不是人人都在地狱里，可我就在地狱里。"

我说："你得振作起来，老和儿子较啥劲呢，你和黄金枝带着几个孩子进城，当初的日子多难，不也过来了嘛，才五十来岁，娶了刘晓霞，两个人也能过个好日子。"

他伏在桌子上嗷嗷大哭，许久抬起满是泪水的脸说："她嫁人了，嫁了大她整整一旬的一个老干部。"

我拍拍他，要了一瓶酒，他连喝了两杯说："对刘晓霞我是有罪的，四年，对四十岁的女人来说四年意味着什么？人家一个城里女人，有工资，比我还小六岁，完全可以找个城里人一起生活，她图我个啥？她都不嫌弃我这个乡下人，可我耽误了她啊，都是我太软弱了，我娶了她他们能咋样？把老子惹火了把他们一个个赶出去，房子是我买的。"

他又倒酒，我拉住手说："不许酗酒。"

他说："见刘晓霞最后一面，我给她磕了头，我说，你就当我是个伪君子、小人、流氓、无赖、恶棍，有来世我当牛给你犁地，当驴让你骑吧。我每天喝酒后就给他们——我的儿子打电话，每个都打，我为啥要让他们好过呢？无赖谁还不会耍。他们挂了我再打，他们关机我打座机，他们把手机号换了，把座机线拔了。"

我说："不管咋说……"

他打断我的话说："你别替他们说话，他们伤我太重了，我为他们吃的苦……"

我打断他的话说："你也别总心里不痛快，几个孩子是有些过了，但你也该想到，一方面他们生活压力大，都靠打工过个小日子，生活有后顾之忧，就说房子，一套房子对他们来说多重要，另一方面他们年龄也都还小。说到对待老人，你看城里，儿女跟老人生活在一起的有几个，老了都往老年公寓、敬老院里送。就是在老家，老人都基本是自己养活自己一辈子，真正享儿女福的有几个，去世能背一副儿女置的棺材就算得儿女的济了，想想我们对老人，都是有亏欠的，我们漂泊在城里，几年不回去一趟……"

我的泪水下来了，跟他碰杯酒，他端着酒杯抹着泪，许久之后说："我娘我爹去世时我都在忙活没赶回去啊。"

我说："我们……"

他说："求求你，别说了，别说了……"

他倒了三杯酒，双手举着奠在地上，长久不说话。

城市是没有暮色的，天色稍暗，华灯绽放，一城流光溢彩，我们都望着窗外，许久，他长叹一口气说："唉，倘若不是我现在活得如此不堪，我是绝对不会相信我今生会活得如此不堪的，我为昔日的虚荣做作而感到羞耻啊。"他忽然捣我一拳，"老板，签单，声音多么洪亮、蛮横，你刚进城的时候我是多么虚荣做作，你一定在心里嘲笑过我。"

我说："年轻的时候谁没有虚荣心，没有虚荣心就没有进步的动力。"

"虚荣啊，像夏天疯狂生长的蒿草一样。"他旋转着手中的茶杯，"我就是想在你们面前表现我的优越感，签单，我算老几？是局长、县长？签单人家就认了？知道我为什么能签单吗？那饭馆是我给装修的，欠我装修费要不来，我就请人吃饭，签单顶账。"

我笑笑，他说："你说我曾经是多么志得意满的一个人，没想到这辈子就这么荒废了，你说我这辈子活了个啥人。"

我翻出相机里翻拍的我们的合影说："要说这照片上的几个人中，你比谁都强，三个儿三套房，媳妇也都给娶了，孙子也有了，女儿又读博士了，这不是一般的成就哩，你还要啥？回到村里去听听，你名声老大的哩，谁不把你当成功人士？"

"成功人士，"他哈哈大笑，"我来这城里三十多年了，我跟这城市啥关系？就是雇佣关系，城市就像个吸血鬼，吸掉了我们最好的最有力气的血，然后把我们像僵尸骷髅一样丢弃了。你说我在这城里吃了几十年，喝了几十年，睡了几十年，拉了几十年，尿了几十年，苦了几十年，纳税几十年，可这城里啥是我的，不要说楼房，公园、马路、楼房、公墓，啥都是为你们这样的城里人计算的。"

我笑了说："你不也享受着呢吗？"

他站起来说："不说了，风是沙的路啊，我们就像一粒沙，一股风就把我们刮丢了。"

我说："风是沙的路，可谁又不是走在风中呢？"

他说："那不一样啊，你们是有公式的生活，就像速度×时间=路程，就像 a+b=c，有公式，有方程，风再大也刮不丢你们。我们呢？谁会给你一个公式，给你一个方程，今天连明天的事情都看不清。现在我很谦卑地跟你说，你是城里人，我是乡下人。"

我"噗"地笑了。

分手的时候我说："别酗酒，振作起来。"

我给他介绍过几个对象，可他了无兴趣，他说："你别为我操心了，心如死灰了。"

我说："你要振作起来，才五十出头，还有几十年光景。"

他说："有啥振作不振作的？一辈子都这么风风雨雨地过来了。"

我说："听我的话，再找一个老婆，少年夫妻老年伴。"

他摇摇头说："我什么心境都没了，再说就算找上了，她能跟我回到老家去？"

我说："你要回去？你回去干啥？"

他说："托老呀，不回去老了咋办，天上不会掉馅饼。待在这城里真有囊空如洗的时日，说饿死真就饿死了，但靠着土地不会。"

我说："你有儿子呀。"

"不敢说老了他们不管，但自己活自己的气长。"他双手挠着头，"我没有想到把日子过成这样了。"

几天后，他打电话说："我想回趟老家，你回去不？"

我说："我走不开。"

他说："没有公式的生活自由，我们也就是这点比你们强些。"

他在老家待了约半个月，回来对我说："震惊啊，太震惊了，你几年没回去了？"

我说："五六年了吧。"

弟兄们都散落在各个城市里打工，随着侄儿们成家立业，嫂嫂、弟媳都进城伺候月子、照顾孙子，老家就剩下父母。搬过几次，他们依恋土地，也不习惯城里的生活。母亲去世后，我把父亲接到了城里，就再没回去过。

他说："没人了，不说大队，就说咱们庄子，几百口人现在连二十个人都没了，就剩下老弱病残，女人孩子都少了，人都像水一样往城市这条大河里流。再过几年，那些老人一走，就彻底没人了，地老天荒。我把周边走了一遍，十村九空。园子里果树上的果子自熟自落，桃杏李落了一层。赵松年这些年买了多少地，都说是复辟哩，地都撂荒了，儿孙都在城里漂着哩，我回去那天还靠着墙根晒太阳，好好的，他跟我说，你的地我不要了，你种去吧。几天后他死了，你说巧不巧？村子里就剩下几个老汉，再请不上人，儿孙又不能抬，我给抬重（抬棺材）往山后祖坟送，抬重的都是老人，抬抬缓缓，不到两公里路，用了四个多小时。一起抬重的几个老汉，都为死发愁哩。哎呀，人老了难活。"

他抓起一个小石头，像弹珠子一样弹出去，说："草倒是长起来了，山梁沟谷绿蒙蒙的，闰河的水也大了，就像咱们小时候那样，野东西多了，野兔、狐狸、獾、野猫子、黄鼠狼、黄鼠，遇到几只像狼又像狗的东西，分不清是狼，还是人进城撂在老家的狗。"

他抬头看看我说："我回去是想置点地，盖几间房，迟早是要回去的，不说叶落归根的话，不回去老了咋办？回是回不去了，人少了是好，可没人了一个人是没办法生活的。"

李生玉从三儿子家搬走了，他没有再回锦绣租住，而是租住在了李唐城，他怕丢人。他给我发了一条短信：我想起咱们高中学过的那篇课文，"枯藤老树昏鸦，小桥流水人家，古道西风瘦马。夕阳西下，断肠人在天涯"。

八

从那以后，李生玉再也没有给我打过酒醉的电话，我想，他不再酗酒了，恢复了正常的生活状态。内心无比坚韧，自我修复能力强，这是这些年我对李生玉的评价。事实上，他依旧酗酒，他陷入了深深的孤独中。只不过不再打电话，无论是给我还是给他的儿子们。喝得微醺，他常会找小姐。除了生理上的需求，还有精神上的需要。他有一个相对固定的小姐，他们有时候做爱，有时候聊天，他照付给她钱。

瓦罐不离井上破，将军难免阵上亡。有一天他被扫黄的扫住了，他再三哀求警察别声张出去，警察也倒通情达理，说，你只要利落地交了罚款，我们才懒得声张，再说，你以为你是谁呀，名流、大腕、明星、官员？这种事发生在你们身上有啥稀罕的？罚款五千，他说得去银行取。警察说，不行，要让人拿钱来赎。他说，这种事咋好让人来赎。警察说，嫌丢人别干呀，这么大年纪了还老牛吃嫩草。因为扫住的人多，警察没有耐心。他说，我多掏五百块，就当给你买条烟，你带我去取。那警察这才答应了。

李生玉以为事情捂住了，他并不知道当晚的扫黄打非有两家电视台的记者跟随着，电视台做了现场直击的专题报道，李生玉是个正面镜头，赤裸着身子，大方脑袋光芒照人，画面没有做任何处理，非常清晰。李生玉真正在全市人民面前"走光"了。交了罚款出来，李生玉打开手机，短信接连涌入，绝大多数是儿子的，全是谴责：你把我们的脸丢尽了，你还让我们活人不？如此等等。

李生玉靠着电线杆抽了两根烟，又回过头来为那个小姐交了罚款，两个人还吃了顿饭。跟小姐道过别，李生玉沿着大汉渠走着。正是农田灌水的季节，大汉渠如大河般浩浩荡荡。他选择了跳渠，他想水足可以将他带到遥远的地方去。可是大汉渠穿越城市那一段被打造成了景观水道，沿渠两岸成了人们锻炼、休闲、钓鱼的场所，到处都是人，他怕给人救了。他走啊走啊，两个多小时过去了，还在城里，他清楚地记得自己刚踏进省城的时候，走不了几步就出城了，到处是水田湖塘，波光粼粼，明镜一样，村庄掩映在树木间，牛歌羊唱的。出了城，虽说到了农村，可也看不出农村的模样了。倒过来了，那时是村中城，现在是城中村。

到了一处天地开阔的地方，都看见黄河了，李生玉抽了根烟，一头扎进大汉渠。然而，这里离渠口太近，看管水闸的老头在渠口支着一张网打鱼。老头捞起过不少人，有救人的经验，三颠两倒地就把他给救活了。

老头架起一炉火，李生玉烤着衣服，老头说，这消不了你的罪孽。

李生玉说，你怎么知道我有罪孽？你咋不想我是失足落水？

老头说，失足落水的都活不了，一下就淹死了，只有投河自尽的人死得难。

李生玉说，如果我有罪孽，咋样才能消除罪孽？

老头说，到神佛跟前做苦力替罪呀，我每年都去寺庙做苦力。

李生玉念了声"阿弥陀佛"就走了，从此消失了。

我是接到李生玉大儿子的电话才知道他消失了。李生玉的大儿子问我见没见他们的父亲，我没好气地说，你爹你问我见没见？大儿子不说话了，我说，不见多久了？大儿子说，大概有两个月了，前两天我舅来了，找他联系不上，去租住的地方找，房东说两个多月没见人了。我火了，说，两个多月了你们才找？就是你家的长工，隔三岔五地你们也该看一看。大儿子说，我们当他好着呢，他那人顽强着哩……平静下来，我说，是不是出了啥事？你爹不见之前就一点儿迹象都没有？大儿子嗫嚅着，我说，说。大儿子吞吞吐吐地说，叔，你……你真不知道？我吼了一声说，我咋知道？到底出啥事了？大儿子才说，他……他被公安扫黄扫住了，电视上都播了。我"呃"了一声。我是从来不看新闻的，就像我怕开会一样。我熟悉的李生玉的一些熟人朋友，我都一一打电话问了，都说好久没有联系了，不知道去了哪里。

大儿子说："要不要报警？"

我说："报警怎么说？说老年痴呆？神经病？离家出走？"

正如这一年走红的电视节目《爸爸去哪儿》的栏目名称一样，几个儿子一直在找寻他们的父亲，去寺庙求签问卦，到处找神汉神婆，还回了趟老家，他们找得很辛苦。已经找了三个多月了，我担心这样下去会把他们的小日子拖垮，他们还要生活。这种事需要一个外人给出一种结论让他们解脱，我把三个人叫来，一个个哭丧着脸，脸上有了焦急与疲惫，眼里有了忧伤与沉痛。

我说："别找了，如果他想让你们找到，用不了这么长时间，如果他不想让你们找到，再找三年也找不到，连我都不让知道，你们能找得见？都打起精神来，该干啥干啥去吧，或许明年清明节你们在母亲坟上能见到你们的父亲。"

他们说："叔，麻烦你再替我们打听着点。"

我说："这还用你们叮嘱？"

其后的日子里，我不时听到他们寻找父亲的消息。

一天，老冯打来电话，说他见到老李了。我问，哪个老李？老冯说，还有哪个？就你那个老同学。我忙问，在哪里？老冯说，我去龙影寺做功课，见到他了，他皈依佛门了。

老冯是李生玉租住在锦绣的邻居，跟我们是一个县的，到了省城同县就算同乡了。老冯平日并没有礼佛的习惯，家里也不供菩萨、财神，但每逢佛道教的节日，都要去周边的大寺庙帮忙，扫地、清堂、理香，吃三天斋饭，这影响了锦绣的一些上了年纪的人。

栖凤山离省城三十多公里，是一座南北走向的山脉，据说在全国实属罕见。奇峰夹峙，怪石迭出。李元昊建立西夏王朝后，栖凤山成了西夏王朝的天然屏障。西夏以佛教为国教，佛教大兴，数百公里的栖凤山脉寺庙众多。

我是在通向龙影寺的大路边见到李生玉的。他正在清扫路面，尽管他一身佛衣，但那大方脑袋剃度后就更醒目了，我叫了声李生玉，他转过大方脑袋，果然是他。我走向他，准备捣他一拳，他双手合十道一句"阿弥陀佛"，说："施主，请记住我的法名朗玉。"

我说："离龙影寺这么远的路你们也扫？"

他说："把通向寺庙的所有路都扫干净，这是我自修的功课。"

我找了个空地把车停好。我们穿过一片松林，来到一片空寂的崖边，我张张嘴，竟然不知道从何说起。我说："朗玉是你的法号？"

他点点头说："出家人不打诳语。"

我说："僧人不都取'了''空''智''妙'什么的名号吗？"

他说："我这'玉'字来自我的名，是我爹取的，'朗'字则是从少林寺七十字诗法裔辈分取的法名。"他诵道：

> 福慧智子觉，了本圆可悟。
> 周洪普广宗，道庆同玄祖。
> 清净真如海，湛寂淳贞素。
> 德行永延恒，妙本常坚固。
> 心朗照幽深，性明鉴崇祚。
> 衷正善禧禅，谨悫原济度。
> 雪庭为导师，引汝归铉路。

"佛教传入中国，一开始没有佛号，佛陀弟子都是本名，比如阿难尊者等。后来高僧们结合中国传统的习俗，规定了四十八个字，按顺序传下去，就像族谱一样，后来各个宗派自己又添新字，我的法名是用了少林寺七十字诗法裔中的字，"他说，"'心朗照幽深，性明鉴崇祚'，我喜欢这两句诗。"

我说："是师父赐的？"

他说："不是。"

我说："法名不都是师父赐的吗？"

他说："我还没有入门。"

我说："你来了有八九个月了吧，还没入门？当个和尚也这么难？"

"开始我也想只要心诚，敬神礼佛，寺庙的大门就是敞开的，其实不然，"他说，"佛门清净地也被现在的社会风气搞坏了，假和尚、假尼姑、假信众、假教徒太多了，到处都是，还有些品德恶劣的人甚至是罪犯都想进寺庙躲灾避难，乱着哩，寺庙的门槛自然就提高了。"

他揪了一撮苼草放进嘴里嚼，我递给他一根烟，他摆摆手说："戒了，连酒肉都戒了，一个俗人要戒这些多难，光烟我戒了不下十次，现在我成功戒掉了，我把自己收拾得很干净了，完全是一个虔诚的信徒了。"

顿了一下，他又说："还记得我最爱唱的一首歌吗？《假行僧》，现在成了真行僧。"

悬崖下是轻若纱绸的云雾随着山风翻卷，鸟鸣山更幽。

他说："你回吧，我还要去做功课。"

我说："要不要给几个孩子说？"

他说："那是俗世的事，是你们的事，阿弥陀佛。"

我说："他们一直在找你，几个月了，找得很辛苦。"

他起身继续扫路去了，我经过他身边时，他说："让他们不要找了，就说我已了却尘缘。"

回去我把几个孩子叫来，告诉了他们。他们去了龙影寺，回来希望我劝劝他们的父亲，我说："他都多大年龄了，还需要人劝？！如果能劝回头，他会走上这条路？"

栖凤山脉有一百多条山谷，人们习惯称之为沟，沟沟有奇景，随着自驾游日盛一日，这些沟谷便成了人们周末、小长假旅游的首选之地。以前我很少去，自李生玉去了龙影寺，逢周末我时不时就会去，我们在山头上坐坐。我几次碰到那几个孩子，我想他们该是看他们的父亲去了。

九

现在，我和李生玉坐在栖凤山的雷神岭上。头顶冰雪覆盖，脚下松涛汹涌，鸽群从两边悬崖峭壁飞起，阳光在鸽群的翅膀上像风一样飘逸。还有鸦群，不比鸽群小，但鸦群嘈杂，"哇——哇——"的叫声连缀成片。我想，为什么在盛唐栖凤十景中是"栖凤鸽云"，而不是"栖凤鸦云"？

　　李生玉擦去相框上蒙着的灰尘，又哈着气擦了玻璃，端详着照片，我说："想想过去的我们，看看现在，谁又是走了自己当初希望走的路呢？"

　　他目光幽沉，表情肃穆，长长呼出一口气说："本来想请你到禅房去坐，可你不干净，你明白我说的不干净吗？"

　　我点点头说："就是俗。"

　　他说："没那么肤浅，比俗要深，要厚，要广。"

　　说到念经，我说："我都不知道寺庙还做这门生意，更没想到这生意这么火。"

　　他念了声"阿弥陀佛"说："不能说是生意，是功德，到了寺庙，该忌口的要忌口，千万别信口开河。还剩两个月哪能有日子，我协调城里的普云寺挤点时间出来，念经嘛，就是世俗的一种仪式，人是重视仪式的。"

　　他的头是刚剃过的，还是没有戒疤，我说："这都三四年了，还没入门？"

　　"这就是俗世的苦恼根源所在，总想达到一个目的，所以人人都有痛苦，有人问佛陀，通过修行你得到了什么？佛陀说，什么都没有得到。那人说，那你还修行什么？佛陀微笑着说，我可以告诉你我失去了什么，我失去了愤怒、悲观、忧虑和沮丧，失去了焦虑不安，失去了自私自利和贪嗔痴三毒，失去了凡夫俗子的一切无知和狭隘，也失去了对生老病死的恐惧。"他眯着眼睛看太阳，说："初来时我是有这样的痛苦的，现在没了，无论入门不入门，我都是神佛的信徒，把一切事都当成敬神礼佛，做一辈子义工。"

　　停顿了一下，他又说："当人不再有目的时，内心就宁静了，我现在内心很宁静，像风一样平静了。"

　　我说："平时出去化缘不？"

　　"神佛不缺供养，你看名寺大庙的功德墙上，大供养人都是权贵，往寺庙里跑的富人、官员、名流多的是，人越有钱越有权就越迷信，龙影寺的供养人有大权贵，有退休的，也有在职的，不过都是保密的。"他说，"但是，他们未必能取得我的功德，因为他们都带有功利目的，所有的宗教都是去功利性的。我家祖传的手艺倒在佛前有了用场，我现在维修寺里的建筑和壁画，也替住持抄经，记录他的心得，住持抄写了一辈子经文，眼睛不行了，他是个有大修养的人。"

《北京文学》2016 年第 12 期